Für meinen Sohn

Kristina Hansen

Was zählt

Ein nicht alltäglicher Sorgerechtsstreit

Impressum

Bibliografische Information der Deutschen Nationalbibliothek
Die Deutsche Nationalbibliothek verzeichnet diese Publikation in der Deutschen Nationalbibliografie; detaillierte bibliografische Daten sind im Internet über http://dnb.dnb.de abrufbar.

© 2015   Kristina Hansen
Herstellung und Verlag: BoD – Books-on-Demand, Norderstedt

ISBN: 978-3-7347-9836-8

Vor dem Sturm

In diesen Tagen stellte ich ganz klar fest, dass ich mittlerweile die meiste Zeit meines Lebens damit verbrachte, das, was ich mir eingebrockt hatte, wieder auszubaden. Und das begann bereits, bevor sich mein Sohn - laut Gynäkologin nur eine Harnblasenentzündung -, ziemlich spät und somit mehr als überraschend ankündigte. Deshalb verwunderte es mich auch nicht all zu sehr, dass ich zeitgleich zu verstehen bekam, dass ich ihn allein groß zu ziehen hätte. Doch schon bald überwog die Vorfreude auf seine Ankunft. Noch bis kurz vor seiner Geburt arbeitete ich als Autorin bei einem nahen Fernsehsender, und beim Abschied wegen des bevorstehenden Countdowns meinte die Redakteurin ein wenig mitleidig, wenn ich wieder etwas tun wollte, sollte ich mich melden.

Zu tun hatte ich auch ohne diesen Broterwerb genug. Denn ungünstigerweise hatte ich mir vor ein paar Jahren nicht ganz freiwillig zwei Pferde aufgehalst, von denen ich mich aber nicht so einfach trennen konnte, selbst wenn ich es gewollt hätte. Neben den Pferden war da noch Barni, der Berner Senner, eine Seele von einem Hund, aber auch ein Kraft- und Temperamentspaket, das mich täglich forderte. Und mit dem kleinen Fachwerkhaus, das mir ein Freund für eine geringe Miete überlassen hatte, übernahm ich auch noch den betagten Zwergdackel seiner verstorbenen Großeltern, zumal wir uns noch von früher kannten, der kleine Dackel und ich. So viel zur Ausgangssituation.

Dann kam Ben und er war wirklich toll. Es begann eine sehr schöne Zeit, wenn da nicht die Sache mit seinem Vater gewesen wäre, der dann noch nicht mal zur Geburt gratuliert hatte. Dabei wohnte er keine 300 Meter von uns entfernt und fuhr mindestens einmal täglich an unserem Grundstück vorbei. Da wir viel Zeit draußen verbrachten, war es beinahe unmöglich, uns nicht zu sehen. Statt eines *Willkommen Ben* forderte er auf Anraten seiner wechselnden Lebensberater einen Vaterschaftstest – ich empfand es als sehr enttäuschend, als demütigend und schikanös. 1997 bestand dieser Test noch aus einer Tortur für das Baby: mit der dicken Nadel in die nur halb so dünne, kaum sichtbare Vene der kleinen Ärmchen. Es ging nicht. Ben schrie, ich hätte ihn am liebsten gepackt - nichts wie weg -, aber dann, so hatte ich dem gerichtlichen Schreiben entnommen, würde man die Blutentnahme mit Polizeigewalt durchsetzen.

„Versuchen wir's am Kopf!", schlug einer aus dem Team der Weißkittel vor, denn sie brauchten mehr als nur einen Tropfen. Es bedurfte zweier erwachsener Hilfskräfte, um mein strampelndes Baby festzuhalten. Immer wieder stachen sie mit der dicken Nadel in seine Stirn. Ben schrie wie am Spieß, ich fing vor Wut und Hilflosigkeit, vor eigenem Schmerz um sein Leid ebenfalls an zu heulen.

Die Tortur sollte umsonst sein; es ging nicht. Die Venen waren einfach noch zu fein, ich sollte in zwei, drei Monaten wiederkommen. Ich nahm mein noch immer schreiendes Baby - auf seiner Stirn zeigte sich bereits ein walnussgroßes Hämatom -, und beim Hinausgehen sah ich, dass alle ziemlich fertig waren, etwas derart Ekelhaftes machen zu müssen.

Die Geschichte hatte mir schwer zugesetzt. Doch nicht nur deshalb beschloss ich, in einen anderen Ort zu ziehen, weg aus dem Dunstkreis meines Fehlgriffs. Das aber war mit einem Baby, einem großen Hund und zwei Pferden nicht ganz so einfach. (Die kleine betagte Dackeldame war mittlerweile leider verstorben.) Und so sollte es noch eine Weile dauern, bis wir ein bezahlbares Haus mit Möglichkeit der Pferdehaltung finden sollten.

Wenngleich ich zwischenzeitlich ganz gut verdient hatte, hatte ich dennoch nie Wohlstand und Sicherheit angestrebt, und das hatte ich jetzt auszubaden. Dennoch wollte ich zumindest das erste Jahr für meinen Sohn da sein. Es war dann auch, bis auf ein paar hässliche Vorkommnisse, eine schöne Zeit. Dann aber verletzte sich mein zweijähriges Pferd beim Toben auf der Weide derart unglücklich am hinteren Fußgelenk, dass der Tierarzt nach dem Röntgen nur sagen konnte: Muss man abwarten, möglichst ruhig halten. Vielleicht verwächst es sich ja.

Als mein meist gutgelaunter, pflegeleichter Sohn etwa sechs Monate alt war, bekam er Neurodermitis. Ich wusste fast nichts über diese Erkrankung, die Ärzte aber anscheinend auch nicht. Der Kinderarzt verschrieb ihm eine Creme und hatte ansonsten, genau wie der Tierarzt für mein Pferd, nur diesen wenig tröstlichen Satz parat: Vielleicht verwächst es sich ja!

Als Ben ein Jahr alt war, entlarvte man per Prick-Test gleich sechs Allergene als Verursacher der Neurodermitis. Zum Glück war keine Hundeallergie dabei. Eine Ärztin der Bonner Kinderklinik, unter dem Poster einer gigantischen Hausstaubmilbe sitzend, verschrieb ihm Cortison und meinte dabei mit einem apokalyptischen Timbre in der Stimme: „Glauben Sie mir, Sie werden es bald dringend brauchen! Allein, damit Sie mal Ruhe finden."

Ich sollte bald darauf noch oft an ihre Worte denken, denn die Neurodermitis wurde schubweise so ausgeprägt, dass durch die Kratzerei offene nässende Wunden entstanden. Ein Martyrium begann. Selbst dann, wenn bereits das schiere Fleisch offen lag, wollte der Juckreiz nicht verschwinden. Wenn Ben sich dennoch kratzte, begann es obendrein auch noch höllisch zu brennen. Er schrie und so fand auch ich nur wenig Schlaf. Ich las die Leidensgeschichten anderer betroffener Eltern, wahre Horrorgeschichten, die mir mitunter die Hoffnung nehmen wollten. Weder die Cremes noch die Cortisongaben waren eine Lösung, und die Schulmedizin weiß bis heute keinen Rat. Zum Glück aber gibt es Psychologen: Neurodermitis, Bronchitis, Magengeschwüre und Krebs – alles psychisch. (Wir, die direkt und indirekt Betroffenen wünschen diesen Personen natürlich nicht, dass sie dergleichen kriegen.)

Weil unser Kinderarzt auch nur ratlos die Schultern zuckte, war ich gezwungen, mich anderswo zu informieren. Bernd, Bens Patenonkel, der mit Schuppenflechte gepiesakt war, drückte mir ein Buch in die Hand: Neurodermitis natürlich behandeln. Ich las es durch, war erneut frustriert, befolgte es aber zumindest teilweise.

Überhaupt erhielt ich, sobald ich jemandem von Bens Neurodermitis erzählte, jede Menge Tipps: Anzüge für das Kind, damit es sich nicht mehr kratzen kann, also wahre Zwangsjacken, die jedoch nichts an dem quälenden Juckreiz ändern, Homöopathie oder eben das Gegenteil: Cortison – je nach Gesinnung. Diäten! schlug die eine Schule vor - Löschen! die andere. Desensibilisierung! Kleidung aus Gold! Alles Humbug, es liegt an den Bakterien im Darm, erklärte mir ein Heilpraktiker und konstruierte eine Paste, für die er den Stuhl(gang) meines Sohnes benötigte. Auspendeln ginge auch. Magnetresonanz. Eine Klimakur mit Bestrahlung. Nordsee, nein Ostsee. Sechs Wochen in aseptischer Umgebung einer Klinik mit strenger Diät! Eigenurinbehandlung...

Unser Kinderarzt aber gab weiter milde Cremes, die zumindest nicht schadeten und meinte: Allergene weglassen! Die Pferde – draußen - schadeten nicht, meinte er auf mein Geständnis hin, wir hätten da zwei ... Nur nicht in den Stall. Auch wegen des Staubes dort.

Ich war erleichtert, wir hatten zudem einen Offenstall, denn auch Pferdelungen vertragen keinen Staub. Darüber hinaus war das eine Pferd ebenfalls allergisch ... gegen Heustaub.

Dennoch gab es viel Kopfschütteln über meine Tierhaltung. „Wie kannst du, wo das Kind doch Neurodermitis hat! Unverantwortlich! Die Tierhaare haften doch überall." Ben war stark gegen Katzen allergisch, aber wir hatten keine

Katzen. Blieben da noch die Pferde. Ben hatte ja tatsächlich eine leichte Pferdehaarallergie. Man empfahl mir ein Anti-Allergiker-Pferd. Extra für Leute mit Pferdehaarallergie gezüchtet: Das Curly Mountain Horse aus Kanada. Mit seinen Tausenden von Löckchen sieht dieses Pferd sehr plüschig und damit ziemlich albern aus. In einem Werbeprospekt für dieses Pferd las ich: „Die Haarstruktur dieses gesundheitlich völlig unbedenklichen Pferdes ist derart beschaffen, dass sich der Speichel, der eigentliche Übeltäter, aufgrund seiner Eiweißstruktur nicht auf dem gezwirbelten Haar halten kann..."

Unsere Pferde waren aufgrund ihrer Biographie nicht austauschbar. Normalerweise hätte ich sie mir gar nicht angeschafft, wobei ich sie ja auch nicht angeschafft hatte, aber das ist eine andere Geschichte. Nur so viel, als die kleine arabische Stute im Alter von vierzehn Jahren zu mir kam, hatte sie bereits zwölf Halter über sich ergehen lassen müssen. Entsprechend fertig war sie, die Fuchsstute Arissa, ein bedauernswertes, hinkendes Nervenbündel aus Haut und Knochen. Niemand zuvor schien bereit, ihre Eigenwilligkeiten zu akzeptieren und auf ihre speziellen Bedürfnisse einzugehen. Doch innerhalb weniger Wochen auf weiten grünen Wiesen blühte sie auf, fasste Vertrauen zu mir und entpuppte sich bald schon als eines der feinfühligsten, verlässlichsten und charaktervollsten Wesen auf diesem Planeten, das ich je kennengelernt hatte.

Als Ben einundhalb Jahre alt war, hatte ich tatsächlich ein neues Haus für uns alle gefunden. Vorsichtig ausgedrückt: Es war wieder bewohnbar zu machen. Doch schnell waren seine Vorzüge gefunden, abgesehen von der wichtigen Tatsache, dass Bens Vater uns nicht mehr ständig über den Weg lief, denn jetzt trennte uns eine halbe Autostunde.

Das Haus war sehr billig in der Miete, es gehörten zwei Hektar Weideland direkt am Haus gelegen dazu – inklusive mehrerer Obstbäume. Nur den Offenstall würde ich noch bauen müssen. Wir hatten also viel Platz, Sonne rundum, den nahen Wald, den Fluss, andere Kinder schräg gegenüber und so gut wie kein Verkehr auf der kleinen Anliegerstraße – für Kinder ein Paradies.

Doch unser etwa 100 Jahre altes Domizil verlangte zuerst einmal unglaublich viel Arbeit, drinnen wie draußen, endlos entrümpeln, Offenstall bauen, Zäune ziehen und nebenbei Holz hacken, denn als wir einzogen war noch Winter. Die Wände mussten fast alle erst enttapeziert und ausgespachtelt werden, bevor ich sie reihum neu tapezieren konnte. Das machte ich fast nur nachts, wenn Ben schlief. Doch es wurde bald sehr hübsch und wohnlich. Naja, bis auf das Außenklo, aber auch daran gewöhnt man sich.

Es hatte lange gedauert, bis ich, die alleinerziehende Zugezogene im Dorf jenseits des Flusses akzeptiert wurde. In dem ersten Jahr an der Sieg erlebte ich die Westerwälder als ungenießbar, grob und stur – Ausnahmen gabs von Anfang an. Zum Beispiel Bettina. Sie wohnte auf der anderen Seite des Flusses, mitten im Ort, war ebenfalls alleinerziehend und hatte einen gleichalten Sohn, der ebenfalls Ben hieß. Bettina hatte – und deshalb lernten wir uns auch schon kurz nach meinem Einzug kennen – ebenfalls eine kleine Fuchsstute, die sich dann auch mit meiner ganz gut verstand, was bei Stuten gar nicht selbstverständlich ist. Obendrein hatte auch Bettina ihren Stall selbst gebaut. Bei so viel geballter Übereinstimmung wunderte es nicht, dass wir uns anfreundeten. Als Ben etwa zweieinhalb Jahre alt war, stellten sich zusätzlich zu seiner Neurodermitis Atemwegsprobleme ein. Nach der ersten Lungenentzündung im Alter von drei Jahren suchte ich Hilfe bei Fachleuten aller Couleur. Wie mir aufgrund von Bens Hausstauballergie geraten wurde, hatte ich sein Bett entsprechend umgerüstet, schafwollene Kleidungsstücke und überflüssige Staubfänger entfernt, sein Zimmer wischte ich jeden Tag feucht. Barni, gegen den er ja nicht allergisch war, blieb allein schon aufgrund der steilen

Treppe unten in der Diele, die gleichzeitig Küche war. Später erfuhr ich, dass grundsätzlich alle Hautschuppen, die von Tier und Mensch (!) fielen, für Hausstauballergiker ungünstig seien, weil sie die Hauptnahrung für diese mikroskopisch kleinen Milben bilden, gegen deren Ausscheidungsprodukte so viele Menschen allergisch sind. Mir war klar, dass ich mit diesen Maßnahmen jedoch nur an den Symptomen kurierte. Hätte ich aber damals schon um die eigentliche Ursache seiner Erkrankung gewusst, unser beider Leben hätte wohl einen völlig anderen Verlauf genommen.

Im Sommer reduzierten sich Bens Atemwegsprobleme und auch seine Haut wurde glatter. Doch wenn es dann sehr heiß wurde, begann die Kratzerei verstärkt. Und immer die dämlichen Fragen der Leute, angeekelt, als hätte er Lepra: „Uaah! Was hat der denn da?" Ansonsten aber entwickelte er sich – auch laut Kinderarzt – völlig normal.

Dann nahte eine neue Aufgabe: Ich musste das inzwischen ausgewachsene Fohlen, dessen Schulterhöhe sich Gott sei Dank nicht über die 1 Meter 72 hinausgewagt hatte, ausbilden. Picasso, mein einstiges Flaschenkind, der bildschöne Westfale, langweilte sich inzwischen offensichtlich, trieb, nun vierjährig, allerlei Schabernack, ärgerte meine kleine Stute und apportierte armdicke Äste, was er sich von unserem Hund abgeguckt hatte. Vor allem aber zog er Weidepfähle aus der Erde mit den entsprechenden Folgen. Alle vierzehn Tage gedachte er dann mit Arissa einen Ausflug zu unternehmen. Sein Bein war nach sehr langer Zeit und vielleicht nur dank einer Tierheilpraktikerin gut verheilt. Er benahm sich halbwegs manierlich, war neugierig und gelehrig. Doch mein Geld wurde knapp und knapper. Und so traf ich eine schwere Entscheidung. Picasso war ein phantastisches Pferd, wunderschön und dank artgerechter Haltung und gewaltfreier Ausbildung das ideale Pferd für einen liebevollen Freizeitreiter. Im Frühjahr hatte ich eine geeignete

Frau gefunden, die meinen Großen als Pflegepferd bei sich aufnehmen würde. Der Abschied fiel verdammt schwer, aber nur so würde ich Arissa finanzieren können: Ich nahm gegen Bezahlung ein anderes Pferd bei mir auf, zumal Arissa ja nicht ohne Pferdegesellschaft leben konnte. Zum Glück vertrugen sich die beiden Stuten, und ich war mit einem Schlag entlastet. Ben wusste schon früh sehr viel über die Tiere, und so erklärte er den Nachbarskindern unsere Menagerie, die sich dank eines naturnahen Bereichs mit malerisch bröckelnder Trockensteinmauer um allerlei Getier wie blaugrün schimmernde Smaragdeidechsen, Blindschleichen, flügellahme Elstern mit Vorliebe für Spinatnudeln und einmal sogar um einen steinalten, nahezu zahnlosen Fuchs besorgniserregend erweiterte. Stolz führte Ben allen seine frühen Reitkünste vor. Zum Beispiel vom blanken Pferderücken aus einen Apfel vom Baum pflücken. So oft es mir möglich war (oder wenn der Sprit fürs Auto alle war), holte ich Ben mit Arissa vom Kindergarten ab. Er ritt dann durch Wiesen und Wald nach Hause, während ich nebenher lief. Wenn er mit den Nachbarskindern im Garten spielte, lief die inzwischen betagte Stute nicht selten als Rasenmäher zwischen ihnen herum, während Barnie, alle Viere in die Luft gestreckt, rücklings auf der Anliegerstraße döste. Inzwischen hatten sich auch die Leute aus dem Dorf an mich gewöhnt, tauten mehr und mehr auf, wurden hilfsbereit und sogar richtig gesprächig.

Bettina bekam in ihrer alten Firma eine Halbtagsstelle, und ich begab mich auf die Suche nach Beitragsthemen, die ich verschiedenen TV-Sendern anbot, sodass wieder etwas Geld hereinkam. Für meine Arbeit war der Kindergarten keine große Hilfe, denn der betreute nur von 7.30 bis 13 Uhr, später bis 16 Uhr, was mir auch nicht viel nützte, musste ich doch oft schon um 5 Uhr morgens aus dem Haus und wenn man niemanden in der Verwandtschaft hat... Also suchte und fand ich eine Tagesmutter.

Doch es war ein zähes Geschäft und Tagesmütter kosten. Es war ohnehin nicht so einfach, ohne die zeitintensive Pflege der wichtigen Kontakte Geschichten zu finden, die sich vermarkten ließen. Der Druck war groß, die frühere Unbeschwertheit der Ungebundenheit, dass es auch mal später, viel später, werden konnte, war dahin. Darüber hinaus musste ich mich bei der Beitragsplanung dermaßen räumlich und zeitlich einschränken, sodass am Ende nur Kurzbeiträge nicht allzu weit entfernt möglich waren. Zwar hatte ich hin und wieder das eine oder andere nicht schlecht bezahlte Projekt, dennoch fühlte ich mich ständig unter Druck auf der Jagd nach neuen Aufträgen.

„Wenn du Familie hast, ist das so ne Sache mit der Freiberuflichkeit", hatte mir damals ein Freund gesagt, der seine eigene Freiberuflichkeit für die Familie aufgegeben hatte. Ich gab mich zwar keinen Illusionen hin, begann aber nebenbei nach einem festen Halbtagsjob zu suchen, damit nicht immer gleich die ganze Existenz auf dem Spiel stünde, wenn ich einmal kein Thema unterbringen konnte. Doch selbst einfache Survival-Jobs sollten mir, Geografin, Anfang 40, verschlossen bleiben. Wie? Sie sind allein und haben ein kleines Kind zu betreuen? Was, wenn es krank wird? Nee, ausgeschlossen, wir brauchen absolut zuverlässige Mitarbeiter.

Nach wie vor wurde unser Leben in dieser Zeit durch Bens Gesundheitszustand erschwert, mitunter sogar getaktet. Im Kindergarten war man nicht bereit, auf seine Hühnereiweiß-Allergie Rücksicht zu nehmen. Wollte ich ihn über Mittag dort lassen, sollte er mit den anderen Kindern das essen, was es gab. Ob da Hühnereiweiß drin war, konnten sie nicht sagen, das Essen kam von außerhalb, aber er *musste* das essen, was alle aßen, nicht das, was ich ihm mitgab.

Vielleicht lag es an unserem feucht-kalten Flusstal, inmitten waldreicher Berge, dass Bens zum Teil schwere Bronchitiden immer häufiger von spastischen Hustenanfällen mit

Atemnot begleitet wurden. Diese bedrohlichen Attacken kamen fast ausschließlich mitten in der Nacht, so zwischen 2 und 4 Uhr morgens, was typisch für Asthma-bronchiale-Anfälle ist, weil dann das Herz als auch die Bronchien nur mit halber Kraft arbeiten, aber das lernte ich auch erst später. Und dass in der Regel gerade bei Jungs auf Neurodermitis Asthma bronchiale folgt. Bis auf einmal erholte er sich immer ohne die schweren Geschütze, erholte er sich auch ohne Cortison und Antibiotika. Längst war ich es leid, wegen der immer gleichen Krankheitsbilder zu den verschiedensten Ärzten zu laufen, um mir immer nur das Gleiche anzuhören: kann man nicht viel machen.

Eine Freundin vermittelte mich schließlich zu *dem* Allergologen und Lungenfacharzt, ein Freund ihres Vaters, der meinen Sohn dann durchcheckte, und der von da an auch die Allergietests durchführte. Atemfunktionstest, Rundumchecks, Blutuntersuchungen, Röntgen. Aber auch die Koryphäe hatte damals noch nicht des Rätsels Lösung für den den halben Winter wehrenden schweren Husten parat, der meinen Sohn oft wochenlang vom Kindergarten abhielt und mich dadurch erst recht am Geldverdienen hinderte.

Meine liebenswerte Nachbarin am Fluss, mit über 90 Jahren geistig noch gut dabei, erzählte mir, dass schon viele Leute aus dem Flusstal weggezogen wären, weil ihnen das Klima nicht bekommen wäre. Denn so schön die Landschaft auch wäre, im Winter hielten sich zähe Nebel, es war nass und kalt, während es hundert Meter höher auf dem Berg sonnig und trocken war.

Den Vater meines Sohnes sah ich in Bens ersten drei Jahren zweimal vor Gericht. Durch den Rechtsstreit um den Unterhalt, der sich dem Vaterschaftstest anschloss, wusste er natürlich wo wir wohnten. Doch außer ein paar dämlichen Bemerkungen im Gerichtssaal, für die ihn der Richter entsprechend rügte, äußerte er sich nicht weiter zu seinem Sohn.

Als Ben drei Jahre alt war, sprechen und fragen konnte, nahm ich meinen ganzen Mut zusammen und klingelte eines Tages einfach an seiner Tür. Ich wollte das Kriegsbeil begraben. Ben zuliebe. Die beiden sollten endlich die Gelegenheit bekommen, sich kennen zu lernen - trotz allem, was geschehen war. Es begann auch vielversprechend, endete bloß vorzeitig, als ein paar Wochen später eine Frau bei ihm einzog, die gleich sieben Katzen mit ins Haus brachte. Ben aber hatte gelernt, dass er sich in Häusern, in denen Katzen lebten, nicht lange, eigentlich gar nicht, aufhalten durfte. Und dass er eben nicht alles essen konnte, weil er eben eine Hühnereiweißallergie hatte.

„Der hat keine Allergie. Ich kenn mich da aus", befand die neue Hausherrin, weil Ben nie spontan mit Niesen, tränenden Augen oder anderen klassischen Allergiker-Anzeichen reagierte. Die Reaktionen kamen bei ihm immer erst mit 10 - 15stündiger Verzögerung, was keine Seltenheit ist. Sie aber unterstellte mir, dass mein „Nein" zu einem ganzen Wochenende im Katzenhaus reine Schikane wäre. Der Vater verlor dadurch den Spaß an seinem Sohn, wie er mir sagte, und meldete sich nicht mehr.

Es tat mir leid für Ben, und so gefror der Kontakt in den Wintermonaten. Im Frühjahr versuchte ich erneut, eine Einigung zu erzielen, doch inzwischen hatte die Lebensgefährtin die Zügel fest in der Hand. Nur selten trafen sich Vater und Sohn nach endlosen Diskussionen. Ich sah ein, dass es wenig Zweck hatte, und so freute ich mich, wenn sich Freunde und Bekannte mit Ben beschäftigten, ihn zu sich auf den Traktor oder Bagger setzten und mit ihm durch die Gegend fuhren, denn goße Maschinen waren seine Leidenschaft.

Nachdem man einen Kanalanschluss in unser kleines Tal gelegt hatte, nachdem größere Reparaturen an unserem Haus weitere Kosten verursachten, die die Einnahmen durch die geringe Miete bei weitem überstiegen, beschloss die Erbengemeinschaft, das Haus zu verkaufen. Ich dachte, wenn wir sowieso demnächst ausziehen müssten, könnte ich erst einmal eine Klimakur mit Ben machen. Zwei bis drei Monate in der Haute Provence, der Geheimtipp für Allergiker und Asthmatiker schlechthin: trocken, sonnig und dank der Höhenlage frei von Hausstaubmilben. Bevor Ben eingeschult wurde, sollte er gesund werden.

Für Arissa, längst Rentnerin, fand ich einen geeigneten Platz, eine kleine Herde zwei Täler weiter, Offenstall, viel Auslauf. Es wäre ja nur vorübergehend. Nach unserer Rückkehr hatte ich Aussicht auf ein Häuschen mit Möglichkeit der Pferdehaltung – diesmal in Höhenlage. Es gehörte einer Bekannten, die wieder in Stadtnähe ziehen wollte. Ich stellte unser gesamtes Habe in einer leerstehenden Wohnung bei Bekannten im Nachbarort unter, drei Traktor-Anhänger voll, verkaufte meinen Allrad Kombi und belud das alte Wohnmobil (mit Duschkabine), das ich eigens zum Zweck unserer Klimakur gekauft hatte. Und dann fuhren wir los: Ben, Barni und ich.

Teil 1

1 Wehret den Anfängen

Das Desaster begann an einem herrlichen Sonnentag im August, als plötzlich eine Dame vom Jugendamt, untersetzt, Anfang 50, vor der Tür stand und kurz darauf - ich mag es gar nicht aussprechen -, die Luft in der schönen, im italienischen Landhausstil eingerichteten Küche mit einem unerträglichen Gestank nach sich zersetzenden Schweiß verpestete.
Ihr Name war Kunz und aus ihren Andeutungen erschloss sich mir allmählich, wer sie mir geschickt hatte: die neue Ehefrau des Vaters meines Sohnes. Und während ich noch rätselte, warum der Vater den Umgang ausgerechnet jetzt gerichtlich legalisieren wollte, schlich sich mein Sohn die Treppe hinunter, die Wasserpistole im Anschlag.
Im nächsten Moment drückte er ab. Kunz war empört. Aber auch sonst hätte sie sofort jede Menge Gründe gefunden, mich für erziehungsunfähig zu erklären. Sie provozierte und ich ließ mich provozieren. Ich reagierte sicher auch deshalb etwas gereizt, weil wir gerade aus der Hohen Provence zurückgekommen waren. Die Klimakur war zwar ein voller Erfolg gewesen, nach Jahren war Ben erstmals völlig beschwerdefrei, nur ich völlig blank, was vor allem daran lag, dass drei Mal hintereinander die Benzinpumpe unseres Wohnmobils versagt hatte, der Austausch jedes Mal ein mittleres Vermögen gekostet hatte, bis dann endlich bei Benzinpumpe Nummero 3 ein pfiffiger Angestellter die Ursache für das immer wiederkehrende Problem gefunden hatte: Rostpartikel auf dem Grund des Tanks, die, fuhr man

bis zur Reserve, die Benzinpumpe in regelmäßigen Abständen verstopften.

Aber egal, was ich auch an diesem Tag gesagt oder getan hätte, das Ergebnis ihrer Inspektion wäre das gleiche gewesen, denn das Schreiben der Gegenanwälte war an diesem Tag schon mehr als 14 Tage alt, und das vernichtende Urteil über mich stand längst fest. Bevor sie ging, lud Kunz mich zu einem Gerichtstermin, der bereits in drei Tagen stattfinden sollte. In dem mehrere Seiten langen Schreiben meiner künftigen Gegenanwältin, das mir Kunz zum Abschied in die Hand gedrückt hatte, las ich dann so seltsam anmutende Dinge wie: *Der Vater hätte ja lange Zeit gar nicht gewusst, dass ihm ein Sohn geboren war, und Ben ließe sich gut in die neue Familie des Vaters intergrieren.*

Dieser Vater, so erfuhr ich an dieser Stelle, hatte sich vor kurzem heiraten lassen und sich dann ein Haus gekauft, kaufen müssen, damit seine Frau und deren Töchter ausreichend Platz hätten. Und da wäre jetzt eben auch Platz für meinen Sohn.

Das Ganze erschien mir, wie auch Oma Lene, der ich natürlich sofort davon erzählte, völlig absurd, ja lächerlich und somit gar nicht ernst zu nehmen.

Kunzes scheußlicher Geruch blieb boshaft und hartnäckig in dem schönen, sonnendurchfluteten Haus hängen, obwohl ich umgehend sämtliche Fenster und Türen geöffnet hatte. Ich machte mir erst einmal einen Kaffee und rief dann jenen Anwalt an, der mir damals bei der langwierigen Unterhaltsklage beratend zur Seite gestanden hatte. Es war der zweite Schock an diesem schönen Augusttag, wenn auch ein vergleichsweise geringerer: Mein einstiger Anwalt hatte inzwischen das Familienrecht an den Nagel gehängt. Sorry, sagte er, und reichte mich weiter zu der Neuen in der Sozietät, seiner Nachfolgerin im Familienrecht. Zu meinem Entsetzen musste ich feststellen, dass zwischen den beiden Welten klafften. Doch angesichts der Dringlichkeit hatte ich keine Wahl.

An alles kann ich mich heute nicht mehr so genau erinnern, aber noch ziemlich genau an diesen lächerlichen Termin auf dem Siegburger Amtsgericht. Es war um die Mittagszeit, und mein Sohn war unter der Aufsicht von Oma Lene, meiner Nachbarin, zu Hause geblieben. Die neue Frau des Vaters meines Sohnes hatte aus ihrem Heimatort eine Anwältin rekrutiert, spindeldürr und mit Woody-Allen-Brille, die sich jetzt in auffallend vertrauter Weise zwischen Vater und Dame vom Amt schob. Meine neue Anwältin dagegen kam in letzter Minute, ein optisch ungewöhnliches Wesen, wie direkt aus den 50-er Jahren in die Neuzeit gebeamt. Sie wirkte, als ob sie noch gern Studentin gewesen wäre, mit ihrer riesigen alten Herrenaktentasche aus dieser Zeit, dazu großgeblümt das wadenumspielende Kleid, wobei sie allerdings eher nach Physik oder Chemie, denn nach Jura aussah. Ihre geraden, kinnlangen Haare waren aschblond oder mausgrau, sie war auch schon etwas älter, lächelte jetzt aber schelmisch wie ein neunjähriges Mädchen, wobei sie ihren Körper hin- und herdrehte, sodass die Aktentasche, deren Griff sie mit beiden Händen hielt, hin und her pendelte.

Kaum saßen wir alle in dem nur etwa 16 Quadratmeter engen Gerichtszimmer dem Schreibtisch des Richters gegenüber, begannen sich alle Damen dem Richter - ein älterer, wenig attraktiver Mann - auf eine geradezu peinliche Art und Weise vorzustellen. Jede Dame gab ihm eine kleine Eselsbrücke, damit er ihren Namen behalten konnte.

„Kunz, wie Hinz und Kunz!", witzelte die Dame vom Jugendamt heiser wie immer und mit in den Nacken gelegten Kopf. „Freund! Wie Feind!", hörte ich meine Anwältin, die noch hinzufügte, dass sie das Gerichtsgebäude nicht auf Anhieb gefunden hätte, weil sie neu in der Gegend wäre. Es nervte und nahm unendlich viel Zeit in Anspruch, bis ein gewisses Procedere zwischen den Offiziellen abgeschlossen war, man endlich zur Sache kam. Ich stimmte dem geregelten Umgang zwar sofort zu, konnte es aber nicht lassen, nachzufragen, was der seltsame Satz in dem Anwaltschreiben sollte, *der Vater habe jahrelang nicht gewusst, dass ihm ein Sohn geboren wäre und wo wir wohnten*, dabei hätte er doch schon wenige Monate nach Bens Geburt einen Vaterschaftstest gefordert, zudem hätten wir damals direkt vor seiner Nase gewohnt. Und später hätte er doch, als es in der Gerichtsverhandlung um die Unterhaltzahlungen ging, auch von unserer neuen Anschrift erfahren. Und warum sich mein Sohn in die Familie des Vaters integrieren lassen würde?

Es gab nur ein unverständliches Gemurmel als Antwort. Bei der Regelung des Umgangs bestand ich darauf, dass Ben, solange die Katzen im Haus wären, nicht ins Haus könne. Ich erklärte kurz die Allergieproblematik und meine Anwältin nickte fröhlich. Rauchen in Bens Beisein ginge natürlich auch nicht, schon gar nicht im engen Auto, das sollte der Vater sich bitte verkneifen - wegen Bens Disposition für Bronchialerkrankungen. Die dürre Anwältin mit Woody-Allen-Brille entfachte daraufhin lächelnd ein vertrauliches Gespräch über das Rauchen und dass wir doch alle rauchen oder mal geraucht hätten und rausgehen? Wie ungemütlich, kann man doch keinem zumuten, oder?

„Oh, ich hab damals auch viel geraucht", warf meine Anwältin ein. „Mein Mann raucht ja heute noch, aber nur noch Pfeife…" „Also, so nach dem Essen und zum Kaffee, da schmeckt sie am besten." Kunz aber wusste es noch besser.

„Rauchen ist Privatsache!", rief sie, so, als wollte sie damit das Thema abschließen. Der Richter grinste, auch er hatte noch nie gehört, dass Passiv-Rauchen einem Kind mit Atemproblemen schaden könnte.

Ich fragte mich, warum mir Frau Dr. jur. nicht ein paar nützliche Hinweise gegeben hatte, statt nur fröhlich zu grinsen? Schließlich war der Brief der Gegenanwältin, den ich ihr zwei Tage vor der Verhandlung übermittelt hatte, ein starkes Stück. Sie hätte wissen können, wohin das führt, zumal ihr nicht entgangen sein konnte, dass Kunz mich auch im Termin permanent attackierte. Ich hatte schließlich das alleinige Sorgerecht, zu Recht, denn so etwas wie Verantwortung hatte der Vater bislang nie gezeigt. Frau Dr. jur. schien leicht desinteressiert, grinste weiter in die Runde.

Zu diesem Zeitpunkt konnte ich mir jedoch noch nicht vorstellen, dass dies der erste Schritt gwesen sein sollte, meinen Sohn in die Familie des Vaters zu tranferieren. Das Schreiben der Gegenanwältin setzte dafür einen entscheidenden Meilenstein, war dabei voller unzulässiger Diffamierungen, wie unmöglich ich als Mutter wäre, ohne jedoch ins Detail zu gehen - woher sollten sie es auch wissen -, nur so viel, dass ich trickreich verhindert hätte, dass der arme Vater Kontakt zu seinem Kind aufnehmen konnte. So sah aber laut Familienrecht kein harmonisches Miteinander dem Kind zuliebe aus, war wohl kaum ein geeigneter Anfang für ein Elternteil, das sich jetzt erst – nach sechs Jahren – ernsthaft um den Umgang mit seinem Kind bemühen wollte. Er war zuvor noch nicht mal auf die Idee gekommen, ein Umgangsrecht auch nur anzufragen. Kunz müsste das eigentlich auch aufgefallen sein, zumal auch nicht der Vater, sondern seine neue Frau die treibende Kraft war. Im Nachhinein konnte ich mich des Gefühls nicht erwehren, es machte ihnen allen einfach nur Spaß. Sie hatten sich eine Aufgabe gesteckt - mal sehen, was sie erreichen konnten. Es erinnerte mich ein wenig an Hemingways *Der alte Mann und das Meer*: Kunz & Co waren der alte Mann und ich der Fisch. Wie die meisten Leser wissen werden, verlor am Ende der Fisch.

Immerhin entschied der Richter, das Ehepaar M – es war von nun an nicht mehr vom Vater, sondern vom Ehepaar die Rede -, sollte sich mit mir zusammen bei unserem Allergologen und Lungenfacharzt erkundigen, was es denn bezüglich der Allergien zu beachten gäbe.

Mit mir? Ich gebe zu, es wäre mir peinlich gewesen, mit diesen Gestalten in Verbindung gebracht zu werden. Es war schon schwierig genug, die Kommunikation mit der Koryphäe, die eben, wie viele ihrer Art, ein Schubladendenken, ausgeprägte Dünkel sowie ein extrem hierarchisches Verhalten an den Tag legte. Abgesehen davon wusste *ich* ja, was es zu beachten gilt. Sollten sie mal schön allein zu ihm gehen. Nach diesem Angriff, und nichts anderes war dieses Schreiben der Gegenanwältin, und nachdem sie mir das Jugendamt ins Haus geschickt hatten, verhielt auch ich mich nicht entgegenkommend.

Ich machte jedoch einen Besuchstermin mit dem Prof aus, um ihn persönlich um diesen speziellen Termin der Aufklärung für das Duo zu bitten. Gleichzeitig ließ ich an diesem Tag bei Ben auch einen erneuten Prick-Test durchführen, zumal Allergienachweise nie länger als zwei Jahre gelten. Und siehe da: Litt mein Sohn beim letzten Test noch unter der Hühnereiweiß-Allergie, war auch die mittlerweile verschwunden. Er war jetzt nur noch gegen Katzen und Hausstaubmilben allergisch. Von einst sechs Allergie-Auslösern runter auf zwei, dazu die glatte Haut, die freien Bronchien dank der Klimakur – all das war ein deutlicher Hinweis darauf, dass sich sein Imunsystem stabilisierte. Ben gesundete und das sollte auch so bleiben.

Mir war es recht, wenn die Treffen von Vater und Sohn in Zukunft geregelt abliefen, denn dadurch würde Ben sich auf ihn verlassen können, was auch mir Stress ersparen würde. Jetzt schien die Diskussion um die Katzen bald ebenso beendet wie um das Rauchen in Bens Gegenwart. Die Termine wären jetzt verbindlich und an feste Zeiten gebunden.

Aber noch etwas hatte man vor Gericht vereinbart, etwas, was sich für mich erst ziemlich harmlos anhörte, wozu ich

aber überhaupt keine Lust hatte, Bens Vater allerdings ebenso wenig. Und meine Anwältin schwieg dazu. Es sollte von nun an Elterngespräche mit professioneller Begleitung geben. Die Professionelle hieß Kunz und hatte aus ihrer Position von Anfang an keinen Hehl gemacht. Ich hätte sie wegen Befangenheit ablehnen sollen.
Sie konnte mich nur einladen, weil ich nach der Klimakur in ihren Machtbereich geraten war, ins Haus eines alten Freundes, dort, wo ich anfangs mit Ben gewohnt hatte, allerdings hatten wir damals im Haus nebenan gewohnt. Ich war mir jedoch sicher, dass es nur eine Frage der Zeit wäre, bis ich, wie geplant, das Haus einer Bekannten übernehmen konnte, das außerhalb von Kunz Hoheitsgewässern lag und das wir eigentlich direkt nach der Klimakur beziehen wollten. Dann könnte ich auch endlich wieder mein Pferd zu mir nehmen. Arissas Unterbringung kostete mich jetzt mehr als das Doppelte von dem, was ich früher für meine beiden zusammen aufgewandt hatte. So saß ich jetzt wie auf heißen Kohlen wieder in dem Ort, aus dem ich weggezogen war, um der Nähe meines Fehlgriffs zu entgehen.
Längst hatte Ben im Ort neue Freunde gefunden, mit denen er täglich auf seinem Rädchen durchs Dorf raste. Oma Lene erlebte er jetzt neu, damals war er ja noch ein Baby, wenngleich wir im Laufe unserer Jahre am Fluss sie ab und zu besucht hatten.
Unser Geld war nach der Klimakur verdammt knapp und ich war froh, dass ich bereits vor einem Jahr wieder mal die Ölfarben ausgepackt hatte. Die Bilder wurden ein nicht zu verachtendes Zubrot. Ein Zubrot zu einem anderen Zubrot: Ich führte nebenbei den Haushalt einer Bekannten, die eine Umschulung machte. Es war ihr peinlich gewesen, mir einen derartigen Job anzubieten, sie sagte, sie traue sich gar nicht, mir das anzubieten. Aber ich war froh, dass sie es dennoch getan hatte. Es wäre ja nur vorübergehend. Und so kochte ich nicht nur für ihre beiden Kinder, sondern wusch

in dem Chaoshaushalt auch die Wäsche, bügelte und putzte. Es ging mir schon mitunter an die Nieren, weil ich Angst hatte, dass es womöglich immer so bliebe. Und das Geld reichte hinten und vorn nicht. Durch die Arbeit im fremden Haushalt, die im eigenen Haushalt sowie der kommerziellen Malerei - ich malte, was sich verkaufte -, hatte ich weder die nötige Zeit noch die Muße für ausgiebige Recherchen für den einen oder anderen TV-Beitrag.

Dann lud mich Kunz zu einem persönlichen Gespräch und ich, dumm und unwissend, ging auch noch hin. Ich hätte alarmiert sein müssen, als sie mir von der neuen Ehefrau vorschwärmte. Die hätte sich damals nach der Trennung von ihrem Mann an sie gewandt (ein strategisch kluger Schachzug), deshalb kenne sie sie schon länger. Ja, und jetzt suche sie eine Berufsausbildung. Oder ein Pflegekind. Sie hätte bei ihr im Amt bereits einen Tagesmutter-Kursus absolviert und sich sehr geschickt angestellt.

Was ich denn jetzt mache? Wovon ich leben würde? Ich verschwieg ihr den Job im Haushalt der Bekannten, weil sie so dermaßen von oben herab fragte, als wüsste sie, was ich notgedrungen machte. Auch verschwieg ich ihr meine Schwarz-Malerei. Sie ahnte zumindest, dass ich ziemlich rumkrebste, denn ich sagte ihr, dass ich mich zurzeit auf alles Mögliche bewarb.

Dann gab es das erste gemeinsame Elterngespräch, und ich bemängelte, dass der liebe Vater, Herr M, Ben mit in sein Haus genommen hätte, obwohl dort noch immer die sieben Katzen wohnten. Sie wollten sich doch beim Professor erkundigen, wegen Bens Aller ...

„Ha! Der spinnt ja!", rief Herr M daraufhin aufgebracht. „Alle Tierhaare vermeiden, hat der gesagt. Nicht nur die Katzen! Und überhaupt: Der dürfte das nicht, der dürfte dies nicht. Was für ein Quatsch!"

Und weil der Allergologe und Professor für Lungenkrankheiten keine Kompromisse zuließ, hatte die ganze Aktion zur Folge, dass Herr M mal wieder keinen Spaß mehr an der Sache hatte. Doch glücklicherweise war da ja Frau Kunz, redete begütigend auf mein zorniges Gegenüber ein und schon bald ließ der sich erneut breit schlagen, ab und zu für seinen Sohn da zu sein. Ich aber sprach es nochmals an, das Katzenproblem, fühlte mich wie ein Spielverderber. Auch ich hatte ja damals die Pferde gehabt – draußen - und jetzt noch immer den Hund. Einen Hund hatte er auch. Hund war ja auch okay. Vielleicht könnte man, was die Katzen anbelangte, zu einem Kompromiss kommen? Es waren schließlich alles keine Stubenkatzen, sondern Freigänger, denen man durchaus ein kuscheliges Plätzchen im Keller einrichten konnte, Möglichkeiten hatten sie ja. Und mal ein paar Stunden in Bens Gegenwart im Haus nicht rauchen … Viel mehr hätte er ja nicht beachten brauchen bei den Wochenendkontakten.

Keine Chance, die Dame vom Amt hatte eindeutig Position bezogen, verschränkte jetzt ihre Arme vor der Brust und sah mich erneut vorwurfsvoll an. So fragte ich mich, was diese einseitigen Gespräche sollten? Ich dachte damals wirklich, ich hätte keine Chance, sowohl diese lächerlichen Elterngespräche als auch der Umgang unter schwammigen Auflagen wären verbindlich für mich. Entsprechend verhielt ich mich, und ich verfluche meine Anwältin noch immer, die dann im November – wie peinlich – einen Befangenheitsantrag gegen Kunz stellte und den, als wäre sie neu in Deutschland und im Metier, anstatt an die Bezirksregierung oder den Kreis, an einen der Vorgesetzten der Dame schickte, der diesen dann auch als völlig unbegründet zurückwies.

„Meine Leute sind alle astrein, dafür verbürge ich mich."

Logisch. Es würde ja sonst auch auf ihn zurückfallen. Es hätte zudem eine Dienstaufsichtsbeschwerde und kein Befangenheitsantrag sein müssen.

Längst hatte ich das alte Wohnmobil gegen einen normalen PKW eingetauscht. Und nachdem ich über zwei Monate vergeblich auf das Haus mit Möglichlichkeit der Pferdehaltung meiner Bekannten Andrea gewartet hatte, hielt ich es unter den sich zuspitzenden Umständen in dem Ort, in dem auch mein Widersacher lebte, nicht mehr aus und zog mit Ben und Barni in ein winziges Häuschen mit winzigem Garten, aber einer unglaublichen Fernsicht in einen 13 Kilometer entfernten Ort. Der Umzug ging still und unauffällig vonstatten, sodass es keiner gewahr wurde – selbst Kunz nicht. Der Ort befand sich noch innerhalb der vorherigen Gemeinde, weshalb ich mich nicht ummelden musste. Es war ein kleiner Ort mit sehr wenig Verkehr, die Kinder spielten noch auf der Straße. Es dauerte nur wenige Tage, bis Ben neue Spielkameraden hatte.

Beim zweiten Umgangstermin für einen Nachmittag erfuhr ich später von Ben wie zuvor schon durch meine Nase, dass sie in Papas Kneipe gewesen waren.
Beim dritten Mal waren sie dann in seinem Haus, und ich war darüber entsprechend unerfreut, waren doch sämtliche Katzen noch da. Für Ben war die Situation zwiespältig gewesen, wusste er doch genau, er hatte eine Katzenhaarallergie. Da er ja nie spontan durch Niesen oder Ausschlag reagierte, war es für Außenstehende nicht möglich, einen Zusammenhang herzustellen. Die Quittung kam immer erst 10 bis 15 Stunden später. Aber selbst dann wirkte es oft nur wie eine Erältung, während die Haut noch später reagierte.
Beim nächsten Elterngespräch, das wieder meine Unfähigkeit als Mutter zum zentralen Thema hatte, erzählte Herr M, die Katzen seien alle aus dem Haus.
Ich glaubte das glatt und sagte zu Ben, wenn er wollte, könnte er dort auch übernachten, obwohl das bislang weder das Gericht noch das Jugendamt angefragt hatten. (Streng genommen „wirken" Katzenhaare – trotz gründlicher Haus-

reinigung - noch bis zu zwei Jahren nach.) Ich gönnte es Ben, zudem wollte ich damit meinem Widersacher Entgegenkommen signalisieren. Doch dann berichtete Ben, die Katzen wären alle noch da. Es ärgerte mich, und ich verstand die Rücksichtslosigkeit des Vaters gegenüber Ben nicht, hatte er doch einen Neffen, für den das ganze Haus umgerüstet worden war, alle Stoffvorhänge, sämtliche Teppiche und Polster waren entfernt worden, damit der Junge mit der Hausstauballergie beschwerdefrei leben konnte.

Als Kunz im nächsten Elterngespräch vernahm, der Junge hätte sogar schon im favorisierten Haus übernachtet, gab es für sie kein Halten mehr. Sie tat so, als würde nun bald Bens sehnlichster Herzenswunsch in Erfüllung gehen, nämlich bei seinem Papa und dessen wundervoller Frau und den zwei entzückenden Mädchen zu leben. Wieder schüttelte sie den Kopf über mich, was ich doch meinem Sohn alles nähme, wo er es dort doch viel besser hätte. Ich spürte unterschwellig, dass meine Widerstandskraft gegen ihr Gift, verabreicht in regelmäßigen Dosen, bereits schwächer wurde.

Inzwischen hatte ich eine Rückmeldung auf eine meiner Bewerbungen bekommen. Aber es war ausgerechnet der Deutsche Entwicklungsdienst, der *ded*, der da Interesse zeigte. Auch nicht schlecht, dachte ich, schließlich habe ich früher oft im Ausland gearbeitet. Ich kannte einige Leute im Entwicklungsdienst, deren Kinder im Ausland in deutschsprachige Schulen gingen. Ich reagierte auf die positive Rückmeldung entsprechend freudig. Was ich zu diesem Zeitpunkt noch nicht wusste, ist, dass der *ded* keine Eltern von ihren Kindern trennt. Doch von einer derartigen Trennung gehen sie aus, wenn man in der Biografie erwähnt, einen kleinen Sohn zu haben. Ich hätte sagen müssen, der Vater sei verstorben. Oder: Vater unbekannt. Hätt' ich's mal getan!

Das nächste Elterngespräch. Jedes Mal erschien es mir unfruchtbarer, sinnloser die Diskussion. Der liebe Vater beharrte dickschädelig und unerbittlich auf seinem Standpunkt und hatte weiterhin kein Interesse an einem echtem Miteinander seinem Sohn zuliebe. Er wusste siegessicher die Dame vom Amt auf seiner bedauernswerten Seite, und so setzte es regelmäßig und immer übler neue Hiebe für mich. Ich hätte ganz anders auftreten müssen in dieser Zeit, hätte schauspielern müssen, nur keine Angriffsfläche bieten.

Ein früherer Kollege hatte mal nach einem Gespräch mit mir zu meinem damaligen Redakteur gesagt, ich hätte ja gar kein Durchsetzungsvermögen. Er schien regelrecht entsetzt, ist es doch das Wichtigste, was man in diesem Job braucht: Ellenbogen. Und nicht nur in diesem Job. Nein, ich hatte besseren Argumenten immer eher nachgegeben, als grundsätzlich auf meinen zu beharren. Dass ich nie sehr dominant war, spürten auch meine Tiere und einmal sogar ein Gepard in Namibia, was sich in diesem Fall jedoch als vorteilhaft erwiesen hatte, weil ich versehentlich das falsche Gehege betreten hatte.

Zurück in die Gegenwart und zurück in einen ganz anderen Raubtierkäfig. In dieser Zeit ohne ausreichend gewinnbringende Arbeit war ich sehr dünnhäutig geworden. So sehr, dass ich kaum noch den Mumm hatte, neue Aufträge anzufragen. Manchmal hatte ich noch nicht mal mehr den Mut, an diese Art der Arbeit auch nur zu denken, erforderte sie doch viel Selbstsicherheit. Mir war, als wäre mit dem Auszug aus dem Tal das Glück bei uns ausgezogen und als wäre ich nicht nur zwei Monate, sondern eine Ewigkeit in Frankreich gewesen, denn anders konnte ich mir nicht erklären, warum der Faden so dermaßen abgerissen sein sollte, dass mir gar nichts mehr gelingen wollte. Einzig der Verkauf meiner Bilder baute mich etwas auf. Doch noch hatte ich nicht den Mut oder das Selbstvertrauen, die Malerei so zu intensivieren, dabei nach weiteren Ausstellungsmöglichkeiten zu suchen, wie es notwendig gewesen wäre, um davon leben zu können.

Mit der Rückmeldung vom *ded* aber kam ein wenig mein Optimismus zurück, außerdem schrieb ich nebenbei an einer Geschichte, die mir zumindest zwischenzeitlich die Illusion einer Zukunft gab. Und so saß ich in diesem neuerlichen Elterngespräch und Kunz fing schon wieder an, mich zu schikanieren und wie ideal es doch für meinen Sohn im Haus des Vaters wäre, wo doch die Frau sich bereit erklärt hätte, sich um mein Kind zu kümmern. Sie würde dafür sogar auf eine Berufsausbildung verzichten. Ich konnte kaum glauben, was ich da hörte. Kunzes Botschaft aber war mehr als deutlich: Los, her mit dem Kind.

Ich aber sagte, der Deutsche Entwicklungsdienst habe auf meine Bewerbung geantwortet. Es bestünde unter Umständen für uns die Möglichkeit in Afrika...

Weiter kam ich nicht. Während unserer Gespräche schwieg Herr M die meiste Zeit oder es brach kurz und cholerisch aus ihm heraus. So auch jetzt: Afrika! rief er entsetzt. Afrika aber versetzte auch Kunz umgehend in höchste Alarmbereitschaft. Keine Ahnung, was sie mit Afrika assoziierte, sicher aber nichts Gutes. Das war Ende November. Den nächsten Termin im Dezember musste ich wegen einer Besprechung in Frankfurt veschieben.

Und bei diesem Termin in Frankfurt ergab sich dann aber tatsächlich ein kurzes Projekt in Afrika, irgendwann im März. Es hatte aber nichts mit dem *ded* zu tun, es handelte sich lediglich um eine Pressetour ins südliche Afrika.

Das Projekt, das da nahte, an das ich durch die Geschichte, die ich geschrieben hatte, gelangt war, motivierte mich, was meine beruflichen Aussichten anbelangte und sorgte dafür, dass ich den nächsten Termin wieder etwas selbstsicherer wahrnahm. Doch auch dieses Mal beleidigte Kunz mich derart, dass ich erneut eine Nummer kleiner die enge Amtsstube verließ. Sie schaffte es immer wieder, mir ein schlechtes Gewissen zu machen, sodass ich mich nach jedem „Elterngespräch" stets aufs Neue wie ein Versager fühlte.

Wie erzieht man sein Kind auch richtig? Was ist richtig? Schaut man sich einmal die bisherigen Ergebnisse der Kindererziehung an, also die Erwachsenen auf diesem Planeten, merkt man schnell, dass es nur sehr sehr wenigen Menschen überhaupt gelungen ist, ihre Kinder richtig zu erziehen.

Ich aber ließ mich verwirren und teilte bald die Meinung, dass es nur ein Erziehungsmodell weltweit gäbe: Kunzes.

Beim nächsten Mal sagte ich vor allem wegen dieser fortgesetzten Schikanen ab, gab als Grund das Projekt an, das ich vorbereitete, diese Pressetour ins südliche Afrika, die etwa 18 Tage dauern würde. Die Dame verstand jedoch nur Afrika, kombinierte, kombinierte jedoch falsch, wie ich einige Wochen später erfahren sollte. Doch noch ahnte ich nichts von ihrem Kombinations- oder Hörfehler.

Währenddessen verbrachte mein Sohn alle 14 Tage ein Wochenende bei seinem Papa, doch wäre der meistens nicht da, hätte keine Zeit, nur sonntagnachmittags. Doch weil Ben anscheinend damit umgehen konnte, sagte ich nichts.

Aus meiner kleinen wurde eine dicke Bronchitis, die nicht weichen wollte und deshalb ging ich schließlich zum Arzt.

Der verschrieb mir aufgrund der Hartnäckigkeit der Bronchitis so richtig starke und richtig teure Antibiotika, die zwar nicht halfen, aber dennoch reinhauten. Weil ich mich dadurch gar nicht gut fühlte, deshalb auch nicht Auto fahren wollte, musste ich erneut einen Termin kurzfristig canceln. Ich bat den Arzt, ein Attest per Fax gezielt an die Dame vom Jugendamt zu schicken, weil die mir ansonsten sicher nicht glauben würde. Das tat er dann auch. Ein paar Stunden nachdem dieser Termin hätte stattfinden sollen, klingelte mein Handy. Ich fragte mit fast normal klingender Stimme, schließlich hatte ich ja eine trockene Bronchitis, keinen

Schnupfen und auch keine Heiserkeit, fragte also wie immer bei unbekannten Teilnehmern: „Hallo?"
Stille.
„Hallo? Wer ist denn da?"
„Frau Hansen?"
Ich kannte diese Stimme und fragte: „Ja?"
„Ach nichts. Ich wollte nur mal hören, wie schlimm denn diese Bronchitis ist. Alles klar!" Aufgelegt.
Mein Herz raste. Ich konnte es nicht fassen. Mir wurde schwindlig, sicher die Medikamente. Die zähe Bronchitis schien sich jetzt erst recht aufzubäumen. Ich hatte Angst und kann mir diese plötzliche Angst bis heute nicht erklären. Vielleicht war es ein unbestimmtes Ahnen, was einmal passieren sollte? Ich hatte einen anonymen Anruf erhalten. Aber nur eine Person – außer meinem Arzt – wusste, dass ich eine üble Bronchitis hatte und das war Kunz. Die aber musste die Information an Frau M weitergereicht haben, denn es war eindeutig diese Gestern-Abend-zu-lange-gefeiert-Stimme gewesen.

Glücklicherweise überwand ich die Geschichte und auch die Bronchitis. In ein paar Wochen flöge ich nach Südafrika.

Natürlich verlief diese Zeit nicht ohne Zwischenfälle, denn während ich nach diesem unverschämten anonymen Anruf nicht mehr zu den Eltengesprächen gegangen bin - ich fragte auch nicht nach, ob es neue Termine gäbe -, flatterte mir eine Einladung zu einem Gerichtstermin ins Haus. Doch es war nicht klar ersichtlich, um was es eigentlich ging. Nur, dass ich meinen Sohn mitbringen sollte.

Der wurde dann an diesem ungemütlich grauen Februartag von dem Richter allein befragt. Mutig und neugierig marschierte er hinein. Die anwesenden Damen vor dem Richterzimmer lächelten sich währenddessen vielsagend zu. Und noch immer wusste ich nicht, warum wir heute hier waren.

Dann aber kam die Erklärung. Die Dame vom Amt, Kunz, hatte gehört, ich wollte nach Afrika. Richtig. Für diese Zeit wollte ich Ben bei einer fremden Person, einer Tagesmutter, lassen. Auch richtig. Dann aber kam der Hörfehler und damit auch der Anlass dieses Gerichtstermins zutage. Kunz dachte, ich ginge für ein bis zwei Jahre nach Afrika, und deshalb wollte sie jetzt, dass mein Sohn solange in der Familie des Vaters lebte. So hatte sie's dem Richter erzählt. Ich stutzte erst, war es doch garantiert das Angebot des *ded*, das sie hinter meiner Afrikareise vermutete, und das bei mir schon in Vergessenheit geraten war. Dabei hatte ich ihr doch am Telefon vor ein paar Wochen von dieser 18-tägigen Pressetour erzählt, die aber nix mit dem *ded* zu tun hatte. Ihr Pech. Als sie das Missverständnis gewahr wurde, schwieg sie erst eine kleine Weile, um aber dann so zu tun, als wäre der Vater eigens vor Gericht gezogen, um meinen Sohn für 18 Tage betreuen zu dürfen. Er sowieso nicht, da er nie Zeit hatte. Währenddessen befragte der Richter, noch nichts von dem Kunzschen Hörfehler ahnend, meinen Sohn. Wie das denn so wäre bei der Mama und wo er denn lieber sein wollte, bei der Mama oder ob er nicht lieber beim Papa sein wollte? (Allein die Frage hätte meine Anwältin stutzig machen sollen.) Und was, wenn die Mama nach Afrika ginge? Wie gesagt, das war bevor der Richter die korrigierte Version meiner Afrikareise in Erfahrung bringen sollte. Mein Sohn wollte, wenn es dann ginge, natürlich mit nach Afrika, den Kindern dort Spielzeugautos mitbringen und so. Und er wollte Englisch lernen. Und natürlich wäre er lieber bei mir, den Papa fände er „geht so", die Frau vom Papa nicht so gut, die würde ihn immer hauen. Später sagte er mir, das stimmte zwar nicht, aber es hätte ihm Spaß gemacht, dergleichen zu sagen, weil er die Frau doof fände.

Das war die dünne Wiedergabe einer Unterredung zwischen meinem Sohn und dem Richter unter vier Augen, wie sie uns der Richter überliefert hatte. Der Vater tobte daraufhin, wär ja gar nicht wahr, was Ben da gesagt hätte. Das hätte ich ihm beigebracht zu sagen.

Für die Zeit meiner baldigen Abwesenheit hatte ich eine Tagesmutter mit einem Sohn in Bens Alter gefunden. (Seine frühere Tagesmutter, meine Freundin Elfi, konnte sich zu der Zeit nicht um ihn kümmern, weil sie ausgerechnet zu dieser Zeit eine Kur bewilligt bekommen hatte.) Ich aber sollte Ben jetzt während meiner Abwesenheit beim Vater, also bei dessen Frau, lassen, ach ja, die letzte Katze würde bis dahin das Haus verlassen haben. Ich erwähnte jetzt die Tagesmutter, und dass Ben sich auf die Zeit dort freue.

Während des Termins machte meine weltfremde Anwältin noch den genialen Vorschlag, ich könnte meinen Sohn doch mit auf die Pressetour nehmen. Ich sah es ihr nach, woher sollte sie auch wissen, wie so eine Pressetortour mit oberstressigen Mammutprogramm ablief? Außerdem würde die Airline und andere Sponsoren kaum einem Kind einen Platz bewilligen, knauserten sie doch schon bei uns.

Keine Chance, sie drückten einen weiteren Termin durch, von dem ich wieder nicht wusste, ob ich den wahrnehmen musste: Am 10. März sollte ein Gespräch im Hause des Vaters stattfinden. Zusammen mit ihr, Kunz, versteht sich, die ich zuvor im Flur noch dezent auf den seltsamen Anruf ansprach, was das sollte, schließlich wusste nur sie von meiner Bronchitis? Sie aber schürzte die Lippen, schüttelte unschuldig den Kopf und watschelte davon.

Natürlich wäre es für mich praktischer, vor allem billiger, wenn ich Ben im Hause des Vaters unterbringen würde. Aber mich dafür vors Gericht zu schleifen, dergleichen hinterrücks über das Jugendamt durchzudrücken, das stets der Anwältin der Gegenseite die ganze Arbeit abnahm, ließ mich unweigerlich eine Abwehrhaltung einnehmen. Und noch immer gedachten sie nicht, das Rauchen in Bens Gegenwart einzuschränken, und noch immer waren sie da, die sieben Katzen.

Als wir das Gericht zusammen verließen, nahm Ben meine Hand und strahlte mich an: „Habe ich das gut gemacht?"
Ich nickte, drückte sein Händchen und fühlte uns für einen Moment unschlagbar zusammengehörig. Ich hatte ihn vorher nicht instruiert, zumal ich gar nicht gewusst hatte, um was es gehen würde. Es war nun mal so, weil wir uns eben all die Jahre allein durchgeschlagen hatten. Ich wünschte mir dennoch, Ben hätte das Gefühl, sein Vater gehöre auch zu ihm.

Dann kam jener 10. März, wir warteten vor dem Haus auf die Dame vom Amt, doch als die nach einer viertel Stunde über die Zeit nicht kam, wandten wir uns zum Gehen. Da aber kam sie leider doch noch. Herr und Frau M öffneten uns die Tür. Ben lächelte verschmitzt und hielt sich mit nicht ganz geschlossenen Fingerchen die Hand vor Augen, was seinen Vater sofort in helle Aufregung versetzte. Statt eines Hallo Ben rief er: „Guck dir mal an, was er da macht! Der ist ja total verhaltensauffällig!"
Abgesehen davon, dass das natürlich Blödsinn war, scheute er sich nicht, derlei vor seinem Sohn auszuposaunen. Ben trat dennoch freudig ein, setzte sich dann aber dicht neben mich. Es standen artig Tassen, Gläser und ein paar Kekse auf dem Tisch, was die Dame vom Amt veranlasste, entzückt in die Hände zu klatschen. „Nein! Wär doch nicht nötig gewesen!"
Ben aber hatte sich an diesem Morgen noch übergeben und so riet ich ihm von den Keksen ab, worauf mich sofort ein Sturm der Entrüstung traf. Das arme Kind! Wie konnte ich!
Dann lehnte sich Kunz zurück, die Arme vor der Brust verschränkt, die gefährlichen Frontzähne bleckend. Ich kannte diese Geste schon und wie vermutet ging der mir ebenfalls nur zu gut bekannte Beschuss los – diesmal mit gnadenloser Härte, einem Kreuzverhör gleich und ohne Rücksicht auf Ben. Und an diesem Tag machte sie aus ihrer Position dann

auch keinen Hehl mehr. Die Vertreterin des Jugendamtes übertrumpfte in aller Schärfe das, was wir, so gab ich ihr zu bedenken, bereits im Gerichtssaal abgehandelt hätten. Dort, wo ein Richter gegebenenfalls Einhalt geboten hätte, meine Anwältin neben mir sitzen würde, wenngleich auch nicht mehr als das. Dieses als Gespräch angedachte Treffen wurde eine einzige Anklage, unverschämter als jedes vorangegangene Elterngespräch. Ben wiederholte, dass er für die Zeit meiner Abwesenheit lieber zu der neuen Tagesmutter wollte. Wegen Jonas, ihrem Sohn, der wäre jetzt sein neuer Freund. Inzwischen hatte er dort auch schon übernachtet, viel Spaß gehabt. Die Jugendbeamtin überhörte das Kind, es interessierte sie gar nicht, es hatte sie noch nie interessiert. So nahm sie auch nicht die Rücksicht, die man von solchen Personen gegenüber Kindern vorrangig erwarten würde. Überhaupt ein solches Gespräch in Bens Gegenwart zu führen hätte eine saftige Abmahnung zur Folge haben müssen.

Ich sagte schließlich zu Ben, nicht zuletzt auch, um ihn zu schützen: „Komm, das ist mir jetzt zu blöd. Wir gehen."

Und wir gingen. Was hatte sie anderes erwartet? Dass ich still hielt, mich vor meinem Sohn und dem Ehepaar M von ihr beleidigen und beschimpfen ließ? Ben ihrem Gekeife aussetzte?

Draußen schien die Sonne versöhnlich warm, es sollte ein langer sonniger und extrem trockener Frühling werden, dem sich ein sonniger und extrem trockener Sommer anschließen sollte, dieser Sommer 2003.

Die Pressetour stand an, als etwa 24 Stunden vor Abflug die neue Tagesmutter ausfiel. Und Elfi, Bens ehemalige Tagesmutter, war noch immer in Kur. Ich fragte im Bekanntenkreis nach. Frustra. Mir wurde heiß bei der Vorstellung, jetzt doch noch bei Bens Vater anklopfen zu müssen. Seit jenem 10. März herrschte verständlicherweise Funkstille.

Dann gabs noch Probleme mit einem Zubringerflug nach London, das Reisebüro rief mich alle halbe Stunde an, während ich fieberhaft nach einer neuen Tagesmutter suchte. Das bekam zufällig meine Nachbarin mit, mit deren Jungs mein Sohn gerade bei uns im Garten spielte, wenngleich sie mehr zankten als spielten. Sie bot sich spontan als Betreuung an. Ich überlegte. Es wäre eine Notlösung - bei Champion-Pilzen spräche man von 3. Wahl -, aber die junge Frau wohnte im Nachbarhaus, Ben kannte sie, er bliebe in seiner vertrauten Umgebung, und dann waren da ja auch noch die anderen Nachbarn, bei denen er manchmal spielte und zu denen er notfalls gehen könnte, falls irgendetwas aus dem Ruder laufen sollte.

Wenngleich die Tour anstrengend war, da war keine Zeit zu relaxen, sollte sie mir eine unerwartete berufliche Perspektive eröffnen. Gegen Ende der Tour gab es ein großes Dinner, eigens arrangiert für die Presseleute, bei dem ich dann von diesem Angebot erfuhr. Aufgaben in Afrika sind echte Herausforderungen, heute wie damals. Ich hörte mir an, was mir mein afrikanischer Tischnachbar zu sagen hatte, und es klang sehr real und sachlich. Ich wusste selbst, dass ich aufgrund dieser Pressetour nicht automatisch wieder am Ball wäre, dass ich mein Tal der Tränen, was meine beruflichen Aussichten anbelangte, jetzt hinter mir gelassen hätte. Aber zwei Wochen inmitten von Kollegen und dann einem direkten Arbeitsangebot gegenüber, dazu noch eins, das all das umspann, was ich eigentlich studiert und gelernt hatte, machten mir meinen brennenden Wunsch bewusst, gefragt, gefordert und dafür auch noch bezahlt zu werden Ich durchkämmte die Möglichkeiten für meinen Sohn, hier zu leben und zur Schule zu gehen. Er sprach noch kein Englisch, und er würde eine zusätzliche Betreuung brauchen, eine Nanni. Beides kein Problem, fand ich.

An diesem Abend wurde das Thema jedoch nicht weiter vertieft, weil der Rahmen es nicht zuließ und die Herren andere Verpflichtungen hatten. Aber das Büro wäre mitten in der Stadt und stünde mir offen, sobald es mir möglich wäre. Es war deshalb ein relativ kurzfristiges Angebot, weil immer mehr Weiße und somit auch etliche Wissenschaftler das Land infolge der Krise im Jahr 2000 verlassen würden. In sechs Wochen könnte bereits mein Arbeitsbeginn sein.

Ich hatte der Notfall-Tagesmutter für die Zeit meiner Abwesenheit meinen Wagen geliehen. Mit dem holte sie mich vom Flughafen ab, zusammen mit Ben und ihrem Lebensgefährten. Inzwischen hatte sie sich auch den Preis für Bens Betreuung überlegt. Vorher war keine Zeit. Na gut, dachte ich. Doch dann hatte ich nur noch 100 Euro auf dem Konto, wusste aber, innerhalb der nächsten Tage käme wieder etwas rein, sodass sie spätestens in einer Woche das restliche Geld bekommen würde. Sie tobte, brauchte das Geld jetzt, sofort und rannte bereits anderntags zum Anwalt. Es setzte mich zusehends unter Stress. Kaum hatte sie nach einer Woche das restliche Geld, bekam ich meine Telefonrechnung. Der nächste Schock. Anhand der Daten sah ich, dass man in meiner Abwesenheit kräftigst telefoniert hatte. Ich hatte der Tagesmutter auch noch den Schlüssel für unser Häuschen anvertraut, damit Ben, wann immer er wollte, an seine Sachen konnte. Zudem wollte sie meine Blumen gießen. Es krachte erneut, aber sie gaben schließlich zu, telefoniert zu haben und erstatteten mir 120 Euro.

Ein paar Tage später aber war der Sattel meines Rades zerschnitten, und man hatte mir meine Fächerpalme mitsamt dem Tontopf aus dem Garten geklaut. Ich begann mich an diesem Ort zunehmend unwohl zu fühlen.

Nicht mehr lang und wir wäre ohnehin weg. Die Vorfreude auf die Arbeit im Busch und auf diesen neuen Lebensabschnitt stimmte mich optimistisch für die Zukunft. Wenn es eben in Deutschland nicht mit einem vernünftigen Job klappte, dann eben in Afrika. Besser als keine Arbeit oder miese Arbeit, für die ich nicht so lange studiert hatte, zig Mal besser als unregelmäßige Aufträge und nie genug Geld.

Ich suchte nach Rechtfertigungen für meine Entscheidung, war es doch ein großer Schritt und ganz zaghaft klopfte die Verantwortung für mein Kind bei mir an, wollte mir Gewissensbisse bereiten, ob das denn klappen könnte, wo ich doch den ganzen Tag unterwegs wäre, für Ben so plötzlich alles anders, wenig vertraut wäre. Noch nicht mal die Sprache.

Besser, als eines Tages als Sozialhilfeempfänger zu enden, besser, als wenn mein Sohn in Deutschland arm aufwächst, mit einer frustrierten Mutter, verteidigte ich meinen Entschluss und verjagte die Gewissensbisse, weil ich an einem fernen Horizont Kunz auftauchen sah. Kinder gewöhnen sich schnell um, sagte ich mir und fand, es wäre für Ben eher förderlich, multikulti aufzuwachsen, und in dem Alter lernen Kinder eine neue Sprache im Handumdrehen.

Aber die Unsicherheit in diesem Land? Schließlich hatte das Auswärtige Amt eine Reisewarnung über das Land ausgegeben. Schon wieder diese Zweifel. „Sie sind ja nicht imstande, ordentlich für Ihr Kind zu sorgen!", echote Kunz Vorwurf in meinem Kopf, als ich mal wieder nicht schlafen konnte.

„Afrika!", hörte ich wieder den Aufschrei von Herrn M. Ben würde seinen neu erworbenen Vater nur noch selten sehen. „Macht nichts!", hatte Ben abgewunken, als ich mit ihm darüber gesprochen hatte, „der hat ja sowieso nie Zeit für mich. Ich will mit."

Ich freute mich darüber, dass er das so spontan sagte, hatte ich ihm doch auch erzählt, dass er dann seine neuen Freunde für lange Zeit nicht mehr sehen würde.

Ich war seit etwa vierzehn Tagen wieder in Deutschland, als es in meinem zukünftigen Arbeitsland zu einem Generalstreik kam, weil sich die Benzinpreise über Nacht verdreifacht hatten. (Man stelle sich eine Verdreifachung des Benzinpreises über Nacht in Deutschland vor: von 1.20 EU/l auf 3.60 EU/l!) Die Auswirkungen waren verheerend, doch lernte man schnell, mit der Situation umzugehen. Allerdings nicht ohne beträchtliche Einschnitte. Die Buspreise zogen massiv an, aber sie verdreifachten sich nicht, weil dann keiner mehr Bus gefahren wäre; man verdreifachte stattdessen die Passagierzahlen, ließ weniger Busse fahren. Für unsere Pläne, für das Arbeitsprojekt hatte das keine direkten Auswirkungen, bis ich nach hörte, dass man die Schule, die ich für Ben ins Auge gefasst hatte, geschlossen werden würde. Mangels Sprit beförderte man bald keine Kinder mehr. Den Lehrern, die dort viel weniger als in Deutschland verdienten, wurde es allerdings auch unmöglich, die Fahrten zu der nicht gerade zentral gelegenen Schule zu bezahlen. Zudem wurden sie kaum noch bezahlt.

Mit jedem weiteren Tag, den ich wieder in Deutschland war, wurden meine Zweifel, ob ich meinem Sohn dieses unsichere Land zumuten könnte, größer, und mehr und mehr echoten Kunz Vorwürfe in meinem Kopf, so lange, bis ich mir selbst Vorwürfe machte, wie unfähig ich doch wäre, und was ich meinem Sohn zumuten würde, wo er doch dann erneut nur mich hätte und das nur noch abends, zudem wahrscheinlich in erschöpftem Zustand, und ob es nicht doch besser wäre, ihn hier bei seinem Vater zu lassen?
Oder sollte ich auf die Arbeit verzichten? Ich aber war der Ansicht, diese Arbeit schon allein als einen späteren Leistungsnachweis zu benötigen, um mir den Wiedereinstieg in meinen eigentlichen Beruf als Geograf zu ermöglichen, wichtig, wenn man bereits über vierzig ist.
Und so begann ich tatsächlich ganz konkret darüber nachzudenken, meinen Sohn bei seinem Vater zu lassen, egal, was gewesen wäre und so, wie Kunz es vorgeschlagen hatte. Und überhaupt! Vielleicht hatte sie ja insofern Recht, als dass man Ben im Hause seines Vaters all das geben könnte, was er tatsächlich brauchte und von dem ich anscheinend keine Ahnung hatte?

Ich stellte mir vor, Ben könnte, bliebe er hier, ganz normal in die Schule gehen. Es waren nur noch ein paar Monate bis zu seiner Einschulung. Nachmittags könnte die Frau des Vaters, die ja viel Zeit hatte, ihn in die Musikschule oder in den Sportverein fahren. Wie viele Vorteile hätte das doch im Vergleich zum Busch! (Um dessen Vorteile ich natürlich auch wusste.)
Ich besprach die Sache mit meiner Freundin und ehemaligen Studiengefährtin, die selbst Kinder hatte und um meine Schwierigkeiten wusste. Sie, die nicht arbeiten brauchte, aber schrecklich gern würde, sah das Ganze dann auch eher pragmatisch. „Er bleibt ja nicht irgendwo, sondern beim Vater!", nahm sie mir etwas von meinen Bedenken ab, und ich verbesserte sie damals nicht. „Umgekehrt ist es doch nicht ungewöhnlich, dass Männer, Väter, mal eine Zeit im Ausland arbeiten!" Sie dachte dabei sicher an ihren eigenen Mann, der mehrere Monate im Jahr im Ausland arbeitete. Ich nickte, dennoch war es bei uns anders, allein, weil der Vater noch längst nicht zu einer Vertrauens- und Bezugsperson für Ben geworden war. Während ich aber so mit Nadine über die Möglichkeit sprach, begann ich das Wichtigste, nämlich das, was ich für meinen Sohn war, unter den Tisch zu kehren, weil ich es mitunter selbst nicht mehr glaubte: meine Bedeutung für Ben als seine Mama, deren Art ihn in fast sieben Jahren geprägt und die ihm Anleitung und Sicherheit in allen Lebenslagen geboten hatte. Ich redete stattdessen „vernünftig" über nüchterne Dinge, solche, die in den Elterngesprächen als vorrangig für Kinder angeführt wurden: seine gesicherte Versorgungslage. Stabilität. Eine Familie. Und so begann ich an mir zu zweifeln, vielleicht, weil ich total erschöpft war nach all den Jahren, es mir aber gerade jetzt nicht eingestehen wollte und durfte.
Dabei fand ich, dass wir immer gut gelebt hatten: Es gab immer regelmäßige Mahlzeiten, eine gesunde Küche aus frischen Zutaten, dazu war Ben täglich draußen, lebte sehr

frei, hatte Spiel und Spaß mit den Nachbarskindern, zu denen er gehen konnte, wann immer er wollte, dazu die Tiere. Ich fand sogar, dass er es immer viel besser als die meisten Kinder gehabt hatte, die ein sehr unfreies, kontrolliertes, durchorganisiertes Leben zu leben hatten, das ich immer abgelehnt hatte. Das einzig wirkliche Problem war, dass mein Geld immer knapp war und, mehr als das, dass meine Existenzangst wuchs, und eine Art berufliche Torschlusspanik bewirkte. Hinzu kam wohl die fehlende Anerkennung für all die Plackerei. Stattdessen hagelte es Beleidigungen und Vorwürfe durch Kunz.

Doch damals war ich zu einer solchen Analyse nicht in der Lage gewesen. Und meine Freunde anscheinend auch nicht.

Nadine nickte jetzt, dabei hatte ein Teil tief in mir gehofft, sie würde mich bestärken, nach einer Alternative zu suchen - aber nein. Innerlich erschrak ich darüber, mir wurde für einen Moment kalt, ich hätte heulen können. Ich fühlte mich leer, austauschbar und überflüssig. Von mir als Bens Mutter blieb praktisch nichts mehr übrig.

Und so rief ich beim Jugendamt an, sprach mit dem Amtsleiter, erklärte die Situation, dass ich die elterliche Sorge aufgrund eines längeren berufsbedingten Auslandsaufenthalt mit dem Vater des Kindes teilen wollte. Der Mann am anderen Ende der Leitung stutzte hörbar, dergleichen hatte er ja noch nie gehört, kannte er doch nur Elternteile, die unter allen Umständen alle Macht allein besitzen wollten. Ich erschrak jedoch, als er sagte, dass die Sache gerichtlich geregelt werden müsse.

Daraufhin rief ich meine Anwältin an und erklärte ihr meine zwiespältige Situation. Sie aber sagte nur: „Tun Sie es nicht!" Und nein, sie käme nicht mit zum Gericht. Sie wollte mich nicht beraten, noch nicht mal die Hintergründe für ihre Ablehnung wissen lassen. Es ärgerte mich, dass sie mir keine Infos geben wollte, und hinterher ärgerte es mich noch mehr, dass ich mir nicht auf die Schnelle einen neuen Anwalt gesucht hatte, denn ich lief natürlich blindlings in die Falle.

Später, als es zu spät war, ließ sie mich ihre seltsame Einstellung wissen: weltfremd wie eh und je. Dabei schaute sie hinunter auf die lärmende Baustelle vor dem Stadthaus. In diesem Moment verstummte der Lärm, bis auf das Tok-Tok eines Transporters im Leerlauf, während zeitgleich von irgendwoher ein Saxophon erklang, leicht und beschwingt.

„Warum leben Sie nicht einfach von Sozialhilfe?", fragte sie, ohne mich anzusehen. „Was braucht man schon zum Leben? Etwas zu Essen, ein gutes Buch aus der Leihbücherei..."

Kaum hatte ich einen formlosen Antrag an das Gericht gestellt, eine Kopie an Herrn M geschickt, meldete sich Kunz vom Jugendamt, hochzufrieden, dass ihr Gift gewirkt hatte. Sie wolle sich bei Gericht für einen Eiltermin einsetzen und fügte dann noch hinzu, dass der Junge dann schon mal probeweise eine Woche bei seinem Papa wohnen solle, danach wieder bis zu meiner Abreise bei mir.

Mit keinem Wort erwähnte sie die mögliche Belastung, die mein Sohn durch die Trennung, durch mein langes Fortbleiben, voraussichtlich erleben würde. Dass es ihn sogar traumatisieren könnte. Sie, die Pädagogin, so bezeichnete sie sich, sie, die für das Kindeswohl da sein sollte, schwieg. So riet sie mir nicht, Ben zuliebe auf die Auslandsarbeit zu verzichten und sonstwas als Alternative in Erwägung zu ziehen, sie riet mir natürlich auch nicht, ihn mitzunehmen, obwohl sie wissen müsste, dass alles besser wäre, als meinem Sohn die Trennung zuzumuten. Später, als es zu spät war, wurde mir aber gerade das zum Vorwurf gemacht.

Die meisten Leute, die ich um Rat fragte, meinten dann auch, ach, wenn die so klein sind, dann stecken die so einen Wechsel ganz schnell weg. (Fragt sich bloß, wohin, zumal man heute weiß, dass die ersten sechs, sieben Jahre die entscheidenden Jahre und prägend fürs ganze Leben sind.)

Ich sprach auch mit meinem Sohn über mein Weggehen. Er verstand es und dann wieder doch nicht. Oder er verdrängte es für den Moment, weil er es sich nicht wirklich vorstellen konnte. Er konnte weder derartige Zeiträume überblicken noch konnte er die Bedeutung erfassen, was es hieß, wenn ich nicht mehr für ihn da wäre. Und wie es sich anfühlen würde. Und so fand er es erst mal spannend, dass er eine Woche im Haus des Papas wohnen sollte, schließlich hatte er es von den Wochenenden als willkommene Abwechslung in Erinnerung und inzwischen gab es wirklich keine Katzen mehr im Haus. Man wollte auch nicht mehr in seiner Gegenwart rauchen, versprach man mir.

Noch immer dachte ich, ich handelte vernünftig, und letztlich wäre es eine gute Entscheidung, meinen Sohn bei seinem Vater zu lassen. So konnten sie sich kennenlernen, egal, was ich von ihm hielt. Zudem dachte ich inzwischen wirklich, er hätte es dort besser als bei mir.

Am Ende war ich so fertig, dass ich annahm, Ben würde mehr unter der Trennung von unserem Hund leiden als unter der Trennung von mir. Den Hund durfte er natürlich nicht behalten; sie hatten schon einen Hund. Aber auch Hunde sind nicht austauschbar. Barni vertraute ich der Bekannten an, die ihn bereits während der Pressetour lieb betreut hatte.

2 Eine schwere Entscheidung

Ben verbrachte eine Probewoche im Hause seines Vaters, und in diese Woche fiel zufälligerweise auch die schulärztliche Untersuchung, nachdem er im vergangenen Herbst bereits eine Art Eignungstest an dieser Grundschule hinter sich gebracht hatte. Darauf folgte der Gerichtstermin, um die Dinge um die elterliche Sorge zu regeln.

Dieser Termin fiel auf einen wunderschönen sonnigen Maitag, man hätte wahrlich etwas Besseres unternehmen können. Als ich Ben an diesem Tag in den Sesseln auf dem Flur vor den Gerichtszimmern sitzen sah, kam ich mir plötzlich überflüssig vor, so, als gehörte er längst nicht mehr zu mir. Er saß neben der Frau seines Vaters, hob kaum den Blick, als ich kam, fragte dann aber mit tonlosen Stimmchen, ob ich ihm etwas mitgebracht hätte.

Ich hatte, wenn auch nur eine Kleinigkeit: Seifenblasen. Er riss sie mir fast aus der Hand, saß dann bald schon im dunklen Flur auf dem Boden und machte nichts anderes, als den Seifenfänger in die Dose einzutauchen und hektisch in das Rund hineinzublasen, sodass es vor allen Dingen tropfte. Während ich mich zu ihm auf den Boden hockte, ihn einiges fragte, auf das er kaum oder nur flüchtig antwortete, verzog sich Herr M, der schräg neben uns gestanden hatte in Richtung Raucherecke. Ben sah ihm flüchtig nach, rief ihm ein dünnes Papa hinterher, das der aber nicht hörte oder nicht hören wollte. Ben machte daraufhin nur umso hektischer Seifenblasen, froh, sich wenigstens daran festhalten zu können.

Im Gerichtsraum las der schon bekannte Richter kurz vor, um was es ging und ich hörte, ich wollte die elterliche Sorge auf den Vater übertragen…
„Halt, teilen!", rief ich erschrocken dazwischen. Der Richter merkte kurz auf, warf Kunz einen fragenden Blick zu. Keine Reaktion. Sie hätte auch pfeifend ihre Fingernägel betrachten können.
„Ach so, teilen! Na gut!" Es schien ohne Belang, er redete weiter. Mir war wichtig, dass Herr M in meiner Abwesenheit einige Entscheidungen selbst treffen könnte. Nur des-

halb machte ich es ja amtlich. Dass er die gesundheitliche und schulische Sorge bekam, aus pragmatischen Gründen, erschien mir logisch, denn wie sollte ich aus 10.000 Kilometern Entfernung Entscheidungen treffen, die ich aufgrund der Umstände nicht recht beurteilen konnte, oder wenn schnelle Entscheidungen gefragt wären, ich aber tagelang nicht erreichbar wäre. Kein Netz oder so.

Dann kam der nächste Schlag, ich hielt es für ein völliges Missverständnis, sicher war es das, ich würde es natürlich noch klären, bevor ich flog. Bens Bildung lag mir selbstlich sehr am Herzen. Jetzt aber hörte ich wie aus weiter Ferne, dass mein Sohn nicht auf die normale Grundschule sollte, sondern, so hätte es der schulärztliche Untersuchungstermin ergeben, erst einmal auf eine Schule für Erziehungshilfe. Auf eine Förderschule? Ben? Kunz erklärte mir daraufhin, dass mein Sohn bei diesem Test völlig verunsichert gewesen wäre. In den großen Klassen schafften es nur die Stärksten.

Völlig verunsichert, echote es in meinem Kopf und ich ahnte, warum. Was mir in diesem Moment des Schreckens noch nicht auffiel, war, dass man es am Tag der schulärztlichen Untersuchung, die in die Woche gefallen war, in der Ben probeweise beim Vater wohnte, nicht für nötig gehalten hatte, mich weder vorher über diesen wichtigen Termin noch anschließend über das verheerende Ergebnis in Kenntnis zu setzen, schließlich hatte ich zu diesem Zeitpunkt noch die alleinige elterliche Sorge gehabt - und die Schulleitung meine Telefonnummer.

Jetzt aber schürzte Kunz die Lippen und meinte, dass sie mich einfach nicht hatten beunruhigen wollen. Nanu, auf einmal so rücksichtsvoll? Ich fasste es nicht. Ob ich in dieser Situation mit meiner Anwältin an meiner Seite das Ruder noch einmal herumgerissen hätte?

Wenn vielleicht noch nicht bei dieser Geschichte, so doch zumindest jetzt, denn wir kamen zu dem alles entscheidenden Punkt: Es gibt da einen Begriff im Sorgerecht, den man sich einprägen muss und der in jeden Geburtsvorbereitungskurs gehört, wie ich da ohnehin anderes hinein gepackt hätte, als Babys baden und wickeln, dergleichen macht man sowieso nicht falsch. Alle Elternteile sollten den Begriff möglichst prenatal kennenlernen: *Aufenthaltsbestimmungsrecht*. Denn nur wer das hat, hat das Sagen.

Unser Richter – ich will ihm hier noch nichts unterstellen - ließ ihn ganz beiläufig fallen, und obwohl er registriert hatte, dass ich ohne meine Anwältin gekommen war, erklärte er mir nicht die immense Bedeutung, sondern umschrieb wortreich und nett, dass das der Vater natürlich schon deshalb bekommen müsste, weil ich ja weit weg wäre und sicher nicht jedes mal gefragt werden wollte, wenn sich mein Sohn einmal woanders aufhielte, wenn er bei einem Freund übernachtete oder so. Oder so! So banal präsentierte er mir den alles entscheidenden Begriff im Sorgerecht.

Ich stimmte dem deshalb nichtsahnend zu, räumte lediglich ein, dass ich aber, wenn ich nach Deutschland käme, Ben dann natürlich ohne Brimborium sehen und zu mir nehmen wollte, und dass er mich in den Ferien in Afrika besuchen durfte. Gleichzeitig erklärte ich mich bereit, für die Zeit meiner Abwesenheit Unterhalt für meinen Sohn zu zahlen.

Dann war der Gerichtstermin beendet, und ich trottete mit mehr als zwiespältigen Gefühlen hinter der Gruppe her, folgte dann Bens Vater, der mich weder eines Blickes noch eines Wortes würdigte. Er sah die Aktion nur als einen weiteren Beleg meiner Unfähigkeit, meiner Schwäche, er hat es ja immer gewusst. Mehr noch: Er sah sich jetzt auch noch in der Opferrolle, weil er sich des armen Kindes freiwillig annahm. Aufopfernd.

Während des Gerichtstermins hatte Ben mit Frau M in der gegenüberliegenden Wirtschaft gewartet. Ich wollte ihm dann noch Tschüs sagen, bis bald, da er ja in zwei, drei Tagen nochmals für eine Woche zu mir käme. Da es ein schöner, warmer Sommertag war, suchten meine Augen den Biergarten neben der Kneipe ab, zumal dort noch andere Kinder herumsprangen. Doch der Vater steuerte zielstrebig ins Innere des Lokals. Ich folgte ihm. Dunkelheit und dichter Rauch umfingen mich, und da stand mein Sohn, spielte mit einer leeren Zigarettenschachtel und ausdruckslosem Gesicht, lachte nicht, übersah mich. Er wollte mich nicht sehen. Dann kam sein Papa. Ben lief auf ihn zu und rief mit dünner Stimme: Papa! Doch der schien ihn weder zu sehen noch zu hören, sondern ging an ihm vorbei und setzte sich zu seiner Frau, ließ sich erst einmal eine Zigarette geben, begann ein Gespräch. Es zog mir Herz und Magen gleichzeitig zusammen. Hätte der (Papa) Ben wenigstens wahrgenommen, ihm über den Kopf gestreichelt, ihn in den Arm genommen oder zumindest ein paar Worte an ihn gerichtet, dann wäre es für Ben und auch für mich in Ordnung gewesen. So aber musste ich miterleben, wie er ihn gar nicht beachtete, sich stattdessen eine Zigarette anzündete, inhalierte. Kein Blick traf Ben. Ich ahnte nichts Gutes.

3 Abschied

Ich fuhr mit dem Zug zurück. Am Bahnhof wartete mein Auto, das mitunter etwas klapperte. Morgen käme es in die Werkstatt, denn ich wollte es in den nächsten Tagen verkaufen. Es würde nicht mehr viel bringen, obwohl es – bis auf das Klappern – ein zuverlässiges, sparsames Auto war.

„Völlig verunsichert!", echote es auf dem Heimweg immer wieder in meinem Kopf. Ausgerechnet mein so pfiffiger, selbstbewusster Junge, der so nonchalant auf Menschen, ob groß oder klein, egal welche Sprache sie sprachen, zugehen konnte, sollte plötzlich derart verunsichert gewesen sein?

Er war es, weil er wusste, dass ich ohne ihn nach Afrika gehen würde. Er spürte, dass da etwas Schreckliches auf ihn zukam. Hätten sie mir vor dem Gerichtstermin gesagt, wie Ben bei der schulärztlichen Untersuchung reagiert hätte, ich hätte den verdammten Gerichtstermin gecancelt, ich hätte Ben mit nach Afrika genommen. Davon aber gingen sie aus und deshalb haben sie mir das Ergebnis verschwiegen.

Die Sache mit der Schule hatte mir schwer zugesetzt, ebenso wie das Aus-der-Hand-geben der Sorge für ihn ganz allgemein. Das Aus-der-Hand-geben hatte ja nichts an meinem Gefühl der Sorge um ihn geändert, im Gegenteil, stellte ich fest: Deshalb wollte ich, solange ich noch hier war, versuchen zu retten, was zu retten war. Diesen Irrtum richtig stellen. Ein Telefonat mit der Schulleiterin bestätigte meine Befürchtung. Auch sie vermutete, dass ihn der bevorstehende Wechsel und mein nahender Abschied verunsichert hatte, zumal sie ihn doch selbst vor einem halben Jahr noch ganz anders erlebt. Noch mehr Vorwürfe! Sie tat jetzt geschäftig, als wäre ihr das Gespräch mit mir unangenehm, wollte mich aus der Leitung haben. Ich sollte mal meine Fon & Fax Nummer da lassen, ja, ja, auch die in Afrika, sie hätte nur jetzt keine Zeit. Für sie war der Fall, mein Sohn als Schüler an ihrer Schule, erledigt, abgeschlossen.

Ich lief mit Barni über die Felder, die vom frischen Grün der Buchenwälder gesäumt wurden, sah wie schön es war und konnte es dennoch nicht sehen, dachte an das Projekt in Afrika, an die Vorbereitungen. Was Ben anbelangte, konnte ich nur hoffen, dass es sich finden würde, es dauerte sicher nur eine Weile. Ich wusste, ich belog mich selbst und dass ich verdrängte, was ich wirklich dachte und fühlte, ich verdrängte auch die Bedeutung dessen, was ich beobachtet hatte, tat es als nichtig ab, weil es ja nur meine subjektive Wahrnehmung war.

Die Probewohnwoche war um. Ben war wieder bei mir, doch etwas Unaussprechliches hing jetzt zwischen uns. Ich war mir nach wie vor sicher, die Arbeit annehmen zu müssen. Man ist eben nicht einfach arbeits- und auftragslos, hat es einfach nicht zu sein, man muss es selbst ändern, es ist das Vorrangigste. Ich kannte nur Leute mit dieser Meinung, ich dachte ja inzwischen selbst so. Jeder hielt meinen Entschluss für sehr vernünftig, und ich glaube, ich war am Ende direkt stolz darauf, so vernünftig zu sein. Es spiegelte ja auch eine gewisse Härte gegen sich selbst wieder, so zu entscheiden, und das wurde überall positiv aufgenommen.

Eine Freundin, obwohl ich mir im Nachhinein nicht mehr sicher war, ob sie eine Freundin war, brachte es auf den Punkt. „Aber wenn du kein Geld hast, kannst du dir deinen Sohn doch gar nicht leisten."

Nur meine Bekannte, in deren Geschäft ich meine Bilder ausstellte, bemerkte damals beiläufig - wir trafen uns zufällig im Supermarkt -, dass sie wüsste, wie es sich anfühlt, wenn man weggegeben wird. Und dass es nur eins gibt, was für Kinder wirklich wichtig ist: die Liebe.

An den Vorabend des letzten Wochenendes erinnere ich mich mit ganz besonderer Wehmut. Es war ein warmer Maiabend und es war bereits nach acht, als wir alle zusammen nochmals über die Felder und Wiesen liefen, Ben, Barni und ich, während die Abendsonne die Landschaft in ein weiches honigfarbenes Licht tauchte, und ich mich in das saftig grüne Gras auf einer kleinen Anhöhe setzte, Barni sich unbedarft des nahen Abschieds wohlig grunzend auf dem Rücken räkelte und mein kleiner Junge munter singend um uns herum sprang. Am Horizont tauchte ein dunkelroter Heißluftballon auf und der allgegenwärtige Vogelgesang schwoll zu einem übermächtigen Crescendo an. In diesem Moment wünschte ich, es bliebe so, und wir drei könnten weiterleben wie zuvor. Doch ich wusste ja, es war längst vorbei, sodass dieser Moment ebenso wie mein Wunsch keine Bedeutung mehr haben würde.

Dann war er da, der Tag des Abschieds, ein Sonntag. Gegen Mittag brachte ich Ben seine übrigen Sachen. Seit gestern wohnte er bereits im Haus seines Vaters. Jetzt sah er nur freudig seinen Schätzen entgegen. Er würde eine Weile damit beschäftigt sein, die Sachen in seinem neuen Zimmer zu verteilen. Noch sah er es als ein Spiel.
„Ich komme gleich zurück und sage dir auf Wiedersehen, Mäuschen", sagte ich und lief mit Barni zurück zu Leonhard, während ich dort auf die Frau wartete, die Barni gleich abholen wollte. Jetzt hatte ich praktisch nichts mehr, außer meinen beiden Taschen.

Vom Moment des Abschieds bei schönstem Sonnenschein hab ich nur diese herzerreißende Szene in Erinnerung, wie Ben sich plötzlich von seinem Vater losriss, auf mich zustürmte, mit einem Gesichtchen, so entschlossen und gleichzeitig so erschrocken und wie er dann so entschieden hervorrstieß: „Ich will lieber bei dir bleiben, Mama!"
Ich hatte Mühe, die Fassung zu bewahren und sagte dann so blöde Sätze: „Aber das geht doch nicht, ich muss doch jetzt fahren. Bleib schön hier, dein Papa hat dich doch auch lieb."
Der verfolgte in der Tür stehend die Szene, schien genervt, blickte auf die Uhr, als Ben mich umklammerte und zu weinen begann. Daraufhin ergriff er Bens Hand und zog ihn sanft, aber unerbittlich hinein ins Haus, weg von mir. Ben krallte sich noch an den Türrahmen, hielt gegen, doch dann verlor seine kleine Hand den Halt und die schwere Tür fiel schließlich ins Schloss.
Ein paar Stunden später fragte ich vom Flughafen aus bei Hernn M nach, wie es Ben ergangen wäre, nach dem Abschied, wie es ihm inzwischen ginge. „Ach, der hat sich sofort beruhigen lassen, nachdem du weg warst."

Ich glaubte es, war erleichtert, flog weg.

In dieser Nacht, so erzählte mir Ben später, hätte er kein Auge zugetan.

4 Erkenntnisse

Die ersten Tage in Afrika spannten mich so dermaßen ein, dass meine Gedanken tagsüber viel mehr im Hier und Jetzt waren als daheim bei Ben. Ich funktionierte, reagierte und agierte. Ich hatte nun eine andere Rolle, doch sie schien mir aufgesetzt und mitunter hatte ich den Eindruck, ich sehe mir selbst zu wie in einem Film. Doch zwischendurch und dann natürlich abends, wenn vor dem Einschlafen Ruhe einkehrte, quälten mich die Gedanken an Ben, wuchs meine Sorge. Ich wusste, dass er genau wusste, dass ich dieses Mal nicht nach 18 Tagen zurückkäme, so wie im März, als ich ihn mit den Worten verabschiedet hatte: Ich bin bald wieder da. Da konnte er auf mich warten, und seine Tagesmutter hatte ihm auch stets versichert, dass die Mama bald wieder da wäre. Dieses Mal aber war alles anders, und er wusste es.

Ab und an schickte mir jemand eine SMS, ich schrieb zurück, nur bei Bens Vater schien es nicht zu funktionieren. Zumindest bekam ich nie eine Antwort. Ich hatte zuvor mit Freunden überlegt, was besser wäre: anfangs häufig anrufen oder besser nicht, Ben etwas in Ruhe zu lassen. Wir entschieden uns für die zweite Variante. Ab und an klingelte mein Handy, meist in den falschen Momenten, sodass ich nicht rangehen konnte oder zu spät kam. Doch auf der Liste der entgangenen Anrufe tauchte nie die Nummer von Bens Vater auf. Ich hoffte, dass es bedeutete, Ben ginge es gut.

Dann aber rief ich ihn an. Sonntagmittag, genau 14 Tage nachdem ich gefahren war – eine lange Zeit.

Ich sagte : Hallo Mäuschen, weißt du, wer hier spricht? – Ja, du bist meine Mama! – Genau. Und, was machst du denn gerade? – Ich bekomme gerade die Haare geschnitten. – Dann siehst du gleich richtig gut aus. – Klar, sehe ich doch immer! – Und wie gefällt es dir bei deinem Papa? – Doof. Und dann fragte er mit bereits brüchig werdender Stimme: Wann kommst du wieder? – Hm. Das dauert noch ein bisschen, ich bin doch noch nicht so lange weg...
Ich hörte, wie er zu weinen begann und es fühlte sich an, als hätte mir jemand ein Messer in die Brust gestoßen. – Ach Mäuschen! Weißt du, was ich hier gerade sehe? Drei dicke Hippos mit zwei kleinen Hippos, die liegen hier schlafend im Schlamm am Seeufer... Er aber weinte unaufhörlich ins Telefon, ohne auch nur ansatzweise auf meine Worte zu reagieren. Das Weinen war so durchdringend, so anhaltend, dabei so verzweifelt, während ich genauso verzweifelt darauf wartete, eine beruhigende Stimme aus dem Hintergrund zu hören, eine Stimme, die ihn tröstete, doch nichts geschah. Er weinte derart, wie ich es noch nie zuvor bei ihm vernommen hatte: nicht so wie er weinte, wenn er gestürzt war, nicht so wie er brüllte, wenn er seinen Willen nicht bekam, nicht so wie er schrie, wenn ihn ein anderer Junge gehauen hatte. Ich wusste nicht, wie lange er jetzt schon so weinte, wie lange ich versuchte, ihn zu trösten, mit Worten, die er vor Weinen gar nicht hörte, zehn Minuten oder eine halbe Stunde, während ich nur dieses winzige Telefon in der Hand hielt und nicht meine Arme um ihn legen konnte, 10.000 Kilometer von ihm entfernt.
Ich hatte ihn an mich erinnert, in seinem Schmerz gewühlt, sicher war es falsch gewesen ... Noch immer weinte er, ich verabschiedete mich von ihm, ratlos, hilflos, weil meine Worte am Telefon ohnehin nichts ausrichten konnten. Er hatte ja schon die ganze Zeit über kein Wort mehr gesagt, sondern nur noch geweint. Ein Weinen wie ein langezogener, nicht enden wollender Schrei, so verzeifelt, so un-

gläubig, so anklagend. Und niemand kam ihm zur Hilfe. Das war das, was mich am meisten erschütterte, was auch mich verzeifelt machte. Ich drückte das Telefon schließlich aus. Ich ließ den Verwundeten einfach liegen, weil ich nicht wusste, wie ich ihm helfen konnte.

Doch sein Weinen hatte mich wachgerüttelt, es verfolgte mich, wohin ich auch ging. Egal, ob so ein Weinen unter solchen Umständen normal war oder nicht, ich wusste, die Umstände waren nicht normal, und mein Weggehen versetzte ihm einen mächtigen Knacks. Vielleicht hätte er mein Wegsein eher verkraftet, wenn ich gestorben wäre. So aber fühlte er sich mehr als verlassen, er fühlte sich weggegeben, so, als wollte ich ihn nicht mehr haben, weil er nicht gut genug wäre und weil ich ihn - deshalb vielleicht - nicht mehr lieb hätte.

Und dabei hatte ich am Ende tatsächlich gedacht, es wäre besser für ihn, und ich habe auch gedacht, es würde ihm nicht so viel ausmachen, ich hätte keine derartige Bedeutung für ihn, und er würde sich schnell eingewöhnen und nicht so an mir hängen. Nicht so.

Vielleicht war es auch nur alles eine Frage der Zeit, sicher war es so. Aber der Wundbrand, der ihm jetzt diese Schmerzen zufügte, was würde der mit ihm machen?

Alles, was ich machte, all meine Pläne traten in den Hintergrund, nichts hatte für mich mehr die Bedeutung, die es anfangs gehabt hatte und jetzt haben müsste, wenn ich diesen Job so gut machen wollte, wie es notwendig war und wie es ihm gebührte. Es gibt Phänomene, die sind einfach stärker.

In diesen Tagen fasste ich einen Entschluss und er fiel mir nicht schwer, weil ich instinktiv wusste, dass er richtig war. Vielleicht, weil ich einem Naturgesetz folgte, und ich war hier am Zambezi inmitten der archaischsten Natur, die uns Menschen immer wieder die gängigsten, die existentiellsten Lebensmuster vormacht. Sobald es möglich wäre, würde ich zu Ben zurückkehren, weil ich einen verheerenden Fehler gemacht hatte. Diesen Entschluss umzusetzen fiel dagegen schon etwas schwerer, stand ich doch schon mit beiden Beinen in diesem Projekt, das ich nicht einfach hinschmeißen konnte und wollte.

Zwischendurch saß ich des öfteren mit oder ohne Kollegen auf eine Erfrischung im Camp von Mrs. Van, einer Deutschen aus Heide in Schleswig Holstein, die aber bereits als Mädchen mit der Familie nach Namibia ausgewandert war , dann über ihren inzwischen verstorbenen Mann nach Zimbabwe gelangt und dort in der Kolonialzeit hängengeblieben war. Eigentlich sprach sie Deutsch, hatte aber keine Lust mehr darauf, deshalb sprach sie nur noch Englisch. Sie fragte, ob ich keine Kinder hätte, und daraufhin erzählte ich ihr von Ben und meinem Dilemma. Ihre Kinder wären bereits alle groß; sie hätten ihr zur Gesellschaft Sqito geschenkt, ein Hühner mordender Jack Russell Terrier, der sich in seinem Größenwahn sogar mit den hier frei laufenden Elefanten anlegte, und der mir ständig folgte, obwohl ich J.R.'s nicht sonderlich mag. Sqito aber schien das nicht zu stören, er war eben ein Jack Russell. Mrs. Van war eine knurrige ältere Frau mit grauenhaften Ansichten, eine echte Rhodie, eben. (Rhodies nannte man die weißen Bewohner Zimbabwes, des ehemaligen Rhodesiens, die noch immer die Kolonialzeit verherrlichten, ihr nachtrauerten.)
An meiner Stelle hätte sie den Jungen trotz allem mitgenommen. Alles halb so wild hier. Und umkommen kann man schließlich überall. Klar, dass die Alteingesessenen Afrika anders beurteilen, selbst das Zimbabwe dieser Tage, über das das Auswärtige Amt eine Reisewarnung verhängt hatte. Leute wie Mrs. Van waren ohnehin durch nichts zu erschüttern. Sie hatten zahlreichen Stürmen getrotzt, sich beinhart durchgesetzt – notfalls auch mit der Flinte. Familienverbände bedeuteten hier viel mehr als anderswo

Zusammenhalt, Stärke, Überleben. Überhaupt redeteten sie hier nahezu gegenteilig wie daheim. Und nach einer zeitlang im Busch fernab von deutschen Ansichten und Ängsten, fernab aller bürokratischer und engstirniger Regelungen, fernab von Sicherheit und Renten, begann ich vieles in einem ganz anderem Licht und in einem größeren Kontext zu sehen, und so konnte ich mir bald kaum noch vorstellen, wie es kam, dass ich am Ende solche Selbstzweifel und Ängste bekommen konnte.

Auch wenn Mrs. Van eine Rhodie geblieben war, ist sie mir doch in guter Erinnerung geblieben. Allein deshalb, weil sie mich bestärkte, mich trotz allem um meinen Sohn zu bemühen. Und wenn ich jetzt das Gefühl haben würde, er braucht mich noch zu sehr, er kommt damit nicht klar, dann soll ich darauf hören, egal, was andere darüber denken oder sagen, denn sonst bekäme am Ende nicht nur sein Leben, sondern auch meins einen Knacks.

Glücklicherweise nehmen sie es in Afrika mit Verträgen nicht so genau – was mal gut und mal schlecht sein kann. In meinem Fall aber war es gut. Ich war schnell wieder frei.

Als ich zwei Wochen später (wieder sonntags) bei Ben anrief, versuchte ich mit keiner persönlichen Frage, keinem verfänglichen Satz, an seinem Befinden zu kratzen, in der Hoffnung, wir könnten einfach plaudern, ohne dass er wieder traurig werden würde. Noch hatte ich ihm nichts von meinem Entschluss erzählt. So fragte ich ihn erstmal so fröhlich wie möglich nach seinem Geburtstagswunsch. Und als ihm dazu nichts einfiel, fragte ich ihn: „Möchtest du vielleicht die Ritterburg, die du dir schon so lange wünschst?" Da aber wurde sein Stimmchen wieder brüchig.

„Ich will keine Ritterburg, ich will gar nichts, ich will nur, dass du wieder bei mir bist!" Und als er wieder zu weinen begann, da versprach ich ihm: „Ich komme bald wieder. Ich seh zu, dass ich an deinem Geburtstag bei dir bin, wenn du

mir versprichst, jetzt nicht mehr zu weinen!" „Aber das dauert doch noch so lange!" „Ich komme, so schnell es geht und deinen Geburtstag feiern wir dann gemeinsam, ja?"
Anscheinend glaubte er mir, denn er beruhigte sich etwas. Ich dachte: Wenn du jetzt zurückkehrst und versuchst, den alten Zustand wiederherzustellen, dann hätte Ben umsonst gelitten. Richtig. Aber was passiert mit ihm, wenn ich es nicht tue? Ich war mir am Ende sicher, dass eine Schadensbegrenzung möglich wäre, vor allem aber, dass sie das einzig Richtige wäre.

Die Altvorderen oder Menschen mit preussischen Ansichten werden nun denken: So ein Theater! Einfach schreien lassen, sonst verwöhnt und verzärtelt man den Kerl, verzieht ihn statt ihn abzuhärten. Die Menschheit hatte sich schließlich nicht durch Nachsicht und Liebe ihren Platz an der Spitze der Nahrungskette erkämpft, sondern durch Härte und durch die Überwindung von Angst und Mitgefühl.

So dachten die meisten Menschen. Ich wusste, dass auch Bens Vater so dachte. Und ich ahnte, dass er nicht begeistert sein würde von dem, was ich ihm mitzuteilen hatte. Meine Erklärung, warum ich zurückkommen würde, weil Ben ganz offensichtlich sehr leidet, schien er dann auch absolut nicht zu verstehen oder verstehen zu wollen, er verstand überhaupt nur Bahnhof wie mir schien.

Dass es Ben aber wirklich verdammt schlecht ergangen sein musste, sollte mir bald schon bestätigt werden, wenngleich auf eine Weise, wie ich sie überhaupt nicht erwartet hätte.

Ich hatte einen eklatanten Fehler gemacht, doch den sollte Ben nicht ausbaden müssen. Schließlich hatten wir vereinbart, dass Ben lediglich für die Zeit meiner Auslandsarbeit bei seinem Vater wohnen sollte. Und da war kein Datum festgesetzt worden. Es dauerte dennoch eine Weile, bis ich alles erledigt hatte und zurückfliegen konnte.

Harare - Kairo – Frankfurt - Bonn. Ein paar Stunden später fand ich mich auf der Dachterrasse des Hauses meiner Freundin wieder - über den Dächern der schwitzenden Stadt. Jahrhundertsommer. In Bonn herrschte ein Klima wie am Vorabend in Kairo.

Am anderen Tag kaufte ich mir eine Zeitung, Wohnungen und Jobs. Zehn Tage später sollte ich ein sehr geräumiges Appartement in einem Dorf ganz in Bens Nähe beziehen können, es wäre nur für den Übergang.

Natürlich hatte ich direkt am anderen Morgen nach meiner Rückkehr bei Familie M angerufen, die Festnetznummer, die ich sonst vermied. Der Grund, warum ich die ansonsten vermied, war dann auch prompt am Telefon und fertigte mich in gewohnter Fäkalsprache ab.

„Du hast ja wohl den Arsch offen!", knurrte Frau M.

„Man" wollte mich nicht zu meinem Sohn vorlassen. Noch nicht mal ein kurzer Besuch wäre erwünscht. Das Jugendamt, na, wer wohl, hätte das veranlasst; ich sollte mich dahin wenden. Dort würde man entscheiden.

Der Grund war dann eben die Tatsache, dass es meinem Sohn mehr als schlecht ergangen war und es ihm noch immer sehr schlecht ging. Sie, die Experten, hätten wissen müssen, dass es nichts Schlimmeres für einen Menschen gibt, als seine nächste Bezugsperson zu verlieren – noch viel schlimmer aber ist es für ein knapp siebenjähriges Kind seine Mutter zu verlieren, die bis dahin seine einzige Bezugsperson war. Sie aber vertraten die Ansicht, er beruhige sich mit der Zeit, wenn er nur lange genug von mir getrennt bliebe. Richtig. Irgendwann würde er sich den Menschen zuwenden, die dann für ihn da wären und sich liebevoll um ihn kümmerten. Doch selbst wenn es solche Menschen gäbe, das Trauma der Trennung würde für immer bleiben.

Es dauerte eine Weile, bis ich verstand, dass man meinen Sohn dauerhaft zu konfeszieren gedachte und auch nicht bereit wäre, das zu ändern, weil ich vorzeitig zurückgekommen wäre. Aus ihrer Sicht eigentlich auch verständlich, denn sie hatten von Anfang an vorgehabt, Ben zu behalten. So brauchten sie nicht zahlen, bekamen stattdessen. Mir aber setzte die Situation jetzt ziemlich zu. Ich wusste ja, dass Ben sich danach sehnte, mich wieder zu sehen, wieder bei mir zu sein und dann das. Ich rief bei der Anwältin an, der Weltfremden, und war froh, dass statt ihrer mein ehemaliger (guter) Anwalt am Apparat war. Er empfahl mir, den Leuten ein Fax – keinen Anruf - zukommen zu lassen, in dem ich um verschiedene Terminvorschläge bitten sollte. Darauf müssten sie dann eingehen. Mit dieser ersten klaren Instruktion fühlte ich mich stärker. Anderntags kam die Antwort, ebenfalls per Fax – Absender, wie konnte es anders sein: Kunz. Weil mein Sohn psychisch noch nicht stabil wäre, wurde mir nur ein halber Tag mit ihm zugestanden. Ich hatte michsofort für den erstbesten Termin entschieden: Samstagmittag.

5 Wege

Da war er plötzlich, schien mir fremd und doch vertraut - nach fast acht Wochen. Eine lange Zeit, erst recht für ein Kind, das in wenigen Tagen erst sieben Jahre alt werden würde. Er sah verändert aus, sehr blass und ich habe es mir nicht nur eingebildet, gezeichnet von den vergangenen Wochen, gezeichnet vom Kummer, dazu, es war nicht von Bedeutung, ein Haarschnitt, der gar nicht zu ihm passte.

Er sagte: „Hallo Mama!", lächelte, gab mir eine blassrosa Heckenrose, und nach einem kurzen Zögern nahm ich ihn in den Arm, drückte ihn an mich.

Ein alter Freund hatte mir sein Auto geliehen. Mit dem fuhren wir zur nächsten Bäckerei, dort, wo es das gute Eis gab. Ben benahm sich schüchtern, lächelte dünn mit glasigen Augen, sagte immer wieder einfach nur: Mama. Dann wollte er etwas, was er seit drei Jahren nicht mehr oder nur selten gewollt hatte: Er wollte auf meinen Arm, wollte gehalten, wollte ständig getragen werden, dabei drückte er sich an mich oder versenkte den Kopf in meiner Halsbeuge. Die Stunden dieses Nachmittags verbrachten wir an einem See im Wald, zusammen mit Elfi, seiner ehemaligen Tagesmutter und ihrem jüngsten Sohn - ein wenig vertraute Umgebung und andere vertraute Menschen; denn noch konnte ich meine neue Wohnung nicht beziehen. Es sollte aber in ein paar Tagen soweit sein, noch vor Bens siebtem Geburtstag. An diesem Tag würde ich ihn dann noch einmal sehen dürfen, wenn auch nur für zweieinhalb Stunden und nur vormittags, denn nachmittags wäre eine kleine Feier für ihn geplant, hieß es.

Als ich Ben nach diesem ersten Wiedersehen zurückbrachte, verschloss er sich erneut. Da war kein freudiges Winken beim Abschied, keine Vorfreude auf den Geburtstag in fünf Tagen, da war nur Enttäuschung und Kummer darüber, dass ich ihn erneut weggab, obwohl ich doch jetzt wieder da war.

Ein paar Tage später holte ich ihn mit dem Rad ab. Er sollte mit mir auf seinem Rädchen zu der kleinen Überraschung fahren, wie ich ihm meine neue Wohnung beschrieb. Ich war in seiner Nähe und das erfuhr er jetzt. Ben kannte die kleinen Wege und Straßen, die wir entlang radelten, noch aus unseren gemeinsamen Zeit. „Siehst du, wie versprochen, an deinem Geburtstag bin ich wieder bei dir!", sagte ich und wusste doch, dass er unter „wieder bei dir" etwas anderes vestand als nur einen kurzen Besuch bei mir. Ich zeigte ihm mein schönes, aber nur spärlich möbliertes Appartement, gefliester Boden, Fußbodenheizung mit einem halbrundem Erker mit großen, hohen Holzfenstern, durch die jetzt die ersten Sonnenstrahlen nach dem Grau des Morgens fielen. Es gefiel ihm sofort, versicherte er mir, als hinge es nur von seiner Zustimmung ab, dass er wieder bei mir leben könnte. Ich hatte ihm einen Flitzebogen mit Zielscheibe geschenkt, den er sogleich ausprobierte. Doch er, der sonst so ruhige Vertreter war hektisch, unruhig. Ich wollte ihm dann noch ein paar Sätze aus „Briefe von Felix" vorlesen, weil er früher - mein Gott früher, es waren gerade mal acht Wochen vergangen -, weil er es immer gern gehabt hatte, wenn ich ihm etwas vorgelesen hatte. Wir, vor allem er, verputzte eine ganze Hauspackung Eis, dann musste ich ihn auch schon wieder zurückbringen.

„Schade, ich dachte, ich könnte jetzt wieder bei dir wohnen, so wie früher", sagte er auf dem Rückweg.

„Ja, das dachte ich eigentlich auch", sagte ich. Das Fatale war, dass er nicht verstand, dass ich das nicht entscheiden konnte.

Später erfuhr ich dann, dass es am Nachmittag, so wie vom Jugendamt erst großartig angekündigt, doch keinen Kindergeburtstag gegeben hatte. Ben war einmal mehr enttäuscht.

Kurz darauf erhielt ich von Kunz die Information, dass die „Familie", sie sprach immer nur von „der Familie", einen Urlaub plane, natürlich mit meinem Sohn, deshalb könnte ich ihn erst wieder in vier Wochen sehen, obwohl aus dem Schreiben hervorging, dass man nur eine einzige Woche Ferien machen würde. (Am Ende waren es nur drei Tage.) Sicher nicht zufällig streifte der Urlaub ausgerechnet das Wochenende, an dem wir uns sehen sollten, von einer Alternative für uns sprach man nicht. Die lange Trennung sollte Ben erneut beruhigen, sollte mich vergessen machen. Ich aber dachte nur mit Grausen daran, was es mit Ben machen würde. Es schmerzte mich mehr, als dass mich ihre Willkür wütend machte. Armer Ben!

Ich war vorzeitig zurückgekehrt und dieser Umstand erforderte eine entsprechende Regelung. Ich erinnerte mich, dass mir der Richter damals gesagt hatte, wenn's Schwierigkeiten gäbe, sollte ich's ihm sagen. Also rief ihn an. Doch er reagierte regelrecht hilflos, sagte tatsächlich: „Was soll ich denn da tun?" Ich war mehr als überrascht.

Längst hatte ich eingesehen, dass ein Gang zum Anwalt unerlässlich wäre, um diese Situation zu entwirren.
Nadines Nachbarin war Staatsanwältin und durch sie erfuhr ich von dem besten Anwalt für Familienrecht in Bonn. Aber auch meine nette Vermieterin, die meine Geschichte inzwischen kannte, hatte von dem „nur Gutes" gehört. Der sollte es also sein. Ich bekam einen Termin, allerdings bloß bei einem Kollegen seiner Sozietät. Der richtig Gute hatte wohl derzeit keine Kapazitäten frei oder keine Lust, wahrscheinlich spielte er in einer anderen finanziellen Liga.
Ich hatte mir inzwischen ein gebrauchtes MTB gekauft, damit radelte ich nach Beuel. Der Kollege des besten Anwalts von Bonn aber hatte offensichtlich auch keine Lust, maulte, da müsste er sich ja erst einarbeiten. Ich sollte bedenken, wie viele Stunden er benötigen würde und was jede Stunde koste, nun gut! 1000 Euro Vorschuss. Die brauchte er, um allein die Vorgeschichte zu studieren. Es hatte mich wohl sofort als Nur-Kassenpatient eingeschätzt. Der geforderte Vorschuss sollte heißen, dass ich keine Chance hätte. Die Gerechtigkeit hat nunmal ihren Preis. Ich machte dennoch keine Anstalten zu gehen.
Er, noch keine vierzig, zog jetzt eine Schnute, formte eine steile Stirnfalte, während er wie ein Schluck Wasser hinter seinem Schreibtisch hing. „Warum fragen Sie nicht Ihre frühere Anwältin? Die ist doch mit der Geschichte vertraut."
Deutlicher konnte er seinen Widerwillen kaum ausdrücken. Das einzig Konstruktive, was er mir vermittelt hatte, war, was sich hinter diesem alles entscheidenden Begriff des

Aufenthaltsbestimmungsrecht verbarg ... und zwar nicht weniger als eine Katastrophe. Ich hatte es bis dahin nicht gewusst. Schockiert radelte ich nach Hause.

Meine neue Vermieterin hatte einen Sohn, nur sechs Wochen älter als meiner, während meine Vermieterin nur etwas älter war als ich. Sie fragte mich anderntags so über den Gartenzaun, warum ich nicht dafür sorge, dass mein Sohn wieder bei mir leben kann, war doch sein Aufenthalt beim Vater nur für die Dauer meiner Arbeit in Afrika gedacht?
„Würde ich ja gern. Aber das wird wohl schwierig, weil ich kein Aufenthaltsbestimmungsrecht mehr habe", erklärte ich ihr, die diesen Begriff auch nicht kannte und die es glücklicherweise auch nicht nötig hatte, den zu kennen.
Es nützte nichts, ich wollte nicht noch mehr Zeit verlieren, indem ich auf Termine bei Anwälten wartete, die dann so reagierten, wie der Kompagnon dieser Koryphäe.
Es war dieser heiße August inmitten dieses Jahrhundertsommers, in dem ich meinen Sohn erst am Ende des Monats wiedersehen sollte. Diese Zeit wollte ich nutzen. Weil meine alte Anwältin, die Weltfremde, im Urlaub war, ich zudem überzeugt war, schriftlich die Situation besser darstellen zu können, schrieb ich ihr einen ausführlichen Brief.

Ein paar Tage später klingelte mein Telefon. Die Anwältin hatte meinen Brief gelesen. Jetzt fragte sie nur: „Wollen Sie kämpfen?"
Das sollte einer ihrer besten Sätze bleiben. Dann meinte sie noch, dass ich unbedingt meinen Sohn fragen müsste, ob er wieder bei mir leben wollte. Und dass es wichtig wäre, dass ich offen und ehrlich mit ihm über alles sprechen müsste.
Bald darauf radelte ich die 25 Kilometer nach Bonn. Da saß ich ihr (Außentemperaturen noch über 30°C) etwas abgekämpft gegenüber, die mir dann, inzwischen mit leicht

verbesserter Frisur, erzählte, dass alle Schulfreunde ihrer vier Kinder Handys hätten – nur ihre nicht.

Ich war mir nicht sicher, ob sie jetzt ein Lob von mir hören wollte, und so nickte ich nur und lächelte höflich.

Dann schien sie sich daran zu erinnern, dass ich bei ihr saß, weil ich ein Anliegen hatte.

Nachdem sie am Telefon ihren besten Satz gesagt hatte, sagte sie mir jetzt ihren schlechtesten: „Sie bekommen Ihren Sohn sowieso nicht wieder." Nachdem sie sich eine Weile an dem Schock, den sie mir versetzt hatte, ergötzt hatte, lächelte sie: „Sie bekommen höchstens ein erweitertes Umgangsrecht. Diese Dame vom Jugendamt ist nicht auf Ihrer Seite."

Das war nicht nur ihre, das war *die* Erklärung dafür, dass ich meinen Sohn nicht wieder bekommen sollte. Ich verstand zu diesem Zeitpunkt die Zusammenhänge und Hintergründe wirklich noch nicht. Aber einmal mehr fühlte ich mich reingelegt, als ich ihr etwas naiv erklärte, dass wir doch gerichtlich vereinbart hätten, dass mein Sohn nur für die Zeit meiner Arbeit in Zim…

Sie schien eine Weile nachzudenken. „Wir wollen sehen, was wir trotzdem erreichen können."

So saßen wir dann eine Weile, schweigend, beide nachdenklich. Mein Sohn wollte zu mir, das hatte er mir sofort zugesichert, als ich das empfindliche Thema angesprochen hatte. Für ihn schien es unverständlich, dass ich ihm diese Frage überhaupt stellte. Als würde ich ihn nicht verstehen. Kurz darauf war es dann regelrecht aus ihm heraus gebrochen. Er hatte zu weinen angefangen und mich angeschrien: „Ich wollte nie dahin. *Du* hast mich dahin gegeben!"

Seine Klarheit hatte mich getroffen, mir aber auch sein waches Bewusstsein gezeigt.

Ich schaute der Anwältin ins Gesicht. „Dann muss ich am Ende meinen Sohn wohl klauen", sagte ich und meinte es in diesem Moment ernst. Allerdings hatte ich bislang noch keine Sekunde mit diesem Gedanken auch nur gespielt.

Sie sah mich eine Weile lauernd an, dann knurrte sie, wahrscheinlich, weil ich mich über ihre geheiligte Juristerei hinwegsetzen wollte: „Dann hätte ich Sie aber ganz schnell zurück."

„Dazu müssten Sie aber erst mal wissen, wo ich bin!"
Ich sah uns in Südafrika.
Sie nickte grollend. „Ich rate Ihnen, tun Sie's nicht."
Doch irgend etwas zwischen Mitleid und Sportsgeist veranlasste sie dann, einen ordentlichen Schriftsatz zu verfassen, den zu lesen ich am übernächsten Tag gegen neun in ihr Büro gebeten wurde – kurz bevor sie losfuhr, um sich mit ihrem Mann, Dozent in Cambridge, übers Wochenende im Tessin zu treffen. Wie war das mit dem einfachen Leben?

Wieder aufs Rad. 25 Kilometer hin, 25 Kilometer zurück. Vielleicht ahnte ich, dass sich eine gute Kondition als sehr nützlich erweisen könnte.

Während meine anspruchslose Anwältin im Tessin weilte, rief ich einen Bekannten an, der in Köln ein Reisebüro betrieb. Er begrüßte mich unangemessen überschwenglich, so gut kannten wir uns nun auch wieder nicht. Dennoch plauderte ich zwischendurch mal ganz gern mit ihm.

Ich erzählte ihm jetzt von meinem Problem und meinem Notfallplan am Telefon, und er gab mir prompt ganz konkrete Hinweise, was zu tun sei, wenn ich spurlos verschwinden wollte: Erst mal mit der Bahn oder dem Auto - natürlich nicht dem eigenen - in ein europäisches Land mit Schengener Abkommen. Von dort mit dem Flugzeug in ein anderes europäisches Land fliegen, also, vielleicht von Amsterdam nach Paris, dort wiederum in einen Flieger nach Madrid oder so und schließlich von da aus zum eigentlichen Ziel beispielsweise Kapstadt. Er bemerkte am Rande, dass er demnächst auch wieder dort sei, in Capetown. Mir wurde ganz schwindelig vom Spuren verwischen. Er schwieg eine

Weile, als würde ich mir noch Notizen zu seinen Tipps machen, dann meinte er: Südamerika. Im Grunde wäre nur Südamerika sicher. Ich entgegnete, dass ich dort niemanden kennen würde. Daraufhin sagte er und er meinte es offensichtlich ernst: „Es gibt doch immer wieder ältere reiche Herren in Südamerika, die ohne Nachkommen sind und gutaussehende Frauen mit Kindern suchen. Als Erben. So einen brauchst du!"
Was für ein Blödsinn, dachte ich genervt und sagte es ihm. Daraufhin schien er zu überlegen und meinte schließlich:
„Ist doch Scheiße, sich immer verstecken zu müssen. Versuchs doch lieber auf ordentlichem Wege! Hast du denn keinen guten Anwalt?"
„Meine Anwältin hat mir gerade alle Hoffnung genommen, deshalb frage ich dich ja."
„Du brauchst einen Anwalt, dem du vertrauen kannst", sagte er. „Nimm meine, die ist super, macht gerade meine Scheidung!" Es klang, als ob er mir seine neue Zahnpasta empfahl. Doch ich schöpfte wieder Hoffnung, als er sagte:
„Ich werde sie gleich mal anrufen und dich anvisieren."
Ich stutzte. „Aber heute ist Samstag!"
„Na und? Die ist immer zu erreichen. Das ist doch ihr Job, Leuten zu helfen."
Er gab mir die Nummer dieser offensichtlich sich ständig im Einsatz befindlichen Frau mit einem mörderischen Doppelnamen. Zwar fand ich es noch immer seltsam, einen Anwalt samstags anzurufen, aber so gut kannte ich mich mit Anwälten dann auch nicht aus. Vielleicht war sie einfach nur so engagiert, so wie man es von den Anwälten aus den spannenden Filmen kannte.

„Ein Kind in dem Alter gehört zur Mutter, ganz klar", war dann ihr überzeugendes Argument, mich, die ich genau das hören wollte, als neue Klientin zu ködern. Sie hatte eine angenehme Stimme und bald schon galten meine einzigen

Bedenken dem Anwaltswechsel. Dass ich die, die ich gerade erst gebeten hatte, meinen Fall erneut zu übernehmen, schon wieder aus diesem ihrer Meinung nach ohnehin hoffnungslosen Fall entlassen musste, war mir mehr als unangenehm. Unangenehm, aber unumgänglich, dachte ich, als Anwältin N°2 mir die Sache antrug. „Entlassen Sie Ihre Anwältin aus dem Fall!"

Ein paar Tage später trafen wir uns in Köln, wo sie sich an eine junge Sozietät mit einem Büro in Toplage angehängt hatte, nachdem sie sich von ihrem Mann, ebenfalls Anwalt, selbst geschieden hatte. N°2 sah für eine Anwältin beinahe zu gut aus, mit ihren blonden schulterlangen Haaren, sehr chic und gertenschlank in ihrem feinen Waschlederkostum. Sie war sehr nett und nahm sich sehr viel Zeit für meine endlosen Fragereien und Spekulationen. Sie hatte zumindest einen großen therapeutischen Effekt.

Ich hielt es für wichtig, ihr zu erklären, dass ich das Afrika-Projekt nur aus der Not heraus, aus Geldmangel und im Hinblick auf meine berufliche Zukunft später hier in Deutschland angenommen hätte, und dass ich meinen Sohn lediglich für diese Zeit, die sich nach dem Projekt richtete und die ich nicht vorher benennen konnte, beim Vater lassen wollte. Im Protokoll, das ich erst nach meiner Rückkehr aus Afrika zugestellt bekam, stand später: auf unbestimmte Zeit - ein dehnbarer und vor allem interpretierbarer Begriff. Jedenfalls lernte ich, dass es etwas völlig Abstruses sein musste, wenn man eine derartige Arbeit als Mutter überhaupt in Erwägung zog. Überhaupt: Keine vernünftige Arbeit oder Geldmangel als Grund für etwaige Probleme anzuführen, ist für Anwälte wie Familienrichter offensichtlich nicht nachvollziehbar.

Anwältin N°1 hatte bereits einen Gerichtstermin angeleiert, der sich jedoch bis zum 18. September verzögerte, weil das Gericht Urlaub machte. Sie, die Weltfremde, wiederholte noch einmal, dass ich keine Chance hätte, das hätte ihr die Dame vom Jugendamt telefonisch zu verstehen gegeben.

Das Telefonat hätte sie noch vor ihrem Weekend im Tessin mit Kunz geführt.

Ha, dachte ich, war Kunz denn der Richter?

Wie erwartet reagierte N°1 entsprechend grantig, als ich sie aus dem Fall entließ. Ihre Stimme klang grollend, und dann sagte sie regelrecht verächtlich, dass ich doch wohl nicht im Ernst annähme, mit einem anderen Anwalt zu einem anderen Ergebnis zu kommen?

Ich hatte Frau Dr. jur. anscheinend aufs Äußerste beleidigt. Majestätsbeleidigung, alles nur menschliche Regungen.

Mit der neuen Anwältin, N°2, telefonierte ich bis zu diesem ersten Gerichtstermin fast täglich, und sie ging auch fast immer ans Telefon, nur ab und zu war ihr fast volljähriger Sohn am Apparat, eine serbokroatisch-französische Coproduktion, wie der Name der Anwältin vermuten ließ.

In der Zwischenzeit wurde mir ein unplanmäßiges Anrufen bei meinem Sohn durch das Jugendamt untersagt. Es gab eine feste Anrufzeit, einmal die Woche.

Kurz darauf hatte die Bank überraschend mein Konto gesperrt, weil - ich konnte es erst am nächsten Tag in Erfahrung bringen -, weil der Vater inzwischen eine Kontopfändung veranlasst hatte, um den Unterhalt für Ben einzutreiben. (Das hätte ich damals auch mal machen sollen.) Die Ankündigung dessen kam erst nach der Kontosperrung und damit zu spät. Ich rief meine Anwältin an, jagte, 5 vor 12, auf ihren Rat hin auf dem Rad zum Gericht nach Siegburg. Prompt begann es zu regnen. Ich wusste, ich musste in wenigen Stunden auf der Bank sein, sonst blieben Portemonnaie und Kühlschrank bis auf weiteres leer.

Es goss inzwischen in Strömen, als ich nach zähen Unterredungen auf dem Gericht mit gräßlich unfreundlich jungen Menschen von Siegburg nach Oberpleis jagte, nochmals 13 Kilometer, nass bis auf die Haut, fluchend, denn anscheinend geriet das Wetter immer dann außer Kontrolle, wenn ich eine helle Hose trug. Die war jetzt gesprengelt mit kleinen Ölklümpchen von den vorbeifahrenden Lastwagen. Mein Magen knurrte inzwischen bösartig, ich fuhr schneller, so schnell ich konnte, nur noch fünf Kilometer, dabei schwor ich meinen Widersachern ewige Rache, allein wegen dieser Aktion, während mich erneut eine geballte Wasserladung traf. Jetzt stellte ich mir vor, ich wäre ein Tour de France-Teilnehmer, die mussten ja auch bei jedem Wetter radeln.

Um zehn Minuten vor vier Oberpleiser Kirchturmzeit erreichte ich gerade noch rechtzeitig die Bank mit der Anweisung zur vorübergehenden Aufhebung der Pfändung. Meine Kundenbetreuerin aber war nicht da und ihre Vertretung hatte für mich, die ich jetzt ungerührt die schöne Bank nass tropfte, nur ein: Bedaure, das dauert jetzt eine Woche, bevor wir Ihr Konto und damit Ihr Guthaben wieder freigeben können." Ich konnte es nicht glauben, stand wie erstarrt, woraufhin mich die Bankangestellte beinahe mitleidig ansah. „Ja, haben Sie denn nicht noch irgendwo ein Töpfchen?"

Das war jetzt einer dieser markanten Sätze, die einem irgendwie im Ohr hängen blieben. Nein, dachte ich, der Verzweiflung nahe, ich hatte nicht noch irgendwo ein Töpfchen. Nicht nach sieben Jahren des Alleinerziehens mit einem chronisch kranken Kind. Und aus dem abgebrochenen Afrika-Projekt hatte ich nach Abzug des Fluges und dem Neustart hier nichts übrig. Doch ich hatte gerade einen 400-Euro-Job angetreten, und meine Chefin gewährte mir anderntags zum Glück einen Vorschuss. Ich war gerettet.

An diesem Tag hatte ich knurrenden Magens beschlossen, wieder mit der Malerei zu beginnen. Sie wurde jetzt ein weiterer Nebenerwerb, neben diesem 400-Euro-Job, zudem hatte ich noch Wohngeld beantragt, sodass ich erst mal mein Auskommen hatte. Ich dachte zwar wieder an TV-Beiträge, jetzt wäre ich ja flexibel, doch längst merkte ich, wie sich die Gedanken Tag und Nacht nur noch um Ben drehten, dessen Kummer mir fast das Herz brach.

Was Ben zu dieser Zeit am meisten bewegte, verzweifelt machte, war die Sehnsucht nach seiner Mama, eine Sehnsucht, die ihn völlig aus der Bahn zu werfen drohte. Etwas, das manchen Zeitgenossen überraschen mag, in unserer nüchternen, vernünftigen Welt, die Gefühle in Körperkontakte und Bezugspersonen zerteilte.

Währenddessen hatte ich mal wieder eins dieser sich einprägenden Telefongespräche mit Herrn M geführt. Über sein Handy. Meine Anwältin hatte mir nämlich gesagt, dass in dem Beschluss nichts von nur stundenweisen Besuchen stünde, ich meinen Sohn demnach auch länger sprich für ein ganzes Wochenende sehen könnte. Das war der Anlass, warum ich den Vater meines Sohnes anrief, der sich daraufhin aber wie tollwütig gebärdete. Ich kam gar nicht bis zum eigentlichen Thema, weil er sich endlos lang über die ausstehenden Unterhaltszahlungen echauffierte, bis unser Gespräch Opfer der damals noch reichlich vorhandenen Funklöcher in der Eifel wurde. Doch sagte er mir zuvor noch etwas sehr Erfreuliches: „Wenn de den wiederhaben willst, dann bezahl ich aber auch erst mal nichts!", woraufhin ich ihm hocherfreut zurief: „Brauchst du auch nicht!"

Doch er hörte mich nicht mehr, die Verbindung war längst abgerissen. Ich aber schöpfte neue Hoffnung: Es war nur dieses dumme Geld, weshalb er weiter darauf bestand, dass Ben bei ihm bleiben sollte. Damit war Ben für ihn nicht mehr als eine Geisel. Nur schade, dass ich dieses Gespräch nicht aufgezeichnet hatte. Dergleichen konnte ich nämlich seit kurzem, nachdem mir jemand ein Telefon mit Aufzeichnungsfunktion überlassen hatte.

Allerdings, so lernte ich bald darauf, sei dergleichen nur rechtskräftig zu verwenden, wenn man dem Gesprächsteilnehmer vorher mitgeteilt hätte, dass das Gespräch aufgezeichnet würde. Dann kann ein Richter entscheiden, ob er dergleichen anerkennen möchte. Richter in Deutschland haben jedoch einen gewaltigen Ermessensspielraum, den ich aber erst noch kennenlernen sollte.

Dann kam der 14. September, ein Sonntag, an dem ich Ben ab mittags für sieben Stunden sehen durfte, und so holte ich ihn mit dem Rad ab. Wenn ich mir nicht sicher gewesen wäre, dass Ben litt, dass es ihm da, wo er jetzt leben musste, schlecht ging und dass er schon allein deshalb die Hoffnung und den Glauben brauchte, dass ich ihn nicht im Stich lassen würde, ich hätte mir diese extreme Beschneidung nicht gefallen lassen und ihn unter diesen Umständen nicht mehr besucht. Ich wäre stattdessen an einen schönen Ort gezogen, hätte Barni und die kleine Stute wieder zu mir genommen und abgewartet, wie viel Mutterkontakt sie Ben irgendwann zugestehen würden. Doch ich trug noch immer die alleinige Sorge für Ben, und ich musste zu meinem Entsetzen erkennen, dass sich Familie M im Grunde einen Dreck um Ben scherte. Entgegen meinen Erwartungen hatte Ben jetzt deutlich weniger als bei mir. Kein Turnverein, kein Schwimmen gehen, keine Musik und erstmals keine regelmäßigen Mahlzeiten. Zudem war das Niveau des Umfelds von Herrn M mit Frau M drastisch abgesackt. Da standen sie jetzt immer vor der Haustür, oft in kleinen Gruppen, unförmige, untersetzte Gestalten, die sich bevorzugt in Geländewagen mit Bullengrill fortbewegten, wenn sie sich denn mal bewegten, das Fläschchen Bier in der einen, die Zigarette in der anderen Hand, unverhohlen gaffend und lauthals grölend. Alles war anders gekommen, als ich es mir für Ben erhofft hatte. Der Zigarettenrauch schlug mir schon zehn Meter vor dem Haus entgegen, man scherte sich herzlich wenig um Ben. Inzwischen fehlte es ihm an allem. Vor allem aber fehlte es ihm an Herzenswärme.

Wir radelten die sieben Kilometer bis zum Bahnhof, es ging fast nur bergab. Von dort ging es mit dem Zug nach Köln in den Zoo. Ben gefiel das Bahnfahren, die U-Bahn kannte er auch noch nicht, und im Zoo gefielen ihm dann außer den Eisständen vor allem die Pinguine und Robben. Er strahlte mich zwischendurch an, war aber bald sehr müde, weil er noch immer unter Schlafstörungen litt – nach dreieinhalb Monaten. Wir fuhren zeitig zurück, um bei mir noch in Ruhe zu Abend essen zu können. In der Bahn schlief er ein, den Kopf in meinem Schoß. Bei mir zu Hause angekommen, war er noch immer müde, und ich dachte an den langen Heimweg für ihn mit dem Rädchen bergauf, als ich mich an das erinnerte, was mir meine Anwältin bezüglich des Umgang gesagt hatte.

Während ich unser Abendessen kochte, sagte ich zu Ben, dass wir ja mal fragen können, ob du über Nacht bleiben darfst, oder ob dich dein Papa zumindest mit dem Auto abholt, weil du doch so müde bist.

Ben wollte natürlich nichts mehr, als bei mir übernachten. Die Schule begann erst in zwei Tagen, also hätte es nichts gegeben, was dagegen gesprochen hätte – nichts bis auf die Boshaftigkeit und Willkür, die sich ausschließlich gegen mich richtete und die noch immer etwas mit dem Unterhaltsstreit von damals zu tun hatte.

Bens Vater aber begann sofort zu toben, übernachten erlaube er schon gar nicht, so wäre das nicht vereinbart. Und abholen ginge auch nicht, er hätte zurzeit kein Auto. Dann aber hatte er doch eins.

Ben schaute mir erwartungsvoll entgegen. Ich traute mich nicht, ihn einfach bei mir zu behalten, er sollte sich nicht inmitten eines Kampfes wiederfinden, er war ohnehin schon viel zu stark belastet.

Als Ben hörte, dass er nicht bleiben durfte, fing er an zu weinen. Ich tröstete ihn mit einem Geschenk, das ich eigentlich als Inhalt für seine Schultüte vorgesehen hatte, einen

hellgrauen Plüschelefanten. Er nahm ihn, drückte ihn an sich und versuchte sich dann bei mir zu verstecken. Ich aber nahm ihn auf den Arm, tröstete ihn, dass wir ja bald mit dem Richter reden können, und dann darfst du bei mir übernachten. Hoffnung auf mehr konnte ich ihm nicht machen.
 Kurz darauf fuhr ein weißer Wagen vor, der eher ins Rotlichtmilieu als in unser hübsches Wohngebiet gepasst hätte. Da saß er mit Baseballkappe, hochrotem Kopf, laufendem Motor und stieg nicht aus.
Ich ging mit Ben hinaus bis zur kleinen Treppe aus Eisenbahnschwellen, die hinab in den Wendehammer führte, um ihn dann das kleine Stück bis zum Wagen allein gehen zu lassen. Da aber blieb er an der Treppe stehen, drehte sich zu mir um und begann herzzerreißend zu weinen. Das Weinen klang in dem stillen Rund des Wendehammers mit der Akustik eines Amphitheaters so dermaßen laut, dass es alle Nachbarn mitanhören mussten. Ich aber würde nie diesen Anblick vergessen, wie er da stand, in seiner schwarzen Jeansjacke, den kleinen Elefanten an sich drückend. Er sah mich an - hilfesuchend und vorwurfsvoll zugleich. „Ich will nicht dahin zurück müssen. Ich will bei dir bleiben!"
 Es war grausam, und ich hätte ihn am liebsten wieder reingeholt, durfte es nicht und in seinem enttäuschten Gesichtchen erkannte ich erneut die Ungläubigkeit von jenem Tag, als würde sich die Fehlentscheidung noch einmal wiederholen, als ließe ich ihn noch einmal zurück. Ich war mir sicher, dass er es in dem Moment auch so empfand.
Ich drückte Ben jetzt noch einmal, gab ihm einen Kuss aufs tränennasse Bäckchen, tröstete ihn so gut es ging, dann ergab er sich seinem Schicksal und ging gesenkten Kopfes.

Anderntags erzählte mir meine Vermieterin, dass ihr Sohn und sie selbst auch die Szene miterlebt hätten. Ihr Junge hätte sich die Ohren zuhalten müssen, weil er es nicht hatte ertragen können.

Obwohl ich ja kein schulisches Sorgerecht mehr hatte, hatte ich mir ausgebeten, zur Einschulung dabei sein zu dürfen. Ben aber hatte gar nicht damit gerechnet, dass ich komme. Jetzt aber freute er sich über eine zweite Schultüte und verriet mir zu meinem Erstaunen, dass er morgen auch auf das Gericht ginge und dann würde er zu mir halten. Schließlich wären wir doch Tiger, und Tiger blieben Sieger.

Ben verbrachte dann den halben Vormittag auf meinem Schoß. Ich machte viele Fotos und wunderte mich, dass ich die Einzige war, die die Einschulung ihres Kindes im Bild festhielt. Später erfuhr ich, dass es sich in dieser Schule für Erziehungshilfe zu einem Großteil um Pflegekinder handelte oder um Kinder aus sozial schwachen Familien.

Es nagte an mir, dass er hier gelandet war, mehr noch, es schockierte mich. Bildung war alles und ich wusste, dass das Umfeld, vor allem die Menschen um einen herum. einen ganz entscheidenden Einfluss auf das Lernverhalten, auf das Verhalten schlechthin, nehmen. Schließlich orientieren sich Kinder an ihresgleichen. Irgendwie erschien mir die Erster-Schultag-Feier lang und ungeordnet und gleichzeitig oberlehrerhaft organisiert. Es tat mir am Ende unendlich leid, dass ich meinen kleinen Großen an diesem Tag nicht länger begleiten durfte.

Morgen, hoffte ich, morgen wird sich sicher einiges ändern.

6 Der Anfang aller Illusionen

ward so schnell gegangen wie er gekommen war.

Ich wartete an diesem Morgen im Treppenhaus des Amtsgerichts auf meine Anwältin N°2, weil ich von dort den Flur halbwegs überblicken konnte, ohne im Zigarettenqualm ausharren zu müssen. Dann sah ich sie, sie warf mir einen Blick zu, doch es schien, als erkannte sie mich nicht, vielleicht, weil ich mich von meinen langen Haaren getrennt hatte. Sie trug eine lange schwarze Robe über dem einen Arm, eine Aktentasche unter dem anderen, in der Hand ein Bündel Papiere, in denen sie noch zu lesen schien. Ich ging auf sie zu, lächelte. Sie blickte kurz auf und schnaubte aufgebracht.

„Hallo! Hier, das Fax habe ich erst bekommen, als ich gerade von zu Hause losfahren wollte." Damit meinte sie die erste Überraschung des Tages, ein Schreiben von Kunz, das die aber so kurzfristig abgeschickt hatte, dass meine Anwältin und ich es nicht mehr vor der Verhandlung lesen konnten.

„Steht nur bla-bla drin", meinte meine hübsche Anwältin abwinkend. Das Pamphlet, nichts anderes war es, hätte uns entsprechend lange vor dem Termin zugestellt werden müssen, damit wir uns in Ruhe damit befassen konnten. Gerade sprang mir beim Überfliegen des Textes ein dreister Satz ins Auge, als ich jedoch die Stimme meines Sohnes aus dem Tohuwabohu der Menschen im Flur heraushörte. Ich drehte mich um, sah ihn und rief: „Mäuschen!" Da sah er mich, sah mich an, aber nicht wie sonst und mein Gefühl sagte mir sofort, dass da etwas nicht stimmte. Er löste sich zwar umgehend aus der Gruppe, bestehend aus der Familie, Kunz und der spindeldürren Anwältin. Er kam zwar zu mir, doch er schien abgelenkt, hektisch, erzählte nach nur flüchtiger Begrüßung etwas von wegen „Gutschein einlösen". Dann stürzte er auch schon wieder los. Ich dachte an den Sonntagabend, als er so bitterlich geweint hatte, und ich dachte an gestern in der Schule. Sollte mich mein Gefühl getäuscht haben?

Zuerst sollte Ben allein ins Richterzimmer – halt, nicht allein, die Dame vom Amt watschelte geschäftig und siegessicher mit ihm in das kleine Zimmer und zog hinter sich die Tür zu.

Kaum aber wurde meine Anwältin das gewahr, schmiss sie sich Badman gleich ihre schwarze Robe über, um empört und energisch die Tür zum Richterzimmer wieder aufzureißen. Da stand sie und alles schaute sie fragend überrascht an. Sie sagte, sie wolle selbstverständlich der Befragung beiwohnen. Sie war rührend und komisch zugleich in ihrem unerschütterlichen Anderssein.; sie kannte die Geflogenheiten in der Provinz noch nicht, 30 Kilometer vor den Toren Kölns.

„Aber in Köln ist es üblich!", rief sie dann auch ungehalten, reagierte jedoch sehr souverän, als sie erfuhr, dass es hier aber nicht üblich war. Man belächelte sie, ihr Auftritt war mir dann auch etwas peinlich. Kein anderer Anwalt trug hier eine schwarze Robe. Sie hatte auch noch nicht so viel Erfahrung in Fällen wie meinen, gestand sie mir, nachdem sie mich anfangs mit dem Satz *Klarer Fall, ein Kind in dem Alter gehört zur Mutter!* geködert hatte, um mir ein paar Tage später telefonisch mitzuteilen, dass es von der juristischen Seite dann doch etwas schwieriger wäre. Oh je!

Es dauerte eine Weile, die Anhörung meines Sohnes, ich ahnte etwas. Die Dame vom Jugendamt saß garantiert nicht zum Spaß dabei. Ich dachte zudem an die Sache mit dem Gutschein. Dann ging die Tür auf, mein Sohn erschien, sah mich an und sagte stolz zu mir: „Ich hab denen gesagt, dass ich Kontakt zu dir haben möchte. War das richtig?"

Armer Puhz! Ich konnte es kaum fassen, und doch hatte ich dergleichen schon befürchtet.

Jetzt durften wir alle hinein, alle, bis auf Ben, der vor dem Richterzimmer von Frau M in Empfang genommen wurde. Der Richter brauchte dann mehrere Minuten, bis er mit dem Namen meiner neuen Anwältin klar kam, die hart blieb und ihm dann auch keine erleichternde Eselsbrücke baute.

Ich erinnere mich nicht mehr an alles, nur daran, dass der Richter meine Anwältin über den Passus belehrte, dass sich das Umgangsrecht nach Vereinbarung der Eltern gestaltet.

Ha, dachte ich, dazu gehöre ich auch, hätte also Mitspracherecht, lernte dann aber, dass eigentlich nur der Eltern ist, der eben dieses vermaledeite Aufenthaltsbestimmungsrecht hat. Demnach war die ganze Sache mit der gemeinsamen Sorge ein Witz. Das Ganze kam mir wie ein Kinderspiel vor, und ich hätte mich nicht gewundert, hätten alle im Chor gerufen: „Ätsch! Weggegangen, Platz vergangen!"

Ich hielt das permanente Grinsen des Richters für unangebracht. Aufgrund der Tatsache, dass ich wieder da war, bekam ich ein „großzügiges" - so nannte es die Dürre mit der Woody-Allen-Brille tatsächlich - Umgangsrecht. Alle vierzehn Tage durfte Ben für 28 Stunden zu mir, von Samstagmittag bis Sonntagabend, nicht wie normalerweise üblich ab Freitagabend. Ausgleichend gönnte man uns noch mittwochnachmittags dreieinhalb Stunden. Herr M stimmte dem nur widerstrebend zu.

Tja, und die Befragung meines Sohnes hätte ergeben, dass er sich nicht entscheiden könnte, und da haben wir ihn gefragt, so der Richter, ob das Gericht für ihn die Entscheidung treffen soll und da habe er ja gesagt.

Dann aber kam eine weitere Überraschung an diesem Tag. Es sollte ein Familienpsychologisches Gutachten in Auftrag gegeben werden. Da gäbe es den und den und die und die, aber die hätten alle im Moment keine Kapazitäten frei. Der Richter mischte die Karten, obwohl die Würfel längst gefallen waren. „Und wir wollen ja alle, dass es schnell geht", sagte er, während sich ein paar kleine Visitenkarten immer rund und rund in seinen Händen drehten, er schaute sie gar nicht an, bis Kunz aufstand. Ich habe die Szene noch deutlich vor Augen, ihren breiten Rücken und wie sie dem Richter in die Karten sah und dann auf eine Karte tippte.

„Hm, kenne ich noch nicht", sagte der nur.

Dass man das Gutachten bereits mit einer Suggestiv-Frage betitelt hatte, entging meiner Anwältin in dieser Stunde genauso wie mir, denn dagegen hätten wir uns ganz entschieden gewehrt.

„Entspricht es dem Wohl des Kindes besser, wenn der Vater die elterliche Sorge behält?"

Meine Anwältin fand das Ergebnis dann auch noch gut.
„Wir haben immerhin erreicht, dass ein Gutachten in Auftrag gegeben wurde." Wie naiv von ihr! Ich hatte erwartet, dass ein solches Gutachten überhaupt nicht nötig werden würde, dass der Richter sich auf unsere Vereinbarung berief. N°2 konnte genauso wenig wie ich ahnen, wozu das Gutachten am Ende dienen würde: zur Bestätigung eines Konsens, auf den man sich bereits vor einem knappen Jahr geeinigt hatte. Aber auch davon erfuhr ich erst viel später. Sie beschritten jetzt nach außen den klassischen Weg, anscheinend hatten sie sonst nichts zu tun, und es war ja auch nicht ihr Geld, was da verpulvert wurde. Und so stand ich noch eine Weile mit N°2 draußen in der Sonne, sagte ihr, dass eine Befragung meines Sohnes durch den Richter ohne Kunz garantiert anders ausgefallen wäre, sprach über meine Sorge über die Länge der Zeit, die so ein Gutachten dauern würde und meine Ahnung, die ich hatte, genährt durch die Worte von N°1, Frau Dr. jur., die zumindest in diesem Punkt gar nicht so weltfremd war: „Sie werden Ihren Sohn sowieso nicht wieder bekommen."

Das Schönste unter diesen Umständen aber war jetzt, dass Ben bereits an diesem Wochenende zu mir durfte, obwohl der Vater sofort protestiert hatte, weil Ben doch erst am vergangenen Sonntag bei mir gewesen wäre. Ben aber freute sich auf das Essen, das ich ihm kochte, saß gern an dem runden Tisch im sonnigen Erker und freute sich auf später, war er sich doch sicher, er wäre bald wieder bei mir. Dann würde er, wenn er aus der nahen Schule käme, schon mal den Tisch decken und dann gäbe es Mittagessen. Zumindest eine Suppe. Er entbehrte die warmen Mahlzeiten derzeit; bei seinem Papa gäbe es kein Mittagessen, weil die Anita keine Lust hätte, zu kochen. Er müsste sich, wenn er hungrig wäre, Brote machen. Oder sie fuhren zur nächsten Frittenbude.

Was mir erneut auffiel, war, dass er unruhig und hektisch war, wie hyperaktiv. Nach dreieinhalb Monaten war er nicht mehr der ruhige Vertreter, der er einst war. Ruhig hatte allerdings nie auf sein Mundwerk zugetroffen; er redete, seit er sprechen konnte, wie ein Rundfunkreporter, kommentierte alles und jeden. Zudem war mir bereits bei unserem Zoobesuch aufgefallen, dass er wieder hustete. Und das lag sicher nicht nur daran, dass im September wieder die Hochzeit für Hausstaubmilbenallergiker begann, sondern daran, dass er in einem Haus lebte, in dem chronisch viel geraucht wurde und es so seltsame Regeln gab, wie dass er seine Zimmertür nicht zumachen durfte. Damit konnte er sich noch nicht mal ein bisschen vor dem Rauch schützen. Jetzt aber war er bei mir und begann, kaum dass er etwas entspannt auf dem Bauch liegend fernsah, zu husten und bald darauf nach Luft zu ringen, fast wie damals in den schlimmsten Nächten. Er wurde panisch, sprang auf, trampelte auf der Stelle. Als er sich wieder beruhigt hatte , sprach ich ihn auf seinen Hustenanfall an. Da sagte er, dass er oft nachts huste, keine Luft bekäme, doch niemand würde es merken und dann bei ihm sein und ihm helfen. Er hätte dann immer große Angst.

Auf dem Heimweg nach seinem ersten Wochenende bei mir wurde er immer langsamer, mochte kaum noch radeln, was nicht nur daran lag, dass der schöne Waldweg entlang des Baches leicht, aber stetig bergauf ging. Als er gar nicht mehr weiter wollte, stiegen wir ab und schoben. Wie wir so langsam nebeneinander gingen, kam ein Gespräch zustande, das wohl irgendwo sein musste, eine wahre Tragödie, die

mir aber zeigte, wie es wirklich in ihm aussah. Dadurch erfuhr ich auch, was vor und während des Gerichtstermins abgelaufen war. Natürlich hatten sie ihn unter Druck gesetzt, vorher und dann auf der Fahrt zum Gericht erst recht.
„Wenn du wieder bei deiner Mutter wohnen willst, brauchst du dich bei uns nicht mehr blicken lassen." Das hätte sein Papa zu ihm gesagt. Vielleicht mag sich manch einer denken, na schön, wenn er doch wieder bei seiner Mutter wohnen will, dann kann es ihm egal sein, ob er noch länger da sein kann oder nicht. Ich hörte jedoch, dass er voller Angst war, dass er später doch wieder zu ihnen müsste. Wenn er dann vor Gericht gesagt hätte, dass er lieber wieder zu seiner Mama wollte, dann hätte die ihn womöglich gar nicht gewollt, gleichzeitig hätte er es sich dann mit seinem Papa verscherzt. Und, das aber sagte er mir viel später, er dachte eben auch, ich mag ihn nicht mehr. Deshalb hätte ich ihn auch nicht mit nach Afrika genommen und stattdessen zu seinem Vater gegeben. Und obwohl ich ja dann wieder da gewesen wäre, hätte er weiterhin noch da bleiben müssen, wo er nie hingewollt hätte. Und so hatte er schlicht das Vertrauen in mich verloren. Ich erklärte ihm, wie es wirklich gewesen war und versicherte ihm, dass ich alles dran setzen wollte, dass sein Herzenswunsch, der auch meiner wäre, in Erfüllung ginge.
Und dann erzählte er mir noch, wie es war, als Kunz ihn beim Richter gefragt hätte. Er hätte nicht recht verstanden, was sie von ihm gewollt hätte, weil sie immer von seinen Schwestern geredet hätte, obwohl er gar keine hätte. Mit Schwestern aber hatte Kunz die Töchter aus den früheren Beziehungen der neuen Ehefrau gemeint. Auf diese Weise hatte sie ihn offensichtlich gekonnt verwirrt.

Das letzte Stück Weg zum ungeliebten Haus war sehr steil und so schob ich beide Räder. Dennoch fiel Ben der Berg so schwer. Weil das Ziel nicht verlockend war und weil er

Angst vor dem Abschied hatte. Auch mir fiel es schwer, Abschied zu nehmen, und es bereitete mir Schwierigkeiten, mir dergleichen nicht anmerken zu lassen. Dann schlich er die Treppe hoch, erschien mir so klein, so enttäuscht und diese Enttäuschung sollte sich auf so viele Bereiche seines Lebens niederschlagen.

In ausgiebigen Telefonaten erzählte ich N°2 von Bens Befindlichkeiten, und sie fragte mich, ob ich wüsste, ob er ins Bett machte. Das wäre auch so ein Zeichen. Ich wusste es damals noch nicht, die Experten verschwiegen es bewusst, obwohl sie sicher den Gummibezug in seinem Bett registriert hatten. Ich aber wollte Ben das nicht fragen in unserem so zerbrechlichen Miteinander, in den so schnell vergehenden Stunden, die wir mit spielen, essen, erzählen und spazierengehen verbrachten.

Es war noch die Zeit, als ich darauf wartete, dass die Exploration für dieses Gutachten endlich beginnen würde. In dieser Zeit suchte ich überall nach Hilfe, zumal ich nicht untätig zusehen wollte, wie es Ben jetzt auch noch gesundheitlich immer schlechter ging. Für meine Bekannten war es nach wie vor nicht vorstellbar, warum Ben nicht wieder zu mir durfte, sollte er doch nur für die Zeit der Auslandsarbeit zu seinem Vater.

Inzwischen hatte ich auf Anraten von N°2 dieses Pamphlet von Kunz vollständig gelesen. Es war dann auch, wie mir bereits ein Blick im Amtsgericht gezeigt hatte, ein Sammelsurium von Behauptungen, die sich alle leicht widerlegen lassen würden. Es fing mit so Banalem an, wie, sie hätte schon seit Juli 02 regelmäßig Einzelgespräche mit meinem Sohn und mir geführt. Seltsam nur, dass ich davon nichts wusste, zumal ich Kunz erst am 12. August 02 kennengelernt hatte. Außerdem hätte ich meinen Sohn, als ich noch das komplette Sorgerecht hatte, nicht eine Minute mit dieser hinterhältigen Frau allein gelassen. Der Brief war ohnehin eine einzige Hetztyrade, weite Bereiche hatte sie einfach von der Gegenanwältin abgeschrieben. Abgeschrieben von jenem ersten Brief, den Kunz mir bei unserer ersten Begegnung am 12. August in die Hand gedrückt hatte.

Meine Erziehungsunfähigkeit machte Kunz an tausend Dingen fest, die sie bei Ben in der Familie nach meiner Abreise beobachtet haben wollte. Mit keinem Wort zog sie auch nur in Erwägung, dass die Trennung für ihn eine mehr als traumatische Erfahrung gewesen sein könnte, noch immer war. Und dass sich daraus seine zahlreichen Verhaltensstörungen ableiten ließen. Entsetzt las ich über Essstörungen, dass er sogar Essen bunkerte, und ich las über selbstverletzendes Verhalten.[1]

Diese Verhaltensstörungen wären alle auf meine Erziehungsfehler zurückzuführen. Sie mutmasste zudem, dass ich Bens langjährige chronische Erkrankung, seine Neurodermitis als auch sein Asthma bronchiale, nur vorgeschoben hätte, dass mein Sohn in Wirklichkeit nie krank gewesen wäre. (Wahrscheinlich hatte ich auch den Lungenfacharzt bestochen, dergleichen zu behaupten.)

Später sollte mir eine gegenteilige Behauptung noch viele schlaflose Nächte bereiten.

Dann stand da etwas über Aggressivität – gerade er, der ruhige und versöhnliche Vertreter, der bei anderen Eltern so beliebt war, weil er mit deren Kindern stundenlang friedlich zu spielen in der Lage gewesen war. Nun, Frustration erzeugt bekanntlich Aggression. Er wäre nicht in der Lage, längere Zeit zu spielen, stand da. Mir kamen die Tränen, als ich von all dem las. Wie sehr musste er gelitten haben, noch immer leiden, dass er solche Reaktionen zeigte! Ich war mir sicher, dass Kunz in Wirklichkeit ganz genau wusste, dass sein Verhalten auf seine Verzweiflung zurückzuführen war.

---

[1] Anmerkung: Ursache für selbstverletzendes Verhalten: *intensive Beziehungsstörungen, eine belastende Einzelerfahrung, ein Trauma, das nicht verarbeitet werden konnte.*

Kunz hätte eine saftige Strafe verdient, weil sie so schändlich Amtsmissbrauch betrieben hat.
Man, wer wusste ich später nicht mehr so genau, empfahl mir den Deutschen Kinderschutzbund. Ich fragte mich ein wenig durch und erfuhr, dass der Bund zwei Psychologinnen beschäftigte. Eine behandelt nur Fälle rund um sexuellen Missbrauch – die andere schien dann für mich zuständig zu sein. Wir führten ein recht angenehmes Gespräch. Sie verstand mein Motiv, meinen Sohn nicht mit nach Afrika genommen zu haben, interpretierte es als sehr umsichtiges Handeln, wusste aber nicht, was und wer mir weiterhelfen könnte – außer ... der Leiter des Jugendamtes meiner Stadt. Damals wusste ich noch nicht, dass der DKB eng mit dem Amt zusammenhängt, und ich wusste auch nicht, wie dieser zweite Amtsleiter geartet war. Nachdem mir nun die Psychologin vom Kinderschutzbund Bonn diesen Mann als Ansprechpartner empfohlen hatte, rief ich ihn an. Von Anfang an so dermaßen herunterputzend, knurrte er mich an: „Ja, ich kenne die Akte. Das ist alles völlig in Ordnung."
„Aber sie strotzt vor Fehlern und Falschdarstellungen, deren Gegenteil ich leicht beweisen kann!"
„Das sagen se alle, ich kenn das."
Als ich ihm in höflichem Ton und der deutschen Sprache relativ mächtig meine Sorge um Bens Gesundheit mitteilte, kotzte er es geradezu verächtlich aus: „Der wird's schon überleben, es gibt da viel Schlimmeres."
Ich war für einen Moment sprachlos, dachte ich doch, er wäre vom Jugendamt, würde also im Sinne der Kinder handeln. Ich ließ nicht locker und entgegnete, dass es ja sein mag, dass es Schlimmeres gäbe, aber es ist bekannt, dass ein Asthma-Anfall auch mal tödlich enden kann. Aber auch das interessierte ihn nicht. Ich hatte das Gefühl, er steigerte mit der zunehmenden Länge des Telefonats noch seine Abneigung, und ich versuchte das Gespräch noch halbwegs manierlich zu beenden, mein Entsetzen im Zaum haltend.

Dieser Mann wurde, wie Kunz auch, für sein menschenverachtendes Verhalten vom deutschen Steuerzahler bezahlt.

7 Heißer Herbst

Ende September kündigte sich die ortsansässige Psychologin bei mir an – telefonisch - und meine Anwältin freute sich: Oh, dann geht es ja schnell. Anfang Oktober wollte sie dann bei mir aufkreuzen und auf meine Frage hin, ob sie sich denn auch mal mit Ben in meinem Umfeld befassen würde, meinte sie, ja natürlich, und machte gleich einen Termin für die Herbstferien aus, denn in den Herbstferien durfte Ben eine von zwei Wochen bei mir verbringen.

Das Appartement, das ich mir nach meiner Rückkehr aus Afrika auf die Schnelle gemietet hatte, war von Anfang an nicht zum Dauerwohnsitz bestimmt, sondern für die Übergangsphase, bis ich meinen Sohn zurückerkämpft hätte. In dieser Wohnung gab es zwar eine hübsche Einbauküche, ansonsten war ich äußerst sparsam eingerichtet. Im Erker stand ein großer, runder Tisch aus hellem Holz mit zwei weißen Freischwingern. Im Wohnbereich gab es ein großes Mehrzweckregal und einen großen Futon, den ich allein schon wegen des Bettzeugs tagsüber unter einer gelben Decke verschwinden ließ, die gut zum terrakottafarbenen Teppich auf den weißen Fliesen passte. Wenn Ben zu Besuch kam, schlief er auf einer Matratze, die jetzt aber im Wandschrank des Eingangs verschwunden war. Ansonsten gab es noch einige meiner Ölbilder an den Wänden und ein paar dekorative Zimmerpflanzen.

Dann stand die Psychologin Lenzer in der Haustür - groß, kräftig und gewinnend lächelnd - zumindest dachte ich damals noch, sie lächelte. Als sie sich mir mit freundlich hektischer Stimme vorstellte, sie sprach immer sehr schnell, fiel mir auf, dass sie schrecklich dick geschminkt war. Ihre dunkelblonden Haare trug sie ganz kurz und im Scheitelbereich flächig hellblond gefärbt. Langsam und mit kleinen Tippelschritten trat sie ein, vorsichtig, die Arme angelupft wie ein Eichhörnchen, das eine Nuss zwischen den Pfoten hielt. Dabei verbreitete sie einen talkigen Duft, der wie die Schminke viel zu dick aufgetragen war.

Ich bat sie Platz zu nehmen, und war, wie Lenzer dann auch ganz richtig feststellte, etwas unschlüssig und unsicher, was ich sagen sollte. Sie wusste schließlich, was ich wollte. Wie die meisten Psychologen hatte auch Lenzers es drauf, Atmosphäre zu schaffen, auf dass man sich wohlfühlt und gesprächig wird. Ich bot ihr Mineralwasser an und erzählte ihr von der Arbeit in Afrika, und warum ich zurückgekommen bin, einzig aufgrund Bens Verzweiflung. Ich erzählte, was ich studiert hatte, was ich beruflich gemacht hätte, wie wir früher gelebt hatten und dass ich wieder gern so wohnen wollte, wenn Ben wieder bei mir wäre – ländlich. So schön eine Fussbodenheizung in einem gefliesten Appartement auch war, so bevorzugte ich doch in der Erde wühlen, Zäune bauen und gärtnern - eben draußen sein und etwas schaffen. Und so plauderte ich ganz munter über meine Vorlieben wie über mein Vorleben, erzählte von der Zeit vor Ben, von den Pferden, den langen Jahren der Fliegerei, die ich aber bereits zwei Jahre vor Bens Geburt aus verschiedenen Gründen an den Nagel gehängt hatte. Sie schrieb munter mit, nicht alles, sie filterte. Ich stutzte und dann fragte ich sie, warum sie kein Tonband benutze. Daraufhin sagte sie, sie schriebe alles (!) auf, dann hätte sie später den Nachweis für das Gesagte. Ihre Hand fuhr dabei mit dem Stift über das Papier, als ob sie schreiben würde. Ich wusste nicht, ob sie mich veräppeln wollte oder ob sie das ernst meinte, sagte nichts, vertraute ihr, schließlich war sie eine Psychologin, eine Frau in einem verantwortungsvollem Heilberuf.

Nach einer guten Stunde machte sie Schluss und einen neuen Termin, an dem sie Ben bei mir erleben wollte. Als sie ging, vergaß sie ihren Mantel, der dann zwei Wochen in meinem Hauseingang hängen sollte, weil sie verreist war.

Sie hatte sich für einen Montag angemeldet, doch ich hatte sie bereits eine Woche zuvor auf Mittwoch verschoben. An diesem Montag hatte Ben sich in der Frühe nach einem Hustenanfall übergeben, was ich natürlich nicht voraussehen konnte. Die Verschiebung hatte dann aber auch einen anderen Grund. Als Ben zu mir kam, hustete er noch mehr als 14 Tage zuvor, und ich überlegte bereits, mit ihm zum Arzt zu gehen. Ich ließ es dann aber und schrieb stattdessen einen höflichen Brief an Herrn und Frau M, dass man Ben doch bitte nicht staubsaugen lasse, wegen der Hausstauballergie, und sie mögen sich zumindest mal an den Kinderarzt wenden – nachdem sie ja seinerzeit zu dem Schluss gekommen waren, der Lungenfacharzt würde übertreiben, ja spinnen mit seinen Auflagen. (Letzteres schrieb ich natürlich nicht). Außerdem plage Ben sich schon seit Wochen mit einem doppelten Schneidezahn herum. Der alte Zahn stand schon fast waagerecht nach vorn und bereitete ihm Schmerzen, während der Zahn dadrunter schon zur Hälfte draußen war. Ich durfte nur im Notfall mit ihm zum Arzt gehen, da ich ja keine gesundheitliche Sorge mehr für ihn hatte. Seit Wochen plagte ihn zudem ein Herpes nach dem anderen, mal an an Lippe, mal am Naseneingang. Kaum war einer abgeheilt, kam der nächste. Seine Kleidung lüftete jetzt draußen hinter Büschen und Bäumen auf den Fahrrädern (mangels Wäscheleine); selbst sein Schlafanzug stank wie ein Aschenbecher.

Lenzer kam an jenem Mittwoch pünktlich um 9.30 Uhr. Ben war genauso aufgeregt wie ich. Er hatte die gelbe Tagesdecke wie ein Zelt über sein Bett gespannt, das Ge-

bilde zudem noch von einem Regenschirm unterstützt. Als sie eintrat, quietschte Ben aus dem Zelt heraus:
„Rate mal, wo ich bin!"
Er hatte diese Frage als Begrüßung an Lenzer gerichtet, die dieses Verhalten später jedoch als pathologisch einstufen sollte.

Jetzt aber makste sie storchenähnlich abgehackt in seine Richtung, lächelte ihr gewinnendes Lächeln, sagte etwas zu Ben, bog dann scharf ab Richtung Erker, wo sie mich begrüßte. Ich wusste nicht, was genau sie sehen wollte und vermutete, dass sie vorrangig Bens Verhalten in meinem Umfeld studieren wollte. Für mich stand fest, dass sie nicht erwarten konnte, dass wir ein Theaterstück für sie improvisieren, ihr Familienleben vorspielen, so, als wäre sie nicht da. Später erfuhr ich, dass sie unser Zusammenspiel, unsere Art der Kommunikation beobachten und bewerten wollte. Abgesehen davon, dass man sich so oder so steif oder künstlich verhält, wenn man weiß, dass man begutachtet wird, fand ich es unfair, mir vorher nichts zu sagen.

An diesem Morgen spürte ich deutlich, dass es nicht gut für uns lief. Ich wartete viel zu lange darauf, dass sie endlich den Mund aufmachte, während Ben sich fröhlich und ungezwungen zu ihr an den Tisch auf den zweiten Freischwinger setzte. Unschlüssig, was mein Job wäre, hielt ich mich im Hintergrund, setzte mich mal auf die breite, niedrige Fensterbank nahe dem Tisch oder lehnte mit verschränkten Armen gegen die nahe Küchenzeile. Schließlich fragte sie Ben, wie es denn so wäre, bei der Mama und der erzählte auch sofort und unbedacht der Folgen die Highlights. Prima wärs und dass er am Montagmorgen gekotzt hätte, weil er mal wieder so husten musste. Gestern Morgen hätte er sich allerdings etwas gelangweilt, weil die Mama gearbeitet hätte...

Oh je, da war es raus. Der Kopf der Gutachterin schnellte hoch, ihre eng zusammen stehenden Augen verengten sich

noch etwas mehr, ihr Blick forderte eine Erklärung von mir. Ich musste jetzt gestehen, dass ich gestern Morgen für drei Stunden arbeiten war, obwohl ich mir die Woche freigenommen hatte. Aber man hatte mich gebeten, ob ich nicht mal eben einspringen könnte, und weil man doch heutzutage auf die Arbeit angewiesen ist, und es waren ja auch nur drei Stunden. Ben konnte Kika gucken. Außerdem hatte ich ihn von der Arbeit aus stündlich angerufen, und dann war da ja die Möglichkeit, zu der Vermieterin hochzugehen, ich hatte ihr Bescheid gesagt. Er brauchte nur klingeln. Ihr Sohn wäre zuhause und überhaupt ließe Frau O ihren Sohn auch schon mal einen Vormittag allein, während sie und ihr Mann arbeiten gehen. „Aber der ist doch dann sicher wesentlich älter!", empörte sie sich in ihrer Schnellsprechart.
„Nein. Lediglich sechs Wochen."
Lenzer aber tat entsetzt. Dann erzählte Ben auch noch, dass er sich draußen auf die Treppe gesetzt hätte, um sofort zu sehen, wann ich denn endlich käme. Mir wurde warm, ich sah weitere Punkte schwinden.

Nach einer vielsagenden Schweigeminute fragte sie, ob ich mir das Buch da geliehen hätte und zeigte mit dem Kinn auf ein dickes, grünes Märchenbuch, das auf dem Tisch lag.
„Nee wieso?", fragte ich erstaunt darüber, dass sie mir den Besitz eines Märchenbuches nicht zutraute.
Lenzer wandte sich an Ben. „Hast du denn ein Lieblingsmärchen?" Er nickte strahlend. Ja, Das schwarze Füllen, das hätte ich ihm gestern vorgelesen. Er sah mich an. Ich lächelte ihm zu. Sie wieder: „Weißt du noch, wie das geht?"
„Klar", sagte Ben und begann dieses fremde türkische Märchen, das er gestern das erste Mal gehört hatte, auf eine verblüffend genaue, dabei sehr lebhafte Art wiederzugeben.
Er erzählte mit einem freudigen Lächeln und endete dann mitten in der Geschichte mit der Bemerkung, dass wir Teil II noch nicht gelesen hätten.

Mich fuchste, dass sie ihn noch nicht mal lobte oder sich für seine Erzählung bedankte. Ben war trotzdem munter, kam zu mir, die ich mich inzwischen im Schneidersitz auf den Teppich gesetzt hatte, weil ich ganz vergessen hatte, mir bei Frau O anlässlich des Besuchs von Lenzer einen dritten Stuhl auszuleihen. Ben kuschelte sich an mich und fühlte sich in meiner Gegenwart ganz offensichtlich wohl. Doch ich bemerkte, dass Lenzer ein derart wichtiges Event nicht registrieren wollte, mehr noch, sie bemühte sich beinahe krampfhaft, uns auch nur eines Blickes zu würdigen, auch machte sie sich keine Notizen.

Am Schluss sagte ich noch, dass wir nachher nochmals nach Köln wollten, wenn es denn nicht regnete. Später sollte sie in ihr Gutachten schreiben, ich hätte gesagt, „wenn es denn Bens Gesundheit zuließe". Natürlich schrieb sie noch viel mehr. Mit keinem Wort sollte sie Bens Erzählleistung auch nur erwähnen, die ihn obendrein als aufmerksamen Zuhörer entlarvte. Er hatte mit seiner Nacherzählung selbst mich verblüfft. Lenzer sollte Ben später als deutlich zurückgeblieben, ja als behindert beschreiben.

Als sie ging, blieb ein schaler Nachgeschmack. Ich sprach später mit N°2 darüber. Während Ben jedoch siegessicher blieb, begann ich mich in einem nahen Reiseburo über Flugverbindungen nach Südafrika zu informieren, für zwei Personen und bitte von Amsterdam aus.
„Das kostet aber mehr, als wenn Sie von Deutschland…"
„Egal", sagte ich. Die Dame mahnte mich, bald zu buchen, denn gerade in den Winterferien sei in Südafrika Hochkonjunktur. Ich hatte eh noch nicht genug Geld, hoffte jedoch noch immer auf ein paar Ideen, die ich vermarkten könnte. Doch in meinem Kopf war derzeit alles ausgebucht mit Ben, Ben und nochmals Ben und dem Sorgerechtsstreit. Dabei sah ich mich auch deshalb unter Zeitdruck, weil die Gegenseite kurz zuvor bei meiner Anwältin angefragt hatte, ob ich

denn für Ben keinen Kinderpass hätte und ob er noch – noch! – bei mir im Pass eingetragen wäre. Ob sie etwas ahnten? Mein Herz pochte, jetzt wäre es vorbei mit der Notfalllösung. Ben hatte keinen eigenen Pass, er stand bei mir im Reisepass. Wenn sie nun einen Reisepass für Ben anfertigen ließen, verlangten sie am Ende noch, dass er aus meinem Pass ausgetragen werden müsste. Dann werde ich ihn natürlich verloren haben, den Pass. Wollte ich mit Ben nach Südafrika, so hatte ich mich erkundigt, reichte sein Eintrag in meinem Pass und zur Bestärkung, dass es nur uns gibt, gäbe es noch die Geburtsurkunde, auf der allein ich unter Eltern stand.

Das war das erste Mal, dass ich ernsthaft an einen falschen Pass für Ben dachte, das zweite Mal dann, als ich zum wiederholten Male hörte, nur Südamerika wäre sicher. Wenn ich aber an Südamerika dachte, fiel mir nur Kriminalität, Gewalt und Korruption ein. Sicherheit? Naja, ich könnte auch an Montevideo denken, das kleine Uruguay ist so mit das harmloseste Land Südamerikas. Von diesem Zeitpunkt an beschäftigte mich die Sache mit den falschen Papieren ernsthaft, und ich fühlte mich dabei absolut nicht als Kriminelle, sondern als eine besorgte Mutter, die nach einer Notlösung suchte. Nur zu dumm, dass Passfälscher nicht in den Gelben Seiten standen.

Ich erinnerte mich an einen alten Freund, Ansgar, der einen Bruder hatte, der mich früher mal gut fand, ich ihn allerdings nicht und der später mal wegen Drogenhandels im Knast saß, obwohl er sonst ein netter Kerl war. Ich war fast ein wenig stolz auf meine schillernden Connections und wandte mich an Elfi, um mit ihr über meine moralischen Zweifel zu sprechen. Elfi fand auch nichts dabei, ich würde ja keinen schädigen. Sie sagte, sie kenne sogar jemanden in Montevideo, der mir dort anfangs etwas helfen könnte. Aber zuerst den Pass. Gut. Doch als ich Ansgar anrief, ihm mein Anliegen antrug, meinte der, sein Bruder wäre jetzt clean.

Auch das noch! Ich war ehrlich enttäuscht, sagte etwas in der Art, war mir aber sicher, dass ein Schlitzohr wie Ansgar sicher noch ein paar Spezies kannte, handelte er doch mit Motorrädern und Autos, die er nach Italien brachte oder von dort nach Deutschland brachte. Ansgar kannte genug Leute, die entsprechende Beziehungen hatten. Jetzt aber meinte der fast 50 jährige direkt etwas wehmütig, ach, manchmal wäre es wirklich nicht schlecht, solche Leute zu kennen. Ich nahm ihm nicht ab, dass er niemanden kannte, vermutete jedoch, dass es sich für ihn nicht lohne, für mich, die ich zurzeit nichts an den Füßen hatte, ein solches Risiko einzugehen, wie es eine entsprechende Kontaktaufnahme mit sich brächte. Dass er meine Sorgen zudem nicht nachvollziehen konnte, entnahm ich einem Satz, der unsere inzwischen 20-jährige Freundschaft mit einem Schlag zerstören sollte: „Mensch, freu dich doch, dass du deinen Sohn los bist! Jetzt kannst du dich doch endlich mal um dich selbst kümmern. Wird doch Zeit."
Und mit dieser Meinung stand er nicht allein.

Noch waren Herbstferien. Wir verbrachten ein paar wirklich schöne Tage, radelten durch die Gegend, schnitzten Flitzebogen am Bach, ließen oben auf dem Berg Drachen steigen, gingen auf den Halloween-Umzug, aßen gut und guckten ein paar schöne Filme auf dem Bauch vor dem Fernseher liegend. Dann waren die Herbstferien um, für Ben war der Abschied nach der schönen Zeit besonders bitter.
Es gab noch weitere Treffen mit Lenzer, zwei davon in ihrer Praxis. Inzwischen hatte mir meine Freundin Gisela den Tipp gegeben, mich mal mit einer Bekannten von ihr zu unterhalten, die kenne sich da aus, könnte mir einiges sagen. Und da ich Gisela, die meinen Ex schon seit vielen Jahren kannte, von dem Gutachten und der Psychologin erzählt hatte, gab sie mir jede Menge gutgemeinter Ratschläge, was sie an meiner Stelle tun würde. Sie, und in ihrer Stimme

schwang etwas Gefährliches mit, würde da ganz anders rangehen. Sie würde dieser Psychotante wirklich alles erzählen. „Alles. Was das für ein Arsch wäre und was der dir alles angetan hätte. Boah äih, ich würde der sagen, dass der säuft, dass der jähzornig ist, sogar zuschlägt und so. Das ist nämlich dein Fehler, du bist da viel zu sanft, zu gutmütig. Sag der, was das für einer ist."

Gisela kam so richtig in Fahrt. Weder sie noch ich wussten zu dem Zeitpunkt, dass derlei Verunglimpfungen in Sorgerechtsfällen gerade unerwünscht sind. Bloß nicht versuchen, den Gegner schlecht zu machen! Es wird ja ein Miteinander beider Elternteile gewünscht, denn nur das ist dem Kindeswohl zuträglich. Ich fragte mich, ob auch Kunz das wusste.

Nun, es wäre tatsächlich nicht meine Art, in dieser Weise zu reden, dennoch schilderte ich der Psychologin, wie verletzend doch das Verhalten des Herrn M gewesen wäre, wie enttäuschend, dass er noch nicht mal zur Geburt gratuliert hätte, wo er doch ständig an uns vorbeiging oder fuhr, ohne uns auch nur zu grüßen.

Später erzählte ich ihr noch von den Sorgen und Mühen um meinen schon früh von Allergien gepiesakten Sohn, von der Neurodermitis, den späteren Bronchitiden, die unser Leben massiv erschwert hatten. Ich erzählte ihr aber auch von der erfolgreichen Klimakur. In diesen Wochen in der *Haute Provence* wäre Ben dann zum Glück endlich gesund geworden. Lenzer fragte noch so freudig nach den verschiedenen Orten in Südfrankreich, rief immer wieder: „Kenn ich!", und machte sich Notizen. Ab und an, so war es ihre Art, mich bei Laune und beim Erzählen zu halten, warf sie etwas Persönliches ein, sodass ich fast das Gefühl hatte, ich erzähle mit einer Freundin.

Dann aber erwähnte ich die Sache mit Bens erneuten Atembeschwerden, die mich schließlich auch veranlasst hätten, zwei Briefe an Bens Vater zu schreiben, sachlich, aber besorgt und dringlich. Ich legte ihr die Kopien dieser Briefe vor, schilderte ihr meine Bedenken bezüglich Bens Atemwegsproblemen und erwähnte, wie viele Sorgen und Probleme allein krankheitsbedingt entstanden waren, die mir das Geldverdienen massiv erschwert hätten. Und dann wäre da ja noch diese Sache mit dem doppelten Schneidezahn. Und überhaupt, wieso sollte sich jetzt eine fremde Frau um meinen Sohn kümmern, wo ich doch wieder hier wäre, Bens Vater eh keine Zeit hätte... Sie bremste mich nicht und so kam ich am Ende richtig in Fahrt.

„Lassen Sie Ihre Emotionen ruhig raus", sagte sie dann auch. Nickte heftig, grinste ihr Dauergrinsen. Doch da wurde ich dann ausnahmsweise mal stutzig. Ich wusste, dass sich genau darin ja eben die Gefahr verbarg. Sie spürte, dass ich einen Rückzieher machte, änderte die Taktik, brachte das Gespräch auf Ben und dass sie das letzte Mal in „der Familie" das Gefühl gehabt hätte, dass er sich dort durchaus wohl fühlte. Sie beobachtete mich flackernden Blickes. Um mich noch etwas mehr aus der Reserve zu locken, beschrieb sie eine Szene, in der alle mit ihr am Tisch gesessen und geredet hätten, während Ben sich bei Frau M angeschmiegt hätte...

(Wenn dem tatsächlich so gewesen wäre, würde Ben unter einer Art Stockholm-Syndrom leiden. Die Geisel sympathisiert mit ihrem Entführer.) Natürlich behielt ich derlei für mich und schwieg stattdessen. Lenzer wartete ja nur darauf, dass ich etwas sagen würde, was Herrn und Frau M diskreditierte. Jetzt musste sie mich wieder aufmöbeln, mich zum Erzählen bringen.

Es war so lächerlich, und ich konnte mir nicht vorstellen, dass man über derart manipulierende Gespräche herausfinden könnte, wo ein Kind besser aufgehoben ist, zumal das „besser" erst mal zu definieren sei, da es ja eine Weltanschauung in sich birgt. Wenn man sich einmal Biographien von erfolgreichen Menschen durchlas, erfuhr man, dass die nur selten aus einer sorglos satten Familie stammten.

Nach den Herbstferien gab es nochmals ein sonniges Wochenende. Sonntagmittag radelten wir hinaus zu einem idyllisch am Fluss gelegenen Wirtshaus, wo man im Sommer, und ich hoffte auch noch heute, draußen sitzen konnte. Auf dem Weg dorthin mussten wir ein Stück durch die Stadt, vorbei an diesem schrecklichen Amt, als Ben mir erklärte: Hier wohnt Frau Kunz. Ich erklärte ihm, dass Kunz hier nur arbeiten, aber nicht wohnen würde. Da erzählte er mir, dass die ständig bei Anita abhinge, so formulierte er es, mit ihr Kaffee trinke und quassele. Es überraschte mich, hatte mir doch meine Anwältin gesagt, dass Kunz während der Erstellung des Gutachtens keine Funktion hätte. Gab sie Familie M vielleicht Tipps, wie sie sich gegenüber Lenzer zu verhalten hätten? Ben meinte, er könne ja mal Fotos machen, wenn ich ihm nicht glauben würde. Oder ich solle ihm mein Diktiergerät geben, dann könnte er die Gespräche aufnehmen. Nee, das geht nicht, sagte ich, und war in Gedanken bei einem Erklärungsversuch, warum normale Fotos nicht bewiesen, *wann* die gemacht wurden. Ich dachte über dieses Problem als ein rein technisches laut nach, ohne mir in diesem Moment bewusst zu werden, dass ich so auf dem besten Wege war, Ben zur Spionage zu ermutigen. Das Argument gegen das Diktiergerät war leicht: Man muss das Ding relativ dicht an die Sprechenden heranhalten, mindestens zwei, drei Meter, besser nur einer, sonst nimmt es nicht deutlich auf.

Ich sagte es dann auch mehr im Spaß, dass er, wollte er mit Fotos Kunz Anwesenheit in dieser Zeit beweisen, dass er Frau Kunz eine neuere Tageszeitung vor die Brust drücken müsste - so wie bei Geiselnahmen üblich. Bei der Vorstellung musste ich lachen. „Du könntest die Tage, an denen sie zu Besuch kommt, im Kalender ankreuzen." „Ich hab aber keinen", entgegnete er. „Hm, wenn du keinen Kalender hast, aber dennoch Tag und Datum festhalten möchtest, könntest du es hinter deinen Hausaufgaben vermerken, weil die sich ja zuordnen ließen. Oder im Hausaufgabenheft."

Das leuchtete ihm ein, und dann dachten wir nicht weiter darüber nach. Ich wusste ja ohnehin, dass die Dame auch privat bei Familie M verkehrte, dort Doppelkopf spielte, so wie sie es frank und frei vor Beginn jenes verhängnisvollen Gerichtstermins im Mai ausposaunt hatte. Später fragte ich in einem der Gespräche Lenzer ganz direkt, warum denn Frau Kunz derzeit auch noch zu Ms ginge. Sie wollte mal nachfragen, sagte sie, und beim nächsten Mal teilte sie mir mit, dass Kunz da ein Wächteramt ausübe.

Mein Sohn aber hatte die Idee nicht vergessen. Stolz und ohne sie sonderlich geheim zu halten, setzte er sie in die Tat um. Und Kunz bot ihm dazu reichlich Gelegenheit. Das aber sollte ich erst später erfahren.

Dann rief ich, nix Gutes in puncto Gutachten ahnend, doch mal diese Ute an, die im gleichen Ort wie Gisela wohnte, nahe am Siebengebirge und zwar in jenem Haus, das mir schon früher aufgefallen war, weil es mit schwedenrotem Holz verkleidet war. Bis vor einiger Zeit stand dazu noch ein verbeulter R4 vor der Tür, an dem mir wiederum der Aufkleber ins Auge gesprungen war: SAVE TIBET.

Ute büffelte in diesem Herbst für ihr Examen in Erziehungswissenschaften, war aber wohl bereits „fertige" Pädagogin, hatte eigene Kinder und Pflegekinder, zumindest von jedem eins und einen Lebensgefährten. Jedenfalls hatte sie nie Zeit aufgrund ihres Examens. Dennoch telefonierte sie mit mir und nicht selten eine Stunde lang. Das Erste, was sie mir sagte, war, dass ich einen vernünftigen Anwalt bräuchte. Das Nächste, was sie mir sagte, war, dass meine Story ein abgekartetes Spiel wäre. Klarer Fall, dergleichen sei ihr nicht unbekannt. Ich verstand es damals noch nicht, verstand nicht das Wie. Dann empfand sie mich – zumindest am Telefon - als zu nachgiebig, ich müsste da kämpferischer, energischer rangehen, denen alles erzählen, Zeugen anbringen, dass Herr M trinkt, das weiß doch jeder.

Als ich Ute die Sache mit Bens immer heftigerem Husten, seinen Atemnöten, mit denen er vor allem nachts zu kämpfen hatte, berichtete, sagte sie: „Den würde ich das nächste Mal einfach nicht mehr zurückgeben. Behalt ihn bei dir! Oder geh mit ihm zum Arzt! Der ist nur mittwochs und Samstag/Sonntag bei dir? Dann geh zum Notarzt! Oder ruf mal deinen Kinderarzt an, dann vereinbart ihr was. Nur: Lass es dir nicht gefallen! Wenn dein Sohn krank ist, dann unternimm etwas! Und überhaupt: Tu was!"

Meine Güte, ich tat ja dauernd etwas. Aber was Ute da vorschlug, ging nicht, befanden wir uns doch in einem Sorgerechtsstreit, und dennoch dachte ich diesen Gedanken weiter. Wie absurd. War ich nur feige? Ich durfte Ben nur deshalb nicht helfen, weil ich die Rechte abgegeben hatte. Jetzt ging die Familie schon allein deshalb nicht mit ihm zum Arzt, weil beide wussten, dass weder der Kinderarzt noch der Lungenfacharzt und Allergologe, das Rauchen in Gegenwart eines Kindes mit einer derartigen Krankengeschichte toleriert hätte. Das hätte Einschränkungen für die Familie und für die fast durch die Bank rauchenden Freunde bedeutet, unmöglich. Diese Familie aber hatte Kunz und Lenzer anscheinend glaubhaft machen können, dass Ben nur erkältet wäre, weil er das erste Mal in seinem Leben mit anderen Kindern zusammen kommen würde. Als die das tatsächlich glaubten, wusste ich, was Ute mit abgekartetem Spiel meinte.

Bens physischer wie psychischer Zustand verschlechterte sich weiter. Die Abschiede nach unseren Wochenenden wie die nach den Nachmittagen waren noch immer oder mehr denn je traurig, bedrückend, mitunter dramatisch. Die Novemberstimmung schlug zusätzlich aufs Gemüt, machte melancholisch.

Während ich mitunter hoffte, er gewöhne sich allmählich an das Leben dort, vermisste er aber immer mehr seine Zeit bei mir. Und je schlechter er sich durch sein Kranksein fühlte, umso mehr vermisste er Geborgenheit, vermisste er Zuneigung, vermisste er dieses frühere Leben. Er klagte dauerhaft über Kopfschmerzen, über Husten, vor allem in der Nacht. Ein Herpes jagte den anderen. Ben nervte es, dass er dauernd von Lenzer durch die Mangel gedreht wurde, der er stets das Gleiche sagte: „Ich will zu meiner Mama." Wie stolz er mir erzählte, dass er ihr das wiederholt gesagt hätte, während er mir anvertraute, wie doof die wäre.

Die Mittwochnachmittage verbrachten wir jetzt fast immer in der Nähe des Dorfes, draußen auf den Feldern oder im Wald unten am Bach nahe der Hütte von Leonhards Opa. Wir machten Picknicks, er war fast immer hungrig, nachmittags um zwei Uhr, weil die Frau M keine Lust hatte, mittags zu kochen. Und abends meistens auch nicht, denn der „Chef" aß tagsüber warm, wenn er unterwegs war. Ben sehnte sich nach einer warmen Mahlzeit, gerade wenn er aus der Schule kam. Doch es gab dann noch nicht mal eine Suppe, obwohl Frau M, so Kunz, als Hausfrau den Kindern den ganzen Tag über zur Verfügung stünde.

Ben erzählte mir, wenn sie Hunger hätten, müssten sie sich Brote schmieren. Manchmal fuhren sie Fritten holen. Und Anita säße den ganzen Tag immer nur rum, trinke Kaffee mit ihren Freundinnen, rauche und mache Computerspiele.

Wenn ich Ben abholte, saß er meistens in seinem Zimmer, und ich hörte das Gequietsche irgendwelcher Comics, die er sich im Fernsehen ansah. Irgendwie hatten wir immer Glück mit dem Wetter - es war immer trocken, wenn ich kam. Ben schien die frische Luft gut zu tun, war er immer viel zu wenig draußen – mangels Freunden und permanenten Stubenarrests, weil er sich Anita ständig widersetzte. Zu den Kindern auf der anderen Seite der Straße durfte er nicht, weil diese Straße gefährlich war. Und keiner im Hause hatte Lust, ihn rüber zu bringen und später wieder abzuholen.

Der Gedanke, mit Ben doch zum Arzt zu gehen, kam mir immer öfter, und ich verfluchte meine Ängste, dass sich das negativ in unserem Verfahren auswirken könnte.
Ich sprach mit Nadine darüber, fragte sie, ob nicht ihr Nachbar und Freund als niedergelassener Mediziner ihn mal ansehen könnte. Auch Nadine konnte die Geschichte nicht verstehen, half mir ständig, half mir, in dem sie mir zuhörte, Ratschläge gab.
„Fahr in die Kinderklinik!", riet sie mir jetzt, das hätte ihr auch der Freund und Nachbar gesagt. „Es wäre wichtig, dass du dem Gericht notfalls ein Attest oder dergleichen vorlegen könntest, damit die sehen, dass deine Handlung, deine Bedenken, gerechtfertigt sind. Die Kinderklinik wäre zudem neutral."
Ja, vielleicht war das wirklich am besten, dachte ich dann auch und lieh mir an jenem Mittwoch Nadines Benz, nachdem ich zuvor mit dem Bus nach Bonn gefahren bin. Die Busfahrt blieb mir in schlechter Erinnerung, weil mir dort bei einer Drängelei 50 Euro verloren gegangen waren.
Dennoch freute ich mich erst einmal auf Ben, der dann sehr neugierig war, warum ich heute mit so einem großen Wagen gekommen wäre. Natürlich bekam das auch die Dame des Hauses mit.
Im stets rauchgeschwängerten Hausflur bat ich Ben, der sich seine Kleidung selber zusammenstellte, sich doch etwas Schöneres anzuziehen. Es war dann eines der wenigen Male, als ich ihm in sein Zimmer folgte. Frau M wollte das nicht, verständlich, Herrn M sah ich dort so gut wie nie. Dass Ben's Zimmer nicht aufgeräumt war, fand ich ganz natürlich. Doch dass es dermaßen verdreckt war! Sämtliche Möbel waren von einer dicken hellbraunen Staubschicht bedeckt, die an Vulkanasche erinnerte. Der Mülleimer quoll

über und durch den kalten Rauch hindurch roch es schimmelig. Sein Bettzeug wirkte schmuddelig, das Bett war nicht gemacht. Ich schluckte, dann aber durchforsteten wir schnell gemeinsam das Chaos in seinem Kleiderschrank. Ben zog sich um.

Auf der Treppe ließ ich bewusst eine Bemerkung fallen, die der stets hinter der Tür lauschenden Frau M sagen sollte, dass wir heute deshalb mit dem Auto unterwegs waren, weil wir auf einen ... Kindergeburtstag nach Bonn wollten.

Frau M war nur selten zu sehen, hörte aber alles, was ich zu Ben sagte, wie sich später bestätigte und was sich wie ein Besuchsprotokoll las. Nichts entging demnach ihren Ohren.

Ich fragte Ben im Auto, wie es ihm ginge und er lachte: „Gut, Mama." Er klagte zwar stets über seine Beschwerden, sagte aber nie, dass es ihm schlecht ging. Ich hatte erneut Bedenken, mit ihm zum Arzt zu fahren, fuhr dennoch nach St. Augustin, wenn auch erst nur ins Ortsteil Hangelar, zum Flugplatz. Wir waren schon früher hier gewesen, er kam gern hierher, denn direkt am Zaun, zwischen Restaurant und Flugfeld, gab es einen tollen Kinderspielplatz. Man konnte praktisch auf den Geräten hockend oder schaukelnd das Geschehen an den nahen Hangars oder die Starts und Landungen der Ein- und Zweimotorigen, dazu die Schwebeflüge vollführenden Helikopter beobachten.

Kaum angekommen, begann Ben sich auf die Geräte zu stürzen, kletterte und turnte, bis er plötzlich übelst zu husten anfing, nach Luft rang, rot anlief, panisch wurde und auf der Stelle trampelte. Nachdem ich ihn etwas beruhigen konnte, erzählte er mir, dass er bereits am Morgen in der Schule keine Luft mehr bekommen und sich dann auch noch übergeben hätte.

„Und die Lehrer?", fragte ich.

Die hätten das zwar gesehen, aber sie hätten ihm nicht geholfen. Er hätte auch nicht nach Hause gedurft, obwohl ihm schlecht gewesen war und er Kopfweh gehabt hatte.

„Hier in der Nähe gibt es eine Kinderklinik", sagte ich, während ich noch immer Zweifel hatte, ob ich es wagen sollte, und einmal mehr verfluchte ich meine Bedenken, die ganze Situation. „Willst du, dass sich mal ein Arzt um deinen dummen Husten kümmert?", fragte ich ihn und als er daraufhin sehr bestimmt nickte, war es entschieden.

An der Anmeldung zum kinderärztlichen Notdienst – Notdienst deshalb, weil mittwochs alle Arztpraxen geschlossen haben -, gab ich die Anschrift von Bens Vaters an und dass Ben über ihn privat versichert wäre.

Wenig später beschrieb ich der Ärztin, die ich früher schon mal als Vertretung unseres Kinderarztes erlebt hatte, den Grund unseres Kommens. Auf ihre burschikose Art machte sie sich schnell mit Ben vertraut, der lächelte, zog sich das Hemd aus und atmete brav ein und aus. Daraufhin sah mich die Ärztin vorwurfsvoll an. „Aber der ist ja völlig zu!"

Ich umriss ihr kurz die Situation, warum ich erst jetzt mit ihm käme, dass er Allergiker sei, früher jahrelang wegen Asthma bronchiale in Behandlung gewesen wäre. Ob sie so gut sein könnte, ihre Diagnose und einen Hinweis für den Vater aufzuschreiben, denn der glaubt uns sonst nicht.

„Ich schreibe nix", knurrte sie und schrieb auf einen dieser rosa Zettel: *Zur Vermeidung einer Krankenhauseinweisung wegen Asthma bronchiale täglich einmal ...*

In Klammern schrieb sie dahinter, es war ihre seltsame Art: *Nur Rente geht sofort!*

Sie verschrieb ihm ein Cortison-Präparat, um ihn schnell wieder auf Vordermann zu bringen, dazu ein Mittel, was über eine Woche zu nehmen sei. Dann gab sie mir noch ein paar Ernährungstipps, bei denen Ben sofort hellhörig wurde, denn er hörte nur EIS! Er sollte ein paar Tage vorwiegend Dinge essen, die leicht rutschen, wie Pudding oder eben Eis.

Ich ließ am Empfang noch eine Kopie des rosa Zettels machen und fuhr dann mit Ben zu unserem Supermarkt, um ihm gleich zwei Eis zu kaufen.

Dann war die Zeit fast um, und ich brachte ihn klopfenden Herzens zurück, um Anita den Zettel und das Rezept in die Hand zu drücken. Die aber lag noch in der Badewanne. Ich sagte zu Ben, den ich diesmal noch weniger gern zurück ließ, er solle Anita die beiden Zettel in die Hand drücken, wenn sie aus dem Bad käme, und sie soll die Medizin möglichst noch heute holen. Ich hatte das, was die Ärztin zu mir gesagt hatte, auf einen Extra-Zettel aufgeschrieben. Außerdem bat ich sie, und das war sicher noch provozierender als der Zettel an sich, solange Ben krank wäre, in seiner Gegenwart einmal nicht zu rauchen. Ich wollte nicht wirklich provozieren, ich wollte nur, dass sie ausnahmsweise einmal Rücksicht auf Ben nahmen. Gleichzeitig ahnte ich, dass es Ärger geben würde.

Jetzt machte ich mir allerdings Sorgen, ob sie ihm die Medizin überhaupt besorgten.

Nachdem ich den Benz zurück nach Bonn gebracht hatte und von da aus mit dem Bus zurückgefahren war, war ich erst nach 20 Uhr wieder zuhause. Während dieser Zeit der Hin- und Herfahrerei hatte ich daran gedacht, wie schön gesund Ben in Frankreich geworden war, so sehr, dass er auch den darauffolgenden Winter gesund überstanden hatte. Inzwischen wusste man, dass Kinder, die von Allergien und damit verbundenen Atembeschwerden gepiesakt wurden, eine um 40 Prozent verminderte Aufnahme- und Leistungsfähigkeit in der Schule aufwiesen. Jetzt musste er Cortison schlucken, und wenn sich an seinem Umfeld nichts ändern würde, müsste er das Zeug bald als Dauergabe schlucken. Mit fatalen Folgen.

Ich war viel zu aufgeregt, als ich zum Telefon griff und bald darauf die mürrische Stimme meines Widersachers hörte. Ich drückte auf die Mitschnittfunktion meines Telefons und sollte dieses schreckliche Gespräch später dann noch des öfteren hören. Natürlich traf ich den falschen Ton, aber ich hätte sowieso keinen richtigen treffen können, denn

Herr M befand nach wie vor: „Der hat nix!" Es fiel mir schwer, mich zu beherrschen, denn ich wusste, dass ein schwerer Asthmaanfall, wenn er nicht behandelt wurde, auch tödlich enden konnte. „Kein Arzt verschreibt einem Kind einfach so Cortison, wenn es nichts hat", sagte ich dem Sturkopf. Der aber meinte jetzt, das wäre kein Cortison, denn er kenne Cortison. „Doch, doch", beteuerte ich, „das ist ein Cortison-Präparat." Seinen Worten entnahm ich, dass er oder sie zumindest einen Teil der Medikamente geholt hatte. Ich fragte ihn, ob er sich überhaupt vorstellen könnte, warum die Ärztin Ben dergleichen verschrieben hätte? Die Alternative wäre das Krankenhaus gewesen.

„Ja, wäre er man besser da geblieben!", knurrte er, als auch schon das unsanfte Geräusch eines aufgeknallten Hörers an mein Ohr drang.

Ich zitterte vor Aufregung. Mehr aber als das ich wütend war, hatte ich Angst um Ben. Es war so idiotisch, und es war falsch, aber mir fiel in dem Moment nichts Besseres ein, und so wählte ich die Nummer der Praxis von Lenzer. Lenzer sollte als Mittlerin mit Herrn M sprechen, auf dass der einfach nur Bens Beschwerden ernst nähme.

Ich konnte ihr um kurz nach acht nur aufs Band sprechen, ihr die Problematik umreißen. Eine halbe Stunde später rief sie mich zurück. Sie hätte bei der Familie angerufen und alle wären ja sooo besorgt, und natürlich hätte man sofort die Medizin geholt, ich brauchte mir also keine Sorgen zu machen.

Ich war tatsächlich erleichtert, beging dann aber den zweiten Fehler, indem ich ihr sagte, dass es mich schon fuchste, dass es soweit kommen musste, wo ich ihn doch vorher mehrfach gebeten hatte, zum Arzt zu gehen und dass ich es auch als Schlag ins Gesicht fände, dass sie sich so ignorant gegenüber Ben verhielten und permanent in seiner Gegenwart rauchten. Und dann bat ich sie noch, mir diese Kopien zurückzugeben, die Kopien des knapp zwei Seiten langen Briefes, in dem ich Familie M bat, verschiedene Punkte bezüglich Bens Atemproblemen zu beachten.

Was ich damit wollte? Nun, sie konnte es sich denken.

Am nächsten Tag rief sie mich nochmals an und meinte, sie hätte mit der Ärztin in der Kinderklinik gesprochen, alles halb so wild. Aber die arme Frau M wäre sooo erschrocken gewesen, wie sie ihr sagte. Hätte sie gewusst, dass Ben so krank sei! Aber sie konnte es ja nicht wissen, und jetzt wäre Herr M nochmals mit Ben zum Kinderarzt gefahren. (Wo er allerdings nie angekommen ist.) „Sie wären ja alle so besorgt um den Lütten", gab sie sich norddeutsch und in einer äußerst vorwurfsvollen Tonlage. Wie ich die armen Menschen so in Aufregung versetzen konnte! Ihr übertriebenes Getue verriet mir endgültig ihre Position und somit auch das absehbare Resümee ihres Gutachtens, dessen Fertigstellung sich noch über zwei Monate hinziehen sollte. Zeit schinden. (Die Vorgabe für solche Gutachten liegt bei drei Monaten nach Auftragserteilung.)

Am Tag nach dem Klinikbesuch rief ich N°2 an. Ich sagte ihr, dass ich dieses Attest zusammen mit meinen fruchtlosen Anschreiben an die Familie, jene Kopien, gern dem Gericht vorlegen würde. Dann würde der Richter sehen, dass Herr M sich einen Dreck um Ben schert, er dort eben nicht gut aufgehoben ist.

„Das werden Sie schön bleiben lassen, denn das werde ich entscheiden!", fauchte sie zu meiner Überraschung. Ich war mehr als erstaunt über die Reaktion der ansonsten so verständnisvollen N°2 und auch etwas empört, blieb es aber nicht lang, denn da ereignete sich noch eine Geschichte.

Inzwischen hatte ich Lenzer zweimal gebeten, mir die kopierten Briefe, die ich ihr ohne Bedenken zur Einsicht überlassen hatte, zurückzugeben, denn ich hatte keine weiteren Kopien. Ich hatte ihr am Telefon angeboten, dass ich sie mir auch jederzeit – also auch sofort – in der Praxis abholen könnte, aber sie sagte, sie wäre nicht da. Auf dem Display erkannte ich jedoch die Nummer ihrer Praxis. Ich sagte ihr noch, sie könnte sie auch schicken, dann hätte ich sie morgen oder übermorgen.

Dass sie mein Vorhaben durchschaute, war mir egal, schließlich ging es um Bens Wohl. Klar sollte sie wissen, dass ich deshalb die Briefe und das Attest dem Richter vorlegen würde. Damit sich etwas ändert. Und es sollte sich auch etwas ändern.

Am Samstagmittag sah ich sie plötzlich vor meinem Erker entlanglaufen, Papiere in der Hand. Zum Teufel, dachte ich und öffnete die Haustür meines etwas versteckt liegenden Wohnungseingangs. Vielleicht wollte sie die Briefe wirklich nur in meinen Briefkasten werfen, wie sie später behauptete, jetzt aber blickte ich ihr in ihr stets dick tropenbraun bespachteltes Gesicht, sah ihren vorwurfsvollen und gleichzeitig verächtlichen Blick, während in meinem Hallo wahrscheinlich wenig Begeisterung mitschwang.

Ich weiß nicht mehr wie das Gespräch begann, doch dauerte es ziemlich lang und wurde ziemlich laut. Je mehr ich bewusst meine Stimme dämpfte, umso lauter tobte sie. Ja, sie tobte regelrecht. Wahrscheinlich musste sie gerade mal ihre Emotionen rauslassen. Aber ausgerechnet vor meiner Haustür? Ich wunderte mich über ihre Unbeherrschtheit, und es war mir mehr als unangenehm, zumal in unserem stillen Wendehammer wie gesagt eine Akustik wie in einem Amphitheater herrschte, so sehr, dass man bei gekipptem Fenster das Besteck der Nachbarn während ihrer Mahlzeiten klappern hören konnte. Entsprechend vernahm nun jedermann, ob er es wollte oder nicht, Lenzers Gekeife. Wie peinlich, benahm sie sich doch, als wäre sie volltrunken.

Einmal mehr gab sie mir zu verstehen, dass sie kein Verständnis dafür hätte, dass ich mit Ben in die Klinik gefahren wäre, denn der wäre ja gar nicht krank gewesen.

„Wie bitte?", fragte ich ungläubig.

Der wäre nur etwas erkältet gewesen. Sie kenne zufällig die Ärztin aus der Klinik und hätte mit ihr nach dem „Vorfall", der nur zum Ziel hätte, die arme Familie M zu diskreditieren, telefoniert. Und da hätte ihr die Kinderärztin erzählt, ich hätte sie genötigt, Ben Cortison zu verschreiben und ein derartiges Attest auszustellen.

Ich konnte kaum glauben, was ich da hörte. In diesem Moment empfand ich Lenzer und ihr dummes Geschwätz einfach nur als lächerlich. Ich fragte sie deshalb zynisch, wie ich das denn gemacht hätte? Ob ich der Ärztin vielleicht eine Pistole auf die Brust gesetzt hätte? Woraufhin Lenzer nach Worten rang, zornig mit dem Fuß aufstampfte und mir dann an den Kopf schleuderte, dass ich ja nicht in der Lage sei, den Sorgerechtsstreit auf Elternebene auszutragen. In dem Moment registrierte ich aus den Augenwinkeln, dass meine Vermieterin schräg über mir auf ihrer Terrasse auf und ab ging, wie immer, wenn sie rauchte. Sie wird alles gehört haben, hoffte ich jetzt. Notfalls würde ich also eine Zeugin für Lenzers Tobsuchtsanfall haben.

Wann und wie Lenzer wieder abzog, keine Ahnung, nur staunte ich, wie eine vom Gericht bestellte Psychologin derart die Fassung verlieren konnte, dabei ständig Partei für diese Schwachköpfe, nicht aber für meinen wehrlosen Sohn ergriff. Nun ja, ich bin auch mal auf den Herrn reingefallen, dachte ich nachsichtig, ohne dass mir der wahre Hintergrund für ihr Verhalten in den Sinn kommen wollte. Auch konnte ich mir nicht vorstellen, dass die Ärztin aus der Kinderklinik dergleichen gesagt haben sollte. Zudem wunderte es mich, wie Lenzer, die erst seit kurzem in der Stadt weilte, bereits alle entscheidenden Leute gut kennen wollte.

Kurz nach diesem eindrucksvollem Event griff ich zum Telefon. Ich suchte – wieder einmal - nach Rat bei Freunden und so kam es, dass Ina, eine ehemalige Kommilitonin, die Idee mit Roberts Vater, einem Richter a.D. haben sollte.

Der nächste Strohhalm also. Ich rief bei Robert an, der auch mit uns (Ina und mir) studiert hatte. Robert sollte mich bei seinem Vater ankündigen. Sein Vater war Strafrichter am gleichen Gericht gewesen, nachdem er früher in Köln gerichtet hatte. Seit ein paar Jahren aber war er nun in Pension, ein absolut liebenswerter, immer korrekter Mann, ein Richter aus Leidenschaft und Überzeugung, der mir sofort aufmerksam zuhörte, als ich ihn gleich am Telefon mit der Geschichte überfiel.

„Ich sehe schon, die Sache ist sehr umfangreich. Und sie drängt. Da wollen Sie sicher gleich kommen?"

Es war Sonntagmorgen und mit einem derartigen Angebot hatte ich absolut nicht gerechnet. Er wohnte nur etwa 30 Minuten zu Fuß durch Wiesen und Wald von mir entfernt. Und weil ich Stress abbauen musste, ging ich an diesem verregneten Novembersonntag auch gern zu Fuß. Ich sollte noch sehr oft den Weg zu ihm gehen oder radeln. Er nahm sich viel Zeit, seine Frau bot mir Kaffee an, verschwand dann dezent, während ich all meine Unterlagen ausbreitete. Die wichtigste und vorrangigste Sache für ihn war ein gescheiter Anwalt. Am besten einen Gerichtsbekannten, einen Ortsansässigen ... wie hieß die denn gleich noch... Er nahm das Telefonbuch zur Hand, suchte und dann zeigte er mit dem Finger drauf.

„Aber das wäre dann N°3!", stöhnte ich, erzählte ihm von meinen Anwaltswechseln und wusste nicht, wie ich das finanzieren sollte. Er zuckte die Achseln, ich dachte an N° 2, die sich mit Ausnahme ihres kleinen Ausrutschers zwar bis dato nett und engagiert gegeben hatte, aber leider keine Ahnung hatte. Doch nach Auffassung meines richterlichen Beraters musste der Wechsel sein.

Ich erzählte meinem Gegenüber von Bens jüngster Krankengeschichte, dem Besuch in der Notfall-Ambulanz, und er meinte, dergleichen gehört sehr wohl dem Richter vorgelegt. Mit Asthma bronchiale in einem Raucherhaushalt! Das gin-

ge doch nicht! Und als ich ihm dann auch noch erzählte, wie es so in den Gerichtsterminen ablief und dass die Vertreterin des Jugendamtes durch den Raum krakeelt hätte, Rauchen sei Privatsache!, da schüttelte er den sympathischen Kopf, lachte ansatzweise, ungläubig und deshalb nicht wirklich belustigt. Und dann sagte er den Satz, den er noch öfter sagen sollte, weil er vieles einfach nicht glauben konnte:
„Da wäre ich ja zu gern einmal Mäuschen gewesen!"
Schließlich fand er noch das Argument der Fremdbetreuung als Faktor, der für mich spräche, schließlich wäre ja nicht die Ehefrau des Vaters Antragsgegner, sondern der Vater. Und die Betreuung des Kindes durch das leibliche Elternteil hätte stets Vorrang vor einer Fremdbetreuung – auch wenn die im Haus des Vaters stattfände.

Und nachdem er noch eine Weile nachgedacht hatte, fragte er plötzlich, ob mich denn sein ehemaliger Kollege damals nicht über den Begriff des Aufenthaltsbestimmungsrechts aufgeklärt hätte, bevor ich nach Afrika gegangen bin? Und überhaupt? Warum gingen Sie dafür vor Gericht? Ich zuckte die Achseln, es ginge nur so, hatte mir damals der Leiter des Jugendamtes erklärt.

Er lachte, aber nicht wirklich, schüttelte den Kopf. Er hätte auch sagen können: Reingefallen! Zu spät. Es war nicht seins, über Dinge zu diskutieren, für die es keine aktuelle juristische Handhabe gab. Und so riet er mir erstmal zu N°3. Ich sollte mich auf ihn berufen, dann wüsste sie Bescheid. Da war er dann, der nächste Strohhalm, Strohhalm N° …?

8 Aller guten Dinge sind drei

Weil der Richter einen Anwaltswechsel für unanbdingbar hielt und mir auch noch eine Anwältin gezielt empfahl, war ich mir diesmal sicher, endlich eine richtig gute Anwältin gewonnen zu haben. So dachte ich, als mir N°3 nach meinem kurz am Telefon zusammengefassten Lagebericht sagte: Gut, ich übernehme Ihren Fall!

Ich hatte ihr zuvor einen Brief zukommen lassen, in dem der Hinweis auf die Empfehlung durch den Richter stand. Diesen Brief aber hatte sie zu dem Zeitpunkt noch nicht gelesen. Das war der erste Schritt. Der 2. Schritt war das Problem der Bezahlung. Noch hatte ich nicht unterschrieben.

Aber warum übernahm N°3 meinen Fall, ohne vorher über das Wesentliche zu reden, die Bezahlung? Am Telefon hatte sie so rührend gesagt, obwohl sie natürlich gar nicht gerührt war, es wäre ja ihre Aufgabe, zu helfen.

Wir machten einen Termin, und meine Geduld wurde erneut auf eine harte Probe gestellt. Währenddessen wartete N°2 darauf, dass ich ihr das Attest und die Kopien der Briefe zuschickte, damit sie dann entscheiden könnte, ob und wann sie sie verwenden wollte. Ich schickte sie aber wegen N° 3, bei der ich allerdings noch nicht unterschrieben hatte, nicht ab, rief sie auch nicht mehr an. Sicher ahnte N°2 etwas - nach unserem Disput am Telefon.

Inzwischen nahte ein neuer Mittwoch, an dem ich am Nachmittag Ben sehen durfte. Als ich klingelte, öffnete er wie immer selbst, weil er wusste, dass ich käme.

Doch diesmal erschien auch Anita in der Tür und sagte, Ben hätte seine Medikamente bekommen, und gestern hätte ihn der Kinderarzt nochmals untersucht und gesagt, alles in Ordnung. „So", schloss sie nachdrücklich mit ihrer stets mitleidserregend belegten Stimme und verschwand wieder.

Ben ging es wirklich wieder gut, aber es sollte ein einmaliges Erlebnis bleiben, denn ein paar Tage später sollte das Desaster mit der Husterei von vorn beginnen.

Als wir jetzt zum Picknick in das nahe Tal liefen, erzählte ich ihm nebenbei von N°3, einer wahren Kampfmaschine, keine Ahnung, woher der Name plötzlich kam. Diese Kampfmaschine würde dafür sorgen, dass wir bald wieder wie früher zusammen wären. Ben freute sich, und damals war ich mir sicher, er brauchte diese Strohhalme der Hoffnung, um durchzuhalten.

Der erste Termin in der emsigen, aber sehr schlicht eingerichteten Kanzlei von N°3 bestärkte mich allerdings nicht in meiner Hoffnung, eine Kampfmaschine gefunden zu haben. Sie war klein und zierlich, hübsch und noch etwas älter als ich. Sie gab sich - insbesondere im Vergleich zu N°1 und erst recht zu N°2 - sehr kühl und sehr zurückhaltend. Später erlebte ich ein paar Mal, wie sie sich in ein junges Mädchen verwandelte, dann für eine Weile regelrecht menschlich wurde, Wärme ausstrahlte, fröhlich, witzig, persönlich wurde, um sich bald darauf wieder derart zurückzuziehen, in ihre Welt der Paragraphen und Gesetze, sodass ich das Gefühl bekam, als Angeklagte in einem Verhör vor ihr zu sitzen. Es war nie leicht mit diesen Anwälten, hinter deren Fassaden sich offensichtlich sehr zwiegespaltene Menschen verbargen.

Nachdem sie meine Geschichte, die ich so gerafft wie möglich wiedergegeben hatte, durch ein paar Zwischenfragen unterbrochen, angehört hatte, meinte sie, dass es vielleicht erst einmal sinnvoll sei, dass *wir* das gemeinsame gesundheitliche und schulische Sorgerecht erstreiten sollten, denn dagegen könnte die Gegenseite ja nichts haben, und es wäre nur logisch, weil ich ja nicht länger in Afrika sei, und ich diese „Posten" ja lediglich aus praktikablen Gründen vorübergehend abgegeben hätte und wir ja derzeit ausdrücklich ein gemeinsames Sorgerecht haben. Dazu fügte sie in ihrem ersten Schriftsatz, in dem sie die Nachlässigkeit des Kontrahenten bezüglich Bens Gesundheit anprangerte, als Beweis das Attest bei.

Logisch, dass das die versammelte Gegenseite sofort in höchste Alarmbereitschaft versetzte. Dabei erschien mir dieser erste Schriftsatz noch harmlos, gar nicht scharf, kämpferisch. Dass sie die schulische Sorge geteilt haben wollte, hatte ebenfalls einen Grund, der aber neben der Geschichte mit dem Krankenhausbesuch verblasste, mich dennoch fuchste. Später musste ich lesen, dass auch Bens Lehrer all das zu lesen bekamen, was die Gegenanwältin in ihrem ersten Schriftsatz frei erfunden hatte, wie: *Der Vater habe jahrelang gar nicht gewusst, wo wir waren und ob ihm überhaupt ein Sohn geboren worden wäre.* Zudem hatten sie der Schule mitgeteilt, ich wäre mit Ben ständig umgezogen, so sehr, dass ich später nicht mehr sagen konnte, wann und wo ich überall gewohnt hätte. Dazu wäre ich mit Ben laufend im Ausland unterwegs gewesen. Ich versuchte mir bildlich vorzustellen, wie ich einem Zirkusunternehmen gleich mit Kind und mit allen meinen Tieren durch die Lande gezogen wäre. Früher hätte man von nomadisierender Lebensweise gesprochen. Es gab Experten, andere Experten als unsere, die der Überzeugung sind, dass das unsere wahre Natur wäre, weil wir Menschen bis vor 12.000 Jahren eben Nomaden gewesen wären, und dass mit Beginn der Sesshaftigkeit erst alles Übel begonnen hätte. Instabile Lebensweise hieß das Nomadentum heute im Amtsdeutsch und wurde mit Argwohn betrachtet, weil sich nomadisierende Volksgruppen nur schlecht kontrollieren ließen.
Ich aber hatte wieder keine Chance, das Gegenteil zu beweisen, weil ich ja keinerlei schulische Sorge mehr hatte, man deshalb auch nicht mit mir sprach, sprechen wollte. Genau das hatte mir nach den Herbstferien dann auch Bens Lehrer sehr deutlich zu verstehen gegeben. Dabei war dieser Lehrer

anfangs noch recht freundlich zu mir gewesen, etwas besserwisserisch, Lehrer eben, aber durchaus freundlich. Doch kurz vor den Herbstferien hatte man ihm eine Akte über Ben – eher eine Akte über mich - vorgelegt und die hätte er, wie er mir am Telefon nach den Herbstferien zu verstehen gab, gewälzt. Der einst freundliche Lehrer blockte plötzlich auf eine ungewöhnlich pampige Art ab, er brauchte nicht mit mir reden, wenn er nicht wollte. Und ich sollte den Jungen in Ruhe lassen, der hätte es dort, wo er jetzt wäre, nämlich sehr gut, denn er brauchte vor allem Stabilität, nachdem wir ja so ein unstetes Leben gelebt hätten und dauernd umhergezogen wären.

Ich konnte nichts entgegnen, er gab mir dazu leider keine Gelegenheit, und so sollte es dann auch bleiben. Ich dachte zurück an unser unstetes Leben, als wir damals tagein tagaus all die Jahre da unten am Fluss gewohnt hatten, fast fünf Jahre lang – bis Ben dann fast sechs Jahre alt war und wir zweieinhalb Monate in der Provence verbracht hatten. Na gut, danach wohnten wir für acht Wochen bei einem alten Freund im gleichen kleinen Ort wie Bens Vater, Ben kannte sich dort aus, danach aber hatten wir wieder etwas Festes. Ich erinnere mich, dass Ben damals keine 24 Stunden gebraucht hatte, um sich dort selbst neuen Spielkameraden zuzulegen.

So gesehen war der mir zuerst wie Zeit- und Papierverschwendung erscheinende Schritt von N°3 also gar nicht so schlecht. Im Gegenteil: Ich witterte hinter diesem ersten Schachzug einen ersten Beweis ihrer Genialität. Die erhoffte ich mir allein schon wegen des zu zahlenden Honorars.

Hätte N°3 allerdings bereits im Vorfeld gewusst, wie viele Schriftsätze, Termine und vor allem aber Nerven sie mein Fall kosten würde, sie hätte glatt noch eine 0 an den Betrag drangehängt.

Ich hatte von den Schriftsätzen der Anwälte eigentlich abstrakt und unverständlich erscheinende Ausführungen prallvoll mit Querverweisen auf ähnlich gelagerte Fälle, auf ähnliche Urteile, Paragraphenzitate, Literaturangaben und und und erwartet. Dann aber war ich enttäuscht, schrieben sie nur das, was Mandant ihnen praktisch diktiert hatte, nur eben wesentlich umständlicher, dazu unvollständig, oft fehlerhaft und in haarsträubendem Deutsch, in Juristendeutsch.

Das Schreiben sowie das Attest aus der Kinderklinik lagen nun dem Gericht vor, und ich hoffte weiter auf Gerechtigkeit und dass Bens Leiden bald vorüber wären.
N°2's Verabschiedung hatte sich sang- und klanglos abgespielt. N°3 hatte ihr einfach ein kurzes Schreiben zukommen lassen, dass sie jetzt als Ortsansässige von mir vorgezogen den Fall übernommen hatte. Ich brauchte nichts tun und der Wechsel von N°1 zu N°2 hätte genauso verlaufen können, wenn N°2 etwas mehr Wissen gehabt hätte.
Aber auch N°3 machte mir nicht die Hoffnung, dass mein Sohn bald wieder bei mir leben konnte, nahm sie mir aber nicht gleich von Anfang an, so wie es N°1 getan hatte.

Nikolaus nahte und es würde unser Wochenende sein, kurz vor meinem Geburtstag. Am Freitag rief mich Lenzer an, um mir ein Angebot der Herrscher über Ben zu übermitteln.
Statt des Mittwoch böten sie mir den Montagnachmittag an, „damit wir an meinem Geburtstag zusammen wären".
Ich hätte sie erwürgen können für diese Schmäh. Und wenig später erst recht, als ich erfuhr, was sie zu diesem Zeitpunkt längst in die Wege geleitet hatten.
Ich aber lehnte das ach so großzügige Angebot mit dem Argument ab, dass ich unter den derzeitigen Umständen keinen Wert auf meinen Geburtstag legen würde, somit bei

diesem Mittwoch bleiben wollte, zumal dann auch die Tage, an denen wir uns sehen können, Ben und ich, nicht ganz so weit auseinander lägen. Von Montag zum übernächsten Mittwoch war es nun mal weiter, als von Mittwoch zu Mittwoch. Ob sie das verstanden hatte oder nicht, offensichtlich nicht, denn sie sagte, als hätte ich sie persönlich beleidigt, das müsste ich entscheiden, es wäre eben ein Entgegenkommen von Familie M. Von wegen! Es war kein Entgegenkommen, es war ein taktisches Machtspielchen, um bei Lenzer zu punkten. Denn hätten sie es *nett* gemeint, dann hätten sie uns den Montag zusätzlich gegönnt und nicht gegen den Mittwoch getauscht. Dergleichen Erklärungen behielt ich aber nicht zuletzt deshalb für mich, weil das Gespräch mich wieder dahin brachte, wo Lenzer mich hinhaben wollte: nämlich dahin, dass ich meine „Emotionen raus ließ".

Den Nikolausstiefel für Ben gabs an jenem 6. Dezember etwas verspätet, denn ich durfte ihn samstags immer erst um 14 Uhr abholen. Wir wollten Schlittschuhlaufen gehen, doch die Eisbahn, die es hier einmal gegeben hatte, hatte dicht gemacht. Ben war enttäuscht und da es sowieso ein trübes Wochenende war, verzogen wir uns ins Haus, machten die 1. Adventskerze an und Wochen später sah ich auf den Fotos, die ich an diesem Tag von Ben gemacht hatte, wie der Kummer in seinem früher so fröhlichem Gesicht bereits deutliche Spuren hinterlassen hatte.

Am nächsten Mittwoch nach Nikolaus besuchte ich ihn wieder in seiner Umgebung. Es wurde ein schöner sonniger Nachmittag. Doch als wir mit Anbruch der frühen Dämmerung noch eine Runde um die Bergkuppe oberhalb seines Dorfes drehten, er meine Hand ganz fest hielt und ich ihm Geschichten von verlaufenen Schafen und kleinen Islandpferden, somit von allem, was uns an diesem Nachmittag begegnet war, erzählte, liefen mit der hinter dem Siebengebirge versinkenden Sonne erneut Tränen über seine Wangen, und ich wusste längst nicht mehr, wie ich sie noch trocknen sollte. Ich habe das Bild, wie er in seiner großen gelben Regenjacke, in der er immer etwas wie Paddington Bär aussah, so langsam und mit gesenktem Kopf die Treppen zum Hauseingang hochschlich, noch immer vor Augen.

Als ich an diesem Mittwoch nach Hause kam, war es bereits dunkel. Trotz des traurigen Abschieds hatte ich mich daheim angekommen wieder soweit gefangen, dass ich neugierig den dicken Briefumschlag von N° 3 aufriss. Ich hoffte ja täglich auf eine Reaktion des Gerichts auf den Antrag meiner Anwältin.
Ich erinnere mich, den Brief auf dem kleinen Teppich, auf dem das Telefon stand, geöffnet zu haben. Ich erinnere mich an das helle, klare Lampenlicht der Deckenleuchte, als ich die fettgedruckte Zeile las:

Antrag auf Ausschluss des Umgangsrechts

Es war einer der wenigen Momente in meinem Leben, die es noch schafften, mich zu schockieren. Vor allem, als ich die Gründe für den Antrag las, der Gegenschlag zu meinem Besuch mit Ben in der Notfallambulanz der Kinderklinik.
Was eine Umgangssperre bedeuten würde, ließ sich kaum ermessen. Nicht für mich, sondern für Ben. Wenn er schon durch meine Reise und der Fehlentscheidung, ihn hier zu lassen, einen schweren Knacks bekommen hatte, das hier würde ihm den Rest geben. Nächsten Dienstag sollte dazu eine Gerichtsverhandlung stattfinden.
Wieder verbrachte ich den Abend am Telefon. Ob ich etwas gegessen oder getrunken hatte, weiß ich nicht mehr, aber ich habe geheult, geheult vor allem bei der Vorstellung,

wie Ben reagieren würde, was in ihm vorgehen würde, sollte er mich schon bald nicht mehr sehen dürfen.

Aus den Gründen, die laut erweiterter Front gegen ein weiteres Umgangsrecht sprächen, ging deutlich hervor, wie überzeugt Ben der Familie zeigte, dass er sich sicher war, schon bald wieder bei mir sein zu dürfen. Er säße psychisch praktisch auf gepackten Koffern, las ich. Unabhängig von allem anderen dachte ich, das genau das doch den Richter überzeugen müsste, dass Ben wieder zu mir wollte. Zu diesem Zeitpunkt ahnte ich noch nicht einmal ansatzweise, was sie für mich planten.

Und dann hätte Ben wohl wiederholt den fatalen Satz geäußert, dass die Mama jetzt traurig sei, weil sie doch nun ganz allein sei, er auch deshalb schnell wieder zu ihr müsse. Dergleichen hatte die Dame vom Amt bereits bemängelt, weil das von Verantwortungsgefühl zeuge, was aber bei Kindern nicht sein darf. Es rührte und freute mich dennoch. Doch Bens Wünsche zählten nicht. Im Gegenteil, so lernte ich, er dürfte nicht solche Reaktionen zeigen, bevor das Gutachten noch nicht fertig wäre, er also noch nicht wissen könnte, wie entschieden würde. Über so viel Unsinn mag sich jeder sein eigenes Urteil bilden.

Meine Anwältin war am Mittwochabend natürlich nicht mehr zu erreichen, ich wusste nicht wohin mit meiner Aufgeregtheit, meinen Ängsten, Befürchtungen. Eine Serie von schlaflosen Nächten begann. Von da an öffnete ich solche Briefe nur noch werktags von Montag bis Donnerstags und dann auch nur morgens – nach dem Kaffee.

Der wahre Grund zum Entzug des Umgangsrecht nahm natürlich den größten Teil des Pamphlets ein. Die Gegenanwältin prangerte vor allem meine „Hysterie" bezüglich der Gesundheit meines Sohnes an, die in diesem „unbegründeten" Klinikbesuch gegipfelt war. Ben wäre nämlich nur er-

kältet gewesen, weil er erstmals in seinem Leben mit anderen Kindern Kontakt gehabt hätte. (Trotz Kindergarten)
Der dritte Vorwurf lautete, dass ich meinen Sohn zur Spionage anhalten würde, ihm Aufträge erteile. Er hatte tatsächlich Kreuzchen bei jedem Besuch der Dame vom Jugendamt gemacht Demnach war sie also doch mehrfach da gewesen. Etwa wieder zum Doppelkopf?

N°3 mit ihrer zurückhaltend spröden Art meinte, da müsste man mal den Termin abwarten, fragte mich nach der Sache mit der Auftragserteilung, nach diesen Kreuzchen, und ich erzählte ihr, wie es dazu gekommen wäre und dass Lenzer ja von Kunz erfahren haben wollte, dass die ein Wächteramt auskleidete. Meine Anwältin zog eine Grimasse, der Begriff war ihr neu. Irgendwie hatte ich nicht das Gefühl, dass sie mir eine große Stütze wäre. Als wir darüber zu spekulieren begannen, was der Richter dazu sagen würde, erzählte sie mir, dass sie schon recht seltsame Entscheidungen von ihm gehört hätte. Sehr ermutigend. Ich wusste nur, mein Sohn würde es nicht verkraften, mich gar nicht mehr zu sehen, vor allem, weil er sich so sicher fühlte, wieder zu mir zu kommen. Gerade jetzt, wo er endlich wieder etwas mehr Vertrauen zu mir gefasst hatte. Doch mehr und mehr driftete der Rechtsstreit genau in die entgegengesetzte Richtung.
  Das Wochenende, das jetzt nahte, das vorletzte vor Weihnachten, habe ich in so übler Erinnerung, dass ich kaum weiterschreiben mag. Meine Angst um Ben brachte mich beinahe an den Rand des Erträglichen und ich dachte, ich könnte es nicht aushalten, würde dann lieber tot sein wollen - was ihm natürlich nix nützen würde, im Gegenteil - außerdem stünde dieser Zustand einigen anderen Personen wahrlich besser zu Gesicht.
Dennoch. Die Willkür dieser Menschen, ihre Machtspielchen, zeigten mir deutlich, dass ich nicht mehr auf menschliche Regungen hoffen konnte. Es nahm mir in diesen Stun-

den die Kraft zu kämpfen, nach Alternativen zu suchen. Es übermannte mich derart, dass ich einfach auf den Boden neben dem Telefon sank, mit dem Rücken an die Wand gelehnt und heulte, heulte wie nie zuvor, ohne dass ich mich daran erinnern konnte, mich je so verloren gefühlt zu haben. Ich war so kraftlos, so leer, dass ich noch nicht mal mehr an die langgehegten Fluchtpläne denken konnte. Und so spürte ich, wie ich mich in diese Leere und Hoffnungslosigkeit hineingab, nichts trank, nichts aß. Und obwohl ich so fertig war, keine Kraft hatte, nach einem Ausweg zu fahnden, machte ich etwas, was ich immer machte, jeden Tag wie Zähne putzen: hinausgehen, einen Gang über die Felder machen, den Himmel, die Wolken sehen.

Ich lief hinauf auf den Berg, ließ mir den Wind ins Gesicht wehen, der zwar diesmal nichts an meiner Stimmung zu ändern vermochte, mich aber vielleicht am Ende auf die Idee brachte, noch einmal mit Lenzer zu telefonieren. Sie war zwar nicht auf meiner Seite, aber diesen Antrag auf Entzug des Umgangsrecht würde sie sicher auch nicht gutheißen, es würde sie vielmehr schockieren. Wahrscheinlich ahnte sie noch nicht mal, was da hinter ihrem Rücken gebraut wurde, denn sonst hätte sie es mir bereits neulich am Telefon mitgeteilt, als sie mir das Angebot der Gegenseite übermittelte, die Sache mit dem Geburtstagstreffen, zumal zu diesem Zeitpunkt der Antrag der Gegenseite längst gestellt worden war. Auch wenn sich Lenzer mitunter seltsam benahm, so wie an jenem Samstag vor meiner Haustür, so war sie doch Psychologin, hätte Verständnis, wüsste Rat.

Ein Vorwand, sie anzurufen, war schnell gefunden. Ich konnte ihr nur etwas aufs Band sprechen, aber sie würde so oder so zurückrufen, wenn sie Zeit fände. Dass der Vorwand wie die Idee an und für sich, dämlich war, entging mir selbst in meinem verzweifelten Zustand nicht. Es war mir egal, es ging mir einzig um Ben, und darum, das vor allem

ihm drohende Desaster abzuwenden und dafür war mir mittlerweile jedes Mittel recht.
Das Telefon klingelte, Lenzer rief zurück.
Ihre Stimme klang freundlich. Wie so oft legte sie sich auch heute noch einen Hauch Norddeutsch in die Intonation, obwohl sie aus dem Siegerland kam. Ich erzählte ihr von dem Schreiben der Gegenseite, von dem drohenden Entzug des Umgangsrechts, dachte, sie damit überraschen zu können und erinnere mich noch genau an den Moment, als blitzartig etwas in mir einstürzte, als sie sagte, sie wüsste Bescheid. Ich versuchte, ihre Untertöne herauszuhören, fahndete in ihrer Stimme nach Betroffenheit, vergeblich, wollte sie dann meinerseits betroffen machen, als ich ihr von Bens Traurigkeit bei unserem letzten Treffen vor drei Tagen erzählte und was ich für ihn befürchtete, sollte man ihm ganz verwehren, mich zu sehen. Wie sollte er damit umgehen, wusste er mich doch in seiner Nähe, wusste er doch, dass ich mich so wie er auch auf die nahen Weihnachtsferien freute. Bei dieser Vorstellung konnte ich die Tränen nicht mehr zurückhalten, ich heulte ins Telefon, umklammerte den Hörer, es tat so verdammt weh.
In dem Moment meinte sie, der Richter wäre doch nicht so, es würde schon nicht so schlimm werden. Ich versuchte herauszufinden, was sie mit „nicht so schlimm" meinen könnte, als Lenzer ohne Umschweife das Thema wechselte, indem sie mich fragte - es war mehr eine Feststellung -, ob ich einen neuen Anwalt hätte. Ich nannte den Namen von N°3 und sie rief „Kenn ich." Ach was, dachte ich, denn N°3 kannte Lenzer nicht. Ob sie denn auch dabei wäre, (bei meiner Hinrichtung) fragte ich mit wieder klarerer Stimme, und sie sagte ja, und wieder stutzte ich, ich glaube, hörbar. Und noch immer befand ich mich in diesem desolaten Zustand, schniefte zwischendurch, die Nase tropfte noch. Es war mir in diesen Stunden völlig egal, ich hatte einfach nur Angst um mein Kind. Dann fragte sie, offensichtlich ehrlich

besorgt um meinen jämmerlichen Zustand, schließlich brauchte sie mich noch lebend, ob ich denn keinen hätte, bei dem ich das Wochenende verbringen könnte, um nicht allein zu sein? Und während ich eigentlich sagen wollte, dass ich aber in diesem Zustand lieber allein wäre, dergleichen mit mir ausmachen wollte, verstrich Zeit. Ich schwieg zu lange ins Telefon, ging in Gedanken einige meiner Bekannten durch, ja, am Telefon oder bei einem Kaffee drüber reden, okay, aber sonst? Und während ich so überlegte, wie ich ihr all das kurz erklären sollte, entfuhr mir ein Nee. Darüber war sie wohl ihrerseits betroffen oder mehr noch, schockiert, denn sie fragte mich jetzt, ob ich denn nicht wenigstens einen guten Hausarzt hätte. Ich erinnere mich geantwortet zu haben: „Wieso? Ich bin doch nicht krank!"

Natürlich war ich jetzt irgendwo krank, ihrer Meinung nach und sicher auch laut Definition der WHO, der Weltgesundheitsorganisation, wonach Gesundheit der körperliche, geistige und seelische Zustand des allgemeinen Wohlbefindens ist. Und von dem war ich in diesen Stunden in der Tat Lichtjahre entfernt. Dann fragte sie mich, ob ich mir für den Notfall ihre Handynummer aufschreiben wollte und ich rätselte, was für sie ein Notfall wäre und schrieb sie mir auf.

Das Wochenende verlief zwar traurig, aber ruhig. Ich rief Lenzer natürlich nicht an, es gab keinen Notfall. Abgesehen davon bedeutete Notfall für mich eine Situation, in der man sich bereits in einem Zustand befindet, in dem man weit entfernt davon ist, sich bei einer nicht gerade vertrauenerweckenden Person eben über seine eigene desolate Lage auszuheulen. Schließlich war mir klar, dass ein seelisches Wrack wie ich es derzeit war, kaum Chancen auf eine Rückgewinnung des Sorgerechts haben würde. Gleichzeitig dachte ich aber auch, dass jeder ernsthafte und mit Gefühlen ausgestattete Elternteil verzweifeln, ja hysterisch werden würde, in Anbetracht einer so dramatischen Situation und dass vielmehr mit Menschen, die in solch einem Fall kühl und beherrscht reagierten, etwas nicht stimmen konnte. Aber es gab da nun mal gewisse Vorgaben von Amts wegen, wie Eltern zu sein haben.

Ich erinnere mich, ich guckte viel Fernsehen, ohne wirklich etwas wahrzunehmen. Ich versuchte mich ständig gedanklich von dem zu lösen, was war - doch es ging nicht. Es war immer da, jede Minute, Tag und Nacht. Ich hatte einfach nur Angst um mein Kind, und keine Gefahr in Afrika hätte größer und bedrohlicher sein können, als die, die sich hier und jetzt auf uns zu bewegte und deren Vorboten uns das Leben bereits seit Monaten schwer machten.

9 Und noch ein dicker Hund

Meistens traf ich meine Vermieterin, Frau O, zufällig, nur selten klingelte ich bei ihr, weil der Postbote ein Paket für sie bei mir abgegeben hatte oder sowas. Wenn wir länger miteinander redeten, dann inzwischen fast nur noch über diese Geschichte, selten über etwas anderes wie beispielsweise über die beiden halbwilden Katzen, die wir fütterten, wobei ich ihr den dicken, scheuen Kater abgeluchst hatte, ein verwegener Raufbold, ein kräftiger Kerl mit dem gewissen Etwas. Dieser Kater hatte dann auch wohl eher mich auserkoren als ich ihn. Frau O war angenehm zurückhaltend; sie lebte überhaupt extrem zurückgezogen mit ihrem Mann und ihrem Sohn. Sie hatten keine Freunde, keine Hobbys, sie hatten ihren Job. Beide waren Mathematiker, beide mit silbernem BMW. Sie gingen zwischen 23 Uhr und 23.30 Uhr ins Bett, in der Nacht von Freitag auf Samstag blieb der Mann immer bis fast 4 Uhr morgens auf, rückte dann Stühle auf dem Steinfußboden, während seine Frau bereits morgens gegen halb acht schon die Erste zum Espresso auf der Terrasse rauchte. Ab und zu spielte der Mann etwas auf dem Klavier, während ihr Sohn (7) sehr zu meinem Leidwesen ständig darauf übte, ansonsten lebte auch der sehr zurückgezogen. Im Hochsommer flogen sie für 14 Tage nach Kreta in ihre Stammpension und kamen, eine erstaunliche Leistung, genauso blass wieder, wie sie hingefahren waren. Trotz ihrer ansonsten an Isolation grenzenden Zurückgezogenheit machten sie alle einen ganz zufriedenen Eindruck. Nie wurden sie laut, bis auf den Sohn natürlich, der mich ständig und mitunter schmerzlich an Ben erinnerte.

Am Montag nach diesem Wochenende traf ich sie, und sie bot sich spontan an, mich als Zeugin aufs Gericht zu begleiten. So wie ich von ihr, bekam sie auch alles von mir mit. So wie sie Ben damals verzweifelt rufen und weinen gehört hatte, genauso hörte sie sein Husten, aber auch sein Lachen, wenn er zu mir durfte und wie es verstummte, je näher die Zeit des Abschieds rückte. Vor allem aber hatte sie gehört, wie die Psychologin vor meiner Haustür so dermaßen die Beherrschung verloren hatte, was sie, sollte es nötig werden, bezeugen wollte. Ich fühlte mich mit ihr sehr sicher, beinahe stark. Doch irgendwie hoffte ich ja, dass es alles ganz harmlos ablaufen würde, und ich sie als Zeugin vor Gericht gar nicht brauchen würde.

Dann fuhren wir ausgerechnet mit meinem Widersacher zusammen im Aufzug in den 5. Stock des Gerichtsgebäudes. Herr M schaute nach oben zur Decke des Aufzugs, Frau O kannte ihn nicht und sah mich an. Ich tat so, als ob ich Herrn M auch nicht kannte und sah Frau O an.

Vor dem sechzehn Quadratmeter kleinen „Saal" hatten sich die bekannten Damen bereits versammelt. Lenzer, ganz in schwarz, der Rock für ihren stämmigen Körper, aber auch für ihre Funktion eindeutig zu kurz, ging vornüber gebeugt, die Augen dabei konzentriert auf den Boden geheftet, einem Huhn auf Körnersuche nicht unähnlich. Anscheinend

bereitete sie sich so auf ihren bevorstehenden Auftritt vor. Kunz dagegen in gewohnter Stärke demonstrierender Rücklage, die Arme vor der Brust verschränkt und daneben die dürre Anwältin meines Widersachers, die dafür, dass sie beruflich Zwietracht sähte, zumindest aus moralischen Gründen bestraft werden müsste. Meine Anwältin ließ auf sich warten. Ich saß neben Frau O in der Sitzecke, als Lenzer auf uns zukam und uns (!) die Hände schüttelte.
„Sie sind die Anwältin?", fragte sie Frau O, obwohl sie mir am Telefon gesagt hatte, sie kenne meine neue Anwältin. Gerade noch rechtzeitig flog N°3 herbei, den Aktenordner locker unter dem Arm, schwungvoll und fröhlich lachend. Ihre Anorakkapuze hüpfte wie ihre Ponyfrisur auf und nieder, und kaum hatten wir uns begrüßt, gewährte uns der Richter auch schon Einlass.

Es war so extrem eng, und dann wollte sich Lenzer auch noch ganz dicht neben mich setzen. Ich fragte sie, während ich meinen Stuhl ein wenig von ihr abrückte, ob sie einen Trauerfall hätte? Weil sie so schwarz gekleidet war und dazu noch dunkler und dicker geschminkt wie sonst. An ihrer Art der Reaktion, einem äußerst unwirschen Nee, aber auch an ihren zu gefährlichen Schlitzen verengten Augen erkannte ich, dass etwas im Busch war.

Der Richter hatte meine Vermieterin optisch wie akustisch durch mich sehr wohl registriert. Dennoch blieb der Armen nichts anderes übrig, als mit ihrem dicken Schmöker Java Skript und ihren Gauloises blondes draußen zu warten.

Meine Anwältin, fast einen Kopf kleiner als ich, stellte sich den Anwesenden kurz vor, der Richter kannte sie. Der griff jetzt ein paar Anklagepunkte auf, zum Beispiel, dass ich meinen Sohn angehalten hätte, Kreuzchen in sein Heft zu machen, immer wenn Kunz gekommen wäre. Stimmt das? Ja und nein, dachte ich. Als gewiefte Anwältin hätte N°3 mir vorher sagen können, dass ich dergleichen natürlich nicht zugeben dürfte. Doch nun sagte ich dem Richter, Ben hätte mir erzählt, dass Kunz ständig zu Frau M zum Kaffeetrinken käme. Da hätte ich mich gewundert, es angezweifelt, aber Ben hätte darauf beharrt. Und dann wollte er es mir beweisen, weil ich es ihm ja nicht recht abnahm. Wir hätten dann zwar in der Tat über die technischen Möglichkeiten, etwas zu dokumentieren, nachgedacht und wie er Events zuordnen könnte, auch wenn er nicht genau wüsste, welcher Tag gerade wäre. Aber ich hatte ihn natürlich nicht aufgefordert, das zu tun.

N°3 ergänzte, dass Kunz aber tatsächlich öfters im Hause M gewesen wäre. Zu Frau Lenzer hätte sie gesagt, sie übe ein Wächteramt aus, deshalb sei sie mehrfach dort gewesen. Kunz regte sich nicht. Der Richter wies nun weder sie noch später Lenzer darauf hin, dass sie wahrheitsgemäß zu antworten hätten, ansonsten machten sie sich strafbar. Nun, es war ja nur ein kleiner Kreis, man war unter sich, kannte sich, wozu diese Formalien. „Und?", fragte der Richter an Kunz gewandt. „Wie oft waren Sie in den vergangenen zwei Monaten bei Familie M gewesen?" „Einmal", antwortete Kunz leiser wie sonst, aber deutlich. Sie wurde noch nicht einmal rot dabei, und auch Lenzer korrigierte sie nicht, hatte sie mir doch bestätigt, dass sie aufgrund dieses Wächteramts öfter da sein *musste*. Ich wusste jetzt einmal mehr, dass sie zusammenspielten.

Der Richter sah mich kritisch an, ich sah meine Minuspunkte nur so durchrasseln, dachte an Ute, SAVE TIBET, an diese Sache mit dem abgekarteten Spiel. Es erschien mir so lächerlich, so absurd, nicht ich verhielt mich gesetzeswidrig, sondern Kunz. Aber ich konnte es nicht beweisen, und mein Sohn wäre ja kein ernst zu nehmender Zeuge, im Gegenteil: Angeblich hatte er die Kreuzchen ja auf mein Geheiß hin gemacht. Und er hatte mehr als nur ein Kreuzchen gemacht. Hinzu kam, dass er erst mit den Kreuzchen begonnen hatte, nachdem Kunz bereits des öfteren unerlaubterweise dort gewesen war, denn sonst hätte er es mir nicht erzählt, dann wäre die ganze Aktion erst gar nicht zustande gekommen. Das alles aber wollte der Richter nicht wissen, schließlich war ich und nicht Kunz die Angeklagte.

Der Richter bewegte jetzt schwerfällig und gleichzeitig amüsiert seinen Kopf in Richtung Lenzer. Die aber hatte nur darauf gewartet, saß plötzlich mit straff aufgerichtetem Oberkörper und fixierte den Richter erwartungsvoll wie ein Hund, der seinem Herrchen jede Regung von den Augen abzulesen bestrebt war: Soll ich jetzt? Sie wurde eindeutig nervös. Ich schielte auf ihren Spickzettel, las, dass Frau Hansen nicht in der Lage sei…

Ich konnte nicht weiterlesen, hatte aber genug gesehen, wusste ohnehin genug, hatte es mir ja die ganze Zeit schon gedacht und dennoch gehofft, dass es anders wäre.

Lenzer sah auf ihr Blatt, legte ihren Kopf schief, lächelte den Richter fragend an, und endlich nickte der ihr zu. Da blühte sie auf, streckte sich noch ein bisschen mehr und redete noch hektischer als sonst, wobei sie ständig auf ihrem Stuhl hin und her rutschte, als plagten sie Hämorrhoiden. Zunächst listete sie all meine Unmöglichkeiten auf, dass ich gesagt hätte, Ben würde bei Ms gehalten wie Caspar Hauser in seiner Kindheit und zwar sowohl emotional als auch versorgungstechnisch. Ich nickte, ja, so erlebte ich es, so hatte es mir auch Ben beschrieben. Nun, was sie inzwischen über mich herausgefunden hätte, war, dass ich mich offensichtlich nicht in mein Kind hineinversetzen könnte. Und dass sie aber festgestellt habe, dass das nämlich seinen Vater lieb hätte und Frau M auch, nur dürfte er das der Mama nicht sagen. So redete sie, und alle waren erschüttert. Und dass Ben sich nämlich mit seinem Vater identifiziere. Ben hätte da ein Bild gemalt, ein Tier, das beide darstellen soll, Vater und Sohn. Ihre Stimme mutierte plötzlich zu der Stimme eines kleinen Mädchens, als litte sie unter einer Persönlichkeitsspaltung, während sie weiter aufgeregt auf ihrem Stuhl hin und herrutschte. Ben sähe sich und seinen Papa als eine Einheit, quäkte sie, pausierte und sah dabei den grinsenden Richter an, und der fragte dann gutmütig wie der Nikolaus im Kindergarten: „Na, als welches Tier hat er sich und seinen Papa denn gemalt?" Da legte sie verschämt ihre Wange auf ihre hochgezogene Schulter und krähte in ihrer Kleinmädchensprache: „Als Pferd! Und dann hat er noch etwas gemalt", sie fuhr mit der Hand durch die Luft, ihre Augen verfolgten ihre Hand, „oben war dann noch etwas am Himmel, ein Freiheitssymbol?", um dann in deutlich tieferer Tonlage hinzuzufügen: „Endlich befreit!" Sie atmete laut aus, um dann erneut zu quäken: „Vielleicht ein Vogel?"

Das begriff dann auch der Richter und meinte lakonisch: „Na bitte. Kommen wir jetzt zu der Sache mit dieser Krankheit." Der Richter starrte auf den Stapel Papier, der sich vor ihm auftürmte. Wieder fühlte sich Lenzer angesprochen. Sie hätte nachgeforscht, sich telefonisch mit der behandelnden Kinderärztin in der Klinik in Verbindung gesetzt, die kenne sie übrigens gut (sicher so gut wie sie N° 3 kannte), und die hätte gesagt, der hätte gar nichts.

„Wusst ich's doch!", rief Herr M, „hab ich doch gleich gesagt!" Es entstand ein allgemeiner Tumult. Meine Anwältin, so winzig neben mir, versuchte sich Gehör zu verschaffen.

„Kein Arzt verschreibt grundlos Cortison und schreibt ein derartiges Attest!"

„Hach!", rief Lenzer daraufhin theatralisch und heischte erneut nach dem Blick des Richters. „Die hat ja die Ärztin dazu …", sie bremste sich, suchte nach einem passenden Wort „gedrängt!", donnerte sie schließlich. „Die konnte gar nicht anders."

„Genötigt sagten Sie neulich!", erinnerte ich sie und fühlte meinen Puls beschleunigen. Und an den Richter gewandt: „Vor der Tür wartet meine Vermieterin, sie kann bezeugen, dass Frau Lenzer neulich vor meiner Haustür lautstark getobt und mir unterstellt hatte, ich hätte die Kinderärztin genötigt, meinem Sohn Cortison zu verschreiben!"

Daraufhin aber tobte es erst einmal im Raum. Man gab mir keine Gelegenheit, fortzufahren, und von meiner Vermieterin wollte der Richter auch nichts hören.

Nachdem sich alle wieder beruhigt hatten, N°3 mich wiederholt zur Mäßigung ermahnt hatte, sagte sie dem Richter, dass sie es unter diesen Umständen für sinnvoll erachte, diese Ärztin persönlich zu befragen. Der Richter aber zog eine Schnute und schüttelte den Kopf. „Aber Frau Lenzer hat doch mit ihr gesprochen, wir haben das doch gerade von ihr gehört." Seinen Oberkörper auf die Unterarme gestützt erteilte der Richter mit der Spitze seines Kulis Lenzer erneut das Wort. Und die ereiferte sich jetzt erneut.

„Ja, ich habe mich natürlich mit der Vorgeschichte des Kindes befasst, habe mit dem behandelnden Kinderarzt Becker gesprochen, den ich übrigens sehr gut kenne… Nun, Neurodermitis und Asthma bronchiale sind eindeutig psychosomatische Erkrankungen, und der Kinderarzt hat mir mitgeteilt, dass Frau Hansen seiner Meinung nach das Kind ja erst krank gemacht hätte, in dem sie es überprotektiv von allem fern gehalten hätte, ja es in einer aseptischen Umgebung aufwachsen ließ."

„Aber der war doch nie bei uns!", entfuhr es mir und direkt an Lenzer gewandt, unser Anwesen mitsamt den Tieren vor Augen, „denn dann hätte er sicher den ersten aseptischen Misthaufen kennengelernt." Ich musste einfach gegen so viel Blödsinn protestieren, und mein Groll richtete sich in diesem Moment natürlich auch gegen unseren Kinderarzt. Wie konnte der etwas beurteilen, was er gar nicht kannte? Zudem hatte ich ihm damals von unseren Pferden erzählt, die direkt am Haus stünden, woraufhin er noch gesagt hatte, die Pferde draußen schadeten nicht. Lenzer sah mich an und verzog dann das Gesicht, als säße etwas extrem Widerwärtiges neben ihr. Keiner schien meinen Einwand zu beachten. Doch auch Herr M wusste, wie wir gewohnt hatten.

„Siehste, da ham wirs! Sag ich doch!", keifte der jetzt und fühlte sich sofort in seinen Theorien bestätigt, dass Rauchen für das Kind dann auch nicht schädlich sei. Jedenfalls hörte ich nur: „Und in Bens Gegenwart nicht rauchen! Lächerlich!"

Lenzer nickte ihm zu. „Eben, man kann Kinder nicht von allem fernhalten, so wie Frau Hansen es getan hat."

Der Richter hatte einen kompetenten Zeugen, nämlich den Kinderarzt, durch die Stimme seiner loyalen Expertin gehört, damit war für ihn der Fall gegessen. Es war zu offensichtlich, dass die einstweilige Verfügung mit der Brechstange durchgedrückt werden sollte, während N° 3 schwieg, mich immer nur zur Ruhe mahnte, bis auf den Punkt, dass der Kinderarzt eben nie gesehen hat, wie wir lebten, es von daher gar nicht beurteilen konnte; da stutzte dann auch sie hörbar. Hätte man mir das Gegenteil, also die Tierhaltung vorgeworfen, ich hätte es akzeptiert. Doch ich hatte inzwischen gelernt, dass gerade Kinder mit einer Hausstaubmilbenallergie besonders empfindlich auf den Feinstaub im Tabakrauch reagieren und so leicht an Asthma erkranken. Jemanden wie Ben, der bereits an allergischem Asthma gelitten hatte, nun erneut litt, konnte der Rauch hochgradig gefährlich werden.

Nach neuesten Erkenntnissen der Deutschen Krebsforschung fällt Passivrauchen sogar für Gesunde unter Körperverletzung. Für kleine Kinder aber gilt dies verstärkt, zumal die viel stärker ventilieren (ein- und ausatmen) als Erwachsene, somit relativ mehr Luft aufnehmen.

Der Richter hatte mehrere medizinische Abhandlungen über diese Problematik von uns vorgelegt bekommen, seriöse aktuelle Ausführungen zu Ursachen, Gefahren, Krankheitsverläufe, er konnte sich also kaum mit Unwissenheit rausreden. In keiner dieser Abhandlungen aber stand etwas über psychosomatische Ursachen. Nicht weil ich sie nicht auswählte, sondern weil es sie nicht gibt. Ein Asthmaanfall kann höchstens durch psychische Einflüsse verstärkt oder ausgelöst werden, diese sind jedoch nie ursächlich.

Wegen Inkompetenz, ja tolldreister Frechheit sollte Ben nun weiter leiden müssen. Ich kochte. Doch es ging ja noch etwas weiter.

„Was würden Sie denn bezüglich des Umgangs vorschlagen?", fragte der Richter gutgelaunt, als wäre alles nur ein Spiel. Lenzer nickte heftig, zog die Mundwinkel herunter.

„Auf keinen Fall mehr ohne Kontrolle. Aber ...", sie hätte sich da was überlegt. Sie lächelte wieder den Richter an, wartete erneut auf sein Zeichen, um sich dann wieder wie ein Schulmädchen zu ereifern. „Alle 14 Tage ein paar Stunden unter Aufsicht, bis auf weiteres. Ich dachte mir, diese ältere Dame, die Ben ja kennt und zu der er sogar Oma Lene sagt, die könnte doch die Umgänge begleiten."

Oma Lene! Was hat denn Frau Nöthen, meine ehemalige Nachbarin, meine Unterstützung nach Bens Geburt, was hat diese Dame mit der Geschichte zu tun? Fiel die mir etwa auch noch in den Rücken? Gleichzeitig betrachtete ich Oma Lene als den rettenden Strohhalm. Besser bei ihr, als gar nicht. Ich konnte nach dem haarsträubenden Termin, diesem Gipfel der Unverschämtheit, der Lügen und Willkür ohnehin nicht mehr klar denken.

Und während dieser anderthalb Stunden brütete meine Nachbarin als ungehörte Zeugin im Flur über Java-Skript, dessen Know-how Voraussetzung für ihren Arbeitsplatzerhalt war, ihr derzeitiges Problem. Dabei war Frau O müde, freute sich bereits auf die Rente in 10, 12 Jahren. Es tat mir leid, dass sie umsonst mitgekommen war.

Und so sah ich sie kurz zwischen Tür und Angel, zuckte die Achseln, als sie mich erwartungsvoll ansah, während alle Anwesenden den Raum verließen. Ich dagegen sollte vom Richterzimmer aus Oma Lene anrufen, ob sie dazu bereit wäre? Ich stutzte. Sie wusste demnach noch nichts. Wie dreist! Ich sah auf die Uhr. Es war bereits nach eins und da diese Leute, seit ich sie kenne, mittags um 12.30 essen, um 13 Uhr fertig sind, anschließend ruhen, meistens oben im ersten Stock, hoffte ich, dass sie dies jetzt noch nicht taten. Ich kannte ihre vierstellige Nummer auswendig. Oma Lene war es persönlich. Ich erklärte ihr die Situation, fragte, ob wir, Ben und ich, alle 14 Tage bei ihr... Sie war Gott-sei-Dank einverstanden, hatte aber nicht recht verstanden, was das Ganze sollte. Und erst recht nicht, warum man sie ausgewählt hätte. Es war mir mehr als peinlich, dieses Anliegen, um dass ich sie schließlich bitten musste, war doch unser Verhältnis bislang von gegenseitigem Respekt geprägt. Aber sie wusste auch, wie schäbig sich Herr M damals verhalten hatte, hatte sie mir wie alle anderen geraten, den für immer und alle Zeiten links liegen zu lassen. Lieber keinen Vater als so einen. Das hatte ich nun davon, dass ich die warnenden Stimmen in den Wind geschlagen hatte.

Die Telefonpause war beendet, der Raum hatte sich wieder mit den alten Gespenstern gefüllt, und ich bin einmal mehr für Ben nach Canossa gegangen. Ach ja, das hatte Lenzer auch mokiert, dass ich gesagt hätte, dass jeder Gang zu diesem Haus für mich wie ein Gang nach Canossa wäre, wegen dieser permanenten Machtspielchen.

Es wurde also beschlossen und festgehalten, dass ich meinen Sohn von nun an nur noch alle 14 Tage für maximal vier Stunden samstags im Hause der Eheleute Nöthen sehen sollte. Weiteres dann nach Erscheinen des Gutachtens, das die Dame für spätestens Mitte Januar ankündigte, worauf der nächste Gerichtstermin auf den 3. Februar 04 festgesetzt wurde.

Meine Vermieterin kam auf mich zu, war ehrlich entsetzt, als sie hörte, was beschlossen worden war, als sich N°3 lächelnd zu uns gesellte und dann den genialen Vorschlag machte, an den sie sich später aber verständlicherweise nicht mehr erinnern konnte oder wollte. „Warten Sie doch einfach, bis Ihr Sohn völlig durchdreht, vielleicht geben die ihn dann ja freiwillig wieder zurück?"

Aber Frau O hatte es ebenfalls gehört und fragte mich später, ob ich mich nicht mal nach einem anständigen Anwalt umsehen wollte? Ich wusste nicht, ob ich weinen oder lachen sollte. Keine Ahnung, ob es überhaupt anständige Anwälte gab, zumindest hatte ich da inzwischen meine Zweifel.

An diesem Tag ging es mir dann auch nicht so gut, ich war aufgewühlt, aber Frau O fing mich auf. Am Nachmittag saß ich dann bei ihr zwischen Büchern, Heften, Meerschweinchenfutter und Espressotassen und erzählte von unserem Haus am Fluss mit den Tieren, der Ofenheizung, das alles andere als aseptisch gewesen war, wenngleich ich Bens Zimmer täglich gewischt hatte, der Hund und die Pferde ohnehin keinen Zutritt zu den oberen Räumen hatten - (hingegen sie sich alle schon mal in der Küche, die auch Diele war, aufhielten). Ben hattte sich von Anfang an in unserem kleinen, landwirtschaftlich geprägten Tal frei bewegen können, wie die Nachbarskinder auch, zu denen er fast täglich genauso selbstverständlich ging wie die zu ihm. Es gab dafür natürlich Zeugen, vor allem eben die Nachbarn selbst und Bens ehemalige Tagesmutter, eine gelernte Erzieherin, die mir damals sogar offiziell von der Gemeinde vermittelt worden war. Sie hatte auch bereits eine Stellungnahme verfasst, viele Seiten, die Kunz und Lenzers Aussagen samt und sonders widerlegten. Doch ihre Stellungnahme hatte den Richter auch nicht interessiert.

Ich verbrachte an diesem Nachmittag viele Stunden bei Familie O. Bis meine früheren Fluchtpläne wieder zur Sprache kamen. Südafrika. Im Herbst hatten wir schon einmal ganz locker darüber gesprochen, jetzt aber meinte sie, wenn ich Ihnen irgendwie helfen kann? Ich dankte es ihr, doch mehr als für ihr praktisches Hilfsangebot dankte ich ihr für ihre Solidarität. Dann aber kehrten wir wieder zu dem Verfahren zurück, rätselten, wie diese Psychologin zu so seltsamen Aussagen kommen konnte. Noch ahnte ich ja nicht, was mit der Dame los war, und dass das bisher Gesagte erst ein kleiner Vorgeschmack auf das, was noch kommen sollte, gewesen war, und was mich dann wirklich allmählich um meinen Verstand bringen sollte.

Und ich sagte zu Frau O, ich werde mich wohl mal mit unserem früheren Kinderarzt unterhalten müssen. Und mit der Ärztin in der Notaufnahme der Kinderklinik ... um im nächsten Moment zu bezweifeln, dass die überhaupt mit mir sprechen würden, wenn sie doch so gut mit Lenzer konnten und wo ich doch gar kein Recht mehr auf Information hatte, schließlich hatte ich keine gesundheitliche Sorge mehr, ergo brauchten sie mir auch keine Auskunft zu geben. Ganz so, wie es mir Bens Lehrer zu verstehen gegeben hatte.

Ich musste etwas tun. Da ich immer selbständig gewesen war, mich immer auf mich selbst verlassen hatte, war es mir auch dermaßen in Fleisch und Blut übergegangen, dass ich gar nicht auf die Idee kam, etwas derart Wichtiges so völlig aus der Hand sprich in die Hand eines Anwalts zu geben und dann zu hoffen, der wirds schon richten. Ein richtig Guter hätte dergleichen vielleicht auch getan, aber die gab es wohl nur in Filmen und Romanen. Oder gegen sehr viel Geld.
 Und so schrieb ich einen Brief an Bens ehemaligen Kinderarzt und konfrontierte ihn mit dem Zitat, dass er gegenüber seiner Kollegin, wie Lenzer es im Gerichtstermin anmaßenderweise formuliert hatte. Eine bewusste Provokation, hatte Lenzer doch nicht promoviert und war er, der kleine Ehrgeizling, auch noch Kinderpsychotherapeut.

Ich bat ihn, sich dahingehend schriftlich oder telefonisch mit meiner Anwältin in Verbindung zu setzen, denn dann hätte ich mit meiner Anwältin eine Zeugin, die der Richter nicht ignorieren konnte.
Für den Fall, dass er dergleichen nicht geäußert hatte, bat ich um Entschuldigung und um Korrektur und klärte ihn dann über den sicher ersten und einzigen aseptischen Misthaufen auf, über den sich meine Nachbarin seinerzeit sogar anwaltlich beschwert hatte, sodass ich dessen einstige Existenz sogar schriftlich nachweisen konnte.

Weihnachten nahte und der erste Termin bei Oma Lene. Längst hatte ich auch wieder einen Termin mit meinem Richter ausgemacht, der schon aus allen Wolken gefallen war, als ich ihm am Telefon von dem Ausgang der Verhandlung berichtet hatte. Nur mussten wir unser neuerliches Treffen auf den noch sehr fernen Silvestermorgen verschieben, weil er über die Feiertage verreist sein würde.
Eigentlich hatte ich nicht vor, zu Oma Lene zu gehen, diese Schmach erschien mir unerträglich. Lieber den nächsten Gerichtstermin abwarten, als deren Marionette spielen; den Umgang würden sie uns nicht auf Dauer derart kappen können, dachte ich.

Ina, die Pragmatische, hatte die Idee mit Helmut. Helmut hatte sich der Selbsthilfeorganisation *Väteraufbruch* angeschlossen, weil seine Ex-Frau ihm gern den Umgang mit seiner Tochter erschwerte. Überhaupt waren es ja in der Regel die bösen Mütter. Aber Ina meinte, das Problem wäre letztlich das gleiche. Ich hatte dann noch vor Weihnachten und mit gemischten Gefühlen bei diesem Helmut angerufen, der dann ständig beängstigend laut in den Telefonhörer hustete, sich dennoch ein Stunde Zeit nahm, sich meine Geschichte anhörte und mir von Dingen erzählte, die mir damals noch nichts sagten. Helmut nannte mir dann auch

Ort und Datum des nächsten Treffens seiner Selbsthilfe-Gruppe, schließlich hatte ich nun ein ähnliches Problem wie die meisten Väter. Ein neuer Strohhalm.

Dann kam jener erste Samstag, an dem ich Ben bei Oma Lene in deren Haus und unter ihrer Aufsicht treffen sollte. Ich ging dann doch hin, weil ich es nicht übers Herz brachte, Ben allein zu lassen. Auch wollte ich ihm versichern, dass es nicht meine Schuld war, dass er nicht in den Ferien bei mir sein durfte. Und dass ich mir dennoch sicher war, dass wir es schaffen würden. Er sollte bloß nicht den Mut verlieren. Irgendwann wären wir wieder zusammen und dass ich ihn lieb hätte. All das wollte ich ihm sagen. Schmach hin oder her.

Ich kam etwas eher, Ben war noch nicht da. Nöthens saßen beide zusammen und doch getrennt in dem riesigen Doppelwohnzimmer: In dem nach Osten ausgerichteten Teil saß Herr Nöthen vor dem extra großem Flachbildschirm und guckte Sport, in dem südexponierten Teil saß Frau Nöthen und las. Sie sagte mir, dass sie keine Ahnung hätten, was das Ganze sollte. Da hätte – nach meinem Anruf – eine Dame vom Jugendamt angerufen und sie gefragt, ob sie sich bereit erklären würden, die Umgänge vorübergehend zu begleiten. Frau Nöthen sagte mir etwas genervt, dass sie nur ja gesagt hätte, weil sie mich gut kennen würde und weil wir, Ben und ich, ihr leid täten und weil sie samstagnachmittags sowieso meist da wäre.

Ich bedankte mich bei ihr, dass ich so durch sie meinen Sohn noch sehen durfte, sagte ihr, dass es mir leid täte, dass sie auf diese Weise mit in die häßliche Sache hineingezogen würden, als ich sie bereits durch den Garten kommen sah. Mir sträubten sich unweigerlich die Nackenhaare. Da schob diese widerliche Person, Frau M, mein Kind vor sich her, als wäre es bereits ihres. Grinsend über das ganze Gesicht stand sie kurz darauf im Hauseingang, offensichtlich bereit, sich bei *meinen* Leuten einzuschleimen, mit ihnen womöglich über mich, die psychisch Kranke, zu sprechen und wie man sie am besten händelte. Es ging dann alles automatisch.

Ich öffnete die schwere Haustür, zog Ben hinein und knallte der dummen Person die Tür vor der Nase zu. Mein Zorn war noch nicht verraucht, als Herr N, den ich seit Jahren nur Leonhard nannte, die Tür stoischen Blickes wieder öffnete. Sie stand noch immer an der selben Stelle vor der Tür, und Leonhard sen. teilte ihr auf seine keinen Widerspruch duldende Art mit, dass er das Kind später zurückbringen würde. Es waren nur etwa 150 Meter durch das Dorf, dessen Land rundum fast ausschließlich ihm beziehungsweise seiner Frau gehörte. Entsprechend zählten sie zu den angesehenen Honoratioren in der Gegend. Obwohl beinahe 80 Jahre waren beide noch fit wie andere nicht mehr mit 60, körperlich als auch geistig. Sie gingen schwimmen, gingen mehrmals im Jahr auf Reisen, ins Theater und luden sich gern Leute ein.

Jetzt saßen beide im südlichen Wohnzimmer, griffen nach ihrer Zeitung, er die Börsenkurse, sie das Feuilleton, und wiesen mir und Ben achselzuckend jeden x-beliebigen Platz zu. Ich kam mir so saumäßig blöd vor, wusste nicht, ob sie dem Amt versichern mussten, unsere Gespräche zu überwachen. Also flüsterte ich ab und zu mit Ben, denn das Gehör der beiden war dann doch nicht mehr ganz so gut. Wir saßen auf dem Teppich und spielten mit Legos, Ben war hektisch, wie immer, wenn er etwas im wahrsten Sinne des Wortes überspielen wollte. Er lachte an diesem Tag kein einziges Mal.

Es brodelte und kochte in mir, während in dem großen Raum mit den riesigen Panoramafenstern nur ab und an die Zeitung raschelte. Zwischen Oma Lene und ihrem Mann stand es schon lange nicht mehr zum besten, ich hatte so manchen Blick hinter die Fassade werfen können, ansonsten hätte ich vorab erst mal die Lage mit ihnen besprochen. Doch weil es eben Oma Lene war, die mir zugesagt hatte, wollte ich sie nicht in zusätzliche Schwierigkeiten bringen.

Ich ahnte, dass der alte Leonhard dem allein aus Opposition nicht zugestimmt hätte. Später gelang es mir im Flur, Ben zu versichern, dass ich es mir doch auch so sehr gewünscht hätte, dass wir die Ferien bei mir verbringen können, und dass ich ihn lieb hätte und der Weihnachtsmann ihn nicht vergessen würde, nur käme der dieses Jahr halt etwas später.

Ich war die paar Kilometer wieder mit dem Rad gekommen, und weil es kurz vor Weihnachten bereits sehr früh dunkel wurde, war ich entsprechend früher heimgefahren, zumal ich durch ein längeres Waldstück musste. Außerdem hatte ich das Gefühl gehabt, mir schnürt es die Luft ab, zu Füßen meiner Bekannten, gerichtlich verurteilt meinen Sohn nur noch unter deren Kontrolle sehen zu dürfen.

Der nächste Besuchstermin sollte erst im neuen Jahr stattfinden.

Trotz allem oder gerade deshalb bereitete ich mich so auf die Weihnachtstage vor, dass sie mir nichts würden anhaben können, im Gegenteil. Im Internet hatte ich ein paar Psycho-Tipps gefunden. Die brauchte ich dringend, um zumindest für ein paar Tage einfach mal Abstand zu bekommen, dazu benötigte ich endlich Schlaf. Dank mehrerer alltagstauglicher Tipps konnte ich mir tatsächlich vorübergehend ein anderes Denkschema aneignen und mich dann auf so manchen Film im Fernsehen freuen, auf etwas Gutes zu essen, auf Wein und heitere Lektüre.

Es gelang mir für ein paar erholsame Tage, mich von dem ganzen Schlamassel zu befreien. Ich ging viel spazieren und beschloss angesichts der dramatischen Wolkenlandschaften, zu malen. Öl auf Leinwand. Es wurde ein großes quadratisches Bild, ein dunkler Wolkenhimmel, durch den jedoch helles Licht brach, das das ansonsten dunkle, leicht aufgewühlte Meer erhellte. Am unteren Bildrand eine Steilküste, der Standpunkt des Betrachters. Naturalistisch, etwas englisch. Als ich das Bild im Januar 04 fertig hatte, dachte ich einen albernen Moment daran, noch einen Mann im Trench mit Hut ins Bild zu stellen. Die Hände in den Taschen vergraben, schaut er aufs Meer, auf dem etwas treibt: eine Leiche. Ich hatte verschiedene Ideen, wer diese Leiche sein könnte.

Zwischen den Jahren musste ich arbeiten. Am Silvestermorgen, es war lausig kalt, aber schön, radelte ich mit dem MTB durch Wald und Wiesen hinauf zu meinem Richter. Ich legte ihm den Beschluss zur Umgangsbeschränkung vor und berichtete ihm vom Ablauf des Termins. Seine Frau brachte uns Wasser, Kaffee, Kekse und war wie immer ganz erschüttert, dass es möglich sein sollte, dass in ihren stets geheiligten Hallen (Gericht) so etwas geschehen konnte. Er, der früher in Köln lebte und richtete, hatte sich sein Haus so auf dem Berg platziert, dass er sowohl den Kölner Dom (Nordseite) als auch das Siebengebirge (Südseite) sehen konnte. Das Panoramafenster seines Wohnzimmer war nach Norden ausgerichtet, und da saßen wir nun, und er verstand nicht, wie sein ehemaliger Kollege so einen Mist hatte glauben können und noch nicht mal die Ärzte als Zeugen laden wollte.

In der Zwischenzeit hatte mir meine Anwältin noch nachträglich zu dem vergangenen Termin ein Schreiben zukommen lassen, das sie eher als meine Bewährungshelferin, denn als meine Anwältin erscheinen ließ und in dem sie versuchte, mir meine irren Ideen auszureden. Zum Beispiel die eines Komplotts zwischen Kunz und Lenzer. Kunz hätte sich sogar äußerst besorgt gezeigt und bei ihr nachgefragt, wie ich denn den Termin verkraftet hätte. Als ich das las, begann ich vor Wut zu sprudeln, vor allem, als ich weiterlas, dass sie mir doch auch im Namen der Psychologin dringend zu einer Therapie rate. Dreister konnten sie kaum vorgehen, heuchelten meiner Anwältin Mitgefühl für ihre psychisch kranke Klientin vor - und N°3 fiel auch noch darauf rein. Wenn aber jetzt sogar meine Anwältin glaubte, was Kunz

und Lenzer sagten, glaubte sie am Ende auch den Quatsch, ich hätte die Kinderärztin genötigt, dann glaubte sie mir also nicht, glaubte nicht dem Attest, glaubte nicht den Ausführungen des Allergologen, versuchte mich nur pflichtmäßig zu verteidigen – so wie ein Pflichtverteidiger den eindeutig überführten Verbrecher. Herrliche Aussichten!
 Und auch das klagte ich meinem Richter, was ihn zu Äußerungen des tiefsten Bedauerns veranlasste, hatte er sie mir doch wärmstens empfohlen.
 Aber das ist nun mal so eine Sache mit den Empfehlungen, vor allem, wenn zwischen der guten Erinnerung und dem Hier und Jetzt fast 20 Jahre klaffen.

Anfang Januar folgte ich der Einladung zu dieser Selbsthilfegruppe, von der ich mir einfach nur ein paar Tipps erhoffte, ansonsten aber Probleme mit deren Namen hatte. Klang altbacken nach Wandervogelbewegung. Väteraufbruch!
 Wir waren zu viert, drei Männer und ich, wovon einer wiederum nur den einen begleitete, sodass es nur zwei waren, die dieser Gruppe angehörten. Die Kneipe war völlig verräuchert, Helmut hustete noch immer und jetzt im Qualm erst recht - ununterbrochen und mörderisch laut. Natürlich wären sie noch mehr, sagte er mir, doch die meisten wären längst zu frustriert, um regelmäßig zu kommen. Jedenfalls erzählten sie mir von ihren kleinen und größeren Kämpfen. Als ich dann aber meine noch frische Geschichte erzählte, von den Lügen der Dame vom Amt, von der gestörten Psychologin, die dem Richter so einen Quatsch erzählt hätte, von wegen Ärztin genötigt und von der miesen Gegenseite, die meinen Sohn obendrein wieder krank gemacht hätte, da kam es natürlich wie zuvor schon bei N°3 auch hier entsprechend unglaubhaft an, meine Alle-sind-gegen-mich-Tirade.
 „Aber es ist wirklich so!", beharrte ich und war der Verzweiflung nahe, dass sie mir nicht glauben wollten. Wieso war ich überhaupt hierher gekommen? Warum sollte ich die

Schuld bei mir suchen? Und warum soll sich mein Sohn nicht entscheiden können? Phrasen. Dennoch begann ich auch mal wieder an mir zu zweifeln. Vielleicht bin ich ja wirklich unfähig? Gestört? Was, wenn Ben inzwischen doch lieber in dem anderen Haus lebte, mir nur aus Loyalität etwas vormachte beziehungsweise zwar traurig wäre, aber, sobald ich nur weg wäre, wieder lachte? Vielleicht störte ich ihn dabei, ein Verhältnis zu der neuen Familie aufzubauen? Was, wenn es für ihn gar nicht so schlimm, gar nicht so schlecht war, da oben? Machte ich mir umsonst so viele Gedanken, Sorgen?

Für einen Moment fand ich es angenehm leicht, dergleichen anzunehmen, den Aussagen der Experten zuzustimmen, nicht mehr diese Gedanken und Ängste haben zu müssen. Vielleicht sollte ich mich um angenehmere Dinge kümmern, sollte nach Italien oder Südfrankreich ziehen, Malkurse für Touristen abhalten, selber malen in einem netten kleinen Ort am Meer oder in der Provence. Für mich allein bräuchte ich ja nicht viel. Nein, Alternativen zu dem wenig attraktiven Hier und Jetzt hätte ich genug. Es wäre zu schön.

Dieser Exkurs jedoch dauerte nur kurz, dann sah ich wieder Ben vor mir, all die Jahre, die wir gemeinsam verbracht hatten, die ihn geprägt hatten, und ich sah ihn jetzt, sah seine Veränderung, seine Traurigkeit, hörte seine Stimme, wusste, dass ich richtig lag und dachte resümierend bei mir, dergleichen brauch ich mir nicht auch noch antun, diese Selbsthilfegruppe hilft uns zumindest nicht. Im Gegenteil, sie verunsicherte mich nur. Es gab schon zu viele, die das taten. Ich dachte erneut an die verdrehten Fakten, und dass mein Sohn ja tatsächlich sehr krank gewesen war, wieder war, es ihm bald womöglich richtig schlecht ginge und dass er auf dieser Schule gelandet ist, aus der er bei dieser Familie nicht wieder rauskäme. Keiner dort legte Wert auf Bildung, sie waren Lichtjahre entfernt von der Freude an Sprache, an Naturwissenschaften, Kunst oder Sport. Ben sagte mir sogar einmal selbst, dass die dort gar keine Bilder hätten, und überhaupt sähe es da nicht schön aus. Ohne ihn je gedrillt zu haben, hatte ich beobachtet, wie ihn schon früh alles Mögliche interessierte, er ständig fragte, an so vielem Spaß hatte. Jetzt lebte er wirklich beinahe wie ein Caspar Hauser. Doch selbst er, der mitunter sehr stur sein konnte, wenn er etwas ablehnte oder wollte, auch er, so wusste ich, würde sich eines Tages daran gewöhnt haben, die Geflogenheiten übernehmen.

Ich wusste, ich hatte mir nicht allzu viel vorzuwerfen, außer dass ich mich habe verunsichern lassen, so sehr, dass ich am Ende geglaubt hatte, Ben wäre bei diesen Idioten besser aufgehoben als bei mir im bröckelnden Reich eines Bobby Mugabe.

Helmut war dann so freundlich und fuhr mich nach Hause. Während der Fahrt predigte er dann nochmals die Platituden seiner Organisation. Ich empfand nichts dergleichen als unterstützend, nicht in unserem Fall. Jedenfalls erklärte ich mich bereit, den WDR oder einen anderen Sender demnächst mal für einen Beitrag über die Organisation Väteraufbruch, für ihr Anliegen und ihre Vorgehensweise zu begeistern, was bei Gelingen auch meinem Geldbeutel guttäte. Von da an sprachen wir uns öfter, wenngleich auch nur noch einmal in dieser Kneipe.

10 Überführt

Am 13. Januar hatte ich nachmittags einen Termin bei meiner Anwältin. Auf dem Weg zu ihr fiel mir urplötzlich ein leicht nachweisbares Indiz für Kunz' Falschspiel auf, das auch meine Anwältin überzeugen würde. Die Sache mit dem Datum! Denn als uns Kunz am 12.8.02 erstmalig in Augenschein genommen hatte, existierte bereits das Schreiben der Gegenseite mit den vielen Falschaussagen. Auch der Gerichtstermin stand schon fest - genauso wie ihre Meinung über mich, lange bevor sie mich und Ben das allererste Mal gesehen hatte. Demnach hätte sie seherische Kräfte. Dieser Gedanke begleitete mich genauso zu meiner Anwältin wie der Gedanke an ihren seltsamen Brief, der mich zwischen den Jahren so schockiert hatte. Von wegen Kunz und Lenzer wären ja so um mich besorgt gewesen und von wegen Therapie machen! Dergleichen hätten die beiden dringender nötig.

N°3 aber verblüffte mich erneut mit ihrer wechselnden Art der absoluten Distanziertheit und ihrer mitunter fast warmen Art des Mitgefühls, die wiederum in die lebhafte Albernheit eines jungen Mädchens umschlagen konnte.

Heute aber sagte sie gleich zu Anfang etwas, was ich erst für selbstverständlich hielt, bis mir Stunden später die ganze Tragweite dessen bewusst wurde. Ich gebe zu, eine lange Leitung zu haben. Es lag allerdings auch ein wenig an der Art, wie mir N°3 diese Nachricht übermittelt hatte, denn fast beiläufig bemerkte sie, dass dieser Kinderarzt, Dr. Becker, bei ihr angerufen hätte. (Ich hatte ihn aufgrund seiner angeblichen Äußerung Lenzer gegenüber angeschrieben und gebeten, doch gleich meine Anwältin in dieser Sache anzurufen, weil wir so gleich eine Zeugin hätten, die so oder so bei Gericht erscheinen würde.)

N°3 sagte mir jetzt, dass sich dieser Dr. Becker ziemlich empört hätte über diese Psychologin, mit der er nur ein ganz knappes und allgemein gehaltenes Telefonat geführt hätte. Natürlich habe er die Äußerungen, dass ich meinen Sohn krank gemacht hätte, nicht getan. Überhaupt würde er am Telefon keine Stellungnahme abgeben, zumal er die Frau ja kaum kenne. Und dass er sich auch persönlich bei Lenzer beschweren werde.

Ich hatte dergleichen inzwischen zwar kaum noch erwartet, so doch sehnlichst erhofft. Ein erster Sieg! Ich registrierte unterschwellig, dass meine Anwältin keine Entschuldigung zustande brachte. Ich verzieh ihr dennoch. Es war ja auch kaum zu glauben. Wir aber hatten jetzt einen deutlichen Hinweis auf Lenzers falsches Spiel erhalten. Eigentlich wäre es N°3s Job gewesen, das herauszufinden, aber sie war gar nicht erst auf die Idee gekommen, dass Lenzer (genauso wie Kunz) vor Gericht lügen könnte. Lenzer hatte also nachweislich gelogen, und ich hatte nun in meiner Anwältin eine optimale Zeugin, die der Richter anhören *musste*. Damit konnten wir gegen den Beschluss, gegen diese einstweilige Verfügung angehen. Schließlich hatte vor allem Lenzers Stellungnahme als Sachverständige zum Entzug des freien Umgangs geführt. Ihr Lügen würde auch Konsequenzen für den absehbaren Ausgang des Gutachtens nach sich ziehen.

Wie konnte sich eine erwachsene Frau in einem Heilberuf so derart weit aus dem Fenster lehnen? Wie kam sie auf die Idee, einem Arzt ein falsches Zitat anzuheften? Wie fertig musste sie sein? Oder war sie knapp bei Kasse, dass sie sich deshalb für ein Gefälligkeitsgutachten instrumentalisieren ließ? Es war mir schleierhaft. Wie mir auch das Verhalten des Richters schleierhaft war. Wie konnte er so viele offensichtliche Widersprüche kritiklos hinnehmen? Ben wäre nicht krank, nur etwas erkältet, weil er - mit sieben! - das erste Mal Kontakt zu anderen Kindern hätte! Gleichzeitig konnte er lesen, dass Ben einen Kindergarten besucht hatte.

Immerhin war jetzt die Weiche gestellt, dieser Psychopathin, wie ich sie seit ihrem seltsamen Auftritt vor Gericht nannte, etwas anzulasten, nämlich den Straftatbestand einer Falschaussage vor Gericht.

Ich ließ N°3 die Kopie meines Briefes an den Kinderarzt da und verließ guter Dinge ihre Kanzlei, die sich zufälliger-

weise gegenüber von Helmuts Arbeitsplatz, einem Immobilienbüro, befand. Die Sache war schnell erzählt.
Helmut schnaubte daraufhin nur. „Anzeigen!"
Anzeigen. Gut. Aber wo? Helmut überlegte.
„Fahr zum Amtsgericht, die haben da so eine Stelle."
Ich fuhr zum Siegburger Amtsgericht. Doch dort wusste keiner so recht Bescheid, mit Ausnahme der beiden mürrischen Rechtspfleger, die ich bereits von meiner drohenden Kontopfändung her kannte. Erstaunlich bereitwillig hörten sie sich jetzt die Kurzversion meiner Geschichte an: Eine gerichtlich bestellte Expertin hat vor Gericht eine nachweisliche Falschaussage zu meinen Ungunsten getätigt.

Ich übernahm vorsorglich ihren Sprachduktus. Sie nickten und schickten mich daraufhin zur Polizei meiner Gemeinde.

Der diensthabende Polizist am Empfang hörte sich staunend meine Geschichte an, die ich ihm sehr ausführlich und diesmal in einem anderen Duktus erzählen musste. Er meinte, sowas hätten sie hier ja noch nie gehabt und schickte mich in den vierten Stock zu einer enorm dicken, Rothändle qualmenden Bulldogge, wo mir fast die Luft wegblieb, weniger wegen des Rauches, sondern weil die Bulldogge so muffelig, ja fast unverschämt wurde und so tat, als gäbe es den Straftatbestand der Falschaussage vor Gericht nicht. Das müsste ich schon dem Richter überlassen, knurrte der entsetzlich dicke Mann, ohne mich anzusehen.

Erneut überfiel mich so etwas wie Verzweiflung, als er mich anraunzte, als wäre ich im Unrecht und als wollte ich mich so über Gerichtsentscheide hinwegsetzen. Wieder einmal fühlte ich mich als die Schuldige, bis ich mich berappelte, mein Frust beinahe in Wut umschlug, weil ich so abgefertigt wurde. Ich wirkte an diesem Morgen allerdings auch wenig seriös: Jeans, Turnschuh, Sportjacke, Rucksack, die Haare vom Radeln windzerzaust. Der Kommissar glotzte bereits seit Minuten schweigend auf den Bildschirmschoner seines PC, als wäre für ihn der Fall längst abgeschlossen, bis er aus dem linken Mundwinkel, im rechten hing die Rothhändle, kaum verständlich ein einziges Wort fallen ließ: Staatsanwaltschaft.

Ich fing es auf, fast schon im Gehen. „Staatsanwaltschaft Bonn?", fragte ich vorsichtshalber und eigentlich auch nur, um sicher zu gehen, dass ich mich nicht verhört hatte.

Durch die Aktion hatte ich zwei Stunden schönsten Sonnenschein verplempert. Die Staatsanwaltschaft in Bonn. Natürlich. Normale Strafanzeigen, Autodiebstahl, Körperverletzung und so erstattet man bei der Polizei, das geht dann automatisch an die Staatsanwaltschaft. Unser Problem aber will direkt dort vorgebracht werden. Woher soll man das wissen?

Gisela sagte immer, boah, du kennst doch so viele Leute. Das ist dein Vorteil. Der Vorteil war, dass diese Leute wiederum Leute kannten, die einem mitunter nützlich sein konnten. Da war zum Beispiel diese nette, gut aussehende Staatsanwältin, Nadines Nachbarin! Ich rief Nadine an, erzählte, was passiert war und ob sie vielleicht mal Karin fragen könnte, was ich in einem solchen Fall zu tun hätte.

Eine halbe Stunde später erklärte mir Karin höchst selbst, wie und wo und was ich zu schreiben hätte. Ich kopierte den Brief an den Kinderarzt noch einmal, führte meine Anwältin als Zeugin an und protestierte so schriftlich gegen unsere dreiste Expertin.

Währenddessen wartete ich mit Spannung und nichts Gutes ahnend auf Lenzers Gutachten, das aber zum angekündigten Zeitpunkt nicht kam. Seit Auftragserteilung waren bereits über fünf Monate vergangen. Natürlich war ich mir jetzt schon sicher, dass wir Lenzer allein wegen dieser Falschaussage im Termin für befangen erklären könnten. Doch N°3 meinte, sie hoffte vielmehr, dass sie diese Äußerung, die sie im Termin gemacht hatte, auch schriftlich in dem Gutachten präsentieren würde.

„So blöd wird die doch nicht sein!", sagte ich damals überzeugt und war enttäuscht, dass das mündliche Zitat für einen Befangenheitsantrag noch nicht ausreichen sollte, hatte es doch verheerende Folgen für Ben – und auch für mich. Also setzte ich auf die Staatsanwaltschaft, die ausschließlich für mündliche Falschaussagen zuständig war.

Natürlich hielt ich auch Oma Lene, alle meine Freunde und meinen Richter ständig auf dem Laufenden. Die Nachricht, dass die vom Gericht bestellte Expertin nachweislich gelogen hatte, schlug dann auch wie eine Granate ein. Die kleine Frau des Richters, die ich meist zuerst am Telefon hatte, rief entsetzt: „Oh, wie fürchterlich!" Sie konnte unsere Geschichte am wenigsten fassen, und es tat mir leid, ihr keine besseren Nachrichten überbringen zu können. Ihr Mann war stets ein überlegter, nachsichtiger Richter gewesen, und jeder Übeltäter war wahrscheinlich schon von sich aus reuig geworden bei so viel Warmherzigkeit. Der aber hatte jetzt kaum noch Töne, schüttelte den Kopf, lachte ansatzweise, ihm fehlten die Worte. Doch für ihn stand fest: Diese Dame werden wir los.

„Dann wird es noch einmal ein Gutachten geben. Das aber dauert. Die Zeit arbeitet gegen sie beide", meinte er ehrlich besorgt, und sah deshalb kaum noch eine echte Chance. Er fuhr sich zum wiederholten Male mit den Fingern durch die Haare. Ich glaube, da war es das erste Mal, dass ich es ihm gegenüber erwähnte. „Aber wenn das so ist, bleibt mir ja praktisch nur noch, dass ich mit meinen Sohn verschwinde!" Ich sagte es belustigt, aber er nahm es genauso ernst, wie ich es meinte. Ben sollte vor allem die Chance haben, sich fröhlich und gesund zu entwickeln. Aber sowohl seine Fröhlichkeit als auch seine Gesundheit waren derzeit auf einem Tiefpunkt. Nach dem Freibrief der Psychologin nahmen sie erst recht keine Rücksicht mehr auf ihn.

Bekommt man ein Asthma bronchiale noch im Kindesalter in den Griff, hat das Kind gute Chancen, gesund erwachsen zu werden. Sonst nicht. Sonst besteht neben der Gefahr eines chronischen Asthmas auch die Gefahr einer Organschädigung (Lungenkrebs).
„Ha!" Der Richter lachte kurz auf. Er war aufgestanden, begann jetzt, anstatt mich umgehend zu maßregeln, nachzudenken, indem er lächelnd auf den Teppich schaute, sich dabei erneut durch die Haare fuhr. „Das wäre natürlich auch noch eine Möglichkeit. Ehrlich gesagt wüsste ich nicht, was ich täte, wären meine Enkel - meine Kinder sind ja glücklicherweise schon erwachsen -, in einer derartigen Situation."
Und nach einer Weile des Schweigens meinte er: „Ich kann Sie gut verstehen. Ich kenn mich in solchen Angelegenheiten zwar nicht so aus, aber ich schätze, Sie würden höchstens mit einer Buße rechnen müssen ... als Mutter."
„Na, das geht ja noch!", rief ich erfreut und wurde ganz aufgeregt, nicht zuletzt, weil er meine heimlichen Notfallpläne nicht als kriminell verurteilte. Meine Gedanken wurden wieder laut. „Ich hatte an Südafrika gedacht..."
Mein Gegenüber verzog umgehend das Gesicht.
„Nach Afrika würde ich nicht gehen, viel zu unsicher, der ganze Kontinent!" Grundsätzlich hatte er Recht. Für mich kamen ohnehin nur die südlichen Länder dort in Betracht. Andere attraktive Länder wie beispielsweise das ferne aber mir ebenfalls gut bekannte Neuseeland gingen nur theoretisch, obwohl auch dort das Touristen-Visum zur Einreise reichte. Aber auf Neuseeland sind sie extrem scharf, Besucher nach Ablauf der Zeit wieder rauszuschmeißen. Es sei denn, man ist reich oder man kann etwas Besonderes, was die dort gut gebrauchen können. Dann gäbe es ein aufwändiges Einbürgerungsverfahren, das sie aber nicht davon abhalten würde, einen auf Wunsch der BRD wieder rauszuschmeißen. Und obwohl ich dort nach fünf längeren Aufenthalten viele verschwiegene Plätzchen und ebenso viele Leu-

te kannte, wäre das dünn besiedelte NZ schlichtweg zu gläsern, um dort unterzutauchen. Schließlich haben sie auch herausgefunden, dass es dort in den unwegsamen südlichen Wäldern nur noch 48 Kakapos gab, wobei Kakapos, jene seltsamen, flugunfähigen, nachtaktiven Papageien wesentlich kleiner und unauffälliger sind als ich, Mutter mit Kind, und somit viel schwerer auffindbar. Dennoch haben sie nicht ungefähr 50, sondern exakt 48 Kakapos entdeckt und gezählt. New Zealand fiel deshalb aus.

Mein Richter aber schien ernsthaft nachzudenken, und ich kam der mir schon bekannten Schlussfolgerung zuvor und sagte ihm, ich könnte nicht nach Südamerika, weil ich für Ben keinen Reisepass hätte. Dadurch blieben mir die wenigen Länder verwehrt, die nicht an Deutschland ausliefern. Ausliefern! Ich sah mich schon in Handschellen. Hinter Gittern. Oder monatelang auf der Flucht, dabei professionell unterstützt von einem ehemals obersten Vertreter des Gesetzes. „So kann ich nur in ein Land, in das man mit Touristenvisum hineinkommt und bei dem die Eintragung meines Sohnes in meinen Pass genügt. Wie eben Südafrika."

Er nickte verstehend. „Ja, auf jeden Fall müssen Sie raus aus Europa", meinte er, um sich im nächten Moment selbst auf die Finger zu klopfen. „Um Gottes Willen, ich kann Ihnen doch unmöglich zur Flucht raten! Allerdings – ich kann Ihnen unter den Umständen auch nicht davon abraten. Ich weiß es nicht." Er schien ehrlich ratlos. Wir schwiegen eine Weile und kehrten dann wieder zu den juristischen Möglichkeiten zur Lösung meines Problems zurück.

So machte er mir zum Abschied etwas Mut, was den Befangenheitsantrag anbelangte. Ein neues Gutachten würde vielleicht dafür sorgen, dass uns am Ende Gerechtigkeit widerfahren würde. Und was meine Notfallpläne anbelangte, erschienen die mir inzwischen noch weniger abwegig. Sie mutierten zu einer echten Alternative, weil selbst mein Richter mir signalisiert hatte, dass mein Entschluss, notfalls zu flüchten, seine Berechtigung hätte. Mein Richter hätte sicher auch das Zeug zu einem guten Pfarrer gehabt.

Inzwischen hatte ich ein unscheinbares Schreiben von der Staatsanwaltschaft Bonn erhalten. Ich erinnere mich noch genau an diesen Freitagnachmittag, ich hatte gerade ein neues vielversprechendes Bild angefangen, großes Querformat, verschiedene Abschnitte des Nils zu einem Ganzen zusammengefügt, in den Farben umbra, blau, ocker und weiß, Öl auf Leinwand, als der Briefträger ungewöhnlich spät um den Erker hetzte, wie immer versuchte, mich dort zu erspähen, um dann die Post durchs gekippte Fenster zu reichen. Damit ersparte er sich zwei mal sieben Meter Weg und den Tritt in den Katzenfutternapf.
Kurz darauf las ich dann endlich einmal eine erfreuliche Nachricht: Ermittlungsverfahren gegen Lenzer -
Tatbestand: uneidliche Falschaussage. Es gab tatsächlich ein Ermittlungsverfahren.

Ein Hauch von Gerechtigkeit, sagte ich noch zu Frau O, die in der Garage wuselte, schwang mich aufs Rad, um in die Stadt zu fahren. Morgen sollte ich Ben wiedersehen. Ich brachte ihm inzwischen jedes Mal ein kleines Geschenk mit, meistens etwas aus dem Spielzugladen. Und jeden Freitag zwischen 17 und 19 Uhr durfte ich ihn anrufen, wobei allerdings immer jemand in seiner Nähe war, mithörte.

Aufgrund der Meldung der Staatsanwaltschaft war ich so gut gelaunt, dass ich meinen Sohn mit meiner Fröhlichkeit glatt vor den Kopf stieß. „Du freust dich, aber ich muss hier sein. Du willst gar nicht mehr, dass ich zu dir komme!"
„Nein, ich freue mich, weil wir heute ein Stück weiter gekommen sind - auf dem Weg zum Wiederbeisammensein."

Seine Stimme sagte mir, dass er nicht mehr daran glaubte. Dass er *mir* nicht mehr recht glaubte, war er doch nun schon seit einem dreiviertel Jahr in dem ungeliebten Haus. Seit einem halben Jahr war er ununterbrochen krank. Erkältet, wie man immer sagte. Doch es war seine allergische Reaktion, die ihn ständig näseln und husten ließ, ihm Kopfweh, tränende Augen und immer wieder nächtliche Hustenattacken bescherte. Auch jetzt klagte er wieder, meinte, er sei krank, läge sogar im Bett, fragte, ob ich ihm nicht ein Lied vorsingen könnte. Ich stand in einer Telefonzelle zwischen Marktplatz und Spielzeuggeschäft in der Fußgängerzone und sang nun ein Lied ins Telefon, das wir oft zusammen gesungen hatten, und er sang mit brüchigem Stimmchen mit. Es klang so verzweifelt und so tapfer gleichermaßen, und es wollte mir einmal mehr das Herz brechen.

Auch an meinem 400-Euro-Arbeitsplatz wusste man Bescheid, war verständnisvoll, hörte zu, gab mir immer frei für Anwalts- und Gerichtstermine, oder wenn ich ziemlich unbrauchbar wirkte, so wie damals, als mir der Entzug des Umgangsrechts drohte, ich zu heulen angefangen hatte und sie mir so viel Mitgefühl entgegengebracht hatten.
Und von diesem Arbeitsplatz aus rief ich am Morgen des 28. Januar N°3 an (über mein Handy). Ich wollte nachfragen, ob es schon eine Reaktion des Gerichts bezüglich der Zeugenladung vor allem wegen einer Terminverschiebung geben würde, denn ich müsste heute Bescheid sagen, ob ich Dienstag arbeiten könnte oder nicht. Ich war mir fast sicher, dass der Termin verschoben werden würde, schließlich war das Gutachten noch nicht da, über dessen Ergebnis aber bereits in zweieinhalb Werktagen gesprochen werden sollte.

11 „Es"

Ich erinnere mich noch gut daran, wie N°3 in ihrer meist unterkühlten Art bemerkte, dass das sehr umfangreiche Gutachten nun endlich vorläge.
„Sie haben eine Persönlichkeitsstörung, steht da, Sie sind somit erziehungsunfähig." Sie sagte es in einem Tonfall, als wäre es ganz selbstverständlich und somit Fakt. Ein stechender Schmerz durchzog meine Schläfen, mir wurde heiß, mein Herz hämmerte dumpf. Ihre Worte schockierten mich so dermaßen, dass es mir die Sprache verschlug und dass es in meinem Kopf nur so durcheinanderwirbelte. Keine Ahnung, wie das Telefonat weiterging, aber es endete in der nächsten Minute. Ich erinnere mich noch, wie ich in dem Haus die Treppen hoch wankte, schockiert, dass ich einen Dachschaden haben sollte. Denn wenn man als erziehungsunfähig eingestuft wird, muss es ja schon ziemlich übel um einen bestellt sein. Und sowas merkt man ja selber nicht. Dann war es am Ende doch wahr, dann war ich also tatsächlich die unfähige Mutter, als die mich Kunz und Lenzer beschrieben hatten. Mein Entsetzen nahm von Minute zu Minute zu, mein Verstand, wenn ich dergleichen je besessen hatte, schien völlig blockiert. Vergessen war die Tatsache, dass wir Lenzer der Falschaussage überführt hatten, sodass man daraus schließen konnte, dass sie mir bewusst etwas anhängen wollte, um mich zu diskreditieren. Vergessen auch, dass deswegen sogar die Staatsanwaltschaft gegen die Dame ermittelte.
Ich ahnte jedoch, dass das der Richter nicht berücksichtigen würde, dass er Lenzers Aussagen trotzdem anerkennen würde. Ich ahnte auch, dass eine derartige Diagnose mit einem Schlag all meine Bemühungen, das Sorgerecht für Ben zurück zu erlangen, völlig unmöglich machen würden.

Ich fühlte mich leer, mir war schwindelig. Ich trank ein Glas Wasser und starrte hinaus in den gelbgrauen Winterhimmel. Ich versuchte mir vorzustellen, dass ich dermaßen gestört sein sollte, dass ich nicht fähig gewesen sein soll, meinen Sohn, an dem wirklich nicht allzu viel Falsches dran war, zu erziehen. Im Gegenteil. Aber dergleichen konnte ich ja offensichtlich nicht beurteilen. Dennoch. Ich wusste, ich musste etwas tun. Es gelang mir tatsächlich, mich ein wenig von diesen grässlichen Gedanken zu befreien und mein Adressbuch hervorzukramen. Obwohl ich noch im Dienst war, rief ich Nadine an, erreichte sie auf ihrem Handy. Lachend meldete sie sich mit: Hallo? Nadine schien nicht allein, vor allem aber hatte sie für mein Anliegen viel zu gute Laune. Deshalb hatte ich das Gefühl, ich könnte ihr jetzt nicht mit einer derartigen Hiobsbotschaft kommen, es käme momentan schlecht an, wie ein Überfall, als ob ich ihr die gute Laune nicht gönnen würde. Sie saß gerade mit ihrem Mann in einem Café, was für den vielbeschäftigten, ehrgeizigen Harvardabsolventen höchst ungewöhnlich war – am hellichten Tag in einem Café. All das durchzog innerhalb von Sekunden meinen Kopf, als ich dann doch kurz erzählte, warum ich sie anrief. Natürlich sprudelte ich über, erzählte ihr in der Aufregung etwas von Persönlichkeitsspaltung statt Störung, es machte für mich in diesem Moment keinen Unterschied, lief es doch alles auf dasselbe hinaus: keine Chance als vollwertiger Antragsgegner diesen Rechtsstreit weiter zu führen, geschweige denn für mich zu entscheiden.

Ich hörte, wie sie die neueste Info sofort an ihren Mann, einem erfolgreichen Arzt, weitergab. Der aber meinte nur, eine einfache Psychologin darf gar keine Diagnosen stellen, das dürften nur Ärzte. Und da war er auch schon, dieser nächste, wenn auch winzige Strohhalm, nach dem ich sofort griff: Wenn sie nicht darf, dann kann sie auch nicht, dann ist eine derartige Aussage ohne Bedeutung. Dann bin ich ja vielleicht doch nicht... Es wollte sich jedoch keine nennenswerte Erleichterung einstellen.

Ich arbeitete an diesem Morgen kaum noch, ich telefonierte nur noch auf der Suche nach Hilfe, nach einem Ausweg, nach Solidarität und gegen den Wahnsinn, der seitens der Experten drohte, die mich da kurzum aus dem Verkehr ziehen wollten. Ich glaube, nach Nadine war Elfi dran. Ihr entfuhr ein schockiertes Oh Mann! Danach sprach ich kurz mit Ute. Zieh dir sowas bloß nicht an, riet sie mir und anschließend überbrachte ich die Botschaft meinem Richter, hate dann aber nur seine ohnehin schon so zerbrechlich wirkende Frau am Apparat, die dann auch vor Entsetzen auch fast zu weinen anfing, sodass ich ein schlechtes Gewissen bekam. An diesem Tag schaffte ich es noch nicht, das Gutachten bei N°3 abzuholen.

Am Nachmittag fragte mich Frau O, ob es etwas Neues gäbe, und ich berichtete ihr von dem Ergebnis des Gutachtens, von Lenzers Diagnose.

„Lassen Sie sich so etwas bloß nicht einreden!", riet sie mir. Am Abend rief ich dann noch Bens Patenonkel an, einen ehemaligen Studienkollegen. Der fing sofort an zu lachen, machte seine mir vertrauten Späße. „Aber das haben wir doch schon immer bei dir vermutet, Kristina!"

Am Ende lachten wir beide wie in alten Zeiten.

Und Helmut vom Väteraufbruch meinte sofort ungerührt: „Persönlichkeitsstörung? Aber die haben wir doch alle. Das macht nichts." Wieder war ich etwas schlauer. Vor allem ging es mir wieder besser. Helmut sagte noch, frag mal den Stefan, der kennt sich mit solchen Gutachten aus, vielleicht kann der da mal da drüber gucken. Drüber gucken! Nach Angaben der Anwältin handelte es sich um fast 90 Seiten, und wir hatten gerade mal vier Tage dafür Zeit, Samstag, Sonntag bereits mitgezählt. N°3 hatte also theoretisch nur noch zwei Werktage, um das Gutachten zu studieren und um ihm kontruktive Kritik entgenen zu setzen. Ein Ding der

Unmöglichkeit. Deshalb hatte sie auch einen Antrag auf Verlängerung gestellt. Doch der Richter wollte den Termin nicht verschieben, warum sollte er auch, denn nur das Resümee zählte und das passte auf eine halbe Seite. Ich hatte gehört, dass man für die Prüfung eines Gutachten für gewöhnlich drei Wochen und nicht nur drei Tage Zeit hat. Bei diesem Gutachten war zudem die Länge ungewöhnlich; Lenzer wollte wahrscheinlich beim Richter punkten. Vor allem aber, dessen war ich mir später nach seinem Studium sicher, hat es ihr höllischen Spaß gemacht.

Denn neugierig, wie ich war, hatte ich „es" anderntags abgeholt und „es" regelrecht verschlungen, der Kaffee wurde darüber kalt. Ich las und las, meist nur noch kopfschüttelnd. Es war so unverschämt, dass es schon wieder gut war.

„Es" war eben genau das, was man als ein Gefälligkeitsgutachten bezeichnete. Eine Gefälligkeit gegenüber dem Amt, das diesen lukrativen Auftrag vermittelt hatte und mit dem Lenzer sicher noch viele Gerichtsurteile herbeiführen würde. Allen, die mir nachfolgen müssen, mein Mitgefühl vorab.

Es stand so viel leicht widerlegbarer Blödsinn drin, dazu strotzte es voll innerer Widersprüche, die selbst Außenstehende leicht erkennen würden. Die Beschreibung, wie ich sein würde, war so genial konstruiert, dass ich mich selbst vor dieser Person, vor mir, zu schütteln begann. Ich glaube, ich saß da mit angewidertem Gesichtsausdruck, so packend und so mitreißend beschrieb sie mich, meine Eltern, meine von ihr geschickt geänderte Biografie, mein Verhalten, dazu die tumben Sätze, die ich angeblich gesagt hätte. Kein Wunder, dass sie kein Tonband benutzen wollte!

(Inzwischen wird sogar eine Videoaufzeichnung für derlei Gutachten angeraten; auf einen Tonbandmitschnitt aber sollte man als Explorierter auf jeden Fall bestehen.)

Man konnte, so wie sie schrieb, auch kein Mitleid mit mir empfinden, man konnte nur noch den Kopf schütteln über mich, und es fiel ja selbst mir schwer, mich dagegen zu wehren. Gleichzeitig aber packte sie ihre schmutzigen Phantasien unter den Deckmantel der Psychoanalyse, sodass es sich wiederum entsprechend sachlich las. Meine Person kam in dem Gutachten ungefähr so abstoßend rüber wie die Priester, die sich an ihren kindlichen Schutzbefohlenen vergangen hatten.

Lenzer schrieb: *'In der Regel hat Frau H nachts immer neben ihrem Sohn geschlafen, weil sie davon überzeugt war, dass Ben bei einem möglichen Asthmaanfall sterben könnte. Keiner der angesprochenen Ärzte konnte diese Gefahr bestätigen. Man kann also davon ausgehen, dass sie ihre Liebeswünsche, die in ihrer eigenen Kindheit nicht erfüllt wurden, bei Ben ausagierte.'*

Ich denke, der zweite Teil des Abschnitts kommt bei der Gegenseite gut an, liegt so etwas doch voll im Trend. Deshalb wird sich auch der Richter seinen Teil dazu denken können. Ich erinnere mich jedoch noch gut daran, was ich ihr zu Bens nächtlichen Asthmaanfällen (vgl. auch Nachtrag S. 404) gesagt hatte: Ein paar Mal hatte Ben nachts derart heftig gehustet, dass ich ihn in mein Bett geholt hatte, um da zu sein, wenn er mich brauchte, weil seine Hustenattacken mit Atemnot und somit mit großer Angst einhergingen. Athmaanfälle bei Asthma bronchiale kommen nun mal bevorzugt zwischen 2 und 4 Uhr morgens, denn dann arbeitet die Lunge nur noch mit halber Kraft und auch der Herzschlag verlangsamt sich. Wenn ich dann anderntags mit Ben zum Arzt ging, war der akute Zustand der Atemnot natürlich längst vorbei. Dadurch hätte ihn ein Arzt schwerlich in lebensbedrohlichem Zustand erleben können, er konnte dann nur eine starke Verschleimung der Bronchien feststellen. Und *dass er sterben könnte* ist bei schweren Asthmaattacken, vor allem ohne entsprechende Notfallmaßnahmen durchaus möglich, was sie aber anscheinend nur nicht wusste. Dagegen wusste ich ja inzwischen, dass ihre Arztgespräche getürkt waren. Ben hatte von Anfang an ein eigenes Bett und seit er eineinhalb Jahre alt war sein eigenes Zimmer. Ich war froh, dass ich so wenigstens nachts meine Ruhe vor ihm gehabt hatte. Später schrieb N°3 dazu, dass sie, wenn ihre Tochter krank sei oder wenn die sich bei Gewitter ängstige, sie auch bei sich im Bett schlafen ließe.

Einmal soll ich dazu wortwörtlich gesagt haben: *Ich habe immer mit ihm im Bett geschlafen.* Genau in diese Richtung trieben sie es später bewusst weiter, die Wirkung ihrer Formulierung eiskalt berechnend.

Und dann natürlich meine ständigen Umzüge! Ich bin nicht oft umgezogen, etwas, was Herr M genau wusste, lagen wir doch von Anfang an in einem Rechtsstreit, nachdem er - statt zu gratulieren - kurz nach Bens Geburt diesen schrecklichen Vaterschaftstest verlangt hatte. Ich aber las nun, *dass der arme Vater gar nicht wusste, wo wir wohnten, weil Frau Hansen bereits während der Schwangerschaft. weggezogen sei. Und so wusste er nicht, ob ihm und wann ihm ein Sohn geboren worden sei.* (Ihm?) Gleichzeitig aber beschrieb Lenzer Frau Nöthen, Oma Lene, als meine damalige Nachbarin, die sich nach Bens Geburt um uns gekümmert hätte. Ich strich dergleichen am Rand schon mal als Beispiel für einen inneren Widerspruch an.

Es folgten noch zahlreiche Aufzählungen, warum ich mich nicht in die Welt eines Kindes hineinversetzen könnte, die Ursachen lägen alle in meiner durch meine Eltern vermurksten Kindheit. Gleichzeitig schrieb sie, dass ich kaum Erinnerungen an meine Kindheit hätte.

Wer aber hat ihr dann verraten, wie meine Eltern waren? Darüberhinaus wird das, an das ich mich ja nicht erinnern kann, das aber eben irgendwas bei mir bewirkte, so beschrieben, dass keiner der Juristen sich darunter irgendetwas vorstellen konnte. Dann wurde sie allgemein und es hörte

sich überzeugend, weil wissenschaftlich an. Sie hatte den Text aus einem Lehrbuch abgeschrieben.
„Zu den klinischen Aspekten der Persönlichkeitsstörung zählen: Misstrauen, Eifersucht, Ehrgeiz, Ziellosigkeit, geringe Belastbarkeit, Kränkbarkeit ..." Dann vermischte sie und schrieb, dass Leute wie ich langfristig nachtragend und misstrauisch sein würden, zudem entwickelten Leute wie ich Verschwörungstheorien bis zum Verfolgungswahn. Ich lächele demnach süßlich, zeige oberflächlich freundliches Verhalten, das aber eigentlich feindselig gemeint ist. (Das würde Lenzers Dauergrinsen erklären.)

Dann tauchte tatsächlich ihr angebliches Telefonat mit dem Kinderarzt auf. Sie hatte es also gewagt, den Kinderarzt sogar schriftlich zu zitieren. „Meiner Meinung nach hat Frau Hansen eine heftige Persönlichkeitsstörung." Dann wiederholte sie, was sie bereits in dem gräßlichen Termin vor Weihnachten gesagt hatte, Beckers angebliche Zitate: dass ich meinen Sohn klein gehalten und in einer aseptischen Umgebung hatte aufwachsen lassen." Und Fazit: „Dass Ben sich so entwickelt hat, liegt in der Pathologie der Mutter."
Wenn der Kinderarzt so etwas über Ben oder mich gesagt hätte, dann hätte er doch sicher nicht bei meiner Anwältin angerufen und derartige Zitate geleugnet; er hätte sie vielmehr bestätigt und noch näher erklärt. Vermutlich aber hätte er gar nichts gesagt.
Dennoch beschloss ich, dem Kinderarzt eine Kopie der Seite zukommen zu lassen. Ich überlegte, wie ich das Begleitschreiben formulieren sollte...

Dass Lenzer die Gegenseite, also die gesamte Familie M, als herzlich, ehrlich, eben als rechtschaffende Handwerksleut beschrieb, war klar und zu erwarten gewesen.
Die gesamte Familie mutierte zu Kinderpsychologen. Für den Vater musste der Leser unweigerlich tiefstes Mitgefühl

entwickeln, hatte der doch all die Jahre verzweifelt versucht, seinem Kind ein guter Vater zu sein, was aber die böse Mutter geschickt zu verhindern wusste. Er wurde der Supertyp, nach dem sich jede Frau sehnt. An manchen Stellen wollten gar die Tränen kommen, und auch der abgebrühteste Leser konnte angesichts meines Verhaltens, meiner tumben Zitate, nur noch den Kopf schütteln.

Wie aber soll man sich verhalten, während man für ein Gutachten dieser Art exploriert wird? Unbedingt auf Tonbandaufnahmen bestehen! Notfalls ein eigenes Band mitlaufen lassen und vorher darauf hinweisen. Möglichst bürgerlich auftreten. Den Gegner nicht schlecht machen, aber auch nicht gut. Das klassische Erziehungsmodell studieren, das sich auf die ordentliche Versorgungslage konzentriert und sich an unserer Leistungs- und Ellenbogen-Gesellschaft orientiert und das Kinder für den Nahkampf rüsten soll. Das impliziert, nicht zu gütig und schon gar nicht nachgiebig sein.

Gutachter, die zu ganz eindeutigen Schlüssen kommen, spielen in der Regel ein falsches Spiel. Oder sie sind Handlanger ihrer Vorgesetzten, der Jugendbeamten.

Lenzer schrieb: „Personen mit einer Persönlichkeitsstörung unterscheiden sich von der Mehrheit der betreffenden Bevölkerung dadurch, dass sie deutlich anders wahrnehmen, denken, fühlen."

Hm. Wenn wir nun in der Zeit 75 Jahre zurückdenken, hieße das, dass die Minderheit, und es war nur eine Minderheit, die anders dachte, fühlte und wahrnahm, und die dem Führer nicht wie die große Mehrheit nach dem Maul geredet hatte, an einer Persönlichkeitsstörung gelitten haben muss.

Lenzer differenzierte ihre Diagnose nicht. Sonst hätte sie ja nicht die heftigen Formen einer Persönlichkeitsstörung beschreiben können, die zum Ziel hatte, dass das Gerichtsurteil eindeutig ausfiel. Denn man muss schon eine sehr heftige Störung haben, um sein Kind nicht erziehen zu können, erst recht, wenn man das Kind sogar von der Mutter fernhalten musste. Damit aber hätte sie sich in zu gefährliche Gewässer begegeben, schließlich gibt es sehr unterschiedliche Typen und Schweregrade bei Persönlichkeits-Störungen. Allein, wer zur Hysterie neigt, hat bereits eine Persönlichkeitsstörung. Wer sehr emotional ist, dergleichen raushängen lässt, hat eine, also nahezu jeder Künstler oder Leistungssportler sowie nahezu alle Leute in Führungspositionen. Politiker sowieso. Aber auch solche Leute, die sich aus Mitleid einen Hund oder eine Katze aus dem Tierheim holen. Sie gehören zu einer besonders bedenklichen Kategorie Mensch, denn diese Handlung gibt einen Hinweis darauf, selbst gern gerettet, beschützt und umsorgt zu werden, lässt also auf Defizite der elterlichen Liebe in der Kindheit schließen.

Einmal schrieb sie, die Kinderärztin in der Klinik hätte ihr gesagt, Ben hätte nur eine normale spastische Bronchitis gehabt, wie sie in Erkältungszeiten ständig vorkommt; später aber wird dann das gleiche Telefonat zitiert, da ist die spastische Bronchitis dann plötzlich ein Asthma bronchiale, mehr noch, ein akuter Asthmaanfall, um mir damit den absoluten Gipfel allen Unsinns anhängen zu können, der Ben und mir dann auch das Genick brechen sollte:

„Bla, bla, bla ... hat Frau Hansen ihren Sohn so eng an sich gebunden, dass sich seine Persönlichkeit nicht angemessen entwickeln und entfalten konnte. Wie neue Forschungen belegen, haben Kinder wie Ben mit Asthma bronchiale und Neurodermitis, beides Krankheiten, die zu den „speziellen psychosomatischen Erkrankungen" gezählt werden, überdurchschnittlich häufig Mütter, die überprotektiv und dominierend oder offen zurückweisend sind."

Nun gibt es sicher nicht wenige betroffene Mütter, die gern erfahren würden, wie diese Aussagen, diese Statistiken entstanden sind und ob das Geschriebene überhaupt stimmt.
Da hatten wir dem Richter doch alle ärztlichen Unterlagen und Nachweise über Bens allergisches Asthma, dazu noch medizinische Abhandlungen aus dem Internet über Ursachen und Verlauf von Asthma bronchiale unter die Nase gelegt, aber er hatte sie einfach ignoriert. Kann er, wenn er will, denn sein Ermessensspielraum ist groß und unantastbar. Es geht bei dieser Art von Entscheidungsfindung auch nicht um Details, es geht um den Gesamteindruck, den der Richter von den Parteien gewinnt. Doch das Bild, das man ihm nach und nach präsentiert, das wird aus vielen Details gebildet und später entscheidet dann auch der Richter nur nach Intuition.
Nachdem ich mir das Gutachten das erste Mal durchgelesen hatte, war ich mir sicher, dass Lenzer entweder krank, pervers oder kriminell sein musste, weil sie so dermaßen gelogen hatte. Ich dachte zudem an ihre seltsamen Auftritte und wie sie bei Gericht ihre Stimme verstellt hatte, als wäre sie ein kleines Mädchen, ohne dass der Richter stutzig wurde. (Wenn so etwas normal war, musste ich gestört sein.)

Ich hatte diese Gedanken noch nicht zu Ende gedacht, als Helmuts Tipp, Stefan vom Väteraufbruch, in unseren Wendehammer bog, um sich den „Schinken zum Drübergucken" abzuholen. Mittelgroß, mittelalt und vom Leben gezeichnet stand er da, und ich hörte ich mir seine Geschichte an.
Stefan kämpfte seit acht Jahren um seine beiden Kinder. Hatte, um sich und ihnen zu helfen, ein komplettes Psychologie-Studium durchgezogen, obwohl er eigentlich Elektriker war. Man hatte ihm damals aufgrund des Vorwurfs der sexuellen Belästigung seiner kleinen Kinder, beide Kinder weggenommen. Seine Frau erlitt daraufhin einen derartigen Schock, dass sie in die Psychiatrie musste. Über das Drama

hatte er schließlich alles verloren: Frau, Haus, Vermögen, Freundeskreis... Zu spät hatte sich der Vorwurf als haltlos erwiesen. Doch nachdem die Kinder erst einmal weg waren, er sie über ein Jahr nicht mehr gesehen hatte, durfte er sie nach seiner Rehabilitierung aber deshalb nicht gleich wiedersehen, weil sie sich innerhalb des Jahres von ihm entfremdet hätten. Bis man ihm erste begleitete Kontakte einräumte, verging weitere Zeit. Irgendwann musste er dann einsehen, dass seine Tochter, die ältere der beiden, überhaupt nichts mit dem Mann, den sie da alle paar Wochen in einem öden Zimmer mit verschlissenen langweiligen Spielsachen treffen sollte, anfangen konnte und wollte. Sie hatte sich längst in ihre Pflegefamilie eingewöhnt. Sie sollte für ihn von da an verloren sein. Inzwischen, nach über acht Jahren, liefe aber ein Rückführungsantrag für den leicht behinderten kleinen Sohn, um den sich ohnehin keine Pflegefamilie gerissen hatte. Stefan starrte aus dem Fenster.

„Wenn einem sowas passiert, reißt es einem den Boden unter den Füßen weg. Man hat nur noch Gedanken für eins: Tag und Nacht fahndet man nach Lösungen. Man wird arbeitsuntauglich, verpulvert ein Vermögen für Anwälte, Gegengutachten und Gerichtskosten. Es frißt einen auf. Die Freunde können das Thema irgendwann beim besten Willen nicht mehr hören, immer vertrackter, immer spezifischer wird die Materie und überhaupt, wenn der ja so gar nichts bei Gericht erreicht, dann wird am Ende doch noch was Wahres an der Geschichte dran sein: Und so verliert man irgendwann auch den letzten Freund."

Wie er so redete, hatte ich das Gefühl, er sprach von mir.

Aus Stefan war trotz des Studiums kein Psychologe geworden; aber er kannte sich speziell in der Kinderpsychologie aus. Und eben mit jenen Gutachten.

„Wenn Sie Ihren Sohn jetzt für mehrere Monate nur noch stundenweise alle 14 Tage sehen dürfen, wird es auch zur Entfremdung kommen, dann gibt es kein schnelles Zurück mehr, wenn es dann überhaupt noch eins gibt", prophezeite er mir. „Selbst wenn ein neues Gutachten in Auftrag gegeben wird, das wird Zeit kosten. Ihr Sohn wird sich dem Gutachter entsprechend präsentieren: nämlich als von Ihnen entfremdet. Das ist eine denkbar schlechte Voraussetzung."

Wie auch schon *mein* Richter meinte: „Die Zeit arbeitet gegen Sie." Wir brauchten also so schnell wie möglich ein normales Umgangsrecht zurück, sonst wäre alles verloren.

Bis Montagabend wollte Stefan ein kurzes Statement zum Gutachten abgegeben haben, ein ausführlicheres dann später. Das kurze Statement übermittelte ich meiner Anwältin mündlich. Tags zuvor hatte ich ihr bereits dreieinhalb Seiten zum Gutachten reingericht. Überhaupt schrieb ich ihr stets viel, weil die Geschichte immer umfang- und detailreicher wurde, mir dauernd etwas einfiel, was von Bedeutung sein könnte oder war, dazu Gegenargumente und Antworten auf die Anschuldigungen der Gegenseite, na und weil ich sie selten persönlich sprechen konnte. Und wenn ich ihr dann doch einmal gegenüber saß, dann stellte sie mir Fragen, oft so, als wäre sie der Richter. Oder sie predigte Allgemeingültiges wie seinerzeit meine Lehrer. Irgendwann war dann einer meiner häufigsten Sätze: „Aber das habe ich Ihnen doch bereits schriftlich dargelegt." (Sie las mein Geschreibsel wohl nur noch flüchtig.) Solange sie aber dennoch einen Teil meiner so vorgebrachten Argumente weiterreichte, natürlich zuvor in Anwaltsdeutsch verpackt, regte ich mich darüber auch nicht mehr auf.

12 Und wieder ein Gerichtstermin

Dienstag, eine Stunde vor dem Gerichtstermin hatte ich dann noch einen kurzen Termin bei ihr, der sich durch die gemeinsame Fahrt zum Gericht jedoch verlängerte. Kaum saßen wir nebeneinander in ihrem Wagen, fiel der Bann, den ihre Kanzleiräume um sie zu legen schienen, von ihr ab.

Während N°3 aufgrund ihrer geringen Körpergröße mit stets hochgereckter Nase ihren Golf durch die Straßen schleuste - es hupte zwischendurch von allen Seiten, sie bremste ein paar Male abrupt -, fragte sie mich, was denn die Kunz wohl sei, also, von der Ausbildung her. Da N°3 Leute gern degradierte, schrieb sie immer nur von der Sachbearbeiterin Kunz, während ich jetzt vermutete, dass sie wohl Pädagogin sein müsste, um Elternberatungsgespräche durchführen zu können.

„Ach was!", rief N°3 ungläubig. „Die soll studiert haben?"

Später machte sie auch die Staatsanwältin, die meine Anzeige bearbeitete, kurzerhand zur Sachbearbeiterin, nur weil sie nicht glauben konnte, dass eine Person in einer derartigen Position selbst zum Telefonhörer griff, um sie, in diesem Fall eine Zeugin, anzurufen. Ihre Überheblichkeit empfand ich als ebenso amüsant wie peinlich. Und weil N°3 aber auf Hierarchien aufgrund eines gewissen Bildungsstatus abfuhr, dachte ich, tun andere das vielleicht auch und brachte deshalb einen ganzen Sack voller Beweise mit, die bezeugen würden, dass Lenzer mich im Gutachten bewusst klein und blöd dargestellt hatte. Denn sie schrieb, niemand hätte gewusst, was Frau Hansen eigentlich von Beruf wäre. Was meine Arbeit als Autorin für ein TV-Reisemagazin anbelangte, ich hatte ihr anfangs ja noch völlig unbedarft erzählt, schrieb sie: „Sie durfte mitfahren."

Doch im Termin blieb meine Tasche mit Beweisen verschlossen; sie sollten den Richter, wie alle anderen Beweise auch, nicht interessieren. Es ging ja dem Gericht nicht darum, seine Experten zu *widerlegen*, sondern mit den Aussagen der Experten zu *belegen*, was ich wäre oder nicht wäre, was ich getan hätte oder nicht. Nur gut, dass zumindest bei Mordprozessen Zeugen und Beweise zulässig sind.

Auf der gemeinsamen Fahrt zum Siegburger Gericht hatte ich noch zu N°3 gesagt, dass ich damals im September beobachtet hätte, wie Kunz dem Richter Lenzers Visitenkarte zugeschoben hatte.

„Nein! Wirklich?", hatte sie überrascht ausgerufen.

Als sie wenig später den Richter ungewöhnlich forsch darauf ansprach, schauten der und Kunz sich für einen Moment verblüfft an. Kunz aber schwieg abwartend, die Arme wie immer abwehrend und schützend zugleich vor der Brust verschränkt, während der Richter es zu unser aller Überraschung zugab. „Man ist immer dankbar für solche Empfehlungen", blubberte er achselzuckend, und N°3 machte sich eine Notiz. Es wirkte ein wenig so, als schnitzte sie sich zufrieden eine Kerbe in ihren Colt, blätterte dann im Gutachten, nächster Punkt. Der von ihr schriftlich angeforderte Zeuge, der Kinderarzt Becker, war natürlich ebenso wenig geladen wie die Ärztin aus der Kinderklinik. Dabei hatte N°3 vor allem um Beckers Ladung gebeten, dabei auf das Telefonat mit ihm hingewiesen. Ich weiß gar nicht mehr, ob ich über sein Nicht-Erscheinen mehr enttäuscht oder mehr entsetzt gewesen war; ich glaube, ich hatte dergleichen inzwischen erwartet. Ich hoffte ja mittlerweile auf eine übergeordnete Macht, hoffte auf die Staatsanwaltschaft, hoffte auf den Befangenheitsantrag. Alles dauerte immer - Wochen, Monate.

Zu Beginn des Termins hatte N°3 diesmal durch energisches Stühlerücken in die Sitzordnung eingegriffen, meinen Stuhl mit den Worten „Das halte ich aber für ungünstig" von Lenzer weggerückt, worauf Lenzer sich direkt vor den Schreibtisch des Richters gepflanzt hatte.

Nach dem üblichen Vorgeplänkel erteilte der Richter meiner Anwältin das Wort. Darauf angesprochen, dass Lenzer doch im Gutachten die nötige Qualifikation vermissen lasse, um gezielt Kinderpsychen beurteilen zu können, wurde die sehr lebhaft und meinte, das hätte sie aber schon immer gemacht, sie brauchte das nicht extra zu studieren, normale Psychologen lernten das so nebenbei. Und auf den Einwand, dass sie doch als Nicht-Ärztin gar keine Diagnosen stellen dürfte, empörte sie sich regelrecht. Klar, dürfte sie das auch, sie hätte das gelernt. Der Richter, wen wunderts, hielt alle Erklärungen Lenzers für einleuchtend und plausibel. Den Wahrheitsgehalt ihrer Aussagen zu überprüfen, das hat ein Richter nicht nötig, denn er vertritt und interpretiert das Gesetz gemäß seinem Ermessen.

Meine Anwältin trug dann ein Kompromiss-Angebot vor, das ihr aber erst kurz vor Betreten des Gerichtsgebäudes in den Sinn gekommen war und das näher zu überdenken ich deshalb noch keine Zeit gehabt hatte. Ich aber hatte angesichts der verlockenden Aussicht auf baldige Milderung der derzeitigen Situation einfach nur Hm gesagt.

Und so hörte ich N°3 wie aus weiter Ferne sagen: „Meine Mandantin würde es beim Status quo belassen, also dass ihr Sohn im Haushalt des Kindesvaters verbleibt, wenn ihr dafür umgehend wieder ein normales Umgangsrecht eingeräumt würde, und dass es zu der angesprochenen Teilung der schulischen sowie gesundheitlichen Sorge käme."

Ich erschrak jetzt aber doch. Es war mir, als hätte ich dem Teufel meine Seele verkauft. Doch nachdem Woody Allen meinem Widersacher erklärt hatte, was meine Anwältin da vorschlug, lehnte der ohnehin empört und kategorisch ab.

Der Richter nahm es stoisch hin, als wäre dieser Vorschlag ohnehin indiskutabel, sprach dann aber diesen ersten soeben abgehakten Punkt umständlich und unter Ächzen und Stöhnen in sein Diktiergerät.

N°3s Kompromissvorschlag hatte mich sowieso nur eines denken lassen: Wenn ich Ben wieder an den Wochenenden zu mir nehmen könnte, hätten wir Gelegenheit, abzuhauen.
Wie sinnlos dieser Versuch von N°3 doch im Grunde war, gab es ja seit diesem Gutachten etwas, was alle bisherigen Argumente, die noch irgendwie für mich gesprochen hätten, zunichte machte. Sie hätte es wissen müssen, während ich dagegen noch immer nicht wirklich wusste, was es eigentlich mit meiner „heftigen Persönlichkeitsstörung" auf sich hatte, nur dass es etwas sehr sehr Übles sein musste, denn es sollte mich für völlig ungeeignet erklären, meinen Sohn zu erziehen, ja ihn auch nur unbeaufsichtigt zu sehen. So gesehen musste es mich ziemlich erwischt haben. Zugegeben, ich schämte mich deshalb fürchterlich, denn die Diagnose bedeutete, ich falle unter Paragraph 1666, der den totalen Sorgerechtsentzug zur Folge hat, und der greift sonst nur in Extremfällen wie Alkohol- oder Drogenabhängigkeit, nach schwerer Kindesmisshandlung oder sexuellem Missbrauch. Da diese Gründe alles zweifellos schwere Kaliber waren, musste meine Erkrankung ebenfalls ein schweres Kaliber sein.
Zum Schutze meines Sohnes vor mir sollte ich ihn deshalb auch weiterhin nur noch unter Aufsicht sehen dürfen. Es forderte mir jetzt einiges an Beherrschung ab, derlei erst einmal schweigend hinzunehmen.
In ihrem Gutachten hatte Lenzer angedeutet, wodurch sich Menschen mit meinem Krankheitsbild von anderen Menschen unterscheiden: nämlich nahezu in allem. Klar, als alleinerziehende Akademikerin über vierzig entsprach ich ohnehin nicht dem Durchschnitt. Aber ich teilte doch sehr viele Ansichten und Gewohnheiten mit einem recht großen Bekanntenkreis. Demnach müssten auch all diese Menschen mein Krankheitsbild mit sich herumschleppen.
Immer wieder musste ich mir verstandesmäßig bewusst machen, dass in dem Gutachten jede Menge widerlicher

Sachen standen, die aber absolut nicht auf mich zutreffen konnten, weil ich dergleichen nie gesagt und getan hatte.

Lenzer hatte zu ihren gefährlichen Behauptungen einfach ein paar Passagen aus einem Lehrbuch abgeschrieben. Sie hätte mir so alles Mögliche anhängen können. Anscheinend wusste sie genau, dass nichts von dem hinterfragt oder gar überprüft werden sollte - zumindest nicht von diesem Richter. Und je dicker sie auftragen würde, umso wahrscheinlicher wäre es, dass sie damit durchkäme. Weil sich niemand – außer Kunz – vorstellen konnte, dass eine Diplom Psychologin sich derartiges ausdenken würde.

Für den Richter war der Fall dann auch klar. „Frau Lenzer hat herausgefunden, dass Frau Hansen eine Persönlichkeitsstörung hat und dann sehr schön beschrieben, wie so eine Störung aussieht."

Ha, sie konnte sonstwas aus ihren Lehrbüchern abschreiben, doch sie konnte keinen einzigen Beweis liefern, dass das auf mich zutraf. Egal. Hauptsache, der Richter, der nie etwas hinterfragen sollte, fraß es.

Das Ergebnis des Gutachtens, die logische Schlussfolgerung, war dann auch der nächste Hammer: Nicht dem Vater, dem eigentlichen Antragsgegner, wurde Erziehungsfähigkeit attestiert, sondern der Ehefrau.

„Unbedingt!", hatte Lenzer noch dazu geschrieben und sich dadurch sicher den nächsten Auftrag von Kunz gesichert, die damit fast am Ziel war: ein Pflegekind für Anita! Kunz triumphierte. Jetzt hatte sie den Fisch fast besiegt. (Der alte Mann und das Meer)

Ich dagegen hatte meine Anwältin inzwischen mehrfach darauf hingewiesen, dass die Sache mit der Fremdbetreuung nicht anginge, doch die wehrte mich nur ständig ab, als wäre ich ein lästiges Insekt. Das ging so lange, bis ihr Handy klingelte, sie aufstand und ungerührt der laufenden Verhandlung den Saal verließ. Später sagte sie mir, dass es ihre Tochter gewesen wäre.

Ich dagegen hörte jetzt von den drei Fürsprechern des bedauernswerten Vaters, dass die arme, von der hinterhältigen Irren so getriezte Familie der Belastung ohne professionelle Familienhilfe nicht mehr länger standhalten könnte. Wenn dem nicht sofort Einhalt geboten werde, würde die Familie auseinanderbrechen. Und was Bens Fremdbetreuung anbeträfe, so wäre es doch logisch, dass der Vater sich nicht selbst um seinen Sohn kümmern könnte, meinten alle entrüstet, der müsse doch arbeiten ... als Mann.

Der Vater nickte. Jetzt musste Lenzer die Qualitäten der Dame, die der Richter nie zu Gesicht und auch nicht zu Gehör bekommen hatte, hervorheben.

Endlich aber wandte sich N°3 an Lenzer. Wie es wohl sein könnte, dass der Kinderarzt sich nicht erinnern könnte, ein derartiges Gespräch wie im vergangenen Termin beschrieben, mit ihr geführt zu haben? Lenzer schaute wirklich gekonnt empört. In diesem Moment wurde mir klar, wozu die Spachtelmasse diente: zur Tarnung. Denn ob sie errötete oder erblasste ließ sich durch die dicke braune Paste, die ihr wahres Gesicht bedeckte, nicht erkennen.

Lenzer aber konterte jetzt. Sie fände das Verhalten des Kinderarztes sehr seltsam, und es sei ihr unerklärlich, warum er das zu ihr Gesagte nun leugnete und sich nicht mehr erinnern könnte. Dann aber kniff sie die Augen zusammen. „Nun, vielleicht fürchtete er Schritte durch Frau Hansen?", spekulierte sie und der Blick, der mich dabei traf, war durchaus tödlich gemeint.

Uff! Jetzt zitterte sogar schon der Kinderarzt vor mir.

Der Richter interessierte sich dann auch nicht weiter dafür, ging – nach einem hungrigen Blick auf die Uhr, längst Mittagspause –, lustlos zum nächsten Punkt über. Und da schöpfte ich Idiotin erneut Hoffnung, denn eine Verfahrenspflegerin sollte auch noch her. Die sollte in erster Linie für meinen Sohn da sein – und für begleitete Umgänge. Aber diese begleiteten Umgänge konnten dann plötzlich nicht finanziert werden. Also Verfahrenspflegerin ja, aber eben nicht für die Umgänge. Jetzt besprachen sie wieder verschiedene Personen, meine Anwältin bestand darauf, dass sie unabhängig zu sein habe, also keine Verbindung zum Jugendamt haben dürfe. Immerhin ein netter Versuch ihrerseits, weiteren Komplotten im Vorfeld Einhalt zu gebieten.

Ich hörte dem Geplänkel nur noch halben Ohres zu, hoffte auf den Befangenheitsantrag oder auf die zweite Instanz, die natürlich sofort sehen würde, was da abläuft. Vor allem aber hoffte ich auf die Staatsanwaltschaft.

Noch blieb es bei der alten Umgangsregelung: alle vierzehn Tage samstags vier Stunden bei Oma Lene.

Es war mir unangenehm, zu Füßen von Herrn und Frau Nöthen mit Ben auf dem Teppich zu sitzen und zu spielen, vier Stunden lang und immer genau überlegen zu müssen, was ich sage, nicht zu laut zu werden, Ben zu bremsen, wenn er zu neugierig wurde und drauf und dran war, im Raum umherzulaufen, Gegenstände näher zu betrachten und vor allem, anzufassen. Oma Lene bemerkte es und sagte: „Ihr könnt auch gern ins Esszimmer gehen, wenn ihr wollt" - was wir von da an auch taten. Am Ende dieses Tages brachte Herr N sen., den Ben nicht leiden konnte, zurück ins ungeliebte Haus. Ich blieb noch etwas bei Oma Lene, auf der das Image einer klassischen Oma so gar nicht passte. Kurzer Stufenschnitt der braun-graumelierten Haare, meist akurat von einem Friseur aufgetürmt, sportlich-elegante Kleidung und dann diese Augenbrauen, die ihren Augen etwas Adlerhaftes verliehen. Zudem war sie nicht gerade auf den Mund gefallen, ja regelrecht scharfzüngig bis bissig, durchblickte alles und jeden, war welt- und lebenserfahren.

Nach diesen Stunden mit Ben fand ich endlich einmal Zeit, mit ihr ein paar klärende Worte zu sprechen. Natürlich hielt sie die Geschichte mit der von mir genötigten Ärztin für das, was sie war: absurd. Und über das aseptische Umfeld konnte sie nur den Kopf schütteln. Und immer die gleiche Frage: Warum ich das denn nicht bezeugen ließe? Und ich gab die immer gleiche Antwort: Der Richter lässt uns nicht, Zeugen wären nicht nötig. Frau Nöthen sagte mir dann noch, dass sie genau wüsste, warum man sie ausgewählt hatte: Damit der betreute Umgang den Herrschaften weder Mühen noch Kosten verursachte. Sie brauchten wegen Ben nicht hin und her zu fahren und im Gegensatz zu einer offiziellen Begleitperson für Umgangskontakte, die sicherlich auch nicht samstagnachmittags arbeiten würde, brauchte man Oma Lene auch nicht zu bezahlen, wie praktisch! Wie unverschämt!

Jedenfalls wusste ich jetzt, dass sie sich nicht verpflichtet fühlte, uns zu überwachen oder gar unsere Gespräche zu belauschen, was ich eigentlich auch nicht von ihr erwartet hatte. Außerdem konnten sie schwerlich von ihr verlangen, mich zu denunzieren. Das aber müssten auch unsere Experten wissen. Den alten Leonhard interessierte das ganze Theater erst recht nicht. Ich hätte es mir denken können. Oma Lene aber sah, wie Ben mich jedesmal beim Abschied umklammerte und immer wieder sagte: „Ich will nicht mehr dahin zurück müssen." Und jeder Abschied brach mir erneut das Herz, wenn Ben so traurig, so blass davonschlich, neben dem alten, aufrechten Leonhard, der keine Miene verzog, keine Gefühlsregung zeigte.

Trotz dieses klärenden Gesprächs mit Oma Lene empfand ich die Besuchstermine als schikanös. Es waren eben keine normalen Umgangskontakte, und nach Lenzer Diagnose, die sich wie ein Lauffeuer verbreitet hatte und für die hohlköpfige Blase rund um Familie M ein gefundenes Fressen war, wurde es noch unerträglicher. Meinem Sohn zuliebe hatte ich mich ihrer Willkür zu beugen, während sich Familie M über ihre gelungenen Schachzüge ins Fäustchen lachte.

Mitte Februar. Angesichts der Lächerlichkeit des Gutachtens setzte ich auf den Befangenheitsantrag. Nicht zuletzt deshalb, weil auch die Staatsanwaltschaft in der mündlichen Falschaussage ein Vergehen sah. Unter diesen Umständen durfte dergleichen also gar keine Anerkennung finden. Ergo war ich optimistisch, dachte dennoch an die Warnung meines Richters und an die von Stefan, dass, im Falle eines neuen Gutachtens, die Zeit gegen uns arbeiten würde. Ich hoffte, dass die zweite Instanz prompt nach Verstand und Aktenlage zu unseren Gunsten entscheiden würde, wenn sie den Mist erst gelesen hätte.

Inzwischen hatte Stefan vom Väteraufbruch eine Stellungnahme verfasst, die er mir samt Gutachten vorbeibringen wollte, zumal N°3 natürlich drängelte: „Hat Ihr Bekannter denn noch nicht?" Als Stefan mir die zwei Seiten vorlegte, auf denen er allein auf die massiven Formfehler hinwies, wie sie aus den mit Ben durchgeführten Tests für ihn ersichtlich wurden, meinte er, da er mich ja nicht kennen würde, könnte er nicht so viel zu dem ersten Part sagen, nur dass es wohl mehr als unter die Gürtellinie ginge, ja regelrecht die Menschenwürde (meine) verletze. Dann meinte er noch, Lenzer hätte so dermaßen viele Fehler gemacht und von Kinderpsychologie verstünde sie ja gar nichts, deshalb sei das Gutachten ein Muster ohne Wert. Dann alles ohne Tonbandaufnahmen! Wo gäbe es denn sowas?

Ob sie Diagnosen stellen darf? Klar, kann sie das machen. (Ach!) Jedenfalls resümierte er, das Ding wäre wertlos.

Meine Anwältin hatte mir in einem Telefonat erzählt, dass sie den Richter auf dem Flur getroffen und gesprochen hätte, und der hätte ihr erzählt, Lenzer hätte ihm mitgeteilt, dass … ich sie anzeigen wollte und dass sie ja unter diesen Umständen nicht mehr helfen könnte. Helfen! Sie hätte tatsächlich helfen gesagt! Wiederholte N°3 fassungslos. So hätte sie sich praktisch selbst entlassen, was aber wiederum nicht rechtens sei. Also wäre sie weiterhin an Bord.

Daraufhin meinte ich wohl, meine Emotionen in Bezug auf Lenzer rauslassen zu müssen, denn ich schrieb ihr einen ziemlich zynischen Brief. Ich korrigierte sie zunächst dahingehend, dass ich nicht vorhätte sie anzuzeigen, sondern sie bereits angezeigt und die Staatsanwaltschaft bereits ein Verfahren gegen sie eingeleitet hätte. Ferner fragte ich sie, ob sie etwas dagegen hätte, wenn ich das Gutachten ihrem Berufsverband zukommen lassen würde. Und der Bundesärztekammer, wegen der Art ihrer Diagnosestellung ohne einen einzigen Test vorgenommen zu haben. Zuletzt schrieb ich, dass ich doch sehr hoffe, dass sie, die sie doch einen Heilberuf gewählt hätte, dergleichen nicht noch einmal anderen Menschen, erst recht nicht wehrlosen Kindern antun sollte.

Später fügte sie eine Kopie dieses Briefes als weiteren Beweis meiner Störung den Akten bei.

Ende Februar hatte N°3 sich mit 17 Seiten gegen die Unverschämtheiten im Gutachten selbst übertroffen. Der Text musste unseren Richter einfach wachrütteln. N°3 war auch noch so allerlei Widersprüchliches aufgefallen, was mir entgangen war. Sie hatte viel, vielleicht zuviel geschrieben. Denn nachdem, was mir mein Richter über unseren Richter gesagt hatte, war es unwahrscheinlich, dass er alles lesen würde. Siebzehn Seiten!

N°3 lehnte sowohl Kunz als auch Lenzer als befangen ab und begründete das mit mehreren nachweisbaren Falschaussagen. Die Belege heftete sie in den Anhang. Wenigstens die konnte der Richter nicht so einfach ignorieren.

Wenig später erhielt ich einen Brief vom Gericht, wonach aus Kostengründen dann doch keine Verfahrenspflegerin eingesetzt werden könnte, um unsere Umgänge zu begleiten, höchstens jemand vom Kinderschutzbund, eine Frau Lizzy Soundso. Inzwischen wusste ich ja, dass der Kinderschutzbund, insbesondere der Ortsansässige, so eine Art Zweigstelle des Jugendamtes war. Folglich lehnte meine Anwältin den Vorschlag mit dieser Begründung auch ab. Doch im Nachhinein betrachtet wäre Lizzy vielleicht unsere Chance gewesen, denn 10 Tage später las ich ein weiteres Schreiben meiner Anwältin und es klang wie ein Wunschzettel, nein, wie eine bald Wirklichkeit werdende Illussion. Die Verfahrenspflegerin soll die Umgänge nur vorübergehend begleiten, später sollte Ben wieder regelmäßige Wochenenden bei mir verbringen dürfen. Sie nannte die Zeiten und es klang dadurch schon so real, dass ich uns schon wieder zusammen sah – zumindest an den Wochenenden. Daraufhin wurde aber der Chef vom Jugendamt seinerseits wieder rege, schrieb auch noch seine Meinung, obwohl ihn keiner darum gebeten hatte. Das Beste an dem Schreiben wäre, lachte *mein* Richter, dem ich weiterhin alles vorlegte und erzählte, dass der Mann darin unseren Richter belehrte, in dem er seitenlang Paragraphen zitierte.

Vor allem aber forderte er, dass man endlich mal „kurzen Prozess" machen sollte, ginge das Verfahren, er sprach tatsächlich von Verfahren, bereits seit fast zwei Jahren. Ich stutzte, erkannte aber dann, dass seine Zeitrechnung zu dem Zeitpunkt begann, als Herr M das Umgangsrecht eingeklagt hatte. Damit aber bestätigte er einmal mehr meinen Verdacht, dass das Umgangsrecht einklagen nur ein erster Schritt für die nachfolgenden Maßnahmen gewesen war, mit dem Ziel, Ben in die Familie des Vaters zu transferieren.

Keine Woche später gabs einen neuen Beschluss mit Amtsstempel, in dem dann eine Frau Block ermächtigt wurde, sich als Verfahrenspflegerin um meinen Sohn zu kümmern. Sie käme aus einer der Nachbargemeinden, ich fragte etwas rum, doch niemand kannte sie.

Rein gefühlsmäßig sträubte sich auch hier wieder etwas in mir, weil ich dergleichen für Ben zulassen musste, erschienen mir doch inzwischen all diese Experten wie unbekannte Viren, die man probeweise auf Ben los ließ. Block sollte beispielsweise dabei behilflich sein, „der Mutter Hilfestellung zu leisten, um Ben zu vermitteln, dass es völlig in Ordnung sei, dass er jetzt beim Vater lebe."

Sie wollten es wohl nicht verstehen: Das Problem lag darin begründet, dass Ben da nicht leben wollte. Es wurde aber immer so dargestellt, als hindere ich ihn daran, sich da wohl zu fühlen. Es wurde nicht einmal hinterfragt, ob Bens Problem, sich in „die Familie" zu integrieren, nicht in der Familie zu suchen sei. Ich konnte zudem wahrlich nicht guten Gewissens sagen, dass es okay wäre, dass er da lebte – das absolute Gegenteil schien der Fall und das in nahezu jeder Beziehung. Zudem wusste er ja, dass ich für ihn kämpfte. Wie ginge er damit um, wenn ich es nun nicht mehr täte? Wenn ich seine Hoffnungen zunichte machen würde? Zwischendurch konnte ich diese ganze fatale Entwicklung immer noch nicht recht fassen, hoffte mitunter aufzuwachen und alles nur geträumt zu haben.

Dennoch schlug erneut mein Optimismus durch, unterstützt von den ersten Anzeichen des Vorfrühlings, der mich jedes Jahr genauso mitriss, aufwärts, wie die erste Thermik die Bussarde und Milane. Und so erzählte ich Ben, dass bald eine Frau Block sich um seine Belange kümmern würde, sie wäre so etwas wie eine Anwältin für Kinder. Sie wäre sicher sehr nett, und er könnte sich ihr anvertrauen. Das aber hätte ich ihm auch nicht sagen dürfen. Gar nichts hätte ich ihm im Vorfeld sagen dürfen, da es sich um Sorgerechtsbelange handelte. Dabei habe ich ihm früher immer beigebracht, sich *nicht* irgendwelchen Fremden anzuvertrauen, auch wenn die nett und freundlich zu ihm wären.

Abgesehen davon war es blöd, ihm zu sagen, die wäre nett, wo ich sie doch nicht kannte. Das Gleiche traf seinerzeit auf Lenzer zu. Sie war nicht nett, und was Ben ihr anvertraute, überhörte sie, zumindest das, was nicht in ihr Raster passte. Denn das, was er ihr nach seinen Angaben gesagt hätte, lauter Dinge, die für ihn, für mich, für uns gesprochen hätten, tauchten nie in irgendeiner Form bei ihr auf, und so kam es, dass ich zwischendurch sogar Ben anzweifelte. Aber auch das schien Teil ihres Spiels.

Keine Ahnung, welche Macht mir für den Monat März mal Luft verschaffte, lauerte doch seit dem 2. März ein fieses Antwortschreiben in der üblichen Warteschleife, erreichte mich aber erst gegen Ende des Monats.

Zwischendurch hatte Ben mal geklagt, sein Rädchen wäre schon wieder kaputt, der Reifen wäre platt. Bis Dezember hatte ich es immer repariert, wenn Ben zu mir kommen durfte. Jetzt aber gab es anscheinend niemanden, der ihm seinen Reifen flicken könnte. Bens Vater schien dazu jedenfalls nicht in der Lage beziehungsweise nicht willens. Also sagte ich zu Ben: „Bring dein Rädchen Montag in den Carport von Oma Lene, dann komme ich am Dienstag Nachmittag und repariere es." Als ich dann mit neuem Schlauch und neuem Mantel dort eintraf, war das Rädchen nicht da. Ich bat Oma Lene bei Ms anzurufen. Frau M hustete offensichtlich erkältet ins Telefon. Oma Lene fand ein paar diplomatische Höflichkeiten, war jedoch sehr bestimmt, als sie sagte, das Rad soll jetzt repariert werden. Und weil Frau M sich anscheinend nicht vorstellen konnte, dass Oma Lene krumme Dinger machte, gabs auch keine Einwände. Noch nicht. Zehn Minuten später sah ich Ben allein (!) sein Rädchen durch den Garten schieben. An diese Art, Ben außer der Reihe zu treffen, sollte ich später noch auf die unterschiedlichste Art erinnert werden.
 Jetzt aber freute ich mich, ihn so bald schon wieder zu sehen, gab ihm ein Päckchen Schokokekse, während er über Halsweh klagte. Er trug weder einen Schal noch ein Tuch, im Gegenteil, sein Hemdausschnitt war weit geöffnet und ich sagte ihm, „den Hals immer schön warmhalten, Maus!" und vergaß ganz, dass ich ihm damit einen Auftrag erteilte.

„Mir hilft aber keiner! Und niemand sagt mir, dass ich meinen Hals warm halten soll!", klagte er. Natürlich wusste er, dass man sich bei Halsweh und wenn es zudem noch kalt war, einen Schal anzog. Sich eben nicht warm zu halten, obwohl er es selbst ja besser wusste, war sicher einer seiner stummen Schreie. Ich war mir sicher, er wollte lediglich, dass man ihn mehr beachtet, mehr umsorgt, behütet, Selbständigkeit hin oder her. Er war schließlich erst sieben Jahre alt. Während ich das Hinterrad neu bereifte, überlegte ich, wie ich Ben etwas gegen seine Halsschmerzen zukommen lassen könnte, ohne dass es im Rachen von Frau M landete.

Nachdem ich sein Rädchen repariert hatte, verabschiedete ich mich von ihm. Es tat mir weh, ihn nach zehn Minuten wieder wegschicken zu müssen. Täte ich es aber nicht, musste ich befürchten, dass es Konsequenzen hätte. Schließlich konnten sie sich denken, dass nicht Oma Lene, sondern ich das Rad reparierte. Ein heimliches Treffen also...

Am anderen Morgen legte ich ein Päckchen mit seinem Namen den Nachbarn von Familie M vor die Tür mit der Bitte (auf einem Extra-Zettel, denn es war keiner zu Hause), es Ben zu bringen. Ich kannte die Leute noch von früher, die Tochter war ab und zu als Babysitter für Ben zu mir gekommen. Die Halsbonbons gelangten dann zwar in den richtigen Mund, doch Familie M bekam die Aktion in den falschen Hals. Ich hätte es mir denken müssen.

Wieder ein Besuchssamstag. Wie immer in letzter Zeit begann das Bangen um einen reibungslosen Ablauf bereits am Donnerstag zuvor, da ich nur Freitags zwischen 17 und 19 Uhr mit Ben telefonieren durfte, er in letzter Zeit, wo die Gegenseite nach dem Gutachten und dem Entzug eines normalen Umgangsrechts Oberwasser hatte, nur noch selten erreichbar war. Nicht selten versuchte ich es von 17 Uhr an eine halbe bis eine Stunde vergeblich, mitunter auch die ganzen zwei Stunden. Anschließend war dann dauernd besetzt. Oder aber es ging nach einer Weile Frau M oder eine ihrer Töchter ans Telefon, selten Ben selbst. Das wäre alles halb so dramatisch gewesen, wenn ich nicht nach einem Streit mit Telekom den Festnetzanschluss gekündigt hätte, somit nur noch mobil telefonierte, was aber von meiner Tal-Wohnung aus je nach herrschender Windrichtung oftmals unmöglich war oder nur mit schlechtester Verbindung. Darüber hinaus gab es in unserem ganzen schönen Ort keine einzige Telefonzelle mehr. Also blieb mir oft nichts anderes übrig, als auf den Berg zu marschieren und oben auf dem freien Feld windumtost mobil zu telefonieren. Oder ich musste in die Stadt zu radeln, um es von einer Telefonzelle aus zu probieren.

Immer, wenn ich ihn dann erreicht hatte, war er traurig, weils noch so lang hin wäre, und dabei war es egal, ob wir uns erst in einer Woche oder in 21 Stunden sehen würden. Dauerte es noch eine ganze Woche, war es mir besonders wichtig, ihn anzurufen und umso genervter war ich, wenn es dann nicht klappte.

Vorfrühling mit erdig würziger Luft, die Zeit, in der die ersten Zugvögel zurückkehren. Verheißungsvoll wie jedes Jahr aufs Neue. Es war der erste Nachmittag, den wir fast ganz im Freien verbringen konnten. Wir beobachteten, wie die Kraniche auf ihren Weg Richtung Norden im Formationsflug über uns hinweg zogen und wie die Pferde gegenüber ausgelassen über die Wiese tobten. Wenngleich wir uns auf einem riesigen Grundstück tummeln konnten, konnte man uns ständig beäugen, weil seine östliche sowie seine westliche Begrenzung von den kleinen Straßen des Dorfes gebildet wurden. Und saßen wir gar auf der Schaukel oder hielten uns nur in diesem Bereich auf, konnte man uns auch von der Hauptstraße aus sehen. Südlich grenzte der riesige Garten an eine Schafswiese, deren unterer Teil Oma Lene gehörte, der obere aber, der jetzt zu aller Leidwesen bebaut wurde, gehörte Erwin, einem leicht debilen, aber ergebenen Freund meines Widersachers. Er, Erwin, hielt sich in diesen Tagen zwecks Hausbau ständig neben Oma Lenes Garten auf, keine fünzig Meter vom Zaun entfernt. Und ausgerechnet diesem Dorftrottel hatte man erzählt, dass Frau Oberschlau, so nannten sie mich höhnisch, laut psychologischem Gutachten nicht mehr richtig tickte. Was für ein Fressen für die geifernde Bagage! Inzwischen stand nun immer jede Menge Volk erst in und schließlich auf Erwins neuem Haus, also, auf dem Dach, und glotzte ungeniert zu uns herüber, weshalb ein Gutteil des Grundstücks für uns als Spielplatz wegfiel, was insbesondere beim gemeinsamen Fussball-, Frisbee oder Federballspiel zu erheblichen Einschränkungen führte. Denn wenn sie sähen, dass wir ganz ohne Aufsicht miteinander verkehrten, dass wir also auch miteinander reden konnten, ohne dass jemand das Gesagte überwachte, dann würden sie es sofort Familie M erzählen.

Der März verlief dann nicht nur aufgrund des Wetters voller Optimismus, den ich auch gegenüber Oma Lene zum Ausdruck brachte. Sie aber schien da eher skeptisch oder realistisch, und dann fragte sie mich, wie das denn jetzt wohl weitergehen sollte, und ich zog es mir mal wieder an, dachte, sie meinte, wie lange sie uns noch bei sich dulden müsste. Jedenfalls war das meine Interpretation ihrer Frage, denn nach den Attacken und tückischen Fallen der letzten Zeit war ich extrem dünnhäutig geworden. Und so dachte ich bei mir, ihr reicht es allmählich dann doch, was ich nur zu gut verstehen konnte. Schon deshalb war es gut, dass wir jetzt die Zeit fast ausschließlich draußen verbringen konnten, sodass wir sie nicht allzusehr störten. Dennoch war es mir unangenehm und nach ihrer Frage erst recht. Mit einem einmal mehr beklemmenden Gefühl radelte ich durch das schmale Tal nach Hause, wo ich mich nicht wirklich zu Hause fühlte, betrachtete ich es doch nur als einen Zwischenstopp, dieses Appartement in einem ruhigem Wohngebiet.

13 Belagerungszustand

Währenddessen beklagten die Sachverständigen permanent die emotionalen und sozialen Defizite, die die Tests bei Ben ergeben hätten. Keiner konnte, richtiger wohl, keiner *wollte* sich vorstellen, dass diese Defizite, wenn es sie dann gäbe, durch die Situation bedingt waren. Ein wenig vielleicht, räumte man ein, aber nicht so massiv. Völlig unmöglich. Alles meine Schuld.

Die Telefonate, mehr natürlich die Besuche, takteten meine Zeit auf eine unangenehme Weise. Umso nachhaltiger hatte mich dieses nicht geplante Treffen beeindruckt, als Ben mir sein Rädchen zur Reparatur gebracht hatte. Wenngleich wir uns nur kurz gesehen hatte, hatte es sich doch wie ein Stück Normalität angefühlt, weil es nicht geplant war und weil wir uns dadurch schon so bald wiedergesehen hatten.

Die Sache brachte mich auf die idiotische Idee, mich heimlich mit Ben zu treffen – wenn auch nur für ein kurzes, aufmunterndes Hallo Ben, mehr nicht. Auslöser war, dass ich ihm bei unserem letzten Besuch ein Bionicle mitgebracht hatte, er aber noch gern die entsprechenden Playdisks dazu gehabt hätte. Und so sagte ich ihm an einem Samstag, ich komme am Mittwoch um drei Uhr auf das Feld zu der Bank. Er wusste natürlich, wo das war, etwa 200 Meter von seinem Haus entfernt entlang einer lückigen Feldhecke. Er radelte öfter dort entlang, ich ebenfalls, wenn ich beispielsweise auf dem Weg zu Gisela war. Mein Rad war meinen Widersachern bekannt, also ließ ich es an besagtem Tag im Nachbardorf stehen. Und weil dieser 1. April trotz eines kühlen Windes phantastisch sonnig war, genoss ich den Spaziergang über die Felder. Ich hatte mich an diesem Tag in einem anderen Stil gekleidet, mir eine neue große Sonnenbrille aufgezogen, dazu eine Schirm-Kappe aufgesetzt, etwas, was ich sonst nie, nie tat, weshalb ich diese Typveränderung zumindest auf die Entfernung für ausreichend hielt. (Selbst Elfi hatte mich so erst auf den 2. Blick erkannt). Um kurz vor drei setzte ich mich an vereinbarter Stelle auf die Bank und nahm ein Buch aus dem Rucksack. Ich hatte das Buch noch nicht einmal aufgeschlagen, als auf der oberen Straße der bekannte Transporter aus dem Dorf fuhr. Er, mein Widersacher, konnte mich von der Straße aus zwar als Person sehen, mich aber ohne Fernglas auf eine Entfernung von etwa 200 Metern Luftlinie nicht erkennen, zumal er nach Bens Angaben neben seinem Gebiss inzwischen auch eine Brille tragen musste, was er aber meistens nicht tat. Dennoch wirkte ich hier inmitten der menschenleeren Felder sicher wie auf dem Präsentierteller.

Ich hatte etwas Herzklopfen, verfluchte bereits die Idee, las zwischendurch zwei Sätze, unkonzentriert, während ich beinahe sicher war, Ben hat das Treffen vergessen. Kaum hatte ich den gedanken zu Ende gedacht, sah ich ihn jedoch auf seinem Rädchen näherkommen. Punkt 15 Uhr. Als er auf etwa 50 Meter herangekommen war, rief er mir freudig zu: „Hallo Mama!", während im nächsten Moment aber auch schon der große weiße Geländewagen in den Feldweg bog und wütend hinter Ben herraste. Mir blieb fast das Herz stehen, Ben hatte den Wagen ebenfalls bemerkt, rief : „Oh Mist, die Anita!" Ich blieb unverändert sitzen, und als er fast auf meiner Höhe war, rief ich ihm zu: „Fahr einfach weiter! Tu so, als kennst du mich nicht!" Ich sah Angst und Ratlosigkeit in seinem Gesichtchen. „Wo soll ich denn jetzt hin?", fragte er mich im Vorbeifahren.

„Fahr weiter geradeaus!" Der Feldweg wurde auf meiner Seite von einem Graben und dahinter von Büschen begrenzt, auf der anderen Seite ging es direkt auf den Acker. Auf den nächsten hundert Metern gäbe es keine Ausweichmöglichkeit – zumindest keine, die er gefahrlos mit dem Rädchen und bei diesem Tempo hätte einschlagen können. Es sah dann wirklich so aus, als erkannte er mich nicht, was längst keine Rolle mehr spielte, denn schon raste Frau M an mir vorbei, die dunklen langen Haare wild und strähnig vor dem Gesicht, die unvermeidliche Kippe im Mundwinkel. Der Feldweg war zu schmal, das bullige Auto zu breit, als dass sie Ben hätte überholen können. Jetzt sah ich zu meinem Entsetzen, wie sie Ben vor sich hertrieb wie einen entsprungenen Sträfling, nein, wie jemand, der sein hilfloses Opfer ängstigen wollte, der seine Macht demonstrieren wollte. Mir stockte der Atem: Wenn Ben bei diesem Tempo stürzen würde, er hätte keine Chance, so schnell war die Fahrt, so dicht hing ihm diese Wahnsinnige bereits am Hinterreifen. Er würde unweigerlich von dem Wagen überrollt werden.

Was in diesem Moment alles durch meinen Kopf, durch mein Herz, meine Adern, meinen Bauch jagte, war kaum mit Worten zu beschreiben. Plötzlich hörte ich Ben laut schreien. Ich stürzte auf den Weg. Ich glaube, ich wäre in diesem Moment zu sonstwas fähig gewesen, wäre Ben bei dieser Aktion etwas passiert. Ich sah dann - Gott sei Dank - nur noch eine gelbbraune Staubwolke und darin meinen Sohn, dem es schließlich gelungen war, in eine Ausbuchtung des Feldwegs zu biegen und anzuhalten. Währenddessen jagte diese Irre den holprigen Weg weiter, bog am nächsten Abzweig ab. Ich sollte sie bald darauf auf der oberen Straße wieder zurück ins Dorf rasen sehen. Die Hatz hatte mir einmal mehr gezeigt, wie sehr Frau M Bens Wohl am Herzen lag. Sie hatte gesehen, was sie sehen wollte. Jetzt würde sie wieder Kunz anrufen. Ich aber war noch immer aufgewühlt, denn es hätte nicht viel an einer absoluten Katastrophe gefehlt, und so dachte ich einmal mehr, es muss ein Ende haben.

Unterdessen kam Ben zu mir zurückgeradelt, warf das Rad hin. Erstaunlich gefasst, als wäre ihm die Gefahr, in der er gesteckt hatte gar nicht bewusst geworden – zum Glück - stellte er sich hinter ein viel zu dünnes Bäumchen, machte sich schmal, versuchte sich vor Frau M zu verstecken.

„Lieber Puhz! Bist du in Ordnung?" Er nickte, beobachtete, wie der weiße Wagen den Berg hinunter ins Dorf heizte. Erst als der Wagen außer Sicht war, traute er sich hervor.

„Ich glaube, es ist wohl besser, du bleibst nicht zu lange", sagte ich und drückte ihm die Disks in die Hand, die er wie die Schokolade in seine Hosentasche stopfte. Dann aber berichtete er mir doch noch stolz und von der Aufregung noch immer etwas außer Atem, dass er unsere Verabredung nicht vergessen und dass er mich sofort erkannt hätte.

„Och! Trotz der Verkleidung?", fragte ich nicht nur gespielt enttäuscht. „Hast du vielleicht Anita vorher gefragt, wie spät es ist?", wollte ich noch wissen, weil ich mir die Kontrollfahrt ansonsten nicht erklären konnte. Ben schüttelte zwar den Kopf, hatte dann aber wohl etwas zu oft nach der Uhrzeit gefragt, wie ich später noch zu hören bekommen sollte.

„Tut mir leid, das war keine gute Idee! Ich hoffe nur, wir beide haben es bald geschafft! Damit sowas aufhört!"

War der März weitestgehend ruhig verlaufen, machte der April seinem Image alle Ehre und erwies sich von eben diesem ersten Tag an als äußerst launisch. Nachdem ich mich nach knapp fünf Minuten von Ben verabschiedet hatte, machte ich mich sorgenvoll auf den Heimweg. Der schöne Tag war mir durch den Zwischenfall dermaßen verleidet, dass mich selbst der überall spürbare Frühling nicht aufheitern konnte. Was werden sie mit Ben machen? Wieder Stubenarrest? Wie könnten die amtlichen Folgen aussehen?

Am anderen Tag gab es wieder Anwaltspost. Kunz hatte sich in spitzfindigen Ausführungen schriftlich gegen das siebzehn Seiten lange Schreiben meiner Anwältin ausgesprochen. Dabei hatte sie Amtshilfe von einem ihrer Vorgesetzten erhalten, der mich aber gar nicht kannte. Dieser plapperte jetzt – schriftlich - einfach nur Kunz nach, etwas schärfer, versteht sich, entsprechend seiner höheren Position. Auch er ignorierte unsere Gegenbeweise wie Kunz und Lenzer, die ihre Behauptungen den Lehrern als Fakten hinterlegt hatten, sodass die wiederum die gleichen Ursachen Bens diversen Verhaltensstörungen zugrunde legten. (Unsere ständige Umzieherei, meine ständigen Auslandsaufenthalte, die aseptische Umgebung, dass Ben nie Kontakt zu anderen Kindern gehabt hatte etc.) Das hatte dann irgendwann die logische Folge, dass alle gegen mich eingenommen waren und mir die Schuld zuwiesen. Dabei ging aus meinen Nachweisen ganz klar hervor, dass Kunz mehrfach „die Unwahrheit gesagt hatte", wie es schönend im Amtsdeutsch hieß. Die Schreiben von Kunz und ihrem nächsten Vorgesetzten bestanden überwiegend aus Wiederholungen wie Loyalitätskonflikt und Entwicklungsdefizite, weil unser Leben durch die ständige Umzieherei so unstet war, folglich ich das Kind so eng an mich gebunden hatte, dass es seine Persönlichkeit nicht recht entwickeln konnte...

Ben war gegen Ende seines fünften Lebensjahres in der Lage, während unserer Klima-Kur in der Provence allein im benachbarten kleinen Supermarkt einzukaufen, dabei stets alles Gewünschte mitzubringen. Auch brauchte er selten länger als fünf Minuten, um ein bis dahin fremdes Kind zu seinem Spielgefährten zu machen – egal welche Sprache es sprach. Er verfügte über ein geradezu diplomatisches Geschick im Umgang mit großen und kleinen Menschen, war einfühlsam und hilfsbereit von sich aus, hatte gute Manieren, eine verdammt gute Beobachtungsgabe und ein sehr gutes Gedächtnis. Nur von seinen Ellenbogen Gebrauch zu machen, das hatte er nicht gelernt. Oder nicht lernen wollen. Im Kindergarten hatte er sich ebenso friedliche Freunde gesucht, und auch unsere drei Nachbarskinder in dem kleinen Tal waren friedliche Vertreter gewesen.

In ihrem Gutachten beklagte Lenzer dann auch Bens mangelnde Aggressivität.

In diesem April rasten gleich mehrere Hurricans mit ihrer zerstörerischen Kraft über mich hinweg. Vor allem die Gegenschrift zu den siebzehn Seiten von N°3 und die zu unserem Befangenheitsantrag hätten mich beinahe geknickt. Ich muss schon sagen, Lenzers achtseitige Gegenstellungnahme war an überzeugender Sachlichkeit unschlagbar, überzeugte beinahe auch mich. Wieder einmal begann ich mich hundeelend zu fühlen, hinterfragte erneut mich selbst.

Lenzer wäre ganz sicher auch eine hervorragende Anwältin gewesen. Weil Zitate leicht wiederzugeben sind, hier ein Auszug aus Lenzers Gegenschlag:

„...welche Entwicklungsdefizite und Verhaltensauffälligkeiten bei Ben im tagtäglichen Kontakt zu beobachten sind. Dies leitet zum zweiten Punkt über, dass auch pädagogische Fachkräfte, die in meinem Gutachten umrissene Entwicklungsstörung als solche einschätzen. In diesem Zusammenhang sei auf den §§ 35a des SGB VIII verwiesen, der eine Entwicklungsverzögerung von mehr als sechs Monaten als seelische Behinderung definiert. Aus Sicht der Lehrer, wie auch aus Sicht der Sachverständigen, liegt bei Ben in vielen Bereichen seiner Persönlichkeitsentwicklung ein Entwicklungsdefizit vor, das sechs Monate deutlich überschreitet. Es ist nicht mehr nachzuvollziehen, warum diese Tatsache sowohl von der Kindesmutter als auch von deren Anwältin in unverantwortlicher Weise übersehen wird."

Na, weil ich doch der Meinung bin, dass sich Ben, solange er bei mir gelebt hatte, ausreichend und halbwegs normal entwickelt hätte, sonst hätten mir der Kinderarzt, die Kindergärtnerinnen oder auch andere Eltern schon mal einen Hinweis gegeben. Allerdings hielt sich unser Kinderarzt, der die U's durchgeführt hatte, als Kinderpsychotherapeut nicht an die vorgegebenen Normen - weil Kinder sich nun mal unterschiedlich entwickeln.

Und Lenzer weiter, ohne je konkret zu werden: „Solche massiven Entwicklungsdefizite sind auch kein Resultat der Trennung von der Mutter, wie die Anwältin von Frau Hansen meint, sondern, wie auch im Gutachten beschrieben, ein Ergebnis von Bens bisherigem Leben. Es wäre wünschenswert, den Entwicklungsstand des Kindes und damit das Kindeswohl wieder ins Zentrum der Betrachtung zu rücken, da es sich hierbei wohl um den eigentlichen Gegenstand des von mir angefertigten Gutachtens handelt."

Später erst erfuhr ich, dass der wichtigste Faktor in der Kindeserziehung, die Liebe, in solchen Verfahren keinerlei Stellenwert hat, sodass ihm auch keinerlei Beachtung geschenkt wird. Von keiner Seite. Halt, Stopp. Da sollte es dann noch jemanden gäben, der dazu etwas zu sagen wusste.

Ich legte Lenzers Text beiseite und dachte mal wieder darüber nach, wie wenig Einfühlungsvermögen, Muttergefühl, Verstand und Realitätsbezug ich all die Jahre gehabt hatte, dass ich meinen Sohn derart hatte verkrüppeln lassen.

Immer und immer wieder zog ich es mir an. Lenzers schriftliche Art der Argumentation, die Art ihrer Auslegungen übertraf die mitunter etwas unglückliche und unverständliche Ausdrucksweise von N°3 bei weitem, überzeugte auch durch ihre Vehemenz. Auf sieben Seiten schrieb sie meine Anwältin und deren Ausführungen in Grund und Boden, schlug sie mit den Argumenten, die der Richter nicht so ohne weiteres überprüfen konnte, schon gar nicht wollte, weil er dazu seine Hausaufgaben hätte machen müssen. Lenzer zitierte permanent ihre Paragraphen, etwas, das den Richter ja überzeugen musste, waren Paragrafen doch seine Welt. Zudem schrieb Lenzer ständig von „wissenschaftlichen Richtlinien", ohne aber Quellenangaben zu machen.

Den hauchdünnen Befangenheitsantrag hatte N°3 zu meiner Enttäuschung zu neunzig Prozent auf die Sache mit dem Kinderarzt gestützt, auf das nachweislich nie gemachte Zitat. Sie meinte, das müsste reichen. Unter normalen Umständen und bei einem ordentlichen Richter wäre das wahrscheinlich auch ausreichend gewesen. Doch unser Richter war genauso alt wie stur; zudem hatte N°3 in diesem knappen Antrag nicht eindeutig auf das Telefonat verwiesen, das auch die mündliche Aussage im Termin gekippt hätte, sondern hatte sich nur in unglücklicher und unvollständiger Weise auf Beckers schriftliche Stellungnahme berufen. Die aber wäre nur sinnvoll und verständlich gewesen, hätte sie meinen etwas zynischen Brief mit abgeheftet. Denn auf den bezog Becker sich in seinen Formulierungen. Mir schwante nichts Gutes.

Anfang April. Es war ein herrlicher Morgen. Ich saß gerade beim Frühstück, die Sonne schien durch die großen Fenster, als das Handy seine Melodie anstimmte. Neugierig nahm ich ein Gespräch an, das mir umgehend meine gute Laune verderben sollte: Energisch und burschikos, dabei aber ziemlich umständlich, erklärte mir eine Frau Agnes Block, wer sie sei und was sie vorhabe.

Die erste Klappe fiel bei mir nach ihrem mehr als prägnanten Satz, der mich zutiefst schockierte: „Ich werde herausfinden, ob Ihr Sohn Sie überhaupt vermisst."

Die nächste Klappe fiel kurz darauf, nämlich, als sie mir im nächsten Moment offenbarte, das Gutachten gelesen zu haben. Nein, dachte ich und spürte, wie mich eine kaum mit Worten zu beschreibende Verzweiflung ergriff. Ich war so entsetzt darüber, dass ich den Termin, den sie an diesem Tag mit mir machen wollte, umgehend mit den Worten ablehnte, dass ich unter diesen Umständen erst einmal mit meiner Anwältin reden wollte. Ich musste sie für voreingenommen und somit für befangen halten, weil sie

„es" gelesen hatte, bevor sie sich einen eigenen Eindruck von mir gemacht hatte. Jetzt aber hatte ich erst einmal schier Unmögliches meiner Anwältin mitzuteilen.

„Stellen Sie sich vor, auch die neue Expertin ist befangen - und das, bevor sie mich überhaupt gesehen hat!"

N°3 guckte mich daraufhin an, als wäre die vorgefasste Meinung Blocks meine Schuld, und dass ich mir die Sache jetzt selbst verdorben hätte, weil ich ein Treffen mit dieser dummen Person ablehnte. In Wirklichkeit verstand mich N°3 recht gut, sie wollte wohl nur den verheerenden Ablauf des Verfahrens nicht wahrhaben. Schließlich hatte sie erst vor wenigen Wochen Kunz und Lenzer als befangen abgelehnt, nicht zuletzt aufgrund nachweislicher Falschaussagen. Jetzt aber sagte sie zu mir: „Wenn keiner der Sachverständigen etwas Positives über Sie sagt oder schreibt, weiß ich nicht, wie ich Ihnen helfen soll."

Über diesen Satz mag sich nun jeder seine eigenen Gedanken machen. Ich ahnte, dass mir keine Wahl blieb. Das Spiel musste weitergespielt werden.

„Na gut, dann werde ich mich mit Block treffen", sagte ich, war mir jedoch sicher, dass Block es kaum wagen würde, zu gegenteiligen Erkenntnissen wie Lenzer zu kommen.

Dann erhielt ich ein ausführliches Schreiben von Kunz, zumindest ausführlich für ihre Verhältnisse. In diesem Schreiben, das bereits vor einem Monat verfasst worden war, wies Kunz die ihr vorgeworfene Parteinahme für Frau M brüsk zurück, während man aber gleichzeitig auf der ersten Seite erfuhr, „dass Frau M Kontakte zum hiesigen Pflegekinderdienst gehabt habe" - und zwar kurz bevor man versucht hatte, offiziell das Umgangsrecht für Ben einzuklagen. Nach erfolgreicher Klage stellte Frau M die Suche nach einem Pflegekind wieder ein.

Kunz aber schloss ihr Schreiben mit einer Drohung, mit der sie das Gericht unter Druck setzte. Das, was sie da androhte,

wäre das absolute Desaster für Ben – Kunz wusste es und setzte diese Karte, ihren Joker, gezielt ein. „Sollte sich nicht in Kürze eine klare Perspektive für Ben ergeben, ist zu befürchten, dass Familie M den ständigen Vorwürfen durch Frau Hansen nicht mehr gewachsen ist und eine Fremdunterbringung für Ben notwendig werden könnte. Dies sollte aber dem Kindeswohl entsprechend unbedingt verhindert werden."
Ergo blieb dem Gericht nur das, was sie damit bezwecken wollte: Nämlich den Sorgerechtsstreit kurzerhand und ganz eindeutig kompromisslos zu entscheiden. Es gab zu Familie M also nur eine Alternative: die Unterbringung in einer fremden Familie oder einem Heim.
Eine derartige Fremdunterbringung schlug dann im darauf folgendem Schreiben auch der Amtsleiter vor - als Reaktion oder wohl eher als Strafe für unser heimliches Treffen am 1. April, das in dem Brief aus der Sicht der lieben Familie geschildert wurde, und zwar ausschließlich aus deren Sicht und auf Frau Ms fernmündliche Überlieferung hin. Wie immer wurde ihre Aussage nicht hinterfragt, sondern für bar genommen, sodass sogar der Amtsleiter dergleichen unterschrieb, obwohl der die Geschichte nur aus dritter Hand kannte. Der Brief trug seine Forderung schon im Titel:

Entzug der elterlichen Sorge der Mutter und Übertragung der alleinigen elterlichen Sorge auf den Vater

Wie ich es mir schon gedacht hatte, hätte Ben wohl ständig gefragt, wann es denn Mittwoch und an jenem Mittwoch, wann es denn 3 Uhr wäre, sodass Frau und Herrn M Verdacht schöpften und Frau M Ben verfolgen *musste*. Und so hätten sie mich selbst dann erkannt, wenn sie mich nicht erkannt hätten. Ben wäre anschließend ganz verstört in seinem Zimmer verschwunden, weil er nicht wusste, wie er mit der Situation umgehen sollte. Diese Beschreibung war jedoch lediglich die meiner Widersacher. Mit keinem Wort wurde auf die bedrohliche Verfolgungsfahrt eingegangen. Denn als ich die im nächsten Termin beschrieb und anprangerte, wollte niemand davon auch nur etwas hören, es konnte ja nicht sein und selbst wenn, es interessierte niemanden. Ich wollte nicht wissen, was sie erfunden hätten, wenn dieses Monster Ben an- oder gar überfahren hätte.

Später erzählte mir Ben, dass er nach unserem Treffen auf dem Feld gleich in sein Zimmer geflitzt sei, um den verschiedenen Bioniclen die neuen Disks anzupassen und um die Schokolade zu essen, bevor die gefräßige Tamara mitbekäme, dass er Schokolade hätte. Den Rest des Nachmittags hätte er dann mit den Bionicles gespielt.

Längst hatte ich meinem Richter von unserem unglücklichem Treffen erzählt und ihn gleichzeitig gefragt, ob es Sinn machte, wenn ich diesem Richter mal unsere Lage aus meiner Sicht schildern würde? „Warum nicht?", meinte der daraufhin und so schrieb ich. Indem ich schrieb, konnte ich – im Gegensatz zu einem Telefonat – sicher sein, alles, was mir wichtig war, auch darstellen zu können, ohne zwischendurch unterbrochen oder gar abgewürgt zu werden. So wies ich ihn auf den markanten Satz der Verfahrenspflegerin Block hin und wie es mich empörte und dass ich bei Lenzer allein über 250 einzelne nachzuweisende Falschaussagen gezählt hätte, und dass ich doch beweisen könnte, dass es früher nicht so war, wie man mir permanent unterstellte – ganz im Gegenteil. Und ob er Ben vielleicht einmal unter vier Augen fragen könnte, wo er hin wolle? Obwohl ich meinte, mich beherrscht zu haben, floss doch noch viel Herzblut in diesen Brief, der am Ende zwei Schreibmaschinenseiten umfasste. Nichts unversucht lassen, sagte ich mir und hatte, kaum dass der Briefkasten meinen Brief geschluckt hatte, dennoch kein gutes Gefühl dabei.

Fast vergass ich zu erwähnen, dass dem Schreiben des schnoddrigen Amtsleiters mit der Forderung nach unverzüglichem Sorgerechtsentzug eine Art Beipackzettel angeheftet war, unwesentlich, weil es nicht anders sein durfte und anders würde es den Fall ja auch nur komplizieren. Nun, anhing ein richterlicher Beschluss, mit dem unser Befangenheitsantrag gegen die Psychologin und Gutachterin als unbegründet zurückgewiesen wurde. Unbegründet! Dabei hatte sie doch nachweislich vor Gericht gelogen, um mich zu schädigen. Es versetzte mir trotz der Vorahnung, die ich gehabt hatte, einen weiteren Schlag.
Auf jede Stellungnahme, die N°3 verfasste, folgte eine vehemente Flut der wachsenden Front von Gegnern. Mitunter war ich regelrecht stolz auf mich, dass ich überhaupt noch aufrecht gehen und mir selbst in die Augen sehen konnte. Dass mich die Attacken nicht umhauten, lag sicher an meiner Persönlichkeitsstörung, die mich die Realität nicht sehen ließ. Umso besser.

Wenn ich meinen Freunden und Bekannten von all diesen kleinen und großen Geschehnissen berichtete, konnten sie es kaum noch fassen. Doch auch ich hatte immer wieder aufs Neue Schwierigkeiten zu glauben, dass ein derartiges Lügenkomplott vor einem Gericht in Deutschland möglich sein sollte und dass ich hinzunehmen hätte, was sich solche kranken Gestalten ganz offiziel und legal ausdachten, nur um auf Teufel komm raus Kunz einmal gefasste Meinung, eine Meinung, die schon feststand, bevor sie mich überhaupt das allererste Mal gesehen hatte, festgestanden hatte und die sie zur Position des Jugendamtes erhoben hatte, zu untermauern. Ein Fehlereingeständnis hätte ja auch Folgen.
Das Jugendamt ist und bleibt die rechte Hand des Familien-Richters, während linke Experten nicht selten deren rechte Hände sind.

Obwohl bereits in der Mitte dieses tosenden Aprils geschrieben, erreichte mich die weitere Attacke auf meine angeknackste Seele nach dem üblichen Rundlauf und - wie um die Giftdosen gleichmäßig zu verteilen - erst im Mai. Zu allem Ärger bekam ich jetzt auch noch von N°3 eine sehr persönliche Ladung vor den Bug, der ein Gesprächstermin mit ihr sowie diverse Schreiben meinerseits an sie vorausgegangen waren, in denen ich ihr von den eindeutigen Äußerungen der Verfahrenspflegerin Block sowie meiner oder besser Helmuts Idee, eine Dienstaufsichtsbeschwerde gegen den Richter zu schreiben, berichtete.

Allerdings hatte ich diese Möglichkeit auch schon mit *meinem* Richter diskutiert und dabei die Kritikpunkte sachlich zusammengefasst. Selbst mein Richter fand, dass die Verfahrensführung die Gegenseite in siebzehn Punkten eindeutig begünstigte. In siebzehn Punkten! Ein Zufall?

14 Block und weitere Querelen

N°3 zuliebe und damit das Spiel weiter ging, verabredete ich mich mit Block in einem Café in der Stadt, zumal ich keine Lust hatte, mir erneut meine Wohnung vermiesen zu lassen, mit dämlichen Fragen und schlechten Gerüchen.
Agnes Block war um die fünfzig, klein, dick, schmalzblond und glubschäugig, was ihr Selbstbewusstsein jedoch in keiner Weise schmälerte. Wie zuvor auch schon Lenzer, erzählte ich ihr genauso offen, aber deutlich bewusster, wie und wo wir früher gelebt hätten, und dass wir dann, als unser Pachtvertrag auslief, das Haus verkauft werden sollte, diese Klimakur in Südfrankreich angetreten hätten, weil Ben doch eingeschult werden sollte. Wenn er dann wieder ständig krank sein würde, wäre das doch äußerst ungünstig. Und

ich betonte, dass ich für die Zeit unserer Abwesenheit all unsere Möbel, unser Geschirr, die Bücher und Spielsachen etc. im Nachbardorf untergestellt hatte, und dass ich eben nicht meinen gesamten Hausstand veräußert hätte, so wie Lenzer behauptet hatte. Richtig aber wäre, dass ich mein gutes MTB, meinen tapferen Kombi mit Allrad und meinen großen PC verkauft hätte, zumal ich so oder so einen anderen hatte kaufen wollen. Mit dem Geld aus den Verkäufen hatte ich das Wohnmobil angeschafft und obendrein den Aufenthalt in Frankreich finanziert. All das schrieb sie auch auf. Offensichtlich aber verbummelte sie später den Zettel genauso wie die Erinnerung an diese Einzelheiten wie an das Gespräch überhaupt. Naja, sie hatte ja noch Lenzers Gutachten, mit dessen Hilfe sie ihre Gedächtnislücken beheben konnte. Dieses somit nur der Form dienende, in Wirklichkeit aber völlig überflüssige Gespräch – ich ahnte ja von Anfang an, dass sie nur eine Statistenrolle in dem Spiel haben würde - fand kurz vor Urlaubsbeginn von Familie M statt, zu der ja auch mein Sohn gehörte. Anschließend, und das machten wir noch im Café ab, wollte Block mit Ben zu mir kommen, um uns gemeinsam zu erleben. Ha, diesmal wusste ich ja, was wir ihr vorführen sollten.

Die „Familie" hatte über Ostern eine Pauschalreise nach Djerba gebucht, ein Supersonderangebot, denn nach dem blutigen Anschlag rang die Insel um Touristen, egal welche. Was für ein großes Ereignis! Doch schon wäre ich gekommen und hätte es Ben im Vorfeld vermiest. So stand es im Schreiben des Jugendamtes zum Antrag auf Entzug der elterlichen Sorge. Ich stutzte, erfuhr dann aber aus dem Text, dass Ben zu Kunz gesagt hätte, er freue sich deshalb nicht aufs Meer, weil er noch nicht schwimmen könne. Aber wenn er wieder bei seiner Mama wäre, würde die jeden Tag im Sommer mit ihm schwimmen üben.

Seine Hoffnung, die er mit dieser Aussage zum Ausdruck brachte, war nun mein Delikt. Doch was konnte ich dafür, dass er dergleichen gesagt hat? Dabei hatte ich ihm, zusammen mit dem alten Leonhard, der das bezeugen könnte, die Reise erst so richtig schmackhaft gemacht.

Dies, dazu mein Plan, eine Dienstaufsichtsbeschwerde gegen den Richter zu schreiben, vor allem aber meine Frage nach ihrer ehrlichen Meinung bezüglich meiner Restchancen in diesem Verfahren, wurde Inhalt eines Schreibens an N°3, dessen Antwort nicht lange auf sich warten ließ. Sollte ich es wagen, eine Dienstaufsichtsbeschwerde gegen den Richter zu schreiben, würde sie ihr Mandat niederlegen.
„Soll se doch endlich!", knurrte Helmut und fand, dass wir meine Schriftsätze demnächst dann eben selbst verfassen würden. Die Idee gefiel mir, und so war ich auch nicht im geringsten beunruhigt durch die Androhung. Hätten wir dergleichen schon früher ernsthaft ins Auge gefasst, hätten sie nämlich beispielsweise den Befangenheitsantrag nicht so leicht abschmettern können, weil wir dem dann ein wichtiges ergänzendes Schriftstück beigefügt hätten, das N°3 vergessen oder zu dem Zeitpunkt noch nicht für so wichtig gehalten hatte. Es hätte so manchen Satz des Kinderarztes in ein völlig anderes Licht gerückt, denn sein Schreiben war die direkte Antwort auf meinen leicht zynischen Brief, wie und wann er denn eine Persönlichkeitsstörung bei mir diagnostiziert hätte, wo ich doch nie seine Patientin gewesen wäre? Genau darauf reagierte er, schrieb ähnlich zynisch zurück. Nur wenn das Gericht unsere gesamte Korrespondenz gelesen hätte, oder besser noch, wenn sie Dr. Becker wie mehrfach von N°3 gefordert, endlich mal als Zeugen gehört hätten, dann hätte es sich aufgeklärt. Es hatte mir direkt leid getan, dass ich ihn nochmals mit der Sache konfrontieren musste, nachdem er ja auf meine Bitte hin nach Lenzers erstem mündlichen Zitat bei N°3 angerufen hatte.

Doch da Lenzer noch eine weitere, eben jene schriftliche Stellungnahme verfasst hatte, meinte ich auch noch darauf reagieren zu müssen. Doch egal, was ich auch gemacht hätte, es hätte am Ende nichts geändert.

Irgendwie hatte ich mich mit N°3 arrangiert, die dann allein schon ehrenhalber - später dann vielleicht aus einem Anflug von Gerechtigkeitsgefühl - ihr Mandat nicht niederlegte.

Wie sie die Chancen einschätzte, dass Ben doch noch zu mir zurückkehren könnte, hatte ich sie überflüssigerweise gefragt. „Schlecht. Gleich Null eigentlich", schrieb sie. „Wir sollten unsere Anstrengungen darauf ausrichten, irgendwie noch an ein normales Umgangsrecht zu gelangen." Aber auch da sähe es übel aus, wie übel, sollte sich bald darauf schon abzeichnen. Man wollte, der neuen Familie zuliebe, dass endlich und endgültig Schluss ist mit der Diskussion. Man wollte mich ganz ausschalten. Keine Rechte, keine Kontakte und auch keine Möglichkeit, noch irgendwelche Gerichte anzurufen. Ach Puhz!

So komprimiert, wie all die Attacken in diesem April über mich hereinbrachen, so empfand ich es auch. Kaum Zeit, Luft zu holen, mit Ausnahme der Ostertage. Keine Woche ohne neue Hiobsbotschaften, die mich wieder und wieder um den Schlaf brachten. Ich schrieb unendlich viele Seiten an N°3, weil ich meinte, auch zu jeder Stellungnahme der Gegnerschar etwas sagen zu müssen. Ich gab ihr so unendlich viele Hinweise auf die Widersprüchlichkeiten, dass sie allein mit meinem Fall schon ausgelastet gewesen wäre. Es war für sie aufgrund der Masse der neuen und alten, aber immer wieder neu aufbereiteten Argumente vollkommen unmöglich, auf alles einzugehen. N°3 hatte schließlich auch noch andere Klienten. Also machte ich ihr auch keinen Vorwurf, im Gegenteil, ihre Schriftsätze wurden immer besser, sie waren teilweise regelrecht rührend. Na ja, bis auf ihre Ausdrucksweise.

Zu allem Übel erreichten mich die Attacken grundätzlich zum Wochenende, freitags oder samstags, weil N°3 dann ihre Kanzlei aufräumte. Wochenabschluss, da flog raus, was während der Woche vom Gericht reingekommen war.

Doch seit diesem hässlichsten aller Briefe im Dezember litt ich an einem Briefkasten-Syndrom, das in diesen Wochen nochmals eine Verstärkung erfahren sollte. Nach den regelmäßig zum Wochenende eintreffenden Attacken ging ich ja, wie bereits erwähnt, ab Donnerstag nicht mehr an den Briefkasten - erst montags wieder, aber auch dann erst nach dem Frühstück. Abends ging ich gar nicht mehr dran, weil ich nach einer weiteren Attacke garantiert die ganze Nacht wach liegen würde. Meistens klopfte ich vor dem Öffnen an den Bleckkasten, um am Klang zu erkennen, welche Art oder wie viel Post drin war. Keine Post oder nur ein kleiner leichter Brief: heller Klang - enthielt keine beigefügten bösartigen Kopien und war maximal eine Rechnung, während ein sehr kurzer dumpfer Klang dagegen ein weiteres schweres Kaliber ankündigte. Die Trefferquote lag bei 95 Prozent.

Einmal trickste mich der Briefträger allerdings aus. Ich war an jenem Freitag nur ganz kurz im Bad verschwunden, als er just diesen Moment abpasste und mir fröhlich seinen Gruß in die Wohnung rufend einen dicken Brief durch das weit geöffnete Fenster mitten auf den großen Tisch schleuderte. Und natürlich war es wieder einer jener Briefe. Ich musste darüber - trotz allem - dann doch mal lachen und öffnete ihn erst am Montag – nach dem Kaffee.

In diesem April gab es, wie bereits angedeutet, zwei einschneidende Events: der Osterurlaub, jene Flugreise der Familie sowie der Tag, an dem Block Ben und mich zusammen in meiner Wohnung studieren wollte.

Da Block ja das Gutachten gelesen hatte und daran nichts Ungewöhnliches finden konnte, warum auch, gab ich mich keinen Illusionen mehr hin. Block machte ohnehin nicht

gerade den intelligentesten Eindruck, gestand mir, dass sie früher Kindergärtnerin war, (was ich nicht abwerten will), sich dann aber weiterentwickeln wollte, weil ihr das nicht reichte. Sie wollte mehr. (Doch auch Ehrgeiz, so haben wir gelernt, kennzeichnet eine gestörte Persönlichkeit.)
Dadurch aber, dass sie das Gutachten gelesen hatte, alle Lügenkonstrukte Lenzers für wahr erachten musste, konnte ich sie auch nur als befangen einordnen, was mir selbst N°3 später bestätigte, wenn auch widerwillig. Mein Richter sah das genauso, was ich N°3 aber verschwieg. Denn wenn ich inzwischen nur den Namen *meines* Richters in ihrer Gegenwart nannte, brachte es sie bereits auf die Palme. Vielleicht, weil er ihr diesen bescheuerten, arbeitsintensiven Fall vermittelt hatte? Oder weil sie aufgrund meiner permanenten Rücksprache mit ihm ihre Kompetenz in Frage gestellt sah.
In der ganzen Zwischenzeit war da auch noch Helmut, der mich nicht nur moralisch, sondern auch praktisch (bezüglich der Dienstaufsichtsbeschwerde) unterstützte. Ich hatte ihm gegenüber ein etwas schlechtes Gewissen, weil ich vor lauter eigenen Kämpfen und vermehrten Frustrationen noch nicht die Zeit gefunden hatte, wirklich ernsthaft und ausreichend über diesen TV-Beitrag nachzudenken. Zu nichts war ich mehr in der Lage, so sehr zerrte die Sache an meinen Nerven. Nur die Malerei ging noch ganz gut von der Hand, was mir aber erst später, viel später von Nutzen sein sollte.

Noch war ich in dieser extrem sensiblen Phase mit N°3, die aber, das wusste ich, ihr Mandat nicht so schnell niederlegen würde. Ich hatte ihr zu ihrer, aber auch zu meiner eigenen Überraschung gesagt, wenn sie ihr Mandat niederlegen wollte, sollte sie es mich bis Mitte der Woche wissen lassen. Sie schwieg daraufhin. Und so gingen wir beide zähneknirschend in die nächste Runde. Etwas naiv sagte sie mir wiederholt – sie kannte ja die Abschreiberei zumindest der ersten beiden Damen, hatte sie selbst beim wiederholten

Lügen ertappt -, ich könnte doch nicht alle drei als befangen ablehnen! Denn wenn wir keinen finden würden, der für mich spräche, hätte ich keine Chancen. Dann schwieg sie, sah mich nicht an, sah auch nicht aus dem Fenster, sondern saß nur da und schwieg. Ratlos und stinkig zugleich.

Nach einer Weile beendete N°3 ihre Séance, indem sie einlenkte und meinte: „Ich persönlich halte weder etwas von solchen Gutachten noch von Verfahrenspflegerinnen und anderen Experten, um solche Sorgerechtsfragen zu lösen."

Zu mehr schaffte sie es nicht. Es war eben ihre Art, an die ich mich inzwischen gewöhnt hatte.

Der einzigen Freude, der ich jetzt entgegen sehen konnte, war Bens Besuch bei mir in meiner Wohnung, wenngleich auch mit Block im Schlepptau und auch nicht für vier, sondern nur für drei Stunden. Ein Besuchstermin wurde wegen des Familienurlaubs verschoben, sodass ich meinen Sohn an zwei aufeinanderfolgenden Samstagen sehen durfte und nicht erst nach einer Pause von drei Wochen, was Bens Vater zu lautstarkem Protestgeschrei veranlasste. Es sollte ihm nichts nützen. Auch das hatte ich Blocks Spatzenhirn zu verdanken, die den Deal zu meinen Gunsten aber erst gewahr wurde, als ihr die Gegenseite diese Ungerechtigkeit erklärte. Doch da war es bereits zu spät.

Während Ben in Tunesien war, zeichnete, bastelte und schrieb ich ihm an den Osterfeiertagen mehrere kleine Bücher aus gelben Karton. Ein wenig wie Briefe von Felix. Band I: Ben, Teddy und der geheimnisvolle Fremde. Jemand entführt Bens Teddy nach Tunesien, wo er auf einem Bazar verkauft werden soll. Doch über abenteuerliche Umwege findet Ben ihn wieder. Es folgten noch andere spannende Geschichten von Ben und seinem Bären; er erlebte zahlreiche Abenteuer mit Kamelen, anderen Teddybären und einheimischen Menschen. Doch in Wirklichkeit sah Ben in Tunesien weder Kamele noch einen Bazar - nur die eingezäunte Hotelanlage, in der es täglich Pizza gab. Umso mehr mochte er jetzt meine Geschichten, musste sie aber an diesem warmen, sonnigen Samstag mit den Enkelinnen von Oma Lene, die gerade zu Besuch waren, teilen. Beide waren wie Ben sieben Jahre alt, und beide mochten wie Ben auch noch Geschichten mit Teddybären, während unsere Experten ein Verhältnis zu Stofftieren bei Kindern in diesem Alter bereits für bedenklich erachteten. So lagen wir alle zusammen auf der Wiese auf Polstern aus aufgetürmter Grasmahd, fast schon Heu, aßen Erdbeeren und lasen die Geschichten.

15 Fluchtpläne

Wenn es keine andere Möglichkeit mehr gäbe, würde ich gehen. Erst wenn wir gar keine Chance mehr hätten, erst dann würde ich mit Ben das Land verlassen. Nach diesem Motto kämpfte ich erst einmal weiter, setzte aufs Oberlandesgericht, das OLG, setzte auf die zweite Instanz. Um mit Ben notfalls flüchten zu können, brauchte ich neben Geld für die Flugtickets, noch etwas Startkapital sowie Arbeit down under. Nicht zuletzt schob ich meinen Notfallplan aber auch deshalb vor mir her, weil ich etwas feige war. Oder vernünftig. Flüchten! Um dann mit internationalem Haftbefehl von Europol oder Interpol gesucht zu werden.

Und dennoch bereitete ich mich für den *worst case* vor. Zusammen mit Nadine durchforstete ich die Flugpläne im Internet. Ziel: Kapstadt. Wir ließen uns auch die Fahrtzeiten, die wir von Bonn zum entsprechenden Flughafen brauchen würden, berechnen. Es ginge ja nur samstags und dann auch nur abends. Für außergewöhnliche Vorkommnisse brauchten wir zusätzlich zur normalen Fahrtzeit Luft, mindestens ein bis zwei Stunden. Wir gingen vorsichtshalber vom größten anzunehmenden Desaster aus, das bedeutete, dass sie sofort eine Art Großfahndung auslösten, sobald sie feststellten, dass wir weg seien. Das lag nicht zuletzt an einem ehemaligen Grenzpolizisten, der mal in meinen Bekanntenkreis geraten war. Er hatte mir ein wahres Horrorszenario eröffnet, ich hätte seiner Meinung nach keine Chance. Und dann gäbe es noch die sogenannten Rückholer, knallharte Typen, die für Geld die entführten Kinder von jedem x-beliebigen Platz der Welt zurückholten. Als ob Bens Vater auch nur einen Cent berappen würde, um Ben zurückzubekommen! Dennoch hatte sein Gerede meine Wachsamkeit erhöht.

Zurück zur Planung: Wie wirs auch drehten, es bot sich Paris als Optimum für den Abflug nach Südafrika an, weil wir ausschließlich am Samstagabend fliegen könnten. Es sei denn, es gelänge mir, Ben außer der Reihe zu Oma Lene zu locken und dann zu klauen, doch da war mir der Unsicherheitsfaktor einfach zu hoch. Ihn von der Schule oder vom Schulweg weg klauen, so wie es bei anderen Kindern möglich wäre, ging ja bei ihm nicht. Also blieb nur Oma Lene in irgendeiner Form. Wie gesagt, ich ging noch davon aus, dass sie unmittelbar nachdem sie merken, dass wir weg sind, die Polizei benachrichtigen würden und dass die dann auch umgehend die Flughäfen alarmieren würde - wie bei hochkarätigen Gewaltverbrechern üblich.

Von Paris nach Kapstadt. Noch immer war Südafrika die erste Wahl, denn man konnte mit einem Touristenvisum einreisen, Ben brauchte also keinen eigenen Pass; er stand ja noch in meinem Reisepass. Dazu war es nicht mehr in Europa, man sprach eine mir vertraute Sprache, das Land war mir ein wenig bekannt und es war ziemlich schön dort. Auch ein wichtiger Faktor, denn der belebt die Stimmung und schafft einen weiteren Anreiz, sich beim Neuanfang so richtig anzustrengen. Nadine sollte deshalb mal ihren Mann fragen, weil er doch da einige seriöse Leute kannte, die mir vielleicht Arbeit und Wohnung vermitteln könnten.

An einem lauen Aprilabend in Bonn fragte mich Uwe dann ganz konkret, was er denn den Leuten sagen sollte, was ich könnte, damit die sich umhörten. Für mich hörte es sich an, als müsste ich nur sagen, was ich wollte und meinen Wünschen würde umgehend entsprochen werden. Auch Nadine schlug sofort begeistert in die Kerbe, wir wurden euphorisch wie in längst vergangenen Studententagen. Ihr gefiel vor allem diese Idee mit der PR-Arbeit, Prospekte, Layouts - eben Touristenwerbung anfertigen. Weinflaschenetikettierungen entwerfen, Bilder malen für Touristen, individuell, extra preiswert, ja auch Porträts. Ich könnte aber auch als eine Art Personal Trainer Physiotherapie mit einem speziell von mir entwickelten Wellnessprogramm anbieten. Physiotherapie hatte ich früher mal gelernt. Realitätsfern, wie wir nun mal waren, wollte sich der stets souveräne Uwe, der ungeniert seine Karriereleiter höher und höher kletterte, daraufhin einmal mit seinen Bekannten in SA in Verbindung setzen. Er strahlte eine solche Selbstverständlichkeit aus, dass ich keinen Zweifel hatte, dass ihm die Vermittlung gelänge. Uwe hatte da auch noch ein paar Freunde, die in der Regierung arbeiten würden, aber die wollte er dann besser doch nicht fragen, sonst kämen die am Ende noch in einen Loyalitätskonflikt.

16 Verzweiflung

Währenddessen schrien meine Sachverständigen immer lauter, dass mein Sohn in einen immer stärkeren Loyalitätskonflikt gerate, der ihn einer unerträglichen und unverantwortlichen Stresssituation aussetze. *Trotz* der Kürzung des

Umgangsrecht gehe es mit ihm weiter abwärts, weil ich ihm permanent Aufträge erteilen würde, wie er sich zu verhalten habe. Natürlich war es meine Schuld, dass er noch immer nicht das gewünschte Verhalten zeige. Die wahrscheinlichere Ursache für sein Verhalten war wohl unsere Trennung und dass er sich bei der Familie einfach unwohl fühlte. Für normal empfindende Menschen leicht nachvollziehbar, völlig ausgeschlossen für das Gericht und seine Experten.

Den Vater sah er so gut wie nie, konnte deshalb auch kaum eine innige Beziehung zu ihm aufbauen und Frau M war ihm noch immer nicht die liebevolle und fürsorgliche Stief- oder Pflegemutter – im Gegenteil, wenn ich seinen Worten auch nur halbwegs Glauben schenken konnte. Er fürchtete sie, fürchtete ihre ständige Brüllerei und die Bestrafungen, die sie ihm andachte, meistens Stubenarrest. Die beiden Töchter mochte er ebenfalls nicht, was ich ihm lange Zeit nicht recht abnahm. Ich aber war für ihn nach wie vor seine „Mama", war fast sieben Jahre die einzige Bezugsperson gewesen, die er noch immer vermisste und die er noch immer lieb hatte. Etwas, was im Familienrecht jedoch nicht von Belang ist: Das Wort Liebe gibt es dort nicht. Alles was da Loyalitätskonflikt war, war einfach, dass er sich nicht in sein Schicksal, jetzt dort und ohne mich zu leben, ergab. Dazu war er nicht nur sehr empfindsam, sondern auch viel zu sehr Dickkopf. Und er war nach sieben Jahren schlicht geprägt. Inzwischen lebte er in einem völlig anderen Milieu, in einer nahezu anderen Kultur.

Dennoch spürte ich tief in meinem Innern, dass die Experten zumindest insofern Recht hatten, als dass selbst unsere seltenen Zusammenkünfte diesen Loyalitätskonflikt schürten. Würde er nicht immer wieder an meine Existenz erinnert werden, würde er sich zwangsläufig aus purem Selbsterhaltungstrieb der Familie anschließen. Er würde spüren, dass er diese Menschen brauchte, weil er auf ihre Zuneigung, und sei sie noch so schwach ausgeprägt, angewiesen wäre. Eine Art Stockholm-Syndrom.

Wenn wir uns nur noch stundenweise alle zwei Wochen sehen würden, würde er sich mit der Zeit unweigerlich von mir entfremden,. Doch noch schürte ich in dieser kurzen Zeit unserer Treffen stets aufs Neue seine Unruhe, nährte seine Hoffnung dadurch, dass ich ihm jedes Mal versicherte, ihn lieb zu haben. Und auf seinen stets wiederholten Wunsch, ich will bei dir bleiben, ich hab dich doch so lieb, musste ich ihm auch etwas Entsprechendes antworten, um ihn nicht völlig in seinem Glauben an seine und an meine Gefühle abstürzen zu lassen. Ich versicherte ihm deshalb, dass ich es auch schöner fände, wenn wir uns nicht dauernd wieder zu trennen müssten. Dies alles hätte ich ihm unter einer offiziellen Aufsicht natürlich nicht sagen dürfen.

Da aber N°1 damals damit angefangen hatte: „Sprechen Sie mit ihm ganz offen darüber, fragen Sie ihn, wo er lieber wohnen möchte", was ich aber laut Experten nicht durfte - keine Sorgerechtsfragen mit dem Kind erörtern -, konnte ich doch jetzt nicht so tun, als hätte ich ihn nur zum Spaß gefragt. Ben wusste, dass wir vor Gericht kämpften. Zudem wurde er ja des öfteren auch von den Sachverständigen zum Thema gelöchert. Wie unlogisch, ja, unverantwortlich, jetzt darüber zu schweigen oder ihm irgendetwas vorzumachen, ist doch ein Kind mit beinahe acht Jahren schon recht verständig, machte sich dazu seine eigenen Gedanken.

Ihm stattdessen gegen meine Überzeugung vermitteln zu müssen, dass es jetzt völlig okay wäre, dass er nun dort lebe, wäre einfach gelogen, aus seiner Sicht als auch aus meiner Sicht, es ging nicht. Dabei hatte ich es anfangs sogar versucht, nicht nur einmal, sondern an mehreren Nachmittagen. Doch alle Versuche endeten in einem Desaster. „Du willst mich ja gar nicht mehr bei dir haben! Du hast mich nicht mehr lieb."

„Doch, ich habe dich lieb. Deshalb will ich ja, dass du jetzt bei deinem Papa wohnst. Da hast du es doch viel besser."

Daraufhin aber schrie er es fast hinaus, mit Tränen in den Augen. „Ich habs da viel schlechter. Ich will da nicht mehr sein müssen, ich mag die nicht. Keinen. Ich hasse sie."

So lief es einige Male ab. Später wusste ich es besser: Ich hätte gar nichts sagen sollen, denn er begann jedes Mal zu weinen, wenn ich ihm das Haus und seine Bewohner schmackhaft machen wollte. „Bitte, schick mich nicht mehr dort hin! Sonst renn ich da weg!"

Er hatte wohl schon mehrfach versucht, wegzulaufen, doch man hatte ihn immer wieder eingefangen. Es zerriss mich jedes Mal aufs Neue. Er lebte praktisch nur im Haushalt des Vaters, denn der selbst war ja nur selten da. Und wenn er denn da war, hatte er in der ganzen langen Zeit nicht ein einziges Mal nur einmal einen Nachmittag, nicht einmal eine Stunde etwas allein nur mit Ben gemacht. Immer waren da noch die Mädchen oder häufiger, seine Kumpane. Dadurch enttäuschte er seinen Sohn zutiefst, sodass die anfangs durchaus vorhandene Neugier und Aufgeschlossenheit für ihn in Ablehnung umschlug.

Unter diesen Vorzeichen nahte der 30. April, der Freitag, an dem Block mit Ben zu mir kommen wollte. Ich hatte nach telefonischer Absprache alles aufgefahren, was Ben gern essen wollte, ihm dazu etwas zum Basteln und Spielen gekauft, einen Lego-Racer, schließlich war es für uns beide ein ganz besonderer Tag und der wollte ein wenig gefeiert werden. Um 14 Uhr waren sie aber immer noch nicht da und zehn Minuten später erhielt ich einen Anruf, dass sie, Block, aufgehalten worden wäre und deshalb etwas später käme.

Es war ein wunderschöner warmer und sonniger Tag und deshalb hatte ich umdisponiert und überlegt, statt in der Wohnung zu hocken, mit Ben auf den Berg zu gehen, auf einer Wiese zu picknicken, Block nolens volens im Schlepptau.

Gegen 14 Uhr 20 rollte ein unförmiger Kleinwagen in den Wendehammer. Ich sah, wie Ben sich aufgeregt und erwartungsvoll auf dem Rücksitz reckte und ging ihm entgegen. Während wir uns in die Arme nahmen, Ben ganz aufgeregt unendlich viel zu erzählen hatte, beachtete ich Block nur am Rande, die dann, klein und gedrungen hinter uns her watschelte. Ben zog in alter Gewohnheit die Schuhe am Eingang aus, woraufhin Block fragte, ob sie das auch tun sollte.

„Nicht nötig", sagte ich, „ich dachte ohnehin, dass wir bei dem schönen Wetter besser raus gehen sollten." Und an Ben gewandt: „Was hälst du davon, wenn wir auf den Berg gehen? Wir könnten Drachen steigen lassen und picknicken."

„Nein, ich will nicht raus, ich will hier bleiben."

„Bei dem schönen Wetter?"

„Ich will hier bei dir bleiben."

„Na, dann vielleicht später", sagte ich achselzuckend, wusste ich doch ohnehin nicht, ob das Block recht gewesen wäre. Ich hatte in Anbetracht des Sonnenscheins vergessen, dass auch ich mich ja ganz speziell darauf gefreut hatte, dass er Ben mich hier in meiner Wohnung besuchte. Nicht in einem noch so schönen Garten und auch nicht auf irgendeiner grünen Wiese im Sonnenschein, sondern explizit hier – in unserer Höhle – diesem Schutzraum aus archaischen Zeiten.

Block mischte sich ein. „Ja, aber bei dem schönen Wetter, wäre es doch viel schöner, raus zu gehen."

Ben aber wollte nicht. Und mir war es eigentlich nur recht. Ich führte Block in den Erker, sie könne Platz nehmen, wo sie wollte. Dann bot ich beiden Saft an und fragte Ben, ob er hungrig sei? Ich wusste ja, dass er nie Mittagessen bekam, als Block auch schon knurrte, so kurz nach dem Mittagessen könne er ja noch nicht hungrig sein. Sie wusste es also nicht, und ich schwieg dazu. Ich tat jetzt so, als hätte ich ihren Kommentar überhört und sagte zu Ben, es gäbe gezuckerte

Erdbeeren und Schoko-Nuss-Eis am Stiel. Und an Block gewandt: „Möchten Sie auch ein Eis?" Nein. Umso besser, dachte ich. Ben aß Eis, während er gleichzeitig seinen Lego-Racer auspackte. Er baute ihn zusammen, stets neben mir, erklärte mir das eine oder andere, aß nach dem Eis die Erdbeeren, öffnete neugierig alle Schränke und freute sich, dass alles noch so ähnlich wäre, wie damals, an Nikolaus, als er das letzte Mal bei mir gewesen war. Nikolaus lag fast ein halbes Jahr zurück. Das wars, warum er nicht raus wollte, warum er sich so auf unser Zusammensein in meiner Wohnung, in unseren Sachen gefreut hatte, signalisierte es ihm nicht nur bei mir, sondern in gewisser Weise auch zu Hause zu sein. In seinen und meinen vier Wänden. Es war unser gemeinsamer Raum, unsere gemeinsamen Erinnerungen, ein Stück Vertrautheit. Es war so viel mehr, als nur mich als Person irgendwo zu treffen. Jetzt entdeckte er auf dem Tisch meine neuesten Werke für ihn. Nachdem die ersten Geschichten aus Tunesien gut bei ihm angekommen waren, freute er sich auf neue Abenteuer, die er mit seinem Bären erlebte. Er wollte dann, dass ich ihm die neuesten Geschichten vorlese. Wir verzogen uns dazu auf meinen Futon in der weit von Block entfernten Ecke. Ich drückte ihr die Ben bereits bekannten Heftchen in die Hand, all die, die ich ihm anläßlich seiner Urlaubsreise gemalt und geschrieben hatte.

Und Block las und las, war dadurch glücklicherweise ganz still, lauschte aber sicher ununterbrochen meiner Vorlesung: Ich könnte ihm ja schließlich wieder Aufträge erteilen, verschlüsselt, versteht sich. Ben hatte sich an mich gekuschelt, lauschte der Geschichte, betrachtete die Zeichnungen.

Blocks Stimme klang beinahe empört, als sie mich später fragte, woher ich das denn könne, während sie ein weiteres Glas Saft trank, weder Eis noch Erdbeeren wollte, dafür aber vom selbstgemachten Kartoffelsalat aß.

Die Zeit verflog. Und dann schnarrte Block auch schon: „Jetzt müssen wir aber bald wieder los. Ich hab Frau M versprochen, Punkt fünf zurück zu sein."

Frau M! Ich spürte, wie es umgehend in mir zu brodeln begann. Als ob Frau M sich Sorgen machen würde! Und vor allem: als ob Frau Ms Sorgen relevant wären! Block hätte auch schlicht sagen können, dass sie so langsam aufbrechen müssten, die vereinbarten drei Stunden wären bald um.

Wie mein Richter schon sagte: „Der, (also der Vater) kann doch seine Erziehungsaufgabe im Rechtsstreit nicht delegieren. *Er* ist Antragsgegner. Nicht seine Frau!", weshalb man inzwischen dazu übergegangen war, in sämtlichen Schreiben nur noch die Formulierung „die Familie" zu verwenden.

Jetzt aber hatte ich anderes zu tun, als mich über Blocks Provokation aufzuregen, denn Ben fing beim drohenden Ende unseres Zusammenseins an zu weinen. In dem Moment, als er mich umklammerte und immer wieder unter Tränen hervorstieß, ich will bei dir bleiben, ich will nicht mehr dahin zurück müssen, galten meine Gedanken nur ihm. Ich hatte ihn auf meinen Schoß genommen, versuchte ihn zu trösten. Nach etwa fünf Minuten stand Block auf und meinte, sie würde draußen warten, damit wir uns verabschieden könnten. Etwa ein Anflug von Menschlichkeit?

Genau in dem Moment aber kam der Sohn von Frau O am Erker vorbeigeflitzt, spähte durchs Fenster, entdeckte Ben, blieb stehen, winkte ihm zu.

„Hey, guck mal, Ben, da will dir jemand Hallo sagen!", sagte ich, woraufhin er von meinem Schoß rutschte, dem Nachbarsjungen die Tür öffnete und ihn dann mit verheultem Gesicht reinwinkte. Os Sohn war längst solidarisch mit meinem, hatte er sich doch aktiv an den Gesprächen, die ich mit seiner Mutter geführt hatte, beteiligt, mit uns Fluchtpläne geschmiedet. Jetzt aber baute der sich vor Block auf und begann ihr, o Graus, die Wahrheit über Ben und unsere

Widersacher zu erzählen. Über sein Asthma, weil die immer rauchen, obwohl er doch hustet und überhaupt, das Jugendamt ist schuld, das Ben nicht zu seiner Mama darf. Wie doof die wären! Uff! (Wie recht er hatte!) Es sprudelte nur so aus ihm heraus, diese Bekundung der Solidarität. Zu spät.

Ich ahnte Übles und so versuchte ich ihn zu stoppen, bevor er womöglich noch etwas über unsere Notfallpläne ausposaunte. Denn das wäre das Aus für uns gewesen.

Hastig machte ich ihn mit ein paar Worten auf unsere Situation des Abschieds aufmerksam, und er war sensibel genug, sich umgehend zurückzuziehen. Auch Block watschelte hinaus.

Wieder saß Ben auf meinem Schoß, er schluchzte noch immer. „Glaub mir, Ben! Spätestens, wenn die Blätter von den Bäumen fallen, sind wir wieder zusammen. So oder so." Das so oder so erklärte ich ihm nicht näher, ich durfte keinerlei Andeutungen machen, er würde sie in der nächsten Krisensituation hinausschleudern. Vielmehr zerriss es mir jetzt fast das Herz, als er so gequält und verzweifelt unter dem nicht enden wollenden Tränenstrom hervorpresste:

„Aber es dauert doch noch so lang!"

„Ich weiß. Aber wir werden es irgendwann schaffen, ich verspreche es dir. Tapfer sein. Nicht mehr weinen, okay?"

Er würde noch sehr lange sehr tapfer sein müssen. Ben ließ sich deshalb kaum durch meine Worte trösten, er glaubte nach fast einem Jahr im ungeliebten Haus nicht mehr wirklich daran.

Als er sich etwas beruhigt hatte, brachte ich ihn zu Blocks Wagen, gab ihm noch ein paar aufmunternde Worte in unserer eigenen Sprache mit auf den Weg, um ihn wenigstens ein bisschen Halt zu geben. Erneut liefen Tränen über seine Bäckchen. Ich strich sie weg.

„Hey Großer! Nicht traurig sein!"

Block schnarrte lautstark zu Ben gewandt: „Ach was, der ist doch nicht traurig!" und ließ den Motor an.

Ich sah ihm nach, wie er sich umdrehte, mir winkte, bis der Blickkontakt abriss. War es das, was sie mit Kindeswohl meinten? Dass Gefühle und so enge Bande keine Rolle spielen sollten? Wer beschließt diese seltsamen Grundsätze? Wer legte hierfür die Spielregeln fest? Ich könnte ihm keine ausreichende Förderung und Zuwendung zukommen lassen, schrieben die Experten, aber eine Dame, die noch nicht mal eine Berufsausbildung und gerade mal einen Hauptschulabschluss hatte. Mit Entsetzen hatte ich bereits festgestellt, dass Bens Sprache verfiel. Er hatte eine perfekte Grammatik gehabt, hatte mitunter sogar andere Kinder korrigiert, jetzt aber verstummte er allmählich. Früher hatte er zudem viel und auffallend fein gemalt – bunte, phantasievolle Bilder, die in ihrem Detailreichtum an Bilder von Paul Klee erinnerten. Auch damit schien es jetzt vorbei. Etwas, das ja noch zu verkraften gewesen wäre, wenn er nicht so dermaßen unglücklich und dazu erneut krank geworden wäre.

Auch N°3 hatte mehrfach nachgefragt, wie denn die Förderung im Hause M überhaupt aussähe, die er nach Kunz und später auch nach Lenzers Angaben *nur dort* erhalten könnte, doch sie sollten die Antwort bis zuletzt schuldig bleiben. Auch der Richter fragte nie nach, es interessierte ihn Zero, aber auch Ben konnte mir keine Auskunft geben.

17 Staatsanwaltschaft - Erkenntnisse

Mai. Von nun an ging es Schlag auf Schlag. Zu allem Überfluss gabs auch noch Kämpfe mit der Staatsanwaltschaft. Die direkten Zusammenhänge wurden mir erst später klar. Um ein Haar hätte man das Verfahren gegen Lenzer eingestellt, weil man dachte, es handelte sich bei Lenzers Falschaussage lediglich um eine schriftliche Falschaussage, weil ich zur Verstärkung der angeblichen Aussage von Dr. Becker noch Lenzers schriftliches Zitat von dessen angeblicher Aussage beigefügt hatte. Das schriftliche Zitat war ja noch um einen Schmankerl reicher und besagte, ich hätte eine heftige Persönlichkeitsstörung. Schriftliche Falschaussagen, so erfuhr ich von Karin, sind nämlich gestattet.

Der eigentliche Anlass für diese Beinahe-Einstellung des Verfahrens aber war, dass der Richter zuerst drei Monate gar nicht auf die Anfrage der Staatsanwaltschaft reagiert hatte und später dann, nach der dritten Mahnung, der Staatsanwaltschaft das falsche Material zugeschickt hatte. Ein Versehen? Wohl kaum. Und von alledem hätte ich auch überhaupt nichts mitbekommen, wenn ich nicht nachgehakt hätte. Denn erst, nachdem ich Nadine erzählt hatte, dass da offenbar nichts geschehe, und sie daraufhin vorgeschlagen hatte, mal bei der Staatsanwaltschaft anzurufen, erfuhr ich, dass der Richter auf die zweimalige Aufforderung bislang nicht reagiert habe.

Der bekam nach meinem Anruf nun ein wiederholtes Fax, diesmal, so versicherte mir die Staatsanwältin, schriebe sie noch *Eilt!* drauf. Mehr könne sie nicht tun, sagte sie mir und ich hätte gern geantwortet: „Ich weiß, Richter haben einen großen Ermessensspielraum und immer sooo viel zu tun."

Daraufhin aber schickte der Richter – nachdem wieder einige Wochen ins Land gegangen waren - statt des Terminprotokolls - jenes Gutachten, „es", zur Staatsanwaltschaft. Wahrscheinlich wollte er der Staatsanwaltschaft damit signalisieren, dass sie es mit einer geistig nicht Zurechnungsfähigen zu tun hätten. Anders lässt es sich kaum erklären. Er schickte ihnen das Terminprotokoll sicher nur deshalb nicht, weil er wusste, dass nur mündliche Falschaussagen in Terminen strafbar sind, allerdings auch nur dann, wenn der Richter die Zeugen vorher darauf hingewiesen hat.

Hatte er natürlich nicht. Aber N°3 war der Meinung, dass das bei gerichtlich bestellten Gutachtern nicht üblich wäre –

glaubte sie zumindest. Wäre es anders, hätte der Richter erneut gepatzt. Dabei dachte ich, dass als Zeuge vor Gericht die Wahrheit zu sagen, selbstverständlich wäre, dass man nicht eigens darauf hingewiesen werden müsste. Wie naiv!

Natürlich stand all das nicht in dem Protokoll; dort erschien später nur, was der Richter in sein Diktiergerät gesprochen hatte. Und das war nur das Allernötigste, aus dem überhaupt nicht der wahre Ablauf des Termins hervorging, geschweige denn so etwas Banales wie die Aussagen der Sachverständigen. Auch für solche Termine wären Tonbänder nützlich.

Nachdem also der Richter die falschen Unterlagen nach Bonn geschickt hatte, wollte man dort das Verfahren endgültig einstellen, gingen sie doch jetzt von einer lediglich schriftlichen, also einer *erlaubten* Falschaussage aus. Ich aber legte schriftlich und fristgerecht Widerspruch gegen die Einstellung des Verfahrens ein, bezog es sich doch eindeutig auf die mündliche Falschaussage, auf Lenzers Behauptung, der Kinderarzt hätte gesagt, unsere aseptische Umgebung, ja ich hätte Ben krank gemacht - dieses falsche Zitat mit diesen verheerenden Folgen für Ben. Auch das schrieb ich. Und zwar ganz energisch. An späteren Anfragen an meine Anwältin erkannte ich dann, dass sie ihre Arbeit wieder aufgenommen hatten.

Währenddessen hatte ich nachgelegt. Nachgelegt insofern, als dass ich die Eheleute M wegen fahrlässiger Körperverletzung angezeigt hatte, da sie durch ihr Raucherverhalten ein erneutes Asthma bronchiale bei Ben ausgelöst hätten. Auch das hatte ich mit Karin, die eigentlich Kapitalverbrechen bearbeitete, was es ja noch nicht war, besprochen. Daraufhin aber schmetterte irgendeine spitzfindige Schnepfe meine Anzeige tatsächlich mit der Begründung ab, dass aus den Unterlagen hervorginge, dass mein Sohn ja schon vorher diese Beschwerden gehabt hätte, es deshalb nicht den Eheleuten zum Vorwurf gemacht werden könnte, dass sie Bens Gegenwart rauchten.

Mit anderen Worten, wenn der ohnehin schon Asthma hat, dann ist es auch egal, dann kann man in seiner Gegenwart ruhig rauchen, ihm praktisch den Rest geben. Dass daraufhin mein Widerspruch entsprechend geladen war, war naheliegend. Schließlich hatten wir es schriftlich von Kunz, dass mein Sohn bei seinem Wechsel in den väterlichen Haushalt laut Kinderarzt gesund war. Und so empfahl ich der Dame ganz rasch mal ihre medizinischen Kenntnisse aufzufrischen, was Passiv-Rauchen bei Kindern bewirkt, die lange und intensiv mit Asthma bronchiale zu kämpfen hatten, bevor sie derlei fahrlässige Äußerungen mache.

Inzwischen war ich mir sicher, dass auch die Staatsanwaltschaft Bonn aufgrund unseres laufenden Verfahrens unserem Richter nicht eine vor den Bug geben würde, in dem sie Lenzer der Falschaussage überführte. Oder dass sie Passiv-Rauchen für ein asthmakrankes Kind als bedrohlich einstufen dürfte. Das käme ja schon einem Grundsatzurteil gleich, hätte Folgen, zudem würde es zusätzliche Arbeit machen. Vor allem würden sie damit erst dem Siegburger und damit auch nachfolgenden Gerichten unweigerlich ins Handwerk pfuschen. Also besser den Kinderarzt nicht als Zeugen befragen. Die Sache tot laufen lassen.
 Eine erfolgreiche Strafanzeige gegen Lenzer hätte belegt, dass sie gelogen hat und somit befangen wäre. Das hätte das Gutachten, es hätte alle Aussagen Lenzers in Frage gestellt und somit dem Verlauf des Rechtsstreits einen anderen Verlauf gegeben. Aber bekanntlich hackt die eine Krähe der anderen kein Auge aus; zudem würde man sich hüten, eine derart ausgekochte Psychologin zu belangen, man würde sie künftig noch anderweitig gut gebrauchen können.
 Durch diese nicht sehr erbaulichen Erkenntnisse hatte ich allmählich das Gefühl, wenn das so weiter ginge, würde ich wirklich noch reif für die Anstalt. Weil mir am Ende nie-

mand glauben würde, dass ich keine Chance haben sollte, mit rechtsstaatlichen Mitteln Gerechtigkeit zu erfahren.

18 Utes Erkenntnis

Endlich war Ute, SAVE TIBET, mit all ihren Prüfungen durch und hatte an einem schönen Maiabend tatsächlich etwas Zeit für mich. Ich schwang mich aufs Rad und fuhr im warmen Abendsonnenschein über duftende Höhen Richtung Siebengebirge, begegnete Joggern, Reitern und anderen Radsportlern, genoss die Fahrt im leichten Dress und ohne Gepäck – nur mit diesen üblen Papieren und meinem Problem belastet. Das ganz mit schwedenrotem Holz verkleidete Haus war schnell gefunden. Statt des alten R4s stand nun eine dieser kleinbusartigen Familienkutschen vor der Tür. Und auf dem prangte jetzt jener Aufkleber: SAVE TIBET. Im Haus war alles öko mit den üblichen kindgerechten Intarsien, viel robustes helles Holz, naturbelassen, der Bio-Apfelsaft schon auf dem Tisch. Passend zu einem unübersehbarem Hang zum Fernöstlichen - sicher wunderten sich die Nachbarn, warum permanent bunte Putzlappen an der Wäscheleine hingen -, empfing mich Ute im dunkelroten Baumwollkleid.

Das also war die Ute, die mir am Telefon bereits auf den Kopf zugesagt hatte, dass es sich um ein abgekartetes Spiel handelte; die, die wusste, dass das Jugendamt in solchen Verfahren ständig Rücksprache mit dem Richter hielt, und die mir auch vorgeschlagen hatte, doch mal zu dem Richter zu gehen, wo ich doch sowieso nichts mehr zu verlieren hätte. Wie erbaulich! Aufgrund ihrer Idee hatte ich ja den Brief an den Richter geschrieben.

Jetzt sah sie mich an, als hätte sie Mitleid. Sie kannte die Tricks der Experten nur zu gut, wusste, dass ich keine Chance hätte, höchstens mit einem richtig guten Anwalt, so ab 400 Euro die Stunde aufwärts. Schließlich ist auch das Recht nur eine Ware.

Wir redeten viel, ich sagte zum x-ten Male, dass ich nicht verstand, warum weder Zeugen noch Beweise berücksichtigt wurden, um zu belegen, dass die Experten sowie die Gegenseite log. Sie zuckte die Achseln. „Die Richter verlassen sich einzig auf das, was ihnen die Experten sagen. Und das können sie doch nicht hinterfragen."

Aber wozu brauchte man dann noch Richter? Als es dämmerte, verabschiedete ich mich einmal mehr frustriert.

„Tja", meinte Ute. „Du hast zwar Recht, aber du kriegst es nicht. Vielleicht ist die Flucht ja dein Karma!"

19 Der letzte Termin

In Anbetracht der sich zuspitzenden Lage setzte ich voll auf das Beschwerdeverfahren, als mir eine erneute Einladung ins Haus flatterte. Dem Schreiben entnahm ich, dass es lediglich um das Verfahren im Sorgerecht ging. Glück gehabt, dachte ich bei mir, dann können sie uns an diesem Tag zumindest den Umgang noch nicht kappen. Vielleicht schaffen wir es so, wenigstens den Minimalumgang zu behalten, bis das OLG ein Urteil zu unseren Gunsten fällt. Denn dort würde man schnell sehen, mit was für schwachsinnigen Argumenten sie uns Monate unseres Lebens geraubt hatten.

Ungewöhnlicherweise, aber deshalb glücklicherweise, liefen bei uns beide Verfahren getrennt, was sich die Gegenseite aber selbst zuzuschreiben hatte, weil sie im vergangenen November diesen elenden Antrag auf Entzug des Umgangsrechts gestellt hatte.

Deshalb war ich am frühen Morgen dieses 15. Mai auch noch ziemlich guter Dinge, wenngleich sich das Wetter massiv verschlechtert hatte und mir schlechtes Wetter seit jeher aufs Gemüt schlug.

Grau, kühl und regnerisch und ich wie immer auf dem Rad überholte mich kurz vor Siegburg dieses breitbeinige Monster. Ich starrte auf die Heckscheibe. Doch nichts rührte sich im Wagen, hoffte ich doch, Ben dort zu erspähen, weil der Richter ihn geladen hatte, um ihn anzuhören. Denn darum hatte ich ihn in meinem Brief gebeten.

In diesem Moment aber, als mich das dicke Auto überholte, fühlte ich mich mit einem Schlag wieder so dermaßen klein und nichtig, wie ich Habenichts da lang radelte, im tristen Grau bei leichtem Sprühregen; ich fühlte mich so verwundbar, so wertlos.

Aber verflucht, wusste ich es nicht längst besser? Kannte ich nicht zur Genüge die andere Seite, um zu wissen, wie fragil die war? Denn wenn ich zurückblickte, an diese richtig guten Momente, hatten die alle nichts mit „Haben" zu tun. Vielleicht reagierte ich ja nur deshalb empfindlich, weil derzeit so viel auf mich einprasselte. Vielleicht lag es aber auch an diesem Satz meiner Freundin, die sie nach dem Satz aber nicht mehr war. „Du kannst es dir doch gar nicht leisten, ein Kind großzuziehen."

Das Erste, was ich von meiner Anwältin im Gericht erfuhr, war, dass unser Termin sich um mindestens eine halbe Stunde verschieben würde, weil sie, die mir heute auffallend wohlgesonnen schien, noch einen Termin ein Stockwerk tiefer hätte, aber auch unser Richter würde noch hinterher hinken. Sprachs und verschwand irgendwo in diesem öden Gebäude aus grauem Stahlbeton mit seinen erdrückend niedrigen Decken. Rauch, der sich nicht an die Raucherzonen hielt, verstärkte meine aufsteigende Übelkeit, sodass ich mich ins Treppenhaus verzog. Bis mir die Zugluft dort zusetzte, denn der Regen war bis auf meine Haut durchgedrungen, und meine Haare waren noch immer nass. Ich ging nach oben auf die Etage, auf der sich unser Sitzungssaal befand, lukte in den Flur und erspähte auch prompt Kunz und Lenzer wie sie auffallend dicht zusammen standen. Dabei begrub die große, kräftige Lenzer die kleine, gedrungene Kunz regelrecht unter sich – es sah seltsam aus – wie die beiden wie übereinander gestapelt über ein Schreiben gebeugt standen, das ich – die Gestalt des Schriftbildes war eindeutig - als meinen Brief an den Richter identifizierte. Mir wurde schwindlig, mein Herz raste. Ich war für einen Moment regelrecht schockiert, fühlte mich verraten, verraten von dem Richter. Ich hatte jetzt das Gefühl, als hätte ich etwas Illegales getan, als hätte ich versucht, den legalen Weg zu torpedieren. Lenzer sagte etwas zu Kunz, ihr Finger deutete auf eine Stelle im Text, sie lachte. Anscheinend geiferte sie über jene Passage, die sie betraf. Ich zog mich wieder ins Treppenhaus zurück, ging die Treppe hinunter, sah, dass N°3 gerade fertig war, blendete die vergangenen Minuten aus, suchte Stärke an ihrer Seite, lächelte, scherzte, und dann zogen wir gemeinsam in die nächste Runde.

Die Seiten waren dermaßen unausgewogen, dass ich N°3 am liebsten gefragt hätte, ob das überhaupt rechtens wäre, denn jetzt ging es sage und schreibe 6:2 in die letzte Runde Sorgerecht. Mit anderen Worten: Die Gegenseite bestand aus sechs Personen. Eigentlich hätte mir dieses Ungleichgewicht Angst einflößen müssen, tat es aber nicht, denn ich war voller Optimismus, weil es hiernach endlich ans OLG nach Köln ging. Dort würde man schnell erkennen, welch übles Spiel man hier gespielt hatte.

6:2. Ich musste ein ernstzunehmender Gegner sein, sonst hätten sie nicht alle erdenklichen Kräfte gegen mich aufgefahren. Kunz, Lenzer, Block, die Gegenanwältin sowie ein ein recht sympathisch wirkender Mann, der sich dann aber zwischen meinen Widersacher und Kunz setzte und damit wohl nur sympathisch *wirkte*. Dieser Mann und eben mein Widersacher, machten zusammen sechs Personen. Meine Anwältin und ich, wir waren „die 2". Aber auch sonst war es mal wieder wie im Film. Wahrscheinlich sollte allein dieses Ungleichgewicht der Kräfte den ohnehin längst voreingenommenen Richter endgültig überzeugen, dass ja so viele Leute nicht irren können. Dabei plapperte und schrieb der eine nur nach, was der jeweilige Vorgänger von sich gegeben hatte, ohne sich um den Wahrheitsgehalt zu scheren. Wenn viele das Gleiche sagten, musste einfach und demokratisch Wahrheit draus werden. Dergleichen war ja nichts Neues. Sie alle, wie sie da saßen, kannten sich, arbeiteten stets gut zusammen, wieso sollte da einer dem anderen mit einer anderen Ansicht in den Rücken fallen und dem Richter gar zusätzliche Arbeit machen? Und dass es tatsächlich so war, dass sie bewusst zusammenarbeiteten, was N°3 mir lange als Hirngespinst vorgeworfen hatte, beschrieb die Bagage später tatsächlich auch ganz frech als logische Notwendigkeit. Somit auch noch ein offiziell bestätigtes Komplott.

Die Menschenmenge von neun Personen verteilte sich geräuschvoll auf die bekannten sechzehn Quadratmeter, was allein schon für eine ungewöhnliche, vor allem aber bedrückende Atmosphäre sorgte. Und während ich eingekeilt zwischen Block und meiner Anwältin nahe der Tür saß, schrie Woody-Allen, sie hätte auch noch keinen, womit sie eine Kopie meines Briefes an den Richter meinte. Es war mir noch immer peinlich. Dann aber rekapitulierte ich, was genau ich geschrieben hatte, alles Fakten. Daraufhin tangierte es mich nicht mehr. Meine Anwältin schwieg über diesen weiteren Schritt meiner Eigenmächtigkeit, hatte ich sie doch schon vor Tagen darüber informiert. Allerdings hatte ich ihr nicht gesagt, dass der Brief so lang werden würde. Das hielt sie mir dann auch ein bisschen vor, allerdings erst später, nach einem weiteren Husarenstück an diesem Königlich Rheinischen Amtsgericht.

Und wie konnte es anders sein, bekamen wir die erste zusammenfassende Stellungnahme der Verfahrenspflegerin Block erst jetzt zu Beginn der Verhandlung in die Hände, so dass weder meine Anwältin noch ich eine Chance hätten, sie vorher zu lesen, stattdessen mussten wir sie jetzt im Tumult überfliegen. Aber derlei Klopser waren inzwischen Normalität geworden, es stand ja eh fest, dass ich die Schlechte und mein Fehltritt der Gute in diesem Spiel war. Meinetwegen brauchte man nicht die Form wahren.
Nachdem alle mit entsprechendem Kanonenfutter versorgt waren, begann der Richter – einen hungrigen Blick auf die Uhr werfend -, das Übliche vor sich hinzublubbern. Wahrscheinlich verband er meinen Fall stets nur mit seinem knurrenden Magen, der ihn dann entsprechend übellaunig reagieren ließ.

Jetzt aber hatte Block das Wort, das, wie zu erwarten, kein Gutes sein sollte. Und während ich mich zum Ruhe bewahren zwang, erinnerte ich mich an das Treffen mit Block in diesem Café, als sie mir stolz erzählte, andere müssten das, was sie machte, erst studieren. Sie aber hätte sich alles selber beigebracht. Wen wundert´s da noch?
Während Block irgendwelchen belanglosen Kram von sich gab, überflog ich ihr seitenlanges Schreiben bis ich diesen Satz entdeckte; es war das einzig Positive des Schreibens, ja die einzig positive Aussage in dem ganzen bisherigen Verfahren. Für einen Moment schien heller Sonnenschein den grauen Himmel zu durchbrechen, denn ich las: *Die Liebe der beiden Menschen zueinander ist deutlich groß.*

Abgesehen von einer etwas plumpen Ausdrucksweise erhellte dieser Satz ganz plötzlich den Raum, erhellte meine strapazierte Seele. Er überstrahlte all die anderen negativen gegen mich gerichteten Äußerungen. Anscheinend war das aber leider auch nur meine Wahrnehmung. Aufgrund meiner offensichtlichen Verwirrtheit konnte ich bei diesem Satz natürlich nicht ahnen, dass sie damit noch Übelstes im Schilde führen sollten.

Der Richter hakte Block ab, unterdrückte mühevoll ein Gähnen und griff stattdessen auf die Beobachtungen des Jugendamtleiters zurück, obwohl dieser aber gar nicht dabei gewesen ist, bei diesem heimlichen Treffen am 1. April, draußen auf dem Feld. Es war mir klar gewesen, dass dieses außerplanmäßige Treffen, das beinahe in einer Katastrophe geendet war, ein Nachspiel haben würde. Das, was man mir natürlich vorwerfen konnte, war die heimliche Absprache mit Ben, die dieses Treffen hatte zustande kommen lassen. Mein Widersacher tobte jetzt mit hochrotem Kopf und seine Stimme überschlug sich bei seinen alles andere als ruhigen und besonnenen Einwürfen, ich hätte mich ständig mit Ben getroffen, da erst recht, hätte er selbst gesehen.
Ich fühlte mich zu einer Erklärung genötigt und sagte, dass es Zufall gewesen war, dass Ben mitbekommen hätte, dass ich mich an diesem Tag dort mit einer anderen Person verabredet hatte. (Ähnliches hatte mir mein Richter geraten zu sagen.) Ich spürte, dass ich nicht sehr überzeugend klang und verfluchte mein Gewissen. Allerdings kritisierte ich jetzt, dass Frau M bei ihrer wüsten Verfolgungsfahrt Ben beinahe überfahren hätte. Wäre er mit dem Rad gestürzt, hätte sie nicht mehr bremsen können, so schnell und so dicht hatte sie sich an das Kinderrädchen geheftet, ganz zu schweigen von der Angst, in der die einfühlsame Frau Ben versetzt hatte.

„Gar nicht wahr!", brüllte mein Widersacher mit zornesrotem Kopf, obwohl er zu diesem Zeitpunkt längst das Dorf mit einem anderen Wagen verlassen hatte und dies überhaupt nicht bezeugen konnte. Sein jetzt nicht enden wollendes Geschrei bezog sich auf meinen Vorwurf der irren Verfolgungsjagd seiner Frau, auf den dann aber niemand eingehen wollte, dergleichen konnte ja nicht sein. Und selbst wenn Ben Schaden genommen hätte, Frau Ms Wagen über ihn gerollt wäre, hätte das keinen wirklich interessiert, weil es gar nicht um das Kind, sondern um die Sache, um Rechthaberei, um Machtspielchen ging, woran alle verdienten und sich ergötzen wollten.

Herr M aber tobte noch immer, sodass ihn sein Nebenmann jetzt bremsen musste. Nach wie vor war ihm Ben egal. Nach wie vor schenkte er ihm weniger Beachtung als seinem Hund. Und alle Anwesenden erlebten jedes Mal, wie er ausrastete, mit hochrotem Kopf laut wurde, registrieren mussten, dass er seinem Sohn zuliebe nie zu Kompromissen, geschweige denn auch nur ansatzweise zu einer sachlichen Diskussion bereit war und dass ihm der Alkoholkonsum inzwischen deutlich anzusehen war. (Man hätte seine Leberwerte erfragen können.)

In einem Sorgerechtsstreit soll für ein harmonisches Miteinander der Eltern zugunsten des Kindes gesorgt werden, hörte und las ich ständig. Sogar N°3 schrieb einmal zu den immer drastischeren Maßnahmen der Beschneidung meiner verbliebenen Rechte: „Man gewinnt den Eindruck, als ginge es lediglich darum, die Mutter zu bestrafen." Das schrieb sie sehr spät, nachdem auch sie endlich aufgewacht war.

20 Blocks Erkenntnisse

Jetzt aber war Block an der Reihe, ihres, und es war bilanzierend logischerweise nichts Gutes, vorzutragen. Zuerst wehrte sie sich dagegen diesen Satz gesagt zu haben, mit dem sie mich in ihrem ersten Telefonat so schockiert hatte, sodass ich dachte, dass sich jeglicher Kontakt erübrigt und an den sie sich mittlerweile nicht mehr erinnern konnte: „Ich werde herausfinden, ob Ihr Sohn Sie überhaupt vermisst."

Diesen Satz hatte ich in den Brief des Richters gepackt, weil der in meinen Augen für absolute Inkompetenz sprach. Der Meinung war sie später dann auch, leugnete aber hartnäckig, den Satz je gesagt zu haben. Seltsam, aber logisch.

In den jetzt folgenden Minuten hagelte es die üblichen Vorwürfe, auch sie legte mir Auftragserteilungen an meinen Sohn und ähnlich schwerwiegende Delikte zur Last, obwohl sie uns nur einmal knappe drei Stunden zusammen erlebt hatte.

Die Krönung der Frechheiten aber war, dass sie sich als Kindergärtnerin anmasste - jetzt werde ich mal so arrogant wie N°3 -, den Gesundheitszustand meines Sohnes Pi-mal-Daumen beurteilen zu können. Ben, der inzwischen seit fast zehn Monaten ununterbrochen näselte, hustete und ständig über Kopfweh klagte, hätte nix. Eine solche Pi-mal-Daumen-Diagnose würde sich noch nicht mal unser Professor für Lungenkrankheiten angemaßt haben. „Ach, der hat nix, der ist fit und gesund", erklärte Block dem Richter. Um mich herum blökte es daraufhin lautstark. Blocks fachliches Urteil aber war für unseren Richter dann auch eine ausreichende medizinische Diagnose, die er dann auch ... aber ich will nicht vorgreifen.

Zum Abschluss vernahm ich noch - unter normalen Umständen hätte es dem Fass jetzt eigentlich umgehend den

Boden ausschlagen müssen -, dass summa summarum Frau M und nicht etwa der Vater, Herr M, dass Frau M für meinen Sohn als voll erziehungsfähig anzusehen wäre.

Eine fremde Person bekam tatsächlich den Zuschlag.

Glücklicherweise konnte Block, die ihren großen Auftritt heute sichtlich genoss, zu dem gegenwärtigen Zeitpunkt noch keine endgültige Aussage bezüglich der Unterstützung des Antrags vom Jugendamt machen, bat um weitere vier bis sechs Wochen, erklärte aber noch einmal, dass deutlich werde, dass ich meinem Sohn Aufträge erteile.

Dagegen sei es von untergeordneter Bedeutung, dass Ben von Frau M mitunter in den Hintern getreten würde, so sehr, dass er nicht mehr sitzen konnte, zwecks Grenzsetzung versteht sich, dergleichen hatte er mir zuvor bereits im Beisein von Oma Lene geklagt.

Nun, gegen den Vorwurf der „Auftragserteilung" kann man sich ja nicht erwehren, und ich gab ihm Ratschläge, wie er mit dem einen oder anderen Problem umgehen könnte. Aber selbst das war schon zuviel gewesen.

Ich wusste nur, dass er dort oben totunglücklich war. Nicht zuletzt war ja auch die Gewaltanwendung durch Frau M Ausdruck ihrer Unzufriedenheit mit Bens Verhalten. Seine Frustration ließ er durch eine zunehmende Aggression heraus.

Überraschend zu hören war für mich, dass Block wohl eigens dazu da war, den Antrag des Jugendamtes zu untermauern. Dieser eigentliche Auftrag ging nicht aus den offiziellen Unterlagen hervor, war also auf eine interne Regelung zurückzuführen. Sie war demnach gar nicht unabhängig. Da staunte selbst N°3 nicht schlecht. Unser Verfahren brachte ihr ohnehin mehr Erkenntnisse als vier Semester Jurastudium.

Abschließend übernahm noch einmal der Richter das Wort und wollte sich mit der Frage nach dem Antrag auf Stilllegung des Umgangs beschäftigen, wo wir doch schon mal alle versammelt wären, als ich aufgeschreckt protestierte und darauf verwies, dass wir heute aber nur Sorgerecht hätten. Meine Anwältin nickte unterstützend. Und überhaupt: Stilllegung! Eine alte Zeche legt man vielleicht still... Der Einfachheit halber wollte mich der Richter aber gern schon heute ganz ausschalten – nicht zuletzt auf Wunsch seiner Beraterschar, musste sich jedoch fügen, als N°3 bestätigte, nein, nein, heute wäre offiziell nur Sorgerecht. Abgesehen davon benötige Block ja nach eigenen Worten noch einige Wochen, um eine endgültige Aussage ihrerseits treffen zu können.

Die Vertagung der Entscheidung im Umgangsrecht, dessen totale Stilllegung im Grunde beschlossene Sache war, sollte uns am Ende das Leben retten.

Mit ein paar begleitenden Worten legte N°3 dem Richter stattdessen ihre Beschwerde vor. Das bedeutete, wir würden vor das Oberlandesgericht ziehen. Der Richter registrierte es mit ein paar begleitenden Worten, mehr genuschelt, sah dann das Ende des Falls und sammelte dazu noch die letzten Wortmeldungen aller Anwesenden, die noch etwas vorzubringen hatten. Außer mir war es niemand, na ja, Kunz gab dann auch noch ein paar Widerworte. Ich sagte dem Richter, dass mein Sohn ja praktisch fremd betreut würde, weil der Vater, wie wir ja ständig hörten, keine Zeit hätte, seinen Erziehungsauftrag auszuführen. Ich wusste ja von meinem Richter, dass das als schwergewichtiges Argument gegen ein Verbleiben Bens im „Haushalt des Vaters" sprechen würde, da die Betreuung durch ein leibliches Elternteil der Betreuung durch eine fremde Person vorzuziehen ist. Und die neue Ehefrau war schließlich eine fremde Person. Dem Vater entfuhren daraufhin nur ein paar unverständliche Geräusche.

Ich sagte noch, dass man Frau M eine Familienhilfe an die Hand gegeben hätte, spräche doch auch für eine Überforderung der Frau. Bei dem Gedanken an die schwachköpfige Person, die da meinen Sohn „erziehen" sollte, musste ich mich erneut schwer beherrschen; die, die die Kippe stets lässig im Mundwinkel hängen hatte, ab mittags das Fläschchen Bier griffbereit, die Kleidung immer so eng anliegend, dass sich jede einzelne der zahlreichen Fettrollen abzeichnete, dabei die Haare wirr ins Gesicht und die Wortwahl immer sehr kurz, deutlich und unmissverständlich derb. Dazu diese Zu-lange-gefeiert-Stimme. Kurzum zum Kotzen. Und dann sagte und schrieb der Richter ständig, er hätte sich ein Bild von „den" Parteien gemacht. Er hatte die „Dame" nie gesehen.

Kunz aber krähte jetzt, die brauchten die sozialpädagogische Familienhilfe, weil meine Anschuldigungen sowie der Rechtsstreit an sich die Familie so stresse, so verunsichere, dass sie auseinanderzubrechen drohe. Etwa Ehekrach? Also auch wieder meine Schuld. Deshalb Familienhilfe.

Die Argumente nuschelte der Richter verkürzt in sein Diktiergerät, wie immer mit leicht schrägem Grinsen. Ich glaube, es war ihm in Wirklichkeit vollkommen egal, er wollte das Ding nur irgendwie durchziehen, wenn ich meinem richterlichen Berater Glauben schenken durfte. Demnach hasste er seinen Posten, auf den er regelrecht verdonnert worden war. Überhaupt schien sich kein Richter um diesen Job zu reißen.

Ich dachte, jetzt wären wir endlich fertig, könnten gehen, auch N°3 ordnete bereits ihre Sachen, doch anscheinend konnten sie es aber nicht lassen, und so sprachen sie noch einmal den Umgang zwischen Ben und mir an, nur theoretisch, wo doch schon mal alle versammelt wären und Kunz bleckte die Zähne und zeigte mit dem Daumen nach unten.

„Ruhen!", forderte sie. Selbst meine Anwältin konnte sich diesmal eines leisen Zwischenrufs nicht erwehren und zischte: „Die ist ja sowas von biestig!" Da meldete sich der sympathisch wirkende Mann neben Kunz zu Wort und meinte,

es gäbe doch noch die Möglichkeit, den Umgang in die Erziehungsberatungsstelle nach Siegburg zu verlegen. Das würde er vorschlagen.
„Würden Sie sich bitte vorstellen?", fragte meine Anwältin.
„Seiboldt. Ich bin ...", er deutete auf Kunz, die daraufhin schnarrte: „Das ist mein direkter Vorgesetzter!", so, als verhielte es sich umgekehrt. Ach, dachte ich erstaunt; mit dem hatte ich doch schon einmal das Vergnügen gehabt, der, der der Meinung gewesen ist, Ben wird's mit Asthma bronchiale in einem Raucherhaushalt schon überleben. Dieses grässliche Telefonat!
N°3 meinte jetzt nur: „Aha!", notierte bedächtig den Namen auf ein unbeschriebenes Blatt und begann rund um Seiboldt gedankenverloren Muster zu malen.
Kunz murmelte etwas; Woody Allen widersprach im Namen ihres Mandanten, denn Ben nach Siegburg karren, dort womöglich die Zeit totschlagen müssen, weil sich ein Zwischendurch-nach-Hause-fahren nicht lohne - nee, das ginge nicht, das wäre unzumutbar.
Lenzer schwieg; sie hatte ohnehin schon genug gesagt.
Die Entscheidung im Umgangsrecht wurde dann aber vertagt auf einen Termin in etwa sechs Wochen. Ich aber war einmal mehr gewarnt.
Noch mehr Beschneidung, noch mehr Beschränkung würde Ben nicht verkraften. Wieder dachte ich an den Faktor Zeit, an die schleichende Entfremdung. Das Wort hing wie ein Damoklesschwert über uns. Alles zog sich viel zu lang hin, Wochen und Monate, es machte mir Angst. Ich hatte Angst um Ben, fühlte mich verloren in Anbetracht der langen Zeit, die noch vor ihm liegen würde.

Auch die längste Gerichtsverhandlung ist irgendwann einmal vorbei. Wir waren endlich draußen, N°3 und ich. Es regnete nicht mehr, stattdessen blies uns ein frischer Wind ins Gesicht. Wir standen dann noch eine Weile neben der trostlosen Dauerbaustelle der Siegburger Innenstadt, redeten, aber alle Spekulationen bezüglich der 2. Instanz müsste man abwarten. N°3 nickte wohlwollend. Ihre neue Taktik, mit mir umzugehen – immer ja und Amen sagen. Ich meinte noch, dass wir versuchen sollten, den nächsten Termin Umgangsrecht hinauszuzögern, bis wir beim OLG etwas Land sähen, denn dann würde ein etwaiges Ruhen des Umgangs nicht endlos sein. N°3 nickte, lächelte, bis zum Glück ihr Handy klingelte. Dankbar nahm sie das Gespräch an.

Den Rest vom Mai hatte ich dann praktisch zur Erholung von dem Dauerbeschuss frei. Es war kühl und feucht geworden. Familie O aber hatte mit den ersten warmen Tagen die Heizung abgestellt, zumal sie selbst für kühlere Tage einen Kamin hatte, von dem machten sie lebhaft Gebrauch; ich hörte stets das Donnern der Ofenklappe. So machte ich meinerseits die Herdofenklappe auf, denn in der zu 2/3 in die Erde eingelassenen Wohnung wurde es empfindlich kühl. Und bald auch feucht. So feucht, dass mein hölzernes Regal schließlich einen graugrünen Schimmer bekam. Und sogar bei meinen uralten Stoffbären, die ich noch auf der Bärenbörse anbieten wollte, entdeckte ich eines Tages rund um die Nasen und an den Pfoten einen grünlichen Ton. Entsetzt wusch ich sie, die schon muffig rochen und steckte sie zum Durchtrocknen kurzerhand in den Backofen.

Inzwischen hatte Familie O die etwas sechs Meter hohen Fichten, die meinen Erker umschlossen und die einem ein wenig das Gefühl gaben, als säße man im Wald, abgesägt. Rigoros mit einer winzigen, unschuldig surrenden Handsäge, so dass nur noch etwa 1 Meter 30 hohe kahle Stümpfe wie indianische Marterpfähle aus der von Walderdbeeren und Moos überzogenen Erde ragten. Die Baumfällaktion startete seltsamerweise genau einen Tag nachdem Elfi bei mir zu Besuch gewesen war und ich ihr noch gesagt hatte, wie schön ich es fände, wenn die Morgensonne durch die taunassen Zweige schiene und dass es ohne die Bäume hier sicher wie in einem Aquarium wäre. Anderntags war es wie in einem Aquarium, und Os waren auch noch der Meinung, sie hätten mir einen Gefallen getan. Also musste ich lächeln und bestätigen, dass es jetzt viel heller wäre. Es dauerte lange, bis ich mich an den trostlosen Blick auf den Wendehammer mit seinen Blechkarossen gewöhnt hatte. Ohne die drei Fichten war die Atmosphäre dahin. Um nicht nur auf Asphalt und Autos starren zu müssen, setzte ich mich fortan so, dass mein Blick mehr in die Ferne gerichtet war, hinüber zu dem bewaldeten Hang, über dem Bussarde und Milane segelten.

Wenn ich mich alle 14 Tage samstags mit Ben treffen konnte, hatten wir immer das unverschämte Glück, dass es nicht regnete, sodass wir die Zeit draußen verbringen konnten. Bei allem Vertrauen in Oma Lene, so fühlte ich mich in ihrem Haus doch immer eingeschränkt, vor allem, was die spielerischen Möglichkeiten anbelangte.
Das einzig Gute, was Block bewirkt hatte, war, dass Ben jetzt immer allein zu Oma Lene gehen durfte, wobei er die 150 Meter oben entlang oder die etwa 200 Meter unten entlang fast immer mit seinem Rädchen fuhr. Er hatte es sich, wie ich daraufhin natürlich auch, zur Angewohnheit gemacht, 10 bis 15 Minuten früher zu kommen. So freuten wir uns beide jedes Mal diebisch über diesen eigentlich doch so lächerlichen Zeitgewinn. Diese 10 bis 15 Minuten waren etwas ganz Besonderes für Ben. Wir sagten kurz Oma Lene Hallo, dass wir jetzt da wären, worauf sie uns ebenfalls ein Hallo zurief und eine Flasche Mineralwasser und zwei Gläser hinausreichte. Oftmals sahen wir sie dann den ganzen Nachmittag nicht mehr, es sei denn, sie arbeitete im Gemüsegarten.
Es hatte sich so eingespielt, dass ich, nachdem ich Ben verabschiedet hatte, immer noch mit Oma Lene sprach – fast

immer über diese Geschichte in ihren immer wieder neuen Variationen. Doch ebenso regelmäßig wie über diese haarsträubende Geschichte, redeten wir über die Bedürfnisse von Hortensien und Rhododendren, über das Wetter oder über das weltweite Zeitgeschehen. Der einzige Schwiegersohn der Familie - die anderen drei Kinder zogen unverbindliche Lebensgemeinschaften vor - war Rechtsanwalt. Wenngleich auch kein Familienanwalt, so sagte er doch zu seiner Schwiegermutter, wenn sie ihm von uns erzählte, es müsse etwas ganz außergewöhnlich Heftiges gegen mich vorliegen, dass man mir als einst ganz alleinerziehende Mutter das Sorgerecht entzöge, erst recht aber das Umgangsrecht derart einschränke oder gar verwehren wolle.

21 Sorgerechtsentzug

In diesen Wochen war ich sehr optimistisch, was das Beschwerdeverfahren am OLG anbelangte und so schockierte mich der DIN A 5 große Briefumschlag von N°3 auch nur bedingt. Ganz richtig schrieb sie in ihrem Anschreiben an mich: „Wie zu befürchten war, wurde dem Kindesvater die alleinige elterliche Sorge übertragen..."

Ich überflog ihn nur, diesen Beschluss, las auszugsweise, las vor allem das Ende. Dass der Vater die alleinige elterliche Sorge erhielte. Ich fühlte, trotzdem ich darauf gefasst war, meinen verstärkten Herzschlag, mein Entsetzen und wie es mich lähmen wollte. Es war so, als hätte man mir gesagt: „Sie sind von nun an nicht mehr Bens Mutter. Er ist nicht länger Ihr Sohn."

Ich las die gedruckten Wörter, verstand sie sehr wohl, aber ich konnte die Dimension ihrer Bedeutung nicht wirklich fassen. Dabei hatte ich diese Hiobsbotschaft ja aufgrund der

Entwicklung regelrecht erwartet. Doch es steckte eben so viel mehr hinter den Worten. Ich hatte ja nicht einfach nur alle juristischen, alle offiziellen Rechte an ihm verloren; ich hatte ihn verloren, weil ich in gar keiner Form mehr für ihn da sein konnte, da sein durfte, selbst dann nicht, wenn er mich brauchte. Ich würde nichts mehr von und über ihn auf normalem Wege erfahren, nur noch gefiltert und verdreht durch die Experten, oder durch Bens Schilderungen bei Oma Lene, solange wir uns noch sehen durften. Doch wie lange noch? Was am Ende bleiben würde, war sein Name auf der Geburtsurkunde, in der nur mein Name unter Eltern stand. Dazu die Erinnerung an die gemeinsam verbrachten Lebensjahre, festgehalten auf unzähligen Fotos.

Ich dachte in diesen Tagen, ich wäre lieber ins Gefängnis gegangen, als das, was gerade war, erleben und aushalten zu müssen. Jetzt schien tatsächlich nur noch eine Lösung übrig zu bleiben. Ich glaube, der Gedanke daran war es, der mir half, durchzuhalten.

Wie immer, wenn mich einer dieser Schläge erreichte, und fast alle Briefe waren inzwischen solche Schläge, schmerzhafte, einschneidende Peitschenhiebe, musste ich umgehend hinaus, musste an die frische Luft, musste durchatmen, mich bewegen, Stress abbauen - trotz eines wie man meinen sollte Gewöhnungseffektes. Ich lief dann fast immer auf den Berg, lief über die offenen Anhöhen, manchmal rief ich Freunde an, manchmal lief ich nur stundenlang über die Felder und Wiesen mit ihren weiten Aussichten, wie um mich von dieser elenden Fessel zu befreien.

Während dieser Wanderungen vermisste ich meinen tierischen Begleiter der vergangenen zehn Jahre. So kam ich auf diese Idee mit der individuellen Hundepension als Nebenjob, um auf diese Weise stets einen Begleiter um mich zu haben, ohne durch einen Vierbeiner notfalls gebunden zu sein. Ich beschloss, fremde Hunde besorgter Herrchen und

Frauchen bei mir aufzunehmen. Die würden dann wie mein eigener Hund stets um mich sein, in der Küche betteln und dreimal am Tag spazieren gehen, dabei garantiert liebevoll und individuell versorgt werden. Da ich ja nicht wusste, was die Zukunft bringen würde und ich ja von Anfang an Flucht denken musste, wollte ich keinen eigenen Hund haben. Abgesehen davon hätte ich dann Barni auf seine alten Tage zurückgeholt. Armer Barni. Immerhin trauerte er nicht, dort wo er war - angeblich nicht und ich wollte es nur zu gern glauben. Aber ähnlich wie es das Jugendamt für meinen Sohn angedachte, sollte er mich besser nicht mehr sehen. Um nicht beunruhigt zu werden. Ich habe es akzeptiert. Nur dass ich ihn nie mehr wiedersehen würde in diesem Leben, das war kein gutes Gefühl.

Bis zum Abend des Tages, an dem ich den widerlichen Beschluss schwarz auf weiß bekommen hatte, schaffte ich es, allein damit fertig zu werden. Dann aber wählte ich doch wieder Nadines Nummer. Nadine aber war gestern auf einer Fete in Köln gewesen, auf der viele interessante (und wichtige) Leute gewesen wären, darunter auch ein aktiver Strafrichter. Der hätte auch gesagt, ich müsste nach Südamerika, um sicher abzutauchen, in eines dieser Länder ohne Auslieferungsabkommen. Uff! Doch wenn es denn so wäre…
Bye bye, Südafrika! Ich fühlte mich wieder einmal ratlos. Wenn tatsächlich nur Südamerika in Frage käme... Wieder dachte ich an einen gefälschten Pass für Ben. Wir brauchten ja nur einen gefälschten Kinderpass. Ob man nicht derzeit in einem dieser neuen Osterweiterungs-Länder preiswert an so etwas kommen könnte? Dieter, ein Bekannter aus Fliegertagen zum Beispiel, der sich ständig in Litauen und manchmal sogar in Moskau aufhielt, könnte dergleichen wissen. Dieter hatte mal einen im Kofferraum nach England geschmuggelt und war glatt dafür in einem englischen Gefängnis gelandet. Dieter war ein echtes Schlitzohr, aber völlig harmlos. Er

machte ständig irgendetwas Illegales, ich glaube, er konnte gar nicht anders, und deshalb hatten wir stets unsere Witzchen gemacht, über ihn und über seine exotischen Methoden an Geld zu gelangen. Aber je absurder unser Rechtsstreit wurde, je dreister sie logen, desto mehr verwischten und relativierten sich auch für mich die Grenzen zwischen Recht und Unrecht.

Nadine fragte mich jetzt ebenfalls wie selbstverständlich, ob ich denn nicht irgendwie an einen gefälschten Pass kommen könnte? Auch sie sah darin in unserer Situation kein Vergehen, schließlich würde ich weder jemandem Schmerzen zufügen noch mich bereichern. Dagegen zogen sie meine immer neuen Hiobsbotschaften zunehmend runter; sie konnte es einfach nicht mehr hören, keiner konnte es mehr hören. Vor allem konnten es die Wenigsten kaum noch glauben, weshalb ich mich zunehmend isoliert fühlte.

Es war wie in einem Psychothriller, wenn jemand in den Wahnsinn getrieben werden soll.

Und zwischendurch flackerte es in solch elenden Momenten dann doch auf, wie bei den meisten Elternteilen in ähnlicher Situation. Und da sind es ja in der Regel die Väter: Am Ende wenden sie sich ab. Sie gehen, weil sie es nicht mehr aushalten. Die ihrer Kinder beraubten Elternteile.

22 Der Beschluss

Da lag dieser Brief auf der hellgrauen, hölzernen Anrichte – gleich neben dem Obstteller. Da lag er und strahlte etwas Unbeschreibliches aus, mehr, viel mehr als dieses lächerliche Gutachten, das ich zusammengerollt in meinen Henkelkorb verbannt und mit ein paar Zeitungen abgedeckt hatte. „Es" aber hatte sich über diesen Beschluss einen erneuten Zugang zu mir verschafft. Auch das könnte sich ein Stephen King ausgedacht haben.

Am anderen Morgen nach dem Frühstück las ich noch einmal genauer, las unter „Gründe zur alleinigen Sorgerechtsübertragung auf den Vater" ... und hätte dem Richter sonstwas angedeihen lassen können.

In keinem Punkt bedachte der Richter auch nur ansatzweise, was meine Anwältin geschrieben hatte und was sie zu einem kleinen Entsetzensschrei veranlasst hatte. „Der hat ja gar nichts von dem, was ich schrieb, beachtet!"

Und sie hatte viel geschrieben, erneute acht Seiten.

N°3 hatte sogar gewagt zu schreiben, dass es sich wohl mehr um eine Bestrafung der Antragsstellerin handeln sollte, weil die es gewagt hatte, die Kompetenz der Experten anzuweifeln. Und wie sie mir auch persönlich geschrieben hatte, hatte sie den Eindruck, dass mir kurzum der Prozess gemacht werden sollte. Da hielt jedes Gegenargument nur auf.

Tröstlich war für mich lediglich, dass N°3, wenn auch viel zu spät, endlich erkannt hatte, dass es sich tatsächlich um ein Komplott, um ein abgekartetes Spiel handelte. Das war dann wohl auch der Anlass, warum sie sich inzwischen so dermaßen ins Zeug warf. Es sollte nichts mehr nützen, die Würfel waren schon zu dem Zeitpunkt gefallen, als der Vater im Auftrag seiner neuen Frau den Umgang eingeklagt hatte, also noch bevor Kunz seinerzeit in die schöne sonnendurchflutete Küche im italienischen Landhausstil geplatzt war, mich für erziehungsunfähig erklärt und dabei das ganze Haus mit ihrem üblen Geruch nach sich zersetzendem Schweiß verpestet hatte.

In dem Beschluss wurde die Vertreterin des Jugendamtes zitiert. *„Ben trage auch ein Gefühl der Sorge und Verantwortung für seine Mutter, was durch Äußerungen wie „die*

Mama ist traurig, wenn ich nicht da bin, sie ist dann ganz alleine" deutlich werde. Dies zeige eine Verantwor-tung, die Ben mit seinen sieben Jahren noch nicht in der Lage sei zu tragen und absolut nicht tragen dürfe."

N°3 schrieb dazu, was ich denn dafür könne, wenn Ben dergleichen sagte, wenn es denn überhaupt wahr wäre.
Abgesehen davon gibt es dergleichen auch in dem Kinderlied *Hänschen Klein*. *„Aber Mama weinet sehr, hat ja nun kein Hänschen mehr, da besinnt, sich das Kind..."*
Niemand aber hatte dafür Frau Klein, also Hänschens Mutter, das Sorgerecht entzogen, oder doch?
„All das bewirke eine massive psychische Stresssituation für Ben. ... Nun aber befände er sich in einem seiner Entwicklung förderlichem Umfeld." Und dann stand da tatsächlich: *„Dass die Familie ihm nicht schade und dass es keinen Hinweis darauf gebe, dass Frau M, die Ehefrau des Antragsgegners, mit der Erziehung und Versorgung überfordert sei."*
Der Vater tauchte nicht auf. Eine fremde Frau wurde praktisch ganz offiziell als Erziehungsberechtigte für meinen Sohn bestimmt. Die Sache mit dem Pflegekind. Ich las weiter: *„Das bis hierhin Beschriebene in Verbindung mit dem Eindruck, den das Gericht im Rahmen der Erörterungen von den Parteien gewonnen hat, rechtfertigt im Grunde schon die getroffene Entscheidung."*
Dem folgt die eigentliche Begründung für die richterliche Entscheidung schlechthin, geht man davon aus, dass die Richter in Sorgerechtsstreitigkeiten sich zu neunzig Prozent auf solche Gutachten berufen. Der Richter, der ein Problem mit seiner Mutter hatte, was ich aber erst später erfahren sollte, zitierte jetzt Lenzer. *„Frau H sei derzeit nicht als erziehungsgeeignet anzusehen, da sie unter einer Persönlichkeitsstörung leide. Die Sachverständige legt auf Seite 74 ff. Ihres Gutachtens ausführlich und überzeugend dar,*

welche Hauptmerkmale eine Persönlichkeitsstörung laut ICD-10 (Internationale Klassifikation psychischer Störungen) aufweist."

Für ihre überzeugende Darstellung hatte Lenzer schlichtweg eine Seite aus irgendeinem Lehrbuch abgeschrieben und der Richter gab sich wissenschaftlich, in dem er ihre Quelle angab, ohne selbst zu hinterfragen, welche Tests sie denn mit mir durchgeführt hätte, um dergleichen zu diagnostizieren? Wenn ich mir eine plausibel klingende Geschichte ausdenke, ist sie doch aufgrund dieses Klanges der Plausibilität noch lange nicht wahr. Lenzer hatte mir und meinen Eltern eine neue Biografie verpasst, mir Sätze in den Mund gelegt und behauptet, dass ich stets umgezogen wäre, dass ich das Kind in einer aseptischen Umgebung hatte aufwachsen lassen, ihm strenge Diäten verpasst usw. Das Übelste an derlei Unterstellungen war, dass ich keine Möglichkeit haben sollte, mich dagegen zu wehren. Zumindest fiel es N°3 nicht ein. Und so schrieb der Richter ferner *„...und begründet nachvollziehbar ihre Einschätzung auf der Grundlage ihrer dargelegten Feststellungen. Sie führt weiter aus: „Wie neue Forschungen belegen, haben Kinder wie Ben mit Asthma bronchiale und Neurodermitis, beides Krankheiten, die zu den speziellen psychosomatischen Erkrankungen gezählt werden, überzufällig häufig Mütter, die als überprotektiv und dominierend oder offen zurückweisend beschrieben werden ... Nachdem bei Ben gleich in seinem ersten Lebensjahr die genannten Krankheiten ausbrachen, konzentrierte sich Frau Hansen hauptsächlich auf die Gesundheitsfürsorge. Dabei hielt sie alle vermeintlich schädlichen Einflüsse von ihm fern und behinderte damit sein natürliches und für eine gesunde Entwicklung notwendiges Explorations- und Neugierverhalten.*

Ihren eigenen Angaben zufolge, aber auch nach denen des Kinderarztes Dr. Becker, hat Frau Hansen sehr streng auf bestimmte Diäten bei Ben geachtet, ohne zu bemerken, dass

Ben damit völlig überfordert war, auf viele Dinge zu verzichten. Dadurch hat sich bei Ben ein gestörtes Essverhalten entwickelt."

Ich konnte mich nur schwerlich beherrschen. All diese Behauptungen und scheinbaren Beweise der Gutachterin hätten wir widerlegen können, wenn man uns gelassen hätte, wenn man den Kinderarzt als Zeugen befragt hätte. Natürlich hatte Ben bei mir keine Essstörungen gehabt. Dass er die aber jetzt entwickelt hatte, dass er sogar Essen bunkerte, war zumindest für mich ein weiteres Alarmsignal und zeigte mir, wie es tatsächlich um Ben stand, aber auch, wie bewußt fahrlässig unsere Experten vorgingen, nur um auf Teufel komm raus Recht zu behalten. Wenngleich in erster Linie nicht ich, sondern Ben den größeren Schaden hatte, wusste ich jetzt, wie es sich anfühlt, zu Unrecht verurteilt zu werden – und das noch mit voller Absicht.

Wie viele Leute, denen ich von alldem erzählte, sagten: „Aber das lässt sich doch alles widerlegen!" und verpassten mir damit jedes Mal aufs Neue einen Schlag ins Gesicht. Weil sie nicht glauben konnten, dass mir genau das aber verwehrt wurde. Ich aber konnte nur immer wieder die Schultern zucken. „Theoretisch schon, aber das Gericht ignoriert unsere Belege, es lädt auch nicht die von meiner Anwältin geforderten Zeugen vor. Braucht es nicht, wenn es nicht will." Etwas, was mir kaum jemand abnehmen wollte, mit dem Effekt, dass so mancher ernsthaft an mir zu zweifeln begann. Keine Zeugen, keine Beweise, nur das unglaubliche Konstrukt aus dem Staatssäckel bezahlter Experten. Dumm unterstützt von willkürlichen Richtern, die aus Wortverdrehereien einen Beschluss konstruierten.

Der fachkundige Nachweis unseres Allergologen und Lungenspezialisten, der auch seinerzeit dem ignoranten Paar gehörig eingeheizt hatte, belegte eine über die Jahre kontinuierliche Abnahme der Allergien von einst sechs auf zwei. Der Nachweis hätte belegt, dass Ben - trotz meiner Obhut - zunehmend gesundete, so sehr, dass Kunz mir anfangs, wir hatten ja damals gerade erst die Klima-Kur hinter uns -, sogar unterstellt hatte, ich hätte Bens Krankheiten nur vorgeschoben. Aber davon waren sie und Lenzer schnell wieder abgekommen, denn ansonsten hätte ich ja nicht die Ursache von Bens Erkrankung gewesen sein können, an der sie jetzt meine Erziehungsunfähigkeit festmachten.

Ich konnte es nicht fassen, kochte. Sollte das Urteil die Runde machen, Allgemeingültigkeit erlangen, indem sich andere Richter und Jugendämter darauf stützten, müsste theoretisch 100 000 Kinder hierzulande die Mutter entzogen werden, weil diese Mütter demnach auch eine Persönlichkeitsstörung aufweisen müssten und somit erziehungsunfähig wären. Die Ursachen dieser Erkrankungen sind jedoch nicht psychosomatisch – nie.

Was aber letztlich tatsächlich zu den immer wiederkehrenden Bronchitiden, schweren Atemnöten und mehreren Lungenentzündungen bei Ben geführt hatte und was letztlich auch für die immer wiederkehrende Neurodermitis verantwortlich war, sollte sich erst Jahre später herausstellen. Nach etwa fünf Tagen war Ben ein neuer Mensch. Von da an sollte er nie wieder Atem- und Hautprobleme haben.

Doch die Beweisführung Lenzers bezüglich der von ihr bei mir diagnostizierten Störung ging noch weiter. *„Frau Hansen habe seit Bens Geburt sehr häufig den Wohnort gewechselt. Als Erklärung führte sie diverse Male an, dass die Nachbarn sehr „merkwürdig" gewesen seien."* ...

Lenzer beschrieb phantasievoll die Folgen dessen, was wir aber gar nicht gemacht hatten, worauf aber der Richter im Urteil zurückgriff. *„Diese Ortswechsel bedeuteten für Ben auch immer einen Wechsel des Bezugsrahmens, so dass er nach den jeweiligen Umzügen immer sehr auf seine Mutter*

angewiesen war und keine Schritte der Verselbständigung machen konnte." ... „Erhält Ben nicht in der Zukunft ein stabiles und zuverlässiges Umfeld, kann das Ausbilden einer Depression, unter Umständen auch anderer Verhaltensauffälligkeiten, für die Adoleszenz prognostiziert werden."
Und dann die geniale Lösung: „Bei Familie M erhält Ben einen Rahmen, in dem er förderliche Entwicklungsbedingungen findet. Wie die Explorationen zeigen, hat Ben das Bedürfnis, sich mit seinem Vater zu identifizieren. Sein Selbstvertrauen müsse gestärkt werden, damit er lerne, dass er seinen eigenen Wahrnehmungen vertrauen könne. Die dafür benötigte Empathie und feinfühlige Reaktion auf seiten der Erwachsenen erhalte er bei seinem Vater (nach dem 5. Bier?) wie vor allem bei Frau M, die aufgrund der Berufstätigkeit ihres Mannes die meiste Zeit des Tages mit ihm verbringe.
Besonders positiv sei anzumerken, dass Ben bei Familie M weder bedrängt noch in seinen Verhaltensauffälligkeiten abgelehnt werde. Das bewirke bei ihm, dass er auch Gefühle wie Aggression, Wut und Trauer äußern könne, ohne das Risiko einzugehen, dass man ihn dann wegschicke."

Die Bilder, die Ben angeblich gemalt hätte und die beweisen sollten, dass er sich mit seinem Vater identifiziere und aus denen hervorging, dass er seine Mutter, das Krokodil, fürchte, tauchten nie auf und N°3 fragte sie leider auch nicht an. Ich hätte sie gern einmal gesehen, zumal Ben mir erzählt hatte, dass er sich und mich zusammen gemalt hätte. Als Menschen, die sich lieb hatten.

„Die Explorationen mit Herrn M hatten gezeigt, dass dieser über eine stabile Persönlichkeit verfügt und zuverlässig in der Lage ist, den Alltag mit den entsprechenden Anforderungen für sich und seine Familie zu sichern.

Vor diesem Hintergrund ist zu erwarten, dass die Aufhebung der gemeinsamen Sorge und die Übertragung auf den Vater dem Wohl des Kindes am besten entspricht (§ 1671 Abs. 2 Ziffer 2 BGB)."

Das Schreiben, das N°3 nach diesem lächerlichen Sorgerechtstermin im Mai verfasst hatte, jene acht Seiten, die, wenn auch nicht das Ruder herumreißen, so doch den Kurs korrigieren sollten, fand keinerlei Beachtung.
All meine Hoffnungen lagen jetzt beim OLG, zumal auch mein Richter meinte: „Wenn die sehen, dass die Staatsanwaltschaft gegen die ermittelt, werden die schon genauer hingucken." Ansonsten hütete er sich, mir irgendwelche Illusionen zu machen.

Ich saß an meinem runden Tisch im Erker, im Hintergrund lief eines der drei großen Sportereignisse dieses Jahres im Fernsehen, die ich alle mit echter Begeisterung anschaute - ob Fußballeuropa-Meisterschaft, Olympiade oder Tour de France - vor allem aber guckte ich, um mich abzulenken. Auf dem Papier vor mir saß ein hellbrauner, etwas ratlos dreinblickender Hund und fragte den Betrachter: Wohin mit mir in den Ferien? Neben ihm lag ein großer Knochen, stand ein Napf. Ich verfasste noch einen Text, wie und was er bei mir geboten bekäme, und dann kopierte ich den Zettel für die verschiedensten Schwarzen Bretter – ob im Supermarkt oder in den verschiedenen Tierarztpraxen.

Meine erste Kundin erreichte mich dann ausgerechnet in einem Gesprächstermin mit N°3. Ich verschob sie um zwei Stunden und machte dann einen ersten Kennenlern-Termin bei mir aus. So ähnlich sollte es jedes Mal ablaufen. Den Leuten erschien meine Wohnung dann zumindest für ihre Hunde angemessen, vor allem bei dem Tagespreis. Dabei hätte ich bei dem Service, den die Hunde erfuhren, locker das Doppelte oder mehr nehmen können. Die Hunde mochten mich, ich mochte sie. Innerhalb kürzester Zeit war ich für Wochen ausgebucht. Frau O verschwieg ich meinen neuen Nebenerwerb. Sie wird sich jedoch ihren Teil gedacht haben, ließ mich aber gewähren. Danke, Frau O. Zumindest verschaffte mir die nette Hundegesellschaft die dringend benötigte Ablenkung und ein paar Euros zusätzlich.

Ab und zu traf ich mich mit Nadine in einem Café in der Stadt. Seit sie wieder eine Haushaltshilfe beschäftigte, die sich auch um ihre Kinder kümmerte, hatte sie wieder mehr Zeit. Es ging mir schon selbst auf die Nerven, dass es fast nur dieses eine Thema gab, und ich danke ihr noch immer für ihr ausdauerndes Verständnis.

Genauso Elfi, deren Zeit immer knapp war und die dennoch die Zeit fand, mit mir litt, mir sagte, dass sie für mich bete. Elfi war fest davon überzeugt, dass Gott ihr schon öfter geholfen hatte. Und dass er der Einzige wäre, der mir noch helfen könnte, was mir allerdings nicht gerade Mut machte. Ich wäre aber froh gewesen, in dieser so verzweifelten, sich immer mehr zuspitzenden Lage einen derartigen Glauben wie sie gehabt zu haben.

Elfi aber begann bei einem unserer Telefonate für mich zu beten – per Handy, während ich über den Marktplatz lief, nach einer ruhigen Stelle suchte, an der ich mich hinsetzen und ihr zuhören konnte. Sie legte so viel von sich in dieses lange Gebet hinein, war von so verzweifelter Überzeugung, dass es mich tief berührte. Ohne ihre, ohne die Unterstützung meiner Freunde, unermüdlichen Berater und Zuhörer hätte ich diese Zeit bestimmt nicht durchgestanden, sondern wäre vorzeitig ausgestiegen und weggerannt, hätte wie so viele andere auch, aufgegeben.

Elfi bewunderte mich seit eh und je, wie sie mir mal zu meinem Erstaunen sagte, klagte dabei stets über sich selbst, hatte Komplexe, während ich hingegen sie bewunderte, wie sie sich stoisch durch den Alltag mit ihren sechs wirklich tollen Kindern schlug, stets ohne Geld, dennoch nie den Überblick verlor, sich erst selbst Klavier und Gitarre, später auch noch Orgel beibrachte, eine richtige Organistin wurde, die mit großer Leidenschaft spielte, während sie den alkoholischen Auswüchsen ihres Mannes standhielt, sich den Kindern zuliebe und aus christlicher Überzeugung nicht trennte, viel litt und dennoch den Humor nicht verlor.

Eines Tages kam ein dicker Brief vom Landgericht Bonn, in dem man mir erklärte, dass es nur unter ganz besonderen Umständen möglich wäre, eine Dienstaufsichtsbeschwerde gegen einen Richter zu schreiben – es bestünde aber die Möglichkeit eines Befangenheitsantrages; ich sollte bitte dergleichen mit meinem Anwalt besprechen. Sie könnten mir nicht helfen. Na, meine Anwältin erst recht nicht, dachte ich. Der Richter war ja eh nicht mehr von Bedeutung. Wie er im Umgangsrecht, das noch ausstand, entscheiden würde, konnte ich leicht erraten. Die Zurückweisung der Dienstaufsichtsbeschwerde würde N°3 sicher freuen, schließlich fiele eine solche Beschwerde auch auf sie zurück, sie, die sie ja noch einige Jahre mit diesem Richter auszukommen hatte. Und im Allgemeinen, meinte Helmut, sollten doch Anwälte ihre Klienten so im Griff haben, um derlei zu unterbinden.

N°3 aber sagte seinerzeit: „Bedenken Sie, wenn man den Richter rügt und Sie ihn anschließend dennoch als Richter behalten!" Ein sich rächender Richter? Ich aber fand, dass es doch ohnehin nicht noch über kommen könnte, musste aber einsehen, wieder einmal Zeit und Energie vertan zu haben. Richter sind in Deutschland… Ach, lassen wir das.

23 Wortspiele und Rechtsverdrehereien

Gegen Ende des kühlen und verregneten Junis, dessen Tage bei mir fast ausschließlich mit dem Konsum der Sporthighlights im Fernsehen sowie einer verstärkten Malerei gefüllt wurden, kam ein neuer Schock per Post. Eigentlich war es der Schock schlechthin.

Nachdem unser Richter am Amtsgericht den Befangenheitsantrag gegen Lenzer trotz der zahlreichen nachweislichen Falschaussagen abgeschmettert und mir das Sorgerecht entzogen hatte, reichten wir die Beschwerde gegen die Ablehnung dieses Antrages beim OLG ein - fristgerecht - und zwar in diesem letzten mündlichen Termin, als wir 6 : 2 in die Schlacht gezogen waren.

Es war wie gesagt der Schock schlechthin, denn das OLG wimmelte unsere Beschwerde gegen die Ablehnung des Befangenheitsantrages gegen Lenzer, also unseren zweiten Befangenheitsantrag, ab, und zwar in erster Linie mit der gleichen Begründung wie das Amtsgericht, weil die Verteidigungserklärungen Lenzers so überzeugend klingen würden. Sie schrieben tatsächlich: Sie *klingen* so überzeugend. Ob sie wahr waren, spielte dabei keine Rolle, sollte nicht geprüft werden. Der Klang, auf den Klang kam es an. Na, klingelts?

N°3, und da war ich über ihre Nachlässigkeit wirklich sauer, hatte sich wieder fast nur auf die Aussage des Kinderarztes gestützt, der dergleichen nicht gesagt haben wollte. N°3 aber hätte unbedingt mein Anschreiben an Dr. Becker beifügen müssen, denn dadurch wurde erst so manche Formulierung des Kinderarztes verständlich. Jedenfalls traf mich dieses Schreiben mit einer Wucht, auf die ich trotz all der schrecklichen vorangegangenen Schreiben nicht vorbereitet war.

Ich sah das Ende unseres Falls als beschlossene Sache, konnte es kaum glauben, denn die Ablehnung des Befangenheitsantrages bedeutete, alle weiteren Entscheidungen orientieren sich an Lenzers Lügenkonstrukt mit seinen über 250 Falschaussagen. Und alles nur, weil Frau M seinerzeit so clever gewesen war, sich bei Kunz lieb Kind zu machen. Alles Weitere läuft dann automatisch in der gewünschten Richtung, schließlich hatte Kunz sogar schriftlich zugegeben, dass Lenzer schon öfter für „das Amt", das aus vier Personen bestand, gearbeitet hätte. „Das hätte sich bewährt. Schließlich hätte man ja ein gemeinsames Ziel, nämlich das Wohl des Kindes. Deshalb arbeite man im Einvernehmen." Wie N°3 denn darauf käme, dass sie ihrer Mandantin „was wollten"? So lächerlich naiv gaben sie die Zusammenarbeit zu, die auch das Gericht respektierte. Weil sie logisch klang. Es gab also bewusst keine unabhängige Beurteilung, man musste zu einem einheitlichen Ergebnis kommen, sonst wären die Sachverständigen am Ende auch noch untereinander in den berühmten Loyalitätskonflikt geraten.

N°3 merkte dazu nur kurz schriftlich an, ich sollte sie anrufen.

Dass aus unserem Antrag nichts werden würde, hatte mir damals, als ich N°3s Entwurf zu lesen gebeten wurde, bereits mein Gefühl gesagt. Ich befand ihn für viel zu dürftig. N°3 hatte taktiert und verloren. Dabei hatte sie leichtsinnig unsere mehr als reichliche Habe verschenkt, immerhin 250 einzelne Falschdarstellungen, fast die Hälfte davon nachweisbar. Hätte sie nur ein Bruchteil davon nebst Gegenbeweisen einfach einmal hintereinander aufgelistet, hätte n die OLG-Richter stutzig werden *müssen,* denn eine derartige Menge an Falschdarstellungen konnte kein Versehen sein. Entsprechend war die Antwort der Richterin vom OLG für mich ein doppelter Schlag ins Gesicht, denn sie schrieb:

„Die Antragstellerin (damit meinte sie mich, obwohl es doch N°3 war) hat auch nicht in der erforderlichen Weise glaubhaft gemacht, dass die Sachverständige in ihrem Gutachten falsche Sachverhalte dargestellt und ihrer Bewertung zugrunde gelegt habe. Insbesondere hat die Antragstellerin nicht hinreichend glaubhaft gemacht, dass die Sachverständige ihr Telefongespräch mit Dr. Becker falsch wiedergegeben habe."

Aus dem Antrag meiner Anwältin konstruierte die OLG-Richterin jedoch, dass der häufig konsultierte Facharzt, womit sie aber unseren Kinderarzt meinte, Ben nie in einem lebensbedrohlichen Zustand erlebt hätte. Logisch, dass er das nicht konnte, bei einem sehr schweren Asthma-Anfall wäre ich dann auch kaum zu ihm, sondern in ein Krankenhaus gefahren oder hätte den Notarzt gerufen. Zudem ging ich ja längst zu dem Allergologen und Professor für Lungenkrankheiten. Die Unterlagen dieses wahren Lungen-Facharztes blieben jedoch unbeachtet. Beschwerdewert: Euro 500.

Hätte Lenzer während der Erstellung ihres Gutachten ein Tonband benutzt, unser Verfahren hätte einen völlig anderen Verlauf genommen. Unwissend wie ich war, vertrauensselig und dumm hatte ich nicht darauf bestanden. N°3 aber hatte Lenzer veranlasst, dazu etwas zu schreiben. Und Lenzer schrieb, dass es in familienpsychologischen Gutachten unüblich wäre, ein Tonbandgerät laufen zu lassen, weil das die Leute hemmen würde, aus sich herauszugehen.

Ich aber las, dass gerade in einem Rechtsstreit nicht nur Tonbandaufnahmen, sondern sogar Videoaufnahmen angeraten werden. Dieser Rat stammte nicht von irgendwelchen betroffenen und geschädigten Laien, nein, es war der Rat von Fachleuten. Aber davon brauchte unser Richter nichts wissen wollen - gemäß seines Ermessensspielraums. Sachverständige wie Lenzer lügen nicht - und wenn doch, dann nur zum Wohle des Kindes. Oder zur Erleichterung arbeitsüberlasteter Gerichte.

Hätten wir den Antrag mal mit entsprechenden Nachweisen selbst in die Hand genommen, Helmut! Ach, aber auch das hätte wahrscheinlich nichts genützt. Einzig die Anhörung des Kinderarztes wäre unsere Chance gewesen - sowohl vor dem Familiengericht als auch vor der Staatsanwaltschaft, die aber dem Familiengericht nicht vor seiner endgültigen Entscheidung ins Handwerk pfuschen wollte... Und hätte ich noch ein paar Tage gewartet, hätte ich die Erklärung für den seltsamen Beschluss vom OLG verstanden und im Vorfeld geahnt, denn dann hätte ich bereits diese Fernsehsendung gesehen und hätte für so vieles in diesem Verfahren eine Erklärung gehabt.

Jetzt aber, nach Studium des Ablehnungsbeschlusses, erklomm ich ziemlich mitgenommen den kleinen Stufenweg entlang der verbliebenen Fichten zu Frau O auf die Terrasse.

„Das Oberlandesgericht hat unseren Befangenheitsantrag gegen Lenzer abgelehnt", murmelte ich. „Damit haben wir bereits so gut wie verloren."

Ich wusste jedenfalls, dass meine Chance für die Beschwerde gleich Null war, weil diese Beschwerde von der gleichen spitzfindigen Schnepfe, die sich bereits ein Urteil gebildet hatte, bearbeitet werden würde. Es wollte mir den Boden unter den Füßen wegreißen, ließ mich erlahmen, ließ mich so stark wie nie an eines denken: Nimm ihn und geh!

2

4 Fluchtgedanken

Elfi war immer der Meinung, ich bräuchte irgendeine größere Organisation, hinter der ich mich verstecken oder die uns verstecken könnte, während ich solchen Organisationen eher ablehnend gegenüberstand, gerade wenn es sich um religiöse Gemeinschaften sprich Sekten handelte. Aber auch sonstige geschlossene Gemeinschaften lehnte ich ab. Und sich irgendwo verstecken müssen, das wollte ich Ben und auch mir nicht antun. Um normal aufwachsen zu können, musste Ben sich frei bewegen können. Auch geistig.

Am meisten belastete mich die Sache mit dem fehlenden Geld. Ohne Geld ging gar nichts. Mir musste unbedingt eine entsprechende Schwarzarbeit gelingen, sodass wir davon und sei es nur ganz bescheiden, leben könnten. So schrieb ich bei Nadine alles Mögliche auf meinen Wunschzettel, mit dem sich Uwe ans Telefon begeben sollte, um mit seinen Südafrikanern zu reden.

Südafrika... Plötzlich fiel mir Anja ein, die mit mir studiert hatte, zu der ich aber nie einen nennenswerten Draht gehabt hatte. Im Gegensatz zu Ina. Ina, die Pragmatische, hatte erst kürzlich erzählt, dass Anja einen Südafrikaner geheiratet hätte. Die beiden pendelten nun zwischen den Kontinenten hin und her. Jetzt hatten sie in Südafrika Land gekauft und angefangen, ein bisschen was im Tourismus aufzubauen. Beneidenswerte Anja! Anja könnte deshalb auch eine Ansprechpartnerin sein.

Mit dieser Idee rief ich Ina an, bat sie, Anja die illegalen Möglichkeiten für uns checken zu lassen, obwohl ich mir insbesondere Anjas Antwort selber geben konnte. Eigentlich wollte ich nur hören: „Klar, wir hätten da einen Job für dich. Und wohnen könntet ihr hier natürlich auch …"

Inas Rückruf erreichte mich mitten in der Stadt. Ich zerrte meinen Rucksack vom Rücken, kramte darin nach meinem Handy. Ein Wagen hupte, die Sonne blendete, mein Rad, das ich gerade auf den Bürgersteig bugsiert hatte, fiel zu Boden. Eine Passantin stolperte beinahe darüber, während Ina mich mit eindringlicher Stimme warnte: „Tu es bloß nicht! Anja rät dir dringend von Südafrika ab."

Ina war nicht ängstlich, war mal allein durch Uganda und den Nahen Osten getrampt. Anja wäre ebenfalls unerschrocken, urteilte Ina. Dennoch: Schon einmal meinte ich, ein afrikanisches Land meinem Sohn nicht zumuten zu können.

Elfi hatte es zwar schon einmal angesprochen: „Warum gehst du nicht nach Griechenland oder Portugal? Da laufen so viele Deutsche mit ihren Kindern rum, da fällst du gar nicht auf." Mein Argument dagegen war zu diesem Zeitpunkt noch, dass ich die Sprache nicht sprach, aber vor allem, dass es sich bei diesen Ländern um Europa handelte.

„Sie müssen auf alle Fälle raus aus Europa!", echoten die Worte meines Richters in meinem Kopf, ebenso die von Nadines Feten-Richter, und dann war da auch noch mein eigenes Bild von Europa: ein zu überschaubarer Bereich, wo man ständig auf Bekannte traf, und wo man uns im Handumdrehen schnappen würde.

Ein paar Tage später erzählte mir Frau O auf der Terrasse von ihren Urlaubsplänen. Sie wollten wie jedes Jahr nach Kreta, ob ich die Katze füttern würde und ihre Blumen gösse, als sie wohl im Geiste ihre Urlaubsinsel vor sich sah und meinte: „Das wäre doch auch noch eine Möglichkeit für sie beide! Kreta! Da sind so viele deutsche Dauerurlauber. In solch einer Dauerurlaubssiedlung würden Sie doch gar nicht auffallen."

Theoretisch schon. Aber auch für eine Wohnung in einer Dauerurlaubssiedlung braucht man relativ viel Geld, doch derlei Nebensächlichkeiten blendete ich in diesem Moment aus und dachte an Elfis Vorschlag seinerzeit, der in die gleiche Kerbe schlug. Doch damals hatten mich Elfis Erzählungen abgeschreckt, ihre Bilder, die sie von Griechenland und Portugal gemalt hatte, solche mit abgerissenen, kiffenden Typen in schmuddeligen WGs, verlotterte Aussteiger, denen so ziemlich alles egal war. Elfis Horrorgeschichten aus den 80er Jahren hatten bei mir Bilder einer ziemlich wüsten Gesellschaft zurückgelassen.

Irgendwie wollte nichts passen. Statt zu flüchten, sollte ich besser bis zuletzt kämpfen. Also rief ich N°3 an, die mich dann auch ebenso mitleidig wie ungläubig fragte, ob ich denn trotzdem noch ins Beschwerdeverfahren wollte? „Ja Wirklich?"

Ihr Erstaunen sagte mir alles über die Aussichtslosigkeit dieses Unterfangens. Denn, so N°3, alles weitere geschehe jetzt natürlich auf der Basis dieses Gutachtens. Vor mir drehte sich alles. Es konnte doch nicht angehen, dachte ich verzweifelt, als ich N°3 unvermittelt fragen hörte: „Haben Sie vielleicht einen Psychologen mit Doktortitel im Bekanntenkreis, der Ihnen auf die Schnelle bestätigen könnte, dass Sie ... nicht gestört sind?"

Irgendwo gab es da sicher jemanden, nur auf die Schnelle fiel mir niemand ein. Ich sagte es ihr. Dann sollte ich Nachweise erbringen, Bescheinigungen. Klar, doch warum nicht früher? Und warum glaubte sie, dass die ausgerechnet jetzt vom Gericht beachtet werden würden, wenn es doch bislang all unsere Beweise ignoriert hatte?

Manchmal zweifelte ich doch sehr an der konzentrierten Arbeit meiner Anwältin. Dennoch, nichts unversucht lassen. Ich hatte nämlich noch eine andere Idee: Fotos. Wenn sie schon nicht lesen wollten, Bilder sprangen förmlich ins Auge, wurden von Menschen anders wahrgenommen als Texte. Zig Fotos bewiesen, dass wir eben alles andere als aseptisch gelebt hatten. Und wie fröhlich Ben im Spiel mit Gleichaltrigen gewesen war. Zig Fotos zeigten unser Umfeld, das Haus mit unseren Tieren, Ben und die Nachbarskinder. Wenngleich mein Richter mir zu bedenken gab, dass Fotos nur Momentaufnahmen wären und insofern unsichere Beweise, fügte er jedoch hinzu, dass solche Bilder dem Amtsgericht längst hätten vorliegen sollen. Nun, da hätte ich nicht daran gedacht, hätte zu lange gehofft und keine meiner bisherigen Anwältinnen wäre auf diese Idee der Beweisführung gekommen. (Alles muss man selber machen!)

Aber ob die Fotos noch etwas nützten? Als Lenzer bei mir gewesen war, hatte sie sich die Bildersammlung an der Wand angesehen, sogar genauer betrachtet. Ich hatte ihr noch so manche Erklärung dazu gegeben. Auf einem Bild stand Ben vor unserem Pferdepaddock, der direkt an unser Haus grenzte. Dahinter erkannte man deutlich unseren Misthaufen, der etwa zwölf Meter Luftlinie von unserem Wohn- und Esszimmerfenster entfernt lag. Auf anderen Bildern umarmt Ben Barni, Ben und sein Kumpel Pascal beim Dreiradrennen, Ben und die Nachbarskinder auf dem großen Sandhaufen spielend. Zu diesem Zeitpunkt aber hatte ich noch nicht geahnt, wie Lenzer drauf war.

An diese neue Art der Beweisführung klammerte ich mich erst einmal mehr als an den Gedanken, nach Kreta oder Portugal zu entschwinden. Ich wollte Gerechtigkeit, wollte hier bleiben, wollte, dass mein Sohn dahin käme, wo er hingehörte und vor allem, wo er hinwollte: zu mir. Und so suchte ich etwa 50 aussagekräftige Fotos aus allen Lebensjahren heraus, von denen N°3 wiederum eine gezielte Auswahl ihrerseits für das OLG treffen sollte. Dazu würde sie versuchen, dem OLG meine Meldenachweise zu präsentieren, die belegten, dass wir eben nicht ständig umgezogen waren. Unser Richter hatte sie bislang ignoriert. Weitaus schwieriger als die Gegenbeweise, um die Hauptvorwürfe zu entkräften, sollte sich dagegen die Suche nach einem Gegengutachter gestalten, der auf die Schnelle meine geistige Zurechnungsfähigkeit und somit meine Erziehungsfähigkeit attestieren könnte. Und wieder hätte es N°3 besser wissen müssen: Es hätte ein von den Gerichten anerkannter Psychiater oder Psychologe sein müssen, ansonsten wäre es ein Muster ohne Wert.

25 Aufgewacht

Gisela hätte jetzt sicher gesagt, boah äih, du kennst doch so viele Leute, da ist bestimmt auch ein Psychiater bei! Und richtig, Gisela, da war ja die dunkelhaarige Bekannte von Uwe, wenngleich „kennen" leicht übertrieben war. Ich trug Nadine mein Anliegen vor, bat sie um Vermittlung, wartete.

Anfang Juli. Für mich sollte es in diesen Tagen ein endgültiges Erwachen aus meinen Träumen von Gerechtigkeit geben. Es wurde, ich war es ja inzwischen gewöhnt, ein Erwachen nach der Holzhammermethode. Nach der Ablehnung des Befangenheitsantrages über das OLG war ich – trotzdem ich gleichzeitig weiterkämpfte – desillusionierter denn je. Dennoch schrieb ich weiter Briefe an N°3. Oder an die Staatsanwaltschaft, wobei ich mir inzwischen selbst schon blöd vorkam.

Kam nicht gerade ein besonderes Sportereignis oder sonstwas Außergewöhnliches, ich stellte unter der Woche vormittags nie den Fernseher an. Und so weiß ich bis heute nicht, was mich veranlasst hatte, es an diesem Morgen dennoch zu tun.

Ich hörte nur *Jugendamt*. Der, der dieses Wort voller Zorn herausgeschleudert hatte, war Gast in einer dieser schon seit vielen Jahren laufenden „Fliege"-Sendungen. Die, die gerade lief, war wohl eine Wiederholung vom Vortag, weil sie morgens kam und ich, die ich mich nicht erinnern konnte, je eine Fliege-Sendung bewusst und komplett angeschaut zu haben, hatte eben heute dahingehend eine Premiere. Doch was für eine! Sie öffnete mir unwissenden Person endgültig die Augen über das, was im Familienrecht, in Sorgerechtsdingen in Deutschland Realität, ja Normalität zu sein schien. Es schockierte und desillusionierte mich endgültig, während ich die Worte des engagierten Rechtsanwalts Dr. Köppel vernahm, der erklärte, dass in Sorgerechtsfällen die zweite Instanz, das OLG, nahezu grundsätzlich die erste Instanz, das Amtsgericht, bestätigt. Ach!

Der Familienanwalt mit dem Spezialgebiet Kindschaftsrecht wagte zu bemängeln, dass Richter nicht auf den Prüfstand kämen. Vor allem aber bemängelte er, dass Jugendämter in Deutschland keine Kontrollinstanz hätten, weil man die mal vor Jahren wegrationalisiert hatte, ohne sich weiterreichende Gedanken über etwaige Folgen zu machen. Jetzt haben diese Ämter eine interne Hierarchie und kontrollieren sich selbst.

Köppel redete mitunter sehr heftig, Lenzer hätte ihm garantiert eine Persönlichkeitsstörung attestiert. Abschaffung der Jugendämter! forderte er geladen. Es wären der schwarzen Schafe längst zu viele geworden. In dieser Fliege-Sendung ging es beispielhaft um den Fall Haase, jenes Ehepaar, das traurige Berühmtheit erlangt hatte, weil man ihm mithilfe des Jugendamts nebst psychologischem Gutachter alle sieben Kinder „völlig korrekt" abgenommen hatte, selbst vor dem Neugeborenen der Familie hatten die guten deutschen Beamten nicht halt gemacht und es geradewegs von der Entbindungsstation geholt. Schließlich galten die Leute als erziehungsunfähig. Schließlich hätte die Frau die kleinen Kinder ja nur bekommen, um ihre Liebesbedürfnisse an ihnen zu stillen. (Wo hab ich doch so etwas schon einmal gelesen?) Dem Vater warf man dagegen vor, zu wüst mit den Kindern gespielt zu haben. Die wurden daraufhin auf Heime und Pflegefamilien verteilt, wo sie *sich wohl fühlen würden, glücklich wären*. So glücklich, dass sich eines der Mädchen das Leben nehmen wollte. Es überlebte. Der Säugling sollte bei einem kinderlosen Paar untergebracht und später dann von diesem adoptiert werden. Ob da Gelder geflossen waren? Who knows, aber es kam mir doch alles verdammt bekannt vor. Auch hier ging der Baby-Klau um, wie mir Frau O von einem ihrer Arbeitskollegen berichtete, der da erst Interesse an einem Adoptiv- oder Pflegekind gehabt, dann aber die Finger *von der Sache* gelassen hätte, nachdem er gemerkt hätte, wie heiß die war, und dass da etwas nicht stimmen konnte, zumal der leibliche Vater noch immer hinter seinem Säugling hergejagt wäre.

Die Eltern Haase, wie ihre Kinder auch um Jahre ihres Lebens betrogen, erzählten, noch immer geschockt. Nach über 800 Tagen ohne sie, hatte der Europäische Gerichtshof für Menschenrechte ihnen ihre Kinder zugesprochen. Doch das schwere Trauma war geblieben, der Schaden war nicht wieder gut zu machen. Die Familie würde nie wieder die sein können, die sie gewesen ist.

Ähnliche Fälle wie unseren, so erfuhr ich zu meinem Entsetzen, gab es zuhauf und immer war da das Jugendamt, sprach von Kindeswohl. Ein Kindeswohl, das es selbst definierte. Es war eine Horrorvision. Das Ganze geschah aber nicht in China oder in einer Bananenrepublik, es geschah mitten in Deutschland im Jahre 2004.

Der Alptraum ergriff mich nach dieser Sendung verstärkt, und ich dachte an die Sache mit der vom Jugendamt geforderten „Stilllegung des Umgangsrechts", damit sich Ben beruhigte. Mehr noch dachte ich an die angedrohte Fremdunterbringung für meinen Sohn, sollte der Richter mir nicht schleunigst die Möglichkeit nehmen, Ben noch länger zu sehen und mir zu gestatten, weiter um ihn zu kämpfen. Denn durch meine falschen Anschuldigungen sowie durch den Sorgerechtsstreit an sich würde *die Familie* dermaßen belastet, dass die auseinander zu brechen drohe. Und so war der Erhalt dieser Familie inzwischen wichtiger als mein Sohn.

Und während ich diese Sendung sah, die mir inzwischen vertrauten Verhaltensmuster von Ämtern und Gerichten darin wiederfand, konnte ich mir endlich so manches erklären. Ich wusste nun, dass ich damit rechnen musste, dass sie im Handumdrehen ihre Ankündigungen in die Tat umsetzen würden. Pro forma hielt man zwar nach außen den Rechtsweg ein, doch wer nachlas, wusste, wie haarsträubend dumm und falsch sie argumentierten. Weil es niemand hinterfragte. Es war das, was Ute, SAVE TIBET, mit dem abgekarteten Spiel meinte.

Nach der Sendung aber setzte ich mich hin und schrieb ellenlange Briefe. Weil ich etwas tun musste, nichts unversucht lassen wollte. So schrieb ich an die Redaktion dieser Fliege-Sendung, schrieb an diesen Dr. Köppel, vielleicht hatte noch irgendeiner eine rettende Idee.

Ich erhielt auch zahlreiche Antwortschreiben, doch anscheinend wusste niemand, wie, was oder wer uns noch helfen könnte.

Später erst fiel mir bei der Geschichte Haase auf, dass die Medien sie erst präsentierten, als sie auf der sicheren Seite des Gesetzes waren - erst nachdem die Geschichte vorbei war, als das Leid vorbei war. Weil sich gute Journalisten nie mit einer Sache gemein machen dürfen.

Helmut hatte ihn auch irgendwann einmal erwähnt, den Europäischen Gerichtshof für Menschenrechte, der letztlich der Familie Haase Recht gegeben hatte. „Wenn se deinen Sohn ganz fremd unterbringen, also in eine Pflegefamilie oder in ein Heim stecken, dann kannste dort gegen die BRD klagen. Das haben schon so manche getan und bislang hat die BRD bereits eine Menge Schadensersatz zahlen müssen, weil sie so häufig unterlag."

Diese letzte Möglichkeit im Fall eines Supergaus sah ich aber nicht als einen Strohhalm, sondern als ein Desaster. Ich wusste, es musste ganz bald etwas geschehen. Es ging mir nicht um Geld, um Schadensersatz, es ging mir darum, den Schaden so gering wie möglich zu halten, in dem ich das Leid meines Jungen so schnell wie möglich beendete. Denn wenn er erst einmal in einer fremden Familie oder einem Heim landen würde, wer weiß, welchen zusätzlichen Schaden er dann noch erlitt. Vor allem aber würde nochmals unendlich viel Zeit vergehen. Dabei war doch schon so viel Zeit vergangen, und für ein Kind erscheint die Zeit oft mehr als doppelt so lang als Erwachsenen.

Ich dachte an Stefan vom Väteraufbruch, der bereits seit acht Jahren vor den Gerichten stritt und das inzwischen beinahe nur noch, um seinen Kindern später ins Gesicht sehen zu können, hier, ich hab es versucht. Ich habe für euch gekämpft. Es war nicht meine Schuld.

Es musste sehr bald eine Lösung her. Dahingehend waren sich übrigens alle einig – auch meine Widersacher.

Oma Lene erzählte mir beim nächsten Besuchstermin, sie hätte sogar im *Gong* etwas über das Schalten und Walten der Jugendämter in Deutschland entdeckt. Da hätte sie gelesen, dass derjenige, der einmal auf der Negativliste des Jugendamtes gelandet wäre, ganz gleich, wie er dahin gekommen wäre, dass der bei diesem Amt ein für allemal verspielt hätte.

Und ich dachte bei mir, wenn sogar schon eine unpolitische Zeitung wie der *Gong* darüber berichtet, dann ist es wahrlich Alltagsgeschehen. Dass ich noch immer nicht vollends desillusioniert war, lag - neben meiner Persönlichkeitsstörung - sicher daran, dass ich Geschichten mit Happy End bevorzugte. Die Hoffnung stirbt wahrlich zuletzt.

Und so kämpfte ich weiter, hoffte auf das Beschwerdeverfahren, setzte darauf, dass die nicht auch wieder all unsere Beweisstücke ignorieren würden wie am Amtsgericht, setzte auf die Fotos.

Nadines Mann hatte inzwischen mit dieser Frau gesprochen, mit der er studiert hatte, die dann aber gewechselt und ihren Facharzt in Psychiatrie gemacht hatte. Die sollte ich doch mal anrufen, einen Termin mit ihr ausmachen. Was ich dann auch tat.

Inzwischen hatte man mir auf mein verzweifeltes Schreiben hin auch dieser Dr. Köppel geantwortet – dass auch er nicht wüsste, wer oder was uns noch helfen könnte. Ihn hätte nach der Sendung eine unglaubliche Flut von Briefen, Faxen und Emails erreicht, alles ähnliche Geschichten. Wenig tröstlich für mich, wieder bröckelte etwas ab von meiner verbliebenen Substanz. Und auch die Redaktion von Fliege konnte mir nur insofern Trost spenden, als dass die schrieben, Sie sehen ja, dass Ihr Fall kein Einzelfall ist und berichteten mir von der großen Resonanz der Sendung. Ich spürte, dass diese Antworten mich endgültig wachrüttelten.

Vielleicht gab das den Ausschlag dafür, dass ich jetzt bei der Gegenseite nachlas, bei solchen Müttern oder Vätern, deren Partner am Ende das eigene Kind entführt hatten. Ich las nach, was dann geschehen würde, wie Polizei und Staatsanwaltschaft reagierten und war angenehm überrascht, ohne zu verkennen, dass da die Gegenseite der Gegenseite ihren Frust über die Lahmheit der Behörden abließ. Dennoch bestärkte es mich darin, von meinen Notfallplänen Gebrauch zu machen.

26 Psychiater mit Doktortitel

Nach ein paar Tagen meldete sich die Sprechstundenhilfe der Psychiaterin bei mir. Am nächsten Montag, nein, vorher ginge es nicht. Abends, 19.30 Uhr.

Ich radelte an diesem Montag nachmittags nach Bonn, stellte jedoch nach etwa fünfzehn Kilometern fest, dass ich das Gutachten beziehungsweise die Kopie des entscheidenden Auszugs vergessen hatte, ärgerte mich, dachte dann aber, ich werd es notfalls nachreichen, ärgerte mich dennoch. Ich radelte nach Poppelsdorf, lieh mir Nadines Benz, um damit nach Godesberg und später mit dem Wagen nach Hause zu fahren, weil ich mit dem Rad ansonsten in die Dunkelheit kommen würde.

Die Adresse entpuppte sich als ein großes Haus aus der Gründerzeit im Schatten mächtiger Kastanienbäume. Das gesamte Erdgeschoss wurde von einer Gemeinschaftspraxis mit mehreren Behandlungszimmern ausgefüllt. Die Abendsonne schien schräg durch die großen Fenster. Ich fühlte mich unwohl, als ich die sehr eigene Atmosphäre gewahr wurde. Sehr leise, sehr diskret, sehr freundlich an der Rezeption. Dazu dieses verständnisvolle, wissende Lächeln der Angestellten. (War es nicht eher ein Grinsen?) Das Wartezimmer war ein kleiner, unangenehm dunkler, langweiliger Raum, quadratisch, Korbstühle entlang der vier Wände, ein Trinkwasserspender. Ich sah mich unter den wenigen übrigen Wartenden um, wusste nicht, ob ich in guter oder schlechter Gesellschaft war. Die Leute schienen alle mit sich selbst beschäftigt, lasen, sahen sich nicht an, niemand sprach. Mir fiel die genderspezifische Auswahl der Zeitschriften auf – allesamt gehobenes Niveau: *Vogue* für die Damen und *Capital* für die Herren.

Eine große, kräftige Frau mit kurzem, dunklen Haar holte im Wechsel mit einer blonden Frau erst andere Wartende und schließlich mich mit einem flüchtigen Lächeln ab. In dem großen hellen Therapie- oder Explorationsraum (etwa viermal so groß wie das Wartezimmer) standen sich zwei verloren wirkende Korbstühle auffallend weit auseinander gegenüber. Ihre Geste deutete ich erst so, als hätte ich die Wahl, wurde dann aber auf den ersten Stuhl verwiesen, der mir irgendwie nicht behagte; schräg links vor mir befand sich ein Pfosten, irritierte den Blick, während sie mit einem Notizblock auf dem anderen Stuhl Platz nahm und mich nach meinem genauen Anliegen fragte.

Ich erklärte ihr kurz die Situation, obwohl ich dachte, Nadine oder Uwe hätten ihr schon das Wesentliche erzählt. Wahrscheinlich wollte sie es bewusst noch einmal in meinen Worten hören und so erzählte ich ihr, dass eine Psychologin ohne Doktortitel im Rahmen eines Sorgerechtsstreits ein familienpsychologisches Gutachten gefertigt hatte, wobei sie nebenbei festgestellt hätte, dass mich eine heftige Persönlichkeitsstörung erziehungsunfähig machen würde. Ergo brauchte ich praktisch ein Gegengutachten von einem Psychologen mit Doktortitel, weil wir, meine Anwältin und ich, gehört hätten, dass normale Psychologen keine Diagnosen stellen dürfen. Deshalb wäre ich ja auch jetzt hier, bei ihr. Worauf mein Gegenüber nur leicht die Achseln zuckte und meinte, dass sie keine Juristin wäre. Sie gab sich noch spröder als N°3, wenn der mal wieder eine Laus über die Leber gelaufen war. Ich ging davon aus, dass Uwe, der mit ihr gesprochen hatte und mich seit Jahren kannte, ihr gesagt hätte, dass ich ihnen zumindest halbwegs normal erschien. Und tatsächlich: Als ob sie aber genau mit dieser Aussage ein Problem hätte, ja direkt in eine Konfliktsituation geriet, meinte sie mit einem vom Zwiespalt gezeichneten Gesicht, dass Nadine und Uwe ja die Hand für mich ins Feuer legen würden, was mich direkt berührte. Dadurch aber war sie hin- und hergerissen. Also hatte ich durch diese Aussage eher einen Malus. Aber anscheinend nicht nur dadurch.

„Wir haben jetzt nur eine halbe Stunde Zeit", sagte sie, „das reicht sowieso nicht für ein Gegengutachten."

Ich erschrak.

Sie sah mich an. „Und überhaupt: Ich mache keine Gutachten. Sie sagten, es wäre dringend?" Sie starrte aus dem Fenster. „Ich gehe nämlich nächste Woche für fünf Wochen in Urlaub, dann ginge es erst wieder Anfang September."

„Eigentlich habe ich jetzt nur noch 10 Tage Zeit, dann ist die Frist für das Beschwerdeverfahren abgelaufen", sagte ich mit belegter Stimme, sah ich doch auch diese letzte Chance schwinden, während mein Herz wild zu hämmern begann. Mein Gegenüber schüttelte jetzt leicht den Kopf, während sie den Terminplaner auf ihrem Schoss studierte. „Ich will sehen, dass ich Ihnen eine kurze Stellungnahme an die Hand geben kann. Sollte das Gericht noch Zweifel haben, werde ich empfehlen, ein ausführliches Gutachten bei einem gerichtsbekannten Psychologen in Auftrag zu geben."

Ich lachte ansatzweise. „Für das Gericht war ja die Aussage dieser Gutachterin bereits ausreichend. Selbst das OLG befand das. Warum sollten die also von sich aus ein zusätzliches Gutachten in Auftrag geben? *Die* haben ja keine Zweifel", versuchte ich ihr die desolate Situation zu erklären. Sie sah mich regungslos an. Weil mir aber offensichtlich nichts als ihr Vorschlag übrigblieb, willigte ich ein. „Ich kanns ja versuchen."

Währenddessen spürte ich das vertraute Gefühl der Verzweiflung in mir aufsteigen. Aber wenn doch sowieso nur die Stellungnahme eines gerichtsanerkannten Psychiaters zählte, war meine Anwesenheit hier letztlich vergebliche Mühe. Vielleicht sollte ich besser gleich wieder gehen?

Während dieses kleinen gedanklichen Exkurses war mein Gegenüber aufgestanden, hatte sich ihren enganliegenden Rock zurechtgerückt und schritt nun langsam auf eine mächtige Fensterfront zu, hinter der üppiger alter Baumbestand den Blick auf sich zog.

„Haben wir denn nicht alle irgendwo unsere Persönlichkeitsstörung?", begann sie nachdenklich, den Blick aus dem Fenster gerichtet. Der Satz erinnerte mich sofort an Helmut. Die Psychiaterin aber wollte wohl mit dieser eher philosophischen Einleitung ein Klima der Vertrautheit schaffen. Sie setzte sich wieder auf ihren mindestens vier Meter Sicherheitsabstand von mir entfernten Stuhl und fragte wenig philosophisch: „Arbeiten Sie?" Da war sie wieder, diese Frage, mit der sie Arbeitslose gleich zu Beginn der Anamnese fertig gemacht hätte, so streng, wie sie das fragte.

Ich sagte ihr nicht genau, was ich derzeit machte, weil *Bilder malen* und *Hunde sitten* ja nichts Seriöses war. Deshalb legte ich den Schwerpunkt auf das, was ich früher, viel früher gemacht hätte, als ich ganz hier in der Nähe... So genau wollte sie das jedoch gar nicht wissen und ich machte den Fehler, davon auszugehen, dass sie annahm, ich wäre normal, allein weil Uwe ja für mich seine Hand-ins-Feuer...

„Ihr Jahresdurchschnittseinkommen?"

„Schwankt", sagte ich und ahnte, worauf es hinauslief. Je mehr man verdiente, umso normaler war man.

„Ungefähr?", bohrte sie.

„Nun ja, ich hab mal knappe 20.000 mal 40.000", murmelte ich und meinte damit auch noch DM, was ich aber vorsichtshalber für mich behielt. Bevor mein Sohn geboren wurde, hatte ich das Doppelte der höheren Summe sogar in Euro, aber da gab es ja noch keine Euros. Mehr Zeit zum Leben als Geld für Plunder, das war schon immer meine Devise gewesen. Ich entschuldigte meine schwankenden Finanzen mit den Tücken der Freiberuflichkeit und lächelte dämlich, als ich ihr dann doch noch von der Malerei erzählte, die mich in den vergangenen Jahren miternährt hatte. Dabei ging ich davon aus, dass sie Leute, die malen, ohnehin für gestört hielt. Doch sie zuckte nur die Schultern, als wäre es egal, womit man sein Geld verdiente. Später aber bestätigte sie mir, dass Psychiater den Geisteszustand ihrer Patienten an deren Jahreseinkommen festmachen. Ist man arbeitslos, liegt das immer an einem selbst. Ist man als Selbständiger auftragslos – erst recht. Arbeitslose angestellte zählen ohnehin nicht zur Klientel solcher Psychiater, die *Vogue* und *Kapital* in ihren Wartezimmern auslegen.

Ob ich in irgendeiner Beziehung leben würde?

Ich dachte an meinen Adoptivkater.

„In irgendeiner sozialen Gemeinschaft?"

Ich hatte mal ein Kind, dachte ich und sagte: nein. Ich spürte, das klang nicht gut. Dann hatte ich Gelegenheit, ihr das Problem mit dieser befangenen Gutachterin zu schildern, den 250 zum Teil hirnrissigen Falschdarstellungen, der manipulierten Biografie für meinen Sohn und mich und natürlich von diesem erfundenen Zitat des Kinderarztes und dem Quatsch, dass Asthma und Neurodermitis bei Kindern rein psychosomatisch sei, bei meinem Sohn dann natürlich auch, alles die Schuld der Mütter, womit der Beweis erbracht wäre, dass ich gestört sei.

Ihr Blick sprach Bände.

Ich erzählte schnell, sicher zu schnell das Wesentliche, weil ich ja die entsprechenden Seiten aus dem Gutachten nicht dabei hatte und mir die knapp 30 Minuten, die ich hier und heute lediglich zur Verfügung hätte, um meine Geschichte zu präsentieren, wie ein Damoklesschwert über mir hingen.

Es ging aber nicht wirklich um die möglichst vollständige Präsentation der Geschichte, sondern darum, wie ich mich präsentierte. (Wer länger als zwei Jahre beim Fernsehen gearbeitet hat, gilt ohnehin als verrückt.)

Ich erwähnte noch, dass meine selbstfinanzierte Klimakur ebenfalls Erwähnung im Urteil fand. Sie wäre ein weiteres Indiz meiner Gestörtheit, weil ich sie mir ja eigentlich nicht hatte leisten können, finanziell gesehen. Dass sich aber mein Sohn dadurch erstmals erholte und danach auch lange Zeit beschwerdefrei war, blieb völlig unbeachtet. Für mich wäre die Klimakur auch ein Akt der Verzweiflung gewesen, all die Jahre allein mit einem kranken Kind, dem kein Arzt hatte helfen können.

Sie starrte mich an. Dann aber wog sie den Kopf und rief erneut diesen Satz aus: „Wenn Uwe und Nadine nicht die Hand für Sie ins Feuer legen würden!"

Ich verstand ihren Ausruf sehr gut. Es war ja auch kaum zu glauben. Und so wie sie mich jetzt ansah, sagte mir, wie sie meine haarsträubende Erzählung einordnete. In der Kurzfassung hörte sich meine Geschichte ja noch unglaublicher an. Ich hatte ja über all den ungerechtfertigten Vorwürfen, deren Gegenteil ich nicht beweisen durfte, längst selbst das Gefühl, allmählich durchzudrehen.

Mittlerweile wusste ich natürlich, ich hätte besser den Mund gehalten und ohne nennenswerte Mimik, Gestik und schon gar nicht aufgebracht ihr das Wesentliche in einer möglichst sachlich-monotonen Stimmlage erzählt, ohne jedwede Emotion, ohne direkte oder versteckte Vorwürfe.

Ein paar Tage später fiel ich dann auch fast um, als ich den ersten Satz des Blitzgutachtens las. Sie hätte auch den Eindruck, dass ich eine Persönlichkeitsstörung hätte, allerdings nur eine leichte mit hysterischen Zügen, die mich jedoch keinesfalls in meiner Erziehungsfähigkeit einschränken würde. Sehr viele Menschen wären davon betroffen, ohne dass sie nicht ebenso gute, gewissenhafte Eltern…

Ich ließ den Brief sinken und rief Nadine an. Die gab die Geschichte ihrem Mann weiter , worauf der seine ehemalige Studienkollegin anrief, um mal nachzufragen, wie das zu verstehen sei. Und dann übermittelte Uwe das Gehörte erst Nadine und die später mir. „Das wäre nicht schlimm, das wäre normal. Und sie hätte auch gesagt, dass das Gericht das schon richtig einordnen würde."

Frustra! Nichts wird das Gericht tun, jedenfalls nicht unseres. Sie werden es so drehen, wie diese Richterin vom OLG, werden sich nur dieses eine Wort herauspicken. Es wird somit nur eine Bestätigung Lenzers sein. Persönlichkeitsstörung. Na bitte! Erneut bestätigt. Und dann werden sie sagen, die Psychiaterin hatte ja nur wenig Zeit mit Frau Hansen verbracht, Lenzer dagegen so viel mehr. Irgendetwas in der Art, da war ich mir sicher.

Um weiteren Missverständnissen vorzubeugen, teilte ich N°3 daraufhin lediglich mit, dass es in der Kürze der Zeit der Psychiaterin nicht möglich wäre, eine fundierte Stellungnahme zu verfassen, sie führe in Urlaub, abgesehen davon vertrete sie die Meinung, dass wir alle irgendwo unsere Persönlichkeitsstörung hätten.

Und dann erklärte ich ihr etwas stinkig, dass nur ein von den Gerichten offiziell anerkannter Psychiater ein Gutachten erstellen könnte, es gäbe da wohl entsprechende Listen, aus denen man sich dann selbst einen aussuchen könnte. Doch ich warf ihr nicht vor, dass das etwas sei, dass sie doch eigentlich wissen müsste. Für einen richtigen Gutachter aus einer offiziellen Liste war es jetzt sowieso zu spät. Dergleichen könnten wir nur nachreichen, wenn wir trotz endgültiger negativer Entscheidung des OLGs weiter kämpfen würden. Denn auch daran dachte ich bereits: an den Kampf nach dem totalen Aus.

Eine Frau rief an, um mir kurzfristig ihren Hund für Ende Juli anzuvertrauen. Da war sie wieder, diese herrliche Normalität. Doch ich musste ihr leider absagen, weil sich da schon ein Hundepaar aus einem benachbarten Ortsteil angemeldet hatte. Kaum hatte ich der Dame, deren Nummer auf dem Display nicht erschienen war, bedauernd abgesagt – sie klang entsetzlich enttäuscht, regelrecht vorwurfsvoll – als der Besitzer der beiden Hunde aus dem benachbarten Ortsteil absagte beziehungsweise seine Hundeunterbringung bei mir nach hinten verschieben wollte, ausgerechnet in die Zeit, als sich der große Riesenschnauzer angemeldet hatte, der gleich drei Wochen bleiben wollte. Ich starrte auf meinen Terminplaner. Ab August war ich für zwei Monate ausgebucht, Anfragen bis Weihnachten lagen vor.

Ein paar Tage später standen die Halter des Hundepaares vor der Tür. Der große kräftige Mann meinte, er traue sich ja gar nicht mehr, mich zu fragen, aber es wäre dringend,

alles hätte sich verschoben, ob sie jetzt schon morgen... ?
Sehr gern, sagte ich in Anbetracht der nahenden Ablenkung.
Am Abend stellte man mir die beiden vor, die morgen zu mir ziehen sollten: eine etwas mollige, schwarzgelockte ältere Dame und ein hagerer, hellgrauer Herr mit wahnsinnig blauen Augen. Das Halterehepaar erzählte mir, dass sie zwei Jahre im Entwicklungsdienst gearbeitet hätten. Wo? Südafrika. Ach! Ihre Kinder hätten sie natürlich auch mitgenommen. Ihre Kinder und ihre Hunde. Die Frau wäre Lehrerin, hätte da ihren Job gehabt, während der Mann sich dort um Kinder und Hunde gekümmert hätte.

Ich spürte, wie die alte Wunde wieder aufplatzte.

Anderntags kamen die Hunde. Nachts gabs ein kräftiges Gewitter und die mutigen Tiere verkrochen sich in meinem Bett.

Endlich wieder Besuchszeit. Ein paar gemeinsame Stunden im Garten von Oma Lene. Stunden, auf die wohl am besten der Ausdruck bitter-süß passte. Ich erzählte Ben natürlich auch von den Hunden, aber mir war, als wäre er eifersüchtig, weil die Hunde bei mir sein durften. Er aber nicht.

Ein paar Tage nach den beiden kam Uno, der Riesenschnauzer, dessen Halter sich eine Nil-Kreuzfahrt gönnen wollten. Uno war ein netter Kerl, und ich schloss ihn schnell in mein Herz. Ein paar Tage nachdem Uno bei mir eingezogen war, hatte Ben Geburtstag, doch ich durfte ihn an diesem Tag nicht sehen; es war kein Besuchssamstag. Mit Hilfe des alten Leonhards aber sollte es uns gelingen, dass wir uns an diesem Tag dennoch für zehn Minuten sehen konnten. Nöthen sen., mit dem ich inzwischen zumindest wieder einen Waffenstillstand hatte, rief auf meinen Bitte hin bei der „Familie" an, sagte, seine Frau und er hätten ein Geschenk für Ben, ja, so gegen 12 Uhr sollte er es sich abholen. Ich wusste, dass die „Familie" Nöthen sen. nie widersprechen würde.

An Bens Geburtstag, einem Samstag, feierte auch Elfi ihren Geburtstag, deshalb hatte ich mir Nadines Benz geliehen. Für Ben hatte ich einen ferngesteuerten Geländewagen gekauft, dazu noch das Buch *Der kleine Prinz* sowie Katzenzungen aus Schokolade. Familie M ahnte natürlich, dass wir uns erneut heimlich treffen würden, etwas, was mir aber mittlerweile völlig egal war, wir hatten eh nichts mehr zu verlieren.

Ben aber freute sich dann über das ferngesteuerte Auto, war sofort begeistert von Uno, weil der das Stöckchen, das er ihm warf, stets zurückbrachte und natürlich war er begeistert darüber, dass wir uns außer der Reihe sahen, wenn auch nur für zehn Minuten. Hätte ich an diesem Tag nicht noch anschließend mit Uno mein Pferd besucht, wären wir nicht anschließend zu Elfis Gartenfete gefahren, der Tag hätte mich einmal mehr fertig gemacht. Vor acht Jahren hatte ich ihn während eines gewittrigen Tages zur Welt gebracht, hatte ihn sieben Jahre lang allein erzogen und dann sollte ich ihn noch nicht einmal an seinem 8. Geburtstag sehen dürfen.

Und wieder richteten sie ihm keinen Kindergeburtstag aus.

Meine Anwältin erklärte mir mehrfach und völlig unangebracht von oben herab: „Ihr Sohn gehört Ihnen nicht."

Sie hatte gut reden, lebte sie doch mit ihrer Tochter zusammen. Natürlich hatte sie insofern recht, dass er weder mein Besitz noch mein Leibeigener war. So hatte ich es auch nie gesehen. „Aber er gehört zu mir", hatte ich ihr geantwortet. „Ich bin seine Mama, er weiß es und empfindet es auch so - mit gerade mal acht Jahren und nach sieben gemeinsamen Jahren."

Eine Woche später war dann offizieller Besuchstag. Uno war wieder dabei, war wild, spielte etwas zu wüst Frisbee und Fussball. Ben aber fand seine Sprünge witzig. Der große, schwarze Hund sprang mit allen vier Pfoten gleichzeitig hoch und ich freute mich an Bens Lachen. An diesem Tag schien Ben der Abschied besonders schwer zu fallen. Weil er sah, dass ich mit „seinem neuen Freund" zusammen nach Hause radelte, aber ohne ihn. Mir erleichterte der Hund dagegen den Abschied. Uno sprang auf dem Rückweg in den fast flusstiefen Bach, schwamm Runde um Runde, bis ich schließlich auch in dem Bach schwimmen ging.

In diesen wenigen friedlichen Sommerwochen erhielt ich von N°3 noch die Kopie ihrer endgültigen Beschwerde samt ihren Belegen und der Information, dass sie für das Gericht einige Fotos ausgewählt und ihrem Schreiben beigefügt hätte. Zu ihren Vorwürfen in der Beschwerde hatte nun nochmals die Gegenseite Gelegenheit zu kontern. Ich war mir sicher, sie würden sich noch einmal voll ins Zeug legen. Mir erschien die Beschwerdeschrift von N°3 rein gefühlsmäßig erneut zu dünn. Sie aber vertrat die Ansicht, dass weniger Papier eher gelesen wurde.

An einem kühleren Tag beschloss ich noch einmal mit Uno zu Oma Lene zu radeln, wollte allerdings das Rad unten am Fuß des Berges abstellen und mit Uno durch den Wald und dann durch das Dorf spazieren. Natürlich hoffte ich dabei meinem Sohn zu begegnen, ihn vielleicht bei Oma Lene zu treffen, so wie schon einmal, zufällig. Es waren Sommerferien und er war sicher draußen. Kaum betrat ich das Dorf, sah ich ihn schon von weitem, so wie auch er mich mit dem großen, schwarzen Hund sehen musste. Er schaute auch einmal auf, dann wieder auf irgendwelchen Plastikmüll, den er in einem Vorgarten schräg gegenüber seiner jetzigen Behausung aufhob. Doch Ben war nicht allein. Eine fremde Frau war bei ihm und die sah nicht aus, als ob mit ihr zu spaßen wäre. Ich wusste, dass es sich um die neuen Mieter im Haus meines alten Futtermittelhändlers handelte. Den einzigen Anlass, dort kurz und rechtmäßig zu verweilen, gab mir ein dackelähnlicher Mischlingshund, den zu beschnüffeln ich Uno gern Zeit einräumte. Als Ben an mir vorbeiging, sagte ich leise „Hallo Mäuschen!" und hatte sofort das Gefühl, als wollte die Frau mit dem Gesicht eines Catchers daraufhin die Polizei rufen, doch sie wandte sich ab, ermahnte stattdessen ihren Hund, der nicht hörte, meinen in Ruhe zu lassen. Wie lächerlich, war doch meiner das Zehnfache von dieser Wurst. Ben sah nur flüchtig auf, hatte wohl aufgehoben, was aufzuheben war, wandte sich an mir vorbei zum Gehen. Er war auffallend blass und schaute nicht gerade fröhlich drein. Ich sah, wie er das Haus seines Vaters im Blick behielt, nochmals auf meinen Begleiter schielte, *Hallo Uno* flüsterte, mich noch einmal kurz ansah, dann ging. Es brach mir einmal mehr das Herz. Aber nach all dem, was uns angelastet wurde, traute ich mich nicht mehr, Ben gebührend zu begrüßen, geschweige denn, ihn auf offener Straße in die Arme zu nehmen, noch nicht mal ganz kurz.

An unserem nächsten Besuchstag sagte mir Ben, dass auch er sich nicht getraut hätte, mich zu begrüßen, weil Anita sicher wieder am Fenster gestanden hätte, alles und jeden beobachtend.

Früher war ich ein großer Fan der Pyrenäen. Nicht, dass ich das heute nicht mehr wäre, ich finde vor allem den spanischen Teil nach wie vor faszinierend, nur hatte ich bereits vor über zehn Jahren davon Abstand genommen, irgendwo dort leben zu wollen. Jetzt aber erinnerte ich mich zwischenzeitlich der sattgrünen wilden Berge, der unzähligen steinernen Häuschen, die zerfielen, weil niemand mehr in den abgelegenen Dörfern wohnen wollte. Der ideale Unterschlupf für verwegene Freiheitskämpfer. Und so sah ich uns dort, meinen Sohn, mich und unseren großen weißen Pyrenäenberghund. Diese Hunde ähneln Eisbären und stehen in Germany auf der Kampfhundliste, wenn auch weiter unten, schließlich wurden diese schönen Tiere eigens gezüchtet, um Schafherden vor Bären und Wölfen zu beschützen.

Jetzt sehe ich Kunz und Lenzer, dahinter Block und den Richter im Gänsemarsch den steilen Berg hochkeuchen, wie sie sich den Schweiß von der Stirn wischen. Die Sonne blendet sie, als sich langsam und knarrend eine Tür öffnet. Ich trete hinaus, blicke auf die sich nähernden Gestalten herab, lade zur Warnung schon mal durch. Jedes Geräusch erscheint hier überlaut. Im Schatten vor der Bar beobachten ein paar Männer mit zusammengekniffenen Augen die Szene. Es ist heiß, kein Lüftchen rührt sich, es ist totenstill um die Mittagszeit. Die Luft ist spannungsgeladen. Unser Hund liegt im Schatten, regungslos, aber hellwach. Keine Bewegung dieser kleinen Prozession entgeht ihm. Sie kommen immer näher, drohen jetzt mit Aktenordnern und Beschlüssen. Ein gefährliches Knurren durchschneidet die Stille. Ich lege an, ziele...

Uno wurde wieder abgeholt. Als sein Frauchen an den bis fast bis auf den Boden reichenden Erker-Fenstern vorbeilief, bellte er sie empört an, erkannte aber sofort seinen Irrtum, als ich die Tür öffnete. Weil sie bei unserem Kennenlernen auch schon für Weihnachten angefragt hatte, sie wollten zum Skifahren, hatte ich ihr gesagt, dass ich nicht wüsste, ob ich dann noch da wäre. daraufhin hatte ich ihr flüchtig von dem Sorgerechtsstreit um meinen Sohn erzählt, dann aber auch von den Dingen, die damit verbunden waren, von meiner Hoffnungslosigkeit, weil die Gegenseite das Jugendamt hinter sich hatte. Unos Frauchen verstand sehr wohl, nickte und meinte, dass sie zu Hause fünf Kinder gewesen wären und dass der Vater früh gestorben war, sodass ständig das Jugendamt zu ihnen gekommen wäre. Ihre Mutter hätte schreckliche Angst gehabt, dass sie ihr die Kinder wegnehmen würden und so hätte sie ihnen immer eingebleut, ja artig zu grüßen und zu knicksen. All die Jahre hätten sie unter dem Druck gestanden. Aber das war über 20 Jahre her, man sollte meinen, die Zeit wäre auch an dieser Behörde nicht spurlos vorbei gegangen. Anscheinend aber doch. Ja, sie würde mich verstehen, es wäre eben nur schade für sie, war sie doch froh, so eine prima Pflegestelle für Uno gefunden zu haben. Trotz der Hitze, trotz der Radtouren war Uno in der Zeit nicht abgemagert, so wie auf den vorherigen Pflegestellen. Sie nahm es ihm auch nicht übel, dass er nicht vor Kummer gehungert hatte. Solche Hundebhalter gab es nämlich auch: Sie legten es als Untreue aus, wenn ihre Hunde in ihrer Abwesenheit nicht sichtbar litten, indem sie deutlich an Gewicht verloren. Ich musste unweigerlich an meinen Sohn denken. Ich hatte nicht gewollt, dass er ohne mich leidet.

Als Uno fuhr, vermisste ich ihn mehrere Tage.

27 Countdown

Sollten wir vor dem OLG verlieren - und nach dem, was ich inzwischen über Sorgerechtsverfahren dieser Art gehört hatte, deutete alles darauf hin -, würden wir also nach Kreta oder Portugal gehen. Wenn der Supergau wirklich eintreten sollte, wollte ich nicht unvorbereitet sein. Sollte dagegen tatsächlich ein weiteres Gutachten in Auftrag gegeben werden, gäbe es garantiert auch wieder ein normales Umgangsrecht für die Zeit. Wie sonst sollte der oder die Gutachter(in) unser Verhältnis, also das von meinem Sohn und mir „beobachten und analysieren" können? Ich war immer noch naiv genug für solche Gedanken. Dabei gäbe es mit 99,9 prozentiger Sicherheit kein neues Gutachten. Dennoch - schließlich hatte ich meinem Sohn ein Versprechen gemacht: „Spätestens, wenn im Herbst die Blätter..." Deshalb durfte ich auch nicht die geringste Möglichkeit auslassen.

Bei einem der vorangegangenen Treffen erzählte ich ihm von einem neuen Pensionshund, dem altersschwachen, aber anspruchsvollen Rauhaardackel Dürki und auch davon, dass Nadine dagewesen wäre und dass wir beide auch über dich, über uns geredet hätten. „Nadine kennst du doch noch?"

Da aber brach es aus ihm, der inzwischen immer so redete, als hätte er sich in sein Schicksal gefügt, mit aller Wucht heraus: „Du hast wenigstens die Nadine und die Hunde, mit denen du reden kannst! Ich aber habe niemanden." Sein Vorwurf war eine einzige Anklage. Nach wie vor gab er mir die Schuld. Später am Nachmittag, wir saßen im Sandkasten, weil er dort gern Straßen für seine Geländewagen baute, da fragte ich ihn: „Wenn es denn gar nicht anders ginge, dass wir wieder zusammen kommen, würdest du mit mir auch in ein anderes Land reisen wollen?"

Er grinste plötzlich: „Du meinst, abhauen?"

Seine Reaktion verblüffte mich. Doch ich sah auch sofort die Gefahr, falls er dergleichen daheim triumphierend ausposaunen würde und lenkte um. „Nein, nicht abhauen. Aber wenn wir zwei vielleicht irgendwo anders wohnen könnten, wo es auch ganz schön wäre, hättest du Lust, mitzukommen?"

„Klar, aber das weißt du doch!"

Nein, ich wusste es inzwischen nicht mehr wirklich, so sehr hatten mich die Experten bereits verunsichert. „Aber deine Freunde hier? Papa?"

„Ich hab hier keinen Freund, nur den Felix, aber der ist so selten da. Und meinen Papa mag ich nicht mehr. Der macht nie was mit mir, obwohl ich ihn so oft gefragt habe."

Das Gespräch könnte man mir wirklich vorwerfen. Ich dachte nur, ich müsste ihn auf alle Fälle vorher fragen. Und selbst dann, so wusste ich von anderen Eltern, hätte ich nicht die Gewissheit, ob er es ernst meinte oder nur mir zuliebe sagte. Vielleicht wusste er es ja auch wirklich nicht.

28 Rudolf

Über Elfi war ich an Rudolf geraten, wenngleich erst nur telefonisch. „Triff dich mal mit ihm, der kennt sich sowohl auf Kreta als auch in Portugal aus, der überwintert jedes Jahr dort." Was sie nicht bedachte, war, Rudolf war der beste Freund ihres Mannes, und zwischen Elfi und ihrem trinkenden Mann kriselte es gewaltig. Und ich gehörte ausgerechnet zu den Freundinnen seiner Frau, die er nicht ausstehen konnte - was seit jeher auf Gegenseitigkeit beruhte. Als ich nun aber mit diesem Rudolf in Kontakt trat, wusste ich eben nichts von dem Grad dieser Männerfreundschaft. Ich ahnte es auch nicht, denn als Elfi mir riet, ihm zu sagen, was ich vorhatte, also ihm die Wahrheit zu sagen, ging ich davon aus, dass sie ihn für vertrauenswürdig hielt. Er war wohl einst Krankenpfleger wie Elfis Mann, später hatte er sich dann als Handwerker selbstständig gemacht. Und da dämmerte es mir, wo ich den Kerl schon mal gesehen hatte. Er hatte am Haus von Leonhard junior mitgebaut.

Nun, wir telefonierten, ich machte mich bekannt. Er wusste von Elfi, dass ich in diesen Tagen an ihn herantreten würde. Und dann machte ich ihm den Vorschlag eines etwas ungewöhnlichen Treffpunktes: an den Stromschnellen der Sieg. Das war praktisch für uns beide halbe Wegstrecke, wohnte er doch mörderisch weit draußen. Meine Erinnerung an sein Erscheinungsbild war dunkel und das nicht so ganz ohne Grund, als ich dann fast gegen ihn prallte: Er war nicht gerade attraktiv und auch seine Art war mir damals unangenehm in Erinnerung geblieben. Ich verdrängte mein mehr als unangenehmes Bauchgefühl und gab mich stattdessen so locker wie möglich, schließlich gings nur um ein paar Informationen. Ich hatte zur Erläuterung meines Anliegens ein Picknick vorgeschlagen, unten am Fluss mit Brot und Wein, Oliven und Obst, worauf er sofort begeistert angesprungen war. Während ich, wie gesagt, beinahe gegen ihn geprallt wäre, hätte er mich sofort erkannt. Es befanden sich allerdings auch sonst keine Frauen in Elfis Alter in Flussufernähe. Wir stellten uns vorsichtshalber vor und suchten uns dann einen der zahlreichen, vom Wasser umtosten Felsvorsprünge aus, der für unseren Zweck geeignet war. Er war belustigt, als ich dann tatsächlich neben Brot und Wein noch Saft, Obst und Schokolade, zwei Gläser, Taschenmesser und Servietten auspackte und den Felsentisch deckte. Ein Reiher flog mit erhabenem Flügelschlag vorbei, sogar die Sonne stellte sich völlig unerwartet ein. Rudolf war groß, kräftig, dabei etwas untersetzt, sonnenbraun die Haut, die er etwas unpassend wie ich fand, durch eine geöffnete Jeansweste zur Schau stellte. Es hatte etwas von einem alterndem Playboy. Sein längeres Haar war bereits schlohweiß und schütter jenseits einer Halbglatze. Er trug eine dickglasige Brille, durch die seine Augen übergroß erschienen, Augen, mit denen er langsam und gründlich seine Umwelt abzutasten schien. Er sprach und bewegte sich behäbig, als wäre er schon ziemlich alt. Weil mir mein Anliegen unter den Nägeln brannte, kam ich schnell zur Sache. Nachdem ich ihm das Desaster des Sorgerechtsstreits im Schnellverfahren präsentiert hatte, fragte ich ihn, ob er nicht in Portugal ein paar Leute kennen würde, die einer wie mir den Einstieg in ein neues Leben etwas erleichtern könnten? Wo man beispielsweise günstig etwas mieten könnte, ohne dabei seine Personalien offenbaren zu müssen. Was könnte man dort tun, um etwas Geld zu verdienen? Und gibts da auch Kinder, die deutsch sprechen? Jede Menge? Wirklich?

Rudolf, der zwar kein Problem mit meinem Vorhaben hätte, wie er betonte, murmelte dann aber doch, dass das ja „ne heiße Kiste" wäre, was ich da vorhätte! (Also was denn nun?) Aber da unten, womit er den äußersten Zipfel Südwesteuropas meinte, da unten zwischen Lagos, Sagres und Vila do Bispo, da wären mein Sohn und ich gut aufgehoben: hervorragendes Klima, nette, friedliche Leute, die sich um nichts scheren und dazu die geringste Kriminalitätsrate in Europa überhaupt. Portugal wäre deshalb auch für Terroristen ein beliebter Aussteigeplatz... Und dann wäre da ja auch die Silke, also die würde er mir an erster Stelle ans Herz legen. Die ist schon seit 18 Jahren da unten, vier Kinder, die hätte da ein halbes Tal gekauft, zusammen mit ihrem Freund, aber der sei längst über alle Berge...

„Da könntest de erstmal wohnen!"

„Wirklich? Toll!" Ich trank vor Begeisterung ein Glas Wein. Rudolf schilderte mir mein Exil in spe in den schillernsten Farben. Das wilde Hinterland der Algarve, die Küstenregion mit ihren bizarren Felsenstränden, der Atlantik selbst; vor allem aber war es diese Aussicht auf ein unbehelligtes Leben mit meinem Sohn in einem subtropischem Klima ganz nah am Meer, die mich beinahe euphorisch werden ließ.

Er wollte dann auch gleich mal die Silke anrufen, vielleicht wüsste sie ja gerade irgendwo ein günstiges Häuschen etwas im Hinterland gelegen, weils da natürlich billiger ist als an der begehrten Küste. Nach der Fussball-EM wären leider viele Nordportugiesen auf die Idee gekommen, sich im

Süden billig einzukaufen, von daher änderte sich dort jetzt so manches... Rudolf wusste viel zu erzählen, welche Art von Leuten sich wo angesiedelt hätten, wann es wo regnete, dass die Küstenwache täglich die Strände kontrollierte, aber von denen hätte ich nichts zu befürchten, die wären völlig harmlos, die Jungs. Er schwärmte vom Monchique Gebirge, schwenkte dann plötzlich nach Kreta. Ich bremste ihn: Dort wollte ich nicht hin, weil ich mit dem Auto fahren wollte, das ich mir noch kaufen wollte. Kaufen und dann auf einen anderen Besitzer anmelden. Reiste ich aber per Auto nach Kreta, müsste ich durch Länder, die nicht unter das Schengener Abkommen fielen, müsste also Papiere vorzeigen. Ich aber wollte nicht den Pass zeigen müssen, um womöglich registriert zu werden. Und dann noch die Fähre. Nein, aus Portugal kam man notfalls schnell wieder in andere mir vertrautere Länder wie Frankreich, Spanien und Italien. Portugal passte besser in meine Vorstellung als Kreta und jetzt musste ich mal langsam Nägel mit Köpfen machen, sollte ich meinen Plan wahr machen müssen. Was Portugal anbetraf klangen Rudolfs Schilderungen für mich mehr als verlockend. So verlockend, dass ich am liebsten sofort aufgebrochen wäre. Rudolf kannte Leute, mit denen man mal telefonieren könnte. Und überhaupt, man müsste sich demnächst einfach noch mal zusammensetzten, noch einmal darüber reden, meinte er müde, als wir uns verabschiedeten. Er sah sich gern als einen weisen Indianer, der viel mehr als andere mitkriegen würde, so beschrieb er sich selbst, er, der nicht viel älter als ich war. Zwischendurch aber brach für ein paar Minuten wieder ein dynamischerer Mensch aus ihm hervor, als wäre er gern nochmal jung und spontan, um gleich darauf wieder resigniert zu verstummen. Während unserer ganzen Unterhaltung versuchte ich etwas Sympathisches an dem armen Kerl zu finden, dem ich ja vielleicht noch öfter begegnen würde, aber es wollte mir nicht gelingen.

Ich schenkte diesem Umstand vorerst einmal nicht allzu viel Beachtung; schließlich verlangte ich von ihm keine Schlepperdienste, nur ein paar Tipps, ein paar Kontakte. Und dass er sein Wissen über meine Pläne für sich behielt.

Unser nächstes Treffen fand bei mir statt, zumal die telefonische Kommunikation mit Rudolf sehr mühsam war. Doch bei dem Treffen in meinen vier Wänden stellte ich fest, dass die direkte Kommunikation mit ihm auch nicht leichter war, was wohl daran lag, dass ich zu Leuten seines Types keinen rechten Draht fand. Das beruhte wohl auf Gegenseitigkeit. Da saß er dann in meinem Erker bei Kaffee und Gebäck, bestaunte tatsächlich meine Bilder und meinte, also, so wie du malst, wirste die sicher gut los. Da wäre auch eine Frau, die malte und die würde da unten ihre Bilder verkaufen, aber die Bilder wären längst nicht so gut.

Rudolf bevorzugte Einsteinsche Lebensweisheiten, dass er eben nicht wie all die dummen Schafe sein wollte, die nicht darüber nachdachten, wenn sie da täten, was alle anderen eben auch täten. Jetzt lebte er allein in einem etwas vergammeltem kleinen Haus, den riesigen Lkw zum Wohnmobil ausgebaut mitten im Garten. Und dahin lud er mich nun ein. Abends schön kochen, ein Fläschchen Wein und dann würde er mir draußen im Lkw ein Bettchen machen.

Bloß nicht! Was gabs denn noch zu besprechen, dass man dafür einen ganzen Abend brauchte? Ich ahnte Abhängigkeiten auf mich zukommen, die ich nicht wollte. Um mit Ben irgendwo einen Neuanfang hinzukriegen, würde ich zwar einiges in Kauf nehmen, einiges, aber nicht alles. Schon gar nicht Rudolf. Ich wollte mich nicht mit ihm anfreunden, auch nicht ein bisschen. Da machte er mir das Angebot, dass ich mein Auto auf seinen Namen anmelden könnte. Ich war zwar spontan freudig überrascht, es sollte jedoch nichts an meiner Haltung ihm gegenüber ändern. Es verstärkte bei mir nur das Gefühl, in einen erbärmlichen Zwiespalt zu geraten. Als ich nämlich diesbezüglich meine anderen Bekannten in Gedanken durchgegangen war, hatte es überall Probleme gegeben. Bei Elfi war es natürlich ihr Mann. Bei Nadine fuhr man nur Leasing-Fahrzeuge, zudem baute ihr Mann gerade die Klinik, wenn da dann noch ein nicht vorhandenes altes Fahrzeug in den Steuerunterlagen auftauchen würde, wäre das erklärungsbedürftig. Ina würde sofort, aber ihr Mann steckte selbst in einer Sorgerechtsproblematik und alle anderen in mehr oder weniger großen Problemen durch Arbeit oder Familie. Es schien tatsächlich nur Rudolf in Frage zu kommen, zumal auch niemand ihn mit mir in Verbindung bringen würde. Lediglich Elfi. Und ihr Mann. Und allmählich lief die Zeit. Inzwischen hatte ich mir den 2. Oktober vorgemerkt, weil ich nach all meinen Informationen die Hoffnung aufs OLG begraben müsste.

Da Rudolf regelmäßig nach Portugal fuhr, könnte ich ihm dort, wenn es soweit wäre, die Versicherungs- und Steuergelder für das Auto direkt in die Hand drücken. Oder ihm die Nummernschilder übergeben, sollte das Auto schlapp machen. Alles sprach demnach für ihn.

Inzwischen hatte sich eine weitere Hundebesitzerin gemeldet, die ihren Hund dann öfter mal für ein Wochenende bei mir unterbringen wollte. Ob das auch möglich sei? Alex sei allerdings etwas zurückhaltend, sie wollte erst mal sehen, ob wir überhaupt miteinander klar kämen.

Alex war ein freundlicher Kerl mit einem wahnsinnig lieben Gesicht. Natürlich wusste ich auch diesmal, dass es keine Probleme geben würde. Zumindest Tiere, ob klein oder groß, wild oder ängstlich, schienen keine Probleme mit mir zu haben. Alex, der Schäferhundmix, sollte an dem dritten Septemberwochenende das erste Mal zu mir kommen. Auch dieser Frau gegenüber erwähnte ich meinen

Sorgerechtsstreit, weil dadurch alle längerfristigen Zusagen unmöglich wurden. Jedenfalls, um es kurz zu machen, sagte sie, sie hätte da vielleicht eine Idee...

29 Das ultimative Schreiben

Am frühen Morgen des 18. September kam Alex. Weil er ein Hüftproblem hatte und so nicht neben dem Rad herlaufen konnte, gingen wir langsam den Weg durch Wiesen und Wald entlang des Baches, bis wir an den Berg kamen. Trotz Pausen waren wir über eine halbe Stunde zu früh da.

„Meine Frau ist unterwegs", schnarrte der alte Leonhard. Ich wollte mich daraufhin gerade mit Alex in den Garten verziehen, um dort auf Ben zu warten, als es ihm einfiel. Da wäre ein Brief für mich angekommen...

Ich hatte seit fast zwei Jahren eine andere Anschrift, deshalb rätselte ich, von wem der wohl wäre, als mir Nöthen sen. den dicken Umschlag in die Hand drückte. Absender: Das Amtsgericht Siegburg.

Ich ahnte seinen Inhalt, meine Hand begann zu zittern, bevor ich ihn noch geöffnet hatte. Und weil ich noch über eine halbe Stunde auf Ben warten musste, verzog ich mich mit Alex auf die Wiese, um dort irgendwo in Ruhe und vor allem sitzend den Brief zu lesen.

Beide Informationen sprangen mir gleichzeitig ins Auge:

Antrag auf Ausschluss des Umgangsrechts und das Datum: Ladung zum Termin am 28. September

Es fühlte sich an, als hätte ich einen gewaltigen Stromschlag bekommen. Dass der Termin am 28. September stattfinden sollte, bedeutete, dass dieser heutige Samstag bereits der letzte Umgangstag wäre und somit die letzte Möglichkeit, mit Ben zu flüchten. Der 2. Oktober, der Tag, an dem ich weg wollte, würde uns nicht mehr vergönnt sein. Und dass der Richter diesmal den Forderungen meiner Gegner nachkäme, davon war nach der bisherigen Entwicklung auszugehen. Vor mir drehte sich alles. Hätte ich doch schon das Auto! Ich würde sofort, wenn Ben käme, mit ihm aufbrechen. Jetzt aber sah es aus, als wäre es zu spät. Die Gedanken in meinem Kopf wollten sich überschlagen. Die Zeilen verschwammen vor meinen Augen, der 28. September war ein Dienstag. Hätten sie nicht noch eine Woche warten können?

Ich rannte zum alten Leonhard, weil ich dringend mit jemandem reden musste. „Hör dir das an!", sagte ich zu ihm, der in kurzer Turnhose - wenn er Sport im Fernsehen guckte, zog er sich stets sportlich an -, in der Küche seine Suppe löffelte. „Sie wollen uns jetzt per einstweiliger Verfügung das Umgangsrecht ganz nehmen!" Ich erwartete eine entsprechende Empörung seinerseits. Der Alte aber starrte von seinem Behelfssessplatz aus dem Küchenfenster, kaute auf den Linsen seiner Suppe und meinte dann ohne mich anzusehen: „Ich weiß davon nichts."

„Na, deshalb erzähle ich dir's ja!"

„Wenn das Gericht dergleichen beschließt, wird das schon seine Berechtigung haben!"

Das hatte gesessen. Nicht der auch noch! dachte ich bei mir und war den Tränen nahe. Zu viele meiner alten Bekannten und Freunde hatten sich von mir distanziert, weil sie eine ganz ähnliche Meinung vertraten und das, was ich ihnen in Häppchen verabreicht hatte, einfach nicht mehr glauben konnten und somit nicht mehr hören wollten. So etwas gab es nicht an einem deutschen Gericht.

„Eben nicht!", schleuderte ich dem alten Nöthen deshalb an den Kopf, erkannte aber, das es wenig Sinn machte, weiterzureden, drehte mich um und verließ das Haus.

An einem deutschen Gericht wird Recht gesprochen – zumindest zu fünfzig Prozent, wie mir neulich zu Ohren kam. 50 Prozent! Das muss reichen. Man könnte demnach auch eine Münze werfen. Aus Richtern würden dann Glücksfeen - wie beim Lotto. Die Öffentlichkeit könnte dann auf eine Partei setzen, Wetten abschließen. Das würde sicher auch den Unterhaltungswert dröger Streitereien steigern.

Ich war wieder draußen, im Sonnenschein, den ich aber jetzt nur noch unterschwellig wahrnahm. Die Worte des alten Leonhard sollten noch lange in mir nachhallen. Genauso wie ein paar Sätze aus dem Brief in meinem Kopf nachhallten: aus dem Fenster springen! Ben wollte im Streit mit Frau M wohl aus dem Fenster springen! Wäre alles meine Schuld, stand da, weil ich es nicht zulassen würde, dass Ben, der sich im Hause seines Vaters wohlfühlen würde, dort zu Ruhe kommen konnte. Erneut drohten sie mir mit Fremdunterbringung. Diesmal aber mit unvergleichlicher Vehemenz. Fremdunterbringung aber hieße Heim oder Pflegefamilie und würde das absolute Aus bedeuten.

Was, wenn es jetzt zu spät wäre? Weil ich zu lange gewartet hatte? Was, wenn er in einer unbekannten Familie verschwinden würde, deren Anschrift ich die nächsten zehn Jahre nicht bekommen würde? So wie es mit unzähligen Kindern zuvor geschehen war?

Nichts war für mich klarer, als dass wir jetzt in den nächsten Tagen tatsächlich weg müssten. Aber wie, wenn ich ihn nicht noch einmal wie erwartet und geplant am 2. Oktober hier treffen würde? Ich könnte ihn ja auch nicht wie andere Kinder an der Schule abfangen. Er wurde direkt vor der Haustür abgeholt und dort später auch wieder abgegeben.

Die Schule selbst war eingezäunt. Und ob sie ihn nochmals allein zu Oma Lene ließen, wenn die ihn zu sich bestellte? Ich hatte da inzwischen meine Zweifel. Vor meinen Augen drehte sich alles. Warum hatte ich nur so lange gepokert, gehofft, gewartet?

Nach dieser müßigen Frage wurde mein Denken plötzlich sehr schnell erstaunlich klar, vielleicht ein Notprogramm meines Gehirns, das mir jetzt die einzig richtige Antwort signalisierte: Den Gerichtstermin verschieben, damit wir uns am 2. Oktober noch einmal sehen können. Und dann nichts wie weg.

Ben spürte nichts von der drohenden Katastrophe. Er war begeistert von Alex, der ihm stets Tennisbälle – wenngleich auch nassgesabbert – in den Schoß legte. Obwohl es sonst so ein schöner Tag war, konnte ich meine Aufgewühltheit, meine Nervosität kaum unterdrücken und somit nur mühsam verbergen. Die Frage, wie ich Ben hier rausholen sollte, füllte mein ganzes Denken aus, während ich ihm fröhlich zulächelte. Dabei verfluchte ich diesen Brief, der uns jetzt auch noch unsere wenige Zeit vermasseln wollte.

Dank Alex und des schönen Wetters wurde der Nachmittag bei all meiner inneren Aufgebrachtheit dennoch ganz schön. Zumindest für Ben und den Hund. Nächsten Freitag würden wir nochmals telefonieren können, wenn sie es nicht wieder unterbinden würden. Bis nächsten Freitag wüsste ich mehr. Ansonsten setzte ich auf Oma Lene und auf alle Kräfte des Universums, die wussten, wie übel es um Ben bestellt war und dass ich ihn hier raus holen musste.

Am Abend schaute ich den Brief natürlich nicht mehr an, weil es mich sonst um die Nachtruhe gebracht hätte, und als später die Halterin von Alex anrief, um mir zu sagen, dass sie Alex anderntags gegen Mittag abholen wollte, erwähnte ich kurz den neuerlichen Schocker, der ihre Idee vielleicht wichtiger denn je machen würde.

Wie blöd von mir, fremde Leute mit meinem Drama zu belästigen! dachte ich mal wieder. Aber ich brauchte jede erdenkliche Hilfe, und Außenstehende hatten manchmal die besten Ideen.

Ich dagegen fand dadurch die Kraft, mir diesen neuerlichen Alptraum genauer anzuschauen. Er bestand aus einer Attacke Woody Allens, ein wüster Rundumschlag mit einer extrem schnoddrigen Ausdrucksweise – sie praktizierte in der tiefsten Provinz - sowie einer Stellungnahme der Verfahrenspflegerin Block. Der langerwartete Bericht von ihr war noch immer nicht da. Fast übersehen hatte ich dabei die Eidesstattliche Erklärung des *Kindesvaters*, die er aber garantiert nicht selbst verfasst hatte. In diesem Schreiben beklagte er, dass er (!) und seine Familie nicht mehr in der Lage wären, Ben weiter zu betreuen, wenn man uns (Ben und mir) nicht sofort das Umgangsrecht nehme. Denn mein Einfluss wäre derjenige welcher Ben so schwierig mache. Er wiederholte ein paar Sätze aus den Jugendamtbriefen sowie von Lenzer, die auch im Urteil standen, damit der Richter auch gleich wusste, was er meinte.

Besonders die Verfahrenspflegerin Block überspannte am Ende den Bogen. Sie stellte einen eigenen Antrag auf Erlass einer einstweiligen Anordnung, wobei sie in den Augen der anderen sicher punkten wollte. Dabei malte sie mit der verschärften Androhung der Fremdunterbringung neuerlich den Teufel an die Wand, schrieb knallhart, dass sie als langjährige (selbsternannte) Pädagogin wüsste, was aus „solchen Kindern wie Ben" wird, wenn, ja wenn Frau Hansen nicht sofort Einhalt geboten werden würde. Es gab wohl jede Menge Zitate meines Sohnes. Alle ließen darauf schließen, dass ich ihn massiv „beeinflusse" und „drille". Ich aber spürte, dass aus allen diesen Äußerungen sein Wunsch sprach, zu mir zurück zu wollen, was aber laut Experten nicht sein konnte. Ergo musste ich es ihm eingebleut haben.

Mich aber schmerzte es erneut, denn wenn die Zitate tatsächlich von Ben stammten, dann zeigten sie mir einmal mehr, wie sehr ihn die Situation im ungeliebten Haus fertig machte. Wie fatal, dass sein Wunsch, wieder nach Hause zu wollen, ihm am Ende das Grab schaufeln sollte.

N°3 schrieb dazu: „Es ist schlicht und ergreifend schrecklich, dass ständig irgendwelche vermeintlichen Äußerungen, die noch dazu über mehrere Stellen gefiltert zu den sachverständigen Personen gelangen, dann für weitreichende Schlussfolgerungen herhalten müssen." Sie fragte, warum sich keiner der Sachverständigen vorstellen könnte, dass die Äußerungen meines Sohnes von ihm selbst stammen könnten, weil er aufgrund der Trennung von seiner Mutter und dem Unwohlsein im Haus des Vaters den Wunsch, wieder bei seiner Mutter sein zu wollen, immer brennender verspüre?

Am einfachsten macht man Kinder zu Pflegekindern, in dem man sie vollkommen und strikt von ihrem vorigen Umfeld abschneidet. Haben sie von heute auf morgen keinen Kontakt mehr zu ihren ehemaligen Bezugspersonen (Eltern), „beruhigen" sie sich am schnellsten. Entwickeln sie Verhaltensstörungen oder begehen Suizid, ist das nur der Beweis, wie schlecht es ihnen vorher ergangen war; dann hat man sie wohl nur zu spät von ihren Eltern getrennt.

Block schrieb jetzt eine Passage aus Lenzers Gutachten ab, obwohl ich ihr damals bei unserem ersten Treffen in jenem Café erzählt hatte, wie es damals gewesen war. Sie aber schrieb „ dass eine Person, die einen kompletten Haushalt auflöst, um ihrem Kind eine Klimakur zu ermöglichen, die nicht vonnöten wäre, gestört sein muss. Das wäre höchstens gerechtfertigt, wenn die Krankheit des Kindes alle weiteren beruflichen Pläne zunichte gemacht hätte."

Und wenn ich es lediglich für einen unbelasteten Schulstart für Ben getan hätte? Oder um ihm ein normales Leben ohne die Angst vor der Atemnot und ohne die quälende Juckerei zu ermöglichen.

Ich konnte es nicht mehr hören, die Mär vom aufgelösten Hausstand, die zuerst Woody Allen erfand, von der schrieb es Lenzer ab, von der der Richter und von dem wiederum Block. Ich durfte nie das Gegenteil beweisen. Ich hätte unsere ganze Dorfbevölkerung einladen sollen, die bezeugen konnte, dass wir dort jahraus, jahrein gewohnt hatten, hätte meine gesamten Möbel vors Gericht schaffen, dazu einen Misthaufen auf dem Vorplatz aufschütten sollen. Eine Art Happening. Dann wäre unser Fall von der Presse aufgegriffen und so näher beleuchtet worden. Auf diese Weise wäre das Lügenkonstrukt der Sachverständigen endlich aufgeflogen. Wahrscheinlich hätten sie mich dann wegen groben Unfugs oder als öffentliches Ärgernis eingesperrt.

Bei der letzten großen Gerichtsverhandlung (6:2) hatte sich mir zumindest ein Satz von Block positiv eingeprägt: *Die Liebe der beiden Menschen zueinander ist deutlich groß*.

Doch ich hätte es ahnen müssen, denn daraus konstruierte sie etwas besonders Perfides, etwas, womit auch schon Lenzer mich in eine besonders widerliche Ecke drängen wollte, denn sie schrieb jetzt: „Ben diente Frau Hansen als Partnerersatz. Er musste immer bei ihr im Bett schlafen."

Woher wollte sie dergleichen wissen? Oder war der Rückschluss einfach logisch, weil ich nicht mit einem Mann zusammen lebte? Oder schrieb sie dergleichen, um eben den lesenden Entscheidungsträgern einfach nur das gewünschte Bild zu implantieren? Denn ein einmal entstandenes Bild in den entsprechenden Köpfen ließ sich so schnell nicht mehr rückgängig machen. Immer und immer wieder schlug ich beziehungsweise N°3 die immer gleichen Bälle zurück. Als wären sie alle durchgeknallt, beharrten sie auf dem einmal Gesagten und verdrehten es in immer neuen Variationen.

Am Montag rief ich Rudolf an, erzählte von dem Gerichtstermin, sagte, dass ich es an diesem 2.10. versuchen müsste, obwohl ich keine Ahnung hätte, ob es mir gelingen würde, den Gerichtstermin zu verschieben. Ob das kleine rote Auto noch da wäre, von dem er gesprochen hatte? Er wusste es nicht, anscheinend hatte er schlechte Laune.

30 Tollkühn

Am Dienstag nach diesem entsetzlichen Wochenende hatte ich einen Termin bei N°3. Eine der Anwaltsgehilfinnen kam zu mir in das winzige Wartezimmer und drückte mir die Block/Woody-Allen-Co-Produktion mit den Worten in die Hand: „Lesen Sie sich das bitte schnell noch durch. Darüber werden Sie heute sprechen!" Als wäre es die Vorbereitung auf eine Bibelstunde.

N°3 staunte, als ich ihr sagte, der Brief hätte mich bereits vergangenen Samstag erreicht. Unnötigerweise empörte sie sich dann erst mal darüber, was, wie ich fand, uns nur Zeit stahl und nix brachte. Dann sagte sie: „Ich weiß ja nicht, ob Sie Stern-Leser sind ‚„ aber da war neulich ein Bericht über eine Familie, der sie die Kinder über das Jugendamt weggenommen hatten. Es ging wohl um so eine Art Borderline-Syndrom, das man der Mutter unterstellt hatte. Da musste ich an Sie denken!"

Wie schön, dachte ich, immerhin beschäftigte sie mein Fall jetzt schon über die Kanzlei hinaus. Ich nickte, erklärte ihr, dass die Geschichte auch in einer ARD-Sendung gelaufen wäre. Mehr und mehr wurde N°3 allmählich staunend gewahr, dass eben nicht immer alles mit rechten Dingen zuging. Jetzt aber drückte mich mein Notfall-Plan.

Ich erklärte ihr deshalb vorab, dass ich unter allen Umständen Frau Nöthen zum nächsten Termin als Zeugin geladen haben möchte, obwohl ich genau wusste, dass Oma Lene nicht vor Gericht wollte. Das aber wusste N°3 nicht. Und so bat ich sie jetzt inständig, das Gericht zu bitten – mein Puls raste - den Termin um eine Woche zu verschieben, denn ... Oma Lene, also Frau Nöthen, wäre bis zum 30. September verreist. „Da ich davon ausgehe, dass der Richter Frau Nöthen höchstwahrscheinlich nicht laden wird, auch wenn Sie ihn darum bitten, würde ich sie ungeladen mitbringen. Der Richter wird eine 80-jährige Dame, die er zudem selbst zur Aufsicht über uns bestimmt hatte, kaum vor der Tür sitzen lassen. Ich aber brauche Frau Nöthen unbedingt als Zeugin für unsere Umgänge, vor allem aber, weil sie fast alle folgenschweren Behauptungen widerlegen könnte. Das verstehen Sie doch? Deshalb bitte ich Sie", und ich legte jetzt alles in diese Worte, während mein Herz noch schneller schlug. „Könnten Sie an diesem Tag nicht bei Gericht einen wichtigen Außentermin vorschieben? Ausnahmsweise? Vielleicht eine ... Beerdigung?"

N°3 starrte mich an. Es war mir vollkommen wurscht, was sie von mir dachte, schließlich ging es um meinen Sohn, und da war mir inzwischen jedes Mittel recht.

Der Gag war dann, dass Oma Lene in dieser Zeit tatsächlich verreist war: Zusammen mit ihrem Mann und einem befreundeten Ehepaar waren sie zur Weinprobe nach Südtirol gefahren, so dass sie auch am 2. Oktober noch nicht wieder da wäre, sie auch nicht in Erklärungsnöte käme, wenn wir an diesem Tag entschwinden würden...

Währenddessen hatte ich das Gericht angeschrieben, dass ich in der betroffenen Woche aus beruflichen Gründen bis Freitagmittag in München sein würde, der Termin stünde schon seit Wochen fest. Ob ein anderer Termin möglich wäre? Die Antwort hatte ich direkt erwartet, dennoch enttäuschte sie mich: Der Termin bliebe, doch ich brauchte nicht persönlich zu erscheinen. Hoffentlich erreichte N°3 da mehr.

Und dann, nach drei endlos langen Tagen voller Bangen, voller Zweifel erreichte mich am Freitagnachmittag, dem 24. September, der Anruf aus der Kanzlei, der mich zu wahren Freudensprüngen veranlasste. Man hatte den Gerichtstermin auf den 9. Oktober verschoben. Keine Ahnung, wie N°3 das erreicht hatte! War der Richter vielleicht am Ende darauf eingegangen, Oma Lene als Zeugin zu laden? Oder hatte N°3 tatsächlich eine Beerdigung vorgeschoben? Ich sollte es nie erfahren, wenn ich am 2. Oktober das Spiel, das keines war, beenden würde. Obwohl ich den Entschluss zu flüchten gefasst hatte, brannte es dennoch wie Feuer in mir, diese nicht enden wollende Hoffnung, dass wir doch nicht flüchten mussten. Dass es doch noch Gerechtigkeit gäbe.

Das hoffte ich noch immer, als mich am Samstag, den 25. 9. dieses letzte Schreiben von N°3 erreichte. Nach der freudigen Info vom Freitagnachmittag hatte ich am Samstag locker mein Briefkastensyndrom überwunden. Sie konnten mir mit ihren Bösartigkeiten nichts mehr anhaben, denn bald wären wir weg. Um ein Haar aber hätte dieser ungewöhnlich kämpferische Schriftsatz von N°3, in den sie wirklich

Herzblut hat fließen lassen, mich beinahe noch einmal zögern lassen.

Wie wir zuvor im Termin besprochen hatten, forderte sie nun ganz energisch mehrere Zeugen und mehrere Beweisstücke. So hätte sie von Anfang an auftreten sollen. Jetzt war es zu spät. Denn warum sollte man uns ausgerechnet jetzt noch Zeugen und Beweise gewähren? Für den Richter war doch der Fall längst gelaufen. Schade, zu schade, aber ich glaubte dann doch nicht mehr an ein Wunder – nicht nach all dem.

Von diesem Moment an, als ich den ultimativen Entschluss zu gehen gefasst hatte, erstarkte ich durch eine geradezu unheimliche Energie, die mich alle Hürden, die sich vor mir aufbauen wollten, auf eine mir unerklärliche Weise überwinden ließ.

Am Sonntag rief ich nochmals Rudolf an, was denn jetzt mit dem roten Auto wäre. Er wollte morgen mal nachhören.

An diesem Sonntag hatte ich noch eine Idee: Auf der Fahrt nach Portugal brauchte ich Zwischenstopps, Übernachtungsmöglichkeiten, wo ich mich nicht ausweisen musste. Also brauchte ich Leute, Bekannte, die an meinem Weg wohnten. Oder Bekannte von Bekannten, als mir der belgische Fotograf einfiel. Mangels Telefonnummer rief ich einen bayerischen Kollegen an, der Kontakt zu ihm hatte und weil ich den auch nicht persönlich erreichte, sprach ich ihm auf Band, ob er mir Marcels Telefonnummer geben könnte. Belgien wäre prima für den ersten Zwischenstopp, denn dann würde ich Ben nicht gleich am ersten Tag eine so weite Fahrt zumuten müssen und wäre dennoch im Nu in relativer Sicherheit – außerhalb Deutschlands.

Am Montag, den 27. 9. hatte ich all das Geld, an das ich noch irgendwie gelangen konnte, zusammengekratzt. Auf der Bärenbörse hatte ich drei meiner fünf Uraltbären verkaufen können. Jeder Hunderter zählte. Von Rudolf hörte ich, dass der, der den roten Suzuki verkaufte, nun für eine Woche in Urlaub wäre. Ich hakte ihn ab und kaufte mir eine Annonce, eine Zeitung für Kleinanzeigen, als das Telefon klingelte. Es war Marcel, der belgische Fotograf. Klar könnte ich bei ihm übernachten. Und seine Familie? Ich wusste, er hatte eine Frau und zwei kleine Töchter. Er sagte, seine Freundin hätte ihn rausgeschmissen, er sei allein in einem riesigen Gebäude, und dann beschrieb er mir den Weg zu dem ehemaligen Kloster. Die Sache nahm verdammt konkrete Züge an. Ich organisierte unsere Flucht wie eine Geschäftsreise, bei der nichts dem Zufall überlassen werden konnte. Mir blieben noch zehn Tage Zeit.

31 Die ultimative Aussage

In Anbetracht meiner bevorstehenden Flucht mutiger, aber auch gleichgültiger gegenüber all den Anfeindungen, nahm ich dann doch noch einmal dieses entscheidende Schreiben in die Hand, dieser letzte Brief, den Entzug der elterlichen Sorge nach § 1666. Und da entdeckte ich etwas, was nur auf der Kopie, die man mir bei N°3 in die Hand gedrückt hatte, stand, nicht aber in dem Schreiben, das mir das Gericht zugesandt hatte. Die Zeilen stammten von Agnes Block.

„Die Unterzeichnende gibt wieder, dass es richtig ist, dass Ben mehrfach den Wunsch geäußert hat, lieber wieder bei seiner Mutter zu leben, und sie bestätigt, dass das Kind seine Mutter sehr lieb hat. Das wäre auch ihr Eindruck.

Trotzdem vertritt die Unterzeichnende die Meinung, dass das Kind besser bei Fam M aufgehoben sei – eben wegen der ständigen Umzieherei der Mutter, und wegen der Haushaltsauflösung zwecks der ungerechtfertigten Klimakur, was ja ein deutlicher Hinweis auf die Persönlichkeitsstörung der Frau Hansen wäre."

... und jetzt verkaufte sie sogar ihre alten Teddybären für eine völlig ungerechtfertigte Evakuierung ihres Sohnes.

Mit dieser letzten Aussage hatte Block dem Gericht erspart, Ben persönlich zu befragen, etwas, das N°3 ebenfalls noch gefordert hatte. Es sollte, wie von Lenzer diagnostiziert, so übel um mich bestellt sein, dass ich grundsätzlich ausschied, weil bei mir Bens Wohl eindeutig gefährdet wäre. Dadurch wäre der Wunsch meines Sohnes sowieso ohne Belang. Es gäbe deshalb keine Chance mehr für uns. Dass aber diese Beobachtung und Einschätzung Blocks ganz das Gegenteil von dem war, was Lenzer beobachtet haben wollte, dass Ben ja den Papa und auch Frau M viel lieber hätte, es gegenüber der Mutter, diesem schrecklichen Krokodil, nur nicht äußern durfte, das aber hätte einer Klärung bedurft.

Wen wunderts, wenn ich unter diesen Bedingungen den Fallschirm zog? Ich fragte mich vielmehr, wer dies in unserer Situation nicht getan hätte?

Diese Entscheidung gab mir Kraft und Mut auch noch einmal die Kopie von N°3's wirklich tollem Schriftsatz zu lesen, die prompte Umsetzung unseres letzten Termins, die Antwort auf dieses letzte Schreiben voller hirnrissiger, aus der Luft gegriffener Anschuldigungen gegen mich, in dem N°3 für jede dieser Anschuldigungen Beweisstücke von der Gegenseite forderte. Auch forderte sie erneut und energischer als je zuvor Zeugenanhörung.

Zu gern wäre ich geblieben, einzig, um ihre dämlichen Gesichter zu sehen, wenn sie nicht in der Lage wären, die Beweisstücke vorzulegen. Verschwinden erschien dagegen wie ein Schuldeingeständnis, zudem wie die Bestätigung meines Dachschadens.

Doch in diesem Fall musste es mir egal sein.

32 Masterplan

Ich packte alle Dokumente in einen Karton, der mich begleiten sollte, schredderte dagegen alle Papiere, von denen ich meinte, mich getrost von ihnen verabschieden zu können. In den nächsten zehn Jahren, bis Ben achtzehn Jahre alt wäre, würde ich freiwillig keinen Fuß mehr auf deutschen Boden setzen.

Vor ein paar Tagen war mein neuer Personalausweis eingetroffen, der würde jetzt – gut getimt - bis zehn Tage nach Bens 18. Geburtstag gültig sein.

Für den künftigen Schulunterricht kaufte ich Mathematiklehrhefte für das 2. und 3. Schuljahr, dazu Materialien für den Deutschunterricht, ein Lexikon Portugiesisch-Deutsch.

Ich schrieb ein paar Briefe. Darunter befand sich eine Selbstanzeige für die Staatsanwaltschaft Bonn. Noch immer in der Hoffnung auf Gerechtigkeit. Die Briefe würde ich kurz nach meiner gelungenen Abreise einstecken. Ein Brief ging an meine Mutter, um die ich mir nach wie vor am meisten Sorgen machte, weil sie die Pflegehilfe nicht annehmen wollte, die sie aber dringend benötigte, um mit ihrem Hund weiter in ihrer Wohnung leben zu können. Längst sah sie den Dreck nicht mehr, weil sie nie ihre Brille fand, auch versorgte sie sich nur noch schlecht, weil sie nach der Gesundheitsreform ihre gewohnten Medikamente gegen die Migräne, die sie seit ihrem 8. Lebensjahr plagte, nur noch selten bekam. Dadurch hatte sie ständig so schreckliche Kopfschmerzen, dass ihr speiübel wurde. Als ob es bei einer 84-jährigen Frau noch von Bedeutung war, ob die Medikamente, die sie seit über 50 Jahren nahm, abhängig machten! Sie wollte die Putz- und Einkaufshilfe nicht, obwohl sie es mir fest versprochen hatte, diese anzunehmen. Und weil sie nie bei uns im Rheinland leben wollte, ich nicht mehr dort bei ihr leben konnte, hätte ich sie nicht versorgen können. Ich konnte nichts machen, nur noch mich verabschieden und sie bitten, die Pflegehilfe doch noch anzunehmen. Ich würde ihr immer schreiben, ihr Fotos schicken, so dass sie sich wenigstens um uns keine Sorgen machen brauchte. Ben hatte Vorrang; er hatte noch sein ganzes Leben vor sich.

Mittwoch, der 29. September. Heute würde ich auf die Schnelle ein Auto kaufen müssen. Wieder rief ich Rudolf an. Der aber hatte nicht verstanden, dass ich am Samstag schon los müsste, und ich wusste nicht, ob ich den Kaufvertrag auf meinen Namen laufen lassen könnte. Das würde nachher keiner merken, meinte Rudolf. Hoffentlich, dachte ich, und Rudoph meinte noch, das ist ja viel zu kurzfristig, das schaffst du nie! Bis Samstag? Völlig unmöglich.

Morgen, spätestens übermorgen können wir das Auto zulassen, ich brauch nur eine Stunde deiner kostbaren Zeit und die Versicherungskarte, scherzte ich, worauf er sagte, die hätte er schon. „Ich besorg mir jetzt eine Annonce und dann kauf ich ein Auto. Wo ist das Problem?" Es war ihm dann egal, aber ich hörte das klassische Vorurteil heraus: Frauen verstehen doch gar nichts von Autos, schon gar nichts von Gebrauchten.

Leonhard jun. wollte mir seinen Transporter leihen. Auf dem Weg zu ihm, gab dann zu allem Überfluss mein Rad den Geist auf. Ich ließ es stehen, joggte durch den Regen durch den Wald, immer bergan, bis ich völlig ausgelaugt bei Leonhard jun. ankam. Der Chef der deutschen Lufthansa Cargo - jedenfalls blähte er sich immer so auf, als wäre er es, der, der jeden anschnauzte, der vor dem Rewe die Parkplatz-Markierungen missachtete -, war auch heute Morgen wieder einmal übellaunig, telefonierte wegen irgendwelcher Teppichböden und machte gerade die Person am anderen Ende der Leitung zur Schnecke. Und mich fuhr er jetzt ebenfalls an, weil ihm gerade eingefallen war, dass er den Transporter eigentlich selber brauchte, weil er den Teppichboden ja nicht in seinem PKW transportieren könnte. Wann ich wieder da sei? So spät? Na gut, knurrte er, er hätte sowieso standby.

„Bist du am Wochenende da?", fragte ich ihn und versuchte beiläufig zu klingen. „Vielleicht." Vielleicht wäre dann auch seine Tochter da. Ach ja? (Ben spielte ab und zu mit ihr.) Sollten sie Ben am Samstag nicht schicken, hätte ich Leonhard gebeten, ihn zu sich zu bestellen. Niemand im Dorf wagte es, sich Familie Nöthen zu widersetzen, und Nöthen jun. schon gar nicht. Weil er ja diesen ehrfurchtsgebietenden Job hatte.

Gegen elf Uhr kaufte ich mir eine Annonce, setzte mich in ein Café, kreuzte sechs in Frage kommende Autos an und begann zu telefonieren. Alle Verkäufer waren zum Glück erreichbar. Die ersten beiden Autos standen in Köln – mir grauste davor, durch Köln zu fahren, also stellte ich Köln erst einmal hinten an. Der dritte Verkäufer, ein älterer Herr, bekam den Zuschlag, weil er – leicht erreichbar - unweit des Siebengebirges in einem kleinen Ort wohnte. Und weil er ehrlich klang. Ich hatte ja gelernt, dass es auf den Klang ankam. Wir einigten uns auf 14 Uhr. Ich fuhr nach Hause, malte bis 13 Uhr 30 und kaufte dann um 14 Uhr 30 einen Peugeot 309 in erstaunlich gutem Zustand, 1 Jahr TÜV für 370 Euro. Auch die Maschine klang noch gut... Die Leute und ihr Umfeld machten einen gepflegten Eindruck und na ja, ein gewisses Gottvertrauen in Mensch und Maschine war unerlässlich beim Kauf eines schon länger Gebrauchten. Er sollte ja letztlich nur für die Flucht halten, wenngleich 3000 Kilometer mehr oder weniger an einem Stück schon eine echte Herausforderung für eine alte Maschine wäre. Während ich das Auto kaufte, rief Leonhard jun. an, er hätte einen Flug und käme erst nächsten Mittwoch wieder. Ich brauchte mich also wegen des Transporters nicht sputen. Ich jubilierte innerlich, denn das hieße, dass weder N sen. noch N jun. am nächsten Samstag anwesend wären. Wahnsinn! Das würde bedeuten, ich könnte ungehindert meinen Plan in die Tat umsetzen. Dass sich plötzlich alles gemäß meinem Plan fügte, wollte mich beinahe an eine höhere Macht glauben lassen. Wenn jetzt nur noch meine Widersacher mitspielten! Denn wenn sie erführen, dass Oma Lene verreist war, niemand im Hause Nöthen wäre... Meine Nerven sollten erneut auf eine harte Probe gestellt werden.

Am anderen Morgen meldeten wir das Auto in Gummersbach an. Mittags verabschiedete ich mich schwersten Herzens von meinem Pferd, das ich wohl, es war inzwischen 25 Jahre, nie wieder sehen würde. Meine Tränen flossen noch immer, als ich bei Elfi eintraf, die an unserem Fluchttag die Fahrräder Punkt 14 Uhr mit ihrem Kleinbus abholen wollte, damit Rudolf sie später im Lkw nach Portugal mitnehmen konnte. Sie gab mir noch die Telefonnummer von Suzanne, unsere französische Übernachtungsadresse. „Du sollst den Zettel nach Gebrauch sofort vernichten und sie nur von einer Zelle aus anrufen!", schärfte Elfi mir ein. Ich stutzte. Diese Suzanne tat so, als hätte ich vor, die Kronjuwelen zu rauben, um sie bei ihr zu deponieren.

Elfi hatte noch Kleidung von ihrem jüngsten Sohn, der zwei Jahre älter als meiner war. Ben würde ja anfangs nicht mehr haben, als das, was er auf dem Leib trug und das, was ich ihm noch gekauft hatte.

Nachdem ich den Transporter zurückgebracht hatte, packte ich die Nummernschilder und ein Teilchen vom Bäcker in den Rucksack, keine Zeit zum Essen, lieh mir das MTB von Leonhard jun. und radelte die 15 Kilometer bis hinter das Siebengebirge; es ging die Hälfte des Weges bis Rottbitze nur bergauf, danach noch ein paar Kilometer auf ebener Straße, dafür aber begleitet von unzähligen Lkw.

Das Fahrrad in den neuen Peugeot gequetscht, passte gerade so, die Nummernschilder montiert, zwischendurch in den Kirschstreusel gebissen, handgeschriebenen Kaufvertrag aufgesetzt und dann zurück. Ich parkte den Peugeot auf einem nahen Wald-Parkplatz, packte das Rad aus, radelte zu Leonhard, brachte ihm das Rad und joggte wieder zurück in den Wald zu meinem neuen Auto. Natürlich würde ich es nicht im Wendehammer parken; niemand sollte von dem Auto wissen, es mit mir in Verbindung bringen und sich am Ende das Autokennzeichen merken. Deshalb war ich ja auch nicht damit bei Leonhard vorgefahren, wo meine Widersacher Tag und Nacht auf der Lauer lagen, sondern hatte diesen Triathlon veranstaltet. Ansonsten hätte ich das Auto ja auch gleich auf meinen Namen anmelden können.

Am Abend verabredete ich mich für den anderen Morgen mit Nadine. Ein letztes gemeinsames Frühstück in meinem Aquarium und schon luden wir ein paar Kisten und Taschen in ihren Benz. Da sich im Nachbarhaus die Gardine bewegt hatte, sprachen wir bewusst laut vom letzten Flohmarkt in diesem Jahr, der morgen stattfinden würde. Die Nachbarn, die garantiert jedes unserer Worte vernahmen, könnten sonst auf die Idee kommen, ich ziehe aus, könnten reden, könnten fragen.

Mein Auto parkte am anderen Ende der kleinen Straße, die aus dem Ort auf den Berg führte, es war eigentlich nur ein asphaltierter Feldweg, der aber ausgerechnet an diesem Tag offizielle Umleitungsstrecke war. Oben auf dem windumtosten Berg - wir befanden uns auf freiem Feld, kein Baum, kein Strauch -, luden wir die Kisten aus Nadines Benz in den Peugeot um, während ein Auto nach dem anderen an uns vorbei raste, sogar ein Bus. Dabei waren wir extra hier hoch gefahren, um möglichst unbeobachtet umzuladen. Es war eine komische Situation, denn alle starrten uns an, und am Ende mussten wir einfach lachen.

Mein Handy klingelte. Überrascht erkannte ich, dass es das Frauchen von Alex war, die diesen Vorschlag hatte - ich hatte sie fast vergessen. Vielleicht weil ich ahnte, dass ein TV-Auftritt bei einer ihr wohl gut bekannten Moderatorin nichts ändern würde. Den wollte sie nämlich anleiern. Ich erklärte ihr kurz meine aktuelle Situation, dass ich morgen fahren würde. Aber danke trotzdem.

Freitag Mittag. Noch 26 Stunden. Ich verabschiedete mich bald auch von Nadine, rief Helmut an. Helmut hatte sich angeboten, Ben und mich von Oma Lenes Haus abzuholen und zu meinem Auto zu bringen, das ich nahe der Autobahnauffahrt Siebengebirge parken würde: vollgetankt und vollgepackt.

Wir verabredeten uns für 12.30 Uhr bei mir. So hätte ich Zeit, Helmuts Auto mit dem letzten Zeug zu beladen und mein Auto startbereit in Ittenbach abzustellen…

Alles schien nach Plan zu laufen. Doch noch war nicht Samstag, sondern Freitag. Am Nachmittag musste ich dann nolens volens bis zu Rudolf hinausfahren, eine Strecke von fast eineinhalb Stunden. Er wollte die Sache mit der Versicherung klären und mir noch eine genaue Wegbeschreibung an die Hand geben, unnötigerweise, denn dort, wo diese Silke wohnte, war nichts, man konnte sie gar nicht verfehlen: hinter dem Dorf, das nur eine Straße hatte, an den Mülltonnen rechts ab. Fertig. Doch kaum hatte ich im freitagnachmittäglichen Feierabendverkehr die Stadt verlassen und war ins Bröltal eingebogen, klingelte das Handy. Es war die Anwaltskanzlei. Mein Herz beschleunigte.

Es gäbe noch eine neuerliche Terminänderung, hörte ich, der Termin wurde vom 14. Oktober, auf den er inzwischen vom 9. Oktober gerutscht war, nochmals nach hinten verschoben. „Solange …", die Verbindung riss ab. Mein Herz schlug bis zum Hals. Solange? Was solange? Ich sah, dass ich im engen Flusstal kein Netz mehr hatte. Abgesehen davon hatte ich nur noch einen Euro Guthaben. Und nirgendwo gab es noch eine öffentliche Telefonzelle. Solange, solange … ich war mir sicher, dass sie sagen wollte, solange wird das Umgangsrecht ausgesetzt. Schluss-aus-vorbei!

Solange wird das Umgangsrecht ausgesetzt. Das wollten sie mir sagen. Warum sonst würde man mich kurz vor Kanzleischluss und kurz vor *dem* entscheidenden Wochenende anrufen, riefen sie doch sonst nur in dringenden Fällen bei mir an, aber doch nicht, um mir bloß eine weitere Terminverschiebung mitzuteilen. Dergleichen hätten sie schriftlich gemacht. Schon fieberte ich nach einer Alternative, Ben auf eine andere Art und Weise zu klauen.

Vor mir fuhren ein paar Autos, als hätten ihre Fahrer den Führerschein in der Lotterie gewonnen. Das Bröltal mit seinen unübersichtlichen Kurven zog sich und zog sich. Keine Telefonzelle, kein Netz. Wie immer, wenn man dringend telefonieren musste. Solange … solange was? Endlich in Waldbröl angekommen, hielt ich vor dem Farbengeschäft, wo ich immer Ölfarben und Leinwand kaufte, sprang hinein, man kannte mich. Ich fragte, ob ich mal kurz telefonieren könnte, kaufte nebenbei noch Gelben Ocker, Titan-Weiß und Preussisch-Blau. Es tutete. Die Frau aus der Kanzlei meldete sich.

Ich sagte, auf alles gefasst: „Sie wollten mir außer einer weiteren Terminverschiebung eben noch etwas mitteilen, als wir unterbrochen wurden."

„Nö, das wars. Sonst war da nichts!"

Es war die schönste Nachricht, die sie mir machen konnte, fast so, als hätte sie mir gesagt, Ihr Sohn darf wieder bei Ihnen leben. Der Weg war also frei. Bis auf eins...

Die weite Fahrt hinaus zu Rudolf betrachtete ich gleichzeitig als Probefahrt. So konnte ich in Ruhe alle Geräusche und Eigenarten des Wagens herausfinden, notfalls morgen früh noch Abhilfe schaffen. Doch es gab absolut nichts zu beanstanden. Auch Rudolf, der mit hochgezogenen Augenbrauen den Fachmann raushängen lassen wollte - Mach doch mal die Kühlerhaube auf! - musste zugeben, dass die 370-Euro-Karre in tadellosem Zustand war. Am Abend und zurück in meiner Wohnung hatte ich dann doch noch mehr ein- und umzupacken, als ich gedacht hatte. In Taschen und Rucksäcken bugsierte ich zu vorgerückter Stunde und im Schutze der Dunkelheit noch so manch nützliches Teil zu dem etwa einen halben Kilometer entfernt parkenden Auto. Es waren immer die vielen kleinen Dinge, die man plötzlich übrig hatte, aber noch brauchen würde und die nicht unter Kleidung, Geschirr oder Bücher zu ordnen waren. Da waren die übrigen Bären, Campingkocher, Fußball, Fahrradwerkzeug, Solardusche, Malutensilien, meine Bilder – ohne Rahmen, zusammengerollt. Morgen wäre nur noch Zeit für das Nötigste. Vormittags würde ich nochmals Marcel in Belgien anrufen, ihn nach der Nummer der Abfahrt fragen. Sich so kurz vor Brüssel zu verfahren, wollte ich uns an diesem ohnehin schon sehr aufregendem Tag ersparen. Nochmals mit dem Rad in die Stadt. Es lohnte sich nicht, das Handy noch einmal aufzuladen, schließlich würde ich mich so bald wie möglich von diesem Teil, das uns ja wie ein Peilsender verraten könnte, verabschieden – zumindest von seiner SIM-Karte.

Ich schlief in der Nacht wider Erwarten erstaunlich gut und ohne nur ein einziges Mal zwischendurch aufzuwachen. Am Morgen radelte ich in die Stadt, doch Marcel hatte nur den Anrufbeantworter laufen. Später könnte ich es über Helmuts Handy probieren, überlegte ich, während der Countdown lief.

Auf dem Rückweg wurde mir das erste und einzige Mal in Anbetracht meines Planes dann doch für einen Moment kurz mulmig. Um zehn nach 12 Uhr fuhren meine Vermieter zum samstäglichen Einkauf. Alle zusammen. Ein Glück! Auch wenn sie eingeweiht waren, hielt ich es für besser, dass sie – wie auch Oma Lene – von der eigentlichen Aktion nichts mitbekämen. Pünktlich um 12.30 Uhr kam Helmut und wir redeten laut, scherzten und packten ungezwungen sein Auto voll mit den Resten, verdammt vielen Resten, einschließlich meines Fahrrads. Das guckte dann aus seinem Kofferraum. Während wir packten, redeten wir so, als wollten wir ein gemeinsames Wochenende verbringen. Nur nicht im letzten Moment auffallen! Mein Kater beobachtete mich ungewöhnlich kritisch, und ich war froh, dass er mir nicht allzu vertraut geworden, dass er wild und unabhängig geblieben war. Jetzt würde Frau O ihn wieder füttern. Allerdings, so ein bisschen Sorge um ihn hatte ich inzwischen schon, und der Abschied von dem alten Haudegen fiel mir auch nicht so ganz leicht. Die Haustürschlüssel versteckte ich unter dem dicken Stein neben dem Eingang. Frau O bekäme demnächst Post von mir, dann würde sie alle Schlüssel finden.

In Ittenbach wartete Helmut geduldig, bis ich vollgetankt hatte. Doch dann ging die Tankklappe nicht mehr zu. Was ich auch tat, sie sprang wieder auf. Ich schlug drauf, doch sie sprang wieder auf. Das ging so mehrere Male und sah bestimmt lächerlich aus. Und das in Zeiten von Videoüberwachung überall. Mit dieser Tank-geh-jetzt-zu!-Aktion gab ich sicher eine komische und auffällige Nummer ab. Dazu noch verkleidet mit einem Kopftuch wie eine Muslima oder wie die Queen und daneben das Kfz-Kennzeichen. Alles zusammen auf Video.

Ich parkte mein Auto direkt hinter Helmuts und schwang mich auf seinen Beifahrersitz. Er folgte dann stur meiner Wegbeschreibung. Im Vorbeifahren zeigte ich ihm die Einfahrt und das Haus, zu dem er um 14 Uhr 05 kommen sollte. Er sollte vor der Garage vornan parken. Wir kämen dann – so oder so aus dem Haus, würden, wenn die Luft rein wäre, sofort bei ihm einsteigen und uns ducken. Er sollte dann die gelbe Decke über uns ausbreiten und dann nix wie weg, hinaus aus dem Dorf und ab nach Ittenbach.

Jetzt lotste ich ihn ein Stück an besagter Einfahrt vorbei, ließ ihn links einbiegen, weiterfahren bis ins Feld. Dort packten wir mein Rad aus, denn ich wollte wie immer radelnd ins Dorf kommen. Sie sollten nicht in letzter Minute Verdacht schöpfen, weil irgendetwas anders war. Vom fernen Dorfrand erreichte ich über Helmuts Handy Marcel in Belgien, meinte, es würde wohl so fünf Uhr werden... Mein Herz schlug bei diesem Gedanken bis zum Hals. Es war jetzt 10 vor 2. Ich bewegte mich wie ferngesteuert, zog meinen schwarzen Regenanorak über, nickte Helmut nochmals zu: Bis gleich!

Kaum war ich auf dem völlig verwaisten Anwesen angekommen, kaum hatte ich das Rad an die Garage gelehnt, wo Elfi es zusammen mit Bens Rad in zehn Minuten abholen würde, sah ich ihn in schneller Fahrt die Straße entlang sausen. Ben kam! Alle Ängste fielen von mir ab, nur die Aufgeregtheit blieb.

Es war noch nicht ganz zwei Uhr. Ich lachte erleichtert und lotste ihn schnell in Leonhards Küche. (Seit Jahr und Tag wusste ich, wo der Haustürschlüssel lag.) Zum Glück hatte Ben sein ferngesteuertes Auto samt Ladegerät sowie einige kleine Spielzeugautos dabei. Wenigstens ein paar Spielsachen...

In der Küche fragte ich ihn, ob er bereit wäre, jetzt gleich mit mir wegzufahren? Weit weg. Nur wir zwei. Elfi käme, und Helmut würde uns zu unserem neuen Auto bringen.

Ich hatte damit gerechnet, dass er erschrak oder überrascht wäre. Doch nichts dergleichen. Er grinste frech und war sofort bereit. Schon sah ich Helmuts Auto die Auffahrt hinaufkommen, sprang raus, um ihn herbeizuwinken, als zeitgleich Elfis Bus an der Einfahrt vorbeifuhr, dann aber bremste, zurücksetzte. Elfi war hektisch, lud schnell unsere Räder in ihren Bus, fand dann aber doch noch Zeit für ein *Hallo Ben*. Sie sagte mir, sie bete für uns, drückte mich zum Abschied, wünschte uns alles Gute. Weg war sie! Danke Elfi!

Helmut sah uns entgegen, öffnete die hintere Tür seines Wagens. Sekunden später duckten Ben und ich uns auch schon auf die Rückbank des alten Jetta, machten uns ganz flach, und Helmut breitete die gelbe Decke über uns. Ich machte ein paar alberne Bemerkungen, kicherte, um Ben das Ganze als Spaß zu gestalten. Der Wagen setzte rückwärts, fuhr, bremste, fuhr wieder an, fuhr... Erst kurz vor Ittenbach krochen wir aus unserem Versteck hervor. Stolz präsentierte ich Ben unser neues Auto, für das Helmut noch einen alten Kindersitz springen ließ. Guter alter Helmut! Alles schien zu klappen. Doch dann! Wo war der Autoschlüssel? Ich erschrak, dachte, das kann nicht wahr sein!

Sollte ich ihn etwa in Leonhards Küche liegen gelassen haben? Es war wie im Film. Alles klappte und dann das! Auto aufbrechen und den Ersatzschlüssel nehmen? Die schwarze Jacke! Ich hatte sie ausgezogen. Und tatsächlich! Der Schlüssel befand sich in dem schwarzen Anorak. Eine leichte Nervosität konnte ich dann doch nicht leugnen. Wir verabschiedeten uns von Helmut, fuhren auf die Autobahn. Am Rastplatz Siegburg hielt ich dann doch noch einmal kurz an, um mich meines Geldes und der Papiere zu versichern, aber vor allem, um all meine Briefe einzuwerfen. Dann aber fuhren wir bis das blaue runde Schild mit den zwölf gelben Sternen auftauchte. Richtung Liège und dann noch ein bisschen weiter. Adieu Deutschland! Geschafft!

Teil 2

33 Geflüchtet

Uns war zwar die Flucht geglückt, doch geschafft hatten wir es noch lange nicht. Dennoch war unsere Freude in diesen Stunden unbeschreiblich.

Jetzt erklärte ich einem fröhlich grinsenden Ben, dass wir nun nicht mehr in Deutschland wären, sondern in Belgien. Wir führen zu einem Bekannten, der so hieß wie damals der Nachbarsjunge, Marcel. Da würden wir nachher zu Abend essen und auch übernachten. Morgen oder übermorgen würden wir dann langsam weiterfahren. In den Süden. Bis ans Meer. Dort wäre es dann noch so warm, dass man baden könnte. Und im Sand spielen. Jetzt aber sollten wir mal anhalten und den Moment feiern.

Auf dem nächsten Parkplatz nahmen wir uns an die Hände und hüpften freudig im Kreis, schlugen unsere Hände wie Verbündete gegeneinander. „Tiger bleiben Sieger!"

Es war schon nach fünf, als wir das riesige Klostergemäuer erreichten. Hunderte von leeren Zimmern in einem unüberschaubar großen Komplex, in dem sich mittendrin eine noch nicht entweihte Kirche befand. Eine echte Fluchtburg also.

Ab 18.00 Uhr stellten wir uns belustigt vor, wie sie erst Ben und bald darauf uns suchen würden, und was in ihnen vorgehen könnte, stellten sie fest, dass das Haus von Oma Lene völlig verwaist war. Ebenso meine Wohnung, zu der sie sicher zuerst fahren würden. Sie hatten es sich selbst zuzuschreiben, und eigentlich hätten sie längst damit rechnen müssen, nachdem sie uns keinen anderen Ausweg mehr gelassen hatten.

Ich habe es tatsächlich getan. Ich habe Ben geschnappt und bin mit ihm auf und davon. Dennoch konnte ich es nicht einfach so wegstecken. Ich konnte und wollte das, was geschehen war, noch immer nicht recht glauben, noch immer nicht fassen. Das wurde mir erneut bewusst, als ich unsere Geschichte Marcel beim gemeinsamen Abendessen erzählte, das ich für uns drei gekocht hatte - nur wenige Stunden nach unserer Flucht.

Es war dann auch mehr eine symbolische Handlung, als ich sicherheitshalber beschloss, mein Handy zu zerstören. Es erwies sich jedoch als erstaunlich robust. Daraufhin entfernten wir Akku und SIM-Karte und griffen zum Hammer. Wie schwarze Tränen überflutete eine düstere Flüssigkeit das eben noch leuchtende Display.

Früher war Marcel Jurist gewesen, zumindest auf dem Weg dahin, bis er meinte, seine Emotionen rauslassen zu müssen. Er sagte es wirklich so, guckte dabei etwas trotzig, offensichtlich wusste er längst um die Reaktionen seiner Zuhörer. Ich dachte daraufhin aber nicht an sein Spezialgebiet, die Aktfotografie, sondern an den Satz unserer falschen Psychologin: „Lassen Sie Ihre Emotionen nur raus!"

Marcel hatte einen sehr ovalen Schädel, der mit der Halbglatze und den kurzen grauen Haaren unwillkürlich an ein eiförmiges Smiley erinnerte. Dieser Eindruck wurde durch die runden, randlosen Brillengläser, seine dunklen, schräg nach außen abfallenden Augenbrauen und seinem meist offen stehenden winzigen Mund noch verstärkt. Doch dem schenkte ich an diesem Abend nicht die geringste Beachtung, denn für mich drehte sich an diesem ersten gemeinsamen Abend alles um Ben. Er aß mit gutem Appetit, obwohl er mal wieder oder immer noch hustete. Günstigerweise herrschte in den Gemäuern Rauchverbot. *Niet roken in het gebouw*, war überall zu lesen. Marcels Auflage. Der verwehrte jetzt auch das zweite Glas Wein, weil er auch so gut wie nie etwas trank. (Zu meiner Fluchtplanung hatte auch der Kauf einer Flasche Wein gehört - extra für diesen Abend.) Und nach dem Abendessen sagte Marcel: „Ihr könnt gern hier bleiben. Es ist genug Platz, um sich aus dem Weg zu gehen."

Elfi hätte sicher sofort gesagt, dass das nur ein Zeichen Gottes sein konnte, wo wir ausgerechnet in einem ehemaligen Kloster mitsamt Kirche gelandet waren. Man hätte unseren Unterschlupf allerdings auch anders interpretieren können, denn zuletzt beherbergte das gewaltige Backsteingebäude eine Psychiatrische Klinik im Stil von „Einer flog über das Kuckucksnest". In manchen Räumen gab es noch gruselige Relikte, die an alte Hollywood-Filme oder an die Ausstattung von Folterkammern erinnerten. Und überall stapelweise alte Krankenakten in flämischer Sprache, Hunderte von Schicksalen, sie lagen da einfach so rum, als hätte man am Ende das Gebäude Hals über Kopf verlassen.

Jetzt aber bedankte ich mich einfach nur für Marcels Angebot, überlegte es mir noch nicht mal näher, weil ich voll auf Portugal fixiert war. Das Klima würde Ben schnell wieder gesunden lassen: Meeresluft und dazu auch im Winter mild wie im Frühling. Dann gab es dort laut Rudolf jede Menge Kinder, die deutsch sprachen, stets draußen auf der Straße oder am Strand spielten und nicht wie hier meist weggeschlossen lebten. Hinzu kam, dass es soweit weg war, so abgeschieden vom restlichen Europa, und dass es dort vor deutschen und britischen Dauerurlaubern nur so wimmelte. All das sah ich als entscheidenden Vorteil. Was sollten wir dagegen hier im nasskalten Belgien, dazu nur einen Katzensprung von Bonn entfernt? Flucht bedeutete für mich auch Entfernung, denn weit weg zu sein, bedeutete zumindest rein gefühlsmäßig, Sicherheit. Nein, das ferne Portugal war und blieb erklärtes Ziel.

Für die erste Nacht in Freiheit richteten wir uns in einem der etwa 100 leerstehenden Räume des Klosters ein. Gemeinsam, weil Ben nicht allein sein wollte und, so meinte er, wir hätten uns doch jetzt so lange nicht gesehen und sicher sooo viel zu erzählen. Außerdem war ihm das riesige fremde Gebäude, durch das immer wieder das Klappern von Taubenflügeln klang, auch etwas unheimlich. Es ächzte, knackte und knarrte überall, als wandelten nachts noch immer die Verwirrten durch die endlosen Gänge.

Und dann hätte ich doch das grüne Märchenbuch dabei. Keiner hätte ihm abends je eine Geschichte vorgelesen. Er freute sich so, dass ich ihn geklaut hätte, nahm meine Hand und sagte mir, wie lieb er mich hätte. Ich baute uns zwei Betten und dann machten wir es uns bequem bei Kerzenschein und Schokolade.

Ben hustete die ganze Nacht. An ruhigen Nachtschlaf war nicht zu denken. Allerdings hätte ich in dieser Nacht ohnehin kein Auge zugekriegt.

Trotz Hustensafts und ein paar Tagen Pause besserte sich Bens Husten nur wenig. Am Mittwoch aber fühlte er sich jedoch so wohl, dass er von sich aus zu drängeln begann.

„Lasst uns fahren, mir gehts prima!" Eine Stunde später verabschiedeten wir uns von Marcel, der sein Angebot nochmals wiederholte.

Die vier Tage, die wir inzwischen zusammen waren, mein kleiner Junge und ich, waren zwar sehr harmonisch verlaufen, dennoch spürte ich die lange Zeit, die wir nicht zusammen gewesen sind. Wir beide mussten erneut zueinander finden. Das Selbstverständnis, dass wir von nun an dauerhaft zusammen wären, musste sich erst wieder einstellen. Wenn es sich je wieder einstellen würde – zu groß war der Vertrauensbruch damals, als ich ihn zurückließ, weil ich dachte, er hätte es im Hause seines Vaters besser als zusammen mit mir in Afrika. Einiges in seiner Entwicklung war mir unbekannt. Aber auch ich war ihm etwas fremd geworden - nach fast anderthalb Jahren. Es würde einfach Zeit brauchen.

Wir wollten einen kleinen Umweg fahren, wir wollten uns überhaupt Zeit lassen, nach Lust und Laune anhalten, wo es uns gefiel, aussteigen, gucken, etwas machen. Es war mir wichtig, die Fahrt wie eine Urlaubsreise zu gestalten, damit sie für Ben nicht den Anschein einer Flucht hätte. Ich wollte Ben etwas zeigen, was ihm sicher gefallen würde. Stunden später erreichten wir Calais in Nordfrankreich. Doch leider hatte man mit der Fertigstellung des Tunnels nach England auch den Betrieb des Luftkissenbootes, des Hoovercrafts, eingestellt, das ich Ben so gern gezeigt hätte. Zurück blieb eine Art Museum mit ein paar Fotos an den Wänden, Toiletten und Süßigkeitenautomaten. Ben war so enttäuscht, dass ihn weder der Strand noch die Schiffe noch der Blick auf die englische Küste trösten konnten. Das gelänge höchstens einem Eis, aber selbst das gabs hier nicht, nur Schokoriegel aus dem Automaten.

Autobahn, Landstraße, eine herrliche Landschaft, die ich jetzt jedoch durchflügte wie lästige Wellen, die mich nur aufhalten wollten. Nachdem Ben eingeschlafen war, gab ich Gas, immer nur das ferne Ziel vor Augen. Ich fuhr und fuhr - immer Richtung Le Mans. Es war längst Mitternacht, Ben schlief seit Stunden bequem mit Kissen und weichen Dekken ausgestreckt auf dem Rücksitz, der genauso lang war wie er. Die ganze Zeit war dieses Le Mans ausgeschildert, dann aber plötzlich nicht mehr. Keine Autobahn, nur eine Schnellstrasse und der Sprit war bald alle. Den aber gabs nachts nur an den Autobahntankstellen, und so beschloss ich auf einem Rastplatz an dieser neuen Schnellstrasse zu übernachten, auf der ich am Ende irrtümlicherweise gelandet war. Es würde eine Nacht mit dem Rücken auf den Knubbeln der Sicherheitsgurte werden, dabei abwechselnd mal das rechte und mal das linke Bein auf der Ablage. Zuvor hatte ich rundum die Fenster mit Handtüchern zugehängt, um uns vor den grellen Scheinwerfern zu schützen, denn wir befanden uns auf einem Lkw Rastplatz.

Kaum hatte ich es mir aber gemütlich gemacht, als ein größeres Fahrzeug unmittelbar hinter unserem Auto hielt, seine Scheinwerfer durchdrangen gnadenlos meine Handtücher. Es war aber kein LKW, vermutlich ein Jeep. Türen schlugen. Kurz darauf tanzten die Scheinwerfer von starken Taschenlampen vor den Fenstern. Ich bekam Angst. Mein Herz raste. Vorsichtig schob ich ein Handtuch zur Seite, als ich auch schon das Hellblau, Dunkelblau der Uniformen gleich mehrerer Flics gewahr wurde, dazu das silberne Blinken ihrer Handschellen und das martialische Schwarz ihrer Revolverholster. Es war aus. Vorbei. Weit waren wir nicht gekommen. Ich sackte in mich zusammen, wollte aussteigen, mich ergeben, wurde jedoch jäh ausgebremst, denn die Tür ließ sich nur einen Spalt weit öffnen, weil ich eins der Handtücher ins Fenster geklemmt hatte. Das aber ließ sich nur mit dem elektrischen Fensterheber öffnen. Doch der funktionierte nur bei eingeschalteter Zündung. Nur wo war der Zündschlüssel? Keine Zeit zu suchen. Und so zwängte ich etwas gequält ein halbes Bein und meine Nase durch den Spalt, während ich mit einer Hand den Beifahrersitz nach dem Autoschlüssel abtastete.

„Bonsoir Messieurs!"

Vier, es waren vier Gendarmen, die jetzt um das Auto herum stolzierten, es ebenso misstrauisch wie kritisch beäugten und schließlich an mich herantraten. Einer beugte sich etwas zu mir herunter. „Oh, haben Sie schon geschlafen? Ist alles in Ordnung?", fragte er freundlich und seine Stimme klang wie eine Entschuldigung. Ich war spontan erleichtert, sagte, dass ich bis morgen früh warten müsste, der Sprit wäre fast alle und ach ja, wie komme ich nach Le Mans?

Ich hätte sie umarmen können, empfand sie als meine Verbündeten, als sie mir den Weg beschrieben. Alle vier blickten jetzt auf einen kleinen Zettel, auf den einer der Flics den Weg nach Le Mans skizzierte. Ich wiederholte artig, was der Polizist mir dazu gesagt hatte, bedankte mich. Sie wünschten mir eine gute Nacht und weg waren sie.

Am anderen Morgen passierten wir Le Mans und fuhren nun Richtung Bordeaux. Wir frühstückten im Shop einer Tankstelle, weil ich die Töpfe für unseren Campingkocher in Marcels Küche vergessen hatte, und ich mir deshalb keinen Kaffee kochen konnte. Die Sonne schien, wir durchfuhren eine herrliche Landschaft. Es war wie im Urlaub.

Ich erzählte Ben von der Dune du Pilat, der riesigen Wanderdüne bei Arcachon südlich von Bordeaux. Da könnten wir anhalten. Dünenspringen mit Meeresblick. Ben nickte fröhlich, genoss die Fahrt, knabberte Kekse, spielte mit einem Steckspiel und war anscheinend mit allem zufrieden. Ein Student, der auch in Marcels Kloster wohnte, hatte ihm zum Abschied einen Walkman geschenkt. Und mit dem hörte er jetzt Dire Straits, vorwärts und rückwärts, sang zwischendurch mit. Wir erzählten, besprachen die Landschaft, was uns gefiel, was nicht. Zwischendurch gab es an den Autobahntankstellen Spielplätze in großzügigen Grünanlagen perfekt für ein Picknick und etwas Bewegung.

Am frühen Nachmittag aber machte ich einen entscheidenden Fehler: ich rief jene Suzanne an, Elfis Tipp. Suzanne wohnte in der Mitte von Nirgendwo, genauer gesagt, 65 Kilometer südöstlich von Poitiers. Dort könnten wir übernachten, duschen. Ich hätte skeptisch sein sollen, denn es war jene Suzanne, die sich bereits bei Elfis telefonischer Anfrage gebärdet hatte, als hätte ich die Kronjuwelen geklaut, um sie geradewegs bei ihr zu deponieren. Weil man sich aber in Hotels und Pensionen inzwischen fast immer registrieren musste, wollte ich sie meiden. Deshalb Suzanne. Nur keine Spuren hinterlassen. Nach all dem, was mir meine

mehr oder weniger kompetenten Berater alles vermittelt hatten, hatte ich mich für Sicherheitsstufe eins entschieden.
 Aber eine Übernachtung in einem Bett hatte offensichtlich ihren Preis, und am Ende sollte es noch nicht mal ein Bett sein. Das Desaster begann jedoch schon, bevor wir ihrer überhaupt ansichtig wurden – im monströsen Klinikum von Poitiers. Nachdem ich telefonisch einen Treffpunkt mit Suzanne ausgemacht hatte, warteten wir etwa zwei Stunden in der Eingangshalle des Klinikums auf sie - eine Stunde davon zusammen mit ihrem Mann, der sich lautstark durch die Eingangshalle rufend bei uns bemerkbar gemacht hatte. Endlich kam Suzanne.
 Suzanne hätte auch Kinderschreck heißen können, obwohl sie es „gut" meinte. Aber ihre laute Stimme, ihre dominante Art, dazu noch ihre Gesichtslähmung nach der Hautoperation, all das zusammen ließ Ben in eine gnadenlose Abwehrhaltung verfallen. Suzannes Gesicht, umrahmt von langen spröden Haaren, dabei zweigeteilt von einer 50er-Jahre-Brille, erinnerte mich an eine Schleiereule. Sie redete ununterbrochen auf Ben ein, und weil sie alles besser wusste, wusste, was wir brauchten, wusste, was mein Sohn wollte, wünschte ich mir, wir hätten sie nie angerufen. Nach einer Stunde Gurkerei über Land, immer hinter dem Gladbacher Mitsubishi her, indem mein Sohn saß, während Suzanne bei mir auf dem Beifahrersitz brabbelte, erreichten wir ihr winziges Häuschen, das eigentlich nur einen Raum hatte. Und eine winzige Katze. Ich versicherte Ben, dass eine Nacht bei seiner Katzenallergie ihm nicht schaden würde, zumal die Katze noch fast ein Baby und damit für seine Allergie unbedenklich wäre, während Suzanne und ihr Freund ununterbrochen betonten, ihr Haus wäre ja eigentlich viel zu klein, um uns zu beherbergen, und gerade jetzt, nach der Operation und sie hätten ja auch Probleme, nun ja, eine Nacht … Vorsicht, die Katze darf auf keinen Fall raus, und sie hätten alles Bio aus dem Garten. Hier probier mal! Sie nahm die

Zigarette (nicht bio) aus dem Mund. Der kleine düstere Raum war völlig überladen. Ich trank ein winziges Fläschchen Bier. „Hach, unser Essen, unsere Sauce ist ein Gedicht, und alles aus dem Garten. Chéri, lass das!" (Chéri war mein Sohn.) „Duschen? Ganz schlecht. Das Abwasser läuft nicht ab. Na gut, aber nur ganz wenig Wasser nehmen. Wann? Morgen früh? Hm. Nimm Salat! Aber warum willst du denn das Fleisch nicht, Kind? Ist er etwa Vegetarier?"
„Nein, nur ich."
Es war eine Katastrophe. Es war ja nur für eine Nacht. Wir waren müde. Das Beste an Suzanne aus Bens Sicht war, dass Suzanne mit ihm Nintendo spielte. Trotz Gesichtsoperation. Dabei rappelte sie viel zu viel, das konnte ja der Narbe nur schaden. Entsprechend wurde sie übellaunig vor Schmerzen, rappelte dennoch weiter. Nur eine Nacht. Endlich konnte ich mich auf der halbvollen Luftmatratze ausstrecken, rutschte ab. Ben lag dagegen auf einem gefährlich konvex gewölbten Sofa. Um den Zigarettenqualm rauszulassen, hatte ich das Fenster geöffnet und, nachdem sich Suzanne mit ihrem Liebsten nebst der Katze in das winzige Schlafkabuff neben dem Bad verzogen hatte, öffnete ich auch noch die geschlossenen Fensterläden, weil das Fensteröffnen sonst keinen Sinn ergab. Doch dann entlud sich ein Gewitter anscheinend direkt über dem Ort. Ich schloss irgendwann das Fenster, nicht jedoch die Läden. Das Gewitter war ungewöhnlich ausdauernd. Es krachte gewaltig, während der Sturm die Fensterläden gegen die Hauswand schlagen ließ. Ben schlief, ohne nur einmal aufzuwachen. Auch ich schlief irgendwann ein, freute mich auf einen halbwegs langen Schlaf auf der schmalen Luftmatratze, von der ich dann noch mehrfach abrutschte, bis ich Rauch roch, Licht wahrnahm – mitten in der Nacht. Dabei sagte Suzanne noch, vor 8.30 Uhr stünden sie nie auf. Es war gerade mal halb sieben. Der Frührentner hatte sich in der Uhr geirrt, hatte sich Kaffee gekocht, guckte Sat1, schien gestresst. Ich

hatte kein schlechtes Gewissen, sie hätten am Telefon ja *nein* sagen können. Oder Elfi erst gar nicht diese Möglichkeit für uns eröffnen dürfen. Als wir alle wenig später den winzigen Wohnraum mit Küche nebenan füllten, wurde es schon verdammt nervig. Suzanne quäkte, wie schlecht sie geschlafen hätte, der Fensterladen hätte immer gegen die Hauswand geschlagen, dabei hatte sie ihn doch zugemacht. So ein Sturm, aber ihr müsst verstehen, wir haben so viel um die Ohren (sie arbeiteten beide nicht), und überhaupt: Das ging ja alles nicht, aber sie würde uns noch etwas mitgeben auf die Reise, doch, doch. Und dann würde sie Elfi anrufen und ihr sagen, das Paket sei auf dem Weg nach Kairo. (Das Paket waren wir.)

Ich ging unter die Dusche – mit schlechtem Gewissen wegen der Abwasserproblematik. Kaum war ich nass und eingeseift, hörte ich meinen Sohn schreien, gleich darauf die donnernde Stimme des Frührentners. Ich erschrak, dachte, meine Wahrnehmung täuschte mich, doch die Männerstimme drohte jetzt laut: „Pass auf, gleich fängste eine!" Ich rief aus der Dusche: „Komm hierher, Ben, komm zu mir!" Das Schreien und Weinen wurde lauter, mein Sohn rief etwas, nichts Gutes, erneut die donnernde Stimme, dann Suzannes Gekreisch, während Ben hustete und schrie. Alles zusammen signalisierte mir: Nichts wie weg. Ich duschte mir so schnell es ging die Seife ab, zwängte mich halb nass in meine Kleidung, war entsetzt und dachte nur: diese Idioten!

Als ich in den Wohnraum kam, hatte ich den Eindruck, als hätten die drei einen Kampf ausgetragen. „Der hat einen Asthma-Anfall!", krähte Suzanne. „Und eine schwere Bronchitis! Ich gab ihm das hier. Ein Wundermittel!"

„Cortison?" Ich starrte Suzanne an.

„Ich wollte das nicht trinken!", weinte Ben, hatte es aber dann doch getrunken, trinken müssen und nach und nach setzte sich mir das Desaster zusammen, das sich in den wenigen Augenblicken meiner Abwesenheit abgespielt haben musste. Es hatte demnach eine heftige Meinungsverschiedenheit zwischen den dreien gegeben. Ben hatte zu husten angefangen, weshalb Suzanne ihm Medizin geben wollte, was Ben aber brüsk abgelehnt hatte. Der Frührentner meinte dann wohl, ihn mit ein paar deftigen Worten zur Vernunft bringen zu müssen, damit er das Zeug endlich schluckte, woraufhin Ben ihn wohl „Blödmann" genannt hatte. Daraufhin hatte der Mann ihm Prügel angedroht. Bei der Rekapitulation erklärte mir der Frührentner aufgebracht, dass er sich sowas natürlich nicht gefallen lassen würde. Wer ihn so nennt, egal wie alt, fängt eine.

Das ganze Drama hatte sich innerhalb von fünf Minuten abgespielt. Ich war entsetzt, versuchte dennoch die Wogen zu glätten – gleich säßen wir wieder im Auto -, während Suzanne mir erklärte, dass ich ihm das Zeug jetzt zu Ende geben müsste. Ich war wütend. Warum sie mich nicht vorher gefragt hätte? Ich wollte dergleichen nicht. Gerade jetzt nicht, auf der Reise! Zu spät. Wir rafften so schnell es ging unsere Sachen zusammen. Nichts wie weg. Dennoch verabschiedete ich mich so höflich wie möglich, sagte zu allem ja und Amen, sie waren halt so, die armen Würste.

Schon sprangen wir über die Pfützen zu unserem Wagen. Der lange Regen war wohl schuld, dass der Motor nicht gleich anspringen wollte. Nasse Kontakte. Verdammt! Nur keine Minute länger hierbleiben müssen. Der Motor hatte schließlich ein Einsehen und heulte auf.

Bald darauf schien für uns wieder die Sonne. Ich versicherte Ben, dass so etwas nicht noch einmal vorkäme und dass ich die auch saublöd fände, alle beide. Jetzt noch im nächsten Carrefour einen Topf und eine Pfanne gekauft, damit wir später etwas kochen könnten. Was? Was er wollte!

Wieder ein Gewitter am Nachmittag, auf die Minute genau nach einem herrlich friedlichen Picknick im Grünen.

200 Kilometer vor Biarritz ein Stau bei strahlendem Sonnenschein. Baustelle, Freitagnachmittag, Feierabendverkehr. Es kostete eine Stunde Nerven. 100 Kilometer vor Biaritz entschädigte uns ein wunderschöner Sonnenuntergang, dazu die vertraute Luft des Südens mit ihrem unverwechselbaren Duft nach Sonne, Trockenheit und Pinien. Wir kochten gut, Ben war längst wieder versöhnt. Bald darauf begaben wir uns zur Ruhe, soweit man auf einem Autobahnparkplatz von Ruhe sprechen kann.

Morgens um 6 Uhr 30 fuhr ich los, während Ben noch schlief. Zwei Stunden später frühstückten wir an der Autobahn Richtung Bilbao. Da waren die hohen grünen Berge hinter uns und der tiefblaue Atlantik unter uns. Ein paar Pferde dösten auf einer steil abfallenden grünen Weide. Schnell dahin jagende Wolkenfetzen gaben das klare Blau des Himmels frei. Ich erzählte Ben von den Bären und Wölfen, die es noch in den wilden Bergen der Pyrenäen gab. Ob wir sie sähen? Unwahrscheinlich, denn bis zur Autobahn liefen die eher selten.

Ich hatte mich für die Strecke durch Spaniens Süden entschieden. Wir würden über Sevilla nach Portugal fahren. Kilometermäßig war es wohl in etwa gleich mit der westlichen Route, nicht aber was die Autobahngebühren anbelangte. Die ganze Zeit fuhren wir gegen einen stürmischen Wind an, der abgestorbene Äste, Staub und Müll emporwirbelte, während wir allmählich die wilden Felsenschluchten der Pyrenäen verließen. Noch lagen Hunderte von Kilometern bis Madrid vor uns.

Endlich aber hatten wir die spanische Hauptstadt umrundet und hinter Madrid die Autobahn in Richtung Cordoba erwischt, als ein Geländewagen rechts aus der Auffahrt auf die Autobahn scheren wollte. Ich konnte nicht noch weiter nach links, der Geländewagen drängte in meine Richtung, ich musste schließlich bremsen. Eine Sekunde später gab es ein dumpfes Geräusch und einen Stoß wie im Autoscooter.

Ich verspürte gleichzeitig einen Schlag im Genick, wir machten einen Satz nach vorn. Ich war automatisch rechts ran gefahren, drehte mich zeitgleich zu Ben um, der zwar einen Schreck bekommen hatte, sonst aber in Ordnung war. Dann aber realisierte ich, was geschehen war. Es ließ mir das Blut in den Adern gefrieren. Ich sah den verbeulten Wagen hinter mir und dahinter noch einen. Ein Unfall. Eine Massenkarambolage. Es war aus.

Ich war mir sicher, dass das unser Ende war. Ich war noch nicht mal sauer, ich war nur leer. Jetzt würden wir durch einen dämlichen Auffahrunfall auffliegen. In den über 25 Jahren, die ich überall auf der Welt Auto gefahren bin, war mir dergleichen noch nicht passiert: ein Verkehrsunfall. Der Faktor, den ich nicht mit ins Kalkül gezogen hatte. Auch wenn ich wusste, dass ich keine Schuld hatte, schließlich hätte die hitzige Dame hinter mir Abstand halten und rechtzeitig bremsen müssen, ahnte ich, was jetzt käme. Die wilde Spanierin telefonierte bereits mit der Guardia Civil, und so wie ich ihr Lamentieren interpretierte, wollte sie mir jetzt die Schuld geben. Ich hatte meinen leicht geschockten, aber glücklicherweise unverletzten Sohn auf dem Arm, und sagte, um ihn aufzuheitern: „Guck mal, unser Auto sieht aus, als hätte es einen Tritt in den Hintern bekommen." Ich erklärte ihm, selbst überrascht, das alles noch funktionieren würde, lediglich der Kofferraum klemmte ein wenig. Es war wirklich verrückt: Während die beiden neuen Kleinwagen nach Totalschaden aussahen, funktionierten bei uns sogar noch sämtliche Rücklichter. Selbst der Auspuff hatte nichts abbekommen.

Und dann kamen sie. Ben erschrak, als er die Polizeiwagen nahen sah. Die Madrider Polizei war dann auch durch nichts zu beeindrucken – zum Glück auch nicht durch das wüste Lamenti der Frau, die mir aufgefahren war und – so viel Spanisch verstand ich noch –, mir jetzt die Schuld an ihrer

Schlafmützigkeit geben wollte. Natürlich sprach die Guardia Civil weder Englisch noch Französisch, erst recht kein Deutsch, sondern fragte mich nur zigfach nach *el certificado internacional,* nach *su tarjeta de seguro,* eben nach dieser dämlichen *carta verde.* Ja, ja, *si claro,* ich verstand ja, die grüne Versicherungskarte, aber ich hatte sie nun mal nicht dabei, weil sie wohl erst zu Rudolf gegangen war. Man beschloss jetzt, erst mal die Straße frei zu machen, wir sollten ihnen folgen. Wenig später standen wir auf einer kleinen Brache nahe der Autobahn ordentlich nebeneinander aufgereiht in der späten Nachmittagssonne. Der dritte Pkw thronte bereits auf einem Abschleppwagen. Ich hatte ein schrecklich schlechtes Gewissen. Vom Gefühl her hielt ich mich für das Desaster verantwortlich. Verantwortlich und schuldig.

Die Guardia Civil hatte jetzt unsere Papiere, wir saßen im Wagen, mussten warten. Sie telefonierten permanent. Ich überlegte, welche Möglichkeiten ich hätte, wenn der Police gleich klar würde, wer da an diesem Unfall beteiligt war. Eine Kindesentführerin! Ich fand keine besonders guten Worte, um Ben zu trösten, der meinte, dass sie alle Handschellen hätten. Und dass er nicht zurück wolle.

Die Polizisten beäugten uns mit kritisch hochgezogenen Brauen. Samstagnachmittag. Wir hatten sie sicher um die Sportschau gebracht. Sie wirkten genervt. Und alles nur, weil ich diese *carta verde* nicht dabei hatte. Jetzt kam auch noch ein dunkler Kleinbus der Guardia Civil, der aussah, als wäre er eigens zum Gefangenenabtransport bestimmt. Eine Art Grüne Minna.

Inzwischen waren es vier Polizisten. Die hintere Schiebetür des Kleinbusses ging von innen auf, sie stiegen praktisch von vorn nach hinten, nahmen an einem Tisch Platz, es sah aus wie in einem Wohnmobil, dieses fahrende Büro. Sie musterten uns mit grimmigen Blick, telefonierten, schrieben, guckten in die Papiere. Die wilde Spanierin lamentierte noch immer lautstark, während der Besitzer des anderen Kleinwagens, ein kräftiger junger Mann in schwarzem T-Shirt mit Glatze, geradezu vorbildlich erhaben über sein Malheur schwieg. Er stand da ohne eine Miene zu verziehen und mit vor der Brust verschränkten Armen. Ben begann zu weinen, als einer der Cops sich zu unserem geöffnetem Fenster hinunterbeugte, ihn zu trösten versuchte, indem er ständig *nada passata* wiederholte. Es dauerte Unendlichkeiten und ich hatte Angst. Schließlich hatten sie meinen Personalausweis, ich war nun von ihnen erfasst, registriert und vielleicht mussten sie ja nachforschen, ob das Auto nicht als gestohlen galt. Weil ich eben diese *carta verde* nicht dabei hatte, und weil das Auto auf den Namen einer anderen Person zugelassen war. Und sicher hatten unsere Widersacher in Deutschland inzwischen Anzeige erstattet - eine Woche nach unserer Flucht. Demnach würde gleich eine Meldung bei ihnen eingehen...

Aber hatte ich nicht noch unlängst einen Bericht gesehen, in dem beklagt wurde, wie schlecht die Zusammenarbeit der Polizei innerhalb Europas war? Trotz Computernetzwerks! Ich war jetzt auf der anderen Seite und verfluchte sämtliche Sicherungsmaßnahmen, Fingerabdrücke im Pass, Iris- und biometrische Gesichtererkennung an den Flughäfen, DNA-Proben von Falschparkern. Aber vielleicht suchte man mich ja gar nicht? Erst recht nicht nach meiner Selbstanzeige, die sie erst zu bearbeiten hätten? Und so dick wie der Ordner am Ende war, den sie erst anfordern mussten und unter Berücksichtigung ihres Arbeitstempos im Falle meiner vorherigen Anzeigen würde es Jahre dauern, bis sie zu einem Ergebnis kämen.

Dann wurde ich herangewunken, Ben kam natürlich mit. Es war beinahe gemütlich in dem Bus zwischen den Polizei-Beamten. Ben hatte sich wieder beruhigt, hangelte jetzt wie ein Affe an der Querstrebe des ausstellbaren Sonnendaches.

Einer der Polizisten fragte ihn, ob er Boris Becker kenne? Wie denn, das war eindeutig vor Bens Zeit, dachte ich und lächelte dennoch wohlwollend. Ich bestätigte die Personalien: Genau, dem gehört das Auto, Rudolf. Seine Telefonnummer? Moment. Dann durfte ich den Unfallhergang aus meiner Sicht beschreiben. Einer von ihnen sprach etwas Englisch, sagte er zumindest, dann aber beließen wir es bei dieser spanisch-französischen Mischung. Ich zeichnete den Unfallhergang auf. Anschließend sollte ich einen spanischen Text unterschreiben.

Ich unterschrieb. Ich hätte wahrscheinlich auch das Gständnis eines dreifachen Raubmordes unterschrieben. Ich wollte nur weg, bevor... Wir sollten wieder zu unserem Wagen zurückgehen. Doch noch hatten sie meinen Reisepass, in dem auch Ben eingetragen war.

Inzwischen hielt uns der Auffahrunfall seit zwei Stunden fest. Die Sonne sank immer tiefer. Gleich sieben. Ausgelaugt und hungrig starrten wir immer wieder zu den Polizisten, die ganz offensichtlich die Ruhe weg hatten. Und dann geschah das für mich in diesem Moment Unglaubliche: Man drückte mir meine Papiere in die Hand, wünschte eine Gute Reise und lotste uns sogar noch zurück auf die Autobahn.

„Ich hab Hunger!, rief Ben. „Kochen wir jetzt was?"
„Natürlich. Der nächste Rastplatz ist unser. Versprochen!"

Nach dem Essen im stürmischen Abendwind wurde Ben müde. Ich richtete ihm mit Decken und Kissen die Rückbank her, und er schlief auch sofort ein, Dumbo, den Plüschelefanten, an die Wange gedrückt. Der Plüschelefant, der nach seiner Einschulung wieder in meiner Wohnung gelandet war und auf den ich aufpassen sollte, weil Anita, Frau M, ihn ihm immer wegnehmen würde - er sei zu alt für ein

Stofftier -, wurde zu seinem ersten wirklichen Kuscheltier. Früher hatte er zwar auch Stofftiere gehabt, die er mochte, insbesondere einen kleinen Bären, der aber war während der Provence-Reise zwischen Gordes und Avignon aus dem oberen Fenster des Wohnmobils geflogen und dann trotz intensiver Suche nicht mehr auffindbar gewesen -, aber keines hatte sich zu einem solchen Begleiter entwickelt wie der hübsche 8-Euro-Elefant aus dem Real-Kauf. Seit einer Woche waren die beiden unzertrennlich.

Meine Gedanken aber konzentrierten sich jetzt auf unser Ziel: Portugal. Ich wollte raus aus Spanien, bevor sie im Nachhinein Meldung bekämen, wer wir waren, um uns dann doch noch zu schnappen – womöglich auf einem Rastplatz kurz vor der portugiesischen Grenze. Deshalb wollte ich auf gar keinen Fall auf einem spanischen Rastplatz übernachten. Allerdings war es bis Portugal noch mörderisch weit, und inzwischen spürte ich erste Ermüdungserscheinungen. Ich wusste, die Weiterfahrt würde mich verdammt viel Energie kosten, zumal der Unfall als auch die zwei Stunden voller Angst in den Krallen der Guardia Civil viel Kraft gekostet hatten. Wie zuvor schon die Fahrt von Biarritz bis Madrid, wie die Flucht an sich, wie die zwei Jahre Sorgerechtskampf und wie die sechs Jahre zuvor - allein mit einem ständig kranken Kind.

Doch trotz allen Stresses, trotz der großen Müdigkeit bedauerte ich zutiefst, dass nicht hellichter Tag war, denn wir fuhren durch Andalusien. Andalusien! Das war Geschichte und eine faszinierende Landschaft. Nur einmal entdeckte ich etwas Sehenswertes: eine Art Festung auf einem Felsen, hell erleuchtet, von Palmen umstanden.

Morgens um 3 Uhr in Sevilla suchte ich die Autobahn nach Huelva. Gott-sei-Dank war noch so viel los in der Stadt, dass ich ein paar Passanten fragen konnte. Den Weg zu erklären, wäre zu kompliziert, sagten sie, ich sollte ihrem Wagen folgen. Was ich dann auch tat.

Kurz vor diesem Huelva, kurz vor Portugal sah ich plötzlich Hochhäuser mitten auf der Autobahn. Ich erschrak, wusste aber im nächsten Moment, dass ich halluzinierte – und das, obwohl ich regelmäßig an der frischen Luft pausierte, hüpfte, Gymnastik machte. Irgendwann wollte nichts mehr helfen. Zwicken, Augenlider nass machen, (leise) singen, trinken, essen, (gedämpfte) Musik – nichts half. Der Schlafdrang wurde zu einer tödlichen Bedrohung. Zum Glück aber war die Autobahn absolut leer. Es war direkt unheimlich, so leer war sie. Ich fuhr rechts auf die Standspur, schaltete das Warn-blinklicht ein und stieg aus. Ich hätte ganz gemütlich über die Autobahn spazieren können – kein einziges Auto weit und breit. Als ich mich wieder fit und wach fühlte, fuhr ich weiter, wieder mal erfreut, das dunkelblaue Schild mit den zwölf gelben Sternen zu passieren.

Eine halbe Stunde später gegen fünf Uhr entdeckte ich endlich einen riesigen leeren Parkplatz - kurz vor Tavira in Portugal. Wir hatten es geschafft. Wieder mal geschafft.

34 Portugal

Durch Portugal fährt man von Ost nach West in gut drei Stunden, es ginge sicher auch flotter, aber wir ließen uns Zeit, frühstückten im warmen Sonnenschein. Dann fuhren wir weiter - bis die Autobahn in Europas äußerstem Südwesten jäh endete. Inzwischen war es Mittag. Jetzt ging es wieder ein Stückchen nordwärts, dann rechts ab. Eigentlich waren wir nun am Ziel, es waren noch etwa 500 Meter Feldweg bis zu dieser Silke. Doch wir wollten beide erst einmal an den Strand der wilden Westküste, den warmen Mittagssonnenschein ausnutzen. Zurück auf die Küstenstraße. Überall bedeckte das robuste dunkelgrüne Gestrüpp der kleinwüchsigen Pfistrosenbüsche die hügelige Dünenlandschaft unter bizarr geformten Kiefern und sich im Wind wiegenden Eukalyptusbäumen. Und dann lag er vor uns: ein breiter Sandstrand umgeben von rotbraunen Felsformationen. Der Strand von Amado. Dunkelblau das Meer, eine tosende Brandung. Am 10. Oktober war es plötzlich wieder Sommer. Musik aus der Strandbar, Menschen in Neoprenanzügen übten Wellenreiten, Pärchen lagen in der Sonne, Kinder spielten im Sand. Ben begann sofort Kanäle in den Sand zu graben, in die die Flut ihr Wasser rinnen ließ, während ich mich sofort in die Fluten stürzte.

Am Nachmittag, als wir genug Meeresstrand genossen hatte, fuhren wir zu Rudolphs Tipp, Silke. Sie selbst war jedoch nicht da, nur ihre Mutter. Silke würde erst morgen kommen. Und als Silke am anderen Morgen kam, wir hatten zusammen eines ihrer nagelneuen, ganz hübschen, aber sehr spartanischen Gästezimmer bezogen, erzählte sie mir so nach und nach einiges über Rudolf. Ihrer Schilderung aber entnahm ich, dass sie ihn wohl lieber von hinten als von vorn sah, am liebsten aber überhaupt nicht, was er aber offenbar noch nicht gemerkt hätte. Sie bestätigte leider meinen Eindruck, dass Rudolf nicht wirklich in Ordnung wäre, dass Vorsicht angesagt war, besonders wenn er etwas getrunken hätte. Dass ich mein Kind geklaut hätte, wäre gut so, wird schon klappen - nur nicht bei ihr. Ich stutzte.

Wie Rudolf darauf käme? Wie ich darauf käme, dachte ich bei mir. Von wegen Arbeit. Putzen, Kochen. Für wen? Für die wenigen Gäste, die sich nur noch alle paar Wochen hierher verirrten und dann lieber in der Pizzeria im Ort aßen? Nein, nein, alles rückläufig, im Winter erst recht. Im Süden sind die Engländer, im Norden die Portugiesen selbst, dazwischen ein Haufen verrückter Deutscher. (Im Supermarkt hatte ich das Gefühl, es gäbe hier nur Deutsche.) Und alle, die hier gebaut hatten, boten Gästezimmer oder Ferienwohnungen an. Geradezu inflationär.

Ein paar Tage Ruhe, sondieren, was ich tun könnte. Hier jedenfalls nicht viel. In Lagos aber gäbs ein paar Galerien in der Touristenzone, die gut verkaufen würden.

Wir verbrachten ein paar ungezwungene Tage, zum Teil am Strand, zum Teil vor unserem Zimmer auf der Terrasse, die Schule hatte begonnen. Ben hatte vom 2. Schuljahr gerade vier Wochen mitbekommen und das, was er im ersten Schuljahr gelernt hatte, war auch nicht viel. Er war inzwischen acht Jahre, hätte theoretisch schon in die dritte Klasse gehen können. Aber damals meinten alle, später ist besser. Später aber lernte ich, dass später schlechter ist. Hätte ich ihn damals aber ein Jahr früher in die Schule geben wollen, hätte er Tests durchlaufen müssen, weil er ein sogenanntes Kann-Kind war. Damals, vor Beginn des Sorgerecht-Dramas hätte er das locker geschafft, denn er war recht aufgeschlossen und nicht auf den Mund gefallen.

Jetzt aber fingen wir ganz klein an, wir hatten ja Zeit.

Trotz aller Zukunftssorgen bemerkte ich, wie Ben Tag für Tag ein wenig mehr aufblühte, unbeschwerter und fröhlicher wurde. Dass ich mir durch das Geschehene wesentlich mehr Gedanken über Bens Verhalten und mein Verhalten machte, lag auf der Hand. Jetzt aber war Geduld und Phantasie gefragt, denn bekanntlich haben Eltern, die ihre Kinder selber unterrichten wollen, keine gute Ausgangssituation. Zu schnell kommt es zu Spannungen. Trotzdem, ich musste es versuchen. Kleine Geschichten erfinden und in Druckschrift aufgeschrieben. Lesen. Oh je! Weiter üben, nochmal lesen. Ich erkannte, dass ich ihn erst auf den Stand der Schul- und Übungsbücher, die ich für ihn gekauft hatte, bringen musste. Rechnen. Na ja, kommt noch. Bis zu der Zahl 20 immer Steinchen oder sowas benutzen. „Die müssen sich die Zahlen vorstellen können." Also die bunten

Klötzchen aus dem Steckspiel. Oder Muscheln vom Strand. Eine solide Basis war Voraussetzung. Anschauungsunterricht in der Natur: Aus diesen verknorzelten Bäumen macht man Korken für Weinflaschen: Das sind Korkeichen. Puhl mal mit deinem Taschenmesser etwas von der Rinde ab! Und diese schönen Bäume kommen eigentlich aus Australien: Eukalyptus. Das Futter der Koala-Bären. Überall Eukalyptus und wilde Feigen. Am Strand: Guck geradeaus über das Meer! Wenn du immer weiter fahren würdest, nach Westen, also immer der sinkenden Abendsonne hinterher, dann wärst du irgendwann in Amerika. Auf der anderen Seite der Erdkugel. Und so weiter.

Nach ein paar Tagen sagte Silke, Rudolf käme, um das Auto, von dem ich meinte, es nach dem Unfall schnellstens los werden zu müssen, mit „hoch" zu nehmen. Ich hatte ihm natürlich von dem Malheur berichtet, zumal ich befürchtete, dass das Nummernschild jetzt zumindest in Deutschland mit meinem Namen in Verbindung gebracht werden würde, sobald sich die Versicherung der wilden Spanierin bei Rudolf meldete. Dadurch fürchtete ich, dass bald schon die, die uns suchten, davon erführen. Aber hier, wo wir jetzt waren, konnte man nicht ohne Auto auskommen. Und selbst, wenn unsere Fahrräder irgendwie hierher gelangten, für Ben wären die Entfernungen nicht machbar. Da wir hier ohnehin nicht bleiben konnten, wollte ich uns etwas an der belebteren Südküste suchen.

In Lagos (Südküste) sah ich dann, was Kunstmaler für viel Geld den selbst noch im Oktober zahlreichen Touristen anboten. Über eine blondgelockte Frau mit sächsischem Akzent erfuhr ich, wie man sich um einen Ausstellungsplatz in den beiden Galerien am alten Hafen bewerben musste. Allerdings musste man sich ein halbes Jahr vorher anmelden. (Bis dahin wären wir verhungert.) In der nächsten Galerie – ein rustikales Backsteingebäude - trafen wir einen Künstler, einen Karikaturisten, das klischeehafte Abbild eines französischen Malers: Baskenmütze, dunkler Schnäuzer, langer Trench, dazu die Flasche Rotwein, Brot und Käse auf dem Tisch - für potentielle Käufer. Er war wahnsinnig nett und ungewöhnlich hilfsbereit. (So individuell wie er malte, brauchte er keine Konkurrenz fürchten.) Wir redeten, ich sah mir seine zeitgenössischen Öl- auf Leinwandbilder an, richtig gute Karikaturen – das Bild auch nicht unter 800 Euro. Aber auch er hatte sich vor langer Zeit bereits angemeldet, um dann hier zwei Wochen lang gegen eine Kaution von etwa 400 Euro und Stromgebühren ausstellen zu dürfen. Ein gutes Angebot der Stadt, wie ich fand, schließlich bekam man die Kaution komplett erstattet.

Auf einem Schild las ich: Kauft keine Drucke längst verstorbener Künstler! Kauft Originale und unterstützt damit die derzeit lebenden Künstler!

Der Maler gab mir ein paar Adressen, wo ich's versuchen sollte, nannte mir auch ein Restaurant, wo ich gute Chancen hätte. Ausprobieren. Ich hatte ja in den vergangenen Monaten etliche Bilder gemalt, ich müsste nur Rahmen für die Leinwände basteln.

An diesem Tag nieselte es leicht, ohne dass es kalt war, noch nicht mal kühl. Silke hatte Ben ein Bodyboard geliehen und seitdem war sein einziger Gedanke, es am wellenärmeren Südstrand auszuprobieren. Regen hin, Regen her. Ich gab nach. Bis gestern hatte er noch Cortison geschluckt, ein Viertel der Anfangsdosierung gemäß Suzannes Rat. Vorgestern hatte er schon einmal für zehn Minuten im Meer gebadet – allerdings im warmen Sonnenschein. Nur zehn Minuten, mehr nicht, sagte ich ihm jetzt.

In der Nacht kam dann die Quittung. Vielleicht lag es an dem Bad im Meer, vielleicht lag es an dem Cortison, das er ja jetzt nicht mehr nahm, und das die Symptome bislang unterdrückt hatte. Plötzlich bekam er kaum noch Luft, hustete ununterbrochen, hustete immer schlimmer, sodass ich ihm riet, das Husten möglichst zu unterdrücken, damit der Reiz aufhörte, auch wenns ihm sehr schwer fiele. Inzwischen hatte sein rasselnd-pfeifender Atem Zimmerlautstärke erreicht. Er konnte vor Schmerzen weder sitzen noch stehen noch liegen. Er hatte Angst. Ich auch. Es war ein absoluter Notfall, doch das behielt ich für mich. Bens Zustand war mehr als kritisch: Ein derartiges Rasseln und Pfeifen hatte ich noch nie zuvor bei ihm vernommen, überhaupt noch nie vernommen, noch nicht mal auf der Lungengeräusch-Kassette einer Freundin, als die noch für ihr Medizin-Studium büffelte. Wir verbrachten diese Horrornacht schlaflos Rücken an Rücken sitzend. Es wäre ein absoluter Fall für den Notarzt gewesen, und ich war mehrfach kurz davor gewesen, mit ihm den nächstbesten Arzt aufzusuchen. Doch immer waren da die Stimmen der Experten, die mir zu lange eingebleut hatten, der hätte nichts, ich wäre hysterisch. Und während Ben nur extrem mühsam und unter höllischen Schmerzen atmen konnte, hatte ich Angst um ihn. Diese Nacht war so unendlich lang, ich hörte nur auf Bens Atemgeräusche, versuchte ihm die bestmögliche Sitzposition zu bieten, redete ihm zu, machte ihm Mut, sagte, dass es schon besser geworden wäre. Er glaubte mir und kämpfte tapfer.

Am Morgen war der Spuk tatsächlich vorbei. Es rasselte kaum noch in ihm, er konnte wieder normal atmen. Doch für zwei Tage war er dann noch sehr schlapp, blieb im Bett, aß kaum etwas. Wir ließen die Terrassentür weit geöffnet, sodass Licht, Luft und Sonne und ab und zu die beiden Hundedamen von nebenan auf eine Stippvisite hereinkommen konnten. Ich las Ben eine Geschichte nach der anderen aus dem grünen Märchenbuch vor, ungewöhnliche Märchen aus allen Teilen der Welt. Ich las mir den Mund fusselig, Ben konnte nicht genug bekommen. Nach drei Tagen ging es ihm wieder gut, als auch schon die nächste Katastrophe über uns hereinbrach: Rudolf.

Gleich am ersten Tag wollte er uns zeigen, wo die richtig guten Strände wären, wo man nackt baden könnte, weil dort keiner wäre. Ich aber hatte keine Lust auf Nacktbadestrände, sondern wollte an unseren Strand.

„Amado? Da, wo se alle sind? Das ist doch nur was für dumme Schafe", befand Rudolf. (Das mit den Schafen hatte Rudolf von Einstein. Einstein sollte nicht mehr erfahren, wie intelligent Schafe in Wirklichkeit sind.)

Ich aber wollte weder meinem Sohn noch mir einen nackten Rudolf an einem einsamen Felsenstrand zumuten. Abgesehen davon, dass ich Rudolphs Gesellschaft nicht hätte stundenlang ertragen können, bevorzugten mein Sohn und ich auch – Sandstrand. Der Hauptgrund meiner strikten Ablehnung aber war, dass mir Rudolf so dermaßen unsympathisch war, dass ich es inzwischen zutiefst bereute, mich überhaupt auf ihn und seine Hilfe eingelassen zu haben. Zu spät. Jetzt fuhr er allein mit meinem Wagen zu seinem einsamen, felsigen Nacktbadestrand, weil er sofort unsere Notsituation für sich zu nutzen wusste und fortan meinen Wagen nahm, wann immer ihm der Sinn danach stand, während Ben und ich – nach seiner Rückkehr - noch für zwei Stunden an unseren Strand fuhren. Ben erholte sich zum Glück zusehends. Die Tage der starken Westwinde und der hohen wütenden Wellen waren vorbei, das Meer hatte sich wieder beruhigt. Silbern glitzerte das Wasser in der Nachmittagssonne. Es war mild und warm, und es war wunderschön. Oben auf den grasbewachsenen Klippen entdeckten wir ein verwaistes, leicht ramponiertes Haus aus weißem Holz mit einem großen Wintergarten. Es war unbewohnt, und wir stellten uns vor, es wäre unser Haus. Wir hätten einen großen Hund, ich würde dort oben malen und dort auch meine Bilder verkaufen – bei den vielen Touristen. Und immer wenn ich ein Bild verkauft hätte, dürfte sich Ben im nahen Restaurant weiter unterhalb ein Eis kaufen gehen.

Er wäre sicher bald ein Meister im Wellenreiten, wenn wir so direkt am Meer wohnen würden.

Als wir zurückkamen, keine Ahnung, ob er schon etwas getrunken hatte, pöbelte Rudolf mich plötzlich an, wurde laut, ich hätte ihn gelinkt, angelogen. Er hätte mit Kurt (Elfis Mann) telefoniert, und der hätte herausgefunden, was da für krumme Dinger hinter seinem Rücken liefen. Dass Elfi, seine Frau, ihm etwas verheimlichte. Und das hätte mit mir zu tun. Ich verstand nicht ganz. Aber ich bekam plötzlich Angst vor diesem donnernden Koloss, der mir keine Möglichkeit zu antworten ließ. Durch den Wagen, aber auch einfach dadurch, dass er wusste, wo wir waren, waren wir ihm auf Gedeih und Verderb ausgeliefert. Ich dachte an Silkes warnende Worte. Was für eine erbärmliche Situation!

Für eine halbe Stunde ließ er mir keine Möglichkeit, etwas zu entgegnen, überfuhr alle meine Sätze mit lautstark donnernder Stimme. Er stank nach Bier.

Schließlich schwieg er. Aber es war kein nachdenkliches, erst recht kein einsichtiges Schweigen. Eher die Ruhe vor dem Sturm. Es verstärkte in mir das üble Gefühl, dass da Menschen waren, die uns verraten könnten. Elfis Kurt lauerte nur darauf, seiner Frau eins auszuwischen, in dem er mich verriet. Da hatte er doch tatsächlich noch zu Rudolf gesagt, er mache sich ja mitschuldig, wenn er der Polizei nicht sagen würde, wo ich sei! Ausgerechnet diese linke Bazille, die gerade erst wegen Trunkenheit am Steuer den Führerschein für ein Jahr weg hatte, der log und betrog, der stets krank feierte, wochenlang – ohne krank zu sein. Was für eine schreckliche Verknüpfung!

Die Situation wurde mehr und mehr zu einem Alptraum. Ich musste aufpassen, jetzt nicht in Panik zu geraten und stattdessen schnellstens nach einer realistischen Alternative suchen, als mir Marcels Angebot einfiel. Das belgische Kloster! Kaum, dass mir diese – zumindest gedanklich – naheliegende Möglichkeit in den Sinn kam, wusste ich, dass das die Lösung war - die Lösung sein musste. Leider. Ohne Rudolf hätte ich Portugal gern eine Chance eingeräumt.

Wenngleich ich erleichtert war, ein derartiges Hintertürchen zu haben, fühlte ich mich in der Falle. Rudolf hatte uns so oder so in der Hand. Wenn ich jetzt mit Ben allein los führe, würde er mich aus Wut sofort verraten, dessen war ich mir sicher. Schließlich war er eigens hierher gekommen, um das Auto zu holen. Das Wichtigste war jetzt, Ben vor diesem Kerl zu schützen, auf dass er nichts von diesem Disput mitbekam.

Ich glaube, es war der dritte Tag nach Rudolfs Ankunft. Rudolf verbrachte die Abende immer mit Silke und ihren Kindern, kochte stets, weil er meinte, er kochte gut. Merkwürdig, dachte ich, dass Silke sich so blendend mit ihm verstand, nachdem was sie mir über ihr Verhältnis zu Rudolf erzählt hatte. Und so kochte ich für Ben und mich allein. Abgesehen davon hatte ich auch keine Lust auf ein gemeinsames Essen mit diesem Widerling.

Morgens machte sich dieser Rudolf gern nützlich, leerte die Mülleimer, putzte das Bad, das Ganze nicht selten nackt, wobei er dann wie ein Exhibitionist die Türen aufließ, sodass man seiner zwangsläufig ansichtig werden musste - eine Zumutung in mehrfacher Hinsicht.

Ben und ich streiften durch die Gegend, die beiden Hunde von Silke schlossen sich uns an. Wir machten Schule, lasen, malten, gingen an den Strand, immer darauf hoffend, dass es Rudolf endlich zurückzog. Doch der wollte erst einmal etwas Urlaub machen. Die Warterei zerrte an den Nerven. Inzwischen hatte ich Marcel angerufen und gefragt, ob sein Angebot noch stünde. Es stand.

Am nächsten Tag kam Rudolf mit meinem Auto vom Strand zurück und meinte, er hätte über uns nachgedacht. Er sei nämlich ein alter Indianer und sehe mehr als andere. Das hätte ja alles keinen Zweck, was ich da vorhatte, ich sollte meinen Plan aufgeben. Ich sollte mich stellen.

„Auf keinen Fall!", knurrte ich. Inzwischen hatte ich ihm gesagt, dass wir mit ihm in meinem Auto zurückfahren würden, um dann in dem Ort in der Nähe von Brüssel zu bleiben. Er könnte ja dann mit dem Wagen nach Hause fahren, ihn vielleicht noch für 200 Euro verkaufen. Über Brüssel zu fahren wäre doch für ihn kein Umweg.

„Die Karre hält den Weg doch gar nicht durch. Die Zylinderkopfdichtung ist kaputt. Bald wird der Motor verrecken."

„Wie kommst du denn darauf?"

„Ich kenne dieses singende Geräusch im Leerlauf."

Vorsichtshalber entgegnete ich nichts. Nach einer Weile meinte er, es wäre völlig unmöglich, mit dem Auto da hoch zu fahren, zumal sie uns doch suchen würden. „Die schnappen dich sofort. Nach dem Unfall! Und überhaupt ha´m die dich doch längst in ihrem Zentralcomputer."

Vermutlich. Ich aber wollte um keinen Preis aufgeben, denn ich ahnte die Katastrophe für Ben. Nein, ich wollte auf alle Fälle alles versuchen, obwohl Rudolfs Worte mir noch mehr Angst machten, als ich inzwischen ohnehin schon hatte. Ich konnte ja nicht sagen, du kannst mich mal, halt die Klappe, wir fahren jetzt – ohne dich! Dann hätte er mich garantiert sofort verraten. Er war eine widerliche, wandelnde Zeitbombe. Nichts war übler, als einem Menschen so ausgeliefert zu sein.

35 Wieder nordwärts

Am anderen Morgen geschah dann das kleine Wunder. Rudolf hatte über Nacht einen Sinneswandel erfahren und war plötzlich einverstanden, mit uns bis Brüssel zu fahren.
Nonstopp und *er* würde fahren. Dass wir mit ihm zusammen fahren müssten, war zwar übel, doch es war eben das

kleinere Übel. Ich musste ja auch das Auto loswerden. Leider. Es tat mir leid, weil es so tapfer gewesen war und weil es unseren Weg in ein neues Leben begleitet und ermöglicht hatte.

Trotz der bevorstehenden Tortur war ich geradezu glücklich. Einfach nur diese 3000 Kilometer in etwa 35 Zentimeter Entfernung von diesem Pulverfass entfernt aushalten und dafür sorgen, dass es Ben gut geht. Das Pulverfass nur nicht reizen. Ich war mir ziemlich sicher, dass das Auto durchhielt. Auch ich kannte die Geräusche von Motoren, hatten mich meine vorwiegend alten Autos in der Studentenzeit doch so einiges gelehrt. Und so hätte ich ihm gern gesagt, dass außer dem zu straff gespannten Keilriemen, der immer quietschte, lediglich die Kontakte – vor allem bei Regenwetter – mitunter schlapp machten.

Rudolf wusste, er könnte wegen Ben im Auto nicht rauchen. Das hatte den Vorteil, dass wir alle zwei Stunden anhielten, sodass Ben sich bewegen konnte.

Am Abend befanden wir uns im Nordosten Portugals, unweit der spanischen Grenze, als wir beschlossen, mit den letzten Sonnenstrahlen des Tages zu Abend zu essen. Ein Picknick auf einem halbwegs freundlichen Rastplatz mit Blick auf abgebrannte Eukalyptuswälder. Rudolf stellte das Auto einfach nur ab, ließ das Licht an und verschwand in der Tankstelle, um sich ein Bier zu kaufen.

Ben und ich kauten bereits ein Brot, als in der sinkenden Sonne ein Polizeiauto vorfuhr. Ben beobachtete die beiden Polizisten genau und kommentierte dann völlig trocken und ohne die Miene zu verziehen: „Sie gucken zu uns, jetzt steigen sie aus."

„Guck nicht so auffällig hin!" Ich starrte auf mein Brot.

„Jetzt kommen sie auf uns zu", sagte er leise, dabei sehr sachlich, so, als beträfe es ihn nicht.

Inzwischen steuerten sie so direkt auf uns zu, dass es auffällig gewesen, ihnen nicht fragend entgegen zu blicken. Sie kamen näher, langsam, als wäre es beschlossene Sache, als gäbe es für uns kein Entkommen mehr. Sicher hatten sie nach unserem Unfall in Spanien einen Hinweis über Europol erhalten und dann nach dem Wagen Ausschau gehalten. Mein Herz jagte wie wild, als sie so ganz gemächlich näher kamen. Die Polizistin und der nicht gerade freundlich dreinschauende Polizist betrachteten sich erst unser Auto, dann uns. Nur noch wenige Meter. Mein Magen krampfte sich zusammen. Das wars. „Keine Angst, Mäuschen, wir bleiben zusammen!"

Ohne lange Vorrede fragte mich der Polizist, ob das mein Wagen wäre. In diesem Moment aber sah ich Rudolf aus der Tankstelle kommen, eine Dose Bier in der Hand. „Nein, der gehört ihm", antwortete ich in der Sprache, in der man mich angesprochen hatte und schob mein Kinn Richtung Rudolf.

Der Polizist drehte sich zu Rudolf um und als der vor ihm stand, fuhr der Polizist ihn übellaunig an, ob er denn die Parkmarkierung nicht sehen würde? Er würde zwei Parkplätze beanspruchen, er sollte seinen Wagen sofort ordentlich parken. Sofort!

„Natürlich, sorry!", murmelte Rudolf kleinlaut. Daraufhin zogen die beiden knurrend ab. Auch Polizisten müssen hin und wieder ihre Emotionen rauslassen.

Die Erleichterung war unbeschreiblich, wir mussten aber nicht nur deshalb lachen, sondern vor allem, weil Rudolf ausgerechnet mit einem Bier, mit Alkohol, auf die Polizisten zugesteuert war. Aber das hatte die Polizisten offensichtlich nicht interessiert. Ohne weitere nennenswerte Zwischenfälle erreichten wir am Nachmittag des anderen Tages nach fast 3000 Kilometern nonstopp unsere Zuflucht. Mein 370-Euro-Auto hatte die extreme Dauerbelastung bei immerhin 140 km/h Durchschnittsgeschwindigkeit voll beladen, dazu noch bei relativ geringem Spritverbrauch genauso unbeschadet weggesteckt wie den Auffahrunfall vor den Toren Madrids.

  Zwischendurch hatte mich Rudolf dann doch mal fahren lassen *müssen*, er konnte seine Augen nicht mehr aufhalten, was er wenigstens rechtzeitig zugeben konnte. Dann war er beeindruckt, wie friedlich sich mein Sohn den ganzen mörderisch weiten Weg über verhalten hätte und dass ich ja erstaunlich ordentlich Auto fahren könnte – für eine Frau. Dann waren wir ihn endlich los. Aber unser tapferes Auto auch.

  Die Nachmittagssonne schien auf das ehemalige Kloster. Wir hatten es geschafft. Wieder einmal geschafft. Ich hatte das Gefühl, nach Hause zu kommen, als Marcel uns freudig begrüßte. Dennoch wusste ich, wir waren noch lange nicht zu Hause.

36 Zwei Monate später

  Wir hatten uns drei Zimmer eingerichtet, sonnig und mit Blick auf eine weite Wiese mit prächtigen Einzelbäumen. Wir bewohnten jetzt zwei Schlafzimmer und hatten uns zudem einen großen quadratischen Raum als Aufenthalts-, Schul-, Mal- und Turnraum gestaltet. Nur noch selten aßen wir unten in der wenig attraktiven, dusteren Küche, die allen zur Verfügung stand, also auch unserem Mitbewohner Frank, der viel kochte, aber nie abwusch und eben auch den zig Fotografen, die die ungewöhnliche Location für ein paar Stunden mieteten, dabei immer neue Mädchen im Schlepp. Und die fielen dann eben auch zum ungünstigsten Zeitpunkt über die Küche her – meist nur in einen Bademantel und eine überdimensionierte Duftwolke gehüllt.

Ben aber sehnte sich nach Geborgenheit, nach einer persönlichen Atmosphäre, schon deshalb aß er lieber oben. Und ich auch. Unten, neben dem Eingang stand uns noch ein heller, kleiner Raum zur Verfügung, in dem es eine große Schultafel gab. Ergo machten wir hier ab und zu Schule. Ben mochte das riesige Haus, in dem er fast täglich etwas Neues entdecken konnte. Ein einziger Abenteuerspielplatz.

Vor dem riesigen schlossähnlichen Gebäude aus rotem Backstein erstreckte sich eine parkähnliche Wiese, durch die ein Bach floss, über den eine geschwungene Holzbrücke führte. Die alte Brücke war gerahmt von mehreren mächtigen Weiden. Am Rande der Wiese erstreckte sich ein kleines Wäldchen aus Platanen, Esskastanienbäumen und Eiben. Dahinter begannen die offenen Felder voll seltsamer Steine: Sie sahen wie goldene Kartoffeln aus und wenn sie auseinanderbrachen, sah man, dass sie ein Herz aus glattem schwarzen Feuerstein hatten.

Ich hatte noch 40 Euro. Leider gabs hier schon eine Putzfrau, eine chinesische Studentin, die Marcel aber garantiert nicht aufgrund ihrer Fähigkeiten als Putzfrau engagiert hatte. Ich hatte an einen alten Freund gemailt, zwar unter einen fiktiven Emailadresse, dennoch hatte ich mich in der Mail durch ein paar Sätze zu erkennen gegeben. Er hatte mir angeboten, meine Bilder weiterzuvermitteln. Ich versuchte es zweimal, erhielt jedoch keine Antwort. Nach und nach stellte ich auf diese und ähnliche Weise fest, dass viele Leute, die früher zu meinem Bekannten- und Freundeskreis gezählt hatten, offensichtlich keinen Kontakt mehr zu mir haben wollten. Ich entnahm dergleichen aus den dürren Antworten einiger Weniger, die mir wenigsten noch einmal zurückschrieben – ein Abschiedsgruß für immer. Von einigen Leuten hatte ich es vorher gewusst, ihnen war allein schon unser Sorgerechtsstreit, mehr aber noch mein stetes Bergab in diesem Verfahren auf die Nerven gegangen. Die meisten Leute konnten und wollten mir nicht recht glauben. Für mich aber war es entsetzlich. Und einmal mehr musste ich mich wie ein Verbrecher fühlen. Von unserem Unfall bei Madrid sollte ich glücklicherweise nichts mehr hören.

Für mich wäre unsere Flucht erst dann gelungen, wenn uns ein normales Leben gelänge: wenn Ben eine Schule besuchen würde, wir eine eigene Wohnung hätten und ich eine Arbeit, die uns all das ermöglicht. Ich bekam Marcels alten Laptop in Gang und begann, unsere Geschichte, diesen absurden Rechtsstreit ebenso wie die Flucht, aufzuschreiben, solange die Erinnerung noch frisch war. Da Ben schon immer ein Langschläfer war, nutzte ich die frühen stillen Morgenstunden, fing jeden Tag um 6.30 Uhr an und schrieb bis 9.30 Uhr, praktisch während des Kaffeetrinkens. Drei Monate jeden Morgen etwa drei Stunden lang.

Doch die Alpträume, Bens und meine, wollten und wollten nicht weichen. Immer war da auch meine Angst, wenn ich ein Polizeiauto sah, wenn Ben allein draußen spielte, wenn ich mit Ben oder allein mit Franks Mountainbike (im Tausch gegen Abwaschen) zum Supermarkt radelte.

Nikolaus kam. Ich war froh, Ben wenigstens eine Kleinigkeit in den Stiefel packen zu können. Wir hatten einen Adventskranz aus Eibenzweigen – mangels Tanne – gebastelt und mit gelben Kerzen bestückt. Am Nachmittag machten wir einen langen Spaziergang, spielten Fußball auf einem nahen Bolzplatz und saßen, als es dämmerte, in Bens Zimmer, tranken Kakao und knabberten Gebäck. Einmal mehr versicherte mir Ben, wie lieb er mich hätte. Dann aber dachte ich, er sagt es, weil er jetzt nur mich hat, sich deshalb verstärkt an mich klammert. Oder weil er Angst hat, dass ich ihn wieder ins ungeliebte Haus zurückschicken könnte. Immer wieder zweifelte ich im Stillen, ob sein Wunsch, wieder bei mir leben zu wollen, tatsächlich stärker war als der Drang nach einem normalen Leben, das er jetzt für unbestimmte Zeit nicht mehr leben konnte. Ich wusste zwar, dass er bei seinem Vater auch nicht viel gehabt hatte, weniger als früher bei mir, viel weniger, doch ich dachte, er würde seine Freunde, ja selbst die Schule vermissen. Vielleicht vermisste er ja inzwischen sogar seinen Vater?

Diese Zweifel, so sollte ich bald durch mehrere Erlebnisse erfahren, waren allein das Werk unserer Experten, die ständig auf Bens Loyalitätskonflikt hingewiesen hatten. Aber selbst die Jungs vom Väteraufbruch hatten ja in diese Kerbe geschlagen. Irgendwann konnte dann mein Gefühl kaum noch dagegen halten.

Und weil ich eben diese Zweifel hatte, fragte ich ihn an einem Abend, als wir uns am Tisch gegenüber saßen, ob er denn nicht doch lieber wieder zurück wollte, weil ich ihm nichts kaufen konnte, er kaum Spielsachen hätte und bald wäre doch Weihnachten. Na, und wegen der Freunde, die er hier nicht hatte. Da begann Ben zu weinen, nein, nie wieder wollte er dahin zurück müssen. Da ginge er nie nie wieder hin. Die Tränen rannen ununterbrochen über seine Wangen. Er dachte wohl, dass ich ihn zurückschicken, wegschicken wollte. Das aber wollte ich natürlich nicht, im Gegenteil. Nur war ich zwischenzeitlich immer wieder verunsichert, ob er tatsächlich, vor allem aber unter den entbehrungsreichen Umständen bei mir bleiben wollte.

In diesem Moment aber klopfte es an der Tür und im nächsten Augenblick stand Marcel im Zimmer. Er sah Bens verweintes Gesicht, stockte, und begann dann englisch zu reden, Ben sollte es nicht verstehen. Seine Schwester wäre gekommen und hätte ganz viele ausrangierte Spielsachen mitgebracht. Ob ich welche für Ben aussortieren wollte? Auch vielleicht schon für Weihnachten?

Ich sah Bens fragenden Blick, und er hatte was, dieser Moment. So lernten wir Marcels Schwester Sabine und ihre beiden Hunde kennen, die an diesem Tag auf geradezu wundersame Weise im rechten Moment erschienen waren. Ein paar Tage später kam sie noch einmal und erzählte von dem

Pferd in ihrem Garten, von den englischen Hühnern auf der großen Fichte und dem Hängebauchschwein Harry. Ihre Kinder wären zehn und zwölf Jahre alt und ob wir nicht einmal zu ihr kommen wollten.

Und an diesem Abend in ihrem Haus inmitten eines riesigen Gartens sprach sie dann auch noch eine Einladung für den Heiligen Abend aus. Es kämen noch mehr Leute, und auch noch mehr Kinder.

Dann aber passierte diese häßliche Sache, ein paar Tage vor Weihnachten, als Sabine nur die Briefe bei mir abholen wollte, damit ihre Bekannte sie in Deutschland in den Kasten werfen könnte – natürlich ohne meinen richtigen Absender auf dem Umschlag. Wir wussten an diesem Tag aber nicht, dass Sabine kommen wollte, als wir zu einem Spaziergang aufbrachen. Kaum hatten wir wegen des schönen Sonnenwetters das Haus verlassen, den abschüssigen Weg in den Park eingeschlagen, als Ben sich umdrehte und dann entsetzt ausrief: „Die Tamara!" Ich drehte mich um, sah ein weibliches Wesen mit wild vom Kopf abstehenden Haaren, das oben bei den parkenden Autos vor dem Haupteingang stand. Dieses Wesen sah auf eine Entfernung von etwa 70 Metern in der Tat aus wie Tamara, die jüngere Tochter von Frau M.. Gleichzeitig wollte es mir irgendwie nicht recht in den Kopf, dass *sie* hier sein sollte, aber wenn doch, dann natürlich zusammen mit Frau und Herrn M, die jeden Moment auftauchen würden. Ben aber zerrte an meinem Arm und schrie: „Da! Sie kommt!" Und tatsächlich! Jetzt rannte der Lockenkopf auch noch hinter uns her, rief Bens Namen, woraufhin der noch stärker an meiner Hand zog.

„Sie sind hier! Sie wollen mich holen!" Ich sah das Mädchen, vor allem aber sah ich jetzt den weißen Geländewagen... Kein Zweifel!

Am Ende war ja auch längst die Polizei da! Aber woher wussten sie? Hatte Rudolf uns verraten?

Was ich aber genau wusste, war, dass solche Situationen immer anders sind, als man sie sich vorher ausmalt. 1000 Gedanken in wenigen Sekunden. Ich reagierte auf Ben, musste ihm erst mal glauben, keine Zeit, erst mal weg, ein Millionen Jahre alter Fluchtinstinkt brach da wohl durch: wegrennen vor der Gefahr! Es war wie im Film, ich hatte keine Wahl. Ben ergriff meine Hand, zerrte an mir, rannte los und so rannte auch ich, rannte mit Ben an der Hand, rannte, während ich immer nur dachte, dass wir versuchen müssen, irgendwie durch den Hintereingang zurück ins Gebäude, in die uns schützende Kirche, zu gelangen. Ich konnte nur auf die momentane Situation reagieren. Und da musste ich mit einkalkulieren, dass auch die Polizei bereits irgendwo da oben wäre, mit einem Amtshilfeersuchen ihrer deutschen Kollegen. So rannten wir weiter, wir rannten uns an den Händen haltend durch den Park, stolperten über Baumwurzeln, rannten, während ich den weinenden Ben zu trösten versuchte: „Keine Angst, Mäuschen!" Er aber weinte und wimmerte, dass jetzt alles aus wäre, dass er nicht zurück wollte. Hinter dem Park und jenseits der großen Wiese saß jemand auf den Stufen vor dem Haus der Pfadfinder und schrieb oder las, und ich hatte den Einfall, diese Person, sofern sie mich verstünde, zu bitten, Marcel Bescheid zu sagen, damit er uns abhole. Die Frau verstand zwar, schien sich aber zu sperren. Es war ja auch eine etwas seltsame Situation und meine Erklärung, eine kleine Notlüge, klang genauso abenteuerlich wie der wahre Grund für meine Bitte. Als sie nicht gleich zum nahen Kloster radeln wollte – ein Weg von etwa 300 Metern -, begann Ben herzzerreißend zu weinen. Da erbarmte sich die Frau, und als sie sich auf den Weg machte, versteckten wir uns in einem nahen, halb verfallenen Gartenhaus.

Ich versuchte mir vorzustellen, was werden würde, wenn sie hierher kämen, uns ergriffen. Vor allem aber erlebte ich in diesen grausamen Minuten Bens übergroße Angst, seine

Panik, seine Verzweiflung, hörte wieder und wieder seine tränenerstickten Worte: „Ich will bei dir bleiben!" Ein Zurück würde für ihn vor allem eine erneute Trennung von mir bedeuten. Und dann wahrscheinlich für immer. Seine Angst, mich noch einmal zu verlieren, diese lange Zeit der Seelenschmerzen noch einmal durchleben zu müssen, zeigte mir deutlich, was für ihn zählte. Seine Tränen waren noch nicht versiegt, als ich ihm andeutete, da zu bleiben, wo er jetzt war und sich ruhig zu verhalten.

Die Frau kam zurück. Marcel käme gleich, versicherte sie mir. Kurz darauf sah ich ihn, aber er kam zu Fuß. Er hatte nicht verstanden, warum er uns mit dem Auto abholen sollte. Ich winkte Ben herbei. Marcel zeigte Unverständnis, ja fast Empörung, meinte, da wäre niemand, nur Sabine, seine Schwester. Die wäre dann noch wegen des Briefes an meine Mutter hinter uns hergelaufen, wäre dann sehr verwundert, ja fast sauer gewesen, weil wir vor ihr davon gerannt wären. Ich hätte sie doch sehen müssen.

Es war nicht Tamara, es war Sabine, Marcels Schwester! Auch Sabine hatte diese Locken! Und den gleichen weißen Geländewagen. Ich hatte sie aber auf die Entfernung nicht erkannt. Und Ben auch nicht. Der wollte sich jetzt aber noch immer nicht beruhigen lassen. Er war nach wie vor überzeugt, es wäre Tamara. Er weinte wieder, ließ sich auch nicht von Marcel beruhigen oder gar vom Gegenteil überzeugen, während die Frau, die Marcel herbeigeholt hatte, wieder auf ihren Sonnenplatz und zu ihrer Lektüre zurückkehrte, lächelnd feststellte, dass wir wohl Deutsche wären.

Dieses Ereignis hatte mir gezeigt, wie tief Bens Angst vor einem Zurück und vor dieser Familie wirklich war. Diese Angst vor dem alten, noch immer nicht verklungenen Trennungsschmerz, die Angst in Erinnerung an die lange Zeit in der ungeliebten Familie und die Angst, das alles noch einmal durchleben zu müssen, brach an jenem Morgen im strahlenden Sonnenschein aus ihm hervor.

Als Ben an diesem Tag so aufgelöst war, hatte Marcel die Idee mit dem Flüchtlingshaus. Es gäbe dort eine anonyme juristische und psychologische Beratung, aber auch Hinweise zur anonymen Behandlung bei Ärzten, die Menschen ohne Papiere helfen. Zu denen zählten wir als Flüchtlinge, die sich hier versteckt hielten. Doch es sollte noch ein paar Wochen dauern, bis ich einen ersten Termin dort wahrnehmen konnte, weil ich immer wieder an die eine Grenze stieß: Ich musste herausfinden, ob sie uns überhaupt suchen, musste wissen, ob mein Widersacher Anzeige erstattet hatte.

Dabei war ich mir fast sicher, dass sie Ben inzwischen gar nicht mehr bei sich haben wollten. Wenn dem so wäre, drohte ihm die mehrfach angekündigte Fremdunterbringung. Für Ben wäre es eine Katastrophe, die ihn vollends aus der Bahn werfen würde, dessen war ich mir sicher. Und alles geschah aus puren Machtgelüsten, sowohl seitens der Experten als auch seitens meiner Widersacher. Und das war es, was die Geschichte so widerwärtig und mich so wütend machte, so sehr, dass ich sie alle hätte erwürgen können.

Statt mir aber an all diesen Widerlingen die Hände schmutzig zu machen, machte ich einen Termin mit der Juristin des Flüchtlinshauses, Mieke. Mieke sprach sogar Deutsch.

Weihnachten wurde gesellig, lustig und locker wie eine Silvesterparty. Ben fühlte sich zwischen den Kindern bei Sabine sichtlich wohl. Es gab viel Leckeres, vor allem gab es für alle Geschenke. Ben freute sich so ungehemmt und unverblümt, dass die älteren Kinder schon Bemerkungen fallen ließen. Marcels Mutter erinnerte an eine Spanierin: Pechschwarze lange Haare, goldene Ohrreifen, Volantrock. Sie war sehr wohlhabend, wohnte ganz allein in einer riesigen Villa inmitten eines weitläufigen Parks. Sie schenkte uns etwas Geld – in einem Umschlag mit Weihnachtskarte, und als ich es gewahr wurde, war es mir unangenehm. Wir hatten Plätzchen gebacken, Sterne und Tierfiguren, und damit ein riesiges, wirklich gelungenes Knusperhäuschen für Sabine und ihre Kinder gebastelt.

In ihrem Garten lebte ein Pferd in Gesellschaft einer Ziege, das ab und an seinen Kopf zum Fenster hineinschob, sodass es ein wenig wie damals bei uns zu Hause war. Auf die Fragen der anderen Weihnachtsgäste, wo denn Ben zur Schule gehen würde, antwortete ich ausweichend mit einem Jahr Auszeit, das ich mir genommen hätte und dass ich ihn derzeit selbst unterrichtete. Das wäre sehr effektiv, er würde sehr gut lernen. „Oh ja", antwortete man mir, „man merkt beim Einzelunterricht ja auch sofort, wo es hapert."

In diesem Land, so erfuhr ich, galt die absolute Schulpflicht nur für Kinder im Alter von 12 bis 16 Jahren, ansonsten konnte man seine Kids ohne Nennung von Gründen selbst unterrichten.

Ben übernachtete dann bei Sabine und ihren Kindern und ich freute mich für ihn darüber, aber auch für mich, so mal etwas allein zu sein – nach fast drei Monaten.

In einem großem Raum im Erdgeschoss des Kloster hatten wir einen fünf Meter hohen Weihnachtsbaum aufgestellt, den man nach einer vorgezogenen Weihnachtsfeier in der ehemaligen Kirche vorzeitig ausrangiert hatte. Ben und ich bugsierten ihn in einen riesigen Blumenkübel, denn er hatte noch seine Wurzeln und verfüllten ihn mit feuchter Erde. Im Keller fanden wir Kartons mit Kugeln und Lichterketten.

Es war eine friedliche Zeit, die Studenten hatten frei, und so kam nur selten ein Wagen auf den Campus; einige Gebäude des ehemaligen Klosters wurden von der Universität Leuven genutzt. Nachts rief permanent ein Käuzchen, Leute führten ihre Hunde hier spazieren, ab und zu kam ein Reiter vorbei, der mit stoischer Geduld versuchte, seinem Pferd die Furcht vor den gefährlichen weißen Streifen der Parkplatzmarkierung zu nehmen.

Erst in den letzten Wochen hatte Ben begonnen, gern und freiwillig zu arbeiten - nicht zuletzt dank Inas abgelegten Büchern, die sie uns per Post ins Kloster geschickt hatte und die Bens Leistungsstand und Geschmack entsprachen. Er hatte viel nachzuholen, unter den schrecklichen Umständen hatte er nur wenig Freude am Lernen gehabt, entsprechend wenig bis gar nichts war bei ihm hängen geblieben. Mit seinem dürftigen Schulwissen hätte er zu diesem Zeitpunkt keine normale Schule besuchen können. Und so war diese Übergangszeit, in der ich zwangsläufig sehr viel Zeit für ihn hatte, optimal. Ben bekam einen Thron und sollte als König regieren. Was würde er in seinem Land alles ändern und warum. (Er hatte wirklich das Zeug zu einem guten König.) Oder Geländebestandsaufnahme draußen. Alles aufschreiben oder aufzeichnen, was ihm draußen auffiel. Oder neue Sportarten ausdenken. Ich erfand für ihn Wortspielereien, gesprochene oder gezeichnete, dazu 1000 Eselsbrücken.

Zu Weihnachten hatte er einen Englisch sprechenden Bären mit Begleitbuch bekommen. Von diesem Monstrum war er so begeistert, dass ich das Monstrum und Bens Freude am Nachplappern als Anlass nahm, ihm obendrein Englisch zu lehren. Die Vorteile des Selbstunterrichtens lagen darin, dass wir uns Zeit lassen konnten, und ich für Ben alles nach Maß schneidern konnte, sodass er Spaß hatte und Ehrgeiz und Willen entwickelte. Er hatte im Laufe der Zeit eine ordentliche Schreibschrift entwickelt, konnte das, was er wollte, selbst zu Papier bringen, las fremde Texte (für Leseeinsteiger), wenngleich auch noch etwas stockend. Und nachdem wir beim Rechnen zur Sicherung der Grundlagen noch mal ganz von vorn angefangen haben, rechnete er sogar von sich aus.

37 Fünf Monate später

Heute, am 2. März, war es auf den Tag genau fünf Monate her, dass wir Deutschland verlassen hatten.
Ben radelte gern, viel und wild. Wir joggten über die Felder, übten Rollen vorwärts und rückwärts auf einer Matratze in unserem Mehrzweckraum, und später hatten wir uns in dem riesigen Gebäude sogar noch einen Squash-Raum zugelegt. (Federballschläger und Flummi)

Doch Ben brauchte dringend andere Kinder – neben Marcels Mädchen. Doch unter der Woche, wie überhaupt während der Schulzeit, schienen sämtliche Kinder Belgiens wie vom Erdboden verschluckt. Ganztagsschule praktisch ab dem 6. Lebensmonat. Wir radelten ins Hallenbad. Auf andere Kinder treffen – wenn auch nicht mehr, Schwimmen lernen, Spaß haben. Zwischendurch sagte ich ihm immer, er solle sich vorstellen, er wohne im australischen Busch, zig Meilen rundum kein Ort, keine Schule, keine Menschenseele, also auch keine Kumpels. „Den Kindern auf den Farmen im Outback geht es wie dir jetzt. Aber irgendwann, vielleicht schon bald, würde es anders sein. Und bis dahin nutze die Zeit und lern und üb alles Mögliche, für das du nachher, wenn du wieder Freunde hast, keine Zeit mehr finden wirst."

Langeweile beflügelt die Phantasie. Plötzlich malte und bastelte er viel. Oder spielte im Haus Detektiv. Manchmal spielte er auf der Orgel in der hauseigenen Kirche, lang und ausdauernd. Er sagte zu mir, das Stück, das er jetzt gleich spiele, sei für Barni. (Unser früherer Hund.) Es hörte sich schön an, harmonisch, aber auch schrecklich traurig.

Ab und zu zankten wir uns. Manchmal schimpfte ich mit ihm, trotz der Vorgeschichte. Auch er brüllte dann schon mal zurück. Die Normalität stellte sich, was das anbelangte, schnell wieder ein. Er hat einen Dickkopf und so blieb es nicht aus, dass manchmal auch die Fetzen flogen.

Doch seit wir einen Fernseher aktiviert hatten, konnte ich ihm die drakonischste aller Strafen verpassen: Fernsehverbot. Ansonsten hatte das Fernsehen durchaus einen positiven Effekt, denn es förderte Bens Sprachvermögen: Mister Bean in Vlaams (belgisches Niederländisch), Zorro in Englisch und Tim und Struppi in Französisch.

Vor ein paar Wochen besuchte ich auf Anraten von Mieke, der sympathischen Rechtsberatung, mit Ben das anonyme Vertrauenszentrum für misshandelte oder sexuell missbrauchte Kinder im nahen Leuven. Eine der Psychologinnen sprach Deutsch. Ich hatte sie gebeten, sich einmal mit Ben zu unterhalten, weil Ben nach wie vor unter üblen Alpträumen litt, aber auch, weil ich mit ihm nicht über die Zeit bei seinem Vater sprechen konnte. Seine Erzählungen waren mehr als dürftig, meistens blockte er ab. So wollte ich wissen, wie es in ihm aussah. Ich hatte der Psychologin zuvor unsere Vorgeschichte erzählt - auf Englisch, weil Ben dabei war und nicht alles mitbekommen sollte.

Die Antwort bestand nur aus einem Wort: Angst.

Diese Angst ließ ihn jedes Gespräch über seinen Vater und über die zurückliegende Zeit verweigern. Die Psychologin erklärte mir, dass man ihm seine Angst nicht nehmen dürfte, solange wir in der Unsicherheit leben, gesucht und möglicherweise wieder getrennt werden könnten. Ob es denn keine Möglichkeit gäbe, die Sache von hier aus dem Kind zuliebe vernünftig zu klären, fragte sie mich. Ich versuchte ihr zu erklären, dass unser Fall nichts mit Vernunft und schon gar nicht mit Kindeswohl zu tun hätte, und dass ich ja grundsätzlich als Erziehungsberechtigte ausschied, weil ich ja diese Persönlichkeitsstörung hätte. Bens Neurodermitis und Asthma bronchiale seien der Beweis.

Die Psychologin schüttelte unverständig den Kopf, und ich spürte, wie müde ich eigentlich von all dem war, wie hoffnungslos und ausgelaugt. Wie oft hatte ich die Geschichte erzählt! Immerhin begann Ben bald darauf zu reden.

Doch erst wenn wir sicher sein könnten, dass sie uns zumindest im Ausland in Ruhe ließen, erst dann könnte man Ben psychotherapeutisch behandeln, damit er das Erlebte verarbeiten konnte.

Marcel meinte anfangs: „Wenn sie dich finden *wollen*, finden sie dich auch!"

Ich dachte daraufhin an den Satz, den ich vor unserer Flucht mehrfach gehört hatte: Nur Südamerika ist sicher. Gleichzeitig konnte ich mir nicht vorstellen, dass Bens Vater und dessen Frau ein echtes Interesse daran hätten, Ben zurückzubekommen – im Gegenteil.

Wenn sie uns ernsthaft suchen würden, hätten sie von meinem Unfall in Spanien erfahren, hätten sich längst an Rudolf gewandt, der vor drei Wochen nochmals hier aufgekreuzt war. (Uah!) Jetzt aber war er seit Mitte Februar auf Kreta und von mir aus könnte er da auf immer und ewig bleiben.

Dennoch war ich sehr vorsichtig: Ich rief nie in D an, auch nannte ich nie meinen Namen in der Mail und die, die mir antworteten, sofern sie herausgefunden hatten, wer sie da mit dem unbekannten Namen anmailte, auch nicht. Meiner Mutter hatte ich ja bei meinem letzten Besuch vor meiner Flucht gesagt, was ich vorhatte. Obwohl sie mit ihren 84 Jahren noch klar im Kopf war, (jedoch sehr stur sein konnte) konnte und wollte es nicht glauben. Ich sagte ihr, dass ich ihr schreiben würde, aber nicht unter meinem Absender, auch nicht unter meinem Namen, aber ich würde ihr schreiben. Mit Nadine hatte ich vereinbart, dass ich die Briefe an ihre Mutter schickte und sie, Nadine, würde diese dann an meine Mutter schicken. Aus Sicherheitsgründen hatte ich beschlossen, ihr nicht zu verraten, wo genau wir wären – für den Fall, dass man sie dazu befragen würde und sie sich vor Aufregung verplappern würde. Sie lebte von ihrer Rente, hatte dazu eine geringe Witwenrente. Früher hatte ich ihr immer mal etwas dazu geben können. Jetzt musste sie ohne mich über die Runden kommen. Ich glaube, die Entwicklung des Sorgerechtsstreit und dass wir am Ende tatsächlich geflüchtet sind, war für sie ein schwerer Schlag.

Vor meiner Flucht hatte ich mein Konto leergeräumt und die Bankcard vernichtet. Vielleicht warten *sie* jetzt nur darauf, bis ich irgendwann in irgendwelchen Einwohnermeldelisten auftauchte oder Ben an einer Schule anmeldete. Dann würde es nicht lange dauern und peng, hätten sie uns. Zwar würden mich nur ein bis zwei Jahre auf Bewährung erwarten, dennoch würde ich, bis es zur Auslieferung käme, ins hiesige Frauengefängnis umziehen müssen, schätzte Mieke, die Rechtsberatung für Illegale. Also doch Gefängnis!
Nur was wäre dann mit Ben? Für ihn wäre es eine Katastrophe, denn er käme höchstwahrscheinlich in eine Pflegefamilie oder in ein Heim. Etwas, was er nicht verkraften würde. Dessen war ich mir sicher.
Manchmal waren meine Alpträume gerade deswegen so übel. Dann schreckte ich hoch, realisierte, dass wir hier waren, halbwegs in Sicherheit – es gab hier ja das Kirchenasyl – und so schlief ich wieder ein, bis sich der Alptraum wiederholte. Oder es klingelte an der Tür und irgendwelche amtlich wirkenden Gestalten fragten etwas auf Vlaams (flämisches Niederländisch). Ben sollte nur das Fenster, nicht gleich die ganze Tür öffnen, wenn er die Leute nicht kannte. Das war keine ungewöhnliche Auflage, so etwas machten Eltern auch unter normalen Bedingungen.
In den vergangenen Monaten hatte Ben schnell und viel gelernt. Keine der von den Experten beschriebenen Verhal-

tensstörungen ist bei ihm noch einmal aufgetaucht. Er spielt mit seinem neuen Freund aus der Nachbarschaft wieder so, wie er früher mit seinen Freunden gespielt hatte: laut, fröhlich und ausdauernd. Die beiden hatten sich bei einer Radtour über die Felder kennengelernt und sich daraufhin und über die Sprachbarriere hinweg gegenseitig eingeladen.

Dennoch, dennoch. Auch tagsüber dachte ich oft, ich wache gleich auf und hab alles nur geträumt. Ein Zipperlein jagte das andere. Die dritte Erkältung, Augenbrennen und Augendruck links. Kopfschmerzen. Dabei leben wir ziemlich gesund (wenngleich wir noch immer Milchprodukte konsumierten), gingen oder radelten jeden Tag über die Felder. Es gab da herrlich schlammige Crossstrecken für Ben, sogar richtig steile Abfahrten. Überhaupt gab es viel zu entdecken. Doch wenn ein Polizeiwagen an uns vorbeifuhr, konnte ich beobachteten, dass Ben jedes Mal unsicher wurde. Doch er merkte auch, dass sie weiterfuhren, obwohl sie uns gesehen hatten. Einmal bremsten sie sogar, um uns an einem Zebrastreifen über die Straße zu lassen. Uns, nur uns allein. Unsere Ängste waren meist unberechtigt: Denn selbst wenn wir auf der Fahndungsliste stünden, so ein paar Streifenpolizisten würden kaum die Gesichter aller Gesuchten Europas im Kopf haben.

Marcel meinte neulich beim gemeinsamen Abwasch, dass sie im Jurastudium gleich am Anfang gelernt hätten, dass man von der Rechtsprechung nicht erwarten könne, dass die auf Gerechtigkeit abziele. Ob ich das denn nicht wüsste? Ich hatte zwar schon einige ähnliche Sätze gehört, dachte dann aber an die unterschiedlichen Straftäter, an Mörder und Kinderschänder, die, wenn sie zehn Jahre für ihre Tat bekamen, doch gerecht bestraft würden. Deshalb zweifelte ich jetzt an der Allgemeingültigkeit solcher Sätze. Würde die Rechtsprechung noch nicht einmal versuchen, Gerechtigkeit walten zu lassen, könnte man doch gleich aus Gerichtsverhandlungen Lotteriespiele machen, Richter würden dann zu Glücksfeen. Oder man nehme gleich Glücksfeen statt Richter.

Mitte Januar hatte uns Nadine besucht und uns unsere Räder mitgebracht. Ben freute sich über sein Mountainbike wie ein Schneekönig, wie er sich überhaupt freute, dass wir Besuch aus unserem früheren Leben bekamen. Inzwischen hatte er Nadine über anderthalb Jahre nicht mehr gesehen.

Dann wurde es endlich Frühling. Ina hatte sich für die wärmeren Tage angekündigt, doch dann war ihr Mann gegen ihren Besuch bei uns. Ähnlich verhielt essich mit Elfi. Wenn ihr Mann erfahren würde, dass sie uns besuchte, dass sie nach Belgien führe … Ergo besuchte sie uns nicht.

Ich hatte mir überlegt, der Sprache wegen in eine deutschsprachige Region eines anderen europäischen Landes zu ziehen. Nach all seinen Problemen würde Ben an einer Schule, in der er einer fremden Sprache ausgesetzt wäre, gnadenlos scheitern. Vielleicht gingen wir als Illegale in die Schweiz?
Aus Fliegerzeiten war mir ein Weg hinter Genf in Erinnerung, auf dem man unkontrolliert von Frankreich aus in die Schweiz gelangen konnte. In der Schweiz gabs jede Menge Illegale, deren Kinder alle in die Schule gehen würden. Das wusste ich von Vera, einer Bekannten von Marcel, die sich für Fotografie interessierte und deshalb ab und zu vorbeischneite. Sie hatte mit ihrem Mann, einem Diplomaten, mehrere Jahre in der Schweiz gelebt.
Italien wäre auch eine Option, dort bestand keine Meldepflicht. Norditalien wäre nicht nur aufgrund der deutschen Sprache attraktiv. Das nächste Schuljahr sollte Ben auf alle Fälle an einer richtigen Schule sein.

Nadine hatte ihre Email gestern derart verschlüsselt, dass ich sie eigentlich gar nicht verstanden hatte. Nur dass ihre Nachbarin, die Staatsanwältin, ihr mitgeteilt hätte, dass wir zumindest im Ausland unsere Ruhe haben würden. Sie wollte mir aber in einem Brief nähere Einzelheiten schreiben.

N°1, die Weltfremde, hatte mir ja damals gesagt: „Na, so nach etwa einem halben Jahr lassen sie Sie in Ruhe. Wegen des Zusammengehörigkeitsgefühls."
Inzwischen bezweifelte ich diese Halbjahresstory von N°1, der Weltfremden, hatte ich doch von Elternteilen gehört, die auch noch nach zwei Jahren aufgegriffen worden waren, wie ja grundsätzlich Kinder über Nacht aus ihren Familien gerissen wurden, wenn man das Kindeswohl – ob berechtigt oder nicht - in Gefahr sah. Aber sollte es ehrliche Menschen bei der Staatsanwaltschaft Bonn geben, die sich die Mühe machen, unsere Akten zu studieren und bitte auch mal das lesen, was N°3 angeführt hat, und nicht nur aus Loyalität mit den anderen Gerichten denen nach dem Mund reden, dann, ja dann müssten sie stutzig werden. Dann würden sie unsere Belege beachten und endlich den Kinderarzt als Zeugen anhören. Aber so viel Mühe werden sie sich sicher nicht machen. Keiner würde aus Gedöns einen *Fall* machen.

38 Und noch ein Vorfall

Wenngleich ich mir inzwischen hundertprozentig sicher war, richtig gehandelt zu haben, dann hatte dieser Vorfall mich noch einmal mehr darin bestätigt. Keine Ahnung, warum gestern ausgerechnet *dieser* Film ausgestrahlt wurde, wenn auch leider nur in französischer Sprache. Mein Sohn aber schaute dennoch von Anfang an wie gebannt zu, während ich noch parallel einen Brief an Nadine schrieb, somit kaum hinhörte, als Ben sagte, der Mann da wäre bekloppt. Ich blickte kurz auf, sah eine Entbindungsstation und einen offensichtlich aus dem Häuschen geratenen Mann, sicher der Vater und sagte zu Ben: „Wenn Väter Väter werden, benehmen sie sich manchmal, als wären sie bekloppt." Ben schwieg. Doch nach einer Weile sagte er: „Ein echt toller Film, aber der Mann da, der jetzt mit dem Baby ganz allein ist, ist wirklich bekloppt. Und seine Kumpels auch." Ich schaute daraufhin genauer hin. Es stimmte. „Je suis Sam". Amerikanischer Spielfilm mit Michelle Pfeiffer als Anwältin. Die Geschichte hätte ein weiteres Pendant zu der unsrigen sein können, bis dass ich meinen Sohn nicht adoptiert hatte und dass ich mir anmaßte zu behaupten, über den Entwicklungsstand einer Siebenjährigen hinausgekommen zu sein. Ich musste ja schon etwas grinsen, als der Mann, ähnlich wie ich im vergangenen Sommer, anderer Leute Hunde betreute beziehungsweise mit ihnen spazieren ging. Der Mann mit dem Verstand eines Siebenjährigen aber bekam am Ende sein sehr aufgewecktes Adoptivkind zurück, und die Prämisse des Films entsprach unserer Geschichte: Was zählt.

Was aber an dem Film für mich so bedeutend und so erschreckend war, war der Umstand, dass mein Sohn sich offenbar selbst in dem Film erlebte, seine Trennung von mir noch einmal durchlebte, als die Behörden in dem Film dem behinderten Mann das Mädchen wegnahmen. Ben weinte daraufhin fast genauso verzweifelt wie damals am Telefon, als ich ihn aus Afrika angerufen hatte und sich durch nichts trösten oder beruhigen lassen wollte. Ich erschrak zutiefst und nahm ihn schnell in die Arme. Daraufhin sagte er mir unter Tränen, dass er sich wieder an damals erinnert gefühlt hätte, als er nach meinem Weggehen so allein gewesen war. Gestern, während des Films hatte er sich in die Zeit vor zwei Jahren zurückversetzt gefühlt und die gleiche Verzweiflung und Einsamkeit empfunden wie damals. Aber dieses Mal konnte ich ihn in den Arm nehmen, ihn spüren lassen, dass ich wieder für ihn da war. Und Ben sah am Ende des Films, dass auch das Mädchen wieder bei ihrem - behinderten - Vater sein durfte, wenngleich das auch in diesem Fall nicht die Offiziellen veranlasst hatten.

Zwei Tage später, es war wieder mal ein 10. März, las ich Nadines kleinen Brief, den sie an mein Pseudonym und c/o Marcel geschickt hatte: Sie suchten uns nicht europaweit, schrieb sie, nur in Deutschland. Ich sollte es also nicht wagen, mich dort irgendwo bemerkbar zu machen oder gar versuchen, uns irgendwo anzumelden.
Wow, dachte ich, also sind wir zumindest hier freie Leute. Ob ich uns allerdings ungehemmt bei einem Einwohnermeldeamt und Ben an einer Schule anmelden könnte, da würde sie nochmals gesondert nachfragen, weil es da eben zu entsprechenden Rückfragen mit den deutschen Behörden kommen könnte. Wenngleich es wohl eher unwahrscheinlich wäre, könnte es jedoch sein, dass die Bürokraten einen Ummeldebescheid zu unserem Einwohnermeldeamt senden. Ergo wüsste man in Deutschland, wo wir wären, und dann könnte es sein, dass sie uns anzeigen und es am Ende doch zu einem Auslieferungsverfahren käme. Prost! Das wollte ich natürlich erst gar nicht riskieren.
Später erfuhr ich, dass man – außerhalb Deutschlands - europaweit sein Kind an jeder x-beliebigen Primarschule seiner Wahl anmelden könnte. Unzählige Illegale, so erfuhr ich, schickten ihre Kinder so ganz legal in die Schule. Wie in Italien und wie in der Schweiz auch. Wir hatten nun die Qual der Wahl, in welchem Land wir unser normales Leben beginnen sollten. Nur Österreich schied für mich von Anfang an aus.

Hatte ich früher ein Briefkastensyndrom, hatte ich hier ein Email-Syndrom. Das aber verschwand in den letzten Wochen mehr und mehr, und so ging ich gegen 18 Uhr jenes 10. März an den elektronischen Briefkasten. Und prompt in die Falle.
Nadines Message: „Muss dir morgen nochmals einen Brief schicken, in dem so ziemlich das Gegenteil stehen wird."
Ich war schockiert: Herzrasen, Zittern der Hände. Zur Verdeutlichung unserer akuten Gefahr schrieb sie: „Wolltest du dir nicht ne neue Email zulegen? Gute Idee!"
Das war deutlich! Nur wie sag ichs meinem Kind? Nach einem scheinbar freien Nachmittag!
Sie würden uns jedoch lediglich passiv suchen, das hieß, sie warteten, bis wir uns irgendwo anmelden...

Am übernächsten Morgen erreichte mich ein weiterer Brief von Nadine. Sie schrieb da etwas über meine Selbstanzeige. Etwas, das ich mir kaum verzeihen konnte: Weil ich diese Selbstanzeige erstattet hatte, von der der Vater in Kenntnis gesetzt wurde, *musste* der Anzeige erstatten, weil man sonst der Selbstanzeige nicht nachgehen könnte. Hätte ich' s doch besser nicht getan, in meiner naiven Hoffnung auf Gerechtigkeit. Wie Helmut, hatte auch ich angenommen, dass sie aufgrund der Anzeige mal prüfen, mal die Beweisstücke lesen oder der uneidlichen Falschaussage Lenzers nachgehen. Ach, hätte ich bloß nicht diesen dämlichen Drang nach Aufklärung, nach Gerechtigkeit, nach Fairness, ich hätte mich natürlich *nicht* selbst angezeigt. Ich persönlich wusste ja, dass ich im Recht war. Halt! Diesen Gedankengang müsste eigentlich auch die Staatsanwaltschaft haben. Sie müssten sich denken können, dass ich mich nicht selbst anzeigen würde, wenn ich im Unrecht wäre. Aber höchstwahrscheinlich werden sie erst gar nicht zu denken anfangen. Und für unsere Experten wäre meine Selbstanzeige nur ein weiterer Beweis meiner Störung.

Aber dann schrieb Nadine, dass allgemein bemängelt wird, dass die Vernetzung Europas noch nicht so gut funktioniere, und deshalb müsste ich mir keine allzu große Sorgen machen, dass sie uns finden. Eine echte Gefahr bestehe auch nur dann, wenn sie einen konkreten Tipp bekämen, dann wenn uns jemand verraten würde...
Ich dachte spontan an Rudolf.
Vor allem aber sollte ich Ben an einer Schule anmelden, schrieb Nadine. Das hätte ihr Karin gesagt. Wenn sie uns dann nach ein bis zwei Jahren doch noch finden würden, dann aber sähen, dass der Bub in einer Schule integriert ist, Freunde hat und ein normales Leben lebt, dann würden sie ihn – höchstwahrscheinlich - nicht zurückschicken. Ansonsten aber müsste er sofort zurück zu seinem Vater oder in eine andere Familie. Ja, notfalls auch in ein Heim.

Es hörte nicht auf. Die nächtlichen Alpträume gingen in immer neuen Variationen weiter. Tagsüber dagegen plagten mich eher die existentiellen Zukunftsängste. Es zerrte an meinen Nerven, an meiner Kraft, mitunter an meiner Hoffnung. Selbst wenn ich etwas gefunden hätte, hätte ich hier nicht schwarz arbeiten können, weil ich für die Zeit keine Betreuung für Ben gehabt hätte. Und ihn hier auf gut Glück in einer Schule anmelden, wo er kaum ein Wort verstehen geschweige schreiben könnte, war nicht nur riskant, sondern geradezu hirnrissig. Es galt, ihn auf den schulischen Stand zu bringen, der in etwa seinem Alter entsprach, sodass er nach den Sommerferien halbwegs problemlos eine normale deutschsprachige Schule besuchen könnte.
Im Frühjahr begann sich unsere Situation regelrecht zuzuspitzen. Nach Deutschland hatte ich keinen Kontakt mehr – außer zu Nadine. Alle anderen zogen es aus Sicherheitsgründen vor, den Kontakt zu uns einzustellen. Selbst Ina, die Pragmatische, beugte sich dem Druck ihres Mannes, der lange Zeit vergeblich um seine Tochter aus einer früheren

Beziehung gekämpft und sehr darunter gelitten hatte. Er war stinkig darüber, wie ich meinen Sorgerechtsfall gelöst hatte. Doch sein Fall war ein ganz anderer, denn seine Tochter musste da, wo sie lebte, nicht leiden. Seine Tochter liebte ihre Mama und hatte von Anfang an bei ihr gelebt. Möglich, dass es genau das war, was ihn so reagieren ließ.

Wir kannten hier zwar inzwischen einige Leute, die uns etwas halfen. Manchmal, ein bisschen. Aber es reichte nie lang. Ich konnte nichts erwarten, tat es dennoch, hoffte. Ich bot mich als Gärtner an: Rasen mähen, Hecken schneiden, Teich säubern – nada. Fenster putzen, putzen allgemein, Auto waschen? Nein. Allein das Um-Arbeit-bitten kam Betteln gleich. Fragte ich die Leute, die unsere Geschichte und somit meine Zwickmühle kannten, direkt um etwas Hilfe, um ein paar Lebensmittel, dann wanden sie sich wie die Würmer. „Ward Ihr schon bei der Flüchtlingshilfe?" „Hast Du denn keine Verwandten, die ...?" Oder: „Ich habe nie Geld bei mir, ich zahle alles per Karte."

Zum Glück aber warfen die Menschen immer viel weg. Und wenn Ben es nicht sah, zog ich die angefressenen Pizzen aus dem Mülleimer, schnitt sie in ansehnliche Stücke, sodass man die Bisse nicht mehr sah und schob sie dann zum Desinfizieren und Aufwärmen in den Ofen.

Dann passierte etwas ziemlich Ätzendes. Ich hätte es ahnen müssen; die wenigsten Menschen waren selbstlos und ich ahnte, dass ich Marcels Blicke mitunter ganz richtig gedeutet hatte. Sein großzügiges Angebot war demnach gar nicht so großzügig. Wenngleich ich wusste, dass Marcel durch uns keinerlei Unkosten hatte, bis auf die Küche benutzten wir ja nur solche Räume, die er nicht selbst gemietet hatte, war für mich von Anfang an klar, dass ich für das freie Wohnen alle möglichen anfallenden Arbeiten machte. Ich wusch deshalb stets ab und brachte den Müll weg – illegale Entsorgung in den Containern der Klinik gegenüber. Ich öffnete allen möglichen Leuten stets die Haustür, nahm Pakete und sonst was entgegen, wenn Marcel nicht im Haus war, spielte also seine Concierge. Wenn wir etwas hatten, bot ich ihm fast immer von unserem gerade gekochten Essen an, zu dem er meist wie zufällig hereinschneite, wenn wir uns gerade zu Tisch gesetzt hatten. (Ach, das riecht aber gut!) Bei ihm schien zudem, ähnlich wie bei einem Cockerspaniel, das Sättigungszentrum im Gehirn gestört zu sein, so endlos war sein Appetit. Vor allem, wenn es meine Pizza gab, von der Ben und ich zwei Tage hätten essen können.

Von Anfang an hatte er gesagt, das Gebäude wäre groß genug, um sich aus dem Weg zu gehen. Keine Abhängigkeiten! Und daran hatte ich mich so gut es ging gehalten. Dass wir ihm hier und da begegneten, vor allem in der gemeinsam genutzten Küche, war unvermeidlich. Frank zahlte ihm für die vier Räume, die er allein belegte, eine geringe Miete, obwohl diese Räume nicht Marcel, sondern der Universität gehörten. Durch das Miete zahlen und durch ein paar schmeichlerisch dahingeheuchelte Floskeln aber war Frank aus dem Schneider, Marcel würde ihn im Notfall decken, sollte die Universität etwas sagen. Später sollte es auch zwischen den beiden noch ziemlich krachen.

Mir aber gingen derartige Schleimereien einfach gegen den Strich und somit nicht über die Lippen. Ausgeliefert sein. Das war das, was ich empfand, als er eines abends regelrecht explodierte – mitten in einem der endlosen Gänge, als ich ihm zufällig vor die Füße lief: Er wüsste überhaupt nicht, wozu er uns hier noch beherbergen würde, wenn ich mich immer so zurückzöge. Und dass ich ja viel zu wenig arbeiten würde, und dann würde ihm dieses und jenes fehlen, das hätte bestimmt mein Sohn geklaut. Neulich hätte er ihn nämlich ganz verstohlen etwas verstecken sehen. Und die Kekse würden auch immer weniger. Das war garantiert Ben. Und sicher wären wir es gewesen, die da seine Marmelade gegessen hätten. Nein, wenn er sich nicht mehr gut mit uns fühlen würde, dann würde er uns raussetzen. Peng!

Die Spucke, die sich in seinen Mundwinkeln angesammelt hatte, schäumte weiß wie bei Tollwut, als er sich so eruptiv Luft machte. Ich hatte es ein bisschen geahnt, dass er immer weniger gut auf mich zu sprechen war, aber weil er nie mit der Sprache herausgerückt hatte, hatte ich mir den Grund nicht denken können. Aber dass er Ben beschuldigte, ihn beklaut zu haben, machte es mir sehr schwer, mich zu beherrschen. Dennoch reagierte ich so sachlich wie möglich, aus Angst, dass ein Zornesausbruch meinerseits unsere ohnehin unglückliche Situation umgehend noch unglücklicher machen würde. Ich erinnerte ihn verwundert an seine eigenen Worte, an die Distanz, die er anfänglich selbst gewünscht hatte, und worüber ich nur froh gewesen war, wäre es doch sonst ein gezwungenes ungleiches Verhältnis. Und wenn er irgendwelche Gegenleistungen von mir erwartet hätte, hätte er die von Anfang an klar definieren sollen. Schließlich konnte ich zwar einige, aber nicht alle seine Gedanken lesen.

Jetzt aber, wo er so bebend, schäumend und sabbernd vor mir stand, wusste ich nur eins: so schnell wie möglich nach einer Ausweichmöglichkeit suchen und vor allem Ben vor einem weiteren Pulverfass nach Rudolf schützen.

All das im Hinterkopf schloss ich mit ihm einen Waffenstillstand, es war wohl mehr ein Belagerungszustand seinerseits. Von nun an war er noch kürzer angebunden, verwehrte mir die Internetnutzung über seinen PC, meine Verbindung zur Außenwelt, spionierte ständig in unserem Wohnraum nach Dingen, die ihm gehören könnten und war auch sonst die Liebenswürdigkeit in Person, indem er mir, sobald er irgend etwas vermisste, umgehend unterstellte, dass mein Sohn oder ich es womöglich genommen hätten. Es schnürte mir fast die Luft ab. Aber wir mussten hier ja so oder so weg. Aber das ging nunmal nicht von heute auf morgen.

Weil ich deshalb ziemlich ratlos war, suchte ich Marcels Schwiegermutter auf, zu der ich, seit sie uns mal zu einem Essen zu sich eingeladen hatte, einen freundschaftlichen Kontakt pflegte. Ich erzählte ihr von unserem Problem mit Marcel und wie es denn sein könnte, dass er solche Reaktionen zeigte? Da nickte sie betrübt, erzählte mir ihrerseits Beispiele, was sie mit Marcel schon alles erleben musste. „Grausam", meinte sie, „ja, manchmal wäre er regelrecht grausam - und grenzüberschreitend. Als hätte er überhaupt kein Gespür für Menschlichkeit."

Bis zum Sommer wäre Ben sicher so fit, dass er in die 3. Klasse einer ganz normalen Schule gehen könnte. Dass Ben das nächste Schuljahr in einer Schule verbringen würde, war für ihn und für mich das A & O, war das Wichtigste für ein normales Leben und deshalb beschlossene Sache. Dort, wo diese Schule wäre, brauchten wir – nach erfolgreicher Schulanmeldung - eine Wohnung. Wir konnten erst dann in diesem unbekannten Irgendwo nach einer Wohnung suchen, wenn wir wussten, welche Schule ihn definitiv aufnehmen würde. (Später erfuhr ich, dass es umgekehrt funktionierte.)

Da lag nun also Europa und da waren wir: zwei mittellose Flüchtlinge, die ihren Schleppern auf Gedeih und Verderb ausgeliefert waren. (Unsere Schlepper hießen Rudolf und Marcel). Wir waren damit ähnlich übel dran, wie all die Illegalen, die aus Not Afrika und Asien verließen und nach Europa schwappten - bis auf dass wir blond und blauäugig waren, eine verbreitete europäische Sprache sprachen und unseren Schleppern kein Geld zahlen mussten. Doch dafür konnten wir kein Asyl beantragen. Damit war unsere Lage übler als die all der legalen Illegalen, denn ich war ja eine Kriminelle, eine Kindesentführerin. Also blieb mir nichts übrig, als trotz der mitunter haarsträubenden Lage durchzuhalten. Es musste einfach klappen.

Zum Glück kam in diesen Tagen Vera vorbei, die sehr gut deutsch sprach: die hübsche, große weltgewandte Vera, eine Holländerin mit indonesischen Wurzeln, zog ständig mit ihrer Familie um. Alle vier Jahre wechselten sie als Diplomatenfamilie in ein anderes Land. Ihr Sohn litt, seit er ein Baby war, an Asthma (Sicher die ständige Umzieherei, würde Lenzer jetzt sagen.) Doch keiner hatte sie dafür zur Rechenschaft gezogen. Mein Sohn hatte sich binnen Minuten mit ihm angefreundet. Bald rasten sie auf ihren Rädern zusammen durch die Gegend, und als Vera Ben auch noch mit auf die Cart-Bahn nahm, auf der die Jungs bald Runde um Runde drehten, schien sein Glück vollkommen. Ben hatte einen neuen Spielkameraden. Er hatte einige neue Spielkameraden. Ich freute mich, wenn ich ihn fröhlich mit anderen Kindern rennen, schreien und lachen sah. Selbst dann, wenn ich zu diesem Zeitpunkt noch nicht wusste, woher die nächste Mahlzeit käme.

Dann war es plötzlich ganz schlecht, denn ich hatte noch ganze 25 Cent, hatte noch etwas Marmelade, ein paar Zwiebeln, Salz, etwas Zucker. Kein Mehl mehr, um Brot oder Brotartiges zu backen. Zudem fand man hier noch seltener Münzen auf der Straße als bei uns, weil sie selbst einen Schokoriegel mit Karte bezahlten.

Auf dem nahen Feld gab es Spinat. Spinat als Gemüse oder Spinatsalat mit Öl und Essig von Frank. Ben mochte ihn nur gekocht. Doch allein ohne Kartoffeln oder Nudeln machte der Spinat nicht satt. Für Ben aber trieb ich immer noch etwas Brot auf fürs Frühstück – dazu Nutella (von Frank, der zwar ein Auge zudrückte, aber die Brauen hochzog). Inzwischen traute ich mich nicht mehr, jemanden um Hilfe zu bitten. Es war so demütigend, und es kostete Kraft ohne Ende. Meine Energiereserven schienen aufgezerrt. Ben aber war unendlich tapfer und anscheinend mit allem zufrieden.

Zusammenreißen. Sich überwinden. Ich radelte zu Marcels Schwiegermutter, doch sie war nicht da.

Mutig borgte ich mir daraufhin von dem knickrigen Frank Vollkornnudeln aus. Nudeln mit gekochtem Spinat. Mit Spinatnudeln gesättigt kehrte der Optimismus zurück. Lächeln. Vera brachte ein paar ihrer hübschen ausrangierten Klamotten. Wichtiger aber war das Essbare: Süßes für Ben, dazu zwei Apfelsinen.

Dann begann der leere Magen mir erneut eine bittere Realität vor Augen zu führen. Ich schuftete jetzt täglich für Marcels bevorstehendes Festival. Auf dass er uns endlich einfach nur in Ruhe ließe. Zum Glück war seine Schwiegermutter wieder da und packte uns eine Tüte voll mit Eiern, Bananen, Brot und solchen Sachen, die wir normalerweise überhaupt nicht aßen: Ölsardinen, Dosenerbsen, Blockwurst. Jetzt aber aß Ben die Wurst, ich die Erbsen, die Ölsardinen gab ich Frank. Doch nach zwei Tagen war die Tüte leer. Zum Glück aber hatte die Großveranstaltung im Hause begonnen, und es fiel etwas zu Essen ab. Ich stibitzte gnadenlos ein Stück Torte für Ben aus der eigens für das Festival eingerichteten Cafeteria, dazu einen Orangensaft – kleiner Lohn für die tagelange Schufterei.

Mir wurde mitunter schwindelig. Ich stellte mir vor, ich machte bewusst eine Diät, wollte also gar nichts essen und trank ein Glas Wasser. Marcel brachte fast immer die übrig gebliebenen Nudeln vom Essen beim Italiener mit. Zu diesen Essen lud ihn für gewöhnlich seine Schwester ein, die nach erfolgreicher Scheidung ein gutes Leben führen konnte. Sie kaufte auch mitunter für ihn Lebensmittel ein. Bislang hatte er die Reste vom Essen beim Italiener immer großzügig uns überlassen. Jetzt aber, nach unserem Disput, überkamen mich Zweifel, ob die Doggy-Packs noch immer für uns bestimmt waren.

Früher hatte ich mal so viel verdient, dass es mir auf einen Tausender nicht angekommen war. Doch ich hatte es nie fertig gebracht, Essen wegzuschmeißen, das noch in Ordnung war.
Die Franzosen hatten ihr Brot da gelassen. (Jippieh!) Dazu Diät-Margarine. Alle hatten schreckliche Angst, dick zu werden. Ich sehnte mich wie Ben nach Süßem, aber auch nach frischem Obst und frischem Gemüse. Wie im Krieg, nur schlimmer, weil ja im Krieg viele Not litten und somit verstanden, was es hieß, Hunger, ja Heißhunger zu haben. Im Krieg brauchte man sich auch nicht dafür zu schämen, Hunger zu haben, kein Geld zu haben, keine Arbeit, keine Aussicht auf Arbeit. Dieser Zustand, geboren aus einer Notsituation heraus, war nicht vergleichbar mit dem Hunger, den man während einer freiwilligen Diät verspürte. Es war ja wohl auch mehr der Kopf, das Bewusstsein, wie so oft. Hier aber verstand es keiner wirklich. Vielleicht wollten sie es auch nicht verstehen, weil sie auch unseren seltsamen Sorgerechtsstreit nicht verstanden, nicht verstehen wollten. Sie wussten genau, dass wir nichts hatten, kannten unsere Situation und zuckten doch nur unbeteiligt die Schultern. Stattdessen mussten wir zusehen, wie die vielen leckeren Sachen, die Frank und Marcel kauften und achtlos abstellten, vergammelten und dann irgendwann in den Mülleimer wanderten. Sie kauften immer viel zu viel. Und dann regte sich Frank tatsächlich darüber auf, dass es im Supermarkt ganze zwei Regalreihen für Hunde- und Katzenfutter gäbe und das, obwohl es doch so viele arme hungernde Obdachlose auf den Straßen gäbe. Dabei guckte er, als wäre er selbst so ein armer hungernder Obdachloser. Seit vier Tagen darbte nun schon ein verlockendes Stück Erdbeersahnekuchen im Kühlschrank, während der Käse des sozialkritischen Frank verschimmelte, und Marcels Obst vor unseren sehnsüchtigen Blicken verfaulte, während er sein Brot grundsätzlich hart werden ließ. Ben beherrschte sich unge-

mein, während wieder vergammeltes Essen in den Mülleimer wanderte. Nein, trotz allem wollte er nicht zurück, nie! Dabei aß er lächelnd und mit Appetit all das, was ich ihm auftischte, so als wüsste auch er ganz genau, dass es uns bald wieder besser gehen würde.

Noch ein Glückstag. Ein paar Aussteller des Festivals, die ebenfalls unsere Küche benutzten, hatten ihre Pizzen nicht aufgegessen. Ich sammelte die angebissenen Stücke aus den weggeworfenen Kartons und bereitete sie wie neulich schon einmal für uns auf. Ben verriet ich nichts über ihre traurige Herkunft. Es schmeckte ihm einfach nur prima, er aß alles auf. Unsere karge Zeit würde ihm sicher eine gute Schule sein. Dennoch. Der Abstand zu den anderen wurde, so empfand ich es, immer größer. Es machte mich beinahe stumm. Aber immerhin hatten wir es warm, in diesem kaltem Frühling.

Wir waren die absoluten Outlaws, doch wir hatten keine Alternative. Nur erneut die Hölle für Ben.

Vera kam mit ein paar Besuchern auf die Ausstellung, schob mir im Vorbeigehen einen 10-Euro-Schein zu, raunte mir zu, sie brächte in den nächsten Tagen etwas Essbares vorbei, leise, weil es niemand hören durfte, denn so eine Situation ging gar nicht. Ich aber war unendlich erleichtert, gleichzeitig einmal mehr peinlich berührt. Was für eine Situation!

Dennoch gab es während dieser Zeit für Ben nie einen Tag, an dem er hungern musste. Das hatte ich leichter puffern können. Es gab eben nur sehr einfaches Essen.

Die große Not der letzten Tage und Wochen aber hatte an mir genagt, mich hoffnungslos, ja fast lethargisch gemacht. Dennoch gelang es mir, einige Ideen zu aktivieren, wie es weiter gehen könnte. Nur was, wenn sich gar nichts davon realisieren ließe? Ich wäre schließlich nicht die Erste, die mit ihrem Kind geflüchtet, genau aus diesem Grund aufgeben müsste. Auch Helmut sagte damals zu mir: „Wenn ich jetzt mit meiner Tochter flüchten würde, müsste ich nach drei Wochen zurück, weil das Geld alle wäre!"

So sehen es wohl nach wie vor die meisten Betroffenen. Zu Recht. Doch die Vorstellung, dass es mir auch so ergehen könnte, dass alles umsonst gewesen sein sollte, mobilisierte bei mir stets neue Kräfte. Bens große Angst vor einem Zurück müssen, ließ mich aushalten, ließ mich immer wieder über meine vermeintlichen Grenzen wachsen. Zudem gewöhnt man sich an nahezu jeden Zustand. Nichts zu haben, gar nichts, auch daran gewöhnten wir uns, denn trotz des Mangels ging es uns im Wesentlichen erstaunlich gut. Ich merkte, dass es ungeheuer wichtig war, sich dessen immer wieder bewusst zu werden, nur nicht das Negative oder gar das Was-wäre-wenn? die Oberhand gewinnen lassen. Wir beide konnten ja trotzdem gut lachen, uns an allem Möglichen erfreuen, wie beispielsweise an unseren zahlreichen Gute-Laune-Erfindungen: dem Squashspiel mit Flummi und Federballschläger, das wir in einem der großen Räume spielten. Oder an unserem selbstgebastelten Indianer-Jones-Abenteuer-Würfelspiel, das wir fast jeden Abend spielten. Wir hatten viel Spaß an unseren Geheimpfaden und MTB-Crossstrecken in der Umgebung, hatten ihnen Namen gegeben wie Truthahn-Berg, weil's oben am Start im Wald ein Gehege mit Truthähnen gab. Vor allem aber konnten wir nach Lust und Laune die tollsten Pläne schmieden. Für unsere gemeinsame Zukunft.

Freitagmorgen gabs noch eine Scheibe Brot für jeden – aus dem Mülleimer, wenngleich noch in einer Papiertüte. Ein regelrechter Glücksmoment! Dann war mal wieder gar nichts mehr zu essen da. Und wenn Nadine entgegen ihrer Ankündigung doch nicht käme, um uns mit etwas Geld weiterzuhelfen? Dann würde ich am Nachmittag nochmals zu Marcels Schwiegermutter radeln müssen. Sie hatte mir ihre Hilfe zugesichert. Dieses Wissen allein hielt das widerliche Hungergefühl in Schach.

Ben war an diesem Freitagmorgen, für den sich Nadine angekündigt hat, genauso unkonzentriert wie ich. Ich las ihm eine Geschichte vor, erkannte seine Unkonzentriertheit und schlug ihm vor, raus zu gehen, um draußen auf der Wiese vor dem Haus zu warten. Wir nahmen unser Lesebuch sowie unseren Tee aus selbstgepflückter wilder Pfefferminze mit in den warmen Sonnenschein und setzten uns unter einen der vielen alten phantastischen Bäume, so, dass wir den Eingang unseres Klosters im Auge behalten konnten, vor dem gerade ein Trupp englischer Fotografen halbnackte, sonnenbankbraune Mädchen ablichtete.

Wir lasen nicht lang, als Ben rief: „Da ist sie!" Ich drehte mich um und sah ihr ins Gesicht. Ein vertrautes Gesicht. Nadine. Ich war ihr so dankbar, einfach dafür, dass sie kam, dass sie da war. Es war ein wenig wie ein Freispruch von meiner Tat, die über 95 Prozent meines einst recht großen Freundeskreises verurteilten. Wir umarmten uns, und es war fast wie früher, wie in all den vielen Jahren zuvor.

Nadine hatte Ben ein Sweatshirt von ihrem Sohn mitgebracht, dazu noch einen Schokoriegel und einen 10-Euro-Schein. „Der ist für dich", sagte sie. Ben wusste sofort, was er damit machen würde. „Dafür kauf ich mir das Dreier-Pack Autos!"

Zu meiner Freude sagte er nicht, dass er sich dafür etwas zu essen kaufen wollte. Nadine wollte nach Leuven, wollte uns uns zum Essen einladen. Und dann saßen wir in ihrem Mercedes Cabriolet, dem letzen Modell natürlich. Ich war mir ziemlich sicher, dass keiner der Menschen, die uns in der Stadt in dieser offenen Nobelkarosse sitzen sahen, sich vorstellen konnte, dass wir bis vor einer Stunde noch nicht wussten, wie wir heute unseren Hunger stillen sollten.

Später, kurz bevor sich Nadine wieder verabschiedete, kauften wir im Carrefour noch einen Nachtisch für Ben: ein 6er-Pack Eiswaffelhörnchen. Er aß gleich zwei, den Rest vertraute er dem Gefrierfach in der Klosterküche an. Als er sich später noch eins gönnen wollte, musste er sehen, dass sich die sonnenbankbraunen Models derweil bedient hatten. Anstandshalber aber hatten sie ein Hörnchen übrig gelassen. Die anderen beiden hatten sie auch nur zur Hälfte aufgegessen, den Rest in den Mülleimer geworfen, der Figur zuliebe.

39 Die letzten Monate

Es wurde endlich Sommer. Marcel wurde wieder verträglicher, mehr noch, er vollzog eine 180° Wende, was aber weniger am Sommer, sondern an seiner neuen Errungenschaft lag, die sein Leben seit dem Festival mit ihm teilte. Zwar versuchte er es noch lange Zeit auf die albernste und plumpeste Weise als reines Arbeitsverhältnis darzustellen, wobei aber in manchen Berufen die Übergänge fließend zu sein scheinen, doch irgendwann war es einfach zu offensichtlich. Seiner Frau, seinen Kindern sowieso, die ihn ja nicht ständig sahen, erzählte er weiter die Story von der neuen Assistentin. Wir aber waren einfach nur froh, dass er jetzt besser gelaunt war und dass es Sommer wurde.

Leider gab es in Leuven kein anständiges Freibad. Und der nächste Badesee war fast 20 Kilometer entfernt. Was tun? Ben aber war sofort bereit, die Strecke zum See zu radeln. Nur konnte er sich anscheinend nicht vorstellen, wie sich 20 Kilometer hin und 20 Kilometer zurück anfühlten. Glücklicherweise war der Hinweg, bis auf einen bösartigen Steilhang gleich zu Beginn, eher abschüssig, so dass es eine schöne Radtour wurde. Ben war sehr stolz, den See aus eigener Kraft erreicht zu haben. Radler zahlten dann auch nur einen Euro Eintritt am Badesee, Autofahrer das Doppelte, ha! Man hatte die Seeufer und die ersten Meter seeeinwärts mit feinem Sand aufgefüllt. Ben war dann auch gar nicht mehr aus dem Wasser zu kriegen. Ich ahnte, dass er so für den beschwerlicheren Rückweg kaum noch Energiereserven haben würde – trotz des reichhaltigen Picknicks. Auf dem Rückweg jammerte er dann auch immer wieder, wir mussten mehrere Pausen einlegen, doch die vielen Rennradfahrer, die uns begegneten oder überholten, rissen ihn immer wieder mit; tapfer erkämpfte er sich den Weg zurück.

Wir fuhren beinahe jede Woche einmal den weiten Weg nach Rotselaar. Ben lernte schwimmen, bekam durch das Radfahren eine gute Kondition und eine ebensolche Motivation.

Vera hatte ihm Tennisschläger geschenkt. Hinter dem Park befanden sich drei asphaltierte Tennisplätze, die die Natur bereits zur Hälfte zurückerobert hatte. Löwenzahn und Brombeersträucher hatten längst die Asphaltdecke gesprengt. Feines Gras und Birken sprossen aus der jungen Humusdecke, die sich aus dem Laub der Bäume und Sträucher rundum gebildet hatte. Einer der Plätze aber war noch in relativ gutem Zustand, sogar die Feldmarkierung war noch, wenn auch etwas lückenhaft, vorhanden. Nach einem halben Tag Schufterei eröffneten wir feierlich unseren eigenen Centercourt. Ben lernte schnell, hatte Spaß und die Freude war groß, wenn der Ball mehrmals hin und herflog, ohne in den allgegenwärtigen Brombeerbüschen zu entschwinden.

Parallel zu unseren Sommerfreuden suchte ich über das Internet nach möglichen Schulen für Ben. Anfangs dachte ich noch, es kämen nur Freie Schulen in Frage, weil die Anmeldungen eher privat handhaben, bis ich hörte, dass eine Anmeldung an jeder x-beliebigen Schule möglich wäre.

Ich benötigte dort nur eine Wohnanschrift, um meinen Sohn an einer ganz normalen Grundschule anzumelden. Ob die Anschrift eine offizielle wäre, interessierte niemanden. Mich dagegen interessierte, ob die Schulen Kontakt mit unserer Heimatgemeinde aufnehmen würden. Wegen Bens nicht vorhandener Zeugnisse. Bei der Anmeldung würde ich zudem meinen Pass, der bald abgelaufen wäre, vorlegen müssen. Zum Glück hatte ich ja, um Nachfragen nach dem anderen Elternteil im Keim ersticken zu können, Bens Geburtsurkunde, auf der nur ich unter Eltern stand.

Jetzt galt es, ein deutschsprachiges Land aussuchen. Ich dachte an Norditalien, an Meran, Brixen - ich verband es mit schönen Erinnerungen an frühere Bergtouren. In Norditalien sprach man deutsch – Zweitsprache italienisch. Für Ben wäre die frühe Zweisprachigkeit nur von Vorteil, und ich wollte schon immer gern italienisch lernen.

Im Elsass kannte ich mich ebenfalls etwas aus. Zweitsprache Französisch. Doch es schien mir, wie Österreich auch, zu konservativ. Eine Mutter allein mit Kind, dazu noch eine Zugereiste; wir hätten einen noch schwereren Stand als ohnehin schon.

In der Schweiz lebten viele Illegale, das wusste ich von Vera. Die Schweiz war nur so verdammt teuer. Und war sie nicht ebenfalls ziemlich konservativ?

„Warum geht ihr nicht einfach nach Ostbelgien?", hatte mich Marcels Schwiegermutter kürzlich gefragt. Der belgische Osten sei doch ebenfalls deutschsprachig, (ach ja?). Wir hätten es dann auch nicht so weit. Interessant, doch dieses Gebiet erschien mir viel zu nah an Feindesland, dabei winzig, zumal man im Süden Ostbelgiens mindestens ebenso erzkonservativ war wie in Kärnten, man also den ohnehin winzigen Ostkanton nochmals halbieren musste.

Wenn ichs mir jedoch recht überlegte, waren alle deutschsprachigen Ecken außerhalb Deutschlands erzkonservativ.

Die Qual der Wahl beendete überraschend eine simple Emailkorrespondenz. Eine Grundschule im Norden Ostbelgiens, der ich (u.a.) gemailt hatte, dass ich meinen Sohn dort gern nach den Ferien in die Dritte geben wollte, was er denn benötigen würde? - breitete geradezu ihre Arme aus. Kein Problem, wir sollten nur an einem der drei zur Auswahl stehenden Tage mit unserem Ausweis pünktlich erscheinen – zwecks Anmeldung. Es war die einzige Schule, die sich auf meine Anfrage direkt und positiv gemeldet hatte.

So fiel die große Entscheidung, und wir bereiteten uns auf den Sprung in unser neues, aber auch wieder völlig ungewisses Leben vor. Wie? Indem ich Ben sagte, er sollte sich schon mal langsam von seinen neuen Freunden verabschieden, ihnen sagen, dass du ihnen mal schreibst. „Unsere Adresse? Sobald wir eine neue Wohnung haben, schreibst du ihnen deine Anschrift. Geht sicher schnell."

Nadine hatte mir versprochen, dass sie uns zu unserem neuen Domizil fahren würde. Egal, für welches Land ich mich entscheiden würde. Insofern konnte sie mit Ostbelgien sehr zufrieden sein, es lag ja praktisch auf halber Strecke Bonn - Brüssel.

40 Blindlings in ein neues Leben

Mitte August. Unsere gesamte Habe passte in und auf Nadines Benz – nicht in das Cabrio, sondern in ihren Benz-Kombi. Was uns in der fremden Stadt, gerade mal 20 Kilometer von Aachen entfernt, erwarten würde, war nicht viel. Wir hatten lediglich eine Schule für Ben in Aussicht - unser ganzes Startkapital. Die Stadt, in der sich diese Schule befand, kannten wir nicht und selbst die Gegend, in der diese Stadt lag, kannten wir nicht. Wir hatten dort keine

Wohnung, und ich hatte dort keine Arbeit. Vor allem aber hatten wir kein Geld. Außer einem Fotografen namens Yannick sowie dessen Lebensgefährten Philippe nebst gemeinsamen Jack Russell (schon wieder ein JR!) kannten wir niemanden hier. Zudem war auch dieser Yannick nur ein flüchtiger Bekannter, den ich auf Marcels Festival kennengelernt hatte, er lebte dann auch noch 14 Kilometer entfernt von der Stadt. Immerhin konnten wir bei ihm unsere vier Pappkartons abstellen. Dann aber bot er uns etwas an, was Gold wert war. Wir könnten für Bens Schulanmeldung seine Anschrift als unsere Wohnanschrift angeben. Denn ohne belgische Anschrift keine Schulanmeldung. Und wenn sie uns fragen sollten, warum Ben nicht in eine der Schulen in unserem Wohnort ginge, stattdessen täglich 14 Kilometer hin, 14 Kilometer zurück fuhr, würden wir ihnen sagen, dass wir bald in diese Stadt zögen. Was wir ja auch planten.

Auf unserer Reise ins Ungewisse hatte auch Nadine mich tausend Dinge gefragt, auf die ich noch keine Antwort hatte. Und als ich sagte, wir wollten erst mal in der Jugendherberge unterkommen, kam prompt die Frage nach einem Jugendherbergsausweis, den ich natürlich auch nicht hatte.

Am Ende unserer Reise durch halb Belgien fühlte ich mich winzig klein und kraftlos. Inzwischen war ich alles andere als optimistisch. Mit meinem normalen Ausweis, mir wurde mulmig, kamen wir dann tatsächlich erst mal in der Jugendherberge unter. Beim Abschied von Nadine stand mir dann doch ein wenig das Wasser in den Augen. Wie sollten wir das bloß schaffen? Nadine ließ uns zwar etwas Geld da, doch bei den Preisen der Jugendherberge würde es nur ein paar Tage reichen, selbst wenn wir uns nur für Übernachtung mit Frühstück entschieden – was wir dann auch taten. Übermorgen wäre Bens Schulanmeldetermin. Sollte die Anmeldung gelingen, würden wir uns auf Wohnungssuche begeben.

Doch was, wenn die Schulanmeldung nicht gelänge? Alles konnte passieren. Nur nicht dran denken und noch hatten wir einen Tag Galgenfrist, der sich uns zu unserer Freude warm und sonnig präsentierte. Wir kauften etwas für ein Picknick, ich entdeckte Gerolsteiner Sprudel, verspürte direkt Heimatgefühle und kaufte gleich zwei Flaschen. Dann radelten wir hinaus durch grüne Wälder zu einem Stausee.

Der Tag der Schulanmeldung war grau und mürrisch, und in Erinnerung an den verregneten Vormittag treten mir noch heute Schweißperlen auf die Stirn. Der erste Schreck traf mich, als ich feststellte, dass es sich um eine Grundschule der höchsten Kategorie handelte. Nach der sechsten Klasse ging es selbstverständlich aufs angegliederte Gymnasium.
  Mit der Frage: „Ja, wo sind denn seine Zeugnisse?", traf mich der nächste Schreck, obwohl ich mit der Frage gerechnet hatte. „Aber selbst wenn Sie ihn bislang daheim unterrichtet haben, hätte er doch geprüft werden werden müssen! Das ist in unserem Land Pflicht." Ach, dachte ich, diese Info hatte ich damals aber nicht bekommen, als man mir bei der Weihnachtsfeier erzählte, dass man in Belgien seine Kids bis zum 12. Lebensjahr daheim unterrichten könnte.
  „Wir lebten bis vor kurzem in Portugal, da war es keine Pflicht", sagte ich und hoffte, dass die administrativen Verhältnisse in Portugal für mein Gegenüber ein böhmisches Dorf wären. Und tatsächlich! Sie schüttelte zwar tadelnd den Kopf, fragte aber dann nicht weiter nach, sondern ermahnte mich nur strengen Blickes, dass ich Ben von nun an ja regelmäßig in die Schule schicken sollte, das wäre wichtig. „Und fleißig Französisch lernen!"
  „Natürlich!", versicherte ich und sah dann mit gemischten Gefühlen zu, wie sie meinen Reisepass sowie Bens Geburtsurkunde fotokopierte. „Ihre Wohnadresse hier in Belgien?" Mein Herz klopfte. Ich nannte Yannicks Anschrift und hoffte, dass sie das nicht überprüfen würden, weil man in Bel-

gien grundsätzlich Besuch von der Police bekommt, kaum, dass man seine Wohnung angemeldet hat. Ein Polizist überprüft, ob der Mieter der Wohnung identisch mit der Person ist, die auf der Behörde – in der Regel auf dem Einwohnermeldeamt – angegeben hat, dass sie da wohne.

Weitaus schwieriger als diese Schulanmeldung sollte sich für uns Habenichtse die Wohnungssuche gestalten. In der Stadt gab es ein paar Hilfsorganisationen, und die klapperte ich jetzt ab – mal mit, mal ohne Ben, der sich in der Zwischenzeit mit den Mädchen der Köchin der Jugendherberge angefreundet hatte. Zu allem Unglück regnete es ständig. Dabei war es auch schon ohne Regen entsetzlich, immer neuen skeptischen oder unbeteiligten Gesichtern unsere Geschichte zu erzählen, je nach Vereinigung etwas zu variieren, um am Ende doch immer nur ein bedauerliches Kopfschütteln zu ernten. Wir suchten einfach nur Wohnraum, und sei es nur für ein paar Wochen – natürlich gegen Bezahlung (Nadine wollte uns dahingehend für den Anfang helfen) oder gegen Arbeit. Wir wären anfangs auch mit nur einem Zimmer zufrieden gewesen. Doch nichts zu machen. Dabei sahen wir beide eigentlich gepflegt aus, stanken nicht und hatten gute Manieren. Dass Frauenhäuser für uns nicht in Frage kamen, hatte ich schon damals in Leuven erfahren. So was ist überall nur für Frauen, die von ihren Männern verprügelt oder sonst wie terrorisiert werden. Und so guckten uns manche jetzt nur schief an, glaubten uns sicher nicht ganz, denn ich hatte mich tapfer für die Wahrheit entschieden. Ben, der wenigstens hier und da ein Bonbon oder ähnliches ergatterte, wurde zum Glück nicht mit Fragen gelöchert. Zwar notierte man sich meine italienisch klingende Email, die nicht mit meinem Namen identisch war und am Ende auch noch dieses co.uk hatte, doch so widerwillig, wie sie die auf irgendeinen gerade verfügbaren Zettel kritzelten, war ich mir sicher, dass der, kaum wären wir draußen, im Papierkorb landen würde.

Es regnete erbarmungslos. Bergab, bergauf, mal zu Fuß, mal mit dem Rad. Mir war zum Heulen, durfte es mir nicht anmerken lassen, stattdessen Ben aufmuntern, wird schon, wirst sehen, als ich mich an das erinnerte, was meine Mutter einmal gemacht hatte, als wir aus einem Norwegenurlaub zurückkehrten und uns in Dänemark der Sprit und das letzte Geld ausgingen – mitten in der Nacht. Damals gabs noch keine Geldautomaten, und so klingelte sie den nächstbesten Pfarrer aus dem Bett.

Beim Gang durch die Straßen, ich suchte das Pfarramt, fiel mein Blick plötzlich auf das Schild einer freikirchlichen Organisation. Ich kannte da jemanden in D., ein früherer Schulfreund. Inzwischen hatte ich seit 25 Jahren nichts mehr von ihm gehört. Das Schild aber brachte mich auf die Idee, das zu ändern. In der Stadt entdeckte ich ein etwas zwielichtig wirkendes Internetcafe, und kurz darauf entdeckte ich den alten Schulfreund. Es gab sogar ein Bild von ihm, sodass eine Verwechslung ausgeschlossen war. Ich fand eine Email-Anschrift, hoffte, es wäre seine private – nicht die seiner Organisation - und schrieb umgehend. Ich erzählte verschlüsselt und in Kurzversion unsere Geschichte, bat um Hilfe, zumindest um Vermittlung, vielleicht über die hiesige Organisation? Ich hoffte, durch seine Fürsprache wenigstens vorübergehend an ein Dach über dem Kopf zu gelangen – bis wir selbst eine Wohnung gefunden hätten. Ich konnte ihm ja nicht meinen Namen nennen, so gab ich ihm ein paar Stichworte. Er sollte mir bereits am anderen Morgen antworten, wie ich aber erst später erfuhr. Und so ahnte ich am nächsten Morgen noch nicht einmal, dass er mich sofort wiedererkannt hatte und auch bereit war, uns zu helfen. Wie, wusste er noch nicht genau.

Dafür wusste ich, was wir jetzt tun würden: An diesem Samstagmorgen hatten wir bereits unsere Sachen gepackt - nur das Nötigste, das wir auf unseren Räder transportieren konnten; den Rest konnten wir vorübergehend in der Jugendherberge lassen. Jetzt würden wir uns erst mal Yannick und seinem Freund aufdrängen. Ich rief ihn am Morgen an und kündigte uns „nur für einen Besuch an." Gut, um 4 Uhr zum Kaffee. Vielleicht hätten sie ja eine Idee. Dass sie nicht wollten, dass wir bei ihnen wohnten, wusste ich, hatte es ein wenig durch die Blume im Vorfeld sondiert. Dennoch. Im Notfall würde ich uns da einquartieren. Und so radelten wir gutgelaunt mit leckerem Proviant für ein Picknick in einen phantastisch schönen, sonnigen Morgen. Auch Ben freute sich: eine Radtour mit Picknick und dann zu Yannick. Ben mochte ihn, freute sich auf den kleinen Hund und auf ein neues Abenteuer. Und es sollte tatsächlich ein Abenteuer werden.

Die Landstraße ohne nennenswerte Steigungen führte uns durch ein paar hübsche Dörfer. Es war nur wenig Verkehr, und ich hatte uns für die Mittagszeit ein Ziel ausgesucht, an dem sich sicher gut picknicken ließ: wieder mal ein See, diesmal aber umgeben von steilen Felswänden. Ich hatte ihn auf einem Bild in der Jugendherberge entdeckt und weil er direkt an unserem Weg lag, bot er sich als Zwischenstopp einfach an. Angekommen mussten wir erkennen, dass alle erreichbaren Rastmöglichkeiten rund um diesen See im kalten Schatten lagen – uns beide aber zog es in die Sonne. Daraufhin bogen wir in einen Waldweg ein, der zwar in einem kleinen sonnigen Seitental endete, doch der Weg war eine Sackgasse und endete an einem scheinbar wenig besuchten Campingplatz. Ein paar Leute standen an einem Zaun und redeten. Daraufhin radelten wir ein Stück zurück, bogen dann in einen anderen Weg ein, der uns auf eine Anhöhe führte: eine herrlich grüne Landschaft mit malerisch angeordneten Einzelbäumen. Ideal für unser Picknick. Zeit totschlagen. Um drei radelten wir weiter, bekamen einen Mordsschreck, als wir auf einem Schild lasen: Bundesrepublik Deutschland. Tausend Meter vor der deutschen Grenze kehrten wir erschrocken um. Kurz vor vier erreichten wir Yannicks Haus, Teil eines über 700 Jahre alten Gehöfts.

Kaum saßen wir in dem riesigen, aber chaotischen Wohnraum des Fotografen, erzählte ich auch schon von unserem Problem. Ich wusste, ich trieb Yannick damit genau in die Enge, in die ich ihn aber eben nicht treiben wollte, als er auch schon seufzte: „Tja, dann müsst ihr eben hier bei uns bleiben!" Schnell, für Ben zu schnell, sagte ich, aber nein, das meinte ich damit natürlich nicht, obwohl ich es ja irgendwo doch meinte, als ich mich im nächsten Moment auch schon sagen hörte: „Nein, aber vielleicht habt ihr ein Zelt für uns! Auf dem Weg hierher haben wir einen schön gelegenen Campingplatz ent... "

„Mama!", rief Ben entsetzt. Ich aber sah Yannick an, dessen eben noch schwer von der drohenden Belastung gezeichnetes Gesicht sich jäh aufhellte, während sich Bens zunehmend verdüsterte. Yannick aber war bereits aufgesprungen: „Ha! Ich muss da noch ein Zelt auf dem Speicher haben. Ich schau mal nach. Es ist sogar ziemlich groß." Schon flog der, der sich sonst eher gemächlich bewegte, die Treppe hoch, zwei Stufen auf einmal nehmend. Philippe, sein Lebensgefährte, brachte uns etwas zu trinken, ein paar Kekse, dazu eine ältere Zeitung.

„Schau mal in den Anzeigenteil, du kannst gern von hier aus telefonieren!"

Unter den wenigen Anzeigen sprang mir sofort etwas ins Auge, das genau unserem Traum entsprochen hätte, doch die Zeitung war bereits zwei Wochen alt, keine Chance – es wäre ja auch zu einfach gewesen. Das ruhig im Grünen gelegene alte Bauernhaus mit Garten, das für nur 300 Euro pro Monat für zwei Jahre zu mieten gewesen wäre, war natürlich schon vergeben. Etwas lustlos fragte ich dann bei anderen, normalen Wohnungen in und nahe der Stadt nach. (Was, bitte schön, war ein Living? Ach so, Wohnzimmer). Ich konnte dann auch für eine 2-Zimmer-Wohnung mitten in der Stadt einen Besichtigungstermin für für Montag ausmachen. Die Frau sprach nur Französisch, klang geschäftig, nicht sehr freundlich, egal. Hauptsache, erst mal ein Dach über dem Kopf.

Indes rumpelte es über uns. Kurz darauf erschien ein strahlender Yannick, eingehüllt in einem riesigen Zelt mit klappernden Stangen. Zwischenzeitlich hatte ich gehofft, er würde es nicht finden; ich wollte ja nicht wirklich zelten. Auch mein Sohn sah ziemlich unglücklich aus: Voller Abscheu blickte er auf den Haufen Stoff, an dem sich Yannick jetzt zu schaffen machte. Als ich Bens Widerwillen gewahr wurde, versuchte ich ihm (wie mir) schnell die ungeheuren Vorteile unseres künftigen Heims zu veranschaulichen: „Bei dem schönen Wetter ist es da draußen in dem kleinen Tal doch phantastisch. Du hast doch noch ein paar Tage Ferien. Da kann man auf einem Campingplatz wirklich viel mehr unternehmen als in so einem düsteren Haus." Ich sah mich bewusst geringschätzig um. Ben aber fixierte den Fernseher. Aha. „Bald haben wir eine eigene Wohnung. Mit Fernseher. Versprochen!", sagte ich. „Jetzt aber sollten wir uns den Platz anschauen, bevor es dunkel wird."

Ben war natürlich nicht überzeugt, murrte, zog ne Schnute. Yannick würde uns mitsamt unseren Fahrrädern auf den Campingplatz bringen; er wollte sogar noch zu der Jugendherberge fahren, um unsere übrigen Sachen zu holen. Ich glaube, er hätte sonstwas unternommen, nur um uns nicht bei sich haben zu müssen.

Es dämmerte bereits, als wir an dem kleinen Holzhäuschen der Campingplatzverwaltung klingelten. Ein Hund schlug an, schlurfende Schritte kamen näher, die Tür öffnete sich. Da stand ein großer Mann in einem Holzfällerhemd, der mich spontan an Harald Schmidt erinnerte – allerdings ein Harald Schmidt, der seit Monaten abseits der Zivilisation Abenteuerurlaub machte: lange Haare, Ponyfrisur - einem Bernhardiner mit Brille nicht unähnlich. Ein molliger Golden Retriever sah uns freundlich wedelnd an. Es roch nach Zigarettenrauch und ... nach verdammt leckerem Essen. Der Mann hatte wohl keine Gäste mehr erwartet. Jedenfalls schaute er uns – Yannick war auch noch mit dabei – überrascht an. Da er nur gebrochen Deutsch sprach - dem Namen nach war er wie Yannik Niederländer -, war ich froh, dass Yannick unser Anliegen vorbrachte. Ich fragte mich derweil, wie dieser eindeutig verwilderte Mann hier lebte, hatte direkt Mitleid; sicher war er eine arme Socke. Jetzt näherte sich auch noch eine Katze, versteckte sich wie ein kleines Kind hinter den Beinen des Harald-Schmidt-Verschnitts, lugte kurz hervor, verzog sich wieder in die hinteren Räume. Der Mann verschwand jetzt ebenfalls und kam dann mit einem großen Buch wieder, in das wir uns eintragen sollten. „Nein, nur der Junge und ich", korrigierte ich, als er das Buch Yannick reichte. Er sah mich erstaunt an und weil ich mal wieder meinte, mich für unsere Anwesenheit rechtfertigen zu müssen, kramte ich mit ungutem Gefühl nach meinen Reisepass. „Das Wetter ist nochmals so schön geworden und da noch Ferien sind, wollten wir ein paar Tage draußen in der Natur verbringen."

Mein Gegenüber schien das nicht zu interessieren, er war schon beim abendlichen Schoppen, wollte wohl schleunigst wieder seine Ruhe haben. Auch gut. Ich schrieb meine korrekten Daten in das Buch. Überall hinterließ ich Spuren – es ging nicht anders. Aber inzwischen wusste ich ja auch, dass die weder direkt aus dem Buch in den europäischen Zentralcomputer eingespeist noch direkt an die Einwohnerbehörde unserer Gemeinde weitergereicht wurden.

Wir waren dann tatsächlich die einzigen Gäste auf dem idyllischen Campingplatz, peilten, wann die Sonne wohin scheinen würde, um dann mit dem Aufbau des vorsintflutlichen Zeltes zu beginnen, das Yannick ununterbrochen über alle Massen lobte. Von unserer Reise nach Portugal hatten wir noch unseren Gaskocher, Töpfe, Geschirr und natürlich

Schlafsäcke. Yannick verabschiedete sich und bald lagen wir im Zelt, lauschten dem Plätschern des Baches und selbst Ben war regelrecht froh, es „am Ende" doch noch so gut getroffen zu haben. Zumindest stimmte er mir zu, dass es hier zehnmal besser wäre als in der lauten Jugendherberge.

Als wir am Montag trotz des weiten Anfahrtsweges per Rad pünktlich um 10 Uhr morgens zur Wohnungsbesichtigung antraten, sollten wir genau das hören, was man uns schon vorher gesagt hatte und was auch nicht anders war als in Deutschland: „Sie können die Wohnung sofort haben. Nur möchten wir vorher Ihre Einkommensnachweise sehen. Ihren Verdienstnachweis, Sie verstehen?"

„Ja gut", sagte ich. „Dann melde ich mich bei Ihnen, sobald ich die entsprechende Unterlagen zusammen habe."

Nichts wie weg hier. Ben maulte.

„Aber die Wohnung war doch hässlich, dazu viel zu klein. Ach, wir werden schon was finden. Und solange das Wetter so schön ist ..." Es war mit dem Wetter und dem Zelten wie mit dem Essen und dem Hunger: Solange man satt war, konnte man sich den Hunger schwerlich vorstellen, pfiff auf ihn. So war das Zelten im warmen Sonnenschein sehr schön. Was aber, wenn das Wetter umschlagen würde? In drei Tagen begann die Schule. Sollte er Hausaufgaben im Liegen machen? Ameisen zwischen den klammen Heftseiten?

Auf dem Rückweg hielten wir am Internetshop, ich wollte nur schnell in meine Email schauen: Und da war sie dann, die Antwort des alten Freundes, der damals dem Weltlichen weitestgehend den Rücken gekehrt hatte, um seinen Glauben zu leben und Missionar zu werden. Ob wir mal telefonieren könnten? Wenn ich ihm eine Nummer nennen könnte, würde er mich dort zurückrufen. Ich dachte an Yannick, schrieb ihm, ich würde ihn die Tage anrufen und ihm dann eine Nummer geben.

Anschließend kauften wir ein. Kartoffeln und Alufolie, eine Bratwurst für Ben für das abendliche Grillfeuer, Brot,

Butter, Käse, eine Galia-Melone, Schokolade. Jetzt hatten wir gerade noch so viel Geld übrig, dass ich ein paar Tage den Campingplatz bezahlen könnte.

Aber ich hatte ja noch diese Idee mit dem Pfarrer. Der würde sicher etwas wissen. Nachdem ich jedoch feststellen musste, dass dessen Telefon ständig besetzt war, plante ich für morgen einen unangemeldeten Besuch im Pfarrhaus.

Ben gefiel es zum Glück auf dem schönen Campingplatz. Das Zelten, das Draußen-Kochen, das Feuerchen machen, all das fand er natürlich toll. Nur der nahenden Schule sah er mit gemischten Gefühlen entgegen. Und ich auch. Hoffentlich fiel er nicht auf, und hoffentlich verplapperte er sich nicht. Dass wir im Zelt wohnten. Oder dass er doch schon einmal auf einer Schule war. Oder gar dass ich ihn geklaut hatte. Oder, oder, oder.

Und wenn sie uns so anträfen, im Zelt, dann gäbe es erst gar keine Diskussion, dann hätten wir keine Chance. Erst recht nicht, wenn das Wetter umschlagen sollte. Das war meine größte Angst.

Das Pfarramt war relativ schnell gefunden, und zum Glück war er dann auch da, der Pfarrer, noch sehr jung, gerade mal ein halbes Jahr im Amt. Ein Blick auf meinen Sohn werfend meinte er, Moment! und rief ins Treppenhaus: Aaaron! Ein Junge erschien, genauso groß wie Ben. Die beiden grinsten sich an: Wollen wir spielen? Und weg waren sie.

Der Pfarrer, bei dem ich Schwierigkeiten hatte, ihn als solchen einzuordnen, und das lag nicht nur an seinen labberigen Bermuda-Shorts, grinste ununterbrochen, als ich, nicht grinsend, unsere auch gar nicht so witzige Geschichte vortrug. Als ich ihm von der richterlichen Begründung des Sorgerechtsentzug erzählte, dass Neurodermitis und auch Asthma bronchiale laut unserer Experten der Nachweis für eine psychische Störung der Mutter sei, grinste er noch mehr und sagte mit einem starken osteuropäischen Akzent:

„Mein Sohn hat das auch. Er hat ebenfalls eine Katzen- und Hausstauballergie, hat Asthma und Neurdermitis. Aber das liegt doch nicht an der Mutter!"

Ben hatte die gleichen Allergien: Katze und Hausstaub. Und ich dachte bei mir: Kein Wunder, dass die beiden Kids sich auf Anhieb verstanden. Meine Geschichte war zu Ende erzählt, mein Problem lag jetzt offen vor dem Pfarrer auf dem Schreibtisch: „Wir brauchen dringend ein festes Dach über dem Kopf - und ich brauche irgendeine Arbeit."

Mein Gegenüber, der mich ein wenig an Mika Häkkinen, den finnischen Formel-I-Rennfahrer aus der Mercedes-Werbung erinnerte, der Pfarrer war nur stämmiger, hatte eine Idee. Da wäre eine Familie, gerade erst vor der Pfändung aus Deutschland geflohen, die hätten ganz in der Nähe einen Bauernhof gemietet. Und die suchten nun ein Kind, das bei ihnen wohnen sollte. „Ich ruf da mal an!" Schon wählte er die Nummer, wartete. „Hm. Besetzt."

„Hören Sie, ich wollte meinen Sohn nicht irgendwelchen Leuten überlassen..."

„Nein, nein, ich weiß... Kommen Sie! Wir fahren einfach mal hin. Ist nicht weit." Während Ben mit Aaron in der Obhut der Pfarrersfrau spielte, stieg ich in den Wagen des Pfarrers. Mit dem Motor sprang der Kassettenrecorder an, und eine mahnende Stimme predigte laut und eindringlich umzukehren, während ich feststellen musste, dass die Fahrkünste des Pfarrers Lichtjahre von denen eines Mika Häkkinen entfernt waren und ganz auf Gottes Gnade zu beruhen schienen.

Bauernhof mitten im Grünen hörte sich gut an. Ich war voller Optimismus. So schnell sollte sich also unser zweites Problem – nach der Schulanmeldung – lösen. Der Hof war ein völlig freistehendes, aus Natursteinen errichtetes Wohnhaus mit kleiner Scheune und Garten. Es sah sehr hübsch aus – zumindest von außen. Hinter einem zwei Meter hohen Holzzaun erhob sich, kaum dass wir angehalten hatten, ein mörderisches Gebell. Es musste von einem ganzen Rudel ziemlich großer Hunde herrühren, und es war mir – obwohl ich Hunde mochte, – spontan unangenehm. Wir stiegen aus, und ich kam mir plötzlich unbeschreiblich ausgeliefert vor. Als hätte ich keine Wahl. Ich hatte ein sehr merkwürdiges Gefühl und so sagte ich mir, bevor ich das Haus auch nur von Innen gesehen hatte - es ist ja nur vorübergehend, bis wir etwas Passendes gefunden hatten. Keine Klingel – man musste klopfen. Die Hunde bellten jetzt noch wütender. Ich warf einen Blick durch den Zaun: Alle durch die Bank hätten sie in einem Horrorfilm mitspielen können: Riesengroße, grimmig dreinblickende Mischlinge – halb Bernhardiner, halb Doggen, dazu offensichtlich völlig verwahrlost. Ben hatte zwar keine Angst vor Hunden, aber die würde er angesichts dieser Meute riesengroßer Monster glatt bekommen. Da keiner öffnete, begann der Pfarrer zu rufen. Seiner Meinung musste ja jemand da sein, schließlich war der Festnetzanschluss ständig besetzt gewesen (!), zudem hätte der Mann kaputte Gelenke, konnte sich also aus eigener Kraft kaum wegbewegen. Die Frau dagegen wäre in Kur und die Tochter arbeiten.

Und während der Pfarrer rief und klopfte, erfuhr ich von ihm nebenbei einiges über diese Familie, über ihre großen Probleme - vor allem mit sich selber. Oh je, dann schon lieber im Zelt wohnen, dachte ich, allein wegen der Hunde, und ich versuchte zaghaft, den Pfarrer zum Gehen zu bewegen. Ein alter Opel fuhr vor, hielt, die Tür öffnete sich.

„Ah. das ist die Tochter!", lachte der Pfarrer und sah ihr, die Hände in den Taschen seiner Bermudas, grinsend entgegen. Ich wollte ja wirklich keine Vorurteile haben und alles, so dachte ich bis eben, alles wäre besser als Zelten im Regen – am Himmel hatten sich schon Zirren gebildet -, aber als ich erst diese Tochter, kurz darauf auch ihren Vater und dann – oh Schreck – das Innere des Hauses kennenlernte, da wusste ich, dass ich lieber jedes erdenkliche Unwetter in unserem Zelt überstehen wollte, als nur einen Tag in dieser völlig verdreckten Behausung mit diesen in jeder Beziehung verlotterten Menschen verbringen zu müssen. Es war ja nicht so tragisch, dass sie beide unendlich fett waren (kein Wunder, dass die Gelenke versagten), nein, sie waren vor allem schrecklich ordinär in ihrer Art zu reden. Die Tochter, ich tippte vorsichtig auf 2 ½ Zentner, dabei nicht älter als zwanzig, hatte nur noch wenige braune Stumpen im Mund, den sie mal besser auch aus anderen Gründen geschlossen halten sollte. Denn allein wie und was die beiden, Vater und Tochter, redeten, verursachte mir Brechreiz. Es war schlicht abstoßend. Es schien mir, als wollten sie den Pfarrer bewusst provozieren. Dabei legten die beiden ein ungeheueres Selbstbewusstsein an den Tag, musterten mich dagegen eher von oben herab, schließlich wollte ich ja etwas von ihnen, was ich aber inzwischen gar nicht mehr wollte. Im Gegenteil. Dennoch folgte ich ihnen jetzt auf die wiederholte Aufforderung des Pfarrers ins Haus, in dem es bestialisch stank. Zentimeterdicke Schichten von Hundehaaren bedeckten den nackten Estrich, es war dunkel, mehr als unaufgeräumt, es war eng, es war eklig. Wie konnten Menschen sich so gehen lassen? Von wegen Bauernhof. Ich kannte eigentlich nur sehr saubere Bauernhöfe, schließlich wurde dort normalerweise Nahrung produziert. Nein, so ein ekelerregendes Umfeld wie dieses hier konnte und wollte ich weder Ben noch mir zumuten.

Ich wollte nur noch weg, wollte raus an die frische Luft dahin, wo weder meine Nase noch meine Augen und Ohren beleidigt wurden. Glücklicherweise waren dann die Räumlichkeiten, die die Leute untervermieten wollten, noch lange nicht fertig. Zwar meinte der Pfarrer, die Leute noch weiterhin beknien zu müssen – Frau Hansen und ihr Sohn brauchten aber dringend eine Bleibe, ob man nicht den Raum hinter der Küche da herrichten könnte? Sein Kinn zeigte in eine dustere Ecke. Mich durchfuhr ein Schreck. Bloß nicht!

Das Loch hätte man keiner Ratte zugemutet. „Lassen Sie mal!", murmelte ich entsetzt. „Wir werden schon noch etwas finden." Doch der Pfarrer wollte noch nicht aufgeben. Ich glaube, er sah seine Überzeugungsarbeit, hier wie auf der Kanzel, als eine ganz persönliche Herausforderung an.
 Der Besuch aber hatte eines bei mir bewirkt: Wie anders sah ich plötzlich unser Zelt da unten in dem kleinen grünen Tal! Wie freute ich mich auf unsere saubere Ungestörtheit inmitten der stillen Schönheit der Natur! Der Exkurs hatte mich gelehrt, dass es eben noch etwas viel viel Übleres geben könnte als Zelten im Regen. Selbst das größte Unwetter, das wir im Zelt überstehen müssten, konnte nicht übler sein.

Als hätte ich an diesem Nachmittag sehr viel erreicht, was uns weitergebracht hätte, kehrte ich freudig zu Ben ins Pfarrhaus zurück. Ach ja, meinte die Pfarrersfrau, sie hätten noch einen Container hinten im Garten. Da könnten wir ja auch notfalls wohnen. Und der Organist, der zufällig hereinschneite, meinte, also, wenn's gar nicht anders ginge, also, im äußersten Notfall, dann, ja dann - er wand sich um das scheinbar Unaussprechliche -, dann sollten wir seine Frau anrufen. Aber nur, wenn es wirklich gar nicht anders ginge. Sie hätten da nämlich noch ein Appartement mit Dusche unter dem Dach, da hätte schon mal ein Asylant gewohnt. Das Problem wäre halt, dass wir ja dann ihre Küche mitbenutzen müssten.
 Ja, ja, ist ja gut! Ich hatte ja längst verstanden...
 Nichts wie weg! Dorthin, wo man uns nicht ständig zu verstehen gab, dass man uns nicht wollte. Wo wir keinem zur Last fallen würden. Wie froh war ich, als wir die Stadt hinter uns lassen konnten. Nur Ben verstand nicht ganz, warum ich mich plötzlich so freute. Er dagegen wollte so bald wie möglich wieder zu Aaron, zu seinem neuen Freund. Endlich wieder ein Freund, der Deutsch sprach! Morgen Mittag wür-

de der Pfarrer ihn abholen, damit er wieder mit Aaron spielen konnte, bevor übermorgen die Schule beginnen würde.

Die Zirren hatten sich glücklicherweise verzogen, das schöne Wetter sollte uns noch einige Tage erhalten bleiben. Nur die Nächte in dem kleinen Tal wurden bereits empfindlich kühl, und so klopfte die Sorge erneut bei mir an.

Die Campingplatzbesitzer schienen sich selbst dann nicht über uns zu wundern, als wir blieben, obwohl die Schule begonnen hatte.

Jeden Morgen begleitete ich Ben auf dem für ihn weiten Weg, der stetig bergan ging. Anschließend radelte ich wieder zurück. Nachmittags fuhr ich dann noch einmal in die Stadt, um Ben wieder abholen. Er musste jetzt jeden Tag 22, ich 44 Kilometer radeln. Bei schlechtem Wetter aber würde er mit dem Schulbus fahren.

Der erste Schultag war schrecklich aufregend – nicht nur für Ben. Als wir den Schulhof betraten, war ihm seine Nervosität deutlich anzumerken. Ich war nicht das einzige Elternteil, das seinen Schützling begleitete. Hier war es üblich, dass die Kinder jeweils am ersten Tag eines neuen Schuljahres von mindestens einem Elternteil begleitet wurden.

Bens künftige Klassenlehrerin machte einen sympathischen Eindruck, ich konnte ein paar Worte mit ihr wechseln, während Ben seine künftigen Klassenkameraden musterte. Es war eine angenehm kleine Klasse, die nur aus 15 Kindern bestand. Ben war nun tagsüber gut untergebracht, ich konnte mich endlich intensiv um all das bemühen, was wir dringend benötigten: eine Wohnung und Arbeit für mich.

Inzwischen hatte ich ein langes Telefonat mit meinem alten Freund geführt. Er sagte, er wollte mir fürs Erste mit etwas Geld aushelfen, schließlich hätte ich ihm damals auch mal aus der finanziellen Patsche geholfen.

Das Geld, das er vertrauensselig per Einschreiben an Yannick schickte, kam wahrlich zur rechten Zeit. Die Anschaffungen zu Bens Schulbeginn verschlangen für unsere Verhältnisse ein mittleres Vermögen. Es kamen inklusive neuer Turnschuhe fast 100 Euro zusammen. Zeitgleich wie der Briefumschlag mit Geld eintraf, fielen unsere Schuhe, die uns seit unserer Flucht vor fast einem Jahr täglich treue Dienste geleistet hatten, regelrecht auseinander. Nacheinander gaben jetzt auch die zigmal geflickten Fahrradschläuche, anschließend auch die Mäntel ihren Geist auf. Als hätten sie so lange gewartet, bis wir uns neue leisten konnten.

In den vergangenen Monaten hatten wir für uns zwei zusammen, wenn wir denn was hatten, selten mehr als 25 Euro die Woche für Essen (und Schwimmbad) ausgegeben. Doch jetzt brauchten wir einfach mehr – nicht zuletzt die fünf Euro/Tag für den Campingplatz. Ben musste zudem Klassenkasse und wöchentlich Schwimmgeld bezahlen. Und weil er über Mittag in der Schule bleiben musste, brauchte er Geld fürs Mittagessen. In der Klasse bewunderte man ihn für seine tägliche radsportliche Leistung – damit war er das krasse Gegenteil der Backseat-Generation. Die Schule gefiel ihm und die Lehrerin berichtete mir, dass er in den Pausen immer mit den anderen Kindern spielen würde, somit nie allein wäre. Dennoch sollten wir uns einmal unterhalten. Da wäre noch etwas... Ich bekam einen Schreck, denn das hörte sich nach einem Problem an. Na gut. Wann?

Da mir täglich zwei Mal in die Stadt und wieder zurück (ohne die Sonderwege) schon völlig an Strampelei ausreichte, beschloss ich, die Zeit bis zu diesem Gesprächstermin in der Stadt tot zu schlagen. So entdeckte ich mehr durch Zufall noch eine weitere Frauenhilfsorganisation. Ich klingelte und ließ mir einen Termin geben. Nichts unversucht lassen, dachte ich, während mein Schulfreund, parallel dazu versuchte, unseretwegen mit der hiesigen freikirchlichen Organisation in Kontakt zu treten. Es sollte vergeblich sein.

 Inzwischen besorgte ich mir hier regelmäßig und vor allen immer sehr rechtzeitig das wöchentliche Anzeigenblatt, in der die meisten Wohnungsanzeigen erschienen. Der Pfarrer gestattete mir, sein Telefon zu benutzen, es funktionierte inzwischen wieder. Aber ja keine teuren Handynummern anrufen! Doch nahezu alle guten Angebote waren nur unter Handynummern zu erreichen. Oft war das Anrufen auch an eine bestimmte Uhrzeit gekoppelt.

 Da ich parallel zur Wohnung auch nach Arbeit suchte, beschloss ich, eine Annonce aufzugeben – Chiffre. Ich bot älteren oder behinderten Menschen meine täglichen Dienste an: einkaufen, sauber machen, kochen, Hund ausführen. Ich überlegte, ob ich nicht auch eine Annonce bezüglich einer Wohnung aufgeben sollte. Das erschien mir in Anbetracht der mich neugierig musternden Dame in der Anzeigenannahme dieser Kleinstadtzeitung dann doch zu verfänglich. „Wie? Sie suchen Arbeit *und* Wohnung? Und dann schreiben Sie hier, Frau mit Kind (9)? Ja, wo leben sie denn jetzt? Und ein Auto scheinen Sie auch nicht zu haben? (Mein Rad parkte vor dem Fenster.) Das arme Kind!"

 Natürlich könnte ich mir auf eine derartige Frage eine plausible Antwort ausdenken, wenn diese Frage dann käme, was eigentlich ziemlich unwahrscheinlich war. Doch es war nun mal eine Kleinstadt, jeder kannte jeden, und ich wollte länger bleiben. Also, nur nicht auffallen. Ich spürte, wie mich wieder und wieder unsere Geschichte verfolgte und deshalb ging mir bei allem, was ich tat, diese Ermahnung durch den Kopf: Nur nicht auffallen! Und das ließ mich ständig alle mögliche Überlegungen in die Köpfe meiner Mitmenschen projizieren, um notfalls gewappnet zu sein.

 Es war unendlich müßig, mit den minimalsten Mitteln sich ein neues Leben aufbauen zu wollen. Dazu noch die ewigen Radtouren auf den immer gleichen Wegen, teils schwer beladen, wenn ich vom Einkauf kam. Natürlich fiel ich so auf, denn hier auf dem Landstraßen fuhren lediglich Radsportler auf Rennrädern.

Der Termin mit Bens Lehrerin stand in herrlichem Einklang mit dem Termin bei dieser Frauenhilfsorganisation. Beide Termine sollten mich überraschen. Überhaupt sollte mich von nun an ständig etwas überraschen. Es war, seit wir so leicht der Verzweiflung nahe auf diesem Campingplatz gestrandet waren, als hätte jemand einen Schalter umgelegt. Ging es bislang beinahe ständig bergab, ging es von nun an ständig bergauf – wenngleich auch mit Hindernissen. Wie beispielsweise in dem Moment, als Bens Klassenlehrerin mich so in Angst und Schrecken versetzt hatte: Alle Neulinge würden von der Schulpsychologin auf Herz und Nieren getestet. Jede bessere Schule hierzulande beschäftigte eine Schulpsychologin oder einen Schulpsychologen. Für diesen Tauglichkeitstest sollte ich nun meine Einverständniserklärung geben. Mehr als unangenehme Erinnerungen wurden wach. Schließlich wurde Ben sowohl von der falschen Psychologin als auch von Experten der Förderschule getestet – und wurde daraufhin als behindert und verhaltensauffällig eingestuft. Ich hatte das zwar nie geglaubt, es als Teil ihres perfiden Plans gesehen, jetzt aber bekam ich dennoch kalte Füße. Vielleicht hatten sie ja doch recht gehabt? Mehr als das aber fragte ich mich, ob Ben dem schon wieder gewachsen wäre? Oder was, wenn er sich verplapperte?
„Natürlich bin ich einverstanden", hörte ich mich sagen und erklärte ihr auf ihre Frage hin, wie und was ich Ben überhaupt alles beigebracht hätte, ja, dies und jenes und nannte ihr unsere Lehrmaterialien. „Aber eben alles nur nach deutschem Standard." Seit den Pisa-Studien galt der deutsche Standard schließlich nur als sehr mäßig. Das würde ihr, die sie ja ein Land mit hohem Pisa-Standard vertrat, mögliche Wissenslücken meines Sohnes plausibel erklären. Zudem

war Ben auf einer Schule von - selbst für belgische Verhältnisse - höchstem Standard gelandet. Längst hatte die Direktion der Lehrerin meine Portugalstory übermittelt. Die sagte mir jetzt schlicht, sobald nur eine Kleinigkeit wäre, sollte ich mich sofort bei ihr melden. Es wäre sehr wichtig, dass wir in ständigem Austausch stünden. Das würde sie mit allen Eltern so halten. Probleme angehen, bevor sie zu solchen würden. Ich könnte sie auch jederzeit anrufen, ja, auch am Wochenende.

41 Die Wende

Kurz darauf lernte ich bei meiner neu entdeckten Frauenhilfsorganisation eine Deutsche kennen, die schon seit zwei Jahrzehnten hier lebte und arbeitete. Das, was ich bei ihr während unserer zahlreichen Treffen erfahren sollte, könnte man durchaus als „1000 ganz legale Tipps für Illegale" bezeichnen. Vor allem aber baute sie mich regelmäßig auf, wenn ich mal wieder etwas down war oder wenn erneut unheilschwangere Wolken am Horizont aufzogen. Denn die gab es trotz dieser Schalterumlegaktion immer mal wieder. So wie jetzt, als mich die Schulpsychologin zu einem Gespräch bat. Nachdem unsere Psychologin sowie die Experten der Förderschule bei Ben eine geistige Behinderung diagnostiziert haben wollten, die sich nicht zuletzt in seinem IQ von 82 (Test nach Kaufmann) sowie in zahlreichen sozialen Defiziten ausdrücken würde, war meine Angst vor dem Ergebnis der belgischen Schulpychologin groß. Was, wenn unsere Experten doch Recht gehabt hätten? Wenn ich nur nicht in der Lage war, Ben zu beurteilen, nicht zuletzt durch meine Störung? Ich hatte Ben als aufgeweckt erlebt...

Jetzt stand sie vor mir, die gefürchtete Schulpsychologin, und schaute mich aus hellblauen Kulleraugen, die durch eine rundliche Brille noch runder wirkten, neugierig an. Inzwischen hatte sie verschiedene Tests und auch mehrere persönliche Gespräche mit Ben durchgeführt. Sie lächelte, reichte mir die Hand - sie hatte einen schrecklich drucklosen Händedruck - und sagte gedehnt: „Jaa, dann gehen wir doch mal am besten zu mir!" Unterwegs zu ihr, damit meinte sie ihr Büro, schaute sie mich von der Seite an und meinte: „Ja also, wie Sie das schaffen konnten, Ben allein zu unterrichten! Das stelle ich mir ungeheuer schwierig vor. Und sie waren in Portugal? Das war doch bestimmt ein großes Erlebnis!"

Na ja, ein großes Erlebnis in der Tat, dachte ich und zuckte etwas verlegen die Achseln. Mein Misstrauen war geweckt. So ähnlich hatte sich Lenzer damals auch bei mir eingeschleimt, um mich bald darauf schon gnadenlos aufs Kreuz zu legen. Ich hoffte, mir wären meine gedanklichen Exkurse nicht anzumerken, als wir endlich ihr Büro erreicht hatten. Inzwischen hatten mich die alten Ängste wieder voll in ihrem Würgegriff. Wie ich das hasste!

„Jaaa", begann sie erneut gedehnt, als wüsste sie nicht, wie sie es mir beibringen sollte – mein Herz raste -, als sie aber wieder zu lächeln begann. „Sie haben einen sehr aufgeweckten Sohn. Er ist sehr sozial, dazu weiß er unheimlich viel..."

Ich dachte tatsächlich, sie meint das ironisch. Bis ich begriff, sie meint es ernst. Mir wollten die Tränen in die Augen treten, ich hätte ihr um den Hals fallen können.

„Ihr Sohn hat ein auffallend großes Allgemeinwissen für sein Alter. Und die Tests hat er alle im Zeitlimit bewältigt, obwohl, das viel mir doch auf ... er fragte ständig, wie viel Zeit er noch habe - als hätte er Angst, es nicht rechtzeitig zu schaffen." Ihre Aussage wurde dann zu einer Frage an mich. Ich ahnte, was seinem Zeitdruck zugrunde liegen konnte, hatten doch unsere Experten und die Lehrer seiner Sonderschule ständig solche Stresstests mit ihm durchgeführt, dabei stets kritisiert, wie langsam Ben arbeiten würde.

Ich zuckte die Schultern. „Ich weiß nicht, warum er sich diesen Zeitdruck gemacht hat." Mein Gegenüber schien das auch nicht weiter zu interessieren. Sie erzählte dann noch mehr plaudernd, dass die Klassenlehrerin ja anfänglich gar nicht begeistert gewesen wäre, weil er in Mathematik noch so weit hinterher hinken würde. „Aber ich habe sie beruhigen können und ihr versichert, dass Ben ausreichend intelligent sei, alles bei ihm wäre normal, es würde eben eine Weile dauern, bis er den Stoff aufgeholt hätte", schloss sie.

Ausreichend intelligent! Sehr sozial und alles bei ihm wäre normal! Wenn sie wüsste, wie sehr ihre Worte Balsam für meine Seele waren! Wie unendlich erleichtert ich war, ließ sich kaum in Worte fassen. Danach war Ben das Gegenteil dessen, was er nach Meinung unserer Experten wäre.

Das war kein Versehen und selbst wenn Ben aufgrund seiner desaströsen seelischen Lage alle Tests versiebt hätte, hätten sie um die Ursache wissen müssen. Einmal mehr bewies sich damit ihr teuflisches Spiel. Sie hatten sich noch nicht mal davor gescheut, meinem Kind den für das spätere Leben so wichtigen Schulstart zu verpfuschen, nur um ihren Plan durchzuziehen, um ihre vorgefasste Meinung bestätigt zu bekommen.

Einmal mehr hätte ich sie dafür … und zwar alle.

In der Nacht hatte es zu regnen begonnen, doch pünktlich zum Klappern des alten Weckers (vom Flohmarkt) hatte es wieder aufgehört. Selbst in dem winzigen Vorzelt war es halbwegs trocken geblieben, sodass Bens Schulsachen keinen Schaden genommen hatten. Als wir uns auf die Fahrräder schwangen, hing jedoch noch immer eine kalte Nebelwolke über dem Wald. Ben zog eine Schnute.

„Ab nächsten Monat fährst du mit dem Schulbus, okay?", ermunterte ich ihn. „Jetzt raff dich noch ein paar Tage auf!"

Das Wetter besserte sich schnell wieder, als ich meinte, ich müsste erst einmal den Platz bezahlen. Vor allem aber meinte ich, da es ja vorübergehend so grau und regnerisch gewesen war, den Campingplatzbetreibern unsere Anwesenheit erklären zu müssen, nicht, dass wir ihnen am Ende noch suspekt vorkamen und sie irgendwelche Behörden alarmierten. Dabei hatten die ganz andere Dinge im Sinn, aber das sollte ich erst später erfahren. Ständig projizierte ich meine Gedanken auf unsere Mitmenschen, fragte mich, was könnten sie von uns denken, wirkten wir ... suspekt? In Deutschland hätte ein solches Denken sicher auch seine Berechtigung gehabt, hier aber erkannte ich erst nach und nach, dass sich die Leute um ihren eigenen Kram kümmerten und nicht um den der Nachbarn. Somit versuchen sie auch nicht, so manche Verhaltensweisen ihrer Mitmenschen zu hinterfragen. Später erklärte mir meine Illegalenberaterin von der Frauenorganisation diesen *compromis belge*, wie dieser Verhaltenscodex hieß: Lässt du mich in Ruhe, lass ich dich in Ruhe! Das traf in gewisser Weise auch auf die Administration zu. Schon als Yannick uns seine Anschrift lieh, erzählte er mir, dass gegenüber seit 20 Jahren ein Deutscher wohne, ohne hier gemeldet zu sein. Ab und zu würde ihn zwar die Police darauf ansprechen, aber solange er keinen Ärger mache, kein Geld vom Staat verlange, ließen sie ihn in Ruhe. Compromis belge.

Und so ging ich beschwingt durch den erneuten Sonnenschein mit einer Waschschüssel unter den Arm geklemmt Richtung Duschanlage, als wie aus dem Nichts ein Polizeibulli auftauchte und geradewegs auf mich zuraste - über den Campingplatz, auf dem außer uns niemand war. Ich habe zwar nicht die Schüssel fallen lassen, habe auch keinen Satz hinter die nächste Hecke gemacht, jedoch war ich einem Infarkt nahe. Weitergehen, nur nicht weggucken. Es ging viel zu schnell, als dass ich mir auch nur einen anständigen Gedanken hätte machen können, als sie auch schon an mir vorbeirasten. Gleichzeitig war mir klar: Wären sie unseretwegen hierher gekommen, hätten sie mich angesprochen, schließlich ging ich nicht mehr als einen Meter an ihnen vorbei. Keine zwei Minuten später jagten sie auf dem Parallelweg wieder zum Tor hinaus.

Wie lahm meine Glieder dennoch geworden waren! Als hätte ich den ganzen Tag Holz gehackt. Zwei Stunden später klingelte ich bei den Leuten vom Campingplatz, sagte, dass wir zwar noch ein paar Tage bleiben wollten, das Wetter wäre ja wieder schön geworden, aber dass ich eben schon mal bezahlen wollte. Kaum hatte ich bezahlt, schlug Martin, so hieß Harald Schmidt II, mir vor, doch in den Caravan dort zu ziehen. Natürlich nicht für immer, aber wenn wir wollten, bitte! Ich war so überrascht, tausend Gedanken schossen mir gleichzeitig durch den Kopf, dass ich nicht wusste, was ich dazu sagen sollte. Dabei war das doch *die* Idee, es wäre zumindest vorübergehend *die* Lösung. Hatte Martin etwa unser Problem erraten? Naja, dass irgendetwas mit uns nicht so ganz stimmen konnte, war offensichtlich: Obwohl die Ferien vorbei waren, es zwischendurch ungemütlich nass und kühl geworden war, campierten wir noch immer hier, radelten jeden Tag elf Kilometer bis zur Schule und wieder zurück, ich sogar zweimal. Vielleicht dachte er, ich wäre vor einem fiesen Ehemann geflohen? Meine Güte, jetzt machte ich mir schon wieder Gedanken darüber, was andere möglicherweise über uns denken mochten. Dann aber erinnerte ich mich an die Sache mit der Police. Auch wenn die Frage verräterisch klingen mochte...

„Vorhin raste ein Polizeiwagen über den Platz. Wissen Sie, was die hier suchten?"

Martin nahm die Selbstgedrehte aus dem Mund und meinte, die kämen hier rein routinemäßig vorbei, etwa einmal im halben Jahr. „Vielleicht war ja auch wieder ein Selbstmordkandidat hinten an den Klippen? Die gabs hier auch schon ein paar Mal!"

Herrliche Aussichten, dachte ich und stellte mir vor, wie Ben beim Spielen über eine übel zugerichtete Leiche stolpern würde. Mehr noch stellte ich mir jetzt aber vor, wie es wäre, wenn wir in den tannengrünen Caravan ziehen könnten. Wir hatten mal hineingelugt: Er war wie ein kleines Häuschen eingerichtet, sehr gemütlich, sehr wohnlich, gar nicht so mit diesem Standardmobiliar der Wohnmobile. Vor allem war da richtig viel Platz: eine Küche, Esstisch mit Eckbank, eine Stehlampe, alles komplett mit hellem Holz ausgekleidet. Ich befürchtete jedoch, dass das Ding einen entsprechenden Preis hätte und dass Martin uns das leerstehende Ding nur angeboten hatte, um an uns zu verdienen. Schließlich brauchten er und seine Frau jeden Euro, so abgerissen, wie die beiden herumliefen.

Am späten Nachmittag erzählte ich Ben von Martins Vorschlag und der jubelte natürlich sofort los. Kurz darauf sagte ich Martin, dass wir sein Angebot gerne annehmen würden. Kurz darauf schloss er uns den Caravan auf, zeigte und erklärte uns den Gasherd, zeigte uns die mit allem Notwendigen gefüllten Schränke, das angrenzende Schlafzimmer mit den zwei Betten, die Elektroheizung. Nur Wasser müssten wir uns holen. Es war innen noch schöner, als es sich von außen dargestellt hatte. Auf der anderen Seite der Küche befand sich ein gemütlicher Wohnraum mit zwei bequemen Sofas, einem Tisch in der Mitte und einem kleinen Bücherschrank in einer Ecke. Dank übergroßer Fenster war es im Inneren des Caravans herrlich hell und sonnig, zudem ließ sich von hier aus der halbe Platz überblicken, man konnte den nahen Bach und den weiten Himmel sehen. Was wollten wir mehr? Martin war mit seinen Erklärungen in bröckelndem Deutsch noch nicht fertig, als Ben vor Vergnügen quietschte, zum Zelt raste und in Windeseile seine Plüschtiere holte, dazu seine kleinen Autos, die Bionicles. Er stellte alles ins Regal und kuschelte sich anschließend vergnügt in eins der plüschigen Sofas. Kaum hatte uns

Martin allein gelassen, ließ auch ich mich fallen. Eine unendlich große Last fiel mir von Schultern und Seele. Trotzdem wir beide das Lagerfeuer, das Draußen-Kochen mochten, so war es jetzt phantastisch, nicht mehr drauf angewiesen zu sein, stattdessen das Essen in einer fast richtigen Küche kochen zu können, an einem Tisch mit Tischdecke zu essen, den Tisch schön gedeckt. Unbeschreiblich dann auch in den großen weichen Betten zu schlafen – mit frisch bezogenen dicken Decken – nach der Härte der Isomatten und den zwar warmen, aber wenig kuscheligen Schlafsäcken - einfach traumhaft. Wir hörten ja dennoch den Wind in den Bäumen, hörten unseren Bach rauschen, unmittelbar vor der Tür, sahen dennoch den klaren Sternenhimmel durch das Fenster schräg über unseren Kopfkissen. Wir waren dennoch draußen, konnten weiter unser tägliches Feuerchen machen – wenn wir es wollten. Für uns beide war es jetzt in diesen noch immer warmen Septembertagen, als lebten wir in einem richtigen Haus; es wurde unser Waldhäuschen.

Ein paar Tage später radelte ich zu Yannick, erzählte ihm von unserem großen Glück. Ich glaube, ich konnte mit dieser Nachricht sein Gewissen entlasten. Die Befürchtung, dass er uns am Ende womöglich doch noch hätte aufnehmen müssen, hatte sicher die ganze Zeit wie ein Damoklesschwert über ihm gehangen.

Zurück auf dem Campingplatz begegnete ich Maria. Sie fragte freundlich lächelnd und wie ihr Mann in gebrochenem Deutsch: „Und? Ist alles gut so, ja?"

„Und wie, es ist phantastisch!" Ich trat ein paar Schritte auf sie zu, blieb stehen, bereit für einen Plausch. Maria, Mitte fünfzig, die langen dunkelblonden Haare auf dem Kopf zusammengesteckt, lächelte, nickte, schaute aber auf die Uhr.

„Oh, ich wollte Sie nicht aufhalten ...", sagte ich.

„Nein, es ist nur so, dass ich noch malen muss. Meine Arbeit muss nachher weg."

„Darf ich Ihre Bilder denn mal sehen? Ich male auch ab und zu, nur hier und jetzt hab ich nichts dabei." Meine Bilder, meine Malerei war mir immer etwas peinlich, weil Malen einfach nichts Gescheites war, und weil ich schon so lange meinen Idealen hinterher jagte, wohlahnend, sie nie zu erreichen.

„Kommen Sie, wann Sie möchten", sagte Maria trat ihre Selbstgedrehte aus, lächelte wieder und dann verschwand ihr roter Poncho hinter den Bäumen und Sträuchern.

Inzwischen müsste sich eigentlich jemand auf meine Annonce gemeldet haben, dachte ich. Bevor ich Ben von der Schule abholte, besuchte ich deshalb die Anzeigenredaktion. Eine andere Dame als neulich schüttelte bedauernd den Kopf. Offenbar aber las sie sich jetzt, während sie sich im Naseputzen unterbrach, meine Anzeige im Computer durch, das Taschentuch dabei an die Nasenflügel gepresst haltend.

„Nee", näselte sie, „nix. Aber würden Sie denn vielleicht auch einen Pflegefall übernehmen? Meine Oma kommt Ende Oktober aus dem Krankenhaus, die wollte und sollte dann nicht mehr ins Altersheim ... Allerdings brauchen wir jemanden, der den ganzen Tag bei ihr wäre. Würden Sie so etwas machen?" „Natürlich! Sehr gern sogar!", sagte ich sofort. Wir besprachen dann noch einiges, sie schrieb sich meine Email auf und dann gab ich ihr noch Yannicks Telefonnummer, der würde mir dann Bescheid sagen.

Ach ja, wie viel ich nehmen würde? Ich zuckte die Schultern, ich müsste es mir überlegen, mit einem Fulltime-Pflegejob hatte ich ja nicht gerechnet. Sie wollte dann auch erst noch mit ihrer Tante und den anderen Familienmitgliedern sprechen. Ach so, dachte ich etwas enttäuscht, sie hat das nicht allein zu entscheiden. Mit nur noch halber Hoffnung verabschiedete ich mich. Jetzt endlich konnte sie mal herzhaft in ihr Taschentuch prusten.

Inzwischen machte die Schule richtig ernst und ich staunte, dass es nach den sieben Schulstunden täglich oftmals noch reichlich Hausaufgaben gab. Wenn Ben aber von der Schule nach Hause kam - ich brachte ihn nach wie vor täglich hin und holte ihn auch ab -, wollte er nichts sehen und nichts hören, sondern erst mal abschalten, spielen. Er sauste dann an den Bach oder in den Garten von Maria, wo er mit dem Hund spielte. Da unser mechanischer 1-Euro-Wecker vom Flohmarkt stets falsch ging, hatte ich einen Radiowecker für 9.99 erstanden. Der pure Luxus. Als ich nach fast einem Jahr mal wieder einen deutschen Sender (WDR5) hörte, hatte ich das Gefühl, ein ganzes Jahr verreist gewesen und jetzt wieder daheim zu sein. Ben hatte sofort den abendlichen Kinderfunk für sich entdeckt (Bärenbude), den er von da an regelmäßig hörte.

Noch wusste ich nicht, wie viel dieser Caravan für uns pro Tag kosten sollte, ich verdrängte es auch schlicht. Denn wenn wir schon im schlichten Zelt 5 Euro pro Tag, was ja inklusive heißer Dusche für zwei Personen nicht viel war, bezahlen mussten, dann konnte ich mir leicht ausrechnen, was der Caravan nebst Strom und Gas kosten würde.

Es musste etwas geschehen, sich jetzt nur nicht gehen lassen, obwohl mir danach war. Ich beschloss, selbst eine Wohnungsannonce aufzugeben. Der Pfarrer wollte mir für diesen Zweck sein nagelneues Handy, dessen Nummer eh noch keiner kannte, überlassen. Ich brauchte ja irgendeine Telefonnummer, selbst wenn ich auf Chiffre-Anzeigen antwortete. Als ich mit gemischten Gefühlen erneut die Anzeigenannahme des Käseblattes betrat, stellte ich erleichtert fest, dass heute ein junger Mann die Anzeigen bearbeitete.

Bereits in Leuven hatte ich eine Idee gehabt, wie wir vielleicht unser Problem insoweit lösen könnten, als dass wir zumindest hier unbehelligt leben könnten. Ganz frei kämen wir ja nur, wenn man das Verfahren in Deutschland nochmals aufrollen würde und man alles Gesagte ins Gegenteil verkehrte. Das aber war so wahrscheinlich wie das Knacken eines Jackpots im Lotto – erst recht nach unserer Flucht. In Erinnerung an die Frage der Psychologin des Vertrauenszentrum, ob es denn in Deutschland niemanden geben würde, der da vielleicht vermitteln könnte, kam mir der Gedanke an die Pfarrersfrau, die Ben einst getauft hatte. Vielleicht könnte sie ja Bens Vater bitten, die Anzeige, die er ja nach meiner Selbstanzeige erstatten *musste*, damit mein Fall bearbeitet werden konnte, ob er die nicht zurückziehen könnte? Ben zuliebe.

Eifrig schrieb ich einen Brief an die Pfarrerin, erzählte kurz und knapp unsere Geschichte. Ich gab ihr Nadines Anschrift. Keine Antwort. Später bat ich Nadine, sie doch mal anzurufen, nachzufragen. Ja, sagte Nadine, die Pfarrersfrau hätte mit dem Vater telefonisch Kontakt aufgenommen, doch der hätte kein Interesse an der Sache gezeigt, auch nicht an seinem Sohn, und sie selbst wüsste eben auch nicht, wie sie sich in unserem Fall verhalten sollte. Vor allem aber wollte sie keinen Ärger. Mehr hatte Nadine nicht herausbringen können.

Die Pfarrersfrau wusste nicht, wie sie sich in unserem Fall verhalten sollte, weil sie mir die Geschichte nicht abnahm, mir misstraute, misstrauen musste. Wer glaubt schon eine so haarsträubende Geschichte! Ich erinnerte mich aber auch wieder an den grässlichen Moment, als der Polizeibulli auf mich zugerast kam, erinnerte mich an unzählige Situationen, die Ben wie mir immer und immer wieder Angst gemacht hatten, dachte an unsere Gesamtsituation, wie unendlich schwierig sich unser Leben gestaltete, und wie unendlich schön es wäre, wenn wir endlich wieder freie Menschen wären. Ohne Angst, ohne sich ständig Gedanken machen zu müssen.

Währenddessen hatte ich mich wiederum auf verschiedene Jobs gemeldet, hatte geschrieben, telefoniert, denn eigentlich wollte ich erst einer Arbeit sicher sein, bevor ich mich um eine Wohnung bemühen wollte. Dann könnte ich sagen, ich arbeite für den oder die, na, und dann kriegen Mütter ja noch normalerweise Kindergeld und Unterhalt, so wäre meine Bewerbung vielleicht für den einen oder anderen akzeptabel. Denn wie ich befürchtet hatte, lief es bei allen weiteren Wohnungsangeboten, die ich hatte, nicht anders wie beim ersten Mal. Ich brauchte also einen Verdienst – und dass nicht nur um eine Wohnung zu bekommen. Ben ging täglich in die Ganztagsschule, ich hätte endlich Zeit zu arbeiten. Doch die meisten Jobs fielen zeitlich aus dem Rahmen – abends oder am Wochenende kellnern oder Brötchen verkaufen war nicht möglich.

Dann bot sich mir ein relativ gut bezahlter Job fürs Wochenende, da könnte ich, so sagte mir die Frau, meinen Sohn mitnehmen, während ich ihren Sohn betreute und mich um Haus und Garten kümmerte. Sie wollte eine Umschulung machen. Wir verstanden uns auf Anhieb, ich sagte zu. Kurz darauf antwortete mir jemand auf meine Wohnungsanzeige – über das Handy des Pfarrers. Sie hätte da eine sehr schöne Wohnung, ja, ruhig und sehr sonnig, mit Garten und dennoch zentral gelegen; dreieinhalb Zimmer, Einbauküche, Bad, Speicher, Garage. Eigentlich war sie mir zu teuer, aber anschauen konnte ich sie mir ja trotzdem mal.

Ich hatte das Gespräch gerade beendet, als Maria auf den Caravan zusteuerte. Fast jeden Morgen sah ich sie, wie sie durch den Park lief, eine Weile am Bach stand, immer so, als sei sie sehr weit weg. Jetzt aber war sie sehr zielstrebig, sah mich an. Ich ging ihr entgegen, vielleicht wollte sie das angefangene Gespräch von gestern fortsetzen? Ich spürte, ich sehnte mich danach, mit einem netten Menschen über schönere Dinge zu reden als über unsere fatale Geschichte.

„Ich hab Ihnen etwas zum Malen gebracht!", begann sie gleich sehr bestimmt, „es steht dort vorn in dem kleinen Schuppen. Also, wenn Sie möchten..." Ich wusste gar nicht, was ich dazu sagen sollte - erst der Caravan und nun das. Maria aber war schon wieder im Aufbruch.

„Danke", rief ich ihr nach, etwas unangenehm berührt, weil ich mir die Sachen gar nicht leisten konnte. Als ich den Schuppen öffnete, fielen mir gleich mehrere mit Leinwand bespannte Cardboards in unterschiedlichen Größen entgegen, mehrere professionelle Skizzen- und Malblöcke, ein riesiger Eimer gefüllt mit großen Tuben Acrylfarbe, ein Kasten mit Aquarellfarben, ein anderer mit Ecoline, an die zwanzig Pinsel aller Sorten, Töpfchen und Paletten zum Farbenmischen, Kohlestifte, ein riesiger Malstiftekasten, dazu andere Spezialstifte, sogar eine Staffelei. Ich war platt. Die Cardboards lockten. Ich malte besonders gern mittelgroße Bilder, nur würde ich sie gar nicht bezahlen können – jedenfalls jetzt noch nicht. Dennoch schleppte ich einiges in den Caravan, obwohl der zum Malen etwas zu eng war.

Inzwischen hatte ich mir die Wohnung angeschaut. Für Ben wären es von da aus nur sieben Fußminuten bis zur Schule, hatte die Vormieterin gesagt. Ich überlegs mir am Wochenende, sagte ich ihr, ohne es aber ernsthaft vorzuhaben, weil mir die großzügige Wohnung mindestens 100 Euro zu teuer war. Ein paar Abende später klingelte das Handy des Pfarrers und eine fremde Frauenstimme wollte umgehend wissen, ob ich die Wohnung denn jetzt nehmen würde. Ohne mich zur Besinnung kommen zu lassen, lud sie mich zu sich ein, wenngleich die Einladung eher nach einer Vorladung klang. Nein, es ginge nur abends. Sie würde schließlich den ganzen Tag arbeiten. Es hatte den Anschein, als sei ich die einzige Bewerberin. Wir brauchten ja nach wie vor eine richtige Wohnung bevor der Winter käme, zumal der Caravan bereits kleinste Temperaturschwankungen sofort von außen nach innen weitergab. Die Zeit drängte, zumal Wohnungen selten von heute auf morgen frei wurden. Wenn diese Leute aber auch wieder meine Einkommensnachweise sehen wollten? Noch hatte ich den Job nicht angetreten, hatte nichts in der Hand, dass ihn mir garantierte. Abgesehen davon war mir die Wohnung so oder so zu teuer. Egal, sagte eine andere Stimme in mir, Hauptsache, wir hätten erst einmal eine Wohnung.

Ich radelte ohne Ben zu dem Treffen in der Oberstadt, radelte in die hereinbrechenden Dämmerung, ließ mein sehr bescheidenes Rad hundert Meter vor dem architektonisch leicht extravaganten Haus unserer potentiellen Vermieterin stehen, klingelte. Ich führte ein kurzes, nicht allzu unangenehmes Gespräch mit einer sehr langen, sehr dünnen und sehr energischen Sportlehrerin in einem riesigen, an einen Konferenzraum erinnernden Wohnraum, dessen ungewöhnliche Deckenhöhe der Größe seiner Bewohnerin angepasst schien. Zu meiner Überraschung stellte ich fest, dass allein die Tatsache, dass ich im sportlichen Dress mit dem Rad gekommen war, mir sofort ihre Sympathie gesichert hatte. Sie erklärte mir dann, dass mich ihre Mutter, die eigentliche Vermieterin, kennenlernen wollte. Ja, ja, ich sollte meinen Sohn nur mitbringen. Nächsten Mittwochnachmittag. (Ging also doch tagsüber.) Mittwochs ist in Belgien nachmittags immer schulfrei.

Ben fanden sie dann richtig toll, weil er so schön groß war, dazu so ein toller Radfahrer. Was ich nach einer kurzen Vorstellung von Ben und mir und der Portugalstory registriert hatte, ließ mich weiter Hoffnung schöpfen: Keine Frage nach meinen Einkommensnachweisen! Stattdessen so eine Art Persönlichkeitscheck durch die Mutter, die glücklicherweise nicht in dieser Stadt wohnte, somit auch nicht in diesem Haus, in dem wir wohnen könnten. Denn dann hätte ich da auch gar nicht wohnen wollen.

Für eine stockkonservative Dame, die sich trotz ihrer mehr als 80 Jahre noch mit einem BMW auf die Straßen wagte -

sie stammte aus dem erzkonservativen Süden Ostbelgiens -, waren wir die absoluten Exoten. Wie? Sie fahren *kein* Auto? (Ein Auto schien für Vermieter eine Art Liquiditätsnachweis zu sein.) Und der Junge fährt *auch* ständig mit dem Fahrrad? Und Sie haben Ihren Sohn *selbst* unterrichtet? Ungläubig schüttelte sie immer wieder den Kopf. Ihre pragmatische Tochter, ungefähr so alt wie ich, musste sie zwischendurch immer wieder ausbremsen.

„Ach Mutter!", rief sie ständig, zuckte entschuldigend die Achseln und warf mir ein genervtes Augenverdrehen zu.

Doch die Mutter ließ sich nicht beirren. „Und Rasen mähen, Hecken schneiden, das müssten Sie aber auch machen. Können Sie so was denn überhaupt?"

„Aber ja, kein Problem!"

„Und wo wollen Sie die Gartenabfälle hinschaffen? Wo haben Sie denn früher gewohnt? Wie lange sind Sie denn schon hier?" Fragen über Fragen und immer höflich antworten. Schlüssige Antworten ausdenken. Mein Kopf begann zu qualmen.

Keine Haustiere! Ben war zum Glück gerade im Garten, konnte es somit nicht hören. Wenngleich es für uns nicht von Bedeutung war, hätte es ihn aber auf die Idee gebracht, und er hätte garantiert zu maulen angefangen. Wir kämpften jetzt einfach nur um ein Dach über dem Kopf. Dabei hatte mir das Zwei-Familien-Backsteinhaus anfangs gar nicht gefallen, obwohl es, wie ich bei der Besichtigung feststellen konnte, viele Vorzüge hatte. Hell und sonnig, bestimmt 100 Quadratmeter, eine schon vorhandene Einbauküche, Südbalkon, Garten und im Erdgeschoss nur eine ältere Dame – ebenfalls zur Miete. Ruhige Wohngegend, aufgelockerte Bebauung. Sehr brav, sehr bürgerlich. In Deutschland wären meine Chancen gleich Null gewesen.

Das Verhör, und nichts anderes war es, endete im Vorlesen des Mietvertrages, der sich wie eine Verurteilung anhörte. Zumindest trug ihn die alte, energische Dame mit dem zerfurchten, sonnenbraunen Gesicht so vor. Dabei sah sie mich nach jedem Passus prüfend an und fügte grollend hinzu: „Auch das geht auf *Ihr* Konto!" Damit war Wasser, Gas, Strom, Heizöl, Brandschutzversicherung und das jährliche Reinigen des Heizungsbrenners gemeint.

Keine Kaution! Das war ungewöhnlich und ein weiterer Bonus. Sie wollte lediglich, dass ich die erste Miete in den nächsten Wochen überweise. Die würde dann mit der Dezembermiete verrechnet. Der harterkämpfte Sieg war unser. Nadine wollte mir mit einer eventuellen Kaution oder der ersten Miete aushelfen, was sie dann auch tat. Doch bis zum Tag des Einzugs wollten noch zwei Monate überbrückt werden.

Kaum hatten wir also unser drittes großes Problem nach dem ersten, der Schule für Ben und dem zweiten, der Arbeit für mich, gelöst, als sich Problem N°2 erneut stellte: Kaum hatte ich nämlich der Vermieterin zugesagt, sagte meine zukünftige Arbeitgeberin ab. Pech, dachte ich, war mir aber sicher, in den kommenden zwei Monaten einen anderen Job zu finden. Ich würde mir eben weiter das Anzeigenblatt besorgen. Und noch eine weitere Chiffre-Anzeige aufgeben. Chiffre deshalb, weil ich an diesem Tag beschlossen hatte, dem Pfarrer das Handy zurückzugeben. Keine Abhängigkeiten mehr.

Ausgleichenderweise war die Zeit, die jetzt begann, regelrecht entspannend - abgesehen von dem ständig auftauchenden Gefühl, ich müsste Maria und Martin hier allmählich mal meine Anwesenheit erklären. Ob wir wohl bis Ende November hier wohnen bleiben könnten? Wir konnten.

Längst hatte sich eine gewisse Regelmäßigkeit eingespielt. Ben fuhr jetzt täglich mit dem Schulbus in die Stadt, was er von Anfang an sehr selbstständig gemacht hatte. Dadurch kam er allerdings noch später nach Hause, hatte noch weniger Zeit, um draußen zu spielen, zumal es im Oktober bereits merklich früher dunkel wurde.

Inzwischen hatte ich Maria in ihrem Holzhaus besucht, das an ein Schweizer Chalet erinnerte. Sie hatte mir einen Teil ihrer Arbeiten - feine, vorwiegend romantische Bilder und Tonskulpturen - gezeigt, mich dabei durch Haus und Garten geführt. Es war die Idylle schlechthin. Ich sagte es ihr und sie lachte und nickte. Gleichzeitig entschuldigte sie sich ständig, weil es bei ihr so unaufgeräumt sei. Maria zeigte mir stolz und bescheiden gleichzeitig einen Artikel in einer englischen Kunstzeitschrift, in der einige ihrer früheren Werke zu sehen waren. Da las ich dann von : the famous artist Maria… Ich wusste ja inzwischen, dass sie nicht die abgerissenen Habenichtse waren, die jeden Euro nötig hatten…

Nach und nach hatte ich Maria unsere Portugalstory erzählt, meinte zwischendurch, dass wir nach etwas Neuem zum Wohnen suchten und bald darauf, dass wir etwas gefunden hätten. Ich hatte ihr von meinen früheren Arbeiten im Naturschutz erzählt, Umwelt und Tourismus, weil sie mir von ihren künftigen Plänen für diese Campinganlage erzählt hatte, auf der bald „grüne" Seminare stattfinden sollen, gehalten und gestaltet von ein paar engagierten Biologen. Sie würden sich damit aber noch Zeit lassen und überhaupt, den Platz hätten sie ja erst vor einem halben Jahr gekauft. Das erklärte auch, warum hier keine Dauercamper und nur ganz selten mal ein paar normale Camper anzutreffen waren. Unser Glück, denn dadurch gab es auch keine neugierigen Nachbarn.

Trotz einer leichten Annäherung klaffte weiter ein Graben zwischen uns, der vielleicht durch eine gewisse Sprachbarriere kam, vermutlich aber eher in meinem Kopf existierte und aus einer mir notwendig erscheinenden Zurückhaltung heraus weiter bestehen bleiben sollte. Bis mir Ben am letzten Oktobertag eine Nachricht von Martin überbringen sollte, dem er bei irgendwelchen „reinen Männerarbeiten" half.

„Ich soll dir was vom Martin ausrichten!", begann er geheimnisvoll, und ich dachte sofort, der Martin will, dass ich mal langsam für den Caravan bezahle... Doch Martin, der sich ansonsten nicht gerade aufgeschlossen präsentierte, hatte zu meiner Verwunderung beschlossen, für Maria und mich, zu kochen. „Also!", ermahnte mich Ben, „du sollst pünktlich um sechs drüben sein. Wir Männer kochen dann für euch Frauen. So. Ich muss jetzt wieder los, denn wir fahren gleich einkaufen, der Martin und ich."

Obwohl es Ende Oktober war, war es an diesem Abend so ungewöhnlich warm, dass man noch draußen sitzen konnte. Inmitten des noch immer grünen Gartens hatten sie einen kleinen runden Tisch gedeckt: mit weißer Tischdecke und einem silbernen Kerzenständer mit blauen Kerzen, an deren Flammen der Abendwind zerrte. Roter Wein in bauchigen Gläsern, die letzten Rosen. Ich hatte, so plötzlich von der Einladung überrascht, kein Mitbringsel, packte deshalb eine meiner selbstgezogenen Dattelpalmen als Geschenk ein und brachte sie Maria mit. Ben hatte sich - wie Martin - eine Schürze umgebunden, und sauste jetzt ständig über die Terrasse, um uns zu bedienen. Vorspeise, Hauptgericht, Nachtisch. Noch etwas Wein? Erst als wir fertig waren, setzte er sich mit Martin an den Nachbartisch, wo sie selbst etwas deftiger und rustikaler speisten und tranken. Martin und Maria stellten uns keine Fragen, sondern erzählten von sich, und dass Martin manchmal den Wunsch verspürte, für andere zu kochen - auch für relativ fremde Personen, die ihm auf den Platz schneiten und die ihm sympathisch waren. Wie vergangene Ostern diese Kanadier. Oder jetzt wir.

Meistens erzählte Martin. Er war nicht immer so ganz leicht zu verstehen, aber seine Message kam rüber. Später entzündete er noch ein wärmendes Feuer, während wir bei einem weiteren Glas Wein einige grundlegende Lebenserkenntnisse austauschten. An diesem Abend erlebte ich eine lange vermisste Übereinstimmung mit anderen Menschen wie nie zuvor seit unserer Flucht; doch ausgerechnet zwischen diesen Menschen und mir, meinte ich, wollte sich eine Wand aufbauen. Weil bislang einfach nie der passende Moment war, ihnen von unsere wahre Geschichte zu erzählen.

Ein paar Tage später erhielt ich eine Email von der jungen Frau aus der Anzeigenredaktion, ob ich denn noch bereit wäre, ihre Oma käme die Tage aus dem Krankenhaus? Sie brauchten noch eine Nachtwache, 40 Euro die Nacht, zwei oder drei mal die Woche. Ich wusste nicht, ob ich mich über die Meldung freuen sollte. Ich hatte längst nicht mehr damit gerechnet, dass sie sich überhaupt melden. Aber Nachtwachen? Und Ben? Abgesehen davon konnten wir mit diesem Verdienst gerade mal die Miete zahlen, ich müsste mir natürlich zusätzlich etwas suchen. Weil ich aber keine Wahl hatte, sagte ich zu. Es ginge allerdings erst nach unserem Umzug. Hier wohnten wir im Wald, relativ weit ab, da gäbe es keine Betreuung für Ben. Insgeheim hoffte ich, dass sich bis zu unserem Umzug irgendetwas anderes ergeben würde. Eine Tagwache. Oder ein ganz anderer Job. Ich telefonierte jetzt von Marias Telefon aus, erzählte ihr von dem neuen Job, es war ein zaghaftes Ein-wenig-mehr-von-uns-preisgeben. Inzwischen wussten sie auch, dass wir am 1. Dezember in eine neue Wohnung ziehen würden. Daraufhin fragten sie mich, ob sie uns helfen könnten? „Nein, geht schon. Danke trotzdem!", sagte ich und dachte daran, dass wir ja nicht viel mehr hatten, als die paar Kartons, mit denen wir hier angekommen waren. Kein Umzug, bei dem man Hilfe brauchte.

Der November zog sich dramatisch in die Länge. Dann wurde es plötzlich auch noch kalt und regnerisch. Der Caravan wurde mit der kleinen Elektroheizung nicht mehr warm. Die Wärme verpuffte trotz der Holzverkleidung. Nur noch drei Wochen, dann zögen wir in eine schöne warme Wohnung – nur sieben Fußminuten von der Schule entfernt.
Dann machte Ben schlapp. Er bekam Bronchitis, fühlte sich lustlos und müde. Das Lernen, die Schule, nach der Schule weiter lernen, es wurde ihm alles zu viel. Es gab ja seiner Meinung nach plötzlich nur noch Schule. Selbst an den Wochenenden hatte er Hausaufgaben zu machen, und seine Klassenlehrerin war zudem der Meinung, wir müssten nach und nach noch all das aufarbeiten, was er bislang versäumt hatte.
Ich machte es Ben so schön und so angenehm wie möglich, kaufte eine weitere Flasche Hustensirup (in belgischen Apotheken favorisierte man nur eine Sorte), kaufte Inhalationen, dazu viel Frisches und Leckeres. Allmählich ging es Ben auch wieder besser. Er fieberte inzwischen unserer neuen Wohnung, vor allem seinem eigenen großen Zimmer entgegen, um endlich seine neuen Freunde aus der Schule zu sich einladen zu können. Doch der November meinte, uns noch piesacken zu müssen, zog sich boshaft in die Länge, ich wurde kaum noch meiner Eisbeine Herr. Es war jener eisigkalte November, als im Münsterland die Strommasten wie Streichhölzer knickten. Zum Glück war Ben den ganzen Tag über in der Schule und nachts unter einem gigantischen Deckenberg. Jeden Morgen war jetzt die gläserne Eingangstür eingefroren. Im Inneren unseres Heims war es nur ein paar Grad über Null. Nachts raus zu müssen war schon ein echter Härtetest. Es fror Stein und Bein. Eiszapfen überall. Vor unseren Mündern kondensierte der Atem.
Alaskafeeling.

Bis zum allerletzten Tag im November sollte ich auf den Schlüssel für die Wohnung warten müssen. Immerhin hatte ich inzwischen zwei Zweier-Sofas, das eine für 10 und das andere für 20 Euro in einem Secondhand-Laden gekauft, dazu zwei Lampen und fünf gleiche Stühle für 15 Euro, nur noch nicht abgeholt. Wie auch, mit dem Fahrrad. Am Ende sollte uns unsere komplette Wohnungseinrichtung 125 Euro gekostet haben. Der Versicherungsmensch, bei dem ich die Brandschutz-Versicherung für die Wohnung abschloss, schätzte den Wert unserer Einrichtung auf 20.000 Euro, das wäre der normale Wert einer besseren Wohnung, sagte er.

Am Tag des Umzugs wurde ich dann doch etwas wehmütig. Es war zwar klirrend kalt an diesem Morgen und Ben und ich hatten die Tage bis heute gezählt, aber als jetzt die Sonne durch die Tannenzweige schien, die Eiszapfen glitzerten, ich noch einmal den blau-bunten Eisvogel den Bachlauf entlang jagen sah, da fiel es mir doch sehr schwer, in die Stadt zu ziehen, Garten und aufgelockerte Wohnbebauung hin oder her.
Und dann standen sie da, unsere Habseligkeiten, die fast alle in Yannicks Kombi passten. Den Rest würde später Martin abtransportieren, denn den hatte ich am Ende doch noch um Hilfe gebeten. Allein wegen der beiden Sofas und der Stühle aus diesem Secondhand-Möbellager und nur Martin hatte einen großen Anhänger.
An diesem Vormittag traf ich Maria bei ihrer Morgenrunde. Vor ein paar Tagen hatte ich ihr gesagt, dass ich heute käme, um die Campinggebühr zu zahlen. Und noch immer wusste ich nicht, wie viel sie für den Caravan haben wollten. Als ich sie darauf ansprach, stieß Maria ein verächtliches Geräusch aus und winkte ab: „Aber wir haben euch doch den Caravan selbst angeboten! Lass sein! Vielleicht ein wenig für Strom?" Aber auch das erfragte sie vorsichtig, sah mich an. Ich war erneut verblüfft, meinte, das ginge

doch nicht und war gleichzeitig unendlich erleichtert. Maria nahm mich fast tröstend in den Arm.

Stunden später, nachdem ich den Caravan sauber gemacht hatte, ging ich noch einmal zu Maria. Und während ich jetzt endlich mit unseren wahren Geschichte rausrückte, gesellte sich auch Martin dazu. Sie fragten nicht viel, hörten nur zu und ich war froh, ihnen unsere Geschichte erzählt zu haben. Doch wie so oft beim Wiederholen der Geschichte begann es in mir besorgniserregend zu brodeln, so etwas hinnehmen zu müssen, dadurch auf andere angewiesen zu sein, stets in irgendeiner Form betteln zu müssen, um Arbeit ebenso wie um Stillschweigen, und weiterhin so unfrei zu sein.

Dennoch. Es war in den vergangenen Monaten beständig aufwärts gegangen, und wir konnten jetzt der Zukunft etwas gelassener entgegen sehen.

Während ich bei Maria und Martin gesessen hatte, war der Pfarrer da gewesen, er hatte mir einen Zettel hinterlassen. Wenn ich eine Waschmaschine haben wollte, sollte ich es ihn wissen lassen. Es gäbe auch noch andere Sachen.

Eine Waschmaschine wäre schon nicht schlecht, dachte ich, vor allem aber brauchten wir Matratzen.

Es sollte – zumindest für mich – ein paar harte Nächte auf Yannicks Iso-Matte geben, bis Maria und Martin an der Haustür klingelten und uns zwei hübsche Bettrahmen sowie zwei nagelneue Matratzen – noch in Folie - mitbrachten. An einem anderen Tag brachten sie eine kleine Musikanlage mit zwei Boxen, ein paar Tage später noch eine, für Ben. Sie selbst brauchten ja nur eine, und all das Zeug stünde nur in ihrem anderen Haus herum. Sie hatten noch ein weiteres Haus in den Ardennen. Im Secondhand-Lager gab es einen großen Schreibtisch für Ben aus hellem Holz für nur 5 Euro, dazu einen gemütlichen Ohrensessel, zwei chice Schränke und zu Weihnachten gabs wie versprochen einen wenn auch uralten Fernseher, der es dann noch zwei Jahre tun sollte.

Jeden Morgen klingelte ein Mädchen aus Bens Klasse, um ihn abzuholen. Der Weg zu Aaron war jetzt nicht mehr weit. Manchmal kam Aaron auch zu Ben.

Ab Februar könnte ich im Pfarrhaus Bilder ausstellen, all die Bilder, die ich noch in dem gefliesten Appartement gemalt hatte, und die ich nur noch auf Holzrahmen spannen musste – es sollte tatsächlich eine vorübergehende Einnahmequelle werden, aus der sich weitere ergaben.

Im Januar hatte uns völlig überraschend mein Schulfreund besucht: Sie hätten daheim ihr Haus entrümpelt. Und da sie selbst zwei Kinder hatten, fiel natürlich jede Menge Kram für Ben ab. Sogar ein alter PC, der immerhin noch zum Schreiben taugte. Dazu ein Bügeleisen, Geschirr, Vorhänge, Töpfe, Jacken, Spiele, Bücher, gleich zwei Paar Inliner für Ben. Für den aber hatte mit dem Einzug in unsere eigene Wohnung die Art von Leben begonnen, die er sich so lange gewünscht hatte. Selbst die Schule gefiel ihm inzwischen. Vor allem aber hatte er endlich Freunde, die zu ihm kamen, manchmal mehrere gleichzeitig. Jungs und Mädchen, mit denen er reden und spielen konnte.

Zwei Jahre später, Ben hatte zu Beginn der Sommerferien eine Lungenentzündung überstanden, schenkten uns Maria und Martin drei Wochen Ferien am Meer. Das war in unserer Situation einfach gigantisch. In diesen sonnigen Wochen entstand auch das Titelbild. Seit dieser Zeit sind wir immer wieder dorthin gefahren, an den weiten Strand, morgens hin, abends zurück, dank der preiswerten Zehnerkarten der Belgischen Bahn.

Auch wenn sich uns noch viele Hindernisse in den Weg stellen sollten, hatten wir es am Ende dennoch geschafft. Nicht zuletzt, weil wir wussten, was zählt.

Trotzdem hätte ich Ben wie mir all das gern erspart.

Mein großer Dank gilt meinen Helfern und Beratern: Maria und Martin v. S., *meinem* Richter a.D. oberhalb von Hennef, Elfi, Nadine, Ute, Gisela, Helmut, Frau O. und N°3. R. Driessen, RA L. Jalajel, Prof. Karnowski, S. Walden, Fam. Plock und N. Weber-Schmetz
Frau Nöthen ist in der Zwischenzeit leider verstorben.

Nachtrag. Das meiste Schwarz-Geld verdiente ich durch meine Schwarz-Malerei, ansonsten arbeitete ich als Putzfrau, Personal Trainerin, Übersetzerin, Sekretärin, Anstreicherin, Gärtnerin und als Betreuerin eines liebenswerten alten Herrn.

Als Ben fast 14 Jahre alt war, hatten wir uns über abenteuerliche Umwege mit Bens Vater geeinigt. Es wurde eine Art Waffenstillstand. Ihm war es recht, dass Ben hier bei mir lebte. Logisch, denn er wollte sich weder um ihn kümmern noch irgendetwas für ihn zahlen müssen. Man suchte uns nicht. Er hatte uns nicht angezeigt. Vier Wochen nach unserem Verschwinden wäre Anita mit ihren Töchtern ausgezogen. Dennoch konnten wir aufgrund des Urteils nicht einfach zurück nach Deutschland ziehen. Bis Ben 18 Jahre alt wäre, so meine Rechtsberater, müssten wir damit rechnen, dass uns das Jugendamt, falls man uns „erwischt", einen Strich durch die Rechnung macht und Ben woanders unterbringt.

Wir hatten uns all die Jahre in Belgien nicht anmelden können, weil immer irgendwelche Papiere fehlten. Es war schon fast komisch und eine eigenständige Geschichte, doch es führte am Ende dazu, dass wir 2011 das Risiko eingehen mussten und nach Deutschland zogen - an den Stadtrand von Aachen. Ben besuchte hier die Schule, ansonsten vermieden wir Behördenkontakte. Dennoch entstanden ein paar

schwierige Situationen, aber an die waren wir ja inzwischen gewöhnt und schafften es, sie zu umgehen.
Es gab dann auch noch etwas sehr Erfreuliches: Seit seinem 12. Lebensjahr lebte Ben auf eigenen Wunsch hin - wie ich schon lange - vegetarisch. Vor einigen Jahren beschlossen wir aus ethischen Gründen auf sämtliche Tierprodukte zu verzichten und vegan zu leben. Ben hatte bis dahin immer wieder Atemwegsprobleme gehabt, dazu mehrere Lungenentzündungen und immer wieder Neurodermitis. Nach einer Woche vegan hatte er sämtliche Beschwerden verloren. Es war so unglaublich wie phantastisch.

Inzwischen hat Ben, der nicht Ben heißt, die Schule abgeschlossen und sich eine Ausbildung zum Bootsbauer erkämpft (seit Jahren sein Ziel). Jetzt freut sich darauf, an die Ostsee zu ziehen, während es mich in den Süden zieht. Ben ist noch immer mit Aaron befreundet, genauso wie wir noch immer mit Maria und Martin befreundet sind.

Ich habe die Geschichte unter einem Pseudonym geschrieben, nicht nur Ben zuliebe. Auch habe ich die Namen der meisten Beteiligten verändert. Die Schauplätze unserer Geschichte entsprechen jedoch der Wirklichkeit, so wie unsere Geschichte der Wirklichkeit entspricht. Leider. Genau deshalb habe ich sie aufgeschrieben. Denn vielleicht kann sie manch einem, sollte er in eine ähnlich fatale Situation geraten, nützliche Hinweise geben, für den Fall, er oder sie verlässt sich gutgläubig auf „Experten", auf Rechtsanwälte oder darauf, dass an deutschen Gerichten schon alles mit rechten Dingen zugeht.
Ich jedenfalls bin froh, dass ich mich auf mein Gefühl und meinen restlichen Verstand verlassen und gerade noch rechtzeitig den Fallschirm gezogen hatte.

Anhang: Asthma bronchiale und Neurodermitis

Durch eine Überempfindlichkeit sind die Atemwege gegenüber eigentlich harmlosen Stoffen (Allergene) bei Asthma bronchiale ständig entzündet. Deshalb bildet die Schleimhaut zähen Schleim und schwillt an. In der Folge verengen sic die Atemwege. Zusätzlich verkrampft sich die Atemmuskulatur. Dies führt zu einer in Anfällen auftretenden Atemnot. Physische Anstrengung und psychischer Stress können zwar einen Asthma-Anfall auslösen, sie sind aber nie die Ursache der Erkrankung.
Asthma bronchiale ist die häufigste Erkrankung im Kindesalter und ist allergisch bedingt. In Deutschland sind etwa 10 Prozent der Kids und 5 Prozent der Erwachsenen davon betroffen. Nicht allergisches Asthma tritt erst im mittleren Erwachsenenalter auf.

Bei über der Hälfte der im Kleinkindalter an Neurodermitis erkrankten Kinder entsteht zudem ein Asthma bronchiale – Jungen sind eher betroffen als Mädchen.
Neurodermitis ist u.a. erblich bedingt. Inzwischen konnten drei Risiko-Gene identifiziert werden. In Deutschland leiden über sechs Millionen Menschen, insbesondere Kinder, an dieser Hauterkrankung. In den westlichen Industrienationen mit ihrer Umweltbelastung und problematischen Ernährung sind insgesamt sogar 20 Prozent aller Kinder betroffen. Dabei trifft es auch Kinder auf Bauernhöfen und Kinder, die im Dreck spielen.
Hauptauslöser bei den Nahrungsmitteln: Kuhmilchprodukte, Hühnereier.

Kristina Hansen ist ein Pseudonym, das ich auch schon in unserem Exil für Post von und nach Deutschland benutzte. Ich bin Geografin, Autorin und Malerin und lebe am Stadtrand von Aachen mit Blick auf Belgien.